경험 바깥에는
아무것도 없다

김대산 비평집
경험 바깥에는 아무것도 없다

펴낸날   2022년 1월 19일

지은이   김대산
펴낸이   이광호
주간   이근혜
편집   이민희 최지인 조은혜 박선우 방원경
펴낸곳   ㈜문학과지성사
등록번호 제1993-000098호
주소   04034 서울 마포구 잔다리로7길 18(서교동 377-20)
전화   02) 338-7224
팩스   02) 323-4180(편집) 02) 338-7221(영업)
전자우편 moonji@moonji.com
홈페이지 www.moonji.com

© 김대산, 2022. Printed in Seoul, Korea
ISBN 978-89-320-3826-1 03800

이 책은 2015년 서울문화재단의 지원을 받아 발간되었습니다.

김대산 비평집

문학과지성사

경험 바깥에는
아무것도 없다

언젠가 온전히 이해되기를 바라는

하지만 아직 이해되지 못한

어머니 – 경험에……

흩어져 있던 졸렬한 원고들을 모아 내놓으려니, 이미 뜨거웠던 낮이 더 뜨겁다. 부끄러워서 화가 나기도 하고, 화가 나서 부끄럽기도 하다. 수치는 왜 얼굴 쪽으로 빨갛고 뜨거운 피를 몰아대는가? 두려움은 왜 피를 거두어들여 얼굴을 창백하고 차갑게 만드는 것인가? 입이 마르고, 코가 가렵고, 귀가 간지럽고, 목이 따갑다. 목이나 심장이 조여오지는 않는다. 머리카락이 계속 빠진다. 두피가 뜨겁다. 배 속도 뜨거운가? 발바닥은 뜨겁다. 신발을 벗고 싶다. 갑자기 수승화강(水昇火降)이라는 말이 생각난다. 정녕 그것이 정답인가? 여하튼 시원하고 싶다. 하지만 춥고 싶지는 않다. 그래서 어떻게 하자는 말인가?

나는 여기에 모인 졸고들을 쓰면서 유물론의 한계에 대해 생각했고, 한계 자체의 역설적 이중성에 대해 상상하고 싶었던 것 같다. 그리고 우리가 '경험'이라 부르는 다양한 과정 속에 있는 존재들이 그 한계 안에 결코 속박될 수 없음을 말하고 싶었던 것 같다. 일단 그것이 전부였다. 그래서 다원론을 말하면서도 모든 다양한 경험을 유물론의 한계 안에 속박하려는 일원론적 태도들을 향하여 지나치게 열을 냈던 것 같다. 적절한 열 조절과 속도 조절이 필요했다. 꽃이 피고 열매를 맺을 수 있을 정도의 적절한 열과 빛과 시간, 그리고 공기와 물과 흙이 무엇인지 아직도 잘 모르겠다. 지금으로서는 어쩔 수 없다.

혹시 있을지 모를 오해를 피하고자 몇 마디 덧붙인다. 나는 유물론의 존재 자체에 대해서 비판할 의도가 없다. 우리는 어떤 것의 '존재 그 자체'를 비판할 수 없다. 유물론이 유효한 존재의 영역이 있다. 하지만 우리의 문제는 마치 유물론 이외에는 그 어떤 다른 관점도 유효하지 않다는 듯이 생각한다는 점이다. 그리고 그러한 자의적 생각을 극단적으로 밀어붙이는 경향성이 너무나 강해졌다는 것도 현대의 사회적 문제다. 나는 유물론자들로만 이루어진 사회는 획일화된 닫힌 사회와 별다를 바 없다고 생각한다. 그것은 개인의 경우도 마찬가지다. 유물론의 바깥을 인정할 수 없는 개인은 닫힌 개인이다. 닫힌 개인들끼리 열린 사회를 이루는 것은 불가능하다. 유물론의 바깥은 없다는 관점은 생각의 심각한 불균형을 드러낸다. 따라서 이 책의 여러 곳에서 발견되는 유물론에 대한 몇몇 비판은 잃어버린 균형을 되찾으려는 노력이었다고, 나는 믿는다. 물론 이 노력이 아직 한참 부족한 것임을 나는 인정해야만 한다.

문학과지성사와 문학실험실 관계자 여러분들께 감사의 말씀을 전한다. 여러분의 도움이 없었다면 이 책은 결코 나올 수 없었을 것이다.

2022년
김대산

차례

3부 가깝고도 먼 ✿

4부 바깥의 예감

후기 467

1부
지식의 나무

이론적 삶의 본질을 찾아서
— 비이분법적인 관계적 이원론을 지향하며

"이분법이란 플라톤, 아리스토텔레스, 토마스 아퀴나스, 헤겔 그리고 소쉬르에 이르기까지 줄기차게 인류를 구속해왔으니까. 데리다나 기타 조무래기들이 도전해봤자 꿈쩍도 하지 않는 바위 같은 것 아니었던가!"[1]

1

여기서 우리는 이론적 삶에 대해 말할 생각이다.[2] 그것이 우리의 중요한 화두다. 그리고 '이론적 삶'이라는 표현의 핵심은 우리가 **이론과 삶을 분리시키지 않고 있다**는 점이다. 달리 말해서, 우리는 이론이냐 생이냐, 하는 식의 이분법적 문제 제기의 함정에 걸려들고 싶지 않다

1   김윤식, 『전위의 기원과 행로』, 문학과지성사, 2012, p. 240.

2   이 글은 『삶─문학의 이름으로』 2018년 하권의 특집('이론과 비평, 그 관계의 재구성·역사적 검토와 새로운 문제 제기를 위하여')에 실렸던 졸고다. 특별히 수정한 부분은 없다. 다만, 이 글에서 잠시 논의되는 '분석과 종합'의 문제의 배경에 놓인 더 깊은 문제인 '선험과 경험'의 문제에 대한 나의 의문들과 그와 관련하여 혹시 있을지도 모를 오해를 해명하기 위하여 각주 하나를 추가했음을 밝혀둔다. 그 각주에서 나는 아직까지도 중요한 인식론적 영향력을 행사하고 있는 근대적 인식론의 중심에 있는 칸트의 비판철학을 추동한 핵심적 물음, 즉 '어떻게 선험적 종합판단이 가능한가?' 혹은 '종합판단이 어떻게 선험적으로 가능한가?'라는 물음에 내포된 문제점에 대해 말하고 싶었다.

는 것이다. 파멸로 이끄는 유혹, 혹은 절망적인 시련, 혹은 어떤 좋지 않은 시험에 빠지게 하는 것이 목표인 듯 보이는 그러한 함정 혹은 덫은 이론이냐 실천이냐, 이론이냐 경험이냐, 혹은 문학이론이냐 문학작품(혹은 문학텍스트)이냐 하는 식의 모든 문제 제기 속에도 놓여 있다. 그런데 누가 그렇게 시험적이고도 유혹적인 덫을 놓아 절망적 시련에 빠지게 하는 방식으로 문제를 정식화하는가? 혹은 더욱 교묘하게도, 거기에 그러한 덫이 있다는 것을 쉽게 알아차리지 못하도록 은폐하는 방식으로 말하는가? 당장 떠오르는 대표적인 '인물'(?)이 있다. **메피스토펠레스!**

괴테의 난해한 드라마 속에 나오는 이론에 대한 그의 유명한 말은 다양한 맥락에서 자주 인용된다. 즉 **'모든 이론은 회색이고 초록은 생의 황금나무'**라는 말(『파우스트』, 2038~39). 이 말은 이론에 대한 적절한 의견으로 받아들여질 수도, 그렇지 않을 수도 있는데, 사실 우리가 보기에, 그 말 속에는 이론에 대한 단순한 긍정/부정이나 찬성/반대의 태도를 통해서는 잘 이해될 수 없는 의미심장한 모호성이 있다. 이론과 생의 이분법으로 이끄는 유혹적인 요소가 있기는 하지만, 그 말 속에는 회색과 초록이라는 색채상징의 의미가 함축되어 있으며, 또한 무엇보다 '황금나무'라는 더욱 의미심장한 상징이 있다.

'생의 황금나무'란 도대체 어떤 나무인가? 황금이 영속적이고 불변적인 가치를 의미하고, 나무가 반복적으로 새로워지는 생명(순환적 재생)을 의미하기에, 그 둘의 결합은 영원히 젊고 건강하고 풍요로운 삶, 상록수 같은 삶의 가치를 의미하는 것일까? 가령 **회춘, 장수, 건강, 부귀영화, 사는 기쁨**…… 아니면, 마치 잭의 콩나무처럼, 혹은 그 밖의 수많은 종교적 신화와 전설, 민담과 동화, 문학작품에 등장하는 나무들처럼, 위(하늘)와 아래(땅)를 연결하는 다리 혹은 사다리로도 이해될 수 있는 나무의 초월적 수직성을 고려하자면, **자기초월적 생**……

물론 이러한 해석은 불충분하다. 상징에는 항상 더 깊고 풍부한 의미의 차원이 있다. 뒤에서 논의되겠지만, 일단 여기서 말해두고 싶은 점은 저 나무가 여러 종교나 신화에 등장하는 **'생명의 나무'**와 무관하지 않다는 것이다. 그리고 이론이 생과 대비되고 있다는 것은 곧 이론이 '죽음'과 연관되고 있다는 뜻이며, 특히 「창세기」의 신화를 고려하면, 여기서 이론이란 어떤 유혹, 추락, 타락의 빌미를 제공한 **'지식의 나무'(혹은 선과 악을 알게 하는 나무, 혹은 그 나무의 열매)**와 연관된다. 물론 여기서 이론 혹은 지식(앎)과 연관되는 죽음의 의미는 애매하다. 아마도 그 애매성 때문에 메피스토펠레스는 '이론은 검은색(혹은 흰색)'이라고 하지 않고 '회색'이라고 말했을 것이다.

회색은 빛 혹은 흰색과 어둠 혹은 검은색 사이의 무기력한 정태적 중간, 부정적인 의미에서의 중간색이다(다시 말하자면, 부정적인 빛과 긍정적인 어둠이 있을 수 있는데, 회색은 빛과 어둠의 부정적 대립자들이 혼재되어 서로를 무기력하게 만들어버리면서 나타난 색으로 볼 수 있다). 이에 반해, 초록색은 일곱 빛깔 무지개의 중간색(즉 빛의 계열인 노랑, 주황, 빨강과 어둠의 계열인 파랑, 남색, 보라의 중간색)이며, 또한 광합성을 행하는 엽록체의 색이기도 하다. 즉 역동적이고 긍정적인 중간색이다. 그것은 빛(혹은 태양 혹은 별 혹은 하늘)과 어둠(혹은 지구 혹은 땅 혹은 스스로 빛을 내지 않는 천체, 가령 달)과 연관된 대립적인 것들의 긍정적 결합의 가능성을 함축한다.

그런데 색에 대한 이러한 상징 해석은 빛과 어둠이 너무나 복잡하게 얽혀 있는 다양한 의미들과 연관되며, 또한 그것이 결국 가령 '선과 악의 이원론'을 함축하는 세계관과도 연결될 수 있기에, 한편으로는 사태를 더 이해하기 어렵게 만들면서, 다른 한편으로는 도식적으로 단순화시키는 것처럼 보일 수도 있을 것이다. 하지만 미리 말해두자면, 우리는 도식적이고 정태적인 이원론에 머물고 싶은 생각이 없으며, 일부러

불필요하고 애매모호한 미궁 속으로 대책 없이 빠져들어 헤매고 싶은 생각도 없다. 이론적 삶에 대한 우리의 논의는 '**이분법적이거나 도식적이지 않은 관계적 이원론**'을 사유하려는 시도다. 그렇기에 우리의 관점에서 가령 '선과 악의 도식'이나 '선과 악의 이분법'을 극복하고자 하는 시도는 '선악의 저편'으로 가는 일이 아니라 선과 악 사이의 긴밀한 관계성을 이해하려고 노력하는 일이다.

2

2017년 『문학과사회 하이픈』 가을호에서 "이론을 위한 이론, 이론의 시학"이라는 주제하에 때로는 급진적인 방식으로, 때로는 온건한 방식으로, 때로는 아이러니한 방식으로, 이론 혹은 이론적 태도를 옹호하(는 것처럼 보이)는 여러 흥미로운 글들을 읽을 수 있었다. 그리고 그 잡지 뒤표지에는 다음과 같은 문구가 너무나 선명하게 인용되어 있었다. "삶이란 모두 회색빛일세, 푸른 건 이론의 황금 나무지." 메피스토펠레스의 유명한 말을 손바닥 뒤집듯이 단순히 뒤집어놓은 문구였다. 그런데 그러한 전복을 통해서도 여전히 변화되지 않고 더욱 확고하게 견지되고 있는 메피스토펠레스의 유혹적 요소가 있었다. 그것은 바로 이론과 삶의 이분법이었다. 메피스토펠레스의 유혹이 집요하게 노리는 것이 이론과 삶을 분리시키는 이분법적 태도에 집착하게 하는 것이라면, 그 목표는 저 전복적 문구 속에서 더욱 효과적으로 성취되고 있었다. 우리의 눈에는, 메피스토펠레스의 말을 그대로 받아들이는 경우보다 어쩌면 더 좋지 않은 방식으로 메피스토펠레스의 '계략(!)'에 붙잡힌 것처럼 보였던 것이다. 물론 이것은 성급한 판단, 즉 선입견일 수 있다. 그러므로 이와 관련된 황호덕의 글을 직접 읽어보자.

많은 **문학가들**이 그렇게 생각한다. 이론은 회색이라고. "여보게, 이론이란 모두 회색빛일세. 푸른 건 생명의 황금 나무지."〔……〕 **악마**의 이 한마디가 이론의 빛깔을 **규정**한 셈이다.

〔……〕

많은 **이론가들**이 그렇게 생각한다. 삶은 회색이라고. 이를테면 오히려 "삶이란 모두 회색빛일세, 푸른 건 이론의 황금 나무지"라는 **명제** 역시도 성립하는 것이다.

〔……〕

날것의 삶으로의 복귀, 텍스트 그 자체로의 복귀란 불가능하다. **아무도 자연이나 텍스트, 삶 따위로 복귀할 수 없다.** 최소한 그 복귀에는 이론을 거절하는 이론이 필요하다. 이론이 싫다면 당신은 이미 **하나의 이론**을 가졌으며, 마음에 **하나의 푸른색 황금 나무**를 가졌다.[3] (강조는 인용자)

이론과 삶에 대한 메피스토펠레스의 애매모호한 말은 일의적 규정이나 논리적 명제가 아니라 더 깊고 풍부한 다의성을 함축하는 상징적 표현이다. 어떻든 간에, 황호덕은 지금 분명 메피스토펠레스의 말을 논리적 명제처럼 파악하면서 그 말을 부정하고 있다. 하지만 그 말 속에 놓인 이분법적 구조 체계는 반대하지 않고 있다. 설령 "하나의 이론"이 "하나의 푸른색 황금 나무"일 수 있다고 해서, 그것만으로 문학가/이론가, 혹은 삶(혹은 자연, 혹은 텍스트)/이론의 이분법이 극복되는 것은 아니다. 물론 그는 "이론Theorie과 생명Leben, 회색Grau과 푸른색

---

3 황호덕, 「이론 디스/카운트, 아시아에서 이론하기」, 『문학과사회 하이픈』 2017년 가을호, pp. 128~31.

Grüne의 대위법"[4]에 대해서 말한다. 하지만 그 대위법이란 결국 어떤 결론에 이르는가? 그는 글의 말미에서 **"이론이 회색인 바로 그 이유로 인해,** 저 유일한 것들은 이론과의 거리 속에서 여전히 푸르른 채로 하나의 계보 속에 서술될 수 있"다고 하며, **"회색인 이론, 틀린 이론, 유령으로서의 이론**이 어떻게 생명의 푸르름과 헐벗음까지를 구제해 단순한 생명을 유적 존재로 이끌어가(려 했)는지를 보여주는 매우 인상적인 역사"[5]에 대해 말한다. 여기서 도대체 어떤 일이 일어난 것인가?

푸른색일 수 있다고 주장되던 이론이 다시 회색이 된 것이다! 그리고 황금나무는 도대체 어디로 사라져버린 것인가! 메피스토펠레스의 말을 부정하던 자는 부정의 부정을 거치면서 부지불식간에 황금나무를 잃어버린 채 결국 메피스토펠레스를 기이한 방식으로 다시 긍정하게 된 것이 아닌가?

3

황호덕의 글에서 메피스토펠레스는 "악마"로 지칭되었다. 그렇다면 이론의 편에 서서 악마에 반대하려던 시도는 오히려 악마에게 더 강력하게 붙잡히며 악마에 찬성할 수밖에 없게 만든 역효과를 낸 게 아닐까? 도대체 왜 악마와 별 상관없어 보이는 이론적 태도에 대한 논의 속에서 오히려 '악마'가 더욱 두드러지게 자신의 존재를 과시하고 있는 것처럼 보이는 것일까? 예를 들어, 동일한 잡지에 실린 다른 글에서 강동호는 "이론이 발휘하고 있는 이 **악마적 매혹(?)**의 원천은 무엇"인지

---

4   황호덕, 같은 글, p. 134.

5   황호덕, 같은 글, p. 170.

묻고 있으며, "이론의 악마적 매력"이라는 표현을 쓴다.[6] 그런데 '악마적 매혹'이란 도대체 어떤 매혹인가? 반대로 묻자면, 여기에 '천사적 매혹'은 없는가? 더 나아가 '신적 매혹'은? 여하튼 악마적 매혹이란 설령 긍정적인 매혹으로 이해할 수 있는 부분이 있다고 하더라도 마냥 긍정적인 것만은 아닐 것이다. 다시 말해서, 악마적 매혹에는 불순한 의도를 갖는 시험적 유혹, 혹독한 테스트, 위험한 실험적 요소 같은 것이 포함되어 있을 것이다. 즉 이론이 악마적 매력을 가졌다는 것은 다음을 의미할 수 있다.

소위 '이론적 주체'가 이론적 활동을 통해서 결국 자기 자신이 실험 대상이 되고 마는 어떤 위험한 실험실 속으로 이끌려 들어가도록 유혹당한다는 것이다.

앞에서 메피스토펠레스의 유혹이 집요하게 노리는 것은 이론과 삶을 분리시키는 이분법적 태도에 집착하게 하는 것일지도 모른다는 가정을 내놓았었다. 그렇다면, 이론의 악마적 매력에 대해서 말하는 강동호의 글에서도 그러한 메피스토펠레스적 유혹이 성공적으로 관철되고 있을 가능성을 배제할 수 없다. 강동호의 글을 읽어보자.

> **이론은 진리를 겨냥한 해석**이지만, 그 자체가 진리가 될 수는 없다는 것을 함축한 해석이다. 이론을 기각하고 부인할 수 있는 상대는 그러므로, **경험적 현실이나 진리가 아니라** 현실을 설명하는 또 다른 이론들이다. 거꾸로 말해 이론의 성립에 관여하는 충분조건은 이론적 통찰력이라고 불리는 현재적 설명력과 정합성이지만, 그것의 필요조건은 **현실과 해석 사이의 절대적 간극**이다.[7] (강조는 인용자)

---

6   강동호, 「문학의 한계 안에서의 이론」, 『문학과사회 하이픈』 2017년 가을호, p. 6.

7   강동호, 같은 글, p. 9.

절대적 간극! 절대적! 절대적?─ 여기서 이론과 삶을 분리시켰던 이 분법은 이론과 경험, 이론과 현실로 자리를 옮겨가면서 그 외연을 더욱 넓혀가고 있으며, 또한 그 분리는 더욱 강화되어 "절대적 간극" 혹은 다시는 건널 수 없는 심연이 되었다. 강동호는 여기서 이론과 경험, 이론과 현실을 '절대적'으로 분리된 것으로 말하고 있다. 절대적 간극 이편에 이론이 있고, 절대적 간극 저편에 경험과 현실이 있다. 하지만 그 '절대적 간극의 생성'이란, 우리의 논의를 따르자면, 메피스토펠레스적 유혹과 연관된 것이다! 이 유혹에 어떻게 대응해야 할 것인가?

일단 이렇게만 말해두자. 간극이 생길 수 있고, 또 생겼다는 것도 일정 부분 맞다. 하지만 그것이 '절대적'이라는 것은 인정할 수 없다. 간극은 관계된 것들의 관계성 속에서만 생길 수 있으며, 그러므로 '상대적(혹은 관계적)'인 것이다. 그것은 분리가 결합을 전제하는 것과 같다. 즉 우리는 결합되어 있지 않은 것을 분리할 수는 없다. 그것은 분석과 종합의 경우도 마찬가지다. 그런데 강동호의 글과 관련해 특히 중요하다고 생각되는 것이 분석과 종합의 관계라고 생각되기에, 분석과 종합에 대해 짧게 논의해보자.

분석은 종합을 전제한다. 즉 우리는 아직 분석되어 있지 않은 채로 종합되어 있는 것만을 분석할 수 있다. 이미 분석되어 있는 것은 분석할 필요가 없고, 그 어떤 종합적 성격도 갖지 않는 전적으로 단순한 것은 분석이 불필요할 뿐만 아니라 불가능하다. **분석 활동은 '분석되지 않은 종합에서 분석된 종합으로 가는 과정'이다.**

그러므로 종합을 고려하지 않는 분석, 혹은 종합과 분석을 분리하는 '분석주의'(?)는 종합과 분석 사이의 본질적 관계성을 무시하고 있는 것이다! 가령 분석명제를 종합명제와 분리시키려고 했던 칸트의 비판철학의 한 특성, 다시 말하자면 경험론과 합리주의를 종합하려고 했

음에도 불구하고 그의 비판철학에서 '오성(혹은 지성)의 선험적 합리성'
이 지나치게 강조되는 지점, 또한 '분석성' 같은 개념을 중요하게 여기
는 현대의 언어분석철학에서도 그 영향력이 강하게 나타나는 '분석주
의'(!)에는 종합과 분석의 본질적 관계성이 무시될 수 있는 위험이 상
존한다. 그 위험 중의 하나는, 단적으로 말하자면, 경험에 호소할 필요
없이도, 경험과 무관하게, '나'(혹은 지성적 주관)는 '알 수 있다'는 것이
다! 왜냐하면, 분석명제란 경험에 호소할 필요 없이도 선험적 합리성
을 통해 그 자체로 이해될 수 있는 무엇으로 가정되고 있기 때문이다.
이를테면 칸트는 그런 분석명제의 예로 수학적, 물리학적 명제들(가령
7+5=12, '모든 물체는 연장성을 갖는다' 등의 명제들)을 끌어들이며,[8] 분

---

8 물론 칸트철학에 대한 이러한 설명은 순전한 오류에 기초한 것처럼 보일지도 모른다. 특히 칸
   트가 수학이나 과학의 판단들(혹은 명제들)을 '분석판단'이 아니라 '선험적 종합판단'이라고 주
   장했다는 측면에서 보면 더욱 그럴 것이다. 하지만 나는 '**선험적 종합판단**'이란 표현에는 어떤
   기이한 '**이율배반**'이 숨겨져 있다고 생각한다. 왜냐하면 분석판단은 선험적이고 종합판단은 경
   험적이라면, 또 이때 '선험적'이란 '비-경험적'임을 의미하며 '경험적'이란 '비-선험적'임을 의
   미한다면, 그때 '선험적 종합판단'이란 '**선험적으로 비-선험적인 것**' 혹은 '**비-경험적으로 경험
   적인 것**'이라는 역설적인 어떤 것을 의미할 것이기 때문이다(이것은 가령 푸코의 유명한 '**역
   사적 아프리오리**'라는 표현에도 해당될 것인데, 왜냐하면 그것은 '경험적으로 선험적인 것' 즉
   '비-선험적으로 선험적인 것'을 의미하기 때문이다).
   그것은 무엇을 의미하는가? 동일한 어떤 것에 대해 그것이 '경험적'이라고 말하는 것도 진리
   고 그것이 '비-경험적(선험적)'이라고 말하는 것 또한 진리라는 것이다. 서로 대립하는 두 명제
   '그것은 경험적이다'와 '그것은 경험적이지 않다'가 둘 다 성립할 수 있다면, 그것은 칸트가 순
   수이성의 이율배반으로 명명하며 보편적이고 확실한 인식의 진리로부터 배제시킨 가상의 논리
   가 아닌가?
   그리고 그렇다면 수학과 과학의 보편타당하고 필연적인 인식을 가능케 한다고 주장되는 선험
   적 지성이야말로 이미 어떤 가상의 논리 속에 있는 것이 아닌가?
   따라서 만일 '지성의 선험적 종합판단'이라는 것이 '이율배반'적 성격을 가지며, 또 칸트가 '이
   율배반'을 '지성의 활동에 속하는 진리의 논리학(가령 아리스토텔레스의 분석론)'이 아니라 '순
   수이성이 행하는 가상의 논리학(가령 플라톤의 변증법)'의 특징으로 본다면, 칸트의 '순수이성
   비판'은 중대한 의문에 부쳐질 수밖에 없다. 그렇기에 나는 칸트의 주장과 달리 '7+5=12' 등의
   명제가 '선험적 종합판단'과 연관된다고 생각하지 않는다. 그것은 일단 '선험적 분석판단'이거
   나 '경험적 종합판단'이며, 그리고 칸트적 지성이 내세우는 것이 경험에 앞서는 '선험적(아프리
   오리a priori)'인 것이기에, 나는 칸트가 선험적 종합판단의 예로 든 명제를 '분석명제'라고 말
   한 것이다. 물론 이때 경험에 앞선다고 주장되는 이른바 '선험 혹은 아프리오리(경험의 가능조

석철학적 입문서들에서 흔히 볼 수 있는 분석명제의 예는 "총각은 결혼하지 않은 남자다" 같은 것이다. 우리는 그러한 명제들이 과연 그 어떤 종류의 경험에도 호소할 필요 없이 그 자체로 이해될 수 있는 분석명제인지, 또한 과연 종합명제와 분리된 분석명제라는 것이 존재하는지에 관한 의혹을 여기서 추적할 여유가 없다(하지만 분석명제란 존재하지 않는다는 주장도 가능하며, 분석명제와 종합명제의 구별은 적절한 구별이기보다는 부적절한 분리에 가깝다는 생각만은 여기에 적어둔다). 다만, 수학이나 물리학(혹은 물리적 천문학)이나 논리학(혹은 논리적 언어학)이 관계하는 영역보다 더욱 광대하고 심층적인 영역들이 존재할 수 있으며, 거기에는 경험에 호소하지 않고는 알 수 없는 엄청난 종합명제들이 있을 수 있으며, 더구나 분석명제도 종합명제도 아니면서도, 즉 논리학적인 의미의 명제가 아니면서도 어떤 종류의 경험에 호소해야만 이해할 수 있는 심층적이고 풍부한 의미를 갖는 '말'들이 존재할 수 있다는 점만을 말해두자.

　분석과 종합에 관한 우리의 논의를 전제로 다시 강동호의 글로 돌아오면, 우리는 그가 말하는 '경험과의 절대적 간극을 유지하는 이론'이란 결국 (어떤 종류의 경험에도 의존하지 않는 진술이라는 의미에서의 소위 '분석명제'라는 것이 있다고 친다면) '분석명제로만 이루어진 이론'이라고 이해할 수밖에 없다. 물론 우리는 강동호가 실제로 그러한 성격을 갖는 이론을 주장하고 있다고 생각하지는 않는다(그런 '문학이론' 혹은 '미학이론' 혹은 '비평이론'은 불가능한데, 왜냐하면 그러한 이론들은 문학작품이나 예술작품에 대한 경험을 포함한 매우 복잡미묘한 경험에 기초할 수밖에 없기 때문이다). 단지 우리가 말하고 싶은 지점은 경험과

건)'라는 것을 인정하지 않는다면, 분석판단과 종합판단은 둘 다 '경험적'인 것이 된다.
나는 이와 관련된 문제가 지금의 이론과 비평을 지배하고 있는 현대의 구성주의적 인식론에도 중대한 영향을 미치고 있다고 생각하고 있다.

의 본질적 관계성을 부인하면서 경험과의 절대적 간극을 유지하는 이론을 말하는 순간, 불필요하고 비생산적인 수많은 난관과 자기모순에 봉착한다는 것이다. 그러므로 가령 강동호의 글이 "현실의 설명력을 강조하는 경험주의자"[9]에 저항하면서 관념이나 이념 자체의 중요성을 강조하고자 하는 것이라면, 그 저항은 '경험'이나 '현실'을 무시하거나 절대적으로 부정할 때가 아니라, 오히려 경험이나 현실의 의미를 관념과의 본질적 관계성 속에서 긍정적으로 파악할 수 있을 때 더 효과적으로 이루어질 수 있다고 본다.

사실 관념(혹은 사유)과 경험, 혹은 관념(혹은 이상)과 현실의 이분법은 양쪽 모두에 대한 이해를 가로막는 방해물이다. 물론 많은 경우 경험과 현실에 비해 관념은 아무것도 아니거나 전자로부터 나온 추상적인 부산물 정도로만 여겨지기에, 혹은 '그건 단지 관념일 뿐이야'라는 태도가 너무나 지배적이기에, 혹은 관념의 중요성이 강조될 때조차도 그것이 현실적 유용성의 측면에서만 강조되기에, 강동호의 강한 저항에도 수긍할 수 있는 부분이 없는 것은 아니다. 하지만 가령 그가 "관념론과 경험론의 이분화된 전통"[10]에 대해 말하면서 전자에 플라톤을 위치시킬 때, 거기에는 메피스토펠레스적 이분법의 유혹이 작동하고 있다. 즉 플라톤은 관념론자다, 그러므로 경험론자가 아니다(혹은 보통 관념론idealism과 대립되는 것이 실재론realism이라면, 그는 실재론자가 아니다),라는 식의 유혹. 이것이 왜 메피스토펠레스적 유혹인가? 왜냐하면, 그런 방식의 이분법적 추론을 통해 관념의 세계(혹은 이데아의 세계)는 그 어떤 경험적 성격도 실재적(혹은 현실적) 성격도 가질 수 없게 되었기 때문이다. 경험될 수도 없고 실재적(현실적)일 수도 없는

---

9   강동호, 같은 글, p. 23.

10   강동호, 같은 글, p. 20.

관념이 존재한다? 따라서 그것은 가상이거나 허상이거나 비-존재일 뿐이다! 시뮬라크르! 여기서 플라톤은 전복된다.

물론 이러한 전복에 플라톤은 동의하지 않을 것이다. 여기서의 핵심적인 반문은 이렇다. 과연 플라톤이 관념 혹은 이데아가 경험적 대상이나 실재적 대상이 아니라고 생각했을까? 그에게 이데아는 실재이고 존재(참으로 있음)이다. 그리고 그것은 현상적 감각경험에만 멈춰 서 있다면 인식될 수 없는 사유경험의 실재적 대상이다(이른바 '현상 구제하기'의 특성을 갖는 『파르메니데스』나 『소피스테스』 같은 후기 대화편들을 고려하자면, 플라톤의 이데아론이 실재계와 현상계라는 서로 이분법적으로 분리된 '두 세계-이론' 같은 것을 주장하고 있다는 널리 퍼진 의견은 재검토가 필요한 오해일 수 있다). 즉 여기서 사유는 경험과 이분법적으로 분리되지 않는다. 그에게 이데아와 관계하는 사유는 '일상적인 경험에서 발전된 더 고차원적이고 생동적인 경험'이다(이에 반해, 현대의 우리를 보면, 많은 경우 직접적인 감각경험에 비해 간접적인, 혹은 추론적인 지성적 사유 활동은 그것을 '경험'이라고 지칭하는 것이 민망할 정도로 거의 아무런 생동성도 없으며, 그렇기에 일종의 '죽음' 속에 있는데, 현대의 우리에게 '생동적인 상상적 사유'가 절실히 요구되는 것은 아마도 이런 맥락에서 이해될 수 있을 것이다). 그때 사유는 일종의 '정신적인 지각' 혹은 '직관적 사유 활동의 경험'이다. '이데아'라는 말 자체가 '보다(이데인)'라는 낱말에서 파생된 것이다. 그에게는 사유와 경험, 혹은 사유와 행위(활동)의 이분법적 분리가 아직 일어나지 않았다. 이론과 삶, 이론과 실천의 분리 또한 일어나지 않았다(이때 '이론' 즉 '테오리아' 또한 이데아와 마찬가지로 '보다' 혹은 '관조하다'라는 의미를 공유한다). 왜냐하면 사유의 행위가 구체적으로 살아 있는 현실적 활동으로 경험될 수 있었기 때문이다! 우리가 보기에, 현대에도 여전히 유의미한 플라톤 철학의 핵심은 이데아론의 사변적인 형이상학적 내용의 측면에 있다기보다는 그것과 연관된 이론, 지식, 사유, 삶, 행위(활동, 실천), 경험 사이의 본질적 관계성을 잃지 않는 태도와 이데아의 존재를 사유하는 추론적 지성의 한계를 넘어 등장하는 풍부한 직관적 상징성을 갖는 신화적이고 비유적인 이야기들 속에 있는 심오한 의미들이다(물론 그러한 플라톤 철학의 가치는 고대와는 다른 의식의 변화를 겪은 근대적인 자기의식을 갖는 '개별적 자아'에 적합한 방식으로 재해석될 수 있을 때만 진정으로 유의미하게 될 것이다).

그러므로 강동호의 글로 다시 돌아가자면, 그가 말하는 "이론을 삶으로서 실천하는 행위"[11] 혹은 그가 김현과 연결시키고 있는 "이론적 실천"[12]은, 일차적으로 사유하는 삶의 현실적 활동의 경험과 이론적 태도 사이의 ~~절대적 간극~~이 극복될 때만 가능하다. 덧붙여, 그가 "이론을 믿지 않는 주체들에게 신성시되는 대상은 경험과 현실, 그리고 작품이며 이론은 그것의 해석을 보조하는 도구로 전락한다"[13]라고 이야기하는 부분이나, 문학작품과 이론적 해석 사이의 간극에 대해 말하면서 '이론적 해석의 독립성'을 주장하는 부분에서, 우리는 사태가 한층 더 심각해지고 있음을 느꼈다는 점을 언급해야겠다. 그것은 말하자면 **'이론적 해석 활동 일반의 파탄'**을 의미한다. 왜냐하면 작품과 그것에 대한 해석 사이의 절대적 간극을 기정사실화하는 비평 활동이나 이론 활동의 독립성 속에는 '작품 해석 혹은 텍스트 해석의 객관적 설득력에 대한 요구의 포기'가 놓여 있기 때문이다. 해석이란 원래 주관적인 것이고, 그렇기에 여기서 객관성을 찾아서는 안 되며, 찾을 수도 없는 것인가? 혹은 여기서 해석의 객관적 설득력은 해석의 대상이 되는

---

11 강동호, 같은 글, p. 13.

12 강동호, 같은 글, p. 28.

13 강동호, 같은 글, p. 12.

작품과 무관한 다른 곳에서 찾아질 수 있는 것인가? 물론 많은 경우 작품(혹은 텍스트)과 그것의 해석(-텍스트) 혹은 비평(-텍스트) 사이에는 간극 혹은 불화가 있어왔고, 계속 있을 수 있다. 하지만 반복하자면, 그 간극이란 선험적이거나 절대적인 것이 아니라 '경험적이고 상대적(관계적)인 것'이다.

4

앞에서 언급한 문제들에 대한 우리의 기본적인 생각을 진술해보자.

모든 삶의 활동은, 그 강도와 중요성의 정도에서 차이를 가지며 다양하고 복잡한 양태로 발생하는 경험들, 다시 말해 종합적 전체성의 특성을 갖는 관계적 경험들에 기초한다. 그러한 관계적 경험을 떠나서는 그 어떤 것도 이해되거나 분석될 수 없고, 따라서 해석될 수도 없으며, 이론이 될 수도 없다. 그리고 그러한 특성을 갖는 관계적 경험이란 의식적일 수도 무의식적일 수도 있는 존재의 차원에서 발생하는 마주침의 사건이다. 그 발생적 국면에서 객관과 주관은 분리될 수 없다. 그러므로 그 관계적 경험은 **객관적이면서 동시에 주관적**이다. '**발생적이고 관계적인 경험의 본질**'은 객관적'이거나' 주관적인 데 있는 것이 아니라 **객관적'이면서' 주관적**인 데 있다.

경험 자체는, 의식적이든 무의식적이든, 서로 다른 존재들 사이의 마주침의 사건 속에서 발생하는 관계적인 현상이며, 따라서 **전적으로 주관적인 경험이란 없다**. 전적으로 주관적인 경험이란 **오직 '천상천하 유아독존'적 존재자나 절대적인 유아론의 환상 속에서만 가능**하다. 하지만 그러한 절대적 유아론적 존재자에게는 관계성이 결여되어 있으며, 경험은 관계성 속에서만 발생할 수 있기에, 그에게는 **경험 자체가**

불가능하며, 따라서 전적으로 주관적인 경험이란 경험이 아니다.

그러므로 경험 자체를 주관적인 것으로 보면서, 경험을 통해서는 객관적 지식을 얻을 수 없다고 생각하며, 더 나아가 실재 혹은 물자체와 분리된 현상적인 측면만이 경험적이지 않은 지성의 선험적-합리적 사유를 통해 '객관적'으로 '구성'될 수 있다고 보는 모든 선험주의적이거나 구성주의적 태도는 경험의 본질을 오해하고 있다.

그런데 그러한 경험에 대한 오해로부터 더욱 극단적인 입장이 생겨날 수 있다. 가령 동일한 잡지에 실린 다른 글에서 요제프 포글이 자신의 논의의 기초로 끌어들이며 인용하고 있는 바슐라르의 말을 읽어보자. "어떤 것도 그냥 주어지지 않는다. 모든 것은 구성된 것이다."[14] 여기에서 이분법적으로 분리되고 있는 것은 **'주어진 것'**과 **'구성된 것'**이다. 그리고 이때 '구성된 것'과 연관되는 것이 소위 '과학정신' 혹은 '지성'이고, '주어진 것'이 '객관적 지각의 경험'과 연관된다면, 지성의 활동은 순전히 객관적 경험을 부정하는 활동이 된다. 다르게 말하자면, 만일 지성(구성된 것)이 객관적 경험(주어진 것)과 어떤 관계성을 가진다고 한다면, 그때 그 관계는 **오로지 '부정의 태도'를 통해서만 성립**하는 것이다. 그리고 객관적 경험을 부정하는 그러한 일방적인 태도를 통해서 객관성이나 주관성이나 그 둘 모두와 연관된 진리의 의미 자체가 매우 부정적인 애매모호한 혼동 속으로 빠져든다. 그러한 인식론적 태도는, 선험적 주관에 의해 구성되는 인식을 말했던 칸트조차도 경험과의 연관성을 갖는 어떤 객관적인 진리를 말한 것과 비교해볼 때, 경험에 대한 극단적인 부정의 태도다. 주어진 것과의 관계의 부정을 통해서만 성립하는 구성적 인식이란 유아론적 환상 속으로 빠져드는 매우 의심스러운 인식이며, 또한 '모든 것은 구성된 것이다'라고 말하는

---

14 요제프 포글, 「지식의 시학을 위하여」, 『문학과사회 하이픈』 2017년 가을호, p. 75.

것은 '모든 것은 주어진 것이다'라고 말하는 것만큼이나 일방적이며 환원적이며 독단적인 생각이다. 주어진 것만으로는 인식이 성립될 수 없지만, 그렇다고 인식을 향한 사유가 주어진 것을 부정하는 구성적 활동으로 이해되어야 하는 것은 아니다. 오히려 주어진 것 속에 감추어져 있던 것이 사유의 활동을 통해 드러난다고 이해할 수도 있다. 여하튼 우리의 입장은 이렇다── **경험 자체를 통해서 객관적으로 알려질 수 없는 것은 다른 어떤 방식을 통해서도 객관적으로 알 수 없으며, 경험을 통해 주어진 것을 전적으로 부정하는 태도(즉 모든 것은 구성된 것이라는 생각)는 인식 자체의 가능성을 부정하는 것이나 마찬가지다.**

모든 것은 일차적으로 관계적 특성을 갖는 경험의 사건에 기초하며, **그러한 경험 속에서의 사유는 그 자체가 또한 관계적 경험이다.** 사유 활동은 경험의 발생에서 모호하게 지각된 주관과 객관 사이의 관계, 또한 객관들 사이의 관계를 더욱 명료하게 인식하려는 구별의 노력과 연관된 경험이다. 사유, 지식, 앎, 이론은 경험적 세계와 분리된 구성적인 지성의 활동일 수 없다.

모든 이분법적 분리의 기초에 놓여 있는 것으로 보이는 주와 객의 이분법적 분리 혹은 간극은 나중에 생긴다(즉 앎, 인식, 지식의 활동과 연관된 인간이 분열적인 방식으로, 말하자면, 어떤 개선이 요구되는 방식으로, 세계 속에 부자연스럽게 끼워 넣어져 있기 때문에, 즉 외적으로 지각하는 방식과 내적으로 사유하는 방식 사이에서 '인간 영혼'이 분열되어 있기 때문에 생긴다). 그렇기에, 그렇게 객관성과 주관성의 본질적인 관계성을 잃어버린 상태에서 주장되는 모든 객관성은 독단적 주관성에서 자유로울 수 없는 이름뿐인 객관성이며, 반대로, 여기서 오히려 당당히 주관성을 내세운다면, 그때 그 주관성이란 사실상 자신이 객관성에 빚지고 있다는 것을 망각하면서 객관성을 무시하고 있는 주관성이기에 역시 이름뿐인 주관성이다. 우리 모두가 그로부터 자유로울 수 없는 그러한 사태의 심각성은 (문학)비평이 (문학)작품으로 돌아와야 할 필요성이라는 주제와 연관된 여러 글들을 싣고 있는 2017년『읾――문학의 이름으로』하권에서 읽을 수 있는 강동호의 다른 글에서도 마찬가지로 느낄 수 있다. 그는 거기서 이렇게 말하고 있다.

> 비평은 작품으로 돌아갈 수 있습니다. 그러나 이때의 회귀 과정에서 발견되는 작품은 **전통적인 실체로서의 작품이라기보다는 비평 자신의 작품화**, 비평 자신의 이론적 텍스트화에 가까울 것입니다. 비평의 자기 회귀.[15] (강조는 인용자)

물론 강동호의 이런 주장은 비평적 삶이나 이론적 삶의 '자기인식'이나 '창조적 활동'의 중요성의 관점에서 이해한다면 긍정적으로 받아들여질 수도 있다. 하지만 그렇게 긍정적으로 받아들이기 전에 해결되어야 할 어떤 자기모순적 난점이 있다. 즉 여기서 강동호의 주장이 과연 그가 반대하고 있는 것처럼 보이는 "실체로서의 작품"이라는 개념에 효과적으로 저항하고 있느냐는 것이다. 왜냐하면 우리가 보기에 실체, 즉 '다른 어떤 것에도 의존함이 없이 그 자체로 존재하는 자기충족적 존재자'라는 의미에서의 고립된 원자적 실체 개념에 저항하기 위해서는 '본질적 관계성'이라는 포괄적이고 유동적인 관념에 호소할 수밖에 없는데, (작품과의 절대적 간극을 유지하는) "비평 자신의 작품화"란 결국 '비평의 실체화'처럼 보이기 때문이다. **여기서 작품은 어떤 객체적 성격을 갖는 실체이고, 비평은 어떤 주체적 성격을 갖는 실체가 되고 있는 것이 아닌가? '객체적 실체'에 반대하면서 '주체적 실체'를 내세운다면, 그때 실체의 문제는 '진리의 존재를**

---

15 강동호, 「문학 이론의 위상학」,『읾――문학의 이름으로』2017년 하권, p. 204.

향한 삶의 문제'가 아닌 '소유권을 둘러싼 권력이나 욕망의 문제'가 되어 한층 더 강력한 지배력을 갖게 될 뿐이다!

　그렇기에, 작품으로 돌아가야 할 필요성의 핵심에는 작품과 비평(혹은 해석) 사이의 분리 혹은 간극을 극복하는 과정 속에서 관계적 존재들인 작품과 비평 사이의 본질적 관계성을 새롭게 회복해야 한다는 어려운 과제가 놓여 있다. 비평의 자기인식이나 창조적 활동성의 문제는 오직 그 과제의 수행 속에서만 찾아질 수 있다. 즉 그것은 타자-존재로서의 작품과의 마주침의 경험을 통해서만 가능해지는 비평의 자기인식, 그리고 재현적 표상을 통해서가 아니라 창조적 사유 행위를 통해서만 가능해지는 변형된 새로운 관계의 생성이라는 중요한 문제다. 그런데 이 문제의 추구를 그 시작부터 방해하는 것은, 계속 반복하건대, 한쪽에는 작품, 경험, 현실 등을 놓고, 다른 한쪽에는 비평, 이론, 분석, 해석 등을 놓고, 그 사이에는 절대적 간극을 상정하는 정태적인 이분법적 분리의 태도다. 사실 그러한 태도 속에서 사용되는 '이론적 삶'이라는 표현에 등장하는 '삶'이란 차라리 '죽음'에 가깝다. 그렇다면 강동호가 말하듯이 "죽음은 삶 바깥의 절대 관념"[16]인 것이 아니라, 이미 이론적 삶 '내부'에서 '살고 있는 상대 관념'이다! 삶 속의 죽음······

5

　물론 우리가 여기서 지금 이분법적 분리의 문제가 쉽게 극복될 수 있다거나, 우리는 그 문제에서만큼은 자유롭다는 식의 주장을 하고 있는 것은 아니다. 단적으로 말해서, 우리는 그 문제에서 결코 자유롭지

16　강동호, 같은 글, p. 33.

못하다. 단지 우리가 할 수 있는 한에서 그 문제를 강조하고 명료화하려고 부족하나마 노력하고 있는 것뿐이다. 그리고 이분법의 문제에서 자유로워질 가능성은 어떤 이원론적 세계 바깥의 저편으로 가는 데 있지 않다. 그렇기에, 작품과 비평의 이분법적 분리의 문제와 연관된 또 다른 글을 더 언급할 필요성을 느낀다. 김영찬의 다음과 같은 글을 읽어보자.

> 작품으로 돌아간다는 것은 대체 무엇인가? 아니, 비평이 꼭 작품으로 돌아가야 할 필요와 필연은 어디에 존재하는가? 비평이 작품의 목소리에 귀 기울여야 한다는 건 물론 비평의 기본이다. 그러나 이러한 요청은 혹 비평이 밝혀야 할 진실이 작품 안에 항상—이미 내재한다는 작품물신주의에서 비롯된 건 아닌지를 반문해볼 필요도 있다. 작품에 내재하는(그렇다고 가정되는) 미학적 가치를 중시하는 기존 문학주의의 적실성이 의심받고 있는 이즈음의 상황을 돌아보면 특히 그렇다.[17]

이 애매모호한 '독기'(?)를 품고 있는 말들을 어떻게 이해할 것인가? 여기서 김영찬은 작품과 비평의 이분법적 분리를 행하고 있는 것인가? (문학)비평과 그것의 활동이 지향하고 있는 객체적 존재로서의 (문학)작품이 본질적 관계성 속에 있으며, 만일 김영찬의 저 "반문"이 그 관계성을 부정하고 있는 것이라면, 이때 '비평'이란 이름뿐인 비평이며, 그는 이분법적 분리를 극복하지 못하고 있거나 극복할 필요도 없다고 생각하고 있는 것이다. 그것은 일종의 '유명론적인 비평'으로 이해될 수 있는데, 그러한 비평의 개념에 따르자면 김영찬의 글 제

---

17 김영찬, 「비평은 없다」, 『삶—문학의 이름으로』 2017년 하권, p. 163.

목처럼 "비평은 없다"는 것이 주장될 수 있다. 왜냐하면, 유명론적 이해를 따르자면, 뿔뿔이 흩어져 존재하는 이러저러한 제각각의 개별적인 비평'들'만 있을 뿐, 그 모든 개개의 비평들 속에 스며들어가 있는 어떤 '공동의 본질적 관계성'을 통해 개별적인 비평들이 모일 수 있는 '보편적 특성을 갖는 비평' 같은 것은 없기 때문이다. 그렇기에 이때 '비평'이란 오직 '현실의 유용성'을 위해 사용되는 '추상적인 일반성'만을 갖는 분류 체계(혹은 재현 체계) 속의 '이름'이다. 여하튼 우리는 지금 김영찬의 저 "반문"이 작품과 비평의 이분법적 분리를 기정사실화하는 입장이 아니라면 나올 수 없는 반문이라고 일단 '추측'하고 있다. 물론 여기 인용된 문장들만으로 그런 추측을 하는 일은 성급한 선입견(선판단)일 수도 있다. 하지만 메피스토펠레스적 유혹에 빠질 위험을 무릅쓰고 이렇게 말해보자. "아니, 비평이 꼭 작품으로 돌아가야 할 필요와 필연은 어디에 존재하는가?"라는 의문문은 작품으로 돌아가야 할 필요성을 긍정적으로 찾아보자는 뉘앙스보다는, 그럴 필요성이 있을 수도 있고 없을 수도 있지만 그 어느 쪽이라고 해도 만족스럽지 않기에 아무래도 상관없는 필요성에 대해 새삼스럽게 왜 또 묻고 있느냐는 식의 일종의 회의주의적 냉소, 다르게 말해서 부정적이고 허무주의적인 뉘앙스가 스며들어가 있는 "반문"의 '색채'가 더 강하게 느껴진다. 더구나 이러한 느낌은 김영찬의 글 제목인 "비평은 없다"라는 말이 글이 전개되는 과정에서 점점 더 '작품은 없다'는 말로도 해석될 여지가 있다는 점에서 더욱 강해진다. 그래서 그 의문문은 부정적인 중간색인 회색의 문장으로 보인다. 그런데 만일 메피스토펠레스가 이론의 색이라고 말했던 저 회색의 입장이 실제로 김영찬이 작품과 비평의 관계(혹은 관계없음)에 대해 갖는 중간적 태도라면, 그것은 이분법적 분리의 태도를 벗어나지 못한 것이라고 볼 수밖에 없다. 이와 관련해, 우리는 특히 "비평이 밝혀야 할 진실이 작품 안에 항상–이미 내재한다는 작품물신주의"라는 표현에 주목한다. "작품물신주의"라는 표현이 왜 하필 이 맥락에서 등장하고 있는 것인가? 작품으로 돌아올 필요성이라는 맥락에서 끌어들인 '작품물신주의'란, 말하자면 나무로 된 금속이다(부적절하게 이해된 황금나무!). 왜냐하면 작품물신주의라는 말이 작품을 창조적이고 생산적인 작업에서 분리된(소외된) 상품이나 물질적 우상처럼 여기는 것을 비판하기 위해 사용된 것이라면, 그때 작품은 더 이상 작품이 아니라 상품이거나 우상이 되기 때문이다. 즉 김영찬은 '작품으로서의 작품'으로 돌아올 필요성에 대한 질문을 '상품 혹은 물질적 우상으로서의 작품'으로 돌아올 필요성의 뜻을 지닌 질문으로 대체한 것이다! 여기에 일단 작품과 비평의 긍정적인 관계성 회복을 지향할 수 있는 중요한 질문에 대한 기이한 해석의 왜곡이 있다. 그러한 왜곡된 해석 위에서 김영찬은 조남주의 『82년생 김지영』(민음사, 2016)과 연관된 여러 논쟁적 비평들에 관한 논의를 진행시키면서 다음과 같이 말한다.

문제는 '미적 실효성'을 강조하는 이러한 논리가 손쉽게 **작품물신주의**로 전도될 수 있다는 데 있다. 〔……〕돌봄노동의 문제를 진지한 문학적 주제로 제기한 이 소설의 성과는 여성차별적인 현실에서 평범한 여성들이 겪는 **보편적인 경험을 어떻게든 문학적으로 가시화하려는 노력**에서 온 것이다.

『82년생 김지영』이 갖는 그러한 장점은 이 소설의 **미학적 완성도와는 아무런 상관이 없다.** 차라리 '**업계**' 종사자들이 그토록 강조하는 문학적 완성도와 완미함이 아무래도 상관없는 것으로 무력해지는 지점에 이 소설이 존재한다. 〔……〕

〔……〕이럴 때 작품으로 돌아가라는 요청은 어쩐지 공허해진다. **작품으로 돌아가는 것이 오히려 거꾸로 작품의 의미를 제대로 보지**

못하게 만든다면, 비평은 도대체 어디로 가야 하는 것일까?[18] (강
조는 인용자)

아무런 상관이 없다! 아무래도 상관없는 것이다!── 하지만 "보편적
인 경험을 어떻게든 문학적으로 가시화하려는 노력"이 한 작품이 가질
수 있는 미학적, 문학적 완성도와 아무런 상관이 없다면, 도대체 "문학
적으로 가시화"한다는 것은 어떻게 가시화한다는 것인가? 그리고 어
째서 "작품으로 돌아가는 것이 오히려 거꾸로 작품의 의미를 제대로
보지 못하게 만"들 수 있다는 말인가? 김영찬이 『82년생 김지영』이 갖
는 긍정적 의미를 언급했을 때, 그는 어떤 방식으로든 그 '작품'으로 돌
아간 것이 아니었는가? 그는 여기서 '작품 자체'의 긍정적인 의미를 어
떻게 이해하고 있는가? 혹 그는 '작품의 존재'를 그 자체로 고려한다면
전혀 긍정적인 의미를 지닐 수 없다고 생각하는 것이 아닌가? 혹 그는
작품의 내재적인 미학적 가치나 '작품의 고유한 미학적 진리'(!)를 강
조하는 관점에서 이해된 모든 '작품'이 곧 '물신'이라고 해석하고 있는
것은 아닌가?

　김영찬은 이 글에서 **"현실의 경험을 가시화하려는 재현의 의지"**나
"문학적 재현체계"[19]를 우위에 두고 작품과 비평의 관계(혹은 차라리
상관없음)를 생각한다. 작품이나 비평이 서로와 상관없이 각자 관계
할 수 있는 것은 오직 그 정치-사회-제도-체계적 현실, 혹은 그 현실
의 경험이다. 달리 말해서, 김영찬이 글의 결론 부분에서 "지옥은 실은
어디에나 있다. 그리고 한국의 현실은 오랜 세월 변함없는 지옥이었다.
어제의 한국문학과 비평도 늘 그곳에서 자기만의 목소리로 발언하고

18　김영찬, 같은 글, pp. 166~67.

19　김영찬, 같은 글, p. 167, 강조는 인용자.

있었다"라고 말하는 것을 고려하면, 작품과 비평이 서로 상관없이 '자기만의 목소리'를 통해 관계하고 있는 것은 그 "변함없는 지옥" 같은 현실의 경험이며, 더 나아가 우리의 해석을 덧붙이면서 그 '지옥'을 '악마적'인 것과 연관시킨다면 '악마적 현실'의 경험이며, 문학은 그 '악마적인 것'을 재현해야 하는 것이며, 그때 재현을 모방으로 이해하면 결국 문학은 '악마적인 것의 모방'이 되며, 모방하는 것이 어쩔 수 없이 모방되는 것에 어느 정도 영향을 받을 수밖에 없다면 그때 문학은 어느 정도 '악마적인 것'이 된다(그 악마가 메피스토펠레스라면, 우리는 여기서 또다시 메피스토펠레스의 지배력을 확인할 수 있다). 그렇기에 사실 '문학적으로'는 '재현적으로'를 의미할 수 있다. 따라서 '현실적 경험의 재현으로서의 문학'에 종속되지 않는 자율적 문학작품이나 문학비평은 '없다'고 할 수 있다. 작품이나 비평이 그 안에 온전히 포섭되어야 하는 그 보편적(?)인 악마적 현실(경험)의 재현만이 오직 문학적 진실일 수 있고, 작품 자체 속에 내재하는 '미학적 진리' 같은 것은 없으며, 만일 있다고 생각한다면, 그것은 '작품물신주의'다. 여기서 우리가 말하고 싶은 요점은 이것이다—김영찬은 유명론적인 작품이나 비평의 개념에서 오는 불만을 '실재론적'인 '현실'이나 '경험'이나 그것의 '재현'으로서의 '문학'이라는 '관념'을 통해 결코 만족스럽지 않은 방식으로 해소하려고 하고 있다.

왜 만족스럽지 않은가? 우선, 여기에는 아직도 해결되지 못한 유명론과 실재론의 이분법적 대립과 연관된 '보편자universal의 문제'가 있다. 사실 그 문제는 현대인의 눈으로 보면 왜 그런 문제로 그렇게까지 싸웠을까 의아할 정도로 그 핵심이 잘 이해되지 않지만, 아무튼 중세철학에 속하는 오랜 기간 동안 격렬한 논쟁의 대상이었다. 하지만 단적으로 말하자면, 현대인의 눈에 그 보편자의 문제가 별로 중요하게 생각되지 않는 이유는 현대인이 거의 모두 '보편자의 존재'를 인정하지 않는 유명론자이기 때문이며, '보편자'란 순전한 허구나 가상이나 이름이나 소리, 혹은 단지 유용한 추상개념으로 생각되기 때문이다. 사소하게 들리는 유명한 질문, 즉 '이러저러한 개별적이고 특수한 말들 이외에 말성(馬性, horseness)이 존재하는가'라는 질문에 유명론자들은 '없다'고 답할 것이다(하지만 '인간성'이나 '문학성'이나 '작품성'의 경우는 어떤가?). 유명론자들의 세계는 개별적이고 특수한 존재들로만 이루어진다. 근대적 자기의식, 개별성에 기초한 자유에 최고의 가치를 두는 근대적 개인, 근대적 자아ego의 '생성'(!)은 유명론의 지배적 승리와 함께 시작된 것이다. 그것은 어떤 긍정적이면서도 부정적인 양면적 의미를 갖는 역사적 의식의 진화 속의 중요한 사건이었다. 하지만 보편적인 것에 대한 고려 없이는 개별적이거나 특수한 것 또한 온전히 이해될 수 없다면, 그렇기에 보편적인 것과 개별적인 것 사이의 본질적 관계성을 다시 회복해야 한다면, 근대적 자아가 갖는 개별적 자유의 가능성은 보편자의 관념을 구체적으로 다시 새롭게 사유하는 일과 무관하지 않다. 이제 보편자는 관념이자 구체적 현실로 경험될 수 있어야 한다. 그러므로 현대에 다시 제기된 보편자에 대한 구체적 사유에 대한 요구는 자기의식의 자유로운 활동을 통해서 관념의 현실을 창조적으로 경험해야 하는 과제에 다름 아니다. 여기서 '현실'이나 '경험'이라는 말의 의미는 외연적 확장과 내포적 강화를 동시에 요구한다. 이런 우리의 생각에 따르면, 김영찬이 작품과 비평과 문학을 거기에 종속시키고 있는 '현실'이나 '경험'은 매우 협소한 의미만을 가질 뿐이다. 더구나 그런 협소한 의미의 현실적 경험을 어떤 궁극적인 실재, 유일한 실재로 놓는다면, 그때 그러한 특정한 '이론적 태도'를 통해 생각되는 현실이나 경험은 너무나 무기력하고 부정적인 의미만을 가지게 될 뿐이다. 그것은 그 좁은 의미의 현실적 경험을 벗어나는 것, 아니 심지어 그 현실 속에서도 경험될 수 있는 '초현실적'인 것이나 '비현실적'인 것의 존재를 무시할 뿐만 아니라 주목할 필요도 없는 것으로 그저 방치한다. 즉 이상적인 것, 혹은 가능적이거나 잠재적인 것, 혹은 가상적이거나 허상적인 것의 존재 혹은 비존재의 의미가 그것이다.

이를테면 김영찬이 '작품물신주의'라는 표현을 통해 반복적으로 '작품'에 접착시키고 있는 '물신'의 경우를 보자. 물신이 존재한다는 것은 어떤 의미인가? 그것은 그저 존재하지 않는 비존재로서의 가상인가? 하지만 존재하지 않는 가상, 혹은 소위 '심리적'이거나 '신경증적'인 가상이 계속 현실적 문제가 된다는 것은 무엇을 의미하는가? 왜 전체와 부분, 실재(혹은 현실)와 현상(혹은 가상), 추상과 구체, 일반과 개별, 보편과 특수, 그리고 결정적으로 정신(혹은 영혼 혹은 영과 혼)과 물질(혹은 몸 혹은 죽어 있거나 살아 있는 몸들)의 관념은 현재의 인간 사유 속에서 그토록 혼란스러운 방식으로 영향력을 행사하고 있는 것인가? 그것은 우리가 여전히 물질과 정신의 이분법을 극복하지 못했으면서도 극복했다고 착각하고 있기 때문이 아닐까? 아니, 구체적인 삶의 문제로서 물질과 정신의 이분법을 극복한다는 것은 무엇을 의미하며, 그것은 어떻게 극복될 수 있는가? 추상적 일반성을 통해 사유하는 합리주의적 태도만으로는 그 이분법을 극복할 수 없다(그러한 태도를 통해서는 추상적인 유물론이나 추상적인 유심론, 즉 물질과 정신의 진정한 구별에 기초한 관계 짓기가 아니라 사실상 혼동이나 일방적인 환원이나 무시에 기초한 이도 저도 아닌 회색의 이론에 도달할 뿐이다). 그렇다고 사유가 아닌 다른 삶의 경험이나 행위나 실천을 통해서도 그 이분법은 극복되지 않는다. 왜냐하면 정신과 물질의 이분법이라는 문제는 일차적으로 사유의 문제이기 때문이다. 그리고 사실 여기에 현대의 우리 거의 대부분이 명시적으로든 아니든 정신적 사유의 활동적 삶의 본질을 경험할 수 없기에 유물론자일 수밖에 없는 이유가 놓여 있다. 즉 우리는 누구나 물리적 세계에 대한 감각경험을 갖는다. 하지만 그 감각

경험에 의존하지 않으면서도 그 감각경험만큼, 혹은 오히려 그보다 더욱 질적으로 강화된, 구체적으로 살아 있는 사유의 경험을 갖는 것은 드문 일이거나 어려운 일이다. 하지만 그런 종류의 경험을 통해서만 물질과 구별되는 정신을 이해할 수 있고, 그런 후에야 물질과 정신을 이분법적으로 분리시키는 것이 아니라 구별된 관계 속에 놓을 수 있다면, 이분법의 극복을 위해서 일차적으로 요구되는 것은 역동적이고 자유롭고 독립적인 정신적 사유의 운동 그 자체의 경험을 위해 노력하는 것이다.

여하튼, 기본적인 생각은 이런 것이다. 우리는 물질이 정신을 이해할 수 있는지, 또한 물질이 물질 자신을 이해할 수 있는지는 아는 바가 없다. 반면에, 물질을 이해할 수 있는 것은 정신이지만, 그러한 물질에 대한 진정한 이해는 오직 정신이 정신 자신을 진정으로 이해하는 일을 통해서만 가능하다고 생각한다. 그렇기에 '유물론적인 정신'이라는 말이 가능한 것이다! **궁극적인 실재는 물질이라거나, 이 세계를 구성하는 가장 중요한 기초는 물질이며 결국 모든 것이 물질성으로 환원될 수 있다고 말하는 자는 오직 살아 있는 이해의 정신을 통해서만 그렇게 말할 수 있는 것이다!**

이러한 정신적 사유의 경험에 대한 논의를 통해서 우리는 다음과 같이 말할 수 있다.

긍정적으로 이해될 수 있는 작품이란, 자기초월적 사건으로서의 관계적 마주침을 통해 정신적 삶의 활동, 즉 창조적 작업의 자기표현, 다시 말해 정신의 구체적 현존이 경험될 수 있는 가능성을 갖는 존재다.

하지만 이런 작품-존재의 긍정적인 이해 가능성에 대한 고려 없이, 김영찬은 자신의 글에서 '작품'을 반복적으로 '물질적'(혹은 물신적)인 것과 연관시킨다. 가령 서로 다른 입장 차이를 보여주는 조강석과 조연정의 두 글을 비교하면서 김영찬은 다음과 같이 말한다.

그 둘은 짝패다. 메시지는 의미 있지만 미학적으론 결함이 있다는 주장이나 그럼에도 메시지의 가치는 그 미학적 태만의 결함을 덮고도 남는다는 주장은 모두 **미학과 메시지를 이분법적으로 분리한다는 점**에서는 마찬가지다. **문학을 그 자체로 의미가 고정되어 있는, 물질적 형태를 갖춘 작품의 차원으로 제한한다는 점에서도** 그렇다.[20] (강조는 인용자)

김영찬의 이러한 해석을 읽으면서, 우리 모두가 이분법적인 분리의 문제로부터 쉽게 자유로워질 수 없다는 점을 다시 느낀다. 이것은 매우 미묘한 문제다. 가령 『82년생 김지영』에 대한 조강석과 조연정의 서로 다른 두 해석에 대해 "모두 미학과 메시지를 이분법적으로 분리한다"는 김영찬의 판단이 옳다고 해보자. 하지만 그렇게 이분법적으로 분리할 수밖에 없게 만든 이유가 그 두 해석이 관계하고 있는 『82년생 김지영』이라는 작품 자체에 놓여 있다면 어떻게 해야 하는가? 즉 그 소설 자체가 미학과 메시지를 이분법적으로 분리하는 것이 가능하다거나 당연하다는 방식으로, 혹은 그렇게 분리하는 일에 대한 주의 깊은 문제의식도 없이 눈앞의 현실 재현에 급급한 방식으로 나타난 것이라면 어떻게 해야 하는가? 더 나아가, 김영찬 자신은 미학과 메시지를 이분법적으로 분리하는 덫에 더 심각한 방식으로 걸려든 것이 아닐까? 왜냐하면 조강석과 조연정이 그 두 관계항을 모두 고려하는 방식 속에서 분리를 행했다고 한다면, 김영찬은 그 두 관계항 중의 하나를 전혀 고려하지 않는 **'무시나 삭제의 방식'**으로 분리를 행하는 것처럼 보이기 때문이다. **즉 김영찬은 앞에서 '미학은 아무래도 상관이 없다'는 식으로**

20 김영찬, 같은 글, p. 170.

말했던 것이다!

하지만 "문학"의 가능성이 바로 그 "미학"적 고려 속에서 이해된 "물질적 형태를 갖춘 작품"의 생성에 있다면(여기서 일단 "물질적 형태"라는 표현의 문제는 그냥 넘어가자), 김영찬의 그러한 주장은 성급한 선입견이다. 물론 작품의 의미를 협소하게 제한하지 않고 더욱 포괄적인 문학의 관념과 연관시키려는 태도, 또한 문학을 구체적인 현실적 경험에서 분리시키지 않으려는 태도를 문제 삼는 것이 아니다. 다만, 여기서 김영찬이 이해하는 **'문학의 관념'**이 협소한 현실적 경험의 재현이라는 방식과 연결되지 않는다면 추상적인 일반성 이외에 다른 어떤 구체성을 가질 수 없는 유적 존재의 성격이 아니라, 구체적인 보편성의 특성을 보여주기를 원할 뿐이다. 다시 말해서, 우리는 '문학의 관념'이 개별적인 문학작품들과 연관된 경험세계의 존재자들과 그 관계를 재현하는 분류 체계의 상위에 있는 추상적인 유적 존재의 개념으로 이해되는 것이 아니라, 개별적인 문학작품들을 통해서 경험될 수 있는 구체적인 보편성, 즉 본질적 관계성으로 이해될 수 있는 가능성을 배제하고 싶지 않은 것이다. 이러한 관점에서, 작품 자체의 고유한 미학적 가치를 강조하는 것은 "문학"을 "그 자체로 의미가 고정되어 있는, 물질적 형태를 갖춘 작품의 차원으로 제한"하는 일이 아니다. 사실 여기서 "작품"을 "물질적 형태"와 연관시키는 일도 오해의 여지가 있다.

'형태'란 무엇인가? 그리고 형태가 왜 '물질적'인 것과 연관되어야 하는가? 형태란 생김새, 보임새다. 즉 어떤 형성 과정을 통해 나타나게 된 형상이고, 어떤 지각 과정(인지 과정)을 통해 보이게 된 형상이다. 그것은 실재적(현실적)일 수도 현상적일 수도 가상적일 수도 있으며, 감각적 사물과 연관될 수도 있지만, 기억 활동이나 상상 활동 속에서 나타난 그림-상(像), 이미지와 연관될 수도 있으며, 사유 활동이 관계하는 관념과도 연결될 수 있다. 즉 우리는 생각을 통해 나타나는 '관념적 형태'에 대해 말할 수 있다. 가령 플라톤이 이데아를 지칭하는 다른 낱말인 '에이도스'(형상)가 의미하는 것은 그러한 관념적 형태, 정신적 형태다(정신적 지각을 통해서 보이게 되고 나타나게 된 유의미한 형상이다). 그리고 그러한 형태, 형상이라는 낱말이 점점 유물론적이고 유명론적인 합리주의의 성격을 띠게 된 사유 속에서 '추상적인 형식form'의 의미를 갖게 되었을 때조차도 여하튼 **형태, 형상, 형식** 등의 낱말은 **'내용, 질료, 물질'** 등과 대비되어 구별되는 낱말이었다. 우리가 보기에, '정신적 형태'를 일차적으로 고려하지 않는 상태에서 사용되는 '물질적 형태'라는 표현은 금속적 나무, 부적절하게 이해된 황금나무다.

형태가 물질적인 것이라고 생각되는 이유는 형태에 대한 우리의 인지적 지각을 물리적 세계에 속한 것으로 가정되는 신체적 감각경험으로 축소, 제한, 환원시키기 때문이다! 하지만 형태심리학에서 말하듯이, 형태 즉 '게슈탈트'의 지각이란 오직 살아 있는 유기체의 인지적 경험 속에서만 발생할 수 있는 구조화된 전체적 의미의 지각이다. 그러므로 긍정적으로 이해된 "형태"란 "고정"된 "의미" 혹은 파편적이거나 일의적 의미를 갖는 것이 아니라 '역동적으로 살아 있는 구조적 전체성과 연관된 다양한 의미'를 갖는다. 그리고 형태가 언제나 유기체적인 형성력의 활동, 형성의 과정과 분리될 수 없기에, 그것은 '변형'의 과정 속에 있게 되는 것이다.

작품이 고정된 의미를 갖는 물질적 형태가 되는 것은 우리가 작품을 잉크(검은 글자)와 종이(하얀 바탕)로 이루어진 눈앞의 사물로만 보거나 작품이 작품으로서 경험될 수 있는 살아 있는 이해의 과정을 무시할 때뿐이다. 우리는 작품의 물질적 형태를 말하기 전에 작품과의 마주침을 통해서 경험될 수 있는 살아 있는 정신적 형태의 이해를 말해야 한다(그런 후에야, 우리는 부정적인 현실성의 자기극복, 감각적인 것과 관념적인 것 사이의 새로운 관계의 생성 등과 연관된 미학적 가상의 문제

같은 것을 논의할 수 있게 될 것이다). 그렇기에, 작품을 뜻하는 그리스어 '에르곤'이 어떤 정신적 활동성으로서의 현실태를 뜻하는 '에네르게이아'와 본질적인 연관을 갖는 것에서 볼 수 있듯이, 우리는 작품을 고정된 의미를 갖는 물질적 형태, 혹은 생성이나 형성이나 변형의 과정에서 소외되거나 분리될 수 있는 기술-조작적 생산품 같은 것으로 이해할 수 없다. 진정한 의미에서의 작품이란, 형태에 대한 우리의 논의와 연관시켜 말하자면, 살아 있는 구조적 전체성의 특성을 갖는 역동적 의미를 내포하고 있으며, 특히 그 '작품의 의미'는 **변형의 과정, 변형의 가능성** 속에 있다. 그리고 바로 거기에 작품에 대한 **'다양한 창조적 해석의 가능성'**이 있으며, 또한 거기에 **'작품의 진리'**에 대한 **회의주의적 입장**(작품에는 어떤 진리도 없다는 입장)이나 **상대주의적 입장**(작품의 진리는 시대와 장소와 사회제도적 환경에 의존적으로 변하며, 그래서 진리가 거짓이 될 수도 있고, 거짓이 진리가 될 수도 있고, 동일한 사태에 대해 서로 다르거나 대립되는 수없이 많은 주관적인 진리가 존재할 수 있다는 입장, 그렇기에 결국 회의주의에서 그리 멀지 않거나 사실은 회의주의적 입장)이 아닌 다른 입장의 가능성이 있다.

즉 상대주의적이지 않은 다원주의적 입장, 다시 말해 작품의 진리는 여럿이면서 하나일 수 있으며, 고정된 실체적 동일성이 아닌 다양한 변형 가능성 속에서 유연하게 변화하는 자기초월적이고 관계적인 동일성을 가질 수 있다는 입장의 가능성이 있다.

6

우리는 이론적 삶에 대한 논의를 '메피스토펠레스의 말' 혹은 '악마의 말'과 함께 시작했었다. 그런데 그 말은 아직 충분히 해석되지 못했다. 하지만 그 해석을 진행하기 전에, 우리는 앞의 논의와 관련하여 들뢰즈의 사유를 잠시 참조할 필요성을 느낀다. 들뢰즈는 "현대적 사유"에 대해서 다음과 같이 설명한다.

> 어떻게 파악하든 동일성의 우위가 재현의 세계를 정의한다. 그러나 현대적 사유는 재현의 파산과 더불어 태어났다. 동일성의 소멸과 더불어, 동일자의 재현 아래에서 꿈틀거리는 모든 힘의 발견과 더불어 태어난 것이다. 현대는 시뮬라크르simulacres, 곧 허상(虛像)들의 세계이다.[21]

그런데 들뢰즈가 말하는 "시뮬라크르" 혹은 "허상"과 관계된 '현대적 사유'란 '플라톤주의의 전복'이나 다름없다. 들뢰즈의 말을 들어보자.

> 플라톤주의는 차이를 그 자체로 사유하지 않는다. 그 대신 차이를 이미 어떤 근거에 관련짓고 같음의 사태에 종속시키며, 또 신화적 형식을 통해 매개를 도입한다. **플라톤주의를 전복한다**는 것, 그것은 모사에 대한 원본의 우위를 부인한다는 것을 말한다. 그것은 이미지에 대한 원형의 우위를 부인한다는 것이며 **허상[시뮬라크르]과 반영들의 지배를 찬양한다**는 것이다.[22] (강조는 인용자)

그렇다면 이제 들뢰즈가 '차이 자체'를 사유하지 않는다고 주장하는 "플라톤주의의 전복"과 연관된 "허상"의 개념을 어떻게 해석하고 있는지를 잘 보여주는 문장들을 읽어보자.

---

21 질 들뢰즈, 『차이와 반복』, 김상환 옮김, 민음사, 2004, pp. 17~18.

22 질 들뢰즈, 같은 책, p. 162.

플라톤주의를 좇던 교부(敎父)들에게 그토록 많은 영감을 주었던 교리문답 덕택에 우리는 이미 어떤 유사성 없는 이미지라는 관념과 친숙해졌다. 인간은 원래 신의 이미지를 본따 창조되었고 그래서 신과 유사했지만, 우리는 원죄 때문에 그 이미지를 온전히 간직하면서도 신과의 유사성을 잃어버리고 말았다는 것이다…… **허상은 정확히 말해서 유사성을 결여하고 있는 이미지, 어떤 악마적인 이미지이다.**[23] (강조는 인용자)

악마적인 이미지! 악마적!—"허상"이란 동일성, 유사성, 원본, 원형 등과 아무 상관 없는 '차이'로서의 이미지, 그리고 결정적으로 "신과의 유사성"이 결여된 "악마적인 이미지"다. 그런데 우리는 여기서 들뢰즈의 차이의 존재론 혹은 초월론적 경험론이라고 지칭되는 그의 형이상학적 이론 자체에 대해 논의하는 일에는 별 관심이 없다. 그런 일은 철학자들 혹은 철학박사들이 더 잘할 것이다. 우리의 적성에도 잘 맞지 않으며, 능력도 없고, 이 글의 맥락에서도 벗어나는 일이다. 다만 여기서 **'동일성과 차이의 관계(혹은 관계없음)에 신과 악마의 관계(혹은 관계없음)가 겹쳐지고 있음'**에 주목하고 싶을 뿐이다. 그리고 들뢰즈가 사용하는 "악마적"이라는 표현이 단순한 장식적 수사에 불과한 것이 아닐 수도 있다는 것을 말하고 싶을 뿐이다. 이와 관련해, 우리는 들뢰즈가 자신의 차이 개념과의 본질적인 관계성을 갖는 반복 개념을 정신분석학적 치료 작업에서의 전이 개념과 연관시키는 논의 과정에서 또다시 "악마적"이라는 표현을 사용하는 것을 확인할 수 있다.

---

23 질 들뢰즈, 같은 책, p. 286.

유난히 연극적이고 드라마 같은 작업, 바로 그 작업 과정을 통해 비로소 치료가 이루어지거나 이루어지지 않는다. 그 작업 과정은 전이(轉移)라는 이름으로 지칭된다. 그렇지만 전이는 여전히 반복이며, 다른 무엇이기 이전에 반복이다. 만일 반복이 우리를 병들게 한다면, 우리를 치료하는 것 역시 반복이다. 반복이 우리를 속박하고 파괴한다면, 우리를 해방하는 것 역시 반복이다. **반복은 이 두 경우 모두 자신의 '악마적인' 역량을 증언한다.**[24] (강조는 인용자)

들뢰즈의 가장 중요한 두 개념인 '차이'와 '반복'은 둘 다 어떤 '악마적'인 것이다! **악마적 이미지와 악마적 역량!** 그리고 차이가 독자적인 생의 긍정과 연관되고 반복이 쾌락원칙을 넘어서는 "죽음본능이라는 보다 높은 원리, 보다 심층적인 재판관"[25]과 연관된다면, 우리는 들뢰즈의 사유에 나타나는 '이론적 삶'이 '죽음'까지도 포함하고 있는 삶이며, 그때의 삶과 죽음이란 '악마적인 것'과의 연관성 없이는 이해될 수 없다고 말할 수 있다. 그렇다면 이때 **'악마적인 것'**이란 무엇을 의미하는 것일까? 우리는 그것을 일단 **창조와 파괴, 자유(해방)와 속박, 건강과 병, 삶과 죽음 사이에서 작동하고 있으면서 양쪽 모두에 영향력을 행사하고 있는 '필요불가결한 힘'**이라고 말할 수밖에 없다. '악마적인 것'을 그렇게 말하는 것은 특히 '자유'의 문제와 관련하여 전통적인 종교나 철학의 특정한 관점들과 부합하는 측면이 있다. 가령 리쾨르가 칸트를 끌어들이면서 말하는 **'악과 자유의 본질적 관계성'**이라고 할 만한 논점을 들어보자.

---

24   질 들뢰즈, 같은 책, pp. 63~64.

25   질 들뢰즈, 같은 책, p. 64.

그러나 근원을 '안다'고 한 영지주의와 달리 철학자 칸트는 악이 풀 수 없고 알 수 없는 것임을 인정한다. [……]

결국 불가사의한 것은 이것이다. 곧, **악은 자유'로부터' 시작되지만 이미 자유 '속에' 들어 있다.** 악은 행위이면서도 습관이고, 그때그때 생기면서도 동시에 이미 있다. 철학자 칸트가 **악의 수수께끼**를 말하려고 **신화에 나오는 뱀의 형상**을 끌어들인 까닭도 거기에 있다. 내가 볼 때 결국 **뱀**은, **악**이 자유로운 결정의 산물이고 인간의 행위에서 시작되지만 **어떤 면에서는 '이미 있는'** 것이라는 점을 말하는 것이다.[26] (강조는 인용자)

악에 대한 리쾨르의 이러한 해석에는 분명 만족스럽지 않은 구석이 있다. 여기에는, 한편으로는 그것이 알 수 없는 수수께끼(혹은 불가사의)라고 하면서도, 다른 한편으로는 그것에 대해 조금은 알 수도 있다(혹은 알고 싶다)는 자기모순적인 태도가 있다. '알 수 있다'와 '알 수 없다(그렇지만 알고 싶다)'가 공존하는 이율배반적 태도. 물론 여기서 리쾨르는 **악 혹은 뱀**에 대해 **칸트가 사물이나 현상과 분리되어 있다고 가정하는 물자체 혹은 실재에 대해 취하는 입장**을 공유하고 있다고도 할 수 있다. 즉 그것이 이미 존재한다는 것은 안다. 하지만 그것이 어떤 것인지는 알 수 없다. 왜냐하면 인간의 인식능력이 그런 앎을 허용하지 않는 방식으로, 혹은 그런 앎이 가능하지 않은 방식으로 제한되어 있기 때문에. 하지만 여기에는 반문이 있을 수 있다. 인간의 인식능력을 합리적 오성(지성) 혹은 선험적 주관에 한정하는 방식으로 한계를 부여한 존재는 **자연이나 신이 아니라** 근대적 자연과학(특히 살아 있는 유기체적 자연을 고려하지 않는 기계론적이고 원자론적인 물리학이나 물리학적 천

---

26 폴 리쾨르, 『해석의 갈등』, 양명수 옮김, 한길사, 2012, p. 345.

문학)과 수학과 논리학의 한계 안에서 사고하기를 원했던 **바로 칸트 그 자신(의 의식)**이 아니었는가? 또한 칸트가 인간의 인식능력에 그러한 한계를 부여하는 일을 통해서 원했던 것은, 역설적으로, 그 자신이 분명하게 진술했듯이, **지식을 희생시키면서까지 신앙을 지키기 위함**이 아니었던가? 그런데 우리가 여기서 발견하는 지식 혹은 앎에 대한 어떤 이상한 모순적 태도란 무엇을 의미하는가? 지식이란 한편으로는 가까이 다가가고 싶은 욕망의 대상이면서, 다른 한편으로는 그 앞에서 물러서고 싶은 두려움의 대상인 것이다! 지식 자체가 악마적 유혹과 신에 대한 두려움 둘 다와 연관되어 있는 것이다! 그러한 지식 혹은 앎을 향한 이중적 태도를 고려하면, 악마적인 것은, 들뢰즈가 말하는 악마적인 것과는 달리, 신과 어떤 관계도 없이 분리된 독자성에서 찾을 수 있는 것이 아니라 신과의 긴밀한 관계성에서 찾을 수 있다(그리고 사실 그 점이 **고대적 욥**의 이야기, 혹은, 특히 **근대적 파우스트**의 이야기에서 발견되는, 논란의 여지가 많은 요소들인 것이다). 이와 관련하여, 리쾨르가 악의 문제와 연관 지어 '영지주의'를 비판하는 부분을 읽어보자.

> 영지주의는 **지식과 앎의 차원을 강조하고 앎으로 구원을 받는다고 함**으로써 사변을 크게 일으켰다. 그런데 영지주의는 악의 문제와 끈끈하게 연결되어 있다. 〔……〕
>
> 왜 영지주의를 피해야 하는가? 먼저 그 내용이 문제이다. **악을 바깥에서 찾기 때문에 완전히 비극이다.** 영지주의자들이 볼 때 악은 밖에 있다. 사람 밖에서 사람을 누르는 어떤 **물리적 실체** 같은 것이다. 그러므로 악의 모습이 실재하는 무엇으로 자리를 잡는다.[27] (강조는 인용자)

---

27 폴 리쾨르, 같은 책, pp. 334~35.

지식을 통해 구원받는다! 물론 이때의 '지식(그노시스)'이란, 학문적 지식과 연관된 '에피스테메'를 넘어서는 '지혜'를 뜻하는 '소피아'에 가깝다. 리쾨르가 비판하는 영지주의자들은, 플라톤식으로 말하자면, 끊임없이 지혜를 추구하고 사랑하는 '철학자'가 아니라 지혜를 소유했다고 주장하는 '소피스트'다. 혹은 그런 영지주의자들은 철학자가 아니라 '현자'가 되고 싶은 것이다. 다르게 말하자면, 영지주의에서 소피아가 이집트 신화의 이시스 여신과 같은 여성 신격과 연결된다면, 그들은 어둠의 베일에 가려진 이시스가 아닌 베일을 벗은 이시스를 알고 싶은 것이다. 그런데 여기에서의 문제는 그토록 중요한 지식의 문제가 악의 문제와 분리될 수 없이 연결되어 있다는 점이다. 리쾨르는 영지주의가 지식을 강조하면서 악을 "물리적 실체"처럼 만들었다고 비판한다. 하지만 리쾨르의 그러한 비판은 적절하지 못한 비판일 수도 있다. 세르주 위탱[28]의 책을 참고하자면, 다양한 영지주의적 사유가 있으며, 그들이 말하는 '악'은 오히려 물리적(물질적)인 것과 정신적인 것 모두와 관계되어 영향력을 행사하는 '구체적인 영적 존재(들)'다.

즉 여기서의 요점은 "바깥"의 물리적(물질적), 신체적 세계는 그 자체가 악이라는 관념이 아니다. 자연 세계의 물질적인 것이나 신체적인 것이 악하게 생각되는 이유는 그것 자체가 악해서가 아니라 악한 영이나 정신에 의해 악의 방향으로 추락 혹은 타락했기 때문이다(즉 선악의 문제는 일차적으로 정신적 존재 방식의 문제다).

물론 지식을 통한 구원과 악을 바깥에서 찾는 사유의 태도가 분명히 존재한다. 그리고 그러한 영지주의적 태도는 고대에만 국한되는 것이 아니라 현대에도 엄존한다. 가령, 언젠가는 오직 자연과학적 지식만

---

28 세르주 위탱, 『신비의 지식, 그노시즘』, 황준성 옮김, 문학동네, 1996. 특히 pp. 35~39, p. 60 참조.

이 우주와 물질과 생명과 정신의 모든 비밀을 밝힐 것이며, 그래서 그러한 지식을 적용하여 자연과 인간에 가해지는 과학적 기술 조작을 통해 인간이 겪을 수 있는 모든 고통과 난관들을 제거할 수 있으며, 있을 수 있는 모든 좋은 것을 제공할 수 있다고 믿는 자는 현대의 영지주의자다(물론 뒤에서 이야기하겠지만, 이러한 입장은 쉽게 허무주의로 전도된다). 단, 현대의 자연과학적 영지주의자는 과학적 지식을 신처럼 생각하고 있으며, 자신을 악과 무관한 선, 혹은 선과도 악과도 무관한 선악의 저편(가치중립적 지식)에 위치시키고 있다는 점만이 다를 뿐이다. 그리고 사회적, 경제적, 정치적 차원의 권력 구조와 재화의 분배와 연관된 '제도적이고 구조체계적인 사회적 악'만을 말하며, 정치-경제-사회적 학문의 합리적인 지식(이론)을 적용한 실천을 통해 그 사회악이 극복되기만 하면 더 바랄 게 없는 살기 좋은 세상이 올 것이라고 믿는 자 또한 현대의 (무신론적) 영지주의자다.

물론 우리는 선한 의도나 긍정적인 삶의 태도나 공동체의 삶을 향한 적극적인 참여 의지를 비판할 생각이 전혀 없다(그것은 좋은 것이며, 우리의 삶은 그러한 긍정적이고 선한 활동의 도움을 받고 있다). 다만 이때 전혀 고려되지 않는 것처럼 보이는 아주 먼 과거의 종교적, 신화적 사유가 긍정적으로든 부정적으로든 여전히 살아 있으며, 그러한 사유에 대한 고려 없이는 진정한 삶의 문제로서의 '지식(이론)의 문제'나 '악(과 자유)의 문제'가 그 전체성 속에서 이해될 수 없다는 것이다. 그리고 그러한 불충분한 이해나 몰이해로 인해 선한 의도가 알게 모르게 악한 결과로 표출되거나, 악과 상관없는 선한 곳 혹은 선악의 저편이라고 믿었던 곳이 결국은 악의 장소로 판명되거나, 명료하게 의식할 수도 없는 어떤 힘에 의해 생을 긍정하는 낙천주의적인 태도가 생을 부정하는 염세주의적이거나 허무주의적인 태도로 급작스럽게 전복될 수도 있다는 점을 말하고 싶을 뿐이다.

사실 리쾨르가 비판하는 영지주의, 즉 지식을 통한 구원과 바깥의 악(즉 이 세상 자체가 악마적이며 저주받은 지옥임)을 강조하는 영지주의적 태도가 보여주는 훨씬 더 주목할 만한 부정적 특성은 **염세주의, 특히 '허무주의'**다. 이와 관련해, 한스 요나스가 고대의 영지주의적 태도를 현대의 실존주의, 특히 허무주의와 연관시켰다는 사실을 언급하고 싶다. 그는 "현대의 허무주의는 그노시스적인 허무주의보다 훨씬 더 과격하고 절망적"[29]이라고 말했다. 우리가 보기에 그 이유는 이렇다.

고대적 인간에 비해 현대적 인간은 이분법적 분리의 태도 속에서 너무나 많은 것을 극단적일 정도로 '부정'해야 했고, 지금도 부정하고 있으며, 앞으로도 부정하고 싶어 하며, 특히 중요한 것, 즉 살아 있는 자연과 정신적 존재의 구체적인 관계성을 부정하고 싶어 하기 때문이다.

자기 바깥을 부정하다 못해, 자기 내부도 부정하고, 끝내 자기 자신도 부정하며, 결국 있을 수 있는 존재 전체, 다시 말해서 '존재 자체'를 부정하거나 '삶 자체'를 부정하다가 '무' 혹은 '죽음'만 존재하게 되는 식이다. '자유'를 가장 중요한 가치로 여기는 '근대적 자아의 생성' 자체가 어쩌면 그러한 '부정의 정신'에 기초한 것인지도 모른다. 허무주의와 부정의 정신! 그런데 그 둘은, 니체의 사유를 따라가는 들뢰즈에 의하면, '악마'의 다른 이름들이다.

> 그런데 **악마는 허무주의**이다. 왜냐하면, 그것은 **모든 것을 부정하고, 모든 것을 불신**하며, 그것이 또한 **부정을 지고의 단계로까지 밀고 가려고 생각**하기 때문이다. 그러나 그것은 **부정을 독립적 힘으로 체험**하고, 부정 이외의 어떤 다른 성질도 가지고 있지 못하기 때문에 그것은 단지 **원한, 증오, 복수의 피조물**일 뿐이다.[30] (강조

29 한스 요나스, 『생명의 원리』, 한정선 옮김, 아카넷, 2001, p. 478.

는 인용자)

"악마"에 대한 이러한 해석은 이제 메피스토펠레스의 말로 다시 돌아가려는 우리의 입장에서 강한 설득력을 갖는다. 왜냐하면 괴테의 『파우스트』[31]에서 그 악마는 "부정(否定)을 일삼는 정령"(338)으로 등장하기 때문이다. 그래서 결국 우리의 논의에서 악(마), 자유, 지식(이론), 허무주의로 연결된 상호 연관성의 핵심에는 **악마적인 부정의 정신(Geist, spirit)으로 나타나는 메피스토펠레스**가 있게 된 셈이다! 그런데 그에 대한 논의로 이 글을 마무리하기 전에, 부정과 허무주의의 연관성에 대한 이해의 어려움에 관해 간략하게나마 언급하고 싶다. 특히 긍정과 부정의 태도와 관련된 '허무주의의 극복'이라는 테제에 대해 짚어보려 한다.

이를테면, 허무주의를 '극복'하는 일은 허무주의를 '부정'하는 일인가? 하지만 허무주의가 단순히 그것을 부정하는 태도만으로는 극복될 수 없다면 어찌할 것인가? 가령 허무주의 자체가 부정의 정신과 연관된다면, 허무주의의 부정 자체도 동일한 부정의 정신에 연관되어 있으며, 따라서 부정의 정신을 극복하지 못한 이상 허무주의도 극복할 수 없다면 어찌할 것인가? 다른 한편으로, 허무주의를 극복하는 길은 어떤 절대적 자유와 초인적 용기를 요구하며 어떤 창조적인 방식으로 그것을 긍정하는 것이라는 주장이 있을 수 있다. 그러니까 파괴적인 소멸 혹은 죽음까지도 창조적 생을 구성하는 필수적 요소라는 긍정의 태도에서 나오는 명령, 즉 허무주의라는 부정의 정신에서 멈추지 말고 그 부정까지도 긍정하며 나아가라는 명령이 있을 수 있다. 하지만 부

---

30 질 들뢰즈, 『니체와 철학』, 이경신 옮김, 민음사, 1998, p. 310.

31 요한 볼프강 폰 괴테, 『파우스트』, 정서웅 옮김, 민음사, 1997. 이하에 등장하는 인용문은 모두 이 번역본의 것이다.

정까지도 긍정하는 것이 과연 부정에 저항하는 긍정인가? 그것은 결국 부정의 부정 같은 게 되고 마는 것이 아닌가? 다시 묻자면, 긍정은 부정의 극단(끝)에서 발견되는 긍정이어야만 진정한 대긍정이 된다는 주장, 그것은 여전히 부정의 부정으로서의 긍정이며, 따라서 여전히 부정의 정신과 연관되고 있는 것이 아닌가? 그리고 이런 식의 물음들을 통해 결국 우리는 또다시 이분법적 분리의 문제에 직면하고 있는 것이 아닌가? 긍정과 부정의 이분법적 분리. 여기서 이분법적 분리는 극복될 수도 없고 극복될 필요도 없는 어쩔 수 없는 것인가? 아니면, 모든 문제는 **'자기가 결별하고 싶거나 부인하고 싶은 대상에 여전히 의존하게 만드는 몹쓸 개념으로서의 부정'**에 있기에, 그 개념 자체를 폐기 처분하고 **'부정적인 것과 아무 상관 없다고 주장되는 독립적인 차이 자체의 생을 긍정'**하기만 하면 되는가? 여하튼, 우리는 이 문제를 이해하는 데 큰 어려움을 느끼고 있으며, 정확히 무엇이 문제인지 확신하지 못하고 있다. 다만 한 가지 덧붙이고 싶은 점은, 긍정의 길을 가고자 하는 자 또한 바로 그 긍정의 태도와 연관된 어떤 악마적 영향력에서 자유로울 수 없다는 것이다. 이와 관련해, 허무주의의 극복과 생의 긍정을 강조한 니체의 영혼이 겪어야 했던 분열과 팽창의 문제에 대해 말하는 융의 해석을 참고했으면 한다.

〔······〕 현대의 우상 파괴자는 누구의 이름으로 낡은 가치를 파괴하는지 의식하지 못한다. 〔······〕 차라투스트라는 일종의 두 번째 인격, 제2의 자아alter ego였다. 〔······〕 니체는 무신론자가 아니었다. 그러나 **그의 신은 죽었다**. 이 사망의 결과는 그 자신 속에서의 **분열**이었고 그는 다른 자기Selbst를 어떤 때는 '차라투스트라'로, 다른 때에는 '디오니소스'로 인격화하지 않을 수 없다고 느꼈다. 숙명적인 병을 앓고 있으면서 그는 편지에 '자그레우스Zagreus'라고

서명하였는데, 이는 트라키아인의 조각난 디오니소스였던 것이다. 『차라투스트라는 이렇게 말했다』의 비극은 **그의 신이 죽었기 때문에 니체 자신이 신이 되었다**는 데 있다. 그가 무신론자가 아니었기 때문에 일이 그렇게 된 것이다. **그는 무신론이라는 대도시인의 신경증을 견디기에는 너무도 긍정적인 품성을 가지고 있었다.** 어떤 사람에게 '신이 죽으면' 그 사람은 **'팽창Inflation'의 제물**이 된다. 실제로 '신'은 진실로 가장 강력한 심적 지위를 차지한다.[32] (강조는 인용자)

7

이론적 삶에 대한 이 글의 입장을 정리하기 위해, 이제 이론과 생명에 대한 메피스토펠레스의 유명한 말이 나오는 드라마의 맥락을 살펴볼 필요가 있다. "다시 악마 노릇을 제대로 해야겠는걸"(2010). 그렇게 결심한 뒤, 파우스트 교수로 변장한 메피스토펠레스는 지식의 길을 구하는 학생에게 "여보게, 이론이란 모두 회색빛일세. 푸른 건 인생의 황금나무지"(2038~39)라고 말한다. 그다음 곧바로 학생의 기념첩에 "〈너희들, 신과 같이 되어 선과 악을 알게 되리라.〉"라고 적어준 뒤, "옛 말씀과 나의 아주머니인 뱀의 지시를 따르라. 언젠가는 신을 닮았다는 사실이 두려워지리라!"라고 말한다(2048~50). 이러한 맥락을 고려하면, 여기서 이론과 삶의 관계가 「창세기」의 신화 속에 등장하는 지식의 나무와 생명의 나무 사이의 모호한 관계와 겹쳐지고 있음을 볼 수 있다. 하지만 그 신화 속의 악마 혹은 "나의 아주머니인 뱀"이 일차적으

---

32 C. G. 융, 『인간의 상과 신의 상』, 한국융연구원 C. G. 융 저작 번역위원회 옮김, 솔출판사, 2008, pp: 128~29.

로 지식의 나무(선과 악을 알게 하는 나무)와 연관되어 있었던 반면, 이 드라마 속의 악마인 메피스토펠레스는 "인생의 황금나무"에 대해서 말한다.

황금나무? 황금양털, 황금사과, 황금알, 황금꽃, 황금가지…… 황금나무! 도대체 '삶'에 속하는 이 금속-나무, 혹은 광물-식물, 혹은 무기체-유기체는 무엇을 의미하는 것일까…… 그렇다! ……모든 나무는 일종의 황금나무가 아닐까? 어떤 **원형적 나무, 혹은 나무 자체**가 있다면, 그것은 생의 황금나무 자체가 아닐까? 즉 광물적 죽음의 과정이 극복되는 식물적 형성의 과정을 대표하는 것이 나무라면, 나무는 그 형성적 생명력을 통해 황금으로 대표되는 광물적 죽음의 귀중한 핵심을 생과 종합하고 있는 게 아닐까? 그런데 그 광물적 죽음의 귀중한 핵심이란, 우리의 신화에 의하면, '지식'(수축, 결정화, 고체화로 인한 고립, 분리, 무거움의 방향으로의 추락과 관련된 열매, 긍정적으로 다시 말하자면, 죽음과 부패를 통한 재생의 씨앗을 자기 안에 간직한 열매)이다. 그리고 황금이란 것이 전통적으로 태양 혹은 태양의 빛과 연관되었고, 또한 그러한 하늘의 빛과 연관된 살아 있는 지혜(중력 혹은 아래의 방향으로 닫히고 수축된 열매보다는 반-중력 혹은 위의 방향으로 개방되고 확장되는 질적 변형을 거치면서 고양된 꽃)를 상징할 수 있었기에, 초록인 생의 황금나무란 '빛의 행위와 고통'(괴테의 색채론), 다시 말해서 '광합성적 사유와 의지의 활동'을 통해 가능해지는 지식과 생명의 종합, 죽어 있는 지식이 살아 있는 지식으로 변형되는 과정에 대한 상징적 이미지로 이해될 수 있다.

즉 우리의 해석에 의하면, 메피스토펠레스의 말은 이론(지식)과 생명을 분리시키는 이분법 속에 그 이분법의 극복에 대한 상징으로서의 '황금나무'를 교묘하게 섞어놓은 말이다. 다시 말하자면, 파우스트로 변장한 메피스토펠레스의 말은 파우스트의 이상적 관념을 악마적 유혹의 방식으로 표현하고 있는 말이다. 그런데 이때 악마가 어떤 '부정의 정신'이나 '거짓의 정신'이나 '훼방꾼'이나 '방해꾼'이나 '파괴자'로 나타난다면, 역설적으로, 그 악마적인 것 속에는 어떤 '긍정적인 것'이 발견될 수 있다는 말이 된다. 그렇다면 거짓과 부정을 일삼는 방해꾼으로서의 악마적 정신이 우리에게 제기하는 어려운 과제는 이런 것이 아닐까? 부정적인 것 속에 있는 긍정적인 것을 이해하려고 노력하기…… 은폐된 비진리 속에 있는 진리를 탈은폐하기……

그런데 "처음에 전체였던 일부분의 또 일부분이랍니다. 저 빛을 낳은 암흑의 일부분이지요"(1349~50)라고 자신의 본성을 설명하면서 또한 "항상 악을 원하면서도 항상 선을 창조해 내는 힘의 일부분"(1335~36)으로 자신을 소개하는 메피스토펠레스가 제기하는 이해의 과제는 전체와 부분의 관계와 연관된 윤리적, 종교적 문제까지도 포함한다. 즉 그것은 선과 악(혹은 빛과 암흑, 혹은 신과 악마)의 모순적인 전체성, 통일성, 관계성에 대한 이해의 문제다. 죽음과 연관된 지식이 선과 악을 이분법적으로 분리시키는 지식이라면, 생명과 연관된 지식은 그 이분법적 분리를 극복하는 지식이 되어야 할 것이다. 어떻게 악의 부정적인 유혹과 방해에 저항하면서 악과 선의 관계성을 이해할 것인가? 아니면, 선악의 문제에서만큼은 이분법적 분리를 당연한 것으로 받아들여야 하는가? 그런데 우리는 이러한 물음들을 통해서 리쾨르가 칸트의 입장과 대비시키며 피해야 한다고 말했던 영지주의적인 신화적 우주론들이 보여주는 사유 속으로 빠져들어가고 있는 것은 아닌가? 이와 관련하여, 그러한 신화적 우주론들과 메피스토펠레스적 정신 사이의 긴밀한 관계성을 보여주는 엘리아데의 비교신화학적 설명은 충분히 참고해볼 만한 가치가 있다.

루마니아의 몇몇 신앙과 속담의 사례에서 신과 사탄은 형제다.

이는 서로 다르지만 연관된 두 주제—그리스도와 사탄이 형제 관계라는 영지주의적 신화와, 신과 악마가 협력한다는, 더 나아가서는 준(準)형제 관계라는 고대 신화—가 융합된 경우다.

[……]

그러나 **악마에게 호의적인 역할, 따져보면 창조자로서의 역할을 인정**하는 것은 특히 불가리아의 전설들이다. [……] 신이 우주 창조에 관해 무력하다는 이 모티프는 **신이 악마의 기원에 대해 무지하다**는 다른 주제와 연관된다. 그러나 이 무지는 여러 신화에서 각각 다르게 해석된다. [……] 이는 **신이 악(惡)의 기원과 무관**함을 주장하는 또 하나의 방식이다. 그는 악마가 어디에서 오는지 모르며, 따라서 세상의 악의 존재에는 책임이 없다. 요컨대, 이것은 **악이 존재한다는 사실과 신을 분리하고자 하는 필사적인 노력**이다.

[……]

우리에게 중요한 것은 민중이 다음과 같은 점들을 즐겨 상상했다는 것이다—신의 고독과 악마와의 우의: 악마는 하인, 협력자, 심지어 최고 조언자의 역까지 맡는다. 악마의 신성한 기원: 신의 가래침은 어쨌든 신성한 가래침이기 때문이다. 마지막으로, 신과 악마 사이의 모종의 '공감': 이는 **창조주와 메피스토펠레스 사이의 '공감'**을 연상시킨다.

[……]

괴테가 메피스토펠레스에게 진정한 위치를 찾아주기 위해 평생을 보낸 것은 **우연한 일이 아니다.** 그의 관점에서 **삶을 부정한 악마는 모순적으로 신의 가장 소중하고 믿음직한 동료**처럼 등장한다. [……] 『파우스트』 [……] 에서 다시 살아난 신화들은 아주 먼 공간과 시간 속에서 온 것이다. 그들은 역사 이전의 세계에서 출발하

여 우리를 찾아온 것이다.[33] (강조는 인용자)

　　신화와 역사의 연속성 속에서 드러나는 악마의 구체적인 실존! 악은
단순히 선이 결여된 존재의 상태가 아니며, 추상적이고 도구적인 개념
도 아니며, 또한 선의 존재와 분리시켜 자의적으로 바깥의 현실에 투
사해버린 뒤 무찔러버리면 끝나는 그런 존재가 아니다. 엘리아데가 말
하듯이, 사실 괴테의 드라마 속에 나타나는 메피스토펠레스는 무엇보
다도 "삶을 부정한 악마"다. 그리고 창조적이고 활동적인 삶(생명)을
"무(無)와 맞서고 있는 그 무엇"(1363)으로서 파악하면서 그것을 부정
하는 메피스토펠레스의 입장은 정확히 비활동성, 죽음으로 이끄는 파
괴, 소멸, 무(無)의 방향성을 가리킨다(메피스토펠레스가 모든 생을 '허
무'로 이끌기를 원하며, 또한 그러면서도 "신의 가장 소중하고 믿음직한 동
료"라면, 그는 결코 무시될 수 없으며 무시되어서도 안 되는 어떤 독특한
'허무주의자'다). 그러므로 '초록의 생을 긍정'하는 입장은 결코 메피스
토펠레스의 본성에 부합하는 입장이 아니다. 메피스토펠레스의 말을
그렇게 이해한다면, 우리는 파우스트로 변장한 그에게 속고 있는 것이
다! 오히려 그는 초록인 생과 분리된 '회색의 이론'을 좋아할 것이다.
그것이 '초록의 생'을 부정하는 '죽음'이나 '허무'로 이끌 가능성이 더
크기 때문이다. '초록의 생'을 원하는 것은 오히려 파우스트다. 즉 돈도
명예도 없고, 자신이 공부해온 모든 죽어 있는 학문적 지식에 대한 회
의와 절망에 빠져 마술적인 환상적 쾌락을 줄 수 있는 삶 자체 속으로
들어가기를 원하는 대학교수인 파우스트 박사다. "사색의 실마리 끊겨
버리고/온갖 지식에 구역질을 느낀 지 이미 오래도다./차라리 깊은 관
능의 늪에 빠져/이글거리는 열정을 잠재워보자꾸나!"(1748~51).

33　미르체아 엘리아데, 『메피스토펠레스와 양성인』, 최건원·임왕준 옮김, 문학동네, 2006, pp.
　　104~10; p. 160.

물론 파우스트의 그러한 욕망도 부정적인 의미에서의 '죽음'이나 '허무'로 이끄는 악마적 유혹에서 자유로워질 수 있는 욕망이 아니다. 왜냐하면 '초록의 생'으로 탈출한다고 해서 그것과 일시적으로 분리된 것처럼 보이는 '회색의 이론'이 없어지는 것은 아니기 때문이다. 파우스트의 환상적(상상적) 여행에 메피스토펠레스가 필수적 동반자 혹은 조력자로 함께하고 있듯이, '초록의 생'과 '회색의 이론' 또한 그런 관계 속에 있는 것이다. 여기서 회색의 이론과 연관된 메피스토펠레스는 융의 용어로 말하자면 '그림자'이며, '분신'이나 '제2의 자아' 등으로 생각될 수 있다. 즉 그것은 단순히 바깥의 집단적 현실을 향하는 행위나 실천, 혹은 추상적인 사유를 통해서 회피되거나 제거될 수 없으며, 결국은 한 개인이 어떤 구체적인 정신적 위기를 동반하는 사유(와 느낌, 정서, 감정과 의지)의 활동 속에서 대면할 수밖에 없는 필수적 자기구성요소다. 다시 말해서, 여기서 발생하는 사건은 이분법적 분리의 방법을 통해 무시하면서 강제적으로 밀어내버렸던 모든 부정적인 것들의 집적체, 복합체로서의 분신(보통 신화적으로는 드래곤, 혹은 스핑크스, 아무튼 기괴한 동물적 복합체로 나타나는 분신)과의 위험한 모험적 대면인데, 그것의 의미는 모든 문제적 개인이 사유의 어떤 경계를 넘어가야 하는 과제에 직면해 있다는 것을 말한다. 그런데 파우스트가 사유의 경계를 넘어가는 그러한 모험적 과제의 수행을 보여주고 있다면, 그것이 가능했던 이유는 죽음, 허무, 지식, 특히 회색의 이론과 연관된 메피스토펠레스가 파우스트가 원하는 자연의 생명, 혹은 자연의 정신 자체를 향한 상상적 사유의 모험에 동행했기 때문이다. 그렇다면 여기서 이분법적 분리의 극복과 관련된 '회색의 이론'이 갖는 특성은 무엇인가?

　이분법적 분리와 연관된 이론, 지식, 죽음의 문제에 메피스토펠레스는 "나의 아주머니인 뱀"과 다른 방식으로 연결되어 있다. 즉 뱀이 어쨌든 일종의 독자적 자유의 가능성(과 불가능성)을 준 이분법적 분리, 즉 선과 악, 생명과 죽음(지식), 정신과 물질 등의 이분법적 분리의 사건과 관련된다면, 메피스토펠레스는 그러한 이분법적 분리의 문제를 새롭게 극복하는 것을 방해하는 일과 관련된다. 즉 메피스토펠레스는 이분법적 분리를 극복할 필요가 없는 당연한 현실로 여기게 만들거나, 이분법적 분리를 극복하려는 노력을 무력화시키거나, 혹은 결정적으로 이분법적 분리를 극복하지 못했는데도 극복했다고 착각하게 만드는 혼동, 오류, 혼란을 만드는 일과 관련된다. 그리고 이것은 유물론적인 합리적 사유나 염세주의적이고 허무주의적인 사유처럼 보이지 않더라도 여하튼 본질적 관계성에 기초한 구별을 무화시키며 혼동을 일으키는 모든 사유 형태와 관련된다. **회색의 이론은 부적절한 분리나 부적절한 결합에 기초한 무구별적이고 무분별한 혼동의 이론이다(우리 모두는 바로 그러한 회색의 이론 속에 있는 것이다!).** 그것은 자신의 날개(혹은 악마의 날개)를 새의 날개(혹은 천사의 날개)로 착각하게 만드는 어두운 동굴 속의 박쥐의 이론이다(메피스토펠레스 혹은 악마가 박쥐의 날개를 가진 것으로 그려지곤 하는 이유가 있는 것이다). 물론 우리는 그러한 혼동, 오류, 혼란에서 자유로울 수 없다. 하지만 명료하게 구별하며 관계 짓는 의식의 집중적 주의력을 기울이며, 할 수 있는 한 노력하다가 오류를 범하는 일은 그러한 의식적 노력 자체를 과소평가하거나 무로 만들어버리면서 혼동과 오류에 빠져드는 일과는 다르다. 혼동이나 혼란이나 오류가 생산적인 것이라는 주장은 오직 그것을 긍정적으로 극복하고자 하는 의식적 노력과의 연관을 잃지 않을 때만 타당하다. 그러므로 유물론적이거나 허무주의적이거나 혼란스러운 궤변으로 이끄는 회색의 이론적 태도를 통해서 메피스토펠레스가 저지르는 훼방꾼으로서의 역할은, 긍정적으로 보자면, 구별하며 관계 짓는 자기의식의 힘, 즉 관계성의 부정을 통해 성립하는 고립된 자아가 아닌 관계성 속에서 긍정된 자기의식의 힘을 강화시키는 역할이다. 하지만 그러한 긍정적인 측면이 있다고 해서, 이론이 회색으로 남아 있어야 하는 것은 아니다. 이론이 회색으로 남아 있는 한, 즉 초록의 생과 분리된 죽음의 과정 속에 있는 한, 우리는 '이론적 삶'이라는 표현을 그저 내용 없는 공허한 수사로 사용하고 있을 뿐이다. 이때 삶의 과정과 죽음의 과정은 이분법적으로 분리되거나 전혀 구별되지 않고 있을 뿐이다. 즉 삶과 죽음의 관계성이 무시된 채, 삶을 죽음처럼 생각하거나 죽음을 삶처럼 생각하고 있을 뿐이다. 그리고 사실 그러한 혼동은 메피스토펠레스가 "나의 아주머니인 뱀"이라고 불렀던 다른 악마적 존재의 말 속에서도 이미 발견되는 것이다.

> "그 뱀이 여자에게 물었다. '하느님이 너희더러 이 동산에 있는 나무 열매는 하나도 따먹지 말라고 하셨다는데 그것이 정말이냐?' 여자가 뱀에게 대답하였다. '아니다. 하느님께서는 이 동산에 있는 나무 열매는 무엇이든지 마음대로 따먹되, **죽지 않으려거든** 이 동산 한가운데에 있는 나무 열매만은 따먹지도 만지지도 말라고 하셨다.' 그러자 뱀이 여자를 꾀었다. '**절대로 죽지 않는다.** 그 나무 열매를 따먹기만 하면 너희의 눈이 밝아져 하느님처럼 선과 악을 알게 될 줄을 하느님이 아시고 그렇게 말씀하신 것이다.'"[34] (강조는 인용자)

선과 악을 알게 하는 나무, 즉 우리 식으로 다시 말하자면, 이분법적 지식의 나무에 대해 신은 이렇게 말했다. 죽지 않으려거든…… 하지만 뱀은 이런 방식으로 말했다. 절대로 죽지 않는다…… 한편으로는 지식이 죽음을 의미하고, 다른 한편으로는 결코 죽음을 의미하지 않는다.

---

34 자크 브로스, 『나무의 신화』, 주향은 옮김, 이학사, 2007, pp. 345~46.

여기서 뱀은 지식과 연관된 삶과 죽음에 관한 혼란스러운 이해의 태도를 보여주고 있는 것이 아닐까? 신에게는 죽음으로 보이는 것이, 뱀에게는 삶으로 보이는 것이다.

앞에서 읽어본 바 있는 들뢰즈의 방식으로 말하자면, 뱀이 말하는 지식의 삶이란, 독자적 차이 자체인 허상으로서의 삶, 생명 자체와의 유사성이 결여된 삶의 이미지, 악마적 삶의 이미지가 아닌가?

그런데 지식의 나무가 생명의 나무와 분리되어 있는 한에서, 뱀이 부정하는 죽음은 생명 자체에 대한 긍정을 의미하지도 않는다. 그런데 여하튼 뱀 혹은 지식과 연관된 죽음은 어떤 실체도 아니며 단순히 생명과 단번에 결별하는 일회적 사건 같은 것도 아니다. 그렇다면, 여기서 뱀이 이해하는 지식의 삶 혹은 죽음이란 **생명의 방향에 역행하는 과정** 같은 것으로 나타나고 있는 것이 아닌가? 즉 뱀과 연관된 부정적 죽음(혹은 삶)이란 삶 속의 죽음, **생명 자체와 분리되어 생명 자체의 방향성을 부정하면서 역설적으로 독자적 삶을 유지하고자 하는 욕망의 경향성** 같은 것이 아닐까?

다시 요약적으로 묻자면, 이분법적 지식(인식의 과정)이란 죽음을 부정하는 삶이면서, 동시에, 삶을 부정하는 죽음(의 과정)이 아닐까? 그렇기에 그것은, 결정적으로 긍정적인 의미에서의 삶으로부터도, 긍정적인 의미에서의 죽음으로부터도 분리되어 있는 유령 같은 존재 상태가 아닐까? 말하자면, 그것은 핏기 없는 창백한 존재, 혹은 싸늘하게 굳어 있는 새파란 존재, 그렇기에 뜨겁고 새빨간 피를 갈구하는 흡혈귀, 뱀파이어 같은 존재와 연관되어 있는 게 아닐까? 그래서 "나의 아주머니인 뱀"을 언급했던 메피스토펠레스는 "그저 한 방울의 피로 서명만 해주십시오"(1737)라며 파우스트와의 계약을 성사시키고는 "피란 아주 특이한 액체지요"(1740)라고 말한 것이 아닐까? 피, 즉 불 같은 물, 혹은 물 같은 불, 혹은 공기-바람-숨과의 본질적 관계성 속에 있는 살아 있는 유동체, 혹은 동물적 영혼, 혹은 빵과 포도주(살과 피)의 상징에서도 볼 수 있듯이, 신체(빵)와 구별되는 영혼(포도주)으로 이해되는 피가 결여된 이분법적 지식의 삶은 흡혈귀 같은 존재가 될 위험에 처해 있는 삶과 같다.

물론 그러한 삶에도 어떤 긍정적인 측면이 있다. 즉 피와 분리된 핏기 없는 지식의 삶은 어쨌든 피가 가질 수 있는 부정적 성격, 즉 가령 어떤 무분별한 폭력적 광기로 표출되기도 하는 동물적 집단성이나 혈연, 핏줄 등과 연관된 생물학적 유전의 흐름으로부터 분리될 수 있는 독립적이고 개별적인 자유의 가능성을 가지고 있는 것이다. 하지만 일단 그러한 가능성을 가졌다면, 계속 그 상태로 머무를 필요가 없으며 그럴 수도 없다. 왜냐하면, 부정적으로 피와 분리된 삶이 언제까지나 긍정적으로 유지되는 일은 가능하지 않기 때문이다. 말하자면, 한편으로는 피를 갈구하며 절대적 자유의 환상을 먹고 사는 고독한 존재, 창백하거나 시퍼런 흡혈귀의 존재가 기다리고 있으며, 다른 한편으로는, 피 자체를 포함한 모든 동물적—식물적 생명을 말려 죽이고 싶은 존재, 즉 모든 생명을 무로 돌려놓고 싶은 메피스토펠레스, 검거나 잿빛의 허무주의적 부정의 정신이 기다리고 있다.

그렇기에, 긍정적인 생이나 자유의 가능성을 실현시키기 원한다면, 우리는 이분법적 지식과 연관된 이론적 태도를 통해 이미 획득된 자기의식적 사유의 가능성과 함께, 허무와 부정의 정신을 통과하여, 단절되어 있는 살아 있는 자연과의 무의식적 관계성을 긍정적인 정신성 속에서 새롭게 다시 찾는 수밖에 없다. 그리고 그러한 정신적 여행의 길은 메피스토펠레스와 "나의 아주머니인 뱀"과 결코 무관할 수 없는 길이며, 그러한 필수적인 악마적 힘들 사이에서 힘겹게 이루어지는 길고 고통스러운 '의식의 변형 과정'을 통해서만 악은 선으로 변형될 수 있을 것이다. 그런데 이때 그 정신적 여행의 지향성은 일차적으로 '살아 있는 진리의 존재'에 근거해야 한다. 즉 이때 진리란, 명제진리 같은 추상적인 진리가 아니라 존재의 진리이며, 어떤 구체적인 긍정적 영향력도 없이 죽어 있는 진리가 아니라 살아 있는 진리다. 그러한 진리의 존재와 연관된 살아 있는 정신의 영향력이 없다면, 우리는 결코 회의주의나 허무주의를 극복할 수 없다. 왜냐하면 그것은 논박된다고 해서 없어지는 입장이 아니며, 사실 논박될 수도 없다.

가령 누가 '진리는 없다' 혹은 '모든 것은 무의미하다'라고 말했다고 해보자. 사실 그런 말을 하는 자는 그 발언 뒤에 더 이상 발언할 어떤 것도 남지 않은 최후의 발언을 한 것이다. 즉 '진리는 없다'라는 마지막의 유일한 진리를 말한 것이며, '모든 것은 무의미하다'라는 단 하나의 유의미한 문장을 말한 것이다. 하지만 그렇다고 우리가 그 말이 자신의 말을 자체 부정하는 자기모순적인 말이라고 반박하거나, 당신 말이 옳고 이제 더 이상 할 말이 없으니 다 같이 영원히 입을 다물자고 말할 것인가? 그래봤자 아무 소용 없다. 왜냐하면 우리 안의 회의주의자와 허무주의자는 다양한 방식으로 끈질기게 발언할 것이기 때문이다. 즉 여기서의 문제는 논리학적 명제의 진리나 언어학적 문장의 의미 차원의 문제뿐만 아니라 정신적 삶의 태도나 존재 방식 속에 있는 문제다. 그것은 '무'(허무, 공허)와 관련해서도 마찬가지다. 여기서 중요한 것은 진리의 존재를 향한 사유 행위의 능동적인 의지(지향성)다. 그렇기에 메피스토펠레스가 말하는 '무'에 대해 파우스트는 이렇게 말한다. "자, 계속해보자! 철저히 밝혀내보자고./자네가 말하는 무(無) 속에서 삼라만상을 찾아보겠노라"(6254~55).

파우스트의 상상적 사유 행위는 공허한 '무'에서 끝나는 활동이 아니다. 오히려 그 '무'로부터 '전체'를 이끌어내야 할 본격적인 활동이 요구되고 있는 것이다. 그런데 '이론적 삶'에 관한 우리의 논의와 관련하여 여기서 결정적으로 중요한 것은 이론과 실천, 사유와 행위가 결코 이분법적으로 분리될 수 없다는 것이다. **이론적 삶이란 사유 자체의 행동과 함께 출발할 수밖에 없다(이때 사유 자체의 행동이란, 경험에 대한 앞의 논의에 따르면, 관계적 경험 자체 속에 있는 또 다른 관계적 경험이다).** 물론 이렇게 말할 수 있으려면, 이론이나 사유(생각)라는 말은 근대 이후에 흔히 사용되는 맥락 속의 의미보다 훨씬 더 강력한 의미(본래적 의미)를 새롭게 되찾을 수 있어야 할 것이다. 그렇기에 그 의미를 되찾는 데 방해가 되는 '이분법적 생각'이란 어떤 것인지를 먼저 알아보는 일이 필요하다. 가령 괴테의 드라마에 대한 서로 다른 두 해석을 읽어보자.

> 메피스토펠레스와 계약을 체결하기 전의 파우스트는 **생각하는 사람**이라면 그 이후는 **행동하는 사람**Tatmensch이라고 봐야 할 것이다. 〈행동Tat〉이라는 것도 괴테적이다. 괴테는 행동이라는 것에 늘 가치를 두었으며, **작품 『파우스트』의 전체 내용도 사실상 〈행동인〉에 관한 것으로 볼 수 있다.** 이런 의미에서도 파우스트는 근대적 인물이다. 중세 시대의 인간상이라면 깊고 은밀한 방에 꿇어앉아 묵상하고 기도하는 모습이 우리에게 떠오른다. 그러나 **현대인은 행동하는 인간**이다. 〔……〕 요한복음 1장 1절의 〈태초에 말씀이 있었다〉라는 말은 사실 태초의 세계 질서에 대한 정의라고 보고 싶은데, 파우스트는 이것을 〈말Wort〉, 〈뜻Sinn〉, 〈힘Kraft〉으로 하다가 결국 〈태초에 행동이 있었다Im Anfang war Tat〉로 끝맺는 것이다. 〔……〕 **어떻든 〈행동〉이라고 한 것은 그의 로고스의 세계에서 행동의 세계로 그가 옮겨간 것**을 시사한다.[35] (강조는 인용자)

괴테는 행동적인 주인공을 원하며, 그에게 경이롭고 그에 합당

---

35 김승옥, 「『파우스트』의 구원의 의미──시행 328~29 해설 시론」, 『파우스트 연구』, 한국괴테협회 편, 문학과지성사, 1986, pp. 68~69.

한 말을 선언하게 하며, 지옥의 힘까지 그를 돕도록 만든다. 하지만 아무 일도 일어나지 않는다. 왜냐하면 〔……〕 파우스트는 점점 더 일종의 **한가한 명상 상태**에 빠져들기 때문이다. 〔……〕 우리는 영웅을 찾다가 **구경꾼**만 발견하고 말았다. 〔……〕 파우스트의 **무기력** 속에서 근대의 서사시적 총체성을 위한 유일한 기회를 찾을 수 있을 것이다. 〔……〕 **수동적인 상태** 속에서 '인류의 보편적 개인'을 찾는 방법 말고는 달리 길이 없을 것이다. 이러한 새로운 시나리오에 따르면 서사시의 거대한 세계는 더 이상 **변화의 힘을 가진 행동 속에서가 아니라 상상, 꿈, 마술 속에서 형성**된다. 〔……〕 이러한 수동적 영웅은 큰 장점을 갖고 있다. **행동의 외부에 남아 있음으로써 죄에 대해서도 그렇게 할 수 있는 것이다.**[36] (강조는 인용자)

말하자면, 한 해석자는 괴테의 주인공이 "생각하는 사람"이 아니라 "행동하는 사람"이라고 말하면서 괴테의 드라마에서 중요한 것은 "로고스의 세계"가 아니라 "행동의 세계"라고 말한다. 반면 다른 해석자는 괴테 혹은 그의 드라마(즉 근대의 서사시)가 행동에 우위를 부여하려고 한 것은 맞지만, 실제로는 전혀 행동하지 않고 "명상"이나 "구경"이나 "상상"에만 빠져 있다고 비판적 어조로 말하고 있다. 이 두 해석을 읽으면서, 우리는 두 해석자가 모두 이 드라마의 맥락을 무시하면서 메피스토펠레스의 이분법적 분리의 유혹에 걸려들었다고 판단한다. **흔히, 우리는 '태초에 로고스가 있었다'라는 문장을 '태초에 행동이 있었다'로 번역한 파우스트에게서 괴테 자신의 진정한 의도를 알 수 있다는 주장을 듣는다. 마치 괴테가 '이론이나 해석에 반하여 세상을 변화시키는 실천'의 우위를 주장하거나 어떤 '행동주의'적 입장을 주장하기라도 했다는**

36 프랑코 모레티, 『근대의 서사시』, 조형준 옮김, 새물결, 2001, pp. 38~41.

듯이! 그것은 전혀 사실이 아니다! 또한 설령 그것이 사실이라고 하더라도(결코 사실이 아니지만), 그건 드라마의 맥락에서 벗어나는 이야기다. 드라마 속에서 번역이 이루어질 때, 파우스트는 이미 부정하고 방해하는 훼방꾼, 즉 메피스토펠레스적 정신의 영향력하에 있었다. 그는 '로고스'라는 낱말의 번역이 마음대로 잘 이루어지지 않고 시작부터 막힌다고 고백하고 있으며, 얼마 지나지 않아 모호한 어둠 속에 있던 메피스토펠레스가 가시적 형상을 갖추면서 등장한다.

하지만 로고스를 말, 뜻(감각), 힘, 행동으로 차례대로 다르게 번역했다고 해서, 그것이 '로고스' 혹은 '말'을 결국 '행동'으로 대체한 것이라고 이해할 필요는 전혀 없다. 더구나 그런 이해(오해)에 근거하여 파우스트가 로고스의 세계에서 행동의 세계로 옮겨간 것이라고 해석하는 것은 해석자 자신의 이분법적 사유 방식을 보여줄 뿐이다. 즉 생각과 행동, 말(로고스)과 행동을 이분법적으로 분리시키는 사유 방식의 반영으로서의 해석. 그것은 이론과 생을 분리시키는 메피스토펠레스가 원하는 해석이다!

오히려 이 번역 과정이 보여주는 것은 '로고스로서의 말'이 뜻(감각), 힘, 행동에 대해 갖는 본질적 관계성이 부정될 위험에 처해 있다는 점이다. 다시 긍정적으로 말하자면, 이 번역 과정은 말, 뜻(감각), 힘, 행동이 분리될 수 없는 본질적 관계성 속에 있(어야 한)다는 것을 보여준다. 이러한 이해는 '로고스로서의 말'이 원문에서 '어둠 속의 빛'이라고 서술되며, 또한 그것을 괴테가 '빛의 행동'이라는 표현을 사용했던 것과 연관시킨다면, 결코 부적절한 이해가 아니다. 따라서 파우스트의 번역 과정은 말(빛)과 분리된 행동이 있기 전에 말(빛)의 뜻, 말(빛)의 힘, 말(빛)의 행동이 먼저 있었다는 것을 보여준다고 해석될 수 있다.

이러한 해석을 통해서 모레티의 파우스트 해석의 부적절함에 대해서 말하고 싶다. 모레티는 괴테가 행동적인 주인공을 원하면서도 전혀 행동하도록 하지 않게 만들었다고 말한다. 그런데 모레티가 "변화의 힘을 가진 행동"과 이분법적으로 분리시키고 있는 것들은 "한가한 명상 상태"나 "구경꾼"이나 "수동적인 상태"나 "상상, 꿈, 마술"이다. 더구나 그것들이 "행동의 외부"에 있기에 "죄"로부터도 자유로우며, 그래서 괴테가 "결백의 수사학"[37]을 발견했다는 것이다! 하지만 지나가는 식으로 너무나 당연한 한 가지만 지적하자면, 행동하지 않고 '구경'하는 것 자체가 '죄'일 수 있는 경우가 많이 있으며, 따라서 행동의 외부에 있다는 것이 '결백'을 주장할 수 있는 근거가 될 수는 없다. 또한 더욱 결정적으로 '명상'이나 '구경'이나 '상상' 자체, 즉 포괄적으로 말해서, **생동적인 직관을 지향하는 사유 활동 자체가 이미 긍정적이거나 부정적인 행동**일 수 있으며, 그렇기에 이 드라마의 주인공이 설령 부정적인 의미에서의 '구경꾼'의 입장에 서 있다고 하더라도(결코 그렇지 않지만), 모레티가 자의적으로 해석하는 것과는 달리 결코 행동의 외부에 있지 않다!

여하튼 모레티는 그러한 부적절한 해석에 기초하여 결국은 괴테의 드라마를 서양의 보편적인 지배와 폭력을 모른 체하는 위선적인 태도를 보여주는 작품으로 규정한다. 실로 엄청난 비약적 해석이다! 과연 우리는 이런 소모적이고 비생산적인 독해마저 **'주관적 해석의 다양성'(즉 상대주의적이지 않은 다원론이 아닌 상대주의에 그치고 마는 다원론적 해석)**이란 이름하에 긍정적으로 받아들여야 하는 것인가? 물론 우리 자신 또한 그러한 주관적이거나 자의적인 해석으로부터 자유로울 수 없다는 것도 사실이다. 하지만 그러한 유물론적 리얼리즘의 주장(물리적이거나 감각적이거나 가시적인 행동 혹은 그 행동의 재현만이 소위 '현실적 행동'이라고 생각하는 주장)이 모두 사유와 행동, 이론과 실

---

37 프랑코 모레티, 같은 책, pp. 51~52.

천의 이분법적 분리에 기초하고 있는 한, 모레티의 해석은 메피스토펠레스의 유혹에 넘어간 해석일 뿐이다. 그리고 사실 그러한 모레티의 비약적으로 왜곡된 해석은, 파우스트 극에서 차지하는 메피스토펠레스의 역할을 오해하면서 "『파우스트』 2부는 우연의 결과이다. 게다가 행동이 지연되는 바람에 생긴 우연"[38]이라고 자기 멋대로 생각할 때 이미 예견된 것이다. 도대체 무슨 근거로 메피스토펠레스와 파우스트의 진정한 형상화를 향한 괴테의 평생의 작업을 "우연의 결과"로 규정하는가? 그리고 한 예술작품이나 현상 자체의 형성 과정을 그저 '우연'으로 설명하는 것이 과연 설명이기나 한가? 앞서 엘리아데가 "괴테가 메피스토펠레스에게 진정한 위치를 찾아주기 위해 평생을 보낸 것은 우연한 일이 아니다"라고 말한 것을 인용한 바 있다. 메피스토펠레스라는 인물은 다양한 종교적, 신화적, 철학적, 문학적 전통의 연속성 속에서 예술적 창조성을 통해 근대적 자기의식의 형태에 적합한 방식으로 형상화된 것이다.

이와 관련하여, 우리는 특히 모레티가 자신의 해석의 기초로 끌어들이고 있는 '진화론'적 개념들이나 '브리콜라주'나 '알레고리'에 함축된 '우연성'이나 '임의성'이나 '자의성'의 개념을 통해서 괴테의 드라마를 해석하는 일이 설득력이나 설명력을 결여하고 있다고 느낀다. 아니 도대체 설명되어야 할 현상 자체를 우연성이나 임의성이나 자의성으로 설명하는 것이 무슨 설명인가? 여기서의 설명력은 그저 오로지 소위 '과학적 이론'이 그렇다고 하면 그런 거다, 혹은 '합리적 지성'이 그렇다고 하면 그런 거다, 하는 식의 전도된 도그마적 권위에의 호소에 기초하는 것이 아닌가? 더구나 과학이나 합리적 지성이 해야 할 일이 현상 자체의 발생 속에 있는 법칙이나 규칙의 발견을 통해 현상의 진리를 탈-은폐하

---

38 프랑코 모레티, 같은 책, pp. 42~43.

는 데 있고, 그러한 법칙이나 규칙 자체의 개념이 우연성이나 임의성에 그치지 않는 본질적 관계성이나 살아 있는 구조적 질서의 관념과 연결된다면, 사실 우연성이나 임의성으로 현상을 설명하는 일은 아무 설명도 하지 않는 것과 다름없다. 그러므로 과학 자체가 자연이나 인간 자신을 이해하고 설명하는 인간적 정신이며, 그 인간적 정신이 자연이나 예술을 우연성이나 임의성이나 자의성의 개념을 통해 이해하면서 설명한다면, 그때 그 개념들은 자연이나 예술 자체에서 이끌어낸 개념이 아니다. 오히려 이때 소위 '과학정신'은 자신 안에서 기술–조작적으로 생겨난 공허한 개념을 자연 속에, 또한 예술 속에 오류의 방식으로 집어넣은 것이다. 다시 말해, 마치 요술사가 모자 속에 미리 몰래 숨겨둔 비둘기를 마치 모자가 비둘기를 낳기라도 한 것처럼 보이는 방식으로 꺼내듯이, 소위 '과학정신'은 기술–조작적 개념을 자연이나 예술 속에 미리 집어넣었다가 다시 빼내는 방식으로 기능할 수도 있다.

　가령, 생명이나 정신이 결여된 죽어 있는 물질로부터 오랜 세월에 걸쳐 어떤 알 수 없는 우연적인 방식으로 생명이나 정신이 자연발생적으로 생겨났다고 주장하는 소위 '과학정신'은, 요술사가 모자 속에 미리 몰래 넣어둔 비둘기를 꺼내는 방식으로, 즉 오직 자신을 포함한 다른 살아 있는 정신적 존재에 대한 경험을 통하는 것 외에는 결코 인식할 수 없는 생명이나 정신의 관념을 살아 있지 않은 물질 개념과 부적절하게 결합한 뒤에 (의식적으로든 무의식적으로든) 그렇게 부적절하게 조작된 개념을 미리 몰래 물질 속에 집어넣었다가 다시 빼내고 있는 방식으로 기능하고 있는 '유물론적 정신'(정신을 부정하고 싶은 정신)일 수 있다(요컨대, 생명이나 정신과 분리되어 있거나 그것을 결여하고 있다고 가정되는 물질 그 자체로부터는, 그 어떤 방식을 통해서도, 그 어떤 영겁의 세월이나 몇조 년의 시간을 통해서도, 그 어떤 방식의 결합이나 변화를 통해서도, 그 어떤 창발적 비약을 통해서도, 결코 생명의 현상이나 정신의 현상이 발생할 수 없다는 것이 우리의 생각이며, 만일 그럴 수 있다고 누군가 생각한다면, 그때 그 누군가가 생각하는 그 '물질'이란 이미 생명이나 정신과 결합되어 있는 물질, 즉 '살아 있는 물질'이나 '정신적 물질'이라고 가정되고 있다는 것이 우리의 생각이며, 따라서 그러한 '물질의 진화에 대한 가정'은 창조적 정신이나 생명의 관념을 미리 전제하지 않고서는 불가능한 생각이다).

그런데 이때 자연과 인간은 얼마나 분리되어 있으며, 또한 인간은 인간 자신과 얼마나 분리되어 있는가! 우리가 보기에 자연과학의 일차적인 문제는 그 학문의 명칭 속에 이미 포함되어 있으며 또한 그 학문의 활동 속에서 지속적으로 사용하는 '자연' 혹은 '자연적'이라는 표현이 내포할 수 있는 어떤 구체적이며 긍정적인 관념성(혹은 관념의 존재)이 부정된다는 데 있다. 즉 여기서 '자연'은 그저 유명론적인 이름이거나, 도구적이며 실용적인 개념이거나, 자연적 존재자들의 총체적 집합을 의미하거나, 혹은 그 자연적 존재자들의 생성, 소멸, 변화의 동력으로 막연히 추정된 어떤 궁극적인 물질적 에너지 같은 것을 의미하거나, 혹은 어떤 물리적이거나 생물학적인 최소 단위들의 전체성과 연관된다. 그런데 그렇게 '자연의 관념'이 '구체적인 존재'로 경험될 수 없는 한에서, 우리는 가령 자연(혹은 자연적 존재자들)이 '자연 선택'을 한다거나 '임의적 변이'를 한다는 말을 결코 어떤 보편적 전체성 속에서 구체적으로 이해할 수 없다. '선택'할 수 있고 '임의적'일 수 있거나 '자의적'일 수 있는 자연이란 어떤 존재인가? 이러한 반문이 향하고 있는 이론적 태도 속에는 자연과 정신, 혹은 자연과 인간, 혹은 필연과 우연, 혹은 운명과 자유라는 이원론이 함축하는 불만이 여전히 극복되지 못하고 있는 것이다.

물론 우리는 그러한 이분법적 이원론을 극복하고자 한 사유가 있었다는 것을 알고 있다. 그것은 합리주의적 일원론monism이라고 부를 수 있는 스피노자의 사유다. 거기서는 '신=자연=무한실체=필연적 질서'라는 등식이 성립한다. 어떤 사람들은 그것을 '범신론'으로 해석하기도 했고, 다른 사람들은 그것을 '무신론'이나 '유물론'으로 해석하기도 했다. 여하튼 우리는 그러한 상이한 '해석의 갈등' 속에 끼어들고 싶지 않으며, 단지 우리가 여기서 강조하고 싶은 것은, 스피노자의 합리주의적 일원론이 범신론이건 무신론이건 유물론이건 간에, 그것이 어떤 **'자연주의'**라는 것이다. 즉 우리가 이해하기에, 여전히 어떤 갈등의 요소들을 내포하고 있는 스피노자의 일원론 속에는 **비자연적이거나 초자연적인 요소**가 전혀 개입할 수 없다. 어쨌든 **모든 것이 결국은 '자연'**이라는 것이다(그리고 그것은 학문적인 측면에서 보면 **'자연과학주의'**인데, 왜냐하면 모든 것이 결국은 자연이라면, **자연과학과 인문과학 혹은 딜타이 등이 행한 자연과학과 정신과학Geisteswissenschaft의 구별은 내용 없이 공허하며 무의미한 이름뿐인 구별**이 되기 때문이다). 여기서는 모든 것이 **'완전히 실현된 영원한 자연의 필연적 질서'** 속으로 흡수되며, 따라서 관계적 존재들의 고유한 가능성에 기초한 자유나 개별적인 인격적 윤리 속에서 고려된 책임이나 자유 같은 것은 없으며, 특히 인간을 포함한 자연의 역동적인 자기초월성 같은 특성이 고려될 여지가 없는 정태적인 자연의 관념이 지배하게 된다. 이와 관련하여, 그러한 스피노자적 자연주의와 달리 자연과 초자연을 포함한 모든 양극성을 융합하고자 하는 시도로 이해된 괴테의 드라마에 대한 승계호의 다음과 같은 해석이 매우 설득력 있다고 생각한다.

　　괴테에게 남성/여성의 양극성은 가장 근본적인 양극성이다. 그것은 정신과 물질, 자연과 초자연, 덧없는 것과 영원한 것, 개인과 공동체 등 다른 모든 양극성을 아우른다. 그런 양극성들은 남성적 원리를 주장하고 남성적 원리를 여성적 원리와 분리함으로써 생성되기 때문이다. 예를 들면, 자연/초자연의 양극성은 남성/여성 양극성의 또 다른 형태다. 땅과 하늘이 각각 여성, 남성과 결부되기 때문이다. 괴테가 양극성을 다루는 방법은 합리적 제거 방법인 계몽주의 시대의 합리적 방법과는 다르다. 자연/초자연의 양극성은 초자연을 제거해 합리적으로 해소된다. 그러나 괴테는 이런 환원주의적 해소가 복잡한 실재를 빈곤하게 하기 때문에 불만족스럽다. 그의 방법은 충돌하는 두 요소를 하나로 융합하는 것이다. 자연 질서와 초자연 질서의 충돌은 그것들이 **자연적 초자연주의나 초자연적 자연주의로 융합됨**으로써 해소된다.[39]

> 괴테의 범신론은 **자연주의와 초자연주의의 낭만적인 융합이다. 그것이 괴테식으로 변형된 스피노자주의의 핵심**이다. [……] 스피노자는 기독교적 신에게서 신적인 속성을 빼앗아 자연으로 옮겨서 범신론적 자연주의를 창안했다. 그의 방법은 환원적 제거라는 합리주의적 방법과 닮았다. [……] 융합의 방법은 헤겔의 변증법적 합(合)의 방법과도 다르다. 후자는 합이라는 세 번째 항을 요구한다. 그러나 괴테는 자연과 초자연의 대립이나 남성과 여성의 대립보다 더 높이 위치할 수 있는 세 번째 항을 인정하지 않는다. 그것들은 합일이나 융합을 통해 화해될 수 있을 뿐이다. 이것이 인간 실존의 근본 갈등을 해소하는 그의 독특한 방법이다.[40]

우리가 보기에, 이분법적인 분리의 문제를 극복할 수 있는 가장 긍정적인 길은 바로 저 **'초자연적 자연주의 혹은 자연적 초자연주의'**에 있다. 물론 우리는 승계호가 말하듯이 괴테의 드라마가 과연 "범신론"으

39 승계호, 『철학으로 읽는 괴테 니체 바그너』, 석기용 옮김, 반니, 2014, p. 259.
40 승계호, 같은 책, p. 260.

로만 해석될 수 있는지, 또한 그것이 "낭만적인 융합"인지 선뜻 동의할 수 없다. 왜냐하면 괴테는, 문예사조적 분류에 따르지 않더라도, 아무튼 '낭만적'이기보다는 '고전적'이었기 때문이다(그는 이른바 '병적인 낭만주의' 속에 있는 급진적이거나 극단적인 요소들을 좋아하지 않을 것이다). 그에게 중요했던 것은 언제나 생동하는 정신 속에서 이해된 살아 있는 형태(형상), 양극적 힘들 사이의 역동적 균형, 구체적인 현상 자체 속에서 나타나는 보편적이고 전체적인 질서의 관념이었다. 물론 초자연적 자연주의를 그러한 고전적인 이성적 관념을 통해서만 이해할 수는 없을 것이다. 초자연적 자연주의는 의지, 욕망, 느낌 등과 연관된 본능적 요소들을 결코 배제할 수 없는 역동적인 변화와 융합의 과정에 대한 진화론적 사유를 요구한다. 물론 그것은 생물학적 진화론에 한정될 수 없다. 왜냐하면 거기에는 비자연적이거나 초자연적 요소가 결여되어 있으며, 또한 무엇보다 지금으로부터 얼마 되지도 않은 근대 이후의 역사적인 특정한 시기에 와서야 진화의 과정을 이론적으로 사유하게 만들고 주장하게 만든 자기의식(혹은 무의식)과 연관된 창조적 정신 자체의 살아 있는 역사나 구조에 대한 반성이 빠져 있기 때문이다. 그러므로 여기에서 요구되는 입장은 **자연적이면서도 초자연적(혹은 비자연적)인 양극성을 갖는 역사적인 자기의식적 사유의 역동적 활동 자체가 세계의 물질적-정신적 진화의 과정 속에 참여할 수 있으며, 개별적 인간들은 그러한 자유로운 정신적 활동의 가능성의 실현 여부를 통해 자신과 타인, 그리고 자연과 정신 모두에 긍정적일 수도 부정적일 수도 있는 실제적인 영향력을 그 진화의 과정에서 서로 주고받을 수 있다는 관점이다.**

그런데 자연의 정신, 정신의 자연 속으로 들어가는 역동적 사유의 길은 추상적인 개념의 차원에 머무는 지성적 사유를 통해서도, 현실의 재현에 머무는 표상적 사유를 통해서도 발견할 수 없다. 그러한 사유와 다른 길, 즉 추상적 사유나 재현적 사유의 변형 과정으로서의 창조적이고 구체적인 상상적 사유의 길은 가령 파우스트가 보여주는 여행의 길, 즉 '메피스토펠레스'나 '호문쿨루스'나 '어머니들'이나 '헬렌'과 연관된 상징적-상상적 사유의 길, 즉 현실적이거나 감각적이면서도 가상적이면서 관념적인 의미를 동시에 갖는 직관적인 상징적 이미지와 관계하는 상상적 사유의 길에서 찾을 수 있을 것이다. 그런데 결정적으로 그렇게 직관적 경험을 지향하는 살아 있는 활동으로서의 삶으로 이해될 수 있는 상상적 사유란 본래 '이론적 삶'이라는 말로 이해되던 의미를 공유한다. 더 정확히 말하자면, **상상적 사유란 근대적 자기의식에 적합하게 변형된 '본래적인 이론적 삶'이다.** 앞에서 모레티가 "변화의 힘을 갖는 행동"에 대립시키며 부정적으로 본 파우스트적 삶의 특징, 즉 직관적인 바라봄이나 고찰의 의미를 갖는 명상이나 성찰과 관련된 삶의 형태란 본래적으로 이해된 '이론적 삶'이다. 물론 이때 '바라봄'이란 모레티가 이해하듯이 '수동적인 상태'나 '비참여적인 상태'나 '비활동적인 상태'를 결코 의미하지 않는다! 그것은 '**나타남(혹은 현현, 현존)을 위해 필요 불가결한 적극적인 참여 행위로서의 능동적 바라봄**'을 뜻하며, 그러한 '바라봄'과의 연관 속에서만 유의미한 '나타남'과 연관된 활동이다(나타나지 않으면 볼 수 없는 만큼이나, 보지 않으면 나타날 수 없으며, 따라서 어떤 의미에서 나타남은 곧 바라봄이며, 바라봄은 곧 나타남이다). 그렇기에, 이때 상상적 사유란 '이전에는 보이지 않던 것의 나타남을 가능하게 하는 적극적인 바라봄'이라는 의미에서의 창조적인 활동이다. 즉 상상적 사유의 창조성은 객관성과 아무 상관 없는 주관성 속에서 자의적인 조립의 방식으로 무언가를 만들어낸다는 데 있는 것이 아니다. 오히려 **상상적 사유의 창조성이란 물리적-감각적 현실 쪽으로의 방향성만을 갖던 의식의 경험 속에서는 감추어져 있던 객관적인 존재들이 바로 그 현실과의 연관 속에서, 그 현실을 초월**

하는 방식으로 새롭게 나타날 수 있는 조건을 창조하는 것이며, 또한 그를 통해 이전까지 잠재적인 것으로만 남아 있던 주관과 객관, 혹은 객관들 사이의 새로운 관계성이 창조된다는 것을 의미한다.

8

이제 이 글을 마무리하기 위해, 마지막으로 우리가 상상적 사유와 본래적인 이론적 삶을 연관시킬 수 있었던 근거에 대해 말해보자. 하이데거는 "인간 실존의 가능적인 한 근본태도"로서 이해된 "테오레티코스 비오스(관조적 삶, 이론적 삶)"의 고대 그리스적 기원에 대해서 말했었다.[41] 하이데거는 '이론theory'과 연관된 고대 그리스어, 즉 '테오리아' 혹은 '테오레인' '테오레티코스'라는 낱말이 실천이나 행위 자체와의 본질적인 관계성을 가지고 있었다는 사실을 다음과 같이 설명하고 있다.

> 플라톤에서 '테오레인'은 '바라봄' 그리고 감각적이고 초감각적인 세계를 고찰함이다. 플라톤적인 이데아의 개념은 '테오리아', 이러한 '테오레인'의 근본태도에서 생겨난 것이다. '테오레티코스'는 아직 플라톤에 의해서 사용되지 않았으며, 비로소 아리스토텔레스에 의해서 이러한 고찰이 '관계를 맺을 수 있음'으로서, 가능성으로서 사용되었다.
>
> [⋯⋯] 아리스토텔레스는 '테오리아'에 "이론적인"(그리스적 의미에서) 관계 맺음의 의미를 부여한다. '테오레티코스'라는 낱말은

---

41   마르틴 하이데거, 『철학 입문』, 이기상·김재철 옮김, 까치글방, 2006, pp. 171~72.

그가 만든 것이다. 그는 '테오리아'에서 **본질적인 삶의 운동성, 활동(에네르게이아)의 가장 순수한 의미, 즉 "첫 번째" 운동 자체, 신적인 것**을 본다. 향하고 있는 그것은 **영원한 것**이다.

〔……〕 이론적인 근본태도는 거기에서 인간이 본래적으로 인간이 될 수 있는 '프락시스'이다. **'테오리아'는 단지 하나의 '프락시스'가 아니라, 가장 본래적인 '프락시스'라는 사실**에 우리는 유의하여야 한다.

〔……〕 실천적인 것은 작품, 행위의 결과가 아니라, **행위 자체**이다. 〔……〕 **본래적인 행위함**은 가능적인 사용과 소위 실천적인 가치를 통해서 먼저 의미를 가지는 것이 아니라, **행위함 속에 있는 운동성Bewegtheit을 현실화**하는 것이다── 운동성은 활동 자체로서 곧 목적이기 때문에 작동시키는 것Be-werkstelligung이다.

따라서 **사유하는 고찰은 어쨌든 하나의 행위**라는 것이 통찰된다.

〔……〕 우리에게 남겨진 본질적인 결과는 **'테오레인'이 '프락시스(실존, 현존재)', 진리, 비은폐성과 본질 연관 속에 있으며, 항상 존재하는 것으로서의 존재자에 대한 인식이라는 사실**이다.[42] (강조는 인용자)

이와 연관하여, 또한 우리는 이론 즉 테오리아에 대한 가다머의 다음과 같은 설명도 함께 읽어보기를 원한다.

따라서 **바라보는 것**은 진정한 참여 방식 중의 하나이다. 우리들은 원래 희랍의 개념인 테오리아에 들어 있는 **신성한 합일의 의미**를 생각할 수 있을 것이다. 주지하듯이 **테오로스(참여자)는 축제**

---

42   마르틴 하이데거, 같은 책, pp. 174~83.

사절단에 참여하는 사람을 뜻한다. **참여자**는 그 말 본래의 뜻에 따르면 **바라보는 사람**으로, 그는 경축 행위에 참가함으로써 참여하며, 그로써 종교법상의 특권, 예를 들어 불가침성을 획득하게 된다.

마찬가지로 그리스의 형이상학은 **테오리아와 정신의 본질을 참된 존재자에 순수하게 참가하는 것으로 파악**했다. 그리고 우리에게도 **이론적 태도를 취할 수 있는 능력**은 한 사태에 몰두함으로써 자신의 원래의 목적을 망각할 수 있는 것으로 정의된다. 그러나 테오리아는 일차적으로 주관성의 태도, 주체의 자기 규정이 아니라, **주체가 직관하는 것**으로부터 고려되어야 한다. 테오리아는 현실적인 참여로서, 행위가 아니라 **감수하는 것pathos, 즉 보이는 것에 마음을 빼앗겨 빠져들어가는 것**이다.[43] (강조는 인용자)

물론 하이데거와 가다머의 이러한 설명을 인용하면서, 마치 우리가 '이론적 삶'에 대한 고대 그리스적 이해로 회귀해야 한다고 주장하고 있는 것처럼 보이기를 원치 않는다. 다만 '이론적 삶'이라는 표현이 본래적으로 어떤 역사적 의미를 가졌었는지를 함께 생각해보기를 원할 뿐이며, 또한 어떤 이유로 우리가 그런 이해를 망각했으며, 심지어 본래적 이해에 반하는 반이론적 태도를 가지게 되었는지를 약간 언급하고 싶을 뿐이다. 가령 앞서 인용한 모레티의 이론(즉 적극적 상상이나 성찰이나 고찰이나 바라봄이나 직관적 사유와 대립시킨 행동, 실천의 우위를 주장하거나, 본질적 관계성과 무관한 우연성이나 임의성을 주장하는 이론) 혹은 메피스토펠레스적 회색의 이론은, 본래적인 '이론적 삶'의 의미에 비추어본다면, 사실 이론도 아니고 삶도 아니다. 다르게 말하자면 그것은 삶, 생명, 세계, 존재 등과 분리된 이론이다. 하이데거식으로

---

43 한스게오르크 가다머, 『진리와 방법』, 이길우 외 옮김, 문학동네, 2000, pp. 224~25.

말하자면, 근대 이후의 과학이론적 태도는 '존재망각'의 태도이며, **본질적 관계성이 은폐되는 사건을 무의식적으로 경험한 뒤에야 나올 수 있는 태도**다.

우리가 보기에, 그러한 태도는 근대적 자아의 생성과 연관된다. 즉 근대적 인간은 긍정적일 수도 있고 부정적일 수도 있겠지만, 어쨌든 일단은 **어떤 부정성을 통해 성립하는 개인적 자유를 추구하는 강력한 자아의식**을 갖게 되었고, 자기 멋대로 생각할 수 있는 주관성 사유의 가능성, 즉 세계나 존재나 객관이나 관계성이 은폐되고 나서야 가능한 기만적인 주관성의 위험 속에 있다. 다시 말하자면, **본래적인 이론적 삶의 의미에 반하는 '반이론적 삶'의 태도는 근대적 자아의식, 혹은 개별적 자유의 가능성과 함께 생겨난 것**이다(물론 그것이 근대의 특정 시기에 갑자기 생겨났다고 말하는 것은 아니며, 그것이 근대 이전의 아주 먼 시대부터 서서히 어떤 준비 과정을 거치면서 수면 위로 떠올라 어떤 강력한 지배적인 위치를 차지하게 되었다고 말하는 것이다). 반이론적 삶의 태도는, 말하자면, 자아의식이라는 빛의 그림자다.

물론 우리는 여기서 지금 저 '자아의식'이라는 것 자체를 기만이나 환상에 불과한 아무것도 아닌 것으로 보는 게 아니며, 순전히 부정적인 것으로 비판하고 있는 것도 아니다. 우리는 **'근대적 자아의식'이 세계의 물질적-정신적 진화 과정 속에서 나타난 원인**(아리스토텔레스가 말했던 작용인, 질료인, 형상인, 목적인이라는 **4원인 모두와 연관된 생성의 원인**)이 있을 거라고 보며, 또한 우리는 그 '근대적 자아-의식'을 그냥 없었던 일로 만들 수도 없는데, 왜냐하면 어쨌든 그것은 **돌이킬 수 없는 현실적 의미를 갖는 자연 속의 비자연적 사건, 혹은 초자연적 자연이나 자연적 초자연의 사건**으로 보이기 때문이다. 그러므로 그러한 강력하게 주관적인 근대적 자아의식이 아직 없었던 고대 그리스적 의미의 '이론적 삶'으로 돌아가자고 말하는 것은 '자아의식'을 버리자고 말하는 것과 거의 동일한 일이다. 하지만 그것은 거의 불가능하며, 별로 바람직하지도 않다. 잘 알려진 속담들을 참조하자면, 목욕물을 버리면서 아이도 함께 버려서는 안 되며, 또한 낫으로 쳐낸 것은 언제든 되돌아오며, 또한 양날의 칼을 주의 깊게 긍정적인 방식으로 사용하는 일이 중요하다. 그렇기에 우리는 **본질적인 관계성을 부정하며 성립된 비진리적 자유를 추구하는 자아의식**이 다시 그 관계성을 긍정하며 성립하는 **진정으로 자유로운 관계적 자기의식으로 변형될 수 있는 가능성**을 찾을 수밖에 없다고 생각한다. 물론 그것은 쉬운 일이 아니지만, 우리가 보기에, 그 가능성은 진리를 지향하는 자아의식의 역동적 상상 행위, 즉 자유의 가능성을 갖는 자아의식이 관계성에 기초한 창조적인 사유 활동에 참여함을 통해서만 발생하는 **관계적 존재들의 나타남(현현, 현존)이라는 직관적 마주침의 사건** 속에 있다. 다시 말해서, 고대 그리스적 테오리아 즉 어떤 영원성의 질서나 순수한 정신적 활동성에 참여하면서, 그러한 신성한 **존재의 진리** 속으로 흡수되거나 합일적인 상태 속으로 빠져드는 직관적 바라봄으로서의 이론적 삶이 결여하고 있었던 것은, 시간적-역사적 흐름 속의 물질적-정신적 진화 과정 속에서 생겨난 근대적 자아의식의 능동적 활동성에 기초한 개별적-인격적 자유의 가능성이었다.

즉 근대적 인간에게 요구되는 이론적 삶은 진리만을 말하던 고대 그리스적 테오리아가 아니라 진리와 자유를 함께 말하는 근대적으로 변형된 테오리아와 연관되는 것이다!

우리가 앞에서 적극적인 상상적 사유란 근대적 자기의식에 적합하게 변형된 본래적인 이론적 삶이라고 말했던 근거는 바로 그러한 근대적 인간 정신의 특수한 가능성 속에 있다.

진리**와** 자유……

근대적 자아의 이론적 삶은 '진리와 자유(앞에서 리쾨르가 '악'과 연

이론적 삶의 본질을 찾아서　　　79

관시켰던 자유)'의 사이에서, 환원이나 제거나 분리의 방법에 의거하지 않으면서, 즉 이분법적이지 않은 방식으로 그 본질적 관계성을 역동적으로 사유하는 활동이어야 할 것이다. 그리고 우리가 지금까지 불충분하게나마 말하고자 했던 '적극적인 상상적 사유의 방법'이란, 진리와 자유의 관계성 속에서 보자면 '진리를 지향하는 자유로운 사유의 길'이다. 여기서 진리란 나의 자유와 무관한 방식으로 저쪽에 그냥 있는 재현의 대상이 아니며, 나와 진리 사이의 본질적인 관계성에 기초한 자유로운 활동성을 통해 나타나는 창조적 진리다. 그리고 역으로 말하자면, 본질적 관계성에 기초하여 현현(에피파니)하는 바로 그 창조적 진리로 인해 나의 자유(?!)는 비진리에 그치고 마는 오류, 실수, 방황, 기만적 환상 등에서 벗어날 수 있는 가능성, 혹은 그러한 비진리적 존재방식 속에 있는 부정적인 것을 긍정적인 것으로 변형시킬 수 있는 가능성을 얻게 될 것이다.

[2018]

미적 가상과 창조의 모방
─ 예술성을 자유로운 창조로 이해하는 한 가능한 길을 찾아서

여보게, 많은 점에서 당장 자네에게 유익하고 앞으로도 살아가
는 동안 도움이 될 말을 해주겠네. '나의 작품은 대중화될 수가 없
네.' 그러니 그렇게 하려고 생각하거나 노력하는 자는 오류를 범하
고 있는 셈이지. 나의 작품은 대중을 위해 쓰인 것이 아니라, 그 어
떤 비슷한 것을 원하고 추구하며 같은 방향으로 나아가고자 하는
소수의 사람을 위한 것이네.[1]

'예술성과 대중성'이라는 특집 주제[2]에 어울리지도 않게, 괜히 슬쩍
끼어든 듯한 운명을 겪게 되리라 예견되는 이 논의를 '대중성'을 무시
하는 발언처럼 들리는 괴테의 말로 시작하는 이유는, 가능하지도 바람
직하지도 않은 우월한 위치에서 대중성을 무시하는 오류를 감행하기
위한 목적 때문이 아니며, 괴테가 대변하는 것처럼 보이는 비밀스러운
고전주의적 관점을 불변하는 것으로 여기면서 그 외의 다른 모든 관점
이 변덕스럽고 유행만을 맹목적으로 따르는 무상한 현상임을 주장하
려는 목적 때문도 아니다.

---

1   요한 페터 에커만, 『괴테와의 대화 1』, 장희창 옮김, 민음사, 2008, p. 419.

2   이 글은 『삶─문학의 이름으로』 2018년 상권의 특집('예술성과 대중성─대립적 시각을 넘어
서')에 실렸던 졸고다.

대중성도 유행도 무시될 수 없다. 왜냐하면 대중성(혹은 유행)이란 시시각각 변화하며 실제적 영향력을 행사할 수 있는 어떤 집단적 힘의 흐름이면서도 그게 누구(무엇)인지 정확히 결정하기 어렵고 어떤 방향으로 어떻게 움직일지 예측하기도 어렵기 때문이다. 정확히 대중(혹은 유행)의 무엇을 긍정하고 무엇을 무시해야 하는지도 막연하다. 그렇게 결코 긍정적인 것으로만 볼 수 없는 모호한 대중성이나 유행의 현상은, 그것이 흔히 단순한 장식적 수사로밖에는 들리지 않기에 그 의미를 이해하기 어려운 소위 '**시대-정신**Zeit-Geist, time spirit'과 동일시됨으로써, 한층 더 혼란을 가중시킨다(어떤 '시간적-역사적-정신'이란 구체적으로 어떤 '존재'이며 어떤 이해의 방식 속에서 참답게 '사유'될 수 있는가?). 그렇기에 우리는 여기서 일단 '뒤돌아봄'의 방식을 선택한다. 이 '뒤돌아보는' 태도의 긍정성과 관련해 우리가 전적으로 동의하지는 않지만 참고할 만한 특징적인 사유 방식이 최인훈의 『화두』에서 발견된다. 그의 소설은 '뒤돌아보지 말라'는 초월적 금기를 내세우는 종교나 신화를 우리가 부정해야 하는 이유를 다음과 같이 짚어낸다.

> 인간의 지각은 생물과 공유하는 수준만으로는 가난하고 가난하다. 〔……〕 그들은 언제나 **현재**의 노예다. 그들의 욕망이 현재다. 〔……〕 뒤돌아볼 '능력'이 그들에게는 없는 것이다. 그러므로 '**뒤돌아보지 말라**'는 말은 그런 능력이 있는 존재에게만 의미 있는 명령이다. 뒤돌아볼 힘이 있는 존재에게 대고, 되돌아보지 말라고 명령하고 있는 것이 된다. 누가 명령하는가. 이 명령자는 누구인가. 신화나 전설에서 그것은 당연히 '신'이다. 〔……〕 '신' 아니면 공동체의 규범, 또 좀 내려오면 '역사의 법칙' 그런 것으로 풀이할 수 있는 어떤 것이다. 이 우주와 역사와 인생의 길흉화복과 조화를 한 손에 쥐고 있는 존재거나, 법칙이거나, 어떤 소식이 발하는 목소리, 그것

이 '뒤돌아보지 말라'의 세계다. 그런데 그런 존재나 법칙이나 소식이 모두 희미해졌거나 이미 간 곳 없어 보이는 시간을 사는 시대에 '인간'은 어쩌면 좋은가. **그런 뒤돌아봄의 능력을 가진 것은 인간밖에 없으니,** '앞'에 무엇이 있다는 약속은 사라지고, 법칙이나 '예언'의 신빙성도 떨어진 시대에 인간은 어디에 의지해야 하는가. 오직 '뒤'밖에 더 무엇이 있겠는가. '뒤돌아보는 것'만이 이 암흑에서 그가 의지할 수 있는 힘의 근원이다. 그 뒤돌아봄이 그의 이성의 방식이다. [……] 불붙는 트로이 성을 두고 떠나면서, 타오르는 불길 때문에 더욱 슬프도록 잘 보이던 그 성의 모습대로 로마를 건설했다는 신화는, '뒤돌아보지 말라' 신화 계열과 뚜렷이 다른 주장을 옮기는 전설이다. **모든 것은 변하기 때문에 그 속에서 사람이 쉴 수 있는 성은 오직 '어제'와 '뒤'쪽의 기억을 가진 인간의 능력과 그 성과물을 중히 여기는 방법 말고는 달리 건설될 수 없다는 태도다.** '뒤돌아보지 말라'는 신화 전설은 신이 이 땅 사무에 깊이 간여할 여유가 있었을 때는 진리였지만, 무슨 까닭인지 그가 그렇게 할애할 여유가 없어진 시대에는 제쳐두어야 할 위험한 습관이다.[3]

우리는 최인훈의 소설이 말하는 '뒤돌아봄'이라는 '이성의 방식'과, '기억'이라는 특별한 '능력'을 지닌 '인간'에 대해 여러 반문을 떠올릴 수 있다. 가령 뒤돌아봄에 한정되지 않으면서, 오히려 그것을 통해 그 반대편으로 향하는 이성의 모험은 불가능한가? 그렇기에 '뒤돌아보지 말라'와 '뒤돌아보라'는 분리해야 할 대립적 태도가 아니라 결합해야 할 상보적 태도가 아닌가? 혹은 인간의 특별한 능력은 오직 '기억'에만 한정되는가? 혹은 기억-과거가 지각-현재와 구별되는 것에서 벗

---

3   최인훈, 『화두 2』, 문학과지성사, 2008, pp. 571~74, 강조는 인용자. 이하 인용문의 강조는 모두 인용자의 것이다.

어나 분리되고 있으며, 그래서 그 둘의 접점이 사라지고 있는 것은 아닌가? 등등. 그럼에도 그 '뒤돌아봄'을 긍정하는 태도 속에는 충분히 동의할 수 있는 지점들이 있다. 무엇보다 그것을 이 글의 태도와 연관해 말하자면, 우리가 보기에 그러한 태도는 대중성이나 유행에 대한 일종의 판단중지를 함축하며, 또한 '변화' 속에서도 지속적인 가치를 갖는 '고전주의적'인 것에 대한 긍정을 함축한다. 그렇기에 우리는 여기에서 '(고전주의적)예술성'에 주의력을 집중시키려 한다.

물론 앞에서 괴테의 말을 인용하고 또한 최인훈의 소설을 이러한 방식으로 받아들인 태도 속에는 '고전주의적 예술관'이 여전히 유효하다는 인식이 함축되어 있을 것이다. 그런데 '여전히 유효한 고전주의적 예술관'이란 어떤 것인가? 그 답을 가장 잘 보여준 범례 중 하나가 괴테와 많은 것을 공유하며 밀접하게 교류했던 실러Schiller의 '미적 가상'과 연관된 미학적 사유이다. 예를 들어, 『인간의 미적 교육에 관한 편지』에서 읽을 수 있는, 프랑스혁명 이후의 당대의 현실과 예술의 관계에 대한 실러의 다음과 같은 진단은 분명 현재까지도 유효하다.

사건들의 경과는 시대정신이 점점 더 이상적인 예술로부터 멀어지는 방향으로 흐르도록 위협했습니다. 이상적인 예술은 현실을 떠나야 하고, 품위 있고 과감하게 시대의 요구를 넘어서야 합니다. 왜냐하면 예술은 자유의 딸이고, 물질적인 필요가 아니라 정신의 필연성으로부터 규정되기 때문입니다. 하지만 지금은 욕구가 지배하고 있으며, 타락한 인간성이 욕구라는 폭군의 멍에에 굴복하고 있습니다. **유용성**은 사람들이 모든 힘과 재능을 바쳐야 할 가장 큰 우상입니다. 이런 형편없는 저울 위에서 예술의 정신적 공로는 전혀 무게가 나가지 않으며, 이제는 모든 활력을 잃은 채 이 시대의 소란스러운 시장에서 사라져가고 있습니다. 철학적 탐구 정신 자체가 상상력으로부터 그 영역을 하나씩 빼앗고 있으며, 학문이 점점 그의 한계를 확대해감에 따라 예술의 경계는 더 좁아지고 있습니다.[4]

실러의 진단에서 우선 눈에 띄는 것은 예술을 일차적으로 '자유'의 가능성으로 규정하면서 '유용성'을 비판한 점이다. 말하자면 예술의 본질은 자유로운 활동성에 있으며, 그것은 현실적인 유용성과는 양립 불가능한 어떤 것이다. 사실 이러한 관점은 억압하지 않는 자유의 가능성인 무용성과 문학을 연관시켰던 김현의 '문학 무용론(혹은 무용성의 유용성론)'과 일맥상통한다. 그것은 가령 도가(道家)에서 말하는 '쓸모 없음의 쓸모 있음론', 혹은 유사한 맥락의 '무위(無爲)론' 즉 '행하는 바 없는 행위론'과도 통한다. 비약하자면 자유로운 예술의 창조적 활동성은 '비어 있음(空)'이나 '무(無),' 다시 말해 '없음의 있음' 혹은 '부재의 현존'과 연관된 어떤 역설적인 정중동(靜中動)의 창조적 존재론이나 창조적 인식론과 맞닿아 있다. 물론 이러한 비약적이고 비형식적 유비 추론은 서로 다른 맥락 속에 있는 관념들을 모호한 유사성에 기초해 근거 없이 결합한 것처럼 보일 수도 있다. 그렇기에 추론적 지성(오성)의 정당한 의혹 제기 앞에서 괜한 고집을 피우지 않기 위해서라도, 앞의 해석을 일단 유보하고, 다시 실러의 진단으로 돌아가보자면, 실러는 현실과 이상, 물질과 정신이 대립하는 긴장 상태 속에 자유의 가능성인 예술이 놓여 있다고 보았고, 양 대립자들 사이에서 후자 쪽을 향한 지향성을 강조하고 있으며, 예술의 능력을 철학이나 과학이 함께 공유하는 "상상력"과도 연관시키고 있다. 그렇기에 예술의 본질 능력이 상상력에 기초한다는 가정이 성립한다면, 예술이 지닌 자유의 가능성은 상

---

4   프리드리히 실러, 『프리드리히 실러의 미적 교육론』, 윤선구 외 옮김, 대화문화아카데미, 2015, p. 35.

상력이 지닌 자유의 가능성으로 이해될 수 있을 것이다. 따라서 실러가 제기하는 물음은 다음과 같이 요약 정리될 수 있다.

"상상력이 유용함으로 향하지 않는 인간 자유의 가능성이라면, 현실과 이상(혹은 관념), 물질과 정신(혹은 소재와 형식, 질료matter와 형상form)의 대립적 긴장 사이에서 어떤 창조적 방식이라야 미적인 예술작품을 산출할 수 있는가?"

이렇게 정식화된 예술에 대한 물음 속에서 가장 먼저 해명돼야 할 지점은 현실적인 것에 대한 '이상적인 것(혹은 가능적이거나 잠재적인 것)의 우위'이다. 왜냐하면, 문제의 방점이 유용성이 지배하는 현실이 아니라 유용성의 현실에서 벗어난 '이상적인 예술'에 있기 때문이다. 현실과 대립하는 이상은 '결여와 부정'으로 채워져 '비-현실성'을 보여주며, 이때 '비-'는 '결여·결핍'이라는 부정적 성격을 갖는다. 이상은 아직 실현되지 않은 어떤 것이며, 언젠가 실현될 수도 안 될 수도 있는 어떤 것이기에, 가능성과 불가능성 사이에서 유동하는 '잠재적 미결정성'이다. 그런데 현실과 대립하는 이상이 보여주는 이러한 특성들은 결정론적 현실성의 관점에서 보자면 여전히 소극적이고 부정적인 특성들이다. 특히 구체적 현실과 대립하는 것은 대부분 추상적 관념이며, 따라서 '이상적인 것'은 '관념적인 것'이라는 등식이 성립할 때, 이상이란 '가상적 관념'으로 나타난다. 즉, 여기에서의 모든 문제는, 현실에 구속된 인간이 현실적 유용성을 벗어난 이상적인 것과 관념적인 것을 모두 무시해야 할 주관적인 가상으로 인식한다는 사실에 있다.

현재에도 여전히 유효한 실러의 독특한 미학적 사유의 중요성은 그러한 부정적 대상인 '가상의 현상'으로부터 긍정적인 가상의 개념을 이끌어낸 놀라운 창조성에 있다. 실러는 긍정적인 가상의 개념을 통해

86

흔히 인간의 자유에 제기되는 과학적·철학적 결정론의 회의적인 태도를 단번에 넘어선다. 즉 인간이 가상에 관심을 가질 수 있다는 사실 자체가 인간에게 자유의 가능성이 있다는 단적인 증거이며, 실러는 그러한 자유의 존재를 놀이-충동(아이들에게서 가장 잘 관찰되는 유희적 상상력의 독립적이고 창조적인 활동)과 관련이 있는 예술(미적 가상의 특성을 가진)작품에서 발견한다. 실러는 '가상에 대한 관심'의 진정한 중요성이 함축된 미학적 사유를 다음의 인용문에서 명료하게 표현하고 있다.

　　최고의 어리석음과 최고의 오성은 둘 다 실재적인 것das Reelle만을 찾고 단순한 가상에 대해서는 완전히 무감각하다는 점에서 서로 유사합니다. 전자는 대상이 감관에 직접적으로 현존해야 움직인다는 것이고, 후자는 자신의 개념이 경험적 사실로 소급되어야 진정된다는 것입니다. (……) 그러므로 실재에 대한 욕구와 실제적인 것에 대한 집착이 결핍의 결과라는 점에서, 실재에 대한 무관심과 가상에 대한 관심은 인간성의 진정한 확장이고 문화를 향해 가는 결정적인 걸음이 됩니다. 가상에 대한 관심은 우선적으로 외적인 자유를 가지고 있음을 보여줍니다. 필요가 명령하고 욕구의 지배를 받는 한, 상상력은 현실의 엄격한 구속을 받기 때문입니다. 욕구가 진정되어야 비로소 상상력은 자신의 자유로운 능력을 발전시킵니다. 가상에 대한 관심은 또 내적인 자유를 가지고 있음도 보여줍니다. 왜냐하면 그것은 우리가 외적인 소재로부터 독립하여 스스로 움직일 수 있는 힘과 달려드는 물질을 충분히 막을 수 있는 힘을 보여주기 때문입니다. 사물의 실재는 그 자신의(사물의) 작품입니다. 사물의 가상은 인간의 작품입니다. 가상을 즐기는 마음은 받아들이는 것을 즐거워하

지 않고 행하는 것을 즐거워하는 것입니다.[5]

　물론, 실러는 사회적 현실이건 자연적 현실이건 어쨌든 모든 주어진 실재적인 것, 현실적인 것과 개인의 관계 속에는 어떤 개선을 요구하는 "결핍"이 작용하고 있다는 것을 지적한다. 또한, 실러가 열정적으로 옹호하는 가상이란, 가령 현대의 과학기술에 기초한 가상현실 같은 것과는 별 관련이 없으며(그것은 여전히 유용성에 지배당하는 현실의 구속성에 붙잡혀 있으며, 따라서 그 억압적 지배력을 확장한 더 나쁜 현실일 수 있기에), 혹은 단순히 주관적인 자의나 오류에 기초한 착각이나 환상 같은 것이 아니다. 그것은 인간 내면의 자유로운 놀이-충동의 공간에서 독립적으로 발생하는 상상력의 유희를 통해 능동적·창조적으로 산출되는, 그 자체로 참된 즐거움을 주는 '미적 가상'이다.

　이를테면 실러는 "오직 미적인 가상만 유희이고, 논리적인 가상은 단지 속임수"[6]라고 말한다. 따라서 미적 가상이란 속임수·기만·조작·위장·거짓·오류·허위·신기루나 주관적으로 만들어낸 허상 같은 것과는 거리가 멀다. 다시 말해 미적 가상은 진리와 분리된 비-진리, 혹은 무-진리로만 나타나는 어떤 것이 아니다. 더 포괄적으로 말하자면, 학문 일반의 이상이 진리에 있고, 예술 일반의 이상이 미(美)에 있다면, 미적 가상이란 그 두 이상이 결합된 채 나타나는 어떤 것이다. 그러므로 다른 학문에 비추어 아름다움의 학문, 예술의 학문으로 상당히 뒤늦게 태어나, 말하자면 아직 유년 시절을 보내고 있는 '미학'이 그 학문적 성격에 걸맞게 미와 진리를 동시에 사유해야만 한다면, 그리고 미적 가상의 현상에서 미와 진리가 동시에 나타나야 한다면, 사실상 미

5　프리드리히 실러, 같은 책, pp. 228~29.

6　프리드리히 실러, 같은 책, p. 229.

학적 사유의 본질 주제는 바로 '미적 가상'에 있다.

물론 우리는 여기에서 아직 '미적인 것(혹은 차라리 '미학적인 것')'을 어떻게 이해할 것인지 구체적으로 말한 바 없다. 하지만 먼저 말해두어야 할 점은 '미학Ästhetik'이란 명칭이 '아이스테시스'라는 고대 그리스어에서 유래했다는 이유로 그것을 '감성학(가령 칸트식의 선험적 주관성과 연관된 감성학)'으로 이해하면서 '미학적인 것'을 '감성적인 것'과 동일시하지는 않겠다는 것이다. 물론 그것이 감성적인 것을 배제한다는 뜻은 아니다. 그렇기에 일단 미학적인 것을 일차적으로 감성적인 것과 연관시키게 만드는 그 '아이스테시스'라는 그리스어가 무엇을 의미하는지 이해할 필요가 있다. 가령 하이데거는 다음과 같이 말한다.

> 그리스적 의미로, 그것도 방금 언급한 로고스[어떤 것을 어떤 것으로 보이게 해주는 말, 더 정확히 말해서 그렇게 '~으로'라는 해석 구조 속에 있기에 어떤 것을 어떤 것이 아닌 것으로 보이게 해줄 수도 있는 거짓의 가능성을 갖는 말]보다도 더 근원적으로 "참"인 것은 아이스테시스αΐσθησις, 즉 어떤 것을 단적으로 감각적으로 인지함[받아들임]이다.[7]

즉 '아이스테시스'란 '직관적 인지의 성격을 갖는 직접적 감각지각'이다. 물론 여기에서 중요한 것은 그러한 '직관적' 성격을 갖는 '감각지각'이 그 자체로 '참(하이데거식으로 '비-은폐성'의 진리)'으로 경험되었다는 점이다. 다르게 말하자면, 그런 방식으로 경험되는 감각지각이란 흔한 말로 '백 번 듣느니 한 번 보는 게 낫다'거나 '보는 것이 믿는 것'이라는 전통적인 격언을 상기시킨다. 그런데 고대인에게 아이스테시스

---

7   마르틴 하이데거, 『존재와 시간』, 이기상 옮김, 까치글방, 1998, p. 56. 이하 이 글에서 대괄호 안은 인용자가 보충한 내용이다.

의 경험이 어떤 것이었는지를 구체적으로 이해하려 할 때 무엇보다 피해야 할 일은, 그것을 단순히 근대과학이나 철학에서 자의적으로 규정한 '감각지각'으로 이해한 뒤에, 현대인(근대적 의식의 변형을 겪은)이 경험하는 '감각지각'과 고대인의 '아이스테시스'를 동일시하는 것이다. 다시 말해 어떤 우월한 위치에 서서, 고대인들은 아직 근대적 과학정신을 발전시키지 못했기에, 감각지각의 불완전성을 깨닫지 못했고, 따라서 거기에 만족해 멈춰 서 있었다는 식으로 생각해서는 안 된다. 오히려 고대인이 당대의 시대정신 속에서 경험한 아이스테시스는 오늘날 근대인이 경험하는 감각지각과는 질적으로 다른 것임을 이해하는 것이 중요하다. 어떤 의미에서, 아이스테시스란, 일단 한번 경험되기만 한다면, 그것이 진리임을 확증하기 위한 그 이상의 어떤 활동도 필요치 않은 자기충족적 진리경험이다. 어떤 현상의 진리를 알기 위해서는 아이스테시스의 직접적 경험이 필요할 뿐이고, 그것으로 충분한 것이며, 만족스러운 것이다! 추론적(간접적) 사유가 필요하고, 증명이나 검증이나 합리화나 객관화나 정당화가 요구되고, 타자의 신뢰할 수 있는 말과 이야기가 절실해지게 되는 것은 오직 아이스테시스의 자기충족적 진리경험이 어렵거나 불가능하거나 은폐되어 있을 때뿐이다!

그러므로 아이스테시스의 진리경험이 허용되어 있거나 거기에 어떤 우위가 부여된 한에서, 소위 '현상과 실재(혹은 물 자체)'나 '주관과 객관'이나 '나와 세계'나 '인간과 자연'은 아직 날카롭게 분리되지 않았으며, 그러한 분리에 동반해 점진적으로 불편하게 의식되는 자각적 불만족이나 자기의식적 결핍은 본격적으로 발생하지 않은 것이다. 왜냐하면 아이스테시스는 자연적 세계(현실 세계)가 인간에게 만족스럽게 개방된 상태에서 '양쪽을 결합해주는 능력'이었기 때문이다. 물론 이러한 설명에 반해 '분리 일반의 문제'를 날카롭게 자각하기 시작했다는 플라톤이나 아리스토텔레스의 철학적·과학적 사유를 반증의 예로 들이댈 수도 있을 것이다. 하지만 그들에게서도 여전히 아이스테시스의 우위가 발견된다는 점이 강조되어야 한다. 가령 플라톤 사유의 중심에 있는 '이데아(형상, 보임새)'라는 관념 자체는 '직관적 봄'이라는 아이스테시스의 경험과 연관성을 여전히 가지고 있으며, 아리스토텔레스에게 중요했던 '과학적 지식(에피스테메)'의 출발점은 보편성과 특수성이 아직 날카롭게 분리되지 않은 '아이스테시스의 경험(소위 '귀납적' 사유)' 속에 있다. 그런데 우리가 이러한 설명으로 강조하려는 일종의 역설적 현상은 다음과 같다.

"자연적인 것이나 현실적인 것과의 본격적인 분리 이전, 즉 아이스테시스의 우위가 지배하는 곳에서는 예술은 가능하지만 미학(혹은 미학적 예술)은 불가능하며, 가상은 가능하지만 '미(학)적 가상'은 불가능하다."

왜 그런가? 그 이유를 알기 위해서는 플라톤이나 아리스토텔레스의 예술관을 언급하는 것으로 충분하다. 물론 플라톤이 군인의 사기를 진작시키고 시민의 윤리적 덕을 향상시키는 데 효용이 있다는 이유를 들어 특정 음악만을 옹호하면서 문학을 포함한 모든 예술에 적대적인 태도를 취한 반면, 아리스토텔레스는 문학을 포함한 예술 일반의 효용을 옹호하는 태도를 취했다는 것도 사실이다. 하지만 그들은 예술을 미메시스(모방/재현)로 규정했다는 점에서 일치한다. 예술은 자연의 모방이거나 현실(혹은 현실적 행동)의 모방, 재현, 반영이라고 생각한 것이다(이러한 생각은 여러 변형을 거쳤지만 아직까지도 건재를 과시한다). 그러나 미메시스의 개념을 그들이 얼마나 다르게 이해했건 간에, 한 가지 분명한 사실은, 예술이 미메시스로 규정될 수밖에 없는 한에서, 그들은 미메시스가 지향하는 (자연과 현실에 대한) 아이스테시스의 경험에 어떤 우위를 부여했다는 점이다. 즉 그들에겐 창조나 생산의 과정이 완결된 자연적, 현실적 존재자만이 재현의 대상인바, 그 너머로 나아가고자 하는 미학적 예술의 욕망이나 미학적 예술의 가능성은 아직 은폐되어 있었던 것이다.

미학이나 미학적 예술의 가능성이 비-은폐되려면, 자연이나 현실에 대한 자기 충족적인 아이스테시스의 경험이 은폐되어야 하며, 그것은 또한 자연이나 현실에서 충만한 만족을 경험할 수 없게 되는, 망각과 은폐의 사건을 필요로 한다. 미학적 예술의 가능성은 자연스럽게 믿고 의존하던 아이스테시스의 경험을 잃어버렸기에— 자연적이고 현실적인 세계로부터 분리되어(달리 말하자면, 어쨌든 해방되어)— 불안해지고 분열된 개별적 인간의 자기의식 속에 비로소 나타날 수 있었던 자유의 충동이다. 그것은 또한 초자연적이거나 초현실적인 가상을 지향하는 창조적 충동이다. 그러므로 미학적 예술의 일차적 지향성은 자연과 현실을 향해 있는 '지각 경험이 관계하는 감성적인 것'이 아니라 초자연적이고 초현실적인 것을 향해 있는 '사유 경험이 관계하는 관념적인 것(정신적인 것, 이상적인 것)'에 있다. 물론 그렇게 자연과 초자연, 현실과 초현실, 지각과 사유, 감성적인 것과 관념적인 것이 분리된 한에서, 그리고 그때 후자들이 단순한 '가상'으로 나타나는 한에서, 미학적 예술은 아직 '미적 가상'에는 이르지 못한 것이다.

그런데 바로 이 지점에 미적 가상을 지향하는 미학적 예술이 '지각 경험과 감성적인 것'에 대해 가지는 독특한 이중적 연관성이 놓인다. 즉 미학적 사유는 지각 경험과 감성적인 것을 부정하는 동시에 다른 한편으로는 긍정해야만 한다. 미학적 예술은 사유와 지각, 관념적인 것과 감성적인 것, 가상과 현실, 정신과 자연이 '어떤 새로운 방식 속에서 구체적으로 결합'할 수 있어야만 성립한다. 그렇게 새로운 방식의 결합 관계로 산출된 미적 가상에서, 어떤 변형을 겪게 되는 자연이나 현실은—곧 자유로운 개별적 인간 정신의 활동이 없다면 나타날 수 없는 창조적 관념의 살아 있는 형식 속에서— 자연을 극복한 자연이며 현실을 극복한 현실이다. 물론 이렇게 이해된 미적 가상은 자칫 '관념적인 것의 감각적 현현'이라는 관념론적 미학을 상기시킬 수도 있으며, 또한 언젠가부터 '관념론'이나 '관념적'이란 말은 흔히 비판의 대상이 되는 것을 넘어 비웃음의 대상까지도 되는 경향이 있기에(마치 '정신 승리'라는 유행어에서 '정신'이라는 말이 그러하듯이), 적절하지 않은 미학적 이해처럼 보일 수 있지만, 아무튼 여기에서의 미적 가상은 그러한 관념론적 이해에 부합하지는 않는다(물론 그렇다고 해서 이러한 미적 가상이 관념론적 미학에 대립하는 실재론적, 리얼리즘적 미학의 입장에 속한다고 말하는 것도 아니다).

차이는 방향성의 차이이다. 즉 미적 가상이란, 말하자면, 관념적인 것의 물화를 목적으로 거기에 감각적 옷을 수단으로 입힌 것이 아니며, 즉 관념적이고 이상적인 것을 현실적이고 감각적인 것으로 끌어내린 것이 아니며, 오히려 현실적인 것의 변형을 위해, 현실적인 것 속에서 실현되지 못한 채 잠재적 가능성으로만 남아 있던 것에 상응하는 관념의 옷(형상, 형식, 형태)을, 마치 제2의 살아 있는 몸처럼 꼭 맞게 결합되도록, 감각적인 것(소재)에 자연스럽게 입힌 것이며, 그래서 그러한 미적 가상을 통해 현실적인 것이 기만적 조작이나 위장 없이 자연스럽게 이상적인 것을 향해 끌어 올려지는 것이다(그렇기에 여기서 미적 가상이란 결국에는 기만이나 환멸로 끝나게 마련인 '미화(美化)'나 '이상화(理想化)'의 억지스러운 작업과는 거리가 먼 것이며, 맞지도 않는 옷을 입히듯이 이상적인 것을 현실적인 것에 억지로 덮어씌우는 위장, 왜곡, 속임수가 아니다). 따라서 우리는 일단 이렇게 말할 수 있다.

"미적 가상이란 '감각적인 것(현실적인 것, 소재적인 것, 질료적인 것)의 관념적 나타남'이다."

그런데 이러한 미적 가상의 이해 속에서 이제 본격적인 관심사로 등장할 수밖에 없는 것이 바로 이미지의 현상이며, 그와 연관된 상상력의 활동이다. 왜냐하면 미적 가상(감각적인 것의 관념적인 드러남)이란 감각기관과 감각지각에 나타나는 사물적 대상이 아니라 그것의 이미지로 나타날 수밖에 없으며, 그러한 '이미지의 현상'과 연관된 능력은 지각능력(대상 사물과 연관된)과 구별될 수 있는 '상상력'이기 때문이다. 물론 여기에는 여전히 해명을 요구하는 어떤 애매모호한 어둠이 지각과 상상력의 관계 속에 숨겨져 있다. 왜냐하면 미적 가상이 지각경험에 대해 갖는 독특한 이중적 연관성을 고려하자면, 상상력은 지각과 단순히 분리된 것이 아니라 어떤 새로운 방식으로 지각과 결합할 수 있어야만 하기 때문이다. 그렇기에 상상력을 지각과 분리된, 지각에 대립하는 개념으로만 이해한다면, 우리는 그러한 상상력 개념을 통해서는 미적 가상에 이르지 못한다! 여기에서의 문제가 정확히 무엇인지 알고자 하는 모험을 시도해보자면, 가령 바슐라르의 상상력 이론에 대한 김현의 설명을 참고할 수 있다.

> 그러나 그[바슐라르]는 상상력이란 이미지를 재현하는 텅 빈 구멍이 아니라, 상상하려는 의지, 상상하는 것을 살려는 의지라고 생각한다. "상상력과 의지는 같은 심오한 힘의 두 국면이다. 상상할 줄 아는 자는 원할 줄 안다. 의지를 밝혀주는 상상력에 상상하려는 의지, 상상하는 것을 사는 의지가 결합된다." 그것은 그러므로 본질적으로 세계를 향해 열려 있다. "상상력은 인간 심리 속에서는 열림의 경험 그 자체, 새로움의 경험 그 자체이다." 그것은 **지각과 대**

립되는 개념인 것이다. 거기에서 그의 '상상력의 제일 원칙'으로서 "쇼펜하우어적인 의미에서 의지는 바라보기 위해, 미를 즐기기 위해 눈을 만든다"는 주장이 생겨난다.[8]

다르게 말하자면, 상상력이란―이미지들의 역동적인 삶(생명)을 지향하는 능동적 의지의―창조적 힘과 연관된 인간 심성의 활동이다. 우리는 이러한 이해를 전적으로 받아들인다. 하지만 여기에서의 문제는 그렇게 이해된 상상력이 "지각과 대립되는 개념"이라는 것이다. 왜 하필 상상력을 지각과 짝 지어 대립시키고 있는 것이며, 그 둘이 어떻게 대립된다는 것인가? 과연 상상력의 진정한 짝이 지각인가? 혹, 미적 가상에 이르기 위해 상상력이 지각과 분리되면서도 그것과 새로운 방식으로 결합할 수 있어야 한다면, 지각과 상상력을 새롭게 매개해줄 또 다른 인간 심성의 능력이 있으며, 바로 그 다른 능력이 상상력의 진정한 짝이 되어야 하는 것은 아닌가? 그런데 이 물음에 대한 고찰을 진행하기 전에, 상상력과 지각의 차이를 강조하는 또 다른 이론을 참고해볼 필요가 있다. 가령, 하이데거가 칸트의 『순수이성비판』에 나오는 상상력 이론을 해석하는 부분을 읽어보자.

상상력은 **"대상이 현존하지 않아도"** 감성적으로 직관하는 방식이다. [상상력에 의해] 직관된 존재자는 스스로 현전(現前)해 있을 필요가 없고, 더더욱 상상 활동은 '자신에 의해 직관으로 수용된 것'을 현실적인 전재자(前在者)로서, 혹은 단지 그러한 것으로도 직관하지 않는다. 이것은 **객관이 "현재해 있는 것으로 반드시 표상되**

8   김현, 『행복의 시학/제강의 꿈』, 문학과지성사, 1991, p. 129.

어야 하는" 지각과는 다른 경우다.[9]

　우리는 여기에서도 상상력이 지각과 짝을 지어 대비된 것을 본다. 상상력과 지각은 둘 다 어쨌든 어떤 '감성적 직관의 방식'이라는 면에서는 공통성을 갖는다. 그러나 지각이 '현재'라는 시간 범위와 함께 어떤 '객관적 대상'으로 나타나는 '현실적 존재자'의 '현존(현전)'의 구속을 꼭 받아야 하는 반면에, 상상력은 그러한 구속을 받을 필요가 없다. 하지만 상상력이 그러한 해방의 가능성을 아직 깨닫지 못하고 있으며, 그래서 자신을 지각과 동일시하거나 지각에 여전히 붙잡혀 있다면, 상상력 또한—현재적이고 현실적으로 직접 눈앞에 현존하는—객관적 대상(존재자)의 구속을 굳이 스스로 받고 있는 셈이다. 그때의 상상력은, 말하자면, 자신의 자유로운 힘을 망각한 채 잠자고 있다. 그런데 만일 상상력이 어떤 자각과 더불어 깨어나 지각으로부터 급진적으로 분리되었다고 가정해보자. 그래서 모든 지각대상의 현존도 갑자기 사라진다고 가정해보자. 그렇다면 그때의 순수 상상력이 감성적으로 직관해야 할 대상이란 도대체 무엇인가? 그것은 일단 부정적이거나 부족한 무엇으로 드러날 수밖에 없을 것이다. 즉 그것은 어떤 단적인 부재(不在), 무(無), 어둠, 심연처럼 나타날 것이다(그래서 순수 상상력에 내맡겨진 인간 의식은 마치 이전까지는 전혀 의식할 수 없었던, 이를테면 낮의 세계와 완전히 대립하는 정체를 알 수 없는 밤의 세계 속에서 영원히 홀로 방황할 것 같은 고독과 공포와 절망감을 느낄지도 모른다). 그리고 순수 상상력이 그것을 감성적으로 직관하고 있는 한에서, 즉 외적이고 감각적인 물질적 내용은 아니더라도 아무튼 질료적인 것으로 파악하고 있는 한에서, 그 대상은 아직 아무 형태도 형식도 형상도 드러내지 않는

9　마르틴 하이데거, 『칸트와 형이상학의 문제』, 이선일 옮김, 한길사, 2001, p. 203.

무정형의 질료, 다시 말해서 그것으로부터 이제 곧 창조적 형성 활동이 발생해야 하는 카오스적 원질료처럼 나타날 것이다. 하지만 문제는 지각과 분리된 순수 상상력이 그러한 카오스적 원질료로부터 도대체 어떻게 이미지 혹은 상(像, Bild)을 창조적으로 형성Bildung할 수 있으며, 또한 그러한 활동이 어떻게 미적 가상, 즉 감각적인 것(현실적인 것·소재적인 것·질료적인 것)의 관념적 나타남과 연결될 수 있느냐, 하는 것이다. 말하자면, 어떻게 어둠 속에서 빛이나 색이나 형태가 나타나며, 어떻게 침묵 속에서 말이나 소리가 나타나며, 어떻게 질료적 혼돈에서 형상적 질서가 나타나며, 어떻게 지각될 수 없는 것에서 지각될 수 있는 것이 관념적으로 나타나며, 어떻게 단적인 무(無)에서 유(有)가 나타날 수 있는가? 상상력은 끊임없는 결핍에 시달리며 순간적인 충족만을 추구할 수 있는 무의식적인 의지나 욕망의 자기-창조적 힘과 연관된 것이며, 자신의 대상을 순전히 주관적이고 자의적으로 무로부터 창조하기도 하고 파괴할 수도 있는, 그 자체로 비어 있는 마술적 의지인가? 아니면, 그러한 마술적 상상력은 그것 자체가 카오스적 원질료에 잠재적으로 속해 있었고, 따라서 그 원질료적 본성 혹은 자연 속에는 이미 창조적 형성 능력이 내포되어 있는 것인가? 여기에는 분명 합리적으로 이해하기 어려운 어떤 불가해성이 있는 것 같다. 가령 하이데거는 칸트가 이성과 감성이라는 인간 영혼의 두 줄기의 공통 뿌리인 초월적 상상력에 대한 탐구를 중지한 이유에 대해서 다음과 같이 말한다.

> 칸트가 고유한 초월적 근본 능력인 초월적 상상력으로부터 등을 돌린 동기는, 초월적 상상력 자체 때문임이 틀림없다. [……] 전승된 인간학과 심리학에서 상상력은 그저 감성 내의 열등한 능력에 불과했다. [……] 감성의 열등한 능력이 어떻게 이성의 본질을

형성할 수 있겠는가? 가장 저급한 능력이 최상의 능력으로 부각될 때, 모든 것은 혼란에 빠지지 않는가? 라치오Ratio와 로고스Logos 가 형이상학의 역사에서 중심적 기능을 요구한다라고 하는 저 존경스런 전통은 어떻게 되겠는가? 논리학의 우월성이 무너질 수 있겠는가? 〔……〕 순수이성이 초월적 상상력으로 뒤바뀌어버린다면, 초월적 상상력 그 자신으로 인해 『순수이성비판』으로부터 그 테마가 박탈되지 않는가? 이 정초 작업은 심연으로 나아가지 않는가? 칸트는 자신의 물음에 철저하게 형이상학의 "가능성"을 이 심연 앞으로 가져왔다. 그는 미지의 것을 보았다. [그러나] 그는 물러서야만 했다. 왜냐하면 그것은 단지 초월적 상상력이 그의 간담을 서늘케 했기 때문이 아니라, 그러는 사이 이성으로서의 순수이성이 그를 더욱 강력하게 자신의 궤도 쪽으로 이끌어갔기 때문이다. 〔……〕 순수이성의 이처럼 강화된 논점은 상상력 일반을 옆으로 제쳐두고, 이로써 상상력의 초월적 본질을 진정 은폐해야 했다.[10]

그런데 그렇게 은폐된 초월적 상상력의 본질은 끝내 조금도 비-은폐될 수 없는가? 그것은 어떤 방식의 이해도 허용하지 않는가? 우리가 여기서 할 수 있는 일은 그저 혼란스럽게 상상력을 상상하는 일뿐인가? 상상력이란 객관성과 무관한 자의적 유희 충동 또는 무의식적 욕망과 연관된 주관적 활동일 뿐인가? 만일 객관적 상상력이 가능하다면, 그것은 어떤 방식으로 이루어질 수 있는가? 혹시 이 문제가 '주객 분리의 세계관에 기초한 합리적 지성의 입장에서 상상력을 사유해야 한다'는 잘못된 선입견에서 발생하는 것은 아닌가?

객관성을 위해서는 주관성을 배제해야 하고, 주관성을 위해서는 객

---

10   마르틴 하이데거, 같은 책, pp. 243~44.

관성을 배제해야 한다면, 주관성과 객관성은 영원히 만날 수 없고, 만일 그렇게 영원히 만날 수 없는 것처럼 보이는 주관성과 객관성이 결합될 때에만 보편적 세계 과정에 참여할 수 있는 상상력의 역할이 밝혀질 수 있다면, 상상력을 애초부터 주관의 한계 안에 가두어두려는 사유 방식은 그 시작부터 상상력에 대한 긍정적 이해를 불가능하게 만든다. 그렇기에 그와 다른 방식의 이해 가능성을 찾아볼 필요가 있다. 하지만 어쨌든 상상력(혹은 그와 연관된 무의식적 의지나 욕망)이 마치 독자적 권능을 가졌으면서도 끝내 충족될 수 없는 결핍에 시달린다는 이유로 '불완전한 신적 창조자처럼 자유롭고 독자적 힘으로 자신의 대상인 이미지들을 창조적으로 형성하는 궁극적 자기 원인'이라고 설명하는 것은 이해되기 어렵거나 이해 불가능한 것처럼 보이며, 따라서 아무런 설명도 아닌 것처럼 보인다.

그렇기에 상상력을 이미지들의 질료적 측면과 형상적 측면의 새로운 방식의 결합의 관점에서 설명하는 편이 더 낫게 보인다. 우리는 상상력의 현실 초월적 성격을 현실 자체 속에 내재하는 특성으로 이해할 필요가 있다. 물론 이것은 상상력을 '이미 존재하는 것을 분해한 뒤 다시 조립하는 활동'으로 보는 기계론적 이해 방식에 빠질 위험이 있다. 하지만 그렇게 이해된 상상력은 역동적인 상상력도 아니며 창조적인 상상력도 아니고 초월적 상상력도 아니다. 창조적 상상력의 현상에서는 분명 죽음과 재생, 죽기와 되기라는 구체적으로 살아 있는 자연적이면서도 정신적인 과정이 존재해야 하며, 그러한 과정 속에서 자연이나 현실의 자기초월적 사건이 발생해야 하며, 거기에는 어떤 새로움의 요소가 첨가되어야 한다. 그것은 베르그송의 표현을 빌리자면 '창조적 진화'의 현상이며, 그러한 현상을 지배하는 법칙은 가령 '질량보존의 법칙'이나 '적자생존의 법칙' 같은 것으로는 등치할 수 없다. 왜냐하면 여기에서의 지향성은 어떤 질적 변화와도 관계없이 동일하게 남아 있는 물질적 총량의 보존보다는 오히려 그러한 물질적 양의 소멸을 동반하는 질적 변화이며, 또한 현실적 유용성에 모든 관심을 쏟는 생물학적 생존이라기보다는 초현실적이고 정신적인 생명의 도약에 가깝기 때문이다. 그러므로 상상력이란 현실적 유용성을 향해 있는 감각지각의 능력과 합리적 오성(지성)의 사유능력으로 남김없이 환원되지 않으면서도, 현실 초월적 능력으로서 현실적 삶에 내재한──어떤 잉여적인 잠재적 지각능력이자 사유능력으로서의──구체적인 인식능력으로 이해될 필요가 있다. 이를테면, 상상력이 칸트나 바슐라르에게는 일차적으로 지각과 구별되는(혹은 구별되는 것을 넘어 분리되고 대립되는) 능력이었다면, 그것은 괴테에게는 일차적으로 오성과 구별되는 인식능력이다.

> 요컨대 오성으로 영원히 풀 수 없는 것을 상상력이 해결하지 못한다면 상상력이란 게 무어 대단할 것이 있겠나.[11]

물론 그렇게 상상력을 앎, 지식, 인식과 연관시킴으로써, 상상력은 예술과 과학 모두에 공통적으로 관여하는 능력으로 이해되며, 따라서 예술적 상상력과 과학적 상상력이 같은지 다른지, 또 다르다면 어떻게 다른지 논의할 필요성이 생긴다. 하지만 여기에서 그런 논의를 전개할 여유는 없다. 다만, 예술과 과학은, 그 둘 모두 진정 상상력에 기초한 인간의 활동인 한에서, 동일한 활동의 서로 다른 두 표현 양태, 상상적 활동이 향할 수 있는 상보적인 두 방향성이라고만 말해두자. 그 둘 모두에게 중요한 것은 '상상적 사유를 통해 창조적으로 지각되는 구체적인 관념'이다. 하지만 과학에서는 그 관념의 설명−기술이 중요하며, 예

---

11   요한 페터 에커만, 같은 책, p. 365.

술에서는 그 관념의 표현-이미지가 중요해 보인다. '지각과 사유 사이'에서 그 둘 모두와 관계하는 상상력은 '구체적인 관념의 비-은폐성(진리)을 발생케 하는 창조적 인식 활동'의 능력인데, 그때 상상력이 감각지각 쪽으로 경향성을 더 강하게 가지면 예술이 되고, 합리적 사유 쪽으로 경향성을 더 강하게 가지면 과학이 된다. 물론 이러한 설명은, 상상력이 진정 무엇인지 아직 명료해지지 않은 한에서, 그다지 정확하지도 않아 보이며, 또한 충분하지도 않다. 그러므로 우리는 상상력에 대한 좀더 명료한 이해를 위해 다시 바슐라르의 상상력 이론을 간략하게나마 비판적으로 검토해보고자 한다. 가령 바슐라르는 『공기와 꿈』의 시작 부분에서 다음과 같이 주장한다.

> 사람들은 언제나 상상력이란 '이미지를 **형성하는** 능력'이라고 주장한다. 그런데 상상력이란 오히려 지각작용에 의해 받아들이게 된 이미지들을 **변형시키는** 능력이며, 무엇보다도 애초의 이미지로부터 우리를 해방시키고, 이미지들을 **변화시키는** 능력인 것이다. 이미지들의 변화, 곧 이미지들의 예치치 않은 결합이 없다면 상상력은 존재하지 않는 것이며, **상상하는 행위** 또한 없는 것이다. 만일 **현재적인** 이미지가 어떤 **부재하는** 이미지를 생각하게 하지 않는다면, 그리고 우연한 한 이미지가 신기 발랄한 이미지들의 풍부함을, (곧) 이미지들의 일출을 야기하지 않는다면, 상상력은 존재하지 않는 것이다.[12]

여기서 바슐라르는 상상력이 이미지를 형성하는 능력이 아니라 변형시키는 능력이라고 말하고 있다. 우리는 이 말에 동의할 수 있다. 상

---

12 가스통 바슐라르, 『공기와 꿈』, 장영란 옮김, 민음사, 1993, pp. 9~10.

상력은 이미지들을 역동적으로 변형시키는 능동적 주관성(의지나 욕망과 연관된 주관성)의 능력이다. 하지만 우리의 물음은 이렇다. 그러한 역동적 변형이 가능하기 위해서 과연 상상력이 이미지를 형성하는 능력과 분리되어야 하는가? 형성의 능력과 변형의 능력은 별개로 분리된 능력인가? 오히려, 수동적이고 정적으로 형성된 이미지들을 동적인 이미지로 이끌기 위해서는 변형의 능력을 지닌 상상력이 적극적으로 형성의 능력과 결합해야 하는 것이 아닐까. 이러한 물음과 연관해 또한 제기되어야 할 반문은, 앞에서도 이미 말했듯이, 상상력과 지각작용의 관계성을 대립 관계로 인식하는 데에서도 찾을 수 있다. 특히 이미지를 변형시키는 상상력과 대립되는 지각작용이 마치 이미지를 형성하는 능력처럼 나타난다는 점에서 그렇다. 과연 지각능력이 이미지를 형성하는 능력인가? 지각이 외부 세계로부터 받아들이는 것이 이미지 이전의 객관적 대상인지, 아니면 우리는 이미 지각 단계에서부터 대상이 아닌 이미지와만 관계할 수 있는지는 논외로 한다고 하더라도, 즉 칸트처럼 물자체와 현상, 혹은 실재와 현상을 분리하고, 인식주관이 관계하는 것은 다만 현상으로서의 표상일 뿐이며 실재적인 물자체는 불가지적인 것인지는 논외로 한다고 하더라도, 과연 지각이 자신의 대상—그것이 이미지이건 아니건—을 받아들이는 능력이 아니라 그것을 형성하는 능력일까? 받아들이는 일과 형성하는 일이 동일한 일인가? 이를테면, 약간 거친 비유일 수 있겠지만, 독자적으로 자신만의 빵을 만들고 싶은데 물만 가진 어떤 존재자가 있다고 하자. 그래서 누가 선물로 주었건 누구에게 나중에 갚기로 하고 빌렸건 혹은 몰래 훔치거나 강압적으로 빼앗았건 간에 어쨌건 밀가루가 주어졌다고 하자. 그런데 그렇게 주어진 밀가루를 받아들이는 일과 밀가루 반죽을 형성하는 일(여기서는 주어진 고체 가루에 주어지지 않았던 액체인 물이 첨가되면서 흩뿌려져 분리되어 고정되어 있던 입자들이 유연하게 결합되는 수용적 형성 활동이 이루어지며, 그것이 능동적 변형 활동의 조건이다)이 동일한 일인가? 이러한 반문과 연관하여 우리의 입장을 일단 진술하자.

"이미지를 형성하는 능력은 지각이 아니라 기억이며, 따라서 이미지의 현상학 같은 것이 여기서 요구된다면, 그것은 지각-이미지나 상상-이미지가 아니라 기억-이미지에서 출발해야 한다."

그런데 이러한 우리의 입장이 사태 자체에 부합한다면, 여기서 바슐라르의 문제는 지각과 기억을 구별하지 않고 동일시한다는 것이며, 혹은, 더 정확히 말해서, 지각-기억의 이중적 관계성을 무시하고 있다는 것이다. 그리고 사실 그러한 문제는 앞에서 논의했던 칸트의 상상력 이론에서도 발견된다. 즉 칸트 또한 상상력을 논하면서 기억의 현상을 애써 무시하고 있다. 가령, '상상력은 대상이 현존하지 않아도(즉 부재하더라도) 감성적으로 직관하는 방식'이라는 설명은 또한 기억에도 타당한 설명이 아닌가? 기억의 능력 또한 부재하는 대상을 감성적으로 직관할 수 있는 능력이 아닌가? 아니, 더 정확히 말하자면, 바슐라르가 상상력을 논하면서 "현재하는 이미지"와 "부재하는 이미지"를 대비(대립)시키고 있는 것과 달리, 여기서 중요한 것은 현존 아니면 부재라는 이분법적 분리가 아니라 현존이면서 부재라는 관계적 결합의 현상이 아닌가? 즉 기억의 현상에서 중요한 것은 정확히 '부재(하는 지각대상)의 (이미지적) 현존'이 아닌가? 어떤 죽기와 되기, 즉 지각대상이 소멸하면서 기억-이미지가 생성하는 경험적 사건이 발생하고 있는 것은 아닌가? 그런데 사실 그러한 기억의 중요한 특성이 무시될 수밖에 없었던 것은 어떻게 보면 당연한 일처럼 보인다. 왜냐하면 근대적 자연과학의 객관성이나 합리성을 정당화하는 인식론적 논리를 제공하고자 했던 과학철학적 입장에서 중요했던 것은 '경험'이 아니었으며, 오히려 그 경험에 앞서며, 그 경험을 가능하게 하는 인식주관의 '선험'(특히 합리적 지성이 경험에 앞서 미리 가지고 있다고 주장된 수학적, 논리적 형식들과 연관된 선험)이었으며, 그러한 입장에서 가령 플라톤이 전생이나 내세와 연관된 것처럼 말했던 '상기설'이 함축하는 '선험적 기억(혹은 초월적 기억)' 같은 비과학적으로 보이는 사유를 인정할 수는 없는 일이며, 따라서 기억의 현상이란 지각의 현상과 별로 구별되지도 않는 순전히 후험적인 재현 활동으로만 보였을 것이기 때문이다. 물론 바슐라르는 나중에 『몽상의 시학』에서 지각과 기억을 구분하면서 상상력과 기억의 결합을 강조하기도 한다.

> 마음의 원초적 상태에서는 상상력과 기억이 분리될 수 없는 복합체로 나타난다. 지각에 결부시키면 분석이 잘 안 된다. 다시 기억한 과거는 단순한 지각의 과거가 아니다. 추억하기 때문에 몽상 속에서는 과거란 이미지의 가치로 지적된다. 상상력은 시초부터 그것이 다시 보길 바라는 화폭에 색칠을 한다. 기억의 저장소까지 가려면 사실을 넘어서서 가치를 재발견해야 한다.[13]

하지만 바슐라르가 앞에서와 달리, 여기서 지각과 기억을 구분하면서 상상력의 짝으로 기억을 불러들여 결합시키고 있는 이유는, 여기에서의 기억이 '망각된 과거와 연관된 상기'이기 때문이다. 즉 여기에서의 기억은 더 이상 지각될 수 없는 것에 대한 추억, 회상의 관점에서 상기의 능동적 활동이 개입하는 것이 명백해 보이는 기억인 것이다. 망각된 기억-이미지를 상기의 활동을 통해 불러내는 일에는 그것이 기억 활동인지 상상 활동인지 잘 구별될 수 없게 만드는 애매모호성이

---

13 가스통 바슐라르, 『몽상의 시학』, 김현 옮김, 기린원, 1989, p. 119.

있다. 마치 여기에는 기억하려면 동시에 상상해야 하고, 또한 상상하려면 동시에 기억해야 하는 어떤 순환적 동시성이 기억과 상상의 결합 관계 속에 존재하는 것처럼 보인다(즉 기억이 원인이고 상상이 결과라거나, 상상이 원인이고 기억이 결과라는 선형적 인과성이 아니라, 기억이 상상의 원인이면서 동시에 결과이고, 상상 또한 기억의 원인이면서 동시에 결과라는, 말하자면 '순환적인 동시적 인과성'이 발견된다고 말할 수 있을지도 모른다). 하지만 문제는 기억이 지각과 구별되는 것을 넘어 분리되고 있다는 것이며, 그 결과 기억과 상상은 순전히 한 개인의 주관적인 심리적 현상으로만 고찰되고 있다는 것이다.

바슐라르는 어떤 곳에서는 지각과 기억을 거의 동일시하고, 다른 곳에서는 지각과 기억을 전혀 다른 것으로 분리시키고 있다. 여기서 요구되는 것은 지각과 기억을 구별하면서 결합하는 일이며, 그를 통해, 앞에서 말했던, 지각-기억의 이중적 관계성(또한 지각-상상의 이중적 관계성)을 사유하는 일이다. 그것은 우리가 앞에서 미적 가상을 지향하는 미학적 예술이 '지각의 경험과 감성적인 것'에 대해 가지는 독특한 이중적 연관성에 대해 말한 것과 연관된다. 이러한 관점에서 보자면, 기억(부재의 현존)이란 지각을 긍정하는 동시에 부정하고 있는 어떤 것이다. 말하자면, 지각을 부정하는 기억이란 또한 망각이기도 한 것이다. 어떤 지각대상을 기억한다는 것은 역설적으로 동시에 그것을 망각한다는 뜻이다. 기억-이미지를 형성하는 기억의 능력은 또한 망각의 능력이기도 하다. 이러한 지각-기억의 이중적 관계와 그와 연관된 지각-상상, 기억-상상의 이중적 관계를 통해 미적 가상이 산출되는 과정을 일단 거칠게라도 기술하자면 다음과 같다.

"자연적·현실적·감각적 외부 세계에 대한 지각이 기억으로 이행할 때 발생하는 기억-이미지들의 삶, 깨어남과 연관된 의식적 나타남이란, 그와 함께, 어떤 잠재적 변형 가능성을 가지게 될 지각대상들의 죽음, 잠, 망각과 연관된 무의식적 감춤이기도 하며, 그를 통해, 자연적 현실의 지각대상에 매여 있던 상상력이, 그 지각대상 속에서 실현되지 못하고 있던 잠재적 가능성—이상적인 것·관념적인 것·형상적인 것—을 향한 질료적 욕망과 의지의 창조적 실현을 위해, 지각대상이 아닌 기억-이미지와의 결합을 통한 변형 과정을 거쳐, 감각적인 것의 관념적 나타남, 즉 미적 가상을 산출하게 된다. 그러므로 미적 가상, 즉 감각적인 것의 관념적 나타남이란, 자유로운 창조적 활동을 불가능하게 하는 자연적·현실적 지각대상들과의 직접적 결속에서 벗어난 기억과 상상이—지각대상들의 새로운 변형을 위한 결합 과정에서 잃어버렸던 지각대상과의 관계성을—자유의 충동 속에서 창조적 변형을 거쳐(관념적으로 되찾아) 표현한 이미지의 현상이다."

그런데 우리가 보기에, 지각-기억-상상의 이러한 애매모호한 이중적 관계성을 사유할 수 없게 만드는 가장 큰 방해물은 근대과학과 근대철학 이후로 점점 분명하게 진행된 '경험'에 대한 평가절하에 있다. 다시 말하자면, 경험의 현상 혹은 현상의 경험을 왜곡하는 잘못된 경험 개념에 있다. 그것은 칸트의 비판철학이 철저한 '비판의 방법'의 엄격한 적용을 주장하면서도 그냥 독단적인 도그마로 받아들인 근대철학과 근대과학의 '회의주의적 경험 개념'이며, 그것은 바슐라르를 포함한 여러 과학철학적 입장에서 행해진 인식론적 비판 작업 속에서 여전히 발견되는 편견이다. 가령 바슐라르의 소위 '인식론적 단절'에 관한 김현의 설명을 읽어보자.

> 과학철학자로서의 바슐라르의 초기 저작물들을 특정 짓는 것은 객관적 인식으로서의 과학적 인식이란 무엇이며, 그것은 어떻게 가

능한가라는 것이다. 그에 의하면 과학적 인식과 우리가 일반적으로 경험하여 갖게 되는 감각적 인식 혹은 공통적 인식 사이에는 커다란 단절이 있다.[14]

우리는 여기서 '과학적 인식'이 왜 그렇게 '감각적 인식 혹은 공통적 인식(혹은 상식적인 경험적 인식)'과의 '단절'을 강조하면서 어딘가 미심쩍은 데가 있는 '객관적 인식'임을 주장하는지 세세하게 따질 여유가 없다(미심쩍은 이유는, 여기에서의 '객관성'이, 그 이름과 달리, '객체'에 대한 경험과 단절되어야만 찾아질 수 있다고 가정되기 때문인데, 말하자면 여기서 객관성은 어떤 객체 자체와의 마주침을 통해서 얻어지는 객관성이 아니라, 지성적 주관의 형식을 통해 '합리화'된 객관성, 즉 다시 말하면 수학적이거나 논리적인 형식 속에서 필연적으로 정당화된 합리성, 즉 결국 객관의 객관성을 슬쩍 다른 것으로 대체하면서 대리 만족하고 있는 것처럼 보이는 주관의 합리성이기 때문이다). 그렇기에 그렇게 할 수밖에 없게 만드는 이유를 잘 보여주는 대중적인 예를 하나 드는 것으로 만족하자. 그것은 바로 너무나 유명한 코페르니쿠스의 지동설이다. 이미 칸트가 객체가 아닌 인식주관을 마치 태양과도 같은 중심으로 가정하는 인식비판의 방법을 '코페르니쿠스적 전회'라고 명명했었고, 자연과학의 과학적 진리 인식을 정당화하고자 하는 많은 자연과학적 이론가들은 너무나 자주 코페르니쿠스의 지동설(개연적 가설의 정당화를 위해 합리적 모델을 구성하는 이론적 인식)을 과학적 인식의 패러다임, 즉 모범 모델로 여겼다. 그런데 그 지동설을 어떤 불변하는 영원한 보편적 진리까지는 아니라고 하더라도 아무튼 반박의 여지가 없는 객관적 사실의 진리처럼 믿게 됨으로써 뒤따르는 결과는 바로 상식적인 감각

14　김현, 『프랑스 비평사(근대/현대편)』, 문학과지성사, 1991, p. 190.

경험 혹은 지각경험 일반에 대한 불신이다. 왜냐하면 그때의 감각경험은 태양이 지구 주위를 돌고 있다고 속삭이면서 마치 우리를 기만적으로 속이고 있는 것처럼 보이기 때문이다. 따라서 외부 세계와 관계하는 감각경험과 단절되어야만 사태의 객관적 인식에 도달할 수 있다고 믿게 된 것이다. 그런데 우리가 어떤 사태에 대한 인식에 이르게 되는 것은 보통 지각과 사유를 통해서이다. 하지만 지각을 통해서는 불가능하다고 믿게 되었기에, 남은 것은 사유뿐인데, 사유란, '생각은 자유'라는 말도 있듯이, 너무나 주관적이고 자의적이고 자신의 욕망을 반영하는 상상에 그치는 경향이 강하며, 그것이 지각과 분리되었다면 더욱더 그러하다. 그러므로 사유를 통해 도달할 수밖에 없는 객관성이란 엄격한 수학적, 논리적 필연성의 규칙적 형식하에서 통제되는 사유의 객관성뿐이며, 그때 객관성이란 합리성에 다름 아니다.

그런데 이러한 형식적인 합리적 지성이 자신을 반성해보니, 자신이 감각경험과 완전히 결별한 게 아니란 걸 깨달았는데, 왜냐하면 자신의 사유는 어떤 질료적 내용을 가지고 있고, 가져야 하는데, 그것이 올 곳은 감각경험을 포함한 지각경험밖에 없기 때문이다. 그래서 근대적 지성은 자신이 객관적이라고 생각하는 주관의 합리적 형식에 들어맞는 감각경험만 받아들이기로 했다. 이전에는 직관적(직접적) 지각경험이 추론적(간접적) 사유를 지배했다면, 이제 선험적 사유가 지각을 지배해야 하는 것이다. 여기서 객관적 사유는 '비-경험적인 것'이 되며, 그래서 경험은 주관적 감각경험에 한정되며, 합리적 사유의 통제를 받지 않는 상상이나 주관적 감각경험은 오류의 진원지가 된다. 또한 여기서 감각경험의 추상화가 발생하는데, 왜냐하면 합리적 지성이 납득할 수 없는, 수나 양이나 도식으로 표현될 수 있는 객관적인 판단의 기준을 통해 감각 자료화되지 않는, 감각경험 속에 내재하는 모든 고유한 질적 특성들은 단지 주관적 취향이거나 객관적 사실과 관계없는 오류를

108

일으키는 주범이 되기 때문이다.

그런데 외부 세계와 연결된 직접적 지각경험을 불신하게 된 데에는 또 다른 중요한 이유가 있다. 그 이유란, 인간의 친숙하고 상식적(공통 감각적)인 경험을 통해서는 근대과학과 근대철학에 너무나 중요했던 '필연적 인과성'의 법칙을 찾을 수 없다는 것이었다. 즉 감각경험이 말 해주는 인과성에는 과학의 진리 주장에 속하는 필연성이 결여되었고, 그것은 그냥 습관적이고 반복적인 인상들의 연상 작용으로 생겨난 우 연적인 연합에 불과하다는 것이다. 그래서 흄이 대표적으로 회의주의 적 태도를 가지게 되었고, 칸트는 그러한 흄의 입장을 극복하고자 했 지만, 그러한 경험 개념을 그대로 일종의 도그마로 받아들였고, 그래서 필연적 인과성은 자연적 세계에 대한 감각경험에 속하는 것이 아니라 자연에 규칙성을 부여하는 입법자적인 주체인 합리적 오성(지성)이 경 험에 앞서 가진 선험적인 논리 형식에 속한다고 보았다. 하지만 가령 화이트헤드는 그러한 태도들의 문제점을 지적하면서 직접적 지각경험 에서 작용하는 필연적·인과적 힘(그의 표현으로는 '인과적 효과성causal efficacy에 대한 순응conformation')을 제시한다. 화이트헤드는 그러한 구체적 인과성에 대한 지각경험이, 추상적으로 단순 계기하는 시간인 현재에서 발생한다고 보지 않고, 과거-현재-미래의 내적 관계성 속에 서 상호 침투하는 구체적인 시간성을 통해 발생한다고 보았다. 그런 면에서, 직접적인 지각경험에서 발견될 수 있는 구체적인 인과적·시간 적 힘의 현상에 대한 그의 설명은 미적 가상의 존재의미와 연관된 '지 각-경험'과 '사유-경험'의 진정한 관계성을 이해하기 위해 충분히 길 게 참고할 만한 가치가 있다.

두 학파[흄과 칸트]에 따르면, 인과적 효과성의 중요성과 이를 전제로 하고 있음을 보여주는 행위의 중요성은 주로 고등한 유기체가 최상의 순간에서 가지는 특징이어야 한다. 이제 만일 우리가 복잡한 추리를 통해 원인과 결과를 폭넓게 확인하는 데에만 주의를 집중한다면, 분명히 그런 고등한 정신성이나 감각 여건들을 그처럼 정확하게 확정하는 일이 필요할 것이다. 그러나 그러한 추리의 각 단계는 **직접적 현재가 직접적인 과거의 완결된 환경에 순응하고 있다는 기본적인 전제**에 의존한다. 우리는 어제로부터 오늘로의 추리나 심지어 5분 전의 과거로부터 직접적인 현재로의 추리에 눈을 돌려서는 안 된다. 우리는 직접적인 현재를 그것의 직접적인 과거와의 관계 속에서 고찰해야 한다. 여기서 우리는 현재의 행위 속에 들어 있는 사실이, 선행하는 완결된 사실에 완전히 순응하고 있다는 것을 발견하게 될 것이다. 내가 말하고자 하는 것의 핵심은 하등 유기체의 경우에 외견상의 행태에서나 의식에 있어서나 이처럼 현재의 사실이 직접적인 과거에 보다 명확히 순응하는 것으로 나타난다는 점이다. **꽃은 인간 존재보다 훨씬 더 분명하게 빛을 따라 돌며, 돌은 꽃보다 훨씬 더 분명하게 그것의 외부 환경이 제공하는 조건들에 순응하고 있다.** 개는 인간만큼이나 확실하게, 직접적인 미래가 자신의 현재의 행위에 순응하리라고 예상한다. 계산이나 간접적인 추론의 문제에 이르면 개는 이를 감당하지 못한다. 그러나 개는 결코 직접적인 미래가 현재와 아무런 관련이 없는 것처럼 행동하지 않는다. 행동에 있어 우유부단한 태도는 보다 먼 미래를 관련된 것으로 의식하면서도 그것의 정확한 내용을 포착하지 못하는 데서 비롯된다. 〔……〕 또 직접적인 감각 여건에 대한 생생한 향유가 미래의 관련성에 대한 파악을 가로막는다는 것은 널리 알려진 사실이다. 이 경우는 현재 순간이 전부이다. 이때 우리의 의식에서 현재 순간은 '단순 발생'에 접근하게 된다. 분노나 공포와 같은 어떤 감정들은 감각 여건에 대한 파악을 저해하는 경향이 있다. 하지만 이런 감정들은 **현재와 직접적인 과거와의 관련성 및 현재와 미래와의 관련성에 대한 생생한 파악에 전적으로 의존**한다. 그리고 **낯익은 감각 여건들이 사라지면 선하게든 악하게든 간에 우리의 운명에 영향력을 행사하는 모호한 현존재들presences에 대한 공포감이 엄습한다.** 낮에 활동하는 습성을 지닌 대다수 생명체는 친숙한 시각적 감각 여건들이 사라진 어둠 속에서 보다 예민해진다. 그러나 흄에 따른다면 인과적 추론에 필요한 것은 바로 감각 여건들의 친숙도이다. 그래서 또한 그의 설명에 따를 경우 **어둠 속에서 작동하면서도 보이지는 않는 존재에 대한 감각** 같은 것은 있을 수 없게 되는데, 이는 사실과 정면으로 배치된다.[15]

우리가 여기에서 이렇게 화이트헤드의 설명을 길게 인용한 이유는, 구체적인 인과적 힘을 갖는 시간성 속에서 생기하는 직접적인 지각경험 자체의 전체성이 감각기관, 감각신경, 또 그와 연결된 뇌(현실적 생활의 유용성을 위해 진화한 기관)에 일차적으로 의존하는—추론적 인간 지성에 친숙한—일상적 낮의 의식 속에서만 드러나는 게 아니라는 것을 강조하고 싶었기 때문이다(화이트헤드의 설명에 따르자면, 그러한 지각의 전체성의 경험은, 오히려, 돌이나 꽃에게 허용되어 있을지도 모른다). 즉 뇌와 연결된 감각에서 잘 드러나지 않는 지각경험의 더욱 근원적이고 의미심장한 미지의 요소들이 무의식적인 어둠 속의 밤의 경험으로 남아 있게 된다는 것이다. 또한 직접적인 지각경험 자체가 오류를 일으킬 수는 없다는 것이며, 또한 그것은 객관과 주관, 혹은 세계와 나의 근원적인 연속성과 내적 관계성 속에서 발생하는 현상이며,

---

15 앨프리드 노스 화이트헤드, 『상징 활동——그 의미와 효과』, 문창옥 옮김, 동과서, 2003, p. 61~63.

그 경험 자체 속에는 이미 어떤 식으로든 세계의 세계성이나 객관의 객관성이 속해 있다는 점을 강조하고 싶었기 때문이다(이것은 '세계-내-존재'를 말하는 하이데거나 '살'이라는 살아 있는 신체성으로 연결된 세계를 말하는 메를로퐁티의 현상학 속에 함축된 '지각의 우위'라는 관점을 연상시킬 수도 있을 것이다). 비교적 명료한 신체의 의식적인 감각경험에 한정한다 하더라도, 우리는 감각이 우리를 속인다고 말할 수 없다. 가령 시각경험은 자신이 본 대상의 특성을 그대로 전달하고 있는 것이며, 그것은 그것을 보거나 보지 못할 뿐이지 잘못 보지는 않는다. 시각경험에 불만을 가질 수 있다면, 그것은 기껏해야 그것만으로는 그 경험의 의미가 충분히 드러나지 않거나 그 경험의 대상 자체에 대한 판단이 어렵다는 점뿐이다. 특별히 손상되거나 좋지 않은 환경에 놓여 있지 않은 이상, 보통의 건강한 감각기관을 통해 일어나는 일상적 감각경험에는 객관적인 요소가 있는 것이다(감각경험이 흔히 주관적이라고 생각되는 이유는 보통 감각경험이 그 자체로 고려되지 않고, 서로 다른 개별 주관들의 기질적, 습관적, 성격적 차이들과 섞여 있는 사유의 판단 활동을 감각경험과 혼동하기 때문이다). 오류는 감각경험을 통해 받아들인 경험의 요소를 다른 경험의 요소와 혼동하면서 사태와 맞지 않는 경험 요소 간의 잘못된 결합 관계를 만들어내는 판단 활동에서 일어나는 것이다.

객관적 인식에 이르기 위해 감각경험만으로는 충분하지 않으며 또한 사유의 활동이 필요한 이유는, 감각경험 자체가 주관적인 경험이거나 오류의 경험이기 때문이 아니라, 감각경험을 통해 받아들인 객관적인 요소들 사이, 또한 객관적인 요소들과 주관적인 요소들 사이의 '본질적인 내적 관계'가 감각경험만으로는 드러나지 않기 때문이며, 사유가 하는 일은 그렇게 은폐된 본질적 관계성을 창조적으로 발견하거나 (혹은 발견하면서 동시에) 발명하는 일이다. 그런데 그러한 서로 다른 대상들 간의 본질적 관계성이란 결국 그들 모두를 관통하는 전체성이며, 우리는 그것을 살아 있는 신체성과 결합된 보편적인 정신적 관념성으로 이해한다(그런데 만일 누군가가 본질적 관계성이나 전체성을 오직 물질성·질료성·신체성 같은 것으로만 이해한다면, 우리는 감각될 수 없고 생각될 수만 있는 것을 왜 굳이 물질성이라고 주장하는지 반문할 수밖에 없으며, 설령 그래도 끝까지 그것을 정신적 관념성보다 더 근원적인 물질성·질료성·신체성으로만 이해한다면 우리는 그때 그것이 정신적 신체, 관념적 질료 같은 것으로 이해되고 있는 것이며, 따라서 그때 주장되는 물질성은 사실 물질보다는 정신과 관계하고 있다고 말해야 할 것이다).

보다 분명한 의식적 감각경험을 포함하여 상대적으로 모호하거나 캄캄한 어둠 속에 감춰진 무의식적 지각경험 속에 내포된 전체성(주관과 객관, 세계와 나, 보편과 특수 등의 전체성)이, 세계 과정 속에 특정한 방식으로 서로 다르게 각자 고유한 입각점을 가질 수밖에 없도록 삽입된 모든 개개의 존재자들에게 비록 잠재적일망정(은폐된 채로라도) 주어지지 않는다면, 그 세계 과정의 비밀스러운 보편적 법칙과 연관된 어떤 관념도 사유를 통해서 발견될 수 없을 것이며, 모든 과학적 인식이 주장하는 규칙성이나 법칙성은 합리적 추측이나 개연적 가설에 그치고 말 것이다. 그러므로 여기에서의 요지는 이것이다.

"관념이란, 어떤 무세계적인 인식주체의 추상적 사고 작용 속에서 나타나는 표상이 아니라, 이미 지각경험의 전체성 속에 존재하는 세계 과정 속의 핵심적인 요소이며, 그러한 관념과 관계할 가능성으로서의 인간의 사유 활동이란, 감각경험만으로는 지각되지 않는—그 관념을 지각하기 위한—더 고차원적인 내면적 지각의 경험으로 이해될 수 있다. 그러므로 상상적 사유란 지각과 자신을 정태적이고 고체적인 이분법적 방식으로 분리·대립시키는 합리적 지성의 사유와 구별될 수 있는 사유의 양태이며, 그것은 감각경험 속에서 아직 드러나지 않은 무의식적 지각에 내포된 관념성을 자유로운 능동적 활동 속에서 구체적으로 지각하고자 하는 직관적 사유를 향한 나의 의지와 결합되어 있다."

물론 상상적 사유를—수용적인 외부적 지각활동에 상보적인—내면적 주관의 자유로운 능동적 지각활동으로 이해하는 일은 여전히 아이스테시스의 우위의 관점에서 상상력을 다루는 일처럼 보이며, 또한 여기서 상상력이 감각대상들 자체가 아닌 관념(감각대상들의 본질적 관계성과 전체성을 가능하게 하는 구체적인 힘을 갖는)들과 연관된다고 하더라도 여전히 인간적 주관의 자유를 억압하는 재현 활동에 종속된 능력처럼 보일 수도 있을 것이다. 이런 이해를 통해서라면 우리는 자연이나 현실의 미메시스라는 예술 개념을 넘어 자유로운 창조성을 그 본질로 하는—미적 가상과 연관된—미학적 예술의 개념에 이를 수 있을 것 같지 않아 보인다. 그렇기에 이제 요구되는 것은 상상적 사유가 어떤 의미에서 '창조적'일 수 있는가 하는 설명이다. 그런데 그러한 설명이 얻어내기 어려워 보이는 설득력을 조금이라도 얻기 위해서는 일단 급진적인 창조 개념을 주장하지 않는 것이 중요해 보인다. 다시 말해서, 창조와 모방을 급진적으로 분리시키면서, 그 둘을 이분법적인 개념으로 대립·고정시켜버리지 않는 일이 중요하다. 그리고 그런 관점에서 볼 때, 가령 최인훈의 예술론에서 읽을 수 있는 다음과 같은 표현은 매우 문제적인 방식으로 의미심장하다.

예술이란 '**신의 모방**'이다. 정확하게는 창조의 모방이다. 원래대로 말하면 이런 엄청난 일은 좀더 집단적인 방법으로 좀더 책임 있게 작업이 되어야 옳을 것이다. 신이 **혼자 힘으로 창조한 그 흉내**를

114

예술가는 하고 있다.[16]

여기서 최인훈은 예술이 창조냐 모방이냐의 문제를 너무나 간단명료하게 해결하고 있는 것처럼 보인다. 즉 예술이 "창조의 모방"이라는 것이다. 물론 창조의 모방도 모방이다. 하지만 모방 활동의 지향성이 창조를 향하고 있는 한에서, 모방은 '창조적' 특성도 가질 수 있다. 그런데 우리가 여기서 강조할 지점은 자연과 대비되는 인간적 활동인 예술을 모방으로 규정하는 이해 속에는 언제나 모방이 '인식의 중요성'과 연결되고 있다는 것이다(그러므로 그렇게 이해된 예술은 인간이 행하는 과학이나 철학의 인식 활동과 구별되는 활동이기는 하지만, 그렇다고 그러한 인식 활동과 전적으로 무관한 비-인식 활동일 수는 없다). 그렇기에 가령 가다머는 미메시스 개념에 전적으로 의존하는 고대 그리스의 예술관을 설명하면서 자신의 모방 개념을 다음과 같이 말하고 있다.

> 그러나 모방의 개념은, 우리가 모방에 포함되어 있는 **인식의 의미**를 주목할 때에만 예술의 놀이를 기술할 수 있다. 표현된 것이 현존한다는 사실은 모방의 근원적 관계이다. 어떤 것을 모방하는 사람은 그가 인식한 것과 그가 인식한 방법을 현존하게 한다.[17]

모방에는 '무엇'을 인식했고, 더 나아가 그것을 '어떻게' 인식했는가와 연관된 인식의 방법이 현존한다. 여기서 더 중요한 것은 전자보다는 후자이다. 즉 예술의 독특한 인식 방법, 예술적 인식의 '어떻게'이다. 인식, 방법이란 단어는 최인훈의 예술론 혹은 문학론에서도 중요한 의

---

16   최인훈, 「작가와 성찰」, 『문학과 이데올로기』, 문학과지성사, 1994, p. 21.

17   한스게오르크 가다머, 『진리와 방법 1』, 이길우 외 옮김, 문학동네, 2000, p. 208.

미를 갖는다. 가령, 최인훈은 "문학도 인식"[18]이며, "참다운 변화에는 반드시 방법의 변화가 있다"[19]고 말한다. 우리가 이러한 맥락에서 '창조의 모방'이라는 말을 이해해야 한다면, 그때 그것은 창조적 인식의 방법met-hodos(즉 그 어원에 따라 구체적으로 표현하자면 '길hodos')과 연관되어야 할 것이며, 이제 그러한 관점에서 '예술은 창조의 모방'이라는 표현의 의미를 고찰해보자.

우선, 우리는 '창조의 모방'이라는 말을 그것이 '피조물의 모방'이 아니라는 뜻으로 해석한다. 보다 자연주의적으로 말하자면, 그것은 '생산된 자연(물)'의 모방이 아니라 '생산하는 자연(과정)'의 모방이라는 뜻이다. 그러므로 창조의 모방이란 일단 감각경험에 나타나는 자연적이거나 현실적인 존재자의 모방이 아니다. 그렇게 되면 예술은 감각적인 것의 나타남에 머물고 말 것이며, 그것은 미적 가상이 아니다. 하지만 그렇다고 해서 감각적 현실을 완전히 떠나 관념적인 것에만 머문다면(그것이 가능하건 불가능하건), 그때의 예술은 미적 가상이 아니라 그냥 가상의 나타남에 그치고 말 것이다. 따라서 앞에서도 말했듯이, 미적 가상이란 주어진 현실적인 것을 관념적인 힘으로 자유롭게 재창조하는 과정을 통해 '새롭게 변형된 감각적인 것의 관념적 나타남'이어야 하는 것이다. 물론 여전히 해명이 요구되는 부분은 관념과 창조(혹은 창조력, 창조성)가 도대체 무슨 연관성이 있느냐는 것이다. 관념이 창조 과정에 개입한다, 혹은 관념이 창조적 힘을 갖는다는 것은 무엇을 의미하는가? 아니, 무엇보다 '창조'라는 말 자체가 소위 '과학정신'에 맞지 않는 어떤 부적절한 신념 같은 것을 함축하는 표현이 아닌가? 이미 최인훈이 '창조의 모방'이라는 표현에 앞서 '신의 모방'이라고 말

18 최인훈, 「소설을 찾아서」, 같은 책, p. 209.
19 최인훈, 「추상과 구상」, 같은 책, p. 294.

116

했듯이, 여기에는 어떤 종교적 믿음과 연관된 신적 창조자의 존재가 가정되고 있지는 않은가? 최인훈이 생각하는 예술가는 신에 대한 믿음과 함께 신을 모방하며 닮아가고자 하는 존재인가? 아니면, 신에 대한 믿음은 전혀 없으며, 자신이 신처럼 되고 싶어 하는 존재인가? 우리가 볼 때, 답은 후자에 가까워 보인다. 최인훈이 생각하는 예술가, 다시 말해서 근대 이후에 창조적 예술을 추구하는 인간은 신의 죽음(혹은 신의 사라짐)이 선언된 이후 비어 있는 것처럼 보이는 신의 자리를 대신 차지하거나 신의 역할을 맡고자 하는 존재이다. 최인훈은 창조적 신에 대한 믿음이 아니라 창조적 인간에 대한 믿음, '창조적인 신적 인간을 향한 종교'를 가지고 있다고 말할 수도 있을 것이다. 이를테면, 최인훈에게 근대 이후의 예술은 "신 없는 종교"이다.

> 그러나 오늘날에는 이를테면 **신 없는 종교**라고 할까요? 인생의 절대적인 의미 또 이 우주 속에 있어서의 인간과 종교의 의미 등 이런 것에 대해서 인간들이 무엇인가 설명할 수는 없으나 수십만 년 동안 가지고 왔던 어떤 신비한 체험과 그리고 신비한 체험을 조직적으로 다듬어놓은 **이미 기존해 있는 종교들의 기호에서 벗어나서 자기 손으로 우주 속에서의 인간의 자리** 또는 인간과 인간 사이의 바른 관계 같은 것들을 알아보려고 노력하기 시작한 것이 소위 **근대 예술이나 현대 예술의 모습**이 아닌가 생각합니다.[20]

최인훈이 보여주는 이러한 예술관은 독특한 방식으로 종교(일차적으로 '신비'와 연관된 종교)에 대한 이중적 태도를 함축한다. 예술은 순전히 인간적인 입장에서만 종교성을 긍정하면서, 신적 신비와 연관된 종

---

20 최인훈, 「문학은 어떤 일을 하는가」, 같은 책, p. 242.

교성을 부정하는 도전적인 활동인 것이다. 이에 반해, 최인훈은 과학에 대해서도 마찬가지의 도전 정신을 보여주는 것 같지는 않다. 그의 소설과 에세이 속에는 근대 이후의 자연과학적 세계관(그리고 그러한 세계관을 공유하는 사회과학적이고 인문과학적인 세계관)을 당연한 것으로 받아들이는 태도가 분명하게 나타난다. 그렇기에, 어떻게 보면, 최인훈이 생각하는 예술은 과학에 의존하며 과학을 보완하는 활동이자 과학의 연장으로서의 종교다. 이와 연관하여 특히 문제적으로 읽히는 그의 예술론은 이렇다.

> 인간은 자연 속에서 자연을 이용해서 인간의 환경을 개선하면서 살아가지만 인간은 자연을 완전히 자기 것으로 만들지는 못한다. **자연은 언제나 인간의 밖에 있다.** 자연과 인간은 하나가 되지 못한다. 하나가 되지 못하는 이상 자연은 인간에 대한 시련과 고통의 여지를 언제나 남겨 가지고 있다. 그러기에 **인간의 가장 큰 꿈은 인간이 자연을 완전히 정복한 상태**가 아닐 수 없다. 이런 꿈을 이루는 것이 예술이다.[21]

최인훈이 말하는 저 꿈, 즉 "인간이 자연을 완전히 정복"하는 꿈은 근대 이후의 자연과학과 그것에 기초한 기술문명의 꿈이 아니던가? 자연의 지배자, 어디에도 예속되지 않는 주인, 입법자적 주체가 되는 것. 물론 최인훈은 여러 글에서 예술과 과학을 분명히 구분하려고 하며, 예술은 과학이 할 수 없는 것, 불가능한 것을 상상력을 통해서 시도해야 한다고 말한다. 하지만 그러한 구분에도 불구하고, 최인훈의 인간과 자연의 관계에 관한 언급은 이미 근대과학적 세계 인식을 자명한 전제

---

21 최인훈, 「예술이 추구하는 길」, 『길에 관한 명상』, 문학과지성사, 2010, pp. 218~19.

로서 그 기초에 두고 있지는 않은가? 그리고 그렇기에 그의 예술론은, 그가 아무리 과학과 예술을 구별한다고 하더라도, 근대적인 자연과학의 전제들로부터 어쩔 수 없이 필연적으로 도출될 수밖에 없는 결론들로 이루어지는 이론이 아닌가? 이를테면, 진화의 끝, 진보의 끝, 그 어떤 자연적이면서 인간적인 역사적 과정의 완성에는 마침내 '세계의 주인'이 된 '인간'이, '신도 자연도 아닌 인간'이 있어야 하는 것이다. 아니면, 적어도 "주인이 된 나"[22]라는 인간이 있어야 한다.

최인훈에게는 어쨌든 인간에 대한 믿음이 있다. 하지만 인간에 대한 믿음의 근거는 어디에 있는가? 합리적 지성의 과학성에 있는가? 그럴 수 없다. 합리적 지성의 과학성에 대한 믿음을 위해 꼭 살아 있는 인간에 호소할 필요는 없다! 그것은 인공지능을 가진 기계에서도 발견될 수 있으며, 구조주의자들(혹은 과학주의자들)이 가정하는 익명적 구조 체계에서도 발견될 수 있다. 그러므로 합리적 과학성 때문에 신에 대한 믿음이 인정될 수 없다면, 마찬가지로 인간에 대한 믿음도 인정될 수 없다. 니체가 '신의 죽음'을 말하면서 '초인(그것이 무엇이든, 아무튼, 인간을 넘어가고 있는 신도 인간도 아닌 무엇)'을 말하고, 그에 영향받은 푸코가 '인간의 사라짐'에 대해 말하고, 들뢰즈가 구조주의를 논하면서 '인간의 죽음'에 대해 말하는 것은, 신과 인간이 양자 중 한쪽이 부정되면 다른 한쪽도 부정될 수밖에 없는 본질적인 관계성 속에 있다는 사실로부터 자연스럽게 뒤따르는 일이다. 이와 관련하여, 들뢰즈의 분명한 말을 들어보자.

구조주의가 **새로운 유물론, 새로운 무신론, 새로운 반**(反)**인간중심주의**와 분리될 수 없다는 것이다. 왜냐하면, 만일 **자리가 그것을**

22 최인훈, 『화두 2』, p. 586.

차지하는 자보다 일차적이라면, 구조를 바꾸기 위해서 신의 자리에 인간을 놓은 것으로는 충분치 않기 때문이다. 그리고 이 자리가 죽음의 자리라면, **신의 죽음은 곧 인간의 죽음을 의미**하리라. **이 사태는 곧 올 것이고 우리는 그러기를 원한다.** 그러나 이 사태는 구조 내에서만 그리고 구조의 변환 내에서만 가능할 것이다. 푸코가 인간 개념의 상상적 특성에 대해 말하고, 알튀세르가 인간 중심주의의 이데올로기적 특성에 대해 말하는 것은 이런 맥락에서이다.[23]

그렇다면 결국 이러한 사유 방식을 따를 경우 도달하는 곳은 어디인가? 자신 안에 본래부터 내장된 구조 체계에 따라 작동하는 자동기계적 자연이거나 자유자재로 구조를 변화시키며 스스로 운동하는 살아 있는 자연인가? 어떻든 간에, 그것은 어떤 신비한 물질성을 갖는 익명적이고 자족적인 자연처럼 보인다. 즉 정신도, 생명도, 기계도, 유기체도, 그 어떤 존재도, 그 어떤 차이도, 거기서 생성케 하고 거기로 소멸케 하는 마술적 힘, 마술적 의지, 마술적 욕망을 갖는 물질적 자연이다. 그것은, 말하자면, 코스모스를 감추고 있는 카오스적 원-질료다. 이때 카오스는 그 어떤 부정적인 의미도 없으며, 그것은 차별 없는 차이들의 평화로운 공존, 결합으로 파악될 수 있는 긍정적인 혼돈의 전체성이다. 그것은 스스로 창조하고 파괴하는 놀이를 하면서 즐거워하고 있으며, 개별적 삶의 고통이나 슬픔에 대해서는 초연하고 무심한 비인격적 자연처럼 보인다. 그것은 모든 존재에 선행하는 비-존재처럼도 보이고, 모든 현실에 선행하는 가상처럼도 보이며, 창조적 무처럼도 보인다. 물론 여기서 이렇게 대충 이야기한 물질적 자연에 대한 사유는 근대 이전의 자연철학적 사유에서도 그 단초가 발견된다. 하지만 현대로

---

23 질 들뢰즈, 「구조주의를 어떻게 식별할 것인가?」, 『의미의 논리』, 이정우 옮김, 한길사, 1999, p. 526.

120

오면서 그러한 사유는 점점 더 실증성이나 합리성으로 무장하면서 정교해졌다. 하지만 우리의 물음은 이것이다. 스스로 생명도 낳고 정신도 낳는 마술적인 물질성을 갖는 자연은 지각된 적도 없고, 지각될 수도 없으며, 오직 상상되거나 가정될 수만 있는 무엇이 아닌가? 그것은 오직 '생각'될 수만 있는 것이 아닌가? 따라서 그것은 물질적 자연 자체가 아니라 그것에 대한 '관념'이 아닌가? 마치 '원자론'이 원자 자체에 대한 지각이 아니라 원자에 대한 생각에서 기인했듯이, '유물론' 또한 물질 자체에 대한 지각이 아니라 물질에 대한 생각에 기인하고 있지 않은가? 그렇다면, 즉 물질이 아니라 물질에 대한 유물론적 생각이 문제라면, 사실 여기서 모든 문제는 일차적으로 의식적인 사유의 문제가 아닌가? 다르게 말하자면, 물질에 대한 생각에 앞서 생각을 생각하는 일이 필요한 게 아닌가? 물론 그러한 의식적 사유를 특정한 방향으로 흐르도록 하는 무의식적 의지나 욕망의 문제가 있지만, 그것이 문제가 되는 이유는 그것이 의식적 사유의 영역에 명료하게 지각되지 않고 있기 때문이므로, 아무튼 살아 있는 인간의 자기-의식적 사유의 가능성이 일단 먼저 가장 중요한 고려의 대상이 되어야 하는 것이 아닌가?

하지만 그러한 물질적 자연에 대한 이해에 선뜻 동의할 수 없는 가장 큰 이유는, 그것이―실러가 말하는 개별적 인간의 인격적 자유에 기초한 미적 가상의 창조로서의 예술이나 최인훈이 애매모호하게 말하고 있는 신적 창조의 모방으로서의― 예술이 지향할 수 있는 창조 활동의 이상적인 범례를 제공하지 못하고 있는 것처럼 보이기 때문이다. 요컨대, 우리는 인간적 사유의 개념이 갖는 추상성에서 오는 불만 때문에 끊임없이 구체적인 것을 물질성으로만 파악하려는 사유 방식이나, 혹은 역으로 물질성 자체를 추상성 속에서만 파악하는 사유 방식이 아닌, 또한 그렇기에 정신적 관념과 구체적인 창조적 힘의 진정한 관계를 은폐시키는 사유 방식이 제공하는 창조(혹은 생성, 진화)의 모델이 아닌, 말하자면 '관념적 자연의 정신적 창조'와 관련된 범례를 필요로 한다. 물론 보통 창조론은 신화적 이야기이며, 또 창조가 이루 어지는 방식도 여러 차원에서 다르게 이야기될 수 있다. 가령, 무한하게 충만한 초월적 일자(一者)로부터의 유출을 자연의 창조로 설명하기도 하며, 전지전능한 인격적 신이 무에서 유를 만들었다는 설명이 있는가 하면, 선할 수도 악할 수도 있는 과학적 기술자 혹은 장인적 특성을 갖는 데미우르고스가 이미 주어져 있는 재료(질료)와 형태(형상)를 특정한 방식으로 결합시켰다는 창조론도 존재한다.

분명한 것은 창조의 여러 차원이 있으며, 그렇기에 창조의 다양한 양태가 있다는 것이다. 또한 창조 행위를 단 한 번으로 완전하게 완결된 유일무이한 사건으로 볼 수도 있으며, 그렇지 않고 여전히 요구되는 또 다른 창조 행위의 여지를 남겨놓은 미완의 과정으로 볼 수도 있다. 어떻든 간에, 자연의 기원과 연관된 창조론은 그 기원이 또한 문제가 되는 모호한 역사적 전통을 통해 신화적 방식으로 기록되어왔으며, 그렇기에 그 의미의 해석을 둘러싼 갈등이 언제나 있어왔다. 여기에서 우리가 특히 관심을 가지는 창조 이야기는 역사적으로 강력한 영향력을 행사해온 중요한 문헌, 모세가 썼다고 전해지는 문헌에 기록된 소위 '7일간의 창조 신화'이다. 물론 그 '신화'는 종교적 입장에서는 '계시'이며, '신화'가 아니다. 여기에서 '신화'라는 말을 비하하려는 의도는 전혀 없으며 오히려 신화 속에는 현대의 자연과학적 인식과는 다른 차원의 고유한 의미를 갖는 인식이 발견될 수 있다는 것을 부정하지 않는다. 그렇기에 가령 우리는 레비스트로스가 신화적 사유에서 과학적 지성의 합리성을 발견하면서 '신화도 (초보적인) 합리적 과학이다'라고 주장하는 것에는 동의하지 않는다(만일 '과학도 합리적 신화다'라는 말을 받아들인다면 모르겠지만). 하여간 여기에서 이 신화를 하나의 범례로 고려하는 이유는 거기에 근대 이후의 과학적 사유, 심지어 예술적 사유

122

일반에도 종종 결여되어 있는, 구체적 관념성에 대한 의미를 읽어낼 가능성이 존재하기 때문이다. 그런데 그러한 의미의 해석을 통해 우리는 진화냐 창조냐, 혹은 지구의 나이가 어떻게 되느냐, 같은 과학과 종교의 정치적 대립에 끼어들고 싶지는 않으며, 또한 잘 이해하기도 어려운 그 문헌에 대한 유대교·기독교의 오래된 해석학적 전통을 무시하는 것 같은 인상을 주고 싶지도 않다. 그렇기에 우리는 여기에서 미적 가상이나 신적 창조의 모방을 이해하는 데 필요한 정도만, 또한, 그럴 수 있을지는 모르겠지만, 아무튼 우리의 이해가 납득할 수 있는 선에서, 몇 가지 강조점을, 능력이 허용하는 한에서, 제시하고자 한다.

먼저 강조해야 할 점은 '시간(7일)'에 대한 '관념'을 마치 현대인에게 익숙한 시계의 기계적 시간개념처럼 생각해서는 안 된다는 것이다. 현대인에게 익숙한 추상적이고, 기계적이고, 양적인 시간, 즉 질적으로 고유한 어떤 특성도 없이 기계적·양적으로 분절되며 단순 계기하는 시간개념으로 7일을 문제 삼는다면 큰 오산이다(그러한 시간개념을 베르그송은 지속적으로 비판했었다). 그러므로 '7일'은 시계의 시간으로 측정되는 양적인 시간을 의미하지 않는다. 사실 순전히 물리적이고 양적으로 파악된 시간개념이란 세계와 나의 본질적인 관계성을 망각하면서 세계와 나, 혹은 객관과 주관의 분리라는 의미심장한 오류(어쨌든 독립적인 '나-이미지'의 형성을 가능하게 하는 오류)로 이끄는 추상인데, 현재 우리가 사용하는 달력에서 볼 수 있듯이, 사실 7일로 구성된 1주일이나 12달로 구성된 1년이라는 시간개념은 지구를 중심으로 의식적·무의식적으로 경험되는 천체 운동과 지구의 특정한 질적 변화의 관계성으로부터 온 것이다. 대충 말해서, 7일의 각 하루는 특정한 행성과 연관된 하루, 즉 달, 화성, 수성, 목성, 금성, 토성, 태양만을 모두 행성으로 보는 관점에서 7행성과 각각 연관된 요일이며(그러므로 현대의 우리는 여전히 전근대적 천문학, 혹은 점성학에 의존한 달력에 맞춰 살고 있는데, 물론 그와 연관된 그 어떤 구체적인 중요한 의미도 망각한 채로 그러하며, 그런데 만일 이 달력 체계에 맞는 행성 체계를 고수해야 한다면, 우리는 최근에 명왕성을 태양계에서 퇴출시켰듯이 해왕성, 천왕성도 퇴출시킨 뒤 지구를 빼고 태양과 달을 다시 행성으로 봐야 하거나, 아니면 일요일과 월요일은 없애고, 지구와 해왕성과 천왕성과 혹은 명왕성에도 해당하는 요일을 지정한 뒤 1주일을 8요일이나 9요일로 만들기라도 해야 하는가?), 12달은 태양이 1년 동안 하늘을 운행하는 경로의 배경이 되는 수대zodiac(동물들의 띠)를 구성하는 12별자리와 각각 연관된 것이다.

그런데 무엇보다 '날'의 개념은 태양이 뜨고 지며 달이 뜨고 지며 낮과 밤이 교대하는 현상이 없다면 생길 수 없다. 그렇다면 우리의 의문은 이것이다. 현재의 우리에게 추상적으로든 구체적으로든 관찰되는 물리적 지구도, 달도, 태양도, 행성도, 별자리도 아직 창조되지 않은 '창조의 첫날'('말씀'을 통해 '빛'이 창조된 첫날)에서 '날'의 의미는 무엇인가? 그것이 현재의 우리가 가진 '날'의 개념이 아닌 것은 분명하다. 그런데 여기에서 '날'의 의미에 대한 진지한 이해와 해석을 방해하는 것은, 무엇보다 고대인들이 뭘 모르는 비과학적 바보들이라서 태양도 달도 지구도 없는데 '날'이 있다는 모순점도 의식하지 못한 채 허황된 이야기를 꾸며내기에 바빴다는 등의 아예 처음부터 어떤 긍정적 이해도 불가능하게 하는 선입견의 참견이다. 현대의 우리는 우리가 과학적이거나 합리적인 바보일 수도 있다는 생각은 꿈에도 하지 않으려 하는 경향이 있다. 그러나 사실 우리는 '날'의 진정한 의미를 제대로 이해할 수 없는 바보일 수도 있다! 그렇기에 우리는 일단 모호하지만 하나의 이해 가능성을 붙잡는 데 만족하고자 한다. 그것은 고유한 특성을 갖는 구체적 '시간'이란 '존재'로 이해될 수 있다는 것이다. 우리는 여기서 하이데거가 이미 '존재'는 '시간'이라고 말한 것을 상기할 수도 있다(물론 우리는 존재와 시간을 '유한성'으로만 이해하고자 하는 하이데거의 사유에 동의하지 않는다). 그리고 여기에서 그러한 '시간-존재'로서의 '날'은, 물리적인 자연의 우주가 있고 나서야 가능한 '날'이 아니기에, 아직 물리적 자연 세계의 생성에 관여하고 있는 것이 아니다. 여기서 '날'은 물리적 자연 세계가 나타나기 이전의 창조 행위와 연관된 '창조적 존재'와 연관된 낱말이다. 여기에서 '날' 혹은 '시간'은 '창조적인 정신적 존재'이다. 그렇기에 또한 '빛'은 본질적으로 물리적 자연, 물리적 지구, 물리적 우주에 속한 것이 아니라 '정신적 자연(본성)을 창조하는 관념적 존재'와 연관된 것이다(사실 물리적 세계에서 고려된 빛 또한 '물리적으로 보이는 것'이 아니라 자신은 보이지 않게 사라지면서 다른 것을 '보이게 해주는 것'이며, 어떤 인지적 지각 행위와 연관된 객관과 주관의 내적 관계 속에 내재된 정신적인 측면을 가지는데, 그렇다면 빛의 현상은, 그것이 파동이기도 하고 입자이기도 하다는 양자역학적 설명의 애매성에서도 암시되듯이, 순전히 물리적인 측면에서는 그 본성이 완전히 이해될 수 없는 현상일 것이다).

그리고 이러한 이해와 해석을 통해 궁극적으로 강조되어야 할 점은, 여기에서의 창조란 상상력(구체적인 시간적·정신적 존재의 본래적인 충동적 의지와 원본적인 창조적 직관)에 의한 관념적 창조로 해석될 수 있다는 점이다. 그렇기에 만일 여기에서도 물질성이나 신체성이나 자연을 말해야 한다면, 그때의 그것은 합리적 지성(현재의 물리적 지구에서 가능한 감각경험으로부터의 추상화 과정을 통한)의 유물론적 사유가 구성하는 추상적 자연법칙에 지배당하는 그러한 물질성이나 신체성이나 자연이 아닐 것이다. 그것은 오히려 관념적 물질성, 관념적 신체성, 관념적 자연인 것이다. 그렇기에 '7일간(즉 지금까지의 해석에 따르자면 '첫째 날에서 일곱째 날에 이르는 시간적·정신적 존재')'의 창조 행위를 통해 창조된 식물, 동물, 인간은 모두 관념적 식물, 관념적 동물, 관념적 인간이다. 즉 그것은 이 식물이나 저 식물, 이 동물이나 저 동물,

이 인간이나 저 인간이 아니라 어떤 '보편적 원형'으로서의 식물, 동물, 인간이다. 그런데 우리가 그렇게 보편적이고 원형적이고 관념적인 식물, 동물, 인간의 존재를 인정할 수 없다면, 그것은 일차적으로 현대의 우리가 거의 모두 '유물론자'들이면서 또한 '유명론자'들이기 때문이다. 즉 자연적 보편 관념은 모두 존재하지 않는 '이름'뿐인 '추상'이라고 생각하기 때문이다. 하지만 이러저러한 식물에 대한 구체적인 경험이 없다면 식물의 관념을 가질 수 없다는 설명만큼이나, 구체적인 식물의 관념이 없다면 이러저러한 식물과 진정으로 마주치는 경험은 불가능하다는 설명도 마찬가지로 설득력이 있다.

또한 그렇기에 우리가 우리 밖에 있는 객관적 대상을 경험하는 방식대로, 관념 또한 그렇게 객관적인 것으로 경험될 가능성을 미리부터 차단할 필연적인 이유는 없다. 우리는 오히려 보편적인 원형적 관념의 존재들이 경험되지 못하는 이유를—그것이 특수한 개별자들의 일상적인 경험적 세계 속에 나타날 때 객관적 감각대상과 주관적 사유대상으로 분리되어 나타날 수밖에 없도록—개별적 인간이 영혼이 분열된 채로 물리적 세계 속에서 살아가기 때문으로 이해할 수도 있는 것이다. 그러므로 보편적 관념성과의 본질적 관계성을 실현시키지 못하고 있는 특수한 개별자들을 보편적 관념성의 빛 속에서 구체적으로 사유하려는 의지, 즉 보편성 속에서 특수성을 보고 특수성 속에서 보편성을 보려는 의지, 즉 특수한 보편성 혹은 보편적 특수성을 갖는 원형적 이미지를 개별적으로 창조하려는 의지가 중요하며, 우리는 그것을 상상적 사유의 가능성으로 본다. 상상적 사유는 개별성이나 특수성을 보편적 관념과 구체적으로 결합시키는 이미지의 창조이며, 우리는 그것을 미적 가상의 창조나 신적 창조의 모방으로 본다. 그리고 여기에서 보편적 관념성이란 사실상 개별적 경험 대상들 간의 은폐된 관계성이기에, 개별성과 보편성을 결합시키는 이미지의 창조란, 현실 속에서

126

실현되지 못하고 있던 새로운 관계성의 창조이기도 하다. 그런데 그러한 새로운 관계성은 개별적인 인간의 자유로운 정신적 활동을 통해 '발견'되지 않는다면 영원히 '무(無)'로 남아 있을 수밖에 없다. 따라서 새로운 관계성의 '발견'이란 '무로부터의 창조'로도 이해될 수 있는 '창조적 발명'인 것이다.

이로써, 지금까지 우리가 강조하고 싶은 지점들을 대충 말한 것 같다. 하지만 하나 더, 하나의 의문 사항으로만, 언급할 점이 있다. 그것은 최인훈이 신의 모방, 창조의 모방에 대해 말하면서 "신이 혼자 힘으로 창조한 그 흉내"라고 표현한 부분과 관련된 것이다. 최소한 지금의 관심사인 7일간의 창조에 한정해 말하자면, 우리는 신이 과연 혼자 힘으로 창조하고 있는 것인지 충분히 의문을 가질 만한 표현을 발견할 수 있다. 즉 엿샛날에 원형적 인간을 창조할 때 신은 분명하게 이렇게 말한다. "우리와 비슷하게 우리 모습으로 사람을 만들자." 여기서 "우리"라는 낱말을 어떻게 이해해야 하는가? 그리고 마치 함께 논의하고 함께 계획을 세우며 함께 실행에 옮기자는 방식의 의도를 전달하고 있는 것처럼 읽히는 그 문장을 어떻게 해석해야 하는가? 우리는 이것을 하나의 의문으로만 남겨둔다.

이제 마지막으로, 예술성을 현실성과 관념성 사이에서 활동하는 자유로운 개별적 인간 정신의 창조적 상상력을 통해 산출되는 미적 가상, 혹은 창조의 모방으로 기술하고자 했던 지금까지의 불완전한 시도를 최인훈의 『화두』에 나타나는 '기억'에 대한 서술과 관련된 한 가지 논의를 살펴봄으로써 마무리하고자 한다. 이를 통해, 우리는 앞에서 잠깐 언급했던 기억과 상상의 본질적 관계성에 대한 불충분한 고찰을 조금이라도 더 보충할 수 있기를 바란다. 우선 최인훈의 소설에서 인간의 기억 능력을 강조하는 매우 인상적인 부분을 읽어보자.

뒤돌아보지 말라,고 옛날 얘기책들은 말한다. 뒤돌아보지 말라
는 말을 어겼기 때문에 불행해진 얘기로 뭇 고장의 신화 전설은 가
득 차 있다. 왜 그런 **금기**가 그토록 널리 퍼져 있을까. 거의 모든
문화권의 전승 설화에 그 이야기는 단골로 나온다. **인간의 가장 본
질적인 능력인 '기억'에 대한 이 부정**은 어떤 뜻을 지녔는가.[24]

이 부분을 읽으며 우리는 두 가지 반문이 떠오른다. 먼저, 진정 "기
억"(만)이 "인간의 가장 본질적인 능력"인가? 다음으로 "뒤돌아보지
말라"는 "금기(?)"가 과연 기억에 대한 "부정"인가? 우리의 대답은 이
렇다. 그것은 반만 맞는 말이다. 다시 말하자면, 기억이 기억으로만 남
아 있는 한에서, 그리고 인간의 가장 본질적인 능력은 인간의 가장 본
질적 가능성인 창조적 자유와 연관되어야 하는 한에서, 그것은 인간의
가장 본질적인 능력이 아니다. 앞에서 말했듯이, 어떤 지각경험과 연관
된 이미지들을 수용적으로 형성하는 능력인 기억과 그 이미지들을 역
동적으로 변형하는 능력인 상상을 분리시켜 둘 중의 하나만을 가장 본
질적인 능력이라고 말한다면, 그것은 사태의 전체성을 놓치고 있는 표
현이다. 말하자면, 기억과 상상은 마치 자웅동체처럼 함께 사유될 필요
가 있다. 물론 기억—이미지를 형성하는 기억 능력의 활동이 이루어질
때, 그것이 정확한 객관적 기억—이미지가 되기 위해서는—즉 지각경
험(관찰)을 왜곡 없이 고요한 물처럼, 거울처럼 객관적으로 '반영'하는
기억—이미지가 되기 위해서는—자의적인 의지나 욕망에서 나오는 상
상력의 활동을 억제해야 한다. 즉 기억 활동의 원초적 국면에서는, 기
억이 현재적 지각경험으로부터 오는 객관적 현존성의 측면에 완벽히
순응해야 하는 것이다.

24 최인훈, 『화두 2』, p. 569.

이때의 기억은 현재적 지각과 거의 구별되지 않으며, 외부적인 감각적 현실로부터 아직 자유롭지 않다. 실러의 표현으로 말하자면, 이때 기억과 연관된 인간주관은 여전히 감각적 현실에 자신을 종속시키는 '질료(소재)-충동'의 필연성으로부터의 자유를 획득하지 못하고 있는 것이다. 그 자유가 획득되는 때는 기억이 현재적 지각대상으로부터 등을 돌렸을 때이다. 즉 인간주관이 현재적 지각대상을 망각하면서 그것의 객관적 현존성(현재성)을 반영하는 자신의 기억-이미지들을 형성하는 일에 주의를 기울일 때다. 그때 그 기억-이미지들은 객관성을 잃지 않으면서도 감각적 현재성으로부터 자유롭게 된 주관적인 '부재의 현존'이며, 질료-충동의 필연성에서 벗어난 인간주관의 자유로운 활동의 개입으로 형성된 것이다. 그런데 문제는 그러한 관념적 '기억-이미지들'은 이제 질료 없는 형상적 성격, 내용 없이 텅 빈 형식적 성격, 역동적 생명력을 잃어버린 정태적 표상(재현)의 성격을 갖게 된다는 것이다.

그렇기에 이제 기억-이미지들은 실러가 인간의 자유를 억압하는 것으로 말하는 두 충동 중의 다른 하나인 '형상(형식)-충동'의 필연성에 종속된다. 즉 합리적이고 논리적인 지성의 엄격한 필연적 형식들에 종속되는 것이며, 그러한 형식-충동은 기억-이미지들을 마치 자신의 지배적 형식에 정확히 들어맞아야 할 감각적 소재(현재적 지각대상)처럼 다루게 된다. 그리고 그 상태에 머물러 있는 한, 기억의 방향은 현재에서 과거로, 즉 이미 과거가 된 현재적 지각의 방향으로 흐르고 있으며, 그렇기에 그 '뒤돌아봄'은 부재하는 현재적 지각에 여전히 종속되어 있는 것이다! 기억이 인간주관의 본격적인 자유의 활동이 되는 때는, '뒤돌아보라'에서 '뒤돌아보지 말라'로의 전환이 이루어지는 순간이며, 그 순간은 놀이-충동에 집중함으로써 자유를 얻은 상상력이 활동하기 시작하는 순간이다(실러에 의하면, 인간의 놀이-충동에서 두 대립적 충동,

즉 질료-충동과 형식-충동의 억압적 특성이 사라지게 된다). 즉 그때의 기억은 현재에서 과거의 방향으로 (뒤로) 가는 것이 아니라, 과거에서 현재의 방향(그러니까 미래를 향한 방향)으로 (앞으로) 오는 것이 된다. 그때의 기억은 능동적 의지와 연관된 상상적 활동과 유사한 상기의 활동성을 보여주면서 상상과의 자유로운 결합의 가능성을 갖게 된다. 그리고 객관적인 수용적 기억과 주관적인 능동적 상상이, 놀이-충동 속에서 결합하기 위해 상호 침투할 때, 기억은 지각대상의 죽음·망각을 통해 형성된 생기 없는 정태적 이미지에서 살아 있는 역동적 이미지로 전환될 수 있다. 또한 그때 기억-이미지들 간의 관계는 그것을 여전히 규정하고 있던 '결정론적 상태(기계적인 물리적 필연성이나 일방적인 선형적 인과성이 함축하는)'에서 벗어나 순환적 동시성이 함축하는 양방향적이고 유기체적인 관계의 변형을 허용하는 '자유의 상태'로의 이행이 가능해지면서, 이전에 없던 새로운 관계성의 창조가 가능해진다. 그래서 그때 새롭게 나타난 미적 가상이란 기억과 상상의 결합을 통해 새롭게 변형되어 다시 태어난 감각적 현실(지각경험에서 처음 주어졌던 것)의 관념적 나타남인 것이다.

그러므로 '뒤돌아보라'는 명령은, 그것이 어떤 정당한 한계를 벗어날 정도로 관철된다면, 지성(형식-충동의 필연성에 종속된)에 붙잡혀 있는 기억을 향한 억압적 명령이 될 수 있으며, 반면 '뒤돌아보지 말라'는 명령은, 만일 그것이 전혀 뒤돌아보지 말라는 식이 아니라면, 즉 달리 말해서, 뒤돌아보지 않기 위해서 뒤돌아보는 것은 허용하는 식의 명령이라면, 형식-충동의 필연성으로부터 해방될 가능성을 갖는 기억을 향한 자유의 명령, 상상적 활동성과 생의 도약을 지향하는 자유로운 나의 명령이다. 뒤돌아보지 말라는 것은 기억에 대한 "부정"이 아니라 기억을 창조적으로 긍정하라는 명령일 수 있다. 기억이 '생명'이 되기 위해서는 '보존'이나, 혹은 죽은 상태나 다름없는 '생존'만으로는 안 된다(그러므로 우리는 생존이 진화의 목적이 아니라, 창조적 진화가 생존의 목적이라고 말할 수 있다). 그런데 지금까지의 이러한 해석에 따르면, 우리는 최인훈의 소설이 '기억의 능력'과 '나'를 거의 동일시하면서 왜 다음과 같이 말하는지 이해할 수 있을 것이다.

> 트로이 성은 트로이 성에만 있지 않다. 그것은 우리 기억 속에 있다. 우리가 가는 곳이면 어디서나 트로이 성은 다시 지을 수 있다. 그러므로 우리 자신이 트로이 성이다. 내가 트로이 성이다. 트로이 성은 나다. **내가 진리요 길이다.**[25]

마지막 문장은 분명 종교적인 유명한 말을 연상시킨다. 즉 나, 길, 진리, 생명이라는 낱말로 표현되는 말. 그런데 다른 세 낱말은 다 있는데 여기에 없는 낱말은 바로 '생명'이다. 기억을 통해 나, 진리, 길을 결합시켰지만, 정작 거기에는 생명이 빠져 있다. 나, 진리, 길이 모두 생명이 아닌 죽음과만 연관된다면, 그때 "내가 진리요 길이다"라는 깨달음은 오래전부터 귀납적 추론(귀납적이기에 연역적 추론만큼의 필연성은 없는데, 하지만 이런 사태에 대한 추론에서 연역적 추론은 경험적 귀납에 기초할 수밖에 없기에, 결국은 매한가지인 추론)을 통해 도출되어온 결론인 '모든 인간은 죽는다'라는 명제의 재확인에 불과할 수 있다. 나는 진리이며 길인, 기억하는 인간이다. 그런데 모든 인간은 죽는다. 그러므로 진리이며 길인 기억하는 인간인 나도 죽는다. 그러면 기억도 진리도 길도 죽는다. 사라진다. 소멸한다. 그러면 트로이 성을 어디서도 다시 지을 수 없다. 따라서 기억하는 나는 죽음을 초월하는 생명을 얻기 전에는 진리도 길도 아니다. 그런데 그렇다면, 우리는 이렇게 묻고

---

25 최인훈, 같은 책, p. 574.

싶다. 나의 기억은 초월적 기억이 되어야 하는 것이 아닌가? 하지만 나의 경험적 기억이 어떻게 초월적 기억이 될 수 있는가? 우리는 이 물음에 대한 대답을 미적 가상과 창조의 모방에 대한 지금까지의 논의에 비추어 물음의 형식으로 내놓으며 이 글을 마칠까 한다. 추측건대, 창조적 상상력(혹은 초월적 상상력)이란 경험적 기억을 초월적 기억으로 변형시키고자 하는 활동이 아닌가?

[2018]

문학적 진리의 가능성을 찾아서[1]

그런데 로고스는 공통(공동)의 것이거늘, 많은 사람들은 마치 자신만의 생각을 지니고 있는 듯이 살아간다.

— 헤라클레이토스[2]

태양이 감각적 실체에 관한 가장 훌륭하고 현격한 예가 된다 해도, 태양이 항상 사라지고, 감추어지고, 부재되는 한, 태양이 단순히 감각적 실체의 예만은 아니다. 나타나고 사라지고, 진리 은폐와 진리 현현과 관계되는 이 모든 단어들, 낮과 밤, 보이는 것과 보이지 않는 것, 있음과 없음이라는 대립 구조, 이 모두는 태양 아래서만 가능하다.

— 자크 데리다, 「백색신화」[3]

이 글을, 어떤 가설(가정)로 기능할 수 있는, 짧은 옛날이야기에서 시작하자.

---

1 이 글은 『쓺—문학의 이름으로』 2017년 하권의 특집('문학성과 정치성—그 인식의 재정립을 위하여')에 실렸던 졸고다.

2 탈레스 외, 『소크라테스 이전 철학자들의 단편 선집』, 김인곤 외 옮김, 아카넷, 2005, p. 222.

3 자크 데리다, 『해체』, 김보현 편역, 문예출판사, 1996, p. 228.

신화가 구체적으로 살아 있던 옛날에는 과학, 예술, 종교가 하나였다. 즉 통일성을 형성하고 있었다. 정치 또한 종교와 하나였으니, 정치는 과학, 예술과도 통일성을 형성할 수 있었다. 그런데 그러한 신화적 공동체를 가능하게 한 것은 신적인 것, 인간적인 것, 자연적인 것을 관통하는 위계적 질서였다. 그러므로 공동체가 분열되기 시작하고 통일성에 균열이 생기기 시작했다는 것은 위계적 질서에 어떤 문제가 생겼다는 것을 의미한다. 위계적 질서에 전적으로 순응하지 않는 어떤 미묘한 저항, 전복의 시도가 일어났고, 그것이 어느 정도 성공했다는 것을 의미한다. 그것은 전통적인 공동체의 입장에서 보면 정도를 벗어난 타락(혹은 위에서 아래로의 추락)이었고, 공동체적 도덕에 죄를 짓는 일이었다. 그런데 그러한 타락과 죄, 말하자면 악은 역설적으로 공동체적 의식(혹은 무의식)을 배반하면서 그와 거리를 둘 수 있는 개인적 의식의 발전을 가능하게 해주었는데, 이것은 역으로 말하면, 위계적 질서 내부에서 그렇게 될 수 있는 자유를 허용해주었다는 뜻이기도 하다.

이 옛날이야기를 지성의 신화라고 부르자. 왜냐하면 개인적 의식의 발전은 지성화(혹은 지성적 과학화)의 방향을 따라 현대에 이르렀고, 이 이야기는 그러한 지성화의 발생적 기원에 관한 어떤 해석의 가능성을 열어주고 있기 때문이다. 물론 지성은 자신이 신화와 연관되는 것을 좋아하지 않을 것이다. 지성은 대개 신화와 자신을 분리시키고자 하기 때문이다. 지성은 불연속성과 단절을 좋아하는 것 같다. 그렇기에 지성은 신화와 과학, 혹은 신화와 역사를 분리시킨 다음, 또한 역사 자체를 어떤 불연속적인 단계들로 분류하고자 하는 경향이 있다(심지어 합리적 지성은 자신이 이론화한 법칙이나 구조의 초역사성을 주장하기도 한다). 지성적 과학과 기술의 발전은, 마치 정치가 혁명을 통해서 발전한 것처럼, 과거 체계와의 단절과 전복을 통한 혁명으로 간주된다. 그러한 혁명의 대표적 예로 무수하게 반복된 것이 이른바 코페르니쿠스적 혁명이며, 이와 관련된 갈릴레오의 '그래도 지구는 돈다'는 말은 억압될 수 없는 지성적 과학의 진리 주장을 대변한다. 천동설(혹은 지구중심주의)과 지동설(혹은 태양중심주의)의 대립과 논쟁은 마치 정치적인 보수와 진보의 대결과 투쟁처럼 보인다. 아무튼 후자가 승리했고, 헤게모니를 잡았다. 그것은 사실이다. 하지만 그 사실은 확정적인 불변의 진리인가? 그 사실의 의미는 무엇인가?

가령, 누군가 현재의 이런 상황에서, 마치 '과학적 반동분자'처럼, 이렇게 말한다고 해보자. 그래도 태양은 돈다! 물론 이 한 문장의 발화를 통해서는 도대체 어떤 의미(혹은 의도)에서 그렇게 말하는지 완전히 파악할 수 없는데, 그럼에도 그 말을 거짓 진술이나 어리석은 신념을 전달하는 자의적 주장 같은 것으로 이해(혹은 오해)한다면, 그것은 그 말을 '그래도 지구는 돈다'라는 자기충족적인 의미 단위로서의 실체적 명제의 진리, 즉 참인 판단에 대립(혹은 모순)되기에 절대 그것과 양립할 수 없는 거짓인 판단으로 받아들였기 때문이다. 물론 이와 관련된 좀더 유연한 지성적 태도를 언급할 수도 있다. 이를테면, 코페르니쿠스적 체계(혹은 모형, 즉 지성적 사고를 통해서 구성된 모델)가 태양계의 실재적 진리(진짜, 진실, 사실, 현실적 진리)를 반영하기는 하지만, 실용적 목적(주로 과학기술의 적용을 위한 수학적 계산)을 위해 프톨레마이오스적 체계가 필요할 때도 있기에 그 두 체계를 상호 배타적으로 대할 필요는 없다는 것이다. 이런 태도는 확실히 이분법적 대립(혹은 모순)에 입각한 판단으로 모든 것을 파악하려는 경직된 전투적 태도보다는 더 낫게 보이지만, 그럼에도 여전히 불만족스러우며, 그것은 전체적 문제의 핵심에 도달하지 못한 것처럼 보인다. 이와 관련하여, 가다머의 견해를 들어보자.

예컨대 우리는 천동설을 뒤집은 코페르니쿠스의 전환을 알고 난 다음에도 여전히 해가 지는 것을 관찰한다. 시각적 지각을 믿으면서도 이성적으로는 실제로는 그 반대라는 것을 인식하는 것은 얼마든지 양립할 수 있다. 사실 언어야말로 중층적 삶의 관계에서 뭔가를 정립하고 정리하면서 그 진가를 발휘하지 않는가? 해가 진다고 하는 말은 확실히 자의적인 것이 아니라 실제로 목격한 사실을 가리킨다.[4]

가다머는 "중요한 것은 여러 판단들의 모순 없는 관계가 아니라 삶의 관계 자체"라고 주장하면서 "과학이 우리에게 말해주는 진리가 어떤 세계관의 관점에서 보면 상대적이고 전체를 대변한다고 보긴 어렵"다고 보며, 또한 "진정으로 우리의 세계관 전체를 해명할 수 있는 것은 아마도 언어일 것"이라고 말한다.[5] 그런데 가다머가 과학에 대한 언어의 우위를 강조한 것은 더 깊은 논의를 필요로 하는 중요한 지점이지만, 여기서 먼저 강조되어야 할 것은 태양의 존재와 관련해 인간의 내면(영혼, 마음)이 분열되어 있다는 사실이며, 그에 따라 '태양'은 서로 대립하는 이중적 성격을 보여주게 되었다는 것이다. 즉 인간의 영혼은 서로 대립하는 감각적 영혼과 지성적 영혼으로 분열되어 있으며, 그에 따라 감각지각에 나타난 태양과 지성적 사고에 나타난 태양 또한 이중성을 띠게 되었다. 말하자면, 눈이 두 개이듯이, 두 개의 태양(혹은 비-태양)이 있는 셈이다. 다르게 말하자면, 지성적 사고(반성적 사고)에 나타난 태양은 감각지각에 나타난 태양을 부정하면서도 그 빛을 반영(반

---

4   한스게오르크 가다머, 『진리와 방법 2』, 임홍배 옮김, 문학동네, 2012, p. 392.

5   한스게오르크 가다머, 같은 쪽.

사, 반성)하며 태양인 척하는 비-태양, 다시 말해서, 이인성 소설의 한 표현을 빌리자면, "해 같은 달"이다("해 같은 달"은 해인 척하는 한에서 달 자체도 아니다).

〔……〕 해 떨어지지 않았는데 해 같은 달 떠오른 것, 하늘 아래 둥근 천체가 양쪽에 맞서 둘인 것 이미 보았으니 물릴 수도 없는 그 자연의 징표, 너에겐 언제나 모든 것이 둘이었던 그 되풀이되는 불행의 암시였네.[6]

그러한 분열된 의식(불행한 의식)에 머물러 있을 수밖에 없는 한, 하나의 태양 혹은 태양 자체의 존재는 도달될 수 없는 불가지적 실재로 가정될 수밖에 없고, 두 개의 태양(혹은 비-태양)은 그 실재와 분리된 현상(혹은 가상)처럼 나타날 수밖에 없다. 감각지각(혹은 눈)에 나타난 태양과 지성적 사고(혹은 뇌)에 나타난 태양은 둘 다 서로를 부정하는 척하면서 사실은 서로를 필요로 하며 연결되어 있다. 그들은 태양 자체가 아니기에 빛인 척하는 어둠이며, 현재의 인간 영혼을 끊임없이 기만하고 속이면서 개인적 자기-의식 속으로 침투하여 부지불식간에 비합법적 지배 권력을 행사하기 위해 우주적 차원에서 정치적으로 기획(조작)된 음모론적 비-태양으로 기능하고 있는 것처럼 보인다(이러한 사정은 달과 관련해서도 마찬가지인데, 그런 면에서 음모론적 비-달에 관해서도 말할 수 있으며, 그러므로 인간은 어떤 의미에서는 달에 갔지만, 다른 의미에서는 달에 가지 못했다고 말할 수 있는데, 왜냐하면 예를 들어 우주선을 타고 가는 물리적인 방식으로는 달 자체에 이르는 것이 아니라 비-달에 이르기 때문이며, 오히려 가령 한유주의 「달로」를 읽는 것이 달 혹은 달

6   이인성, 『미쳐버리고 싶은, 미쳐지지 않는』, 문학과지성사, 1995, p. 198.

의 존재-의미에 한 걸음이라도 더 다가설 수 있는 더 나은 길이다).

태양은, 역설적으로, 자명한 밝음과 함께 나타나는 것이 아니라 모호한 어둠과 함께 나타난다. 현재 인간의 분열된 내면에 나타난 태양이란, 이인성 소설의 한 표현을 다시 빌리자면, "캄캄한 빛"인지 "환한 어둠"인지 애매모호하다.[7] 그렇기에, 가령 정오의 태양(어둠 자체를 은폐하며 어둠의 반대극으로서 나타난 빛)은 최고의 태양이 아니라 최고의 비-태양처럼 보인다(마찬가지로 대보름달은 최고의 달이 아니라 최고의 비-달이다). 오히려, 가령, 아풀레이우스가 『변신이야기(황금 당나귀)』에서 이시스 여신의 비의를 묘사하며 말했던 자정의 태양(어둠 자체를 비-은폐하며 어둠 속에서 나타나는 빛)이 태양 자체에 더 가까운 것이 아닌가? 그리고 하이데거를 따라서 진리를 '비-은폐성'(알레테이아)으로 이해한다면, 다시 말해서 비-진리(은폐성)와의 내적 관계성 속에서만 이해될 수 있는 진리(비-은폐성)로 이해한다면, 진리란 그러한 자정의 태양 같은 것이 아닌가? 그렇다면, 다음과 같은 말이 가능하다.

우리가 본 것은 태양 자체가 아닐 수 있다(우리는 감각지각을 전적으로 믿을 수 없다)! 또한 우리가 본 태양과 연관되어 생각된 태양 또한 태양 자체가 아닐 수 있다(우리는 지성적 사고를 전적으로 믿을 수 없다)! 그러므로 우리는 자연의 빛을 본 적도 없고 정신의 빛을 생각해본 적도 없는 것 같다(우리는 물리적 감각과 그와 연결된 지성적 사고에 나타난 조작된 빛이 아닌 빛 자체를 알지 못한다)! 그러므로 태양은 어쩌면 우리의 일상적 감각과 지성으로 파악된 것과는 전혀 다른 모습으로 상상적 사유의 언어 속에 나타날 수 있다! 구체적인 범례를 들자면,

왠지 태양이 비어 있는 구멍처럼 생각된다.[8]

---

7   이인성, 『한없이 낮은 숨결』, 문학과지성사, 1999, p. 36.

지금까지의 추론(가정적, 가설적 추론)을 따르면서, 마치 사실을 진술하는 언어와 비유적 언어를 혼동하거나 객관적 관찰과 주관적 상상을 혼동하거나 소설 혹은 허구를 사실 혹은 현실과 혼동하는 '라만차의 미친 돈키호테'처럼 보일 수도 있을 위험을 무릅쓰고 말하자면, 태양은 핵융합반응을 통해 빛과 열을 방출하는, 말하자면, 거대한 구체의 불덩어리가 아니라, 오히려 정확히, 비어 있는 구멍이다. 그것은 "이미 어둠이고 구멍인 존재의 의미를 찾는"[9] 자에게 나타날 수 있는 태양이다. 다르게 말하자면, 태양이 어떤 중심이라면, 그 중심은 비어 있는 구멍이며, 그 속으로 빛이 흡수되어 어딘가 다른 곳, 어떤 주변 혹은 바깥으로 빠져나가리라 상상될 수 있는 검은 어둠이다. 여기서 빛이란, 한스 블루멘베르크의 「진리의 은유로서의 빛」에서 설명되는 빛의 다양한 역사적 의미 중 하나에 의하면, "정작 그 자신은 나타나지 않으면서 다른 것들을 나타나게 하는 그 무엇"[10]이다. 그러므로 사라진 빛을 찾으려면, 물리적 감각과 추상적 지성에 의해 지배되는 표층적 의식에 나타난 태양 자체인 척하는 비−태양의 백색 광선, 하얀 밝음이 아니라, 먼저 심층적 무의식 속의 검은 어둠이 긍정적으로 사유될 수 있어야 할 것이다. 여기서 검은 어둠이란, 여전히 프톨레마이오스적 우주론을 고수하고 있는 신화적 사유가 살아 있는 무의식(혹은 밤의 의식) 속에서, 별이 빛나는 밤하늘을 드러내며 지평선 아래로 사라져버린 태양을 품고 있다고 여겨지는 검은 지구(대지, 땅, 흙)다. 태양이 물리적 감각과 지성적 사고에 반하여 비어 있는 구멍, 혹은 빛을 흡수하는 검은 태

---

8   이인성, 『낯선 시간 속으로』, 문학과지성사, 1997, p. 209.

9   이인성, 『미쳐버리고 싶은, 미쳐지지 않는』, p. 138.

10   마틴 제이 외, 『모더니티와 시각의 헤게모니』, 정성철 외 옮김, 시각과언어, 2004, p. 55.

양으로 나타날 수 있는 이유는 태양과 지구를 분리시키면서도 무의식적으로 그러한 검은 지구의 감각적 표상을 하늘에 투사하며 태양인 척하는 대낮의 사유, 즉 어떤 계략 혹은 흑마술에 걸려들었거나 스스로를 기만하고 있는 감각적 지성(해 같은 달, 그러니까 해인 척하는 한에서 달 자체도 아닌, 해인 척하기도 하고 달인 척하기도 하는 지구, 다시 말해서 해인 척하거나 달인 척하는 한에서 지구 자체도 아닌, 비-해 같은 비-달 같은 비-지구)이 자신이 처해 있는 어떤 개선을 요구하는 불행한 어둠(무지와 부자유)의 상태를 스스로 의식할 수 있기 때문이다. 그러므로 여기서 중요해지는 것은 **감각적 영혼이나 지성적 영혼과 구별될 수 있는 자기-의식적 영혼의 진리**다. 문학적 진리의 한 가능성 또한 거기에 있을 수 있다.

그렇다면, 이제 다음과 같이 물을 수 있다. 그렇게 구별된 자기-의식적 영혼은 도대체 어떤 긍정적 특성을 갖는가? 그것은 감각과 지성 혹은 합리적 과학성 혹은 그러한 합리성을 통한 지배를 정당화하는 정치성을 부정하기만 하면 되는가? 그것은 자기 외부의 모든 것을 부정하고 내면에 틀어박히기만 하면 되는가? 그것은 모든 객관성을 부정하는 주관성이거나 모든 현실을 부정하는 허구인가? 그것은 모든 공동체성을 부정하는 개인주의 혹은 이기주의인가? 혹은 모든 정치적 권력, 사회-경제적 분배, 공동의 윤리적 정의, 공공의 선 같은 것을 부정하는 일종의 무정부주의적 회의주의 및 무기력한 허무주의인가? 그럴 수 없다. 하지만 문학은 밝은 광장보다는 어두운 골방(고독)이 더 어울리는 것 같으며, 융의 용어로 말하자면 집단의식을 통한 공동체에의 참여가 아니라 개인적 의식과 개인적 무의식을 거쳐 집단 무의식에 이르는 길을 통해 공동체에 참여하고자 할 수 있다. 어떤 진정한 공동체의 원형, 혹은 진정한 공동체의 새로운 가능성을 위한 조건을 구호나 논쟁, 웅변의 언어가 아닌 침묵의 언어 속에서 사유할 수 있다(이때 문학의 언어는 도구적으로 파악된 언어 사용의 기술, 즉 협소한 의미로 파악된 문법 혹은 작문의 규칙, 논리학 혹은 변증술 혹은 쟁론술, 수사학 혹은 웅변술에 전적으로 종속될 수 없는 언어이며, 그렇기에 "진리의 탐구가 이루어지는 것은 일종의 도구로 생각된 언어 속에서이며 또 그런 언어를 통해서"[11] 라는 주장에 반하여 **언어의 비-도구성에 근거한 문학적 진리**를 찾아야 한다). 문학은 고독 속에서만 새롭게 탄생할 수 있는 관계적 사유, 관계적 언어일 수 있다. 자기-의식적 영혼의 사유와 언어가 지향하는 진리는 이미 완결되어 그저 주어지는 것으로 가정되는 감각적-실체적 진리가 아니며, 합리적 지성의 논리적 형식을 통해 사고하며 객체에 대해 자립적이고자 하는 주체의 진리도 아니며, 자기-의식적 영혼의 긍정적 참여를 통해서만 가능해지는 미완의 생성 과정 속에 있는 관계적 진리이자 창조적 진리다.

그렇기에 문학적 진리의 한 가능성을 찾기 위한 범례로서 태양의 진리란 감각적 실체의 진리가 아니며, 지성적 사고의 구성물 혹은 표상의 진리도 아니다. 여기서 중요한 것은 태양의 존재-의미를 자연과 인간, 하늘(위)과 땅(아래)의 내적 관계성 속에서 창조적으로 생성하는 진리로 이해하는 것이다. 따라서 여기서 문제가 되고 있는 것은 오해되고 있거나 아직 파악되지 못한 태양의 의미에 관한 이해의 문제이며, 그렇기에 태양의 해석학이 중요하다. 그러므로 여기서 '태양'이란 자연의 책(혹은 자연의 텍스트)에 기입된 언어, 기호, 징표, 상징 같은 것으로 읽힐 수도 있을 것이다(앞서 인용한 이인성 소설 속의 표현에 의하면, 해와 달은 "자연의 징표"였다). 이와 관련해, 아감벤이 파라켈수스의 징표론에 대해 논의하는 부분을 읽어보자.

---

11 장 폴 사르트르, 『문학이란 무엇인가』, 정명환 옮김, 민음사, 1998, p. 17.

징표론에서 표시하는 것으로서 나타나야 하는 표시는 이미 항상 표시된 것의 위치로 미끄러진다. 그래서 표식signum과 표시된 것signatum이 그들의 역할을 바꿔 결정 불가능한 지대로 들어가는 듯 보인다. 『파라그라눔』의 한 구절에서, 이 운동은 금속인 철ferrum과 그것의 표시자일 법한 화성이라는 행성을 동일시하는 것으로 이끄는 관계 속에서 표현된다. "철이란 무엇인가? 화성과 전혀 다른 것이 아니다. 화성이란 무엇인가? 철과 전혀 다른 것이 아니다. 이것은 그 둘이 모두 철이거나 화성이라는 뜻이다. ……화성을 아는 자는 철을 알고 철을 아는 자는 화성이 무엇인지 안다."[12]

여기서 암시되고 있는 것은 무엇인가? 그것은 다름 아닌 하늘의 행성과 땅(지구)의 금속 사이의 상응 관계다. 상징 사전들이나 신화 사전들에서 찾아볼 수 있는 그러한 상응 관계에 따르면 토성은 납, 목성은 주석, 금성은 구리, 수성은 수은, 달은 은과 상응한다. 그리고 결정적으로 태양은 금과 상응한다. 아감벤의 논의를 조금 바꿔 말하자면, 가령 여기서 징표sign로서의 '태양'은 금을 '표시signature'(서명)하는 기표(표시하는 것) 같은 것으로서 나타나는데, 그 둘은 서로의 위치로 미끄러지는 운동을 통해 서로의 역할을 바꿔 도대체 어떤 것이 기표이고 어떤 것이 기의인지 결정 불가능한 지대로 이끌어간다는 것이다. 하지만 여기서 중요한 것은 그러한 기표와 기의의 결정 불가능성이 아니며, 기호론적으로 파악된 언어의 기능 같은 것이 아니다. 어떤 전체적 콘텍스트에 기초한 의미의 이해, 해석학적 앎의 방식에서 출발한다면, 여기서 중요한 것은 태양과 금을 구별하면서도 내적으로 밀접하게 관계시키는 이해의 방식에서 드러나는 언어의 특성이다. 그런 면에서 인

---

12 조르주 아감벤, 『사물의 표시』, 양창렬 옮김, 난장, 2014, p. 57.

용문의 마지막 문장이 중요하다. 그 문장을 바꿔 말해보자. 태양을 아는 자는 금을 알고 금을 아는 자는 태양이 무엇인지 안다. 하지만 어떻게 아는가? 태양과 금이 동일하기 때문인가? 그렇다면 여기서 '태양'과 '금'이라는 이름은 이음동의어인가? 그렇기에 여기서는 어떤 일의성이 문제가 되고 있는가? 혹은 여기서는 태양의 개념과 금의 개념을 등치시키는 논리적 동일률(A=A)을 내포하는 동일성의 명제를 아는 것이 문제가 되고 있는가? 결코 아니다! 젓가락 두 짝조차도 사실상 동일할 수 없듯이, 하물며 태양과 금은 하늘과 땅 차이다. 동일하다는 것은 어떤 것이 그 자신과 같은 하나라는 것이다. 어떠한 둘도 동일할 수 없다. 그러므로 지성적 논리의 제일원리인 동일률을 표현하는 A=A는 도대체 하나의 동일성을 표현하고 있지 않다. 왜냐하면 거기서 'A'는 하나가 아니라 둘이기 때문이다. 아무리 그 'A'들이 똑같이 생겼다고 하더라도. 혹은 아무리 그 'A'의 의미 혹은 개념이 어떤 공허 속을 떠다니는 변치 않는 원자처럼 가정되어 언제나 무시간적인 똑같은 것으로 나타날 수 있다고 오해될 수 있다고 하더라도. 그것은 마치 어떤 고체적 실체처럼 파악된 '의미의 원자론'이며, 그러므로 결국, 긍정하든 부정하든, 일종의 유물론이다(물론 유물론에 반대하는 유심론을 주장하기 위해 이런 말을 하는 것이 아니라, 그렇게 보인다는 사실을 말하는 것이다). 거기서 '='는 기만적 동일성의 효과를 낳기 위해 조작된 기호에 불과하다. 하지만, 그렇다면 결국 지금 이 논의는 동일성 자체를 부정하고 있는 것인가? 결코 아니다!

자기-동일성이란 어떤 표면적인 효과, 허위 같은 것이 아니라 오히려 그것을 이해하기가 너무나 어려운 심층적 성격을 갖는다. 현대의 철학과 비평은 동일성, 혹은 동일자의 논리, 혹은 동일자의 지배를 비판하는 일에 너무 많은 에너지를 소모시켰다. 그렇기에 하나가 아닌 여럿으로, 같음이 아닌 다름으로, 동일성이 아닌 차이로, 동일자가 아닌 타자로의 전환 혹은 전복을 혁명적으로 주장하면서 오히려 동일률의 논리(관계적 논리가 아닌 실체적 논리)의 함정에 걸려들었다. 왜냐하면 그러한 반대(anti-)로서의 '아님(비-)'을 주장하면서 부지불식간에 동일률(A는 A이다)과 언제나 함께 다니는 모순율(A는 not-A가 아니다)과 배중률(A와 not-A의 중간은 없다)에 종속되었기 때문이다. 가령 동일성은 동일성이고, 차이는 차이다. 그리고 동일성은 비-동일성 즉 차이가 아니고, 차이는 비-차이 즉 동일성이 아니다. 그러므로 비-차이로서의 동일성과 비-동일성으로서의 차이의 중간은 없다는 것이다. 이런 논리에 종속되면, 동일성이냐 차이냐, 즉 둘 중의 하나를 배제하는 양자택일을 강요당할 수밖에 없으며, 거기서 은폐되는 것은 동일성과 차이의 내적인 관계성이다. 그 둘을 빛과 어둠의 관계에 비유하면서 묻자면, 도대체 "어둠이 없이 빛만 가득한 곳에 무슨 빛의 의미가 있을 것인가?"[13] 다시 말해서 "관계가 곧 의미"[14]라면 도대체 동일성(혹은 같음, 하나, 자기) 없이 차이(혹은 다름, 여럿, 타자)를 이해할 수 있는가? 혹은 역으로, 차이 없이 동일성을 이해할 수 있는가? 그럴 수 없다면, 하이데거가 말하듯이 사유되어야 할 것은 동일성과 분리된 차이 자체, 혹은 차이와 분리된 동일성 자체가 아니라 "동일성과 차이의 공속성"[15]이 아닌가? 그러한 공속성, 혹은 하이데거가 "**함께**-속해-있음"과 구별하는 "함께-**속해**-있음"[16](즉, 이 글의 맥락에서 해석하자면, 함께 있기에 어떤 공동의 것에 속하는 것이 아니라 어떤 공동의 것, 이를테면 이 글의 서두에서 인용했던 헤라클레이토스의 말에 따르면, "로고스"에

---

13   이인성, 『미쳐버리고 싶은, 미쳐지지 않는』, p. 137.

14   이인성, 같은 책, p. 153.

15   마르틴 하이데거, 『동일성과 차이』, 신상희 옮김, 민음사, 2000, p. 10.

16   마르틴 하이데거, 같은 책, p. 18.

속하기에 함께 있음)을 이해하기 위해서, 여기서 강조해야 할 것은 바로 유사성(혹은 닮음)이다. 예를 들어, I. A. 리처드는 유사성의 중요성에 대해서 이렇게 말했다.

그러나 우리들 모두는 단지 유사성을 발견하는 안목을 통해서만 살아가며 말을 합니다. 이것이 없다면 우리들은 일찍이 사멸할 것입니다.[17]

현대의 과학에서도 역시 유사성이 여전히 중요하다는 것을 알 수 있게 해주는 화이트헤드의 언급도 인용해보자.

그래서 모든 확률과 귀납법의 기초는 전제된 환경과 직접 경험된 환경 사이의 유사성이다.[18]

또한 유사성이란 결국 유비 혹은 그것에 근거한 비-형식논리적 추론인 유추에 속한 것으로 볼 수 있기에, 다음의 레비스트로스의 주장은, 비록 추상적 일반성을 나타내는 개념들 간의 형식적 사고에 묶여 있는 합리주의적 편견이 섞여 있기는 하지만, 결코 비-과학적이라고 말할 수 없는 신화적 사고에서 차지하는 유사성의 중요성에 대해서 말하고 있다.

여기서 알게 되는 것은 신화적 사고가 아직 이미지 속에 묶여 있기는 하지만 일반화 능력을 갖고 있으며 따라서 과학적일 수 있다는 점

17 I. A. 리처드,『수사학의 철학』, 박우수 옮김, 고려대학교출판부, 2001, p. 83.

18 앨프리드 노스 화이트헤드,『과정과 실재』, 오영환 옮김, 민음사, 2003, p. 416.

이다. 신화적 사고도 유추(類推, analogie)와 비교를 통한 작업이다.[19]

　문학의 예를 들자면, 이인성의 『미쳐버리고 싶은, 미쳐지지 않는』이 보여주는 미로처럼 얽혀 있는 서사에서 중요한 문제 중의 하나는 이른 바 '미친 여자'와 거의 관계없어 보이는 '성한 그녀'가 왜 그렇게 "비슷하기는 비슷한 점도 많"은지, "어쩌면 그토록 닮은 느낌으로 겹쳐져 있느냐는, 물음"[20]이다. 사실, 푸코가 말하듯이, 유사성은 이해하기 매우 어려운 것이다.

　　모든 닮음은 가장 명백한 것이면서 동시에 가장 깊이 감춰지는 것이 아닐까? 사실 닮음은 그 일부는 동일하고 나머지는 서로 다른, 병치된 조각들로 구성되지 않는다. 닮음은 보이거나 보이지 않는 한 덩어리의 유사성이다.[21]

　유사성에 기초한 이해는 동일성과 차이를 구별은 하되 분리시키지 않는다. 유사성은 완전히 동일하지도 않고 완전히 차이 나지도 않는 것이다. 유사성은 같으면서 동시에 다르다. 그러므로 유사성의 논리는 어떤 둘 사이의 내적 관계성에 기초하면서, 또한 그 둘의 관계를 모순 관계까지 끌고 가지 않으면서, 그 둘 사이의 동일성과 차이의 긴장 관계를 유동적인 양극성의 관계로 이해한다. 그러므로 유사성에 모순되는 것은 없다. 비-유사성이란 유사성 속의 차이가 강조된 것이며, 그렇기에 비-유사성은 유사성과 분리된 것이 아니라 그 속에 내포된 것이고,

19　클로드 레비-스트로스, 『야생의 사고』, 안정남 옮김, 한길사, 1999, p. 75.

20　이인성, 같은 책, p. 94.

21　미셸 푸코, 『말과 사물』, 이규현 옮김, 민음사, 2012, p. 58.

그 역도 그렇다. 비-유사성은 유사성을 내포하며, 유사성 또한 비-유사성을 내포한다. 유사성과 비-유사성 사이의 전이적 왕복운동은 양극적 관계 속에서의 변형 과정에서 발생하는 긴장(수축)과 이완(확장)의 리듬이다. 유사성의 이해는, 그러한 양극 사이를 오가며 역동적인 관계적 균형을 창조하면서 살아 있는 질서를 유지하는 리듬에 주목해 비유하자면, 이분법적 형식논리보다는 수축과 확장을 반복하는 리드미컬한 운동 속에서 인간-유기체를 살아 있게 만드는 심장의 구체적인 언어(관계성을 비-은폐하는 친화력의 장, 즉 공감과 반감, 사랑과 증오 사이에서 진동하는 느낌의 언어)와 관계한다. 추상적인 형식논리적 사고에 특징적인 이분법의 오류는 둘로 구별한다는 사실 자체에 있는 것이 아니라, 그렇게 구분된 두 항을 분리시켜서 두 항 사이의 내적인 관계성을 은폐시키는 데 있으며, 그렇기에 어떤 사이-존재, 어떤 제3의 것, 양자 부정일 수도 양자 긍정일 수도 있는 어떤 매개적 가능성 혹은 불가능성, 가령 이인성 소설에서의 '그(녀)'가 출현하는 순간을 포착하는 것을 방해하는 데 있다. 그런데 사실 앞서 이야기한 전통적인 상응 관계에 따르면 태양은 금속과의 관계에서는 금에 상응하지만 인체와의 관계 속에서는 심장과 상응한다. 그렇다면 태양 혹은 금을 이해하는 것은 심장의 언어에 기초한 유사성의 이해(공감적 상상력)와 관계된 것이 아닌가? 그런데 이때 태양 혹은 금 혹은 심장을 연결하는 유사성[다르게 말해서 아감벤이 벤야민을 인용하면서 말하는 "'비물질적 유사성'(비감각적 유사성)"[22]]을 이해하는 방식(혹은 직관적으로 지각하는 방식)과 불가분리적으로 결합되어 있는 언어의 핵심, 다시 말해서 가다머가 "언어의식"이라고 부르는 것의 핵심은 "비유적 사고"다.

---

22 조르주 아감벤, 같은 책, p. 105.

바로 그러한 유사성을 표현할 줄 아는 것이 언어의식의 독창성
이다. 우리는 그것을 언어의식의 기본원리인 비유적 사고라 일컫고
자 한다. 어떤 말의 비유적 사용을 언어의 본질에서 벗어난 오용이
라고 폄하하려는 논리적 이론은 오히려 언어의 본질을 모르는 편
견이라는 것을 유념할 필요가 있다.[23]

그런데 "언어의식의 기본원리인 비유적 사고"의 특징이 두드러지게
나타날 수 있는 언어는 "비유로만… 말하는"[24] 문학의 언어가 아닌가?
물론 여기서 비유란 직유, 은유, 환유, 제유 등과 같은 수사법을 총칭하
는 장식적 언어 표현을 가리키는 말이 아니며, 어떤 장르나 기법으로
분류되는 우화, 알레고리 등을 의미하는 것도 아니다. 오히려 그 모든
것들을 가능하게 하는 조건을 표현하는 말이다. 비유는 어떻게 진리일
수 있는가? 모든 진정한 비유는 자의적으로 서로 다른 것들을 연결하
는 것이 아닐 것이다. 언어와 사유를 분리시키지 않는 비유적 사고를
통한 서로 다른 것들의 심층적 유사성의 드러남을 가능하게 하는 것은
어떤 공통성, 일견 아무런 유사성도 인접성도 없어 보이며 심지어 대
립적인 다양한 존재들의 통일성(하나와 여럿, 전체와 부분, 동일성과 차
이, 큼과 작음, 가까움과 멂, 삶과 죽음, 하늘과 땅, 자연과 인간, 존재와 비
−존재, 선과 악, 진리와 비−진리, 빛과 어둠 등의 통일성)이며, 따라서 모
든 진정한 비유(적 사고)는 **유사성 혹은 닮음보다 더 포괄적인 함의를
갖는 유비**에 기초한다. 예를 들어, 옥타비오 파스는 "아날로지"에 대해
서 다음과 같이 말한다.

23   한스게오르크 가다머, 같은 책, pp. 365~66.

24   이인성, 같은 책, p. 167.

우주적 상응이란 개념은 인간 사회만큼이나 오래되었다. 인간은 아날로지의 원리에 의해 이 세계에 거주하고 있기 때문이다. 자연의 우발성과 사고(事故)에 맞서 아날로지는 규칙성을 부여하고, 차이와 예외에 맞서 유사성을 부여한다. 이제 세상은 우연과 변덕스러움이라는 예견할 수 없는 맹목적인 힘에 의해 지배되는 무대가 아니라, 반복되고 결합되는 리듬에 의해 지배되는 무대이다. 그것은 인간을 포함한 모든 예외적인 존재들이 자신의 닮은꼴과 상응을 발견하는 조화와 화합의 무대이다. 아날로지는 "~같은"이라는 말이 다스리는 왕국으로, 이 언어적 가교는 사물들을 서로의 차별성과 대립성을 제거하지 않으면서 서로 화해시킨다.[25]

아날로지 혹은 유비라는 이름은 어떤 일의적 규정(정의)을 거부한다. 물론 그것은 순전히 다의적인 의미들의 파편으로 파악될 수도 없다. 일의성과 다의성의 어떤 중간적 의미로 파악되어온 유비는 그 자체가 유비적이다. 전통적으로 일의성과 다의성 사이에서 흔들리는 이름이었지만 그럼에도 어떤 근원적인 통일적 하나의 의미와의 관계를 향해 이끌리는 이름이었으며, 서로 다른 차원에 있는 것들의 상응 관계나 닮음 관계를 나타내는 이름이기도 했다. 항상 '~처럼' '~와 같은' '~이듯이' 등의 표현들과 함께 다녔으며, 수학적일 수도 비-수학적일 수도 있는 어떤 비례 관계에 붙여진 이름이었다. 또한 그것은 동등성만큼이나 비-동등성이, 유사성만큼이나 비-유사성이 강조되는 모호한 위계적 존재 질서 속의 관계성에 대한 이름이기도 했다(그렇기에 둔스 스코투스와 그의 교설을 받아들인 들뢰즈의 '존재의 일의성'은 토마스 아퀴나스의 교설로 알려진 '존재의 유비'와 대립했다).

25 옥타비오 파스, 『흙의 자식들 외』, 김은중 옮김, 솔출판사, 1999, pp. 88~89.

그러므로 '유비'라는 이름은 분열된 인간 영혼 속의 사유, 언어, 존재의 관계의 문제에 대한 어떤 해답, 혹은 만병통치약, 혹은 만능열쇠 같은 것으로 제시될 수 있는 것이 아니다. 오히려 그것은 문제 자체를, 그 전체적 맥락 속에서, 문제로서, 할 수 있는 한, 잘 제기하는 일과 연관된다. 여기서 유비는 어떤 문제적 통일성의 진리, 근원적인 관계성의 진리를 찾는 모두가 그것에 의존하면서도 정작 그것의 전모는 아직 밝혀지지 않은 어떤 자유로운 길(혹은 방법, 다시 말해서 미리 확정된 절차나 고정된 도식에 의존하지 않는 유연한 비–형식적 방법, 그렇기에 언제나 오류, 실수, 실패의 위험이 실존하기에 주의를 요하는 방법)의 이름으로 제시된 것이다. 하지만 유비 즉 '아날로기아ana-logia'라는 이름 속에 숨겨진 또 다른 이름은, 하이데거가 어딘가에서 동양의 '도(道)'라는 이름처럼 도저히 번역할 수 없다고 말했던 '로고스logos'라는 이름이다. 그러므로 여기서 그 난해한 로고스의 해석학에 끼어들 수 없지만, 단지 대개 말, 이성, 근거 등으로 번역되는 그 이름에 주목하자면, 유비의 길은 로고스를 따르는 길이기도 하다.

그렇다면 이것은 결국 많은 비판을 받아왔던 음성중심주의, 혹은 이성중심주의라고 해석된 로고스중심주의를 의미하는가? 매우 불충분하지만, 비유로 답해보자. 어떤 공통의 것이라는 특성에 기초해서, 로고스를 태양이라고 해보자. 그런데 프톨레마이오스적 천문학(케플러까지도 이어지는 천문학)에서 태양을 나타내는 전통적인 상징은 ⊙였다. 그것은 중심과 주변으로 이루어졌다. 태양은 중심이면서 주변이다. 다르게 말하자면, 그것은 중심과 주변 사이의 보이지 않는 균형이고, 통일성이다. 그러므로 중심과 주변이 여러 의미를 가질 수 있겠지만, 로고스 혹은 태양은 주변을 배제하지 않으며 중심과 주변의 본질적인 관계성을 의미한다. 그렇기에 로고스의 길을 함축하는 유비의 길을 로고스중심주의라고 비판할 수 없다. 그것은 인체를 심장중심주의라고 비판할 수 없는 것과 같다. 그런데 사실 현재의 합리적 인간은 심장중심주의가 아니라 뇌중심주의를 통해서 움직이고 있지 않은가? 마치 경제의 흐름이 금-중심주의보다는 돈-중심주의를 통해서 움직이듯이. 돈이란, 말하자면, 비-실재적인 가상의 금, 즉 금인 척하는 가짜 금임에도 불구하고 진짜 금을 대체할 수 있는 가치 혹은 의미를 지닌 도구라고 자의적으로 약속된(혹은 정치-경제적으로 조작된) 사회적 욕망의 기호처럼 보이는데, 그런 의미에서 언어를 그러한 자의적-도구적 기호로 다루는 것은 언어를 금이 아니라 돈처럼 보는 것이다. 물론 여기서 '금'이란 '침묵은 금'이라는 은유에서처럼 유비적 의미로 이해되어야 할 것이며, 그런 면에서 굳이 로고스를 음성으로 해석하여 비판한다면, 거기서 음성은 침묵(혹은 침묵의 문자책)을 배제하지 않는 음성이라고 말해야 할 것이다. 또한 굳이 로고스를 이성으로 해석하여 비판한다면, 그때 이성은 이성이 아닌 다른 것, 말하자면 비이성적인 것(보통 합리적 지성의 입장에서 비합리적이라고 생각되는 감성적인 느낌, 의지적인 신념이나 믿음)과 분리된 것이 아니라고 말해야 할 것이다. 그러므로 이를테면 이성적 감성과 이성적 의지가 있듯이, 감성적 이성과 감성적 의지도 있고, 의지적 이성과 의지적 감성도 있다. 『페렐만의 신수사학』에서 설명하듯이, 합리적인 것rational과 이성적인 것reasonable은 구별되는데, 가령 "언제나 합리적이고자 노력하는 사람은 이성을 다른 능력으로부터 분리"하며 "마치 기계처럼 기능하는 일방적인 존재"이며, "반면 이성적인 사람은 언제나 '합리적'이지는 않"으며 "인류가 변화하듯이 변화"하는 존재다.[26]

결론적으로, 로고스에 대한 오해를 강조하는 동시에 여기서 강조되어야 할 것은 언어와 사유와 존재를 분리시키지 않는 언어의식을 통해

---

26 미에치슬라브 마넬리, 『페렐만의 신수사학』, 손장권·김상희 옮김, 고려대학교출판부, 2006, pp. 48~49.

서 활동하는 유비적 사유다. 그리고 전통적으로 문학적 사유가 상상력을 통해서 규정되어왔다는 것을 일단 받아들인다면, 문학에서 유비적 사유란 유비적 추론, 즉 유추와 함께 가는 유비적 상상력이다. 그렇다면, 앞에서 자기-의식적 영혼의 진리와 연결시켰던 문학적 진리 혹은 언어의 비-도구성에 근거한 문학적 진리란, 결국 자기-의식적 영혼의 언어의식 속에서 사유와 언어와 존재를 분리시키지 않는 유비적 상상력의 진리다(그리고 여기서 언어가 비로소 유의미한 정신적 생명체로 인지될 수 있다면, 중요한 것은 언어의 도구성도 아니고 언어의 물질성도 아니며, 오히려 언어의 비-물질적 신체성, 정신적 신체성이다). 그리고 모든 인간적 활동의 진리가 하늘의 빛과 땅(지구, 흙, 어둠) 사이의 관계 속에서 창조적으로 형성되는 변화의 진리라면, 지구상에서 그 관계를 가장 두드러지게 보여주는 것은 아마도 광합성 혹은 탄소동화작용을 행할 수 있는 식물의 식물성(가령 사과를 아래로 떨어뜨린 것이 중력이라면, 그것이 떨어지기 이전에 위로 올려놓은 것은 빛 혹은 비-중력 혹은 무-중력일 것이며, 따라서 그러한 대립적 힘들 사이에서 스스로를 형성하는 식물의 식물성)일 것이다. 그렇기에 유비적 상상력의 진리란 그러한 구체적으로 살아 있는 식물성과 내적으로 연관된 사유일 것이고, 살아 있는 식물성의 사유는 언어의 비-물질적 신체성과 전혀 다른 것이 아닐 것이다. 그러므로 문학적 진리를 빛과의 연관 속에서 사유하는 것은 결코 시각중심주의가 아니다. 물론 여기서 말하는 문학적 진리란 문학만의 진리를 의미할 수 없다. 그것은 문학적 방식을 통해서 참여할 수 있는 공동의 진리다. 모든 인간의 활동은 어떤 깊이에서 살아 움직이는 언어공동체, 유비적 공동체에 속해 있기 때문이다.

[2017]

주객 분리의 창조적 극복을 향하여[1]
── 조하형의 『조립식 보리수나무』[2]

분류에서 구별로── 이해의 이해, 구별의 구별

이미 논란을 일으켰거나, 여전히 일으킬 수 있는 질문이 있다. **조하형의 소설은 SF인가?** 이 자명해 보이지만 모호한 형태의 함정이 숨어 있는 **이 질문 형식(S는 P인가? 주어 S에 술어 P가 서술될 수 있는가? 혹은, 한 주어-실체에 어떤 술어-속성이 귀속될 수 있는가?)**은 우리에게 두 가지 형태의 판단 중에 하나를 선택할 것을 요구한다. '조하형의 소설은 SF이다'(S는 P이다)라는 긍정 판단, 혹은 '조하형의 소설은 SF가 아니다'(S는 P가 아니다)라는 부정 판단.

이렇게 의식적이건 무의식적이건, 그 질문이 형식논리적 명제의 관점에서 파악되고, 답변이 명제논리적 판단으로 파악되며, 그래서 한 문장 혹은 명제가 **자기충족적인 실체적 의미 단위로 파악**되는 순간, 두 답변(판단) 중에 하나는 참(T)이고, 다른 하나는 자동적으로 거짓(F)이다. 즉, 만일 조하형의 소설이 'SF임'이 '사실'이라면, 그 사실과 '일치'

---

1   이 글은 『삶── 문학의 이름으로』 2016년 하권의 특집('문화산업 시대의 대중문화와 문학')에 실렸던 졸고다.

2   조하형, 『조립식 보리수나무』, 문학과지성사, 2008. 이하 이 글에서 이 책을 인용할 경우 페이지만 기재하며, 강조는 모두 인용자가 표시한 것이다.

하는 명제인 긍정 판단은 참이며, 부정 판단은 자동적으로 거짓이다. 그런데 어떤 한 판단을 옹호하면서 진리 주장을 하려는 자는 그 판단과 연관된 사실이 '진짜로 사실임'을 증명해야 한다. 그것은 경험 가능한 사실(조하형의 소설 텍스트와 SF 텍스트들)에 대한 관찰(지각)을 통해서 이루어진다. 그 관찰로부터 참된 판단인 결론을 이끌어내기 위한 증거들(전제들)이 발견되고, 추론적 사유를 통해 타당한 논변이 구성될 것이다. 가령, '조하형의 소설은 SF가 아니다'라는 결론에 이르는 타당한 추론을 해보자.

전제 1: 모든 SF는 (독서를 통해 관찰해봤더니) 과학적 허구이다.
전제 2: 그런데 조하형의 소설은 (독서를 통해 관찰해봤더니) 과학적 허구가 아니다.
결론: 그러므로 조하형의 소설은 SF가 아니다.

이 추론은 타당하다. 하지만 공허하다. 이 추론을 가능하게 해주기 위해 두 번 등장한 매개항인 '과학적 허구'의 의미가 해명되고 있지 않기 때문이다. 정작 해명되어야 할 매개항인 '과학적 허구'는 결론에서 숨어버렸거나 사라져버렸다. 그러므로 그렇게 사라져버린 '과학적 허구'의 의미가 해명되지 않는 한, 질문은 이런 방식으로 답변될 수 없다. 다시 말해서, 일단 명제적 판단을 중지할 필요가 있다.

도대체 '과학적 허구' 혹은 '과학소설'이란 이름이 어떻게 가능한가? 그 이름이 의미하는 사태 속에서 일어나는 사건은 어떤 것인가? 그것은 과학의 소설(문학)화인가? 소설(문학)의 과학화인가? 아니면, 그것은 둘 모두의 변신(좋은 쪽인지 나쁜 쪽인지 결정되지 않은 변신)과 관련된 제3의 무엇인가? 그래서 그것은 과학도 소설(문학)도 아닌 양자 부정적인 무엇이거나, 과학이고 소설(문학)인 양자 긍정적인 무엇인가?

하지만 어떻든 SF란 이름은 급조된 자의적인 명칭이 아닌가? 그것은 '나무로 된 쇠'와 같은 어떤 것을 표시하기 위한 명명이 아닌가?

만일 허구성을 기준으로 모든 것을 이분법적으로 비-허구non-fiction와 허구fiction로 분류한다면, 과학은 상식적으로 비-허구일 것이며, 따라서 SF란 '비-허구적으로 허구적'인 소설이 될 것이다. 그리고 과학은 사실적이며 허구는 비-사실적이라면, 그때 SF는 '사실적으로 비-사실적'인 소설이 될 것이다. 또한 과학은 객관적이며 허구는 주관적이라면, 그때 SF는 '객관적으로 주관적'인 소설이 될 것이다. 그렇다면 SF는 과학과 비-과학, 문학과 비-문학, 허구와 비-허구, 사실과 비-사실, 객관과 비-객관, 주관과 비-주관 등의 이분법적 분류에 저항하며, 경계들을 횡단하려는 의지에서 나온 것인가? 만일 SF의 의미를 이런 방식으로 이해할 수 있다면, 조하형의 소설은 SF일 수 있다. 조하형의 소설은 분명히 이분법적 분류에 저항한다. 왜냐하면 조하형의 소설은, 다른 무엇보다도 **이분법적 분류(분리)의 기초에 놓여 있는 가장 문제적인 분리인 주객 분리의 이분법을 극복하는 한 방식에 대한 서사로** 나타나기 때문이다. 하지만 그러한 특성이 SF를 식별하는 특성으로 받아들여지지 않는 한에서, 조하형의 소설은 SF일 수 없다.

이 글의 관심사는 SF의 일반적 성격을 규정하고, 그 규정이 조하형의 소설에도 들어맞는지를 결정하는 일과는 거리가 멀다. 그러나 만일 우리가 SF(혹은 장르문학)와 본격문학을 구별하면서 후자에 더 중요한 예술적 가치를 부여해야 한다면, 우리는 조하형의 소설은 SF가 아니며, 본격문학이라고 답변할 것이다. 특히 장르문학이 오락적이고 흥미 위주이며 자본에 종속적인 성격을 갖는다면, 더욱 그렇다. 또한 SF가 과학적 활동에 의해 형성된 결과적 정보들이나 과학적 용어, 개념을 이용해 과학기술에 기초한 미래의 개연적인 사건들에 관한 호기심이나 흥미를 자극하는 소설 형태라면, 우리는 조하형의 소설이 SF가 아니라고 답변할 것이다. 왜냐하면 조하형의 소설에 나타나는 전체적 의미는 형식 면에서나 내용 면에서나 그러한 소설 형태와는 매우 거리가 멀기 때문이다. 그렇기에 조하형의 소설은 파편화되지 않은 전체적인 유의미성을 내포할 수 있는 **'문학'이나 '예술'이라는 이름**하에서 읽을 때 더 잘 이해될 수 있을 것이다(물론 여기서 아직 답변되고 있지 않은 것은 문학이나 예술의 파편적 의미가 아닌 **전체적 의미**다).

그렇지만 어째서 조하형의 소설은 SF로 읽힐 여지를 주는 것인가? 다르게 말해서, 그것은 어째서 SF인 척하는 본격문학인가? 가령, SF가 조류 같은 것이고, 본격문학이 포유류 같은 것이라면, 조하형의 소설은 어째서 조류인 척하는 포유류인 박쥐처럼 나타나는가(그의 소설은 모호한 밤의 어둠 속에서 **본래적 구별**을 요구하는 어떤 초음파를 발사하고 있는가)? 혹은, 가령 SF가 오리 같은 것이고 본격문학이 토끼 같은 것이라면, 조하형의 소설은 **오리로도 보이고 토끼로도 보이는 토끼-오리 머리**[3] 같은 것인가?

어떻든 간에, 그의 소설이 분류의 관점을 교란시키는 방식으로 **나타난 이유**는 분류의 관점에서 **보였기 때문**일 것이다(나타남과 봄은 상호의존적이다). 즉 구별하려는 의식의 활동이 분류(분리)에 집착하게 되었고, 그래서 또한 낱말(언어)을 **외연적이고 재현적인 용어**로만 다루게

3   이 그림은 비트겐슈타인의 『철학적 탐구』에서 인용된 그림을 재인용한 것이다. 루트비히 비트 겐슈타인, 『철학적 탐구』, 이영철 옮김, 책세상, 2006, p. 344.

되었기 때문일 것이다. 그러한 집착을 통해 우리의 봄(구별)의 방식이 일차적인 봄에서 이차적(파생적)인 봄으로 퇴락했기 때문일 것이다.

문학(혹은 예술)-작품(혹은 작업), 혹은 문학텍스트(혹은 콘텍스트)의 이해에서 일차적으로 중요한 문제는 분류의 문제가 아니다. 분류에 선행하는 것은 차이**와** 관계, 즉 **사이**를 주의 깊게 의식하는 구별의 활동이며, 그러한 활동은 관계적인 것들을 이분법적으로 분리하지 않으려는 이해의 노력을 요구한다. **일차적 구별**은 관계적인 것들 서로를 분리시켜 분류하는 활동이 아니다. 이미 구별된 항들을 분류하거나 분리하는 구별은 일차적 구별에 기초한 이차적, 파생적 구별이다. 일차적 구별 활동은 차이 나는 것들의 관계(사이)에 관한 의식에서 일어나는 사건이며, 이해를 통한 의미의 발생이다. 구별과 관계, 이해와 의미는 그 발생적 국면에서 분리될 수 없다.

이미 구별된 결과들을 실체적으로 분리시키는 실체적 구별이 아닌 **발생적이고 관계적인 구별과 연관된 이해**란, 그것이 명제적 판단이 근거하는 주어-술어 구조 혹은 실체-속성 도식 이전에 발생하는 한에서, 일차적으로 'S는 P이다'(가령 '조하형의 소설은 SF이다')라는 형태의 명제적 판단의 능력이 아니다. '지성, 오성, 이해' 등으로 번역될 수 있는 독일어 Verstand나 영어 understanding은 일차적으로 판단의 능력을 의미하지 않는다. 이해는 '위'에 있지 않고 '아래'에 있는 것이다. 이해(혹은 오성, 지성)는, 가령 『순수이성비판』에서 칸트가 말하듯이, 자연의 입법자도, 규칙을 주는 자도, 법칙의 관점에서 명령하는 자도 아니다. 이해는 오히려 일차적으로 수용적인 능력이다. 이해는 어떤 사태에 대한 판단에 앞서 그 사태 자체를 받아들이려는 노력이다. 어떤 사태가 이해의 노력 이전에, 받아들여지기 전에 판단될 수는 없다. 그러한 이해 이전의 판단은 성급한 판단이 될 것이다(그러므로 성급한 판단을 피하려는 이해는 가능한 한 판단을 중지하고 보류하고 지연시킬 수 있는 능력일 수 있다).

그러나 이해는 무비판적인(소박한naive) 수용이 아니다. 이해는 무차별적이고 무구별적인 수용이 아니다. 하지만 '비판'이 주체와 객체의 분리에 기초해서 일방적으로 행해지는 판단은 아니다. 비판적 이해란 이해의 주체와 이해의 객체가 **구별은 되지만 분리는 될 수 없는 본질적인 관계성** 속에서 발생하는 것이어야 한다. 그래야만, 비판적 태도 혹은 비판적 방법은 나와 세계, 주체와 객체의 본질적인 관계성을 제거하고 서로를 분리시켜 각각 별개의 고립된 실체처럼 다루는, 흔히 빠지는 함정을 피할 수 있을 것이다. **분리적 구별, 이차적(파생적) 구별, 결과적 구별인 분류**를 교란시키며 나타나는 조하형의 소설 자체가 요구하고 있는 **발생적, 일차적, 본래적 구별**이란 **본질적 관계성에 기초한 구별**이다.

실체적 사유에서 관계적 사유로

본질적 관계성에 기초한 구별은 실체적 사유가 아닌 관계적 사유를 통해서만 가능하다. 근대철학과 근대과학을 지배했으며, 여전히 우리의 '일상적'이거나 '과학적'인 의식을 지배하고 있는 '실체substance'라는 개념은 '다른 것에 의존하지 않는 자기충족적 존재자'를 의미한다. 즉 실체는 그것과 **그것 이외의 다른 것과의 관계에 선행하며, 그 관계로부터 독립적으로 분리된 무엇**이다. 따라서 실체적 사유란 어떤 대상을 그것 이외의 다른 것에 의존하지 않는 자기충족적인 존재자로 파악하는 사유를 뜻한다. 이러한 사유에 따른다면, '관계'란 그러한 자기충족적 실체들이 있고 나서야 성립할 수 있을 것이다. 즉 실체들이 일차적이고, 그들 사이의 관계는 파생적인 것이 된다. 실체가 관계에 선행하며, 실체가 관계보다 우위에 있게 된다.

관계적 사유는 그러한 실체적 사유의 흐름을 역전시키려는 노력이다. 관계가 실체에 선행하며, 관계가 실체보다 우위에 있다. 관계적 사유에서 중요한 것은, 조하형의 소설 자체가 보여주듯이 **"상호의존성을 깨닫는 것"**(p. 316)이다. 모든 것은 상호의존적이다. 그러한 상호의존성으로부터 자신을 분리시켜서 별개로 고립되어 자기충족적으로 존재하는 실체란 존재할 수 없으며, 그렇게 구별될 수 있는 실체란 구체적인 관계성에 기초한 일차적 구별로부터 추상된 파생적 구별에서만 나타날 수 있다. 실체적 사유는 **일차적인 구별 활동의 발생 과정**을 무시하면서, **구별된 것들 혹은 구별의 결과물**만 주시한 다음, 그 구별의 결과물들을 분리시켜 서로 의존하지 않는 자기충족적 실체들로 간주하는 경향성을 갖는다. 하지만 관계적 사유는 구별 활동의 결과보다 **구별 활동의 과정**을 주시하고자 하며, 이미 완결된 구별 활동 이후에 별개로 분리시켜 정립된 **결과적 사물**보다 **아직 완결되기 이전의 구별 활동이 참여하고 있는 발생적 사건**을 주시하고자 한다. 따라서 관계적 사유에서는 '정태적인 불변의 실체'보다 '역동적인 변화의 과정'이 더 중요하다. 그러한 **변화와 과정의 우위**를 조하형의 소설은 다음과 같이 표현한다.

> 관음 성지의 사찰은 그렇게, 오온(五蘊)이 이합집산(離合集散)하듯 윤회, 전생해왔고, 원생동물이 척추동물로 전개되듯 **진화, 변신**해왔다. 낙산사는 **하나의 '실체'가 아니라 '과정'으로 존재**해왔고, 계속 변해왔기 때문에, 변하지 않는 이름을 얻었다. 그래서, 낙산사는 불타지 않는다…… (p. 28)

조하형의 소설에서는 관계(상호의존성), 과정, 변화의 우위가 발견된다. 그의 소설의 주요 특징 중의 하나는 변화의 과정 중에 있는 관계적인 것을 이해(구별)하고자 하는 사유의 활동을 서사 속에 구현하는 일이다. 조하형의 소설은 그러한 관계적 사유를 통해 '구별의 발생 과정에 관한 문제'로 나아간다. 그런데 여기서 중요한 것은 **분리와 구별을 혼동하지 않는 일**이다. 분리하는 것과 구별하는 것은 다르다. 분리할 수 없다고 해서 구별할 수 없는 것은 아니다. 또한 구별할 수 있다고 해서 꼭 분리해야 하는 것은 아니다(실재적 분리가 아닌 방법적 분리가 필요할 때도 있겠지만, 중요한 것은 그렇게 방법적 혹은 방편적으로 분리한 다음, 마치 애초부터 분리되어 있었고, 그렇기에 구별된 관계적인 것들이 분리되어 있는 것이 당연한 것처럼 취급하지 않는 일이다). 분리하지 않으면서 구별하기. 구별하면서 분리하지 않기. 조하형의 소설이 보여주는 것은 그것이다. 다음 인용문에서 볼 수 있듯이, 조하형의 소설은 분리될 수는 없지만 구별될 수는 있는 사태, 즉 **본질적인 관계성에 기초한 구별의 발생적 사태**에 대해 말한다. 하지만 그 사태는 무엇을 의미하는가? 본래적 구별, 발생적 구별에서 문제가 되고 있는 사태란 어떤 것인가? 이 글의 시작부터 주시해온 그러한 발생적 구별의 문제는 조하형의 소설에 자의적으로 제기된 문제가 아니다. 우리가 지금 매달리고 있는 그 의미심장한 문제는, 조하형의 소설 자체가 제기하고 있다.

　　낙산사를 하나의 시공간으로 생각하는 순간, 낙산사는 '하늘을 지붕으로 삼고, 바다를 마당으로 삼아,' 세계 전체로 퍼져 나간다──사찰문화원 관광책자의 표현대로. 어디까지가, 낙산사인가? 낮은 담장들이, **절간과 속세의 시공간을 분리할 수 있는가?** 몇 개의 문들이, 시공간을 분절할 수 있는가? 낙산사-시공간은 새어나가고, 넘쳐흘러서, 속세-시공간과 이음매 없이 이어지고 있었다. 박인호가 보기에, 그 지점이 위험했다.
　　의상은 관음을 친견하기 위해, 시공간의 특정 장소로 몸을 움직여야 했다. 박인호 역시, 낙산사에 도달하기 위해서는, 양양으로 와야 했다. 한편, 이 세상에는 설악산 신흥사도 있고, 오대산 월정사도 있었다. 낙산사는, 낙산사가 아닌 것들과 다르기에, 낙산사라는 이름을 얻었다. **낙산사를 시공간 '전체'이면서 동시에, 차이를 생성하는 '개체'로서 구별될 수 있게 하는 것은 무엇인가?** (pp. 39~40)

인용문의 마지막 질문에 집중할 필요가 있다. 여기에는 많은 문제가 함축되어 있다. 전체성, 동시성, 차이, 생성, 개체성의 문제, 그리고 결정적으로 구별의 문제. 구별의 문제가 결정적인 이유는, 이 모든 문제가 구별의 문제가 없었다면 발생하지 않았을 것이기 때문이다. **어떤 구별도 불가능하거나, 어떤 구별도 전혀 필요 없거나, 어떤 구별도 아직 개입되지 않은 어떤 상태가 있다고 가정**해보자. 그 경우, 모든 것은 '미분화된 전체'의 상태로 존재할 것이다. 아니, '전체'라는 말도 사용할 수 없는데, 왜냐하면 구별의 활동이 아직 개입하지 않은 상황에서 전체-부분의 구별이 있을 수 없을 것이며, 심지어 존재와 무의 구별도 없을 것이기 때문이다. 차라리, 그것은, **그 어떤 것도 현실적으로 구별됨 없이 모든 것이 잠재적으로 공존하는 평형 상태(무차별 상태)의 모호한 혼돈의 덩어리, 혹은 어둠 같은 빛, 침묵 같은 소리, 혹은 무 같은 존재, 혹은 '구별의 발생 바로 직전의 카오스'**라고 하는 편이 더 나을 것이다. 그렇다면, 여기서 '구별의 발생'이란 무엇을 의미하는가? 그것은 "차이"의 "생성"이 아닌가? 구별한다는 것은 차이를 구별한다는 것이며, 구별의 발생은 곧 차이의 생성이다. 하지만 차이의 생성은 곧 또한 관계의 생성이 아닌가? 왜 그런가? 구별될 수 있는 어떠한 차이도 없이 모두가 동일하다면, 거기에 어떤 관계가 있을 수 있는가? **구별은 차이를 생성하는 동시에 관계도 생성한다.** 낙산사와 낙산사가 **아닌 것**, 혹은 낙산사와 **다른 것**, 그러니까 낙산사와 **비**-낙산사의 **구별**

이 발생하는 바로 그 순간, 낙산사와 비-낙산사의 **차이가 생성**하면서 **동시에** 낙산사와 비-낙산사 사이의 **관계가 생성**한다. 그러므로 구별은 차이 나는 것들을 그들 사이의 관계로부터 떼어내어 분리하는 것이 아니며, 오히려 그 구별을 통해 차이 나는 것들이 관계화된다. 차이 나는 구별항들, 관계항들은 상호의존적이다. 그러므로 구별의 발생에서, 차이**와** 관계는 **동시에** 나타난다. 이것은 조하형의 소설이 말하는 **"전체"** 와 **"개체"의 구별, 혹은 전체와 부분의 구별**에서도 그렇다. 전체와 부분은 **상호의존적이며, 동시적**이다. 전체 없이 부분이 있을 수 없으며, 부분 없이 전체가 있을 수 없다. 따라서 부분이 먼저 있고 그다음에 전체가 있는 것이 아니며, 부분**과** 전체는 **동시적**이다. 그리고 부분이 전체에 의존하듯이 전체 또한 부분에 의존하기에, 전체**와** 부분은 **상호의존적**이다. 그런데 만일 우리가 부분보다 **전체**에 어떤 우위를 부여한다면, 그때 그 우위는 전체와 부분이 분리되어 부분이 전체에 종속된다는 말이 아니며, 오히려 전체**'와'** 부분이 분리될 수 없다는 것, 즉 **전체'와' 부분의 전체성**을 말하고자 함이며, 그렇게 분리될 수 없는 **관계적 사이의 '와'**에 주목하고자 함이다. 그러므로 여기서 **전체성**이란 '전체는 부분보다 크다'라고 할 때처럼 **외연적 양**을 의미하지 않는다. 그것은 오히려 부분들을 진정한 부분들이게 해주면서 부분들 속에 현존하는 어떤 **내포적 질**이어야 할 것이다. 그것은 **관계성**의 경우도 마찬가지다. 그것은 차이들 바깥에서 성립하는 **외적 관계**가 아니며, 차이들을 차이들이게 해주면서 차이들 속에 현존하는 **내적 관계**다. 발생적이고 과정적이고 관계적인 사유를 통한 구별 활동에 나타나는 전체-부분, 차이-관계는 그러한 전체성과 관계성 속에서 동시적으로 생성한다.

그런데 이러한 설명을 통해서 앞에서 인용된 소설의 질문에 대답할 수 있는가? 즉 "낙산사를 시공간 '전체'이면서 동시에, 차이를 생성하는 '개체'로서 구별될 수 있게 하는 것은 무엇인가?" 우리의 대답은, 어쩌면 공허한 동어반복처럼 들릴지도 모른다. 하지만 그럼에도 대답해 보자. 그 대답이란, 그렇게 "구별될 수 있게 하는 것"은 바로 **구별**이라는 것이다. 구별하기에, 구별될 수 있다. 구별될 수 있으려면, 구별해야 한다. 구별되는 것의 생성은 구별하는 것의 생성이기도 하다. 구별되는 것과 구별하는 것은 **관계적이고 전체적인 동시적 생성의 활동** 속에 있다. 구별의 객체와 구별의 주체는 동시에 생성하고 변화하는 과정에 속한다. 소설의 표현을 빌리자면, 그 둘은 "둘이면서도, 둘이 아니"(p. 289)며, "하나이면서도 하나가 아니"(p. 345)다. 여기서 중요한 것은 **본질적인 관계성 속에 있는 둘을 분리시켜 차이들을 실체화하지 않으면서, 동시에 둘 중의 하나를 다른 하나로 환원시켜 차이를 지워버리지도 않으면서, 그 관계를 주시하는 것**이다. 그리고 그러한 주시를 통해 그 둘 사이에서 일어나는 사건의 역동적인 과정 속에서 사유하려고 노력하는 것이다.

그러므로 구별하기에 구별될 수 있을 뿐만 아니라, 구별되기에 구별할 수 있기도 하다. 그것은, 어떤 것이 나타나려면 보아야 하고, 또한 어떤 것을 보려면 나타나야 하는 것과 같다. 나타나지 않으면 볼 수 없고, 보지 않으면 나타날 수 없다. 사건 발생의 과정은 일방향적인 게 아니다. 그것은 쌍방향적이다. 나타남이 원인이고 봄이 결과인 것만큼이나, 봄이 원인이고 나타남이 결과이기도 하다. 구별되는 것이 원인이고 구별하는 것이 결과인 것만큼이나, 구별하는 것이 원인이고 구별되는 것이 결과이기도 하다. 그 둘 모두가 **서로에 대한 원인이면서 동시에 결과**다. 그러므로 이러한 관계적 사유는 직선적이고 기계론적이고 결정론적인 인과성, 즉 어떤 독립적인 실체적 원인이 **먼저(과거)** 주어지는 순간에 직선적으로 뒤따르게 되는 그**다음(나중, 미래)**의 모든 결과들이 그 과거의 원인에 따라 일방적으로 모조리 결정되어버리는 선형적 인과성에 기초하고 있지 않다. 그렇기에 가령 "핵심은, 유전자 결정론도 아니고 환경 결정론도 아닌, **접속의 순환 고리**"(p. 221)다. 조하형의 소설은 **"선형적 인과율"**이 아닌 **"전혀 다른 인과율"**(p. 270)을 말한다. 그것은, 앞의 설명에 따르면, **순환적이고 동시적인 인과성**일 것이다. 즉, 여기서 인과성은 원인에서 결과의 방향으로 작용할 뿐만 아니라 결과에서 원인의 방향으로도 작용한다는 의미에서 순환적이며, 또한 원인은 원인이면서 동시에 결과이며, 결과는 결과이면서 동시에 원인이라는 의미에서 동시적이다. 원인과 결과는 구별될 수는 있지만 분리될 수는 없다. 원인과 결과는 둘이면서도 둘이 아니며, 하나이면서도 하나가 아니다.

따라서 순환적이고 동시적인 인과성 속에서 발생하는 구별은 **발견되는 구별이면서 동시에 발명되는 구별**일 수 있다. **구별과 함께 생성하는 차이들과 차이들 사이의 관계**는 이미 **잠재적**으로 거기 있는 것이며, 구별의 주체에 의해 주관적인 방식으로 구성되는 것이 아니라는 의미에서, 구별은 **구별되는 것이 원인으로 작용하여 이루어지는 자연적 발견**이다(그렇기에 구별은 그저 인공적으로만 이루어질 수 없을 것이다). 하지만 구별은 구별의 활동이 없었다면 결코 발견되지 않을 것이며, 결코 **현실화**되지도 않는다는 의미에서, **구별하는 것이 원인으로 작용하여 이루어지는 인공적 발명**이다(그렇기에 구별은 그저 자연적으로만 이루어질 수 없을 것이다). 자연적 발견은 인공적 발명에 의존하고, 인공적 발명은 자연적 발견에 의존한다. 발견은 동시에 발명이며, 발명은 동시에 발견이다. 본질적인 관계성 속에서 행해지는 구별의 경우, 그저 발견되기만 하는 구별은 없으며, 그저 발명되기만 하는 구별도 없다. 구별을 발견하려면 구별을 발명해야 하며, 구별을 발명하려면 구별을 발견해야 한다. 그리고 이때 발견이 이미 있는 것을 재현하는 일과 연관되고, 발명이 아직 없는 것을 창조하는 일에 연관된다면, 본래적 구별은 **재현적 구별이면서 동시에 창조적인 구별**일 것이다. 그런데 그

164

렇게 재현과 창조가 상호배제적이지 않을 수 있다면, **예술이 미메시스 (재현, 모방)냐 창조냐 하는 문제**에 다르게 접근할 수 있을 것이다. 그리고 재현과 창조의 문제가 또한 객관성과 주관성의 문제이기도 하다면, 이제 중요해지는 구별은 **주객의 구별**이다.

주객 분리의 창조적 극복을 향하여

조하형의 『조립식 보리수나무』는 그 시작부터 객관성과 주관성 사이의 "간극"에 대해서 말한다.

> 그녀는 현실적인 데이터들을 확인했다──온도와 습도, 풍향과 풍속, 고도와 좌표…… **객관적**인 수치와 **주관적**인 느낌 사이에, **바다를 담을 정도의 간극**이 있었다. (p. 10)

이 엄청난 "간극"이 의미하는 바는 무엇인가? 객관과 주관이 서로 결코 만날 수 없는 것처럼 최대로 멀리 떨어져 있다는 것, 즉 분리되고 있다는 것은 무엇을 의미하는가? 객관과 주관이 내적 관계 속에서 구별되지 않고, 서로에 대한 외적인 관계만을 취할 수도 있고 안 취할 수도 있는 실체들처럼 분류되고 있다는 것을 의미한다. **서로에 대해 독립적이고 상호배제적인 객체와 주체라는 두 실체가 존재한다고 가정되고 있다**는 것을 의미한다. 이것은 전적으로 자의적인 것만은 아닌 (데카르트적) 이원론의 등장이다. 연장된 실체와 사유하는 실체, 물질과 마음, 자연과 정신, 몸과 영혼, 세계와 나(자아). 여기서 전자는 객체가 될 것이며, 후자는 주체가 될 것이다.

그런데 문제는 이러한 구별 자체에 있는 것이 아니다. 문제는 그러한 **구별 자체에 내포되어 있는 차이성과 더불어 존재하는 관계성이 무엇을 의미하느냐**다. 중요한 것은 그 둘의 관계인데, 그 관계를 보지 못하게 하는 두 가지 방식이 있다. 하나는 그 구별 자체를 실체화하여 서로 무관한 이원적 존재들로 고착화시키는 것이며, 다른 하나는 그 구별 자체를 둘 중의 하나로 환원시켜 무화시키는 것이다. 가령, 극단적인 유물론(오직 물질만 있다)과 극단적인 유심론(오직 마음만 있다)은 양쪽 모두 물질과 마음의 구별을 무화시키는 "폭력적인 일원론"(p. 289)일 것이다. 혹은 **유아(唯我)론(오직 자아만 있다)**과 무아(無我)론(아무 자아도 없다)의 경우는 양쪽 모두 **세계와 나(자아)의 구별, 혹은 객관과 주관의 구별을 무화**시킬 것이다.

유아론자의 경우를 보자. 보통 자아란 객관적인 것이 아니라 주관적인 것으로 생각되기에, 유아론자에게 객관적 세계는 없는 것이거나 자신의 주관과 일치하는 무엇일 것이다. 조하형의 소설은 그렇게 "사유의 주체이면서, 동시에 대상인 자; **모든 객관성이, 자신의 주관성과 일치**하는 자"(p. 85)에 대해서 말하면서, 그러한 "일종의 **주객일치(主客一致) 상태**"(p. 88)를 "일종의 **자기지시적 순환회로에 갇혀**" 있는 상태로 이야기한다(p. 88). 즉 "주객일치 상태"의 "자기지시적 순환"은 그 "순환"을 **모든 관계가 끊어진 절대적 순환**으로 만들어버리면서, 오직 상대적 관계성 속에서만 가능한 구별을 **절대적 구별**로 만들어버린다. 그리고 절대적 구별은 구별 자체를 무의미하게 만들기에 구별 자체의 무화나 다름없다. 주관성을 무시하는 객관주의, 객관성을 무시하는 주관주의는 모두 그러한 절대적 구별의 함정에 빠지게 될 것이다(그것은 나 없는 세계, 혹은 세계 없는 나를 주장하는 경우도 마찬가지일 것이다).

사실, 주객의 구별은 피할 수 없는 구별이다. 구별이 발생하면서 구별되는 객체와 구별하는 주체 사이의 구별 역시 발생하기 때문이다. 그리고 세계 안의 객체들의 차이와 관계가 한꺼번에 남김없이 주관에 알려지지 않기에, 또한 다른 한편으로 **객관적 '세계'와 주관적 '나'가** 분리될 수 있거나 분리되어 있다고 생각되기에, **실재(계)와 현상(계)의 구별**도 피할 수 없는 구별일 수 있을 것이다. 그런데 본래적 구별일 수도 있을 그 구별이 파생적 구별이 되는 것은 **실재와 현상을 구별하는 것을 넘어 그 둘을 분리시킬 때**이다. 즉 칸트가 말하듯이, 지성적으로 사유하는 주관에 알려지는 객관은 오직 그 주관이 선험적으로 소유한 지성적 범주 체계에 의해 구성된 객관일 뿐이며, 따라서 그렇게 알려지는 객관은 그 객체 자체가 아니라 그것의 표상(재현)이며, 주관은 원천적으로 결코 그 객체 자체를 알 수 없다고 할 때, 실재와 현상의 구별은 파생적 구별이 된다. 또한 그것은 실재를 현상과의 관계가 끊어진 절대적인 것으로 만들기에, 절대적 구별이 되기도 한다. 그리고 그렇게 현상으로 나타나지 않을 뿐만 아니라 **결코 현상으로 나타날 수조차 없는 실재란 결코 현상이 될 수 없는 가상과 구별되지 않는다.** "뫼비우스 띠처럼 뒤섞이는 가상과 실재"(p. 212). 그러므로 실재, 현상, 가상의 구별이 유의미하기 위해서는 실재, 현상, 가상을 분리시키면 안 된다. 그리고 **구별 자체가 현상에 기초한 것이기에, 현상 자체가 보존되어야 한다.** 그 말은 곧, **실재든 가상이든 현상으로 나타날 수 있어야 한다**는 뜻이다. 이것은 현상, 혹은 나타난 것, 혹은 감각된 것이 존재의 전부라고 말하는 것이 아니다. 오히려 드러난 현상과 감추어진 실재 사이의 본질적인 관계성이 중요하다고 말하는 것이며, 그렇기에 어떤 객체의 **나타남 자체** 속에는 그 객체 자체의 **현존(즉 실체적 존재가 아닌 본질적 존재)**이 속한다는 것이다(이것은 현상을 상징으로 이해하면서, **상징되는 것 혹은 의미**를 실재로 이해하는 경우도 마찬가지일 것이다). 그런데 나타남과 봄은 상호의존적이며, 또한 나타난 것이 먼저 있고 그다음 나타남이 있는 게 아니다. 나타나지 않으면 나타난 것이 될 수 없으므로, 나타남이 나타난 것에 선행하며, 그것은 봄과 보는 것의 경우도 마찬가지다. 비록 나타난 것(객체)과 보는 것(주체)은 분리된 것처럼 보일지라도, 그러한 **나타난 것의 나타남과 보는 것의 봄의 상호의존적 발생** 속에는 객체 자체의 현존과 더불어 주체 자체의 현존도 함께 속할 것이며, 그래서 그 둘은 분리되지 않고 결합할 수 있다. **그렇게 주객이 구별되면서 분리되지 않는 관계적 현존 속에서만 과학, 지식, 앎의 노력은 진정으로 주관주의를 벗어날 수 있을 것이다.** 이를테면, 나무를 탐구하는 과학자가 자신은 '나무 자체'를 절대로 알 수 없으며, 자신이 알 수 있는 '나무'란 자신의 인식주관이 소유한 범주 체계에 의해 구성된 '나무의 표상'일 뿐이라고 여긴다면, 그때 과학의 객관성이란 **객체 자체와의 본질적 관계성에 기초한 객관성**이 아닐 것이다. 나무를 탐구하는 과학자는 나무 자체를 알고 싶은 것이며, 나무에 관한 자신의 표상을 알고 싶은 것이 아니다. 또한 나무를 알고 싶어 하는 과학자는 나무 자체로부터 자신을 분리시켜 나무를 구경하는 구경꾼이 아니며, 나무 자체로부터 독립되어 자기충족적으로 존재하는 실체적 주관도 아니다. 그렇기에 **본질적 자연과학자는 현상 자체, 나타남 자체와의 역동적인 관계성 속으로 침투하여, 주객에 공통적인 생성과 변화의 과정에 참여하는 자**다. 이와 관련해 조하형의 소설에서 과학자 매클린톡은 다음과 같이 언급된다.

> 김영희는 '매클린톡'을 생각했다: 옥수수 유전자에 관한 연구로 노벨상을 수상한 여성 과학자; **과학이 미학이 될 수도 있다**는 걸 보여준 사람; 그녀는 옥수수 염색체를 연구할 때, **'염색체 안에서, 염색체가 되어, 염색체와 함께'** 움직였다고 말했다. 대학교 때 그녀의 전기를 읽고 난 뒤, 김영희는 자기 역량의 한계 내에서 꿈꾸기 시작했다──**나무들과 대화할 줄 아는 산림청 공무원이 되고 싶다**고.
> (p. 244)

이 소설 속의 김영희는 자연과학자가 아니다. 그런데 김영희가 자연과학에 공감하는 이유는, "과학이 미학이 될 수도 있다"는 표현에서 "미학"을 자연과 예술에 대한 감성적 활동과 연관시킨다면, 자연과학에서 자연과 예술의 공통적인 특성을 발견하고, 그것에 공감했기 때문이다. 단적으로 말해서, 김영희는 **과학에서도 나타날 수 있는 예술적인 것을 본 것**이다. 그렇다면, 여기서 예술이란 무엇을 의미하는가? "'염색체 안에서, 염색체가 되어, 염색체와 함께' 움직"이는 것, 즉 **정태적 실체로서의 객체와 주체의 분리가 극복되는 역동적인 변화(변신)의 과정과 연관된 활동(작업)**을 의미한다.[4] 김영희에게 중요한 것은 그렇게 이해된 예술이다. 이 소설의 도입부에서 김희영으로 등장하여 일련의 고통스러운 자각의 경험을 통해 변신의 과정을 겪는 김영희는 그렇게 이해된 예술이 구현되는 **몸**이기도 하다. 그러한 변신의 과정은 관계적 과정이기에, 김영희는 나무 앞에서 추상적으로 독백하는 것이 아니라 구체적으로 "나무들과 대화"하고자 하며, 나무와의 분리를 극복하고자 한다.

> 낙엽은 왜 떨어지는가?
> 단풍나무 안에서, 단풍나무가 되어, 단풍나무와 함께, 느껴보려고 애썼다. (p. 331)

---

4 이러한 예술에 대한 관점은 아도르노의 다음과 같은 설명과 부합한다. "예술은 모방이지만 어떤 대상에 대한 모방이 아니고 예술의 몸짓과 예술이 취하는 전체적인 태도를 통해서 어떤 하나의 상태를 다시 산출해내는 시도입니다. 이 상태에서는 주체와 객체의 차이가 원래부터 존재하지 않았고 주체와 객체가 유사성의 관계에 놓여 있으며, **이렇게 해서 오늘날 우리 앞에 놓여 있는 주체와 객체의 반(反)테제적인 분리 대신에 주체와 객체의 친화성이 지배적이 됩니다**"(테오도르 W. 아도르노, 『미학 강의 I』, 문병호 옮김, 세창출판사, 2014, p. 97, 강조는 인용자).

그런데 나무가 된다는 것, 나무-되기란 무엇을 의미하는가? 나무에 공감한다는 것은 무엇을 의미하는가? 나무-되기는 어떻게 가능한가? "사이보그 보리수라는 **생명-몸**"(p. 220)이라는 표현에서도 볼 수 있듯이, 조하형의 이 소설에서 나무는 일차적으로 생명-몸의 현상, 다시 말해서 **살아 있는 몸**으로 나타난다(순환적 변신과 재생의 리듬을 반복하는 **나무는 살아 있는 몸의 대표적 현상이다**). 나무-되기를 통한 주객 분리의 극복은, **주객 서로를 향해 개방될 수 있는 공통의 살아 있는 몸을 매개로 해서만 가능하다**. 그렇다면, 그렇게 살아 있는 몸, 즉 생명-몸은 어떤 몸인가? 조하형의 소설은 이렇게 말한다.

> 생명-몸의 **역설적** 특성은, **닫혀 있으면서도, 열려 있다**는 데 있었다. 생명-몸은 자기조직화의 폐쇄적 원리에 따라 결정된다는 점에서, 닫혀 있었다. 하지만 외부 환경과 끊임없이 상호작용하면서 유지되고 발전한다는 점에서, 열려 있었다. 그래서, 피부-몸은 '형태'를 부여하지만 '경계'를 설정하진 않는다고, 박인호는 자기식으로 정리했다: **'경계 없는 형태'로서의 생명-몸**. (p. 206)

다르게 말하자면, 생명-몸은 **이중적 몸, 그러니까 둘(여럿)이면서 하나, 혹은 하나이면서 둘(여럿)인 몸**이다. 만일 닫혀 있음, 무감함, **고정된 형태** 같은 것이 물질적인 특성이며 열려 있음, 민감함, **유동적 형태** 같은 것이 정신적(혹은 영혼적)인 특성이라면, 생명-몸은 **물질적이면서 동시에 정신적인 몸**이다. **가능성**의 관점에서 말하자면, 생명-몸은 **물질적이 될 수도, 정신적이 될 수도 있는 몸**이다. 예를 들면, 붉게 불탈 수 있는 검은 돌, 즉 석탄(그러니까 엄청나게 단단하고 투명한 얼음 같은 다이아몬드가 될 수도 있는 고정된 형태의 탄소) 같은 것을 생명-몸의 관점에서 이해한다면, 그것은 **물질적이 된 생명-몸**, 즉 조하형의 소설이 말하듯이 **"화석화된 나무"**다.

> **석탄**; 천박한 개발 이데올로기와 시커멓게 오염된 환경과 진폐
> 증의 **몸**을 사람들의 **머릿속으로 투영**하는, **흑마술의 돌**; 언제라도
> 타오를 수 있는, **화석화된 나무**. (p. 122)

그렇다면 "화석화"의 방향, 혹은 물질(하강)의 방향에서 정신(상승)
의 방향으로 움직일 수 있는 생명-몸은 어떤 양태로 나타나는가? **죽어
있는 나무에서 살아 있는 나무-되기로의 전환**은 어떤 방식으로 일어나
는가? 조하형의 소설 속 인물이 나무 아래의 **무덤(죽어 있는 몸)** 같은
지하 웅덩이 속에 갇혔기에 시도되는 탈출의 방식, 살아 있는 나무-되
기의 방식은, 다름 아닌 **상상적 사유**다. **"이미, 나무의 '삶 자체'가 들어
있"**는 **"씨앗 안에서, 씨앗이 되어, 씨앗과 함께, 모래지층 밖으로 발아
하는 상상"**(p. 333). 말하자면, 상상적 사유 속에서는 "머릿속에 투영"
된 "화석화된 나무"인 **"흑마술의 돌"**인 "석탄의 기억"(p. 122)이 뜨거운
불을 만난 것처럼 맹렬히 타오르지 않을 수 있으며, 식물의 광합성과
연관되지만 그것과는 반대되는 방식으로 작용하는 호흡을 통해 추방
되는 (이산화)탄소처럼 배제되지 않을 수도 있으며, 따뜻한 온기와 촉
촉한 습기 속에서 천천히 발아하는 **백마술적 씨앗의 상상**이 될 수 있
다. 자신 안에 잠재적 불을 간직한 과거의 기억인 '죽어 있는 돌'은 상
상적 사유를 통해 잠재적 물을 간직한 '살아 있는 씨앗'이 될 수 있다.
그리고 그것은 불 속에 이미 물과 공기 같은 빛이 있다는 것이다. 이는
돌 속에 성장의 씨앗이 잠재적으로 이미 있다는 것이며, 과거 속에 미
래가 이미 있다는 것이며, 기억(력) 속에 상상(력)이 이미 있다는 것이
다**(물론 실체적으로, 결정론적으로 있다는 뜻이 아니며, 미결정의 관계적
본질로 있다는 것이다)**.

나무-되기는 상상적 사유를 통해서만 가능하며, 상상적 사유는 추상적이거나 자의적인 사유가 아니라 **구체적인 사태 자체를 발견하면서 발명하는 사유**다. 즉 그것은 **나무 자체**를 발견하면서 발명한다. 조하형의 이 소설에 등장하는 다양한 나무들, 예를 들면 사촌언니-소나무, 콘크리트-나무, 단풍나무, 버드나무, 참나무, 자작나무, 사이보그 전나무, 사이보그 보리수 등은 그렇게 **발견되면서 발명되는 나무 자체의 현시**다. 그리고 그렇게 개체적 나무들과 분리되지 않은 채 현시되는 나무 자체란 **개별적이면서 보편적인 나무**, 말하자면 **원형적 나무**다. 나무-되기를 통해 주객 분리가 극복된다는 것은, 광합성을 통해 성장하는 '나무'와 상상을 통해 사유하고 있는 '나'가 공동으로 참여하는 살아 있는 몸의 세계, 다시 말해 "친밀감의 시공간"(p. 295)에서만 나타날 수 있는 원형적 나무, 그때그때마다 다양한 여럿이면서 동시에 통일적 하나인 원형적 나무를 발견하면서 발명한다는 것이다. 그것은 생산된 자연에 대한 **지각(현재)**에서 시작해, 생산했던 자연에 대한 **기억(과거)**을 거쳐, 생산하게 될 자연에 대한 **상상**(미래)으로 나아간다. 그렇기에 궁극적으로 중요한 것은 **생산된 자연(결과적으로 완결되고 완성된 자연)**이 아니라 **생산하는 자연(미완결의 발생적 과정으로 존재하는 자연)**, 살아 있는 자연이다.

　　이와 관련해, 아리스토텔레스의 『자연학』에서부터 전해져 내려온 **'예술은 자연의 미메시스(모방, 재현)'**라는 말을 긍정적으로 해석한다면, 우리는 여기서 강조되는 '자연'이 '생산된 자연'이 아니라 '생산하는 자연'이라고 말해야 할 것이며, 따라서 미메시스가 모방이나 재현이라면, 그때 그 재현은 생산된 자연의 재현이 아니라 **생산하는 자연의 재현**이다. 그리고 그것은 어떤 **창조성의 재현**이기에, 사실상 여기서 재현은 창조와 분리될 수 있는 게 아니다. 따라서 만일 예술을 모방이라고 말한다면, 그때 '모방'이란 일상적으로 사용되는 '모방'이라는 말의 의미와 동일한 게 아니다. '모방'이라는 낱말은 일의적이지 않다. 특히 '모방'이라는 말이 모방의 객체와 모방의 주체가 분리될 수 있는 주객 분리의 도식(즉 실체적 도식)에 기초해서 사용된다면, 예술은 그러한 의미의 모방이 아니다.

예술은 **주객의 분리가 창조적으로 극복되는 살아 있는 몸의 세계의 재현**이고, 그때 재현이란 **창조적이어야만 가능**하다. 그러한 살아 있는 몸의 세계, 다시 말해서 생명-몸의 시공간은 순환적이고 동시적인 인과성이 지배적이기에, 재현하기 위해서는 창조해야 하고, 창조하기 위해서는 재현해야 한다. 마찬가지로, 기억하려면 상상해야 하고 상상하려면 기억해야 한다(과거와 미래가 순환적이고 동시적으로 상호작용하고 있기 때문이다). 그러므로 **예술적 창작**에서 **나와 세계**는 살아 있지 않은 몸의 세계에서처럼 정태적으로 분리되어 고정되어 있는 주체와 객체가 아니며, **역동적으로 상호작용하는 변화의 과정 속에서 상호 침투하는 통일적인 전체성** 속에 있다. **주객은, 구별되지만, 분리되지 않고, 결합한다.** 조하형의 소설은 그것을 다음과 같이 표현한다.

> 그런 게 바로 **예술**이지, 시뮬레이션-픽션을 창작하며 예술가 흉내를 내던 자가 또다시 중얼거렸다: 부수는 게 아니라 짓는 테러-아트; 세계를 바꾸는 것이 아니다, 나를 바꾸는 것도 아니다, **세계를 바꾸는 것과 나를 바꾸는 것이 일치하는 시공간을 내어놓는 것이다, 다른 논리**의 집-몸을 짓는 것이다…… (p. 317)

여기에서 "일치"는 "세계"와 "나"의 구별이 없어진다는 말이 아니다. 여기에서의 일치는 **변화의 동시성과 통일성**을 의미한다. **역동적으로 살아 있는 몸의 세계, 변화의 시공간**은 세계를 바꾸기 위해서는 나를 바꾸어야 하고, 동시에 나를 바꾸기 위해서는 세계를 바꾸어야 하는 시공간이다. 앞에서도 말했듯이, 여기서는 **순환적이고, 동시적이고, 관계적인 인과성**이 지배한다. 그러므로 여기서는 선형적이고 실체적인 인과성이 지배하는 세계에 익숙한 추상적 사유의 논리와는 **"다른 논리"**가 요구된다(그렇지만 이때 '다른 논리' 혹은 '생명—몸의 논리' 혹은 '생 혹은 삶의 논리'란 비논리 혹은 비이성 혹은 비합리를 의미할 수 없을 것이다). 조하형의 소설에 의하면, **"동일률과 배중율, 무모순율······모두 붕괴"**(p. 263)한다. 즉 **나는 나이고**(A=A:동일률), 그러므로 **나는 비(非)-나(세계)가 아니고**(A≠~A:모순율), 또한 그러므로 **나는 나이면서 동시에 비-나(세계)일 수 없고,** 또한 그러므로 **나는 나이거나 비-나(세계)**[either A or ~A:배중율(A와 ~A의 중간은 없다)]라는 형식적 명제논리의 기초에 있는 세 원리가 여기서는 통용되지 않는다. 조하형의 소설은 **"'생산 주체냐, 생산 대상이냐'의 평면"**이 아닌 **"'주체이고, 대상이고'의 평면"**(p. 261)을 말한다. 다르게 말하자면, **생성의 사건 속에서 나는 나이면서 동시에 비-나(세계)일 수 있다.** 그때 '나'의 동일성은 **실체적 동일성**이 아니다. 그것은 **관계적 동일성**이다. 그러므로 내가 '나'일 수 있는 이유는 내가 절대로 '비-나'(세계)일 수 없기 때문이 아니다. '비-나'(세계)와의 본질적 관계성 속에 있는 내가 '비-나'(세계)가 될 수 없다면, 그때 나는 '나'가 될 수조차 없다. **동일성**은 **타자성**에 의존적이며, 동일성은 **차이와 관계**를 통해서만 이해될 수 있다. 그리고 **변화의 세계 속에서 '동일하게 남아 있다'는 것은 '다르게 된다'는 것과 모순되지 않는다.** 왜냐하면, **동일하게 남아 있지 않다면**, 도대체 어떤 것이 어떤 것과 어떤 방식으로 다르게 되었다는 것인지 구별될 수 없기 때문이다. 마찬가지로, **다르게 되지 않는다면**, 도대체 어떤 것이 어떤 것에 대해 어떤 방식으로 동일하게 남아 있는 것인지 구별될 수 없다. 그러므로 동일하게 남아 있기에 다르게 될 수 있고 다르게 되기에 동일하게 남아 있을 수 있다. 달리 말해서, 다르게 될 수 있기 위해서라도 동일하게 남아 있을 수 있어야 하고, 동일하게 남아 있을 수 있기 위해서라도 다르게 될 수 있어야 한다. 그러므로 나와 세계(비-나)는 **동일성과 차이, 혹은 동일성과 타자성의 전체성, 그러니까 변화의 동시성과 통일성** 속에서 분리되지 않고, 다시 새롭게, 구별 가능하게 결합될 수 있다. 여기서의 결합은, 마치 구별의 활동이 헛소동이었기라도 하다는 듯이, '구별 이전의 관계'(?)로 다시 되돌아가는 게 아니며, **구별 이후의 관계로 새롭게 나아가는 것이다. 예술은 그러한 새로운 관계의 생성과 연관된 활동이며, 그렇게 새롭게 생성된 구별 가능하게 결합된 관계를 "내어놓는 것"**에서 중요한 것은 나와 세계 사이의 파생적 구별이 아니라 본래적 구별이다. 그리고 그렇게 **나(A)와 비-나(~A)가 본질적 관계성 속에서 본래적으로 구별될 수 있다면, 나(A)와 비-나(~A)의 분리, 혹은 주객의 분리에 기초한 형식적 명제논리의 원리, 다시 말해서 근대적인 일상적 의식을 지배하고 있는 원리, 또한 그러한 일상적 의식에 기초한 다고 볼 수도 있는 한에서의 이론적, 과학적 활동의 원리인 동일률, 모순율, 배중율은 파생적 구별에 기초한 것**이라고 말할 수 있다(물론 우리는 여기서 일상적 의식과 그 의식을 지배하고 있는 **고체적이거나 고정적인 원리**가 중요하지 않다고 말하는 것이 아니며, 다만 거기서 그칠 수 없게 하는 **액체적이거나 기체적인 유동적 관계**가 있다고 말하는 것이다).

이제, 지금까지 한 말을 염두에 두고, 처음의 질문으로 돌아가자. **조하형의 소설은 SF인가? 본격문학인가?** 우리는 이 질문에 대단히 만족스럽게 대답할 수 있을 만큼 충분히 조하형의 소설을 해석하지 못했다. 특히, 만일 SF가 과학적 허구와 연관되고, 본격문학이 예술적 허구와 연관된다면, 우리는 허구성에 관한 논의를 하지 못했고, 그렇기에 **과학적 허구와 예술적 허구 사이의 본래적 구별**을 하지도 못했다. 또한 여기서 어떤 실험성이 문제되고 있다면, 우리는 **과학적 실험과 예술적 실험 사이의 본래적 구별**을 하지도 못했다.

하지만, 어떻든 간에, 앞에서 반복적으로 말했듯이, 본래적 구별이 문제가 되고 있다는 것은 본질적 관계성이 문제가 되고 있다는 뜻이기도 하다. 따라서 우리는 다르게 질문할 수 있다. SF와 본격문학은 본질적인 관계성 속에서 본래적으로 구별될 수 있는가? 이를테면, **SF와 본격문학은 '나와 세계' 혹은 '나무와 숲' 혹은 '물고기와 물' 혹은 '별과 하늘'만큼이나 본질적인 관계성 속에서 구별될 수 있는가?** 만일 그렇게 본래적으로 구별될 수 있다면, 그럴 수 있는 한에서, 조하형의 소설은 **SF이거나 본격문학**이 아니라 **SF이면서 본격문학**일 수 있다(왜냐하면 본래적 구별에서는 배중률이 붕괴되기에). 하지만 그 둘이 본래적으로 구별될 수 없고, 단지 파생적으로만 구별(분류, 분리)될 수 있다면, 조하형의 소설을 굳이 그러한 구별에 관여시키지 않아도 될 것 같다(왜냐하면 우리는 지금까지 파생적 구별이 아니라 본래적 구별을 위해 노력해왔기에). 그렇지만 조하형의 소설에서 일차적으로 중요한 것은 '과학'이 아니라 '예술'이기에, 그래서 조하형의 소설은 예술성을 추구하는 문학이기에, 그리고 그렇게 '과학적임'이 아니라 '예술적임'을 강조하는 것이 본격문학이라면, 조하형의 소설을 **굳이 '과학'이라는 이름을 앞에 내세우는** SF(Science Fiction)로 분류할 필요는 없을 것이다.

물론 여기서 여전히 요구되고 있는 것은 과학과 문학(예술) 사이의 본래적 구별, 즉 그 둘을 차이화하면서 관계화하는 것이다. 그렇기에 더욱 중요하게 선행될 수 있는 구별은 SF와 본격문학의 구별보다는 **과학과 문학(예술)의 구별**이다. 우리는 조하형의 소설을 **주객 분리를 극복하는 한 방식에 대한 서사로 읽기**를 통해 불충분하게나마 그 구별을 해내려고 시도했지만, 여전히 불만족스러운 것이 사실이다. 그렇기에, 객관성과 주관성의 구별에 함축된 다른 구별에 관해 간략히 언급하면서, 지금까지의 불충분한 구별의 시도를 일단 마무리하자.

과학은 **객관적 지식(인식, 앎)과 연관된 지성적 활동**이다. 그런데 객관과 구별되는 것은 주관이고, 지식과 구별되는 것은 믿음(혹은 신념)이며, 지성과 구별되는 것은 의지이다. 그래서 그러한 **주관적 믿음과 연관된 의지적 활동**을 종교라고 말할 수 있다면, **과학과 일차적으로 구별될 수 있는 것은 문학(예술)보다는 종교**다. 사실, 조하형의 이 소설은 **과학과 종교 사이**에서 움직이고 있는데, 그것은 **지식과 믿음(신념) 사이**에서 움직이고 있기도 하고, 지성과 의지 사이에서 움직이고 있기도 하며, **객관성과 주관성 사이**에서 움직이고 있기도 하다. 그러므로 조하형의 소설이 **객관성과 주관성의 분리를 극복**하고자 하는 서사라고 한다면, 그것은 또한 **지성과 의지의 분리를 극복**하고자 하는 서사이기도 하고, **지식과 믿음의 분리를 극복**하고자 하는 서사이기도 하고, 그래서 결국 **과학과 종교의 분리를 극복**하고자 하는 서사이기도 하다. 이 소설 속의 세 주인공인 이철민(과학적 인물), 박인호(종교적 인물), **김희영 혹은 김영희(예술적 인물)**는 모두 함께 그러한 분리의 극복에 참여하고 있다. 여기서, **예술(문학)적인 것**의 임무 혹은 역할은 **양극을 감성적으로 매개하는 것**이며, 그러므로 예술의 정체성은 바로 그 '**관계적 사이**'에 있다. 예술(문학)을 규정하기 힘든 이유는 애매모호하게 움직이며 계속 달아나는 바로 그 이중적 본성 때문일 것이다. 예술(문학)은 과학도 종교도 아니다. 하지만 그것은 **과학적이면서 종교적인 제3의 무엇**이다. 중요한 것은, 아직 미확정적인 과학적인 것과 종교적인 것 사이, 그러니까 **대립자들 사이의 관계적 변신이 일어날 수 있는 창조적 놀이 공간의 생성**이다. 여기서 허구, 실험, 언어는 모두 궁극적으로 창조성과 연관된 것이다. 예술적 허구, 예술적 실험, 예술적 언어는 이미 발생한 사건의 결과로서 고정된 사실적 현실에 붙잡혀 있는 **재현적인 것**에 만족할 수 없기에 끊임없이 요구될 수밖에 없는 **창조적인 것**이다. 그렇기에 문학의 언어는, 일차적으로, **외연적 지시대상을 가리키는 재현적 언어**가 아니라, **내포적 의미를 "개시(開示)"(p. 34)하는 창조적 언**

어가 되고자 한다. 그리고 그렇게 이해된 언어를 통해서 극복될 수 있는 것은 **사유, 언어, 존재의 분리**다. 즉 가령 '나무'라는 말, 생각, 나무 자체가 따로 외연적으로 분리된 채로 있는 것이 아니라, '나무'의 내포적 의미를 개시하고자 하는 문학의 창조적인 언어에서 그 셋의 분리가 극복될 수 있다. 그래서 '나무'는 언어이면서 동시에 사유이면서 동시에 존재다. 이것은 언어를 사유와 존재로 환원하는 것도 아니며, 사유와 존재를 언어로 환원하는 것도 아니다. 언어와 사유와 존재가 본질적인 관계성 속에서 본래적으로 구별될 수 있어야 한다는 뜻이다. 여기서 언어는 사유와 존재를 **매개하면서 육화된 몸**이다. 그렇기에 조하형의 소설 속 '나무'는 단지 말뿐인 것이 아닌 것이 될 수 있고, 또한 기의와 분리되어 기의를 재현하는 기표 같은 것이 아니게 될 수 있다. 중요한 것은 어떤 것을 그것이 속한 구체적인 맥락 혹은 콘텍스트에서 분리시켜 추상적이고 공허한 실체적 대상으로 다루지 않는 일이다. 조하형의 소설 속 '나무'는 그러한 분리 속에 감추어져 있는 구체적인 맥락을 통해서 나타날 수 있는 나무일 것이다. 주객의 분리를 극복하고자 한다는 것에는 수없이 많은 분리 역시 극복해야 한다는 요청이 있다. 조하형의 소설이 말하는 것은 그러한 **분리 일반의 극복에 대한 요청**이며, 그것은 이 글에서 밝히지 못한 **윤리적 요청**이기도 하다.

[2016]

나무를 찾아서[1]

원형에 대한 꿈을 상실할 때 삶은 한 비평가의 표현을 빌면 짐승스럽고 더럽고 치사한 어떤 것이 된다.[2]

문학 비평이 거의 아무런 망설임도 없이 소위 "현실주의"와 손을 잡아 왔으며, 모든 이상화의 시도에 불안해한다는 사실은 충격적이지 않은가?[3]

1. 상상할 수 없음

우리는 자신의 가공할 위력을 아주 짧은 시간 동안 폭발적으로 소비하는 사냥 본능을 지양한 채 놀랍도록 끈질긴 지구력을 보여주면서 지속적으로 농사일에 참여하고 있는 '자연적 사자'를 본 적이 없을 것이다. 비행기처럼 이륙하는 '소'를 본 적도 없으며, 반추동물인 양 되새김질하며 무언가를 충분히 반성하고 있는 '독수리'를 본 적도 없다. 그렇

---

1   이 글은 『쓺—문학의 이름으로』 2020년 상권의 특집('문학적 상상력의 현단계')에 실렸던 졸고다.

2   김현, 「책읽기의 괴로움」, 『책읽기의 괴로움/살아 있는 시들』, 문학과지성사, 1992, p. 232.

3   가스통 바슐라르, 『공기와 꿈』, 정영란 옮김, 이학사, 2000, pp. 229~30.

다면 뿌리(혹은 머리)를 아래로 향하며 굳건하게 수직으로 서 있는 '나무'처럼, 물구나무서서 성장하는 '인간'(달리 말해서, 생식기관을 포함해 사지가 위로 향하며 자라는 인간)을 본 적이 있는가? 혹은 죽어 있는 검은 나무의 가지에서 피처럼 붉게 피어오르는 장미꽃 같은 것을 본 적은 있는가?

사자는 소 혹은 가축이 아니며, 소는 비행기 혹은 하늘을 나는 기계가 아니고(물론 소라는 동물이 비행의 기능을 갖는 기계는 아니더라도 어쨌든 '자연발생적이면서 길들여질 수 있는 기계'라는 생각, 다시 말해서 '상상을 초월하거나 상상도 할 수 없을 것 같은 기계론적-유물론적-진화론의 생각'이 흔하게 나타나기도 하지만), 독수리는 반추동물이 아니며, 인간은 나무 혹은 식물이 아니다. 그럼에도, '감각'한 적도 없는 혼란스러운 이미지들을 '상상'하는 일이 가능하다. 하지만 가능하다면 무엇이든 다 상상할 수 있는가? 혹은 상상해도 되는가?

가령 '상상도 할 수 없다'는 표현 속에는 '불가능하다'의 의미보다는 '가능하지만 허용(혹은 실현)될 수 없다(혹은 되어선 안 된다)'는 의미가 함축되는 경우가 있다. 다른 한편으로, '상상을 초월한다'는 표현에는 '정말 상상할 수조차 없음'이라는 '상상 불가능성'의 의미가 내포되어 있다. 여기서 상상할 수 있음과 없음 사이, 즉 다르게 말해서, 그것의 존재와 비-존재 사이, 혹은 '~임'과 '~이 아님' 사이, 혹은 그것의 가능성과 불가능성 사이에는 우리가 잘 의식하지 못하는 어떤 복합적으로 대립적인 긴장 관계, 말하자면 의식적-무의식적인 양극적 힘들이 작용하고 있는 듯하다. 그러한 양극성을 갖는 힘들을 모호하게라도 의식하면서, 다시 한번 약간의 상상적 실험에 관한 질문을 던져보자.

눈처럼 엄밀한 결정구조를 가진 개별적 형태를 띠고 위에서 아래로, 즉 중력의 방향으로 하강하며 불타 내리는 차가운 불 송이들을 상상할 수 있는가? 반대로, 화산 폭발에서처럼, 아래에서 위로(비-중력의 방향으로) 솟구쳐 오르는 무정형의 뜨거운 눈을 상상할 수 있는가? 혹은 바위처럼 꿈쩍도 않는 구름이나 바람을 상상해도 되는가? (그것이 과연 상상인가?) 혹은 차갑고 축축한 불, 혹은 뜨겁고 건조한 물을 상상할 수 있는가? 그런데 이때 우리는, 그러한 상상을 할 수 있건 없건, 해도 되건 안 되건 간에, '감각'할 수도 '기억'할 수도 '추론'할 수도 없는 일들을 마치 '현실적(실재적)'으로 '생각'할 수 있기라도 하다는 듯이 '말'하고 있는 것 같다. 그리고 만약 사정이 그렇다면, 우리는 진정한 상상력에 조금이라도 접근해보려는 일을 방해하고 있을지도 모르는 '사유와 언어'(생각과 말)의 특정한 현대적 경향성의 문제를 그냥 묻어둘 수 없다.

2. 유명론적 사유와 기호론적 언어

우리는 처음에 '사자'에 대해 생각하면서 말했다. 하지만 이때 '사자'란 어떤 사자를 의미하는가? 뒤죽박죽의 덩어리로 된 질문을 의도적으로 던지자면, 마치 지금 온몸으로 감각하며 느끼고 있기라도 한 것 같은 '바로 이 사자'인가, 과거에 동물원이나 초원이나 TV에서 감각했다가 기억하고 있는 그때 그 사자인가, 미래의 그 언젠가 마주치게 될 지도 모를 존재로서 상상하는 미지의 사자인가, 아니면 특정될 수 있는 개체적 사자들의 집합인가, 자연선택 혹은 적자생존을 통해 진화한 개체군population으로서의 사자, 그러니까 멸종하여 사라져도 하나도 이상할 게 없는 일시적이고 가변적이기만 한 사자인가, 혹은 불특정 다수로부터 추출한 추상적 개념으로서의 사자인가, 혹은 어떤 집단 무의식적 동물-영혼, 혹은 보편적인 원형이나 유형인가, 혹은 황도대의 열두 별자리에 속하는 '사자'인가(그래서 태양이 거기서 그 영향력을 강력

하게 행사하며 불 혹은 담즙질의 외향성을 띠는 '사자자리'적 인간인가),
혹은 어떤 우화나 동화나 그림이나 소설 속의 사자인가, 혹은 역사 속
의 사자왕인가, 혹은 보통의 누런 황금색 혹은 황토색의 사자인가, 아
니면 태양을 삼키고 있는 초록색의 사자인가, 무섭게 사나운 사자인가,
친근하거나 지루하게 온화한 사자인가, 혹은 중세의 신학과 예술에서
나타나듯 복음서 저자 중 한 명을 상징하는 사자인가, 혹은 '세계'라는
이름의 타로 그림의 네 모서리 중 한 곳에 나타난 사자인가, 아니면 지
금까지 언급한 사자와 아직도 더 언급될 수 있는 사자 전체거나 무한
한 사자인가, 아니면 그저 기표, 혹은 청각 영상으로서의 사자거나 그
러한 기표와 그것의 기의 혹은 개념이 결합한 자의적 기호로서의 사자
인가?

만일 우리가 여기서 지금까지 언급했고, 더 언급할 수도 있을 다양
한 사자의 존재 방식이나 '형태(형상)들(보임새eidos, form)'이 그 모든
다양한 여럿의 형태들을 '전체적 하나'로 관통할 수 있는 '관념idea'으
로서의 '사자 자체' 혹은 '사자의 이데아idea' 혹은 '원형적 사자'와 연관
된다고 말한다면, 그때 우리는 웃음거리로 전락하거나 냉소적 비판에
직면할 가능성이 매우 높다. 왜냐하면 '근현대적 인간의 개인적인 성인
-의식'은 기본적으로 '유명론적 태도' 속에 있기 때문이다. 즉 '사자'라
는 보통명사 혹은 '보편자universal'는 그 어떤 구체적-현실적(실재적)
존재성도 없는 '추상적 정신의 개념'이며, 외부적 자연이나 실재적 세
계의 존재들과의 본질적이거나 본성적인 관계성이 없는 '명칭' 혹은 '소
리' 혹은 '기표'다. 존재한다고 생각될 수 있는 사자는 일차적으로 물리
적 감각과 지성적 추론(가설적 추론)에 의해 도출된 물리학적 법칙에
지배당하는 생물학적 의식에 의해 이해될 수 있는 개체(군)적 사자들
일 뿐이고, 그런데 이때 '사자'라는 '언어-기호'는 가령 자연 세계에서
감각적으로 관찰될 수 있는 그러한 개체적 사자들과는 거의 아무런 상

관이 없고, 감각될 수 없을 뿐만 아니라 생각될 수도 없는 것처럼 보이는 '보편적인 사자 자체의 관념'과는 더욱더 상관이 없다. 그러므로 우리가 강조하고 싶은 점은 다음과 같다.

　──'사자'에 대해 유명론적으로 생각하고 기호론적으로 말하는 우리는, 사실상, 그러한 생각과 말의 경향성 속에 고질적으로 고착되어 있는 한에서, 물리적 뇌와 결합되어 있는 개체적 자아의식을 떠나면 그 어디에도 존재할 수 없는 '사자', 다시 말해서 자연적-정신적 세계의 구체적이고 실재적인 존재와의 본질적 관계성을 상실한 '개념적 기호로서의 사자'만을 생각하고 말할 수 있다.

　그리고 이에 뒤따르는 우리의 핵심적인 질문은 이렇다.

　──개체적 고유성, 차이, 변이 등을 근본적인 것으로 보면서 '유형'이나 '원형'이나 '본질'이나 '보편' 등의 '관념'을 평가절하하는 지배적인 근현대적 사유와 언어의 태도들, 다시 말해서, 이것이 중요한데, '추상적인 개념적 기호로서의 사자만을 생각하며 말할 수 있으면서도 자신이 구체적인 자연적-정신적 세계의 경험에 대해 생각하며 말하고 있다고 착각하는 반-플라톤주의적이고 유명론적인 개체-의식의 태도들'은 사실 역설적으로 '자립적인 상상적 사유와 상징적 언어의 가능성'을 제대로 보여주고 있지 않은가? 즉 우리가 끊임없이 생각을 감각으로, 말을 사물로 대체하지 않으면서도 한 개체적 의식을 통해서 어떤 구체적인 자연적-정신적 사유와 언어 자체의 현실에 이르고자 한다면, 그때 사유는 '상상적'이 될 수밖에 없고, 언어는 '상징적'이 될 수밖에 없지 않은가? 그리고 그때 보편적이거나 원형적인 관념은 한 개체적 의식의 변형을 통해 어떤 창조적이고 역동적인 자연적-정신적 경험 속에서 다시 다르게 출현할 수도 있지 않을까?

3. 상징적 '나무'

소쉬르는 '언어-기호'를 기표와 기의의 '자의적 연합'으로 규정하기 위해 어딘가 부자연스럽게 자연스러운 '나무arbor'를 예로 들었었다. 그때 그려진 '나무-그림'의 존재 방식이 어떠하건 간에(우리는 지금 앞에서 '사자'에 대해서 던진 뒤죽박죽의 덩어리로 된 질문을 '소쉬르의 나무'에 대해서도 유사하게 퍼붓고 싶은 심정이지만 참고 있다), 소쉬르는 그 애매모호한 '나무'가 '다른 어떤 것도 아닌 완전히 자의적인 기호'로만 남아 있기를 원했다. 그리고 사실 그가 그렇게 '기호의 자의성'을 원했던(!) 이유는, 아래의 인용문에서도 명백히 드러나듯이, '자연과 아무 관계도 없는 과학적(학문적) 이론 체계의 정립' 때문이었으며, 따라서 '소쉬르의 나무'는 **비-자연적인 과학적 지식의 나무**라고 불러도 좋을 것이다(또한 만일 이때 '과학'이라는 말 자체가 그러한 '비-자연적 지식'을 의미한다면, 결국 '정신과학'이나 '인문과학'이나 '인간과학'이나 '문화과학'뿐만 아니라 '자연과학'까지도 역설적으로 '자연에 대한 비-자연적 지식' 혹은 '자연과 모순적 대립 속에 있는 지식' 혹은 '자연과의 본질적 관계성을 상실한 지식'이 될 수 있다). 이와 관련하여, 소쉬르의 말을 들어보자.

> 기호학이 하나의 학문으로 정립되는 날, 기호학은 순전히 자연적인 기호들에 의존하는 표현 양식들——무언극과 같은——이 과연 당연히 기호학의 분야인가 하는 점을 자문하게 될 것이다. 설령 기호학이 그러한 표현들을 자신의 분야로 취한다 할지라도, 기호학의 주된 대상은 여전히 기호의 자의성에 입각한 각종 체계의 총체일 것이다. 〔……〕 따라서 완전히 자의적인 기호들이야말로 다른 기호들보다 기호학적 방식의 이상을 더 잘 실현하며, 바로 이러한 연유로 표현 체계 중 가장 복잡하고 가장 널리 보급된 언어는 모든 체

계 중에서 가장 특징적인 것이다. 이러한 의미에서, 비록 언어는 하나의 특수한 체계에 불과하지만, 언어학은 기호학 전반의 일반적 모형이 될 수 있다.

언어기호, 좀 더 정확히 말하자면 우리가 기표라고 부르는 것을 지칭하는 데 상징이라는 낱말이 쓰여왔다. 이것은 인정하기 곤란한데, 그 이유는 바로 우리가 규정한 제1원칙 때문이다. **상징은 결코 완전히 자의적이지는 않다는 점을 그 특성으로 한다. 즉 상징은 비어 있지 않은바, 기표와 기의 간에 얼마간의 자연적 결합이 있다.**[4]
(강조는 인용자)

여기서 소쉬르가 "기호"와 "상징"을 대립시키면서 "언어"를 후자로 지칭할 수 없다고 말하는 이유는 분명하다. 즉 "**상징**"에는 "**자연적**"인 측면이 있는 데 반해, "**기호**"는 전혀 자연적이지 않고 "**완전히 자의적**"이며, 특히 언어야말로 바로 그러한 기호라는 것이다. 여기서 소쉬르는 '**자의적**'이라는 말을 자연과 양립 불가능한 모순적 대립을 나타내는 '**비-자연적**'이라는 의미로 사용하고 있다. 또한 특히 소쉬르가 "언어기호에 내포된 두 요소는 모두 정신적이며, 우리들의 뇌 속에서 연합 관계에 의해 결합되어 있다"[5]고 말하거나 "언어기호는 양면을 지닌 일종의 정신적 실체"[6]라고 말할 때, 언어기호의 자의성은 '**언어기호의 정신성("뇌 속"의 자의적 정신성?)**'이 되며, 그때 "정신적"이라는 말은 '비-자연적'임을 의미한다.

단적으로 말해서, 소쉬르의 '언어기호 이론'은 '자연과 정신의 이분

---

4   페르디낭 드 소쉬르, 『일반언어학 강의』, 최승언 옮김, 민음사, 2006, p. 95.

5   페르디낭 드 소쉬르, 같은 책, p. 92.

6   페르디낭 드 소쉬르, 같은 책, p. 93.

법'에 근거하고 있다. 그리고 그것이 현대인의 '일상적 의식'과 그와 연결되어 있는 이른바 '과학적 의식'이 처해 있는 '(비-)현실'이다. 우리는 자연과 정신을 '종합'할 '의지'를 억압하고 있으며(혹은 그저 어떤 종합이든 '종합 자체'를 '부정'하거나 '비판'하거나 '반대'하며), 그저 밑도 끝도 없이 자연은 정신이 아니며 정신도 자연이 아니라고 말하거나, 혹은 (근현대의 유명론적인 개체적 자아의식을 가질 수 있게 되었다는 바로 그 이유로 인해) 자연과 분리된 의식 상태에서 '정신을 포함한 모든 것이 자연의 산물'이라고 말하거나, 심지어 역으로, 결국은 동일한 문제 상황으로부터 나오는 다른 반응이지만, '자연은 없다'고 환원적으로 말한다. 그렇게 우리는 '자연의 정신'에서도 '정신의 자연'에서도 멀리 떨어져 있다. 하지만 '자연적 나무'와 아무 상관 없는 '정신적 나무' 혹은 '뇌 속의 자의적 나무'란 도대체 어떤 나무인가? 역으로 묻자면, '정신적 나무'와 아무 상관 없는 '자연적 나무'는 도대체 어떤 나무인가? 그것을 그것과의 본질적 관계성 속에서 그것으로서 경험하고 사유하고 언어화하는 존재 없이도 그것이 '나무'가 될 수 있는가?

우리는 '바벨탑의 신화(?)'에 대해서 들어본 적이 있다. 소쉬르의 언어기호 이론은 '바벨 이후의 언어 형태'에 대한 정직한 이론이다. 모든 사람이 나무를 '나무'라 하지 않고 어떤 사람들은 'tree'라고 하고 다른 사람들은 'Baum'이라고 알아듣기 어려운 말을 하는 것을 보면, 확실히 우리의 유명론적인 의식에 나타나는 언어는 '자연적 상징'이 아니라 '자의적, 인위적, 제도적, 인공적 정신(뇌)의 사회적 기호(혹은 규약)'처럼 보인다. 이때 '언어'는 '자연언어natural language'가 아니라 마치 기호논리학이나 컴퓨터 프로그래밍이나 인공지능 등에서 다루는 '인공언어 artificial language'처럼 나타난다.

여기서 우리는 성인의 습관적인 고정적, 결과적 의식에 나타나는 세계의 다양한 언어들이 분명 압도적으로 그러한 경향성을 보여줌에도 불구하고 그럼에도 아이의 유동적, 발생-과정적 의식에 나타나는 언어는 '자연언어'적이며 '상징'적인 특성을 가질 수 있다는 점을 보여줄 수 있는 여유가 없다. 그렇기에 우리는 일단 언어를 자의적 기호만이 아니라 자연적 상징으로도 이해하고 있는 한 철학자의 사례를 드는 것으로 만족하고자 한다(물론 여기서 '상징'은 '소쉬르의 기호'와는 달리 자연과 정신의 이분법 속에서 규정될 수 없으며, 상징은 자연과 정신을 매개하며, 그러므로 '상징은 자연적이면서 동시에 정신적인 현상'이다). 가령 화이트헤드는 언어에 대해 이렇게 말한다.

> 어떤 의미에서 인위적인 것임에도, 우리에게 필수불가결한 보다 뿌리 깊은 유형의 상징활동들이 있다. 문어든 구어든 언어가 바로 그런 것이다. 낱말의 단순한 소리이든 종이에 표기된 그것의 모양이든 다를 바 없다. 낱말은 하나의 상징이며, 그것의 의미는 듣는 이의 마음에 그것이 불러일으키는 관념, 이미지, 감정 등으로 이루어진다.[7]

언어에 대한 화이트헤드의 이러한 규정은 얼핏 보기에 소쉬르의 이론에 비해 엄밀하지도 않을뿐더러 매우 소박하고 상식common sense적인 경험에 기초한 주장처럼 보인다. 그런데 문어(글)와 구어(말)의 '차이'를 '상징과 의미'를 통해 지양시키고 있음을 볼 때, 화이트헤드는 그 차이가 지나치게 극단적으로 강조되며 서로 대립되는 것처럼 보이는 소쉬르(말, 음성)와 데리다(글, 문자) 둘 모두와 다르다. 상징을 소유한 자는 이행이 쉽다고 했던가! 그런데 이때 '상징적 이행'은 서로 다른 것들, 혹은 차원들 사이의 '경계'를 '부정적, 해체적'으로 넘어가지 않고

---

7   앨프리드 노스 화이트헤드, 『상징활동──그 의미와 효과』, 문창옥 옮김, 동과서, 2003, pp. 11~12.

'긍정적, 건설적'으로 넘어간다. 그리고 상징활동의 그러한 '마술적 이행'의 '비밀'은 아마도 그 활동이 가장 포괄적인 의미에서의 '경험'에 기초하고 있다는 것에서 찾을 수 있을 것이다.

'경험(미완결의 지속적 과정으로서의 경험, 심지어 단절과 완결의 경험까지도 포함한 미완의 지속적 경험)'이란 어떤 궁극적 사태다. 따라서, **'언어나 텍스트 바깥에는 아무것도 없다'가 아니라, '경험 바깥에는 아무것도 없다'이다!** 정도나 강도나 중요성의 차이가 있지만, 모든 것은 경험이며 경험이 아닌 것은 없다(그렇기에 심지어 '무'가 가능하다면 그것조차도 '무에 대한 경험'이며, '죽음'조차도 '죽음에 대한 경험'이며, '무경험'조차도 결여적 양태의 경험에 그치는 것만이 아니라 어떤 긍정적인 경험일 수 있으며, '간접적 경험'이나 '언어의 경험'이나 '텍스트의 경험'이나 '상상의 경험'이나 '관념이나 관념적 이미지의 경험'도 어쨌든 '경험'이다). 여기서 강조되어야 할 점은 '비–자연적'으로 나타나는 '나무'라는 낱말과 '자연적'으로 나타나는 나무들을 상호 배제하면서 분리하는 데 그치는 것이 아니라 그것들을 '상징의 경험' 속에서 다시 종합할 수 있다는 것이며, 그때 자연(의 나무)과 정신(의 나무)은 구별되면서도 상호 간의 자유로운 이행이 가능해진다는 것이다.[8] 화이트헤드가 '언어–상징'에

---

8 여기서 어느 정도의 '전망적 비약'을 위하여, 상징에 대한 융의 설명을 참조하는 것이 좋을 것 같다. "상징은 이종(異種)의, 바로 비교할 수 없는 요소들을 하나의 상 속에 종합할 수 있는 커다란 장점을 가지고 있다. 연금술의 쇠퇴로 말미암아 정신과 물질의 상징적 통일성은 무너지고, 그 결과 현대인들은 자기 뿌리를 상실한 채 혼이 빠져나간 자연에 낯설게 서 있는 것이다.
연금술은 대극의 합일을 나무의 상징에서 보았다. 그러므로 자기의 세계에서 더 이상 편안하지 못하며, 자신의 존재 근거를 현재에서도, 과거에서도, 또한 아직 오지 않은 미래에서도 찾지 못하고 있는 현대인의 무의식이, 세계에 뿌리박고 하늘 꼭대기를 향해 자라는 인간을 의미하는 세계수(世界樹)의 상징을 다시 붙잡으려 한다는 것은 그리 놀랄 일이 아니다. 상징의 역사는 나무가 불변의 영원한 존재로의 길이며 성장임을 묘사하고 있다"(C. G. 융, 『원형과 무의식』, 한국융연구원 C. G. 융 저작 번역위원회 옮김, 솔출판사, 2002, p. 236). "상징이란 그 기능적 의미로는, 더 이상 뒤로 되돌아가게 하는 것이 아니며 앞으로 아직 도달하지 못한 목표를 향한다"(C. G. 융, 같은 책, p. 265).

대해서 말할 때의 핵심은 '자연과 정신의 이분법에 갇혀 있을 수 없는 경험'이다.

> [……] 왜 우리는 구어이든 문어이든 '나무'라는 낱말이 나무들의 상징이라고 말하는가? 그 낱말 자체와 나무들 자체는 다 같은 조건으로 우리의 경험 속에 들어온다.[9]

"우리의 경험"에 호소하는 화이트헤드에 의하면, '나무'라는 낱말이 나무들의 상징일 뿐만 아니라 나무들이 '나무'라는 낱말의 상징이기도 하다(그러한 이중적 연관을 설명하면서 화이트헤드는 숲속에서 시 창작을 하는 시인의 경험을 예로 들고 있지만, 우리는 나무들 앞에서 '나무'라는 말을 처음 경험하는 아이의 발생적 경험을 떠올려도 될 것 같다). '상징의 경험'에 호소하는 일은 자연과 정신, 세계와 나, 객관과 주관, 비-언어와 언어, 문자언어와 음성언어 등의 사이에 놓인 자의적인 경계선들을 넘어가자는 뜻이다. 그러므로 언어를 자의적 기호에서 '자연적-정신적 상징의 경험'으로 옮겨놓을 필요가 있다.

시험 삼아 말해보자면, 우리는 고대의 상형문자에서 좀더 분명하게 자연적 상징성을 느낄 수 있다. 이를테면 '大'라는 상형문자는 인간(물리적 신체를 가진 자연적 인간)이 그야말로 '큰 대 자'로 누워 있는 자연적 형태라고 대개 말한다. 하지만 이러한 일상적 해석은 상징이 자연적-정신적 우주의 배경 속에서 작용하고 있는 힘을 가질 수 있다는 것을 망각한 해석이다. 그렇기에 차라리 어떤 허구적인 역사적 필연성이나 실증성을 건너뛰어 '大'를 레오나르도 다빈치의 인체 비례도 혹은 '비트루비우스적 인간' 이미지와 연관시킬 수 있다. 그때 '大'는 '木'과

---

9   앨프리드 노스 화이트헤드, 같은 책, p. 25.

겹쳐지는 형태로 대우주의 압축판인 소우주적 인간-나무(십자가)의 이미지로 나타날 수 있으며, 오각형의 별(☆)과 육각형의 별(✡) 사이에서 진동하는 어떤 우주적 관념의 이미지로 나타날 수도 있다. 다른 예를 들자면, 가령 알파벳 대문자 'Y'는 나무의 이미지이면서 사람이 하늘을 향하고 있는 이미지로도 나타난다. 물론 이것은 시험적 연습일 뿐이며, 또한 사실 단순히 비-과학적 직관이라고 무시해버릴 수 없는 상징적 음성학이나 문자학이나 어원학이 존재하지만, 아무튼 이를 통해 말하고 싶은 바는 다음과 같다.

— **'상징적 나무'는 '상상적 나무'를 부른다.**

4. 상상적 나무

상상적 나무란 어떤 나무인가? 상상력이란 무엇인가? 우리는 이 두 질문이 본질적으로 연관될 수 있다는 것을 보여주는 모범적 사례를 들고자 한다. 우리는 지금 바슐라르를 생각하고 있다. 사실 상상력에 대해 말하면서 그를 결코 무시할 수는 없을 것이다. 비록 우리가 베르그송의 '지속'에 반대하여 '순간'을 강조하면서 '연속성'보다 '단절'을 더욱 근원적인 것으로 본 그의 '원자론적 시간관'에 찬성하지 않는다 하더라도, 또한 지속적으로 '코페르니쿠스적 혁명'을 비롯한 '과학혁명의 모델'에 지배당하면서[10] 그로부터 어떤 불만족스러운 '구성주의적 지식

---

10 물론 바슐라르는 다른 맥락에서 '코페르니쿠스적 혁명'에 거리를 두는 발언을 하고 있기도 하다. "그런데 어떻게 성인들은 자신들이 잃어버린 세계를 우리에게 보여줄 수 있단 말인가!/그들은 알고 있고, 자신들이 알고 있다고 생각하며, 자신들이 ……을 알고 있다고 말한다. **그들은 어린 아이에게 지구가 둥글고 태양의 주위를 돈다는 것을 입증한다. 몽상하는 가련한 어린이여, 귀를 기울여서는 안 된다!**"(가스통 바슐라르, 『몽상의 시학』, 김웅권 옮김, 동문선, 2007, p. 163, 강조는 인용자). 바슐라르의 이러한 조언을 우리는 긍정하며 받아들인다. 하지만 '과학혁명'에

이론'을 이끌어낸 그의 과학-철학적 인식론에 찬성하지 않는다 하더라도, 또한 그러한 자연과학적-철학적 이론이 그의 문학적 상상력 이론에 어떤 부정적인 영향력을 미치고 있다고 느껴진다 하더라도, 그리고 '형태적 상상력'과 '물질적 상상력'을 대립시키며 후자의 우위를 주장하면서 보여준 '형태와 물질의 이분법', 달리 말해서 '형상과 질료나 형식과 내용의 이분법'에 동의할 수 없다고 하더라도, 우리는 '상상력 혹은 상상적 나무'에 대한 바슐라르의 다음과 같은 확신에 찬 말을 긍정하고 싶다.

> 우리는 정말이지 통합력을 가진 오브제들이, 즉 우리로 하여금 이미지들을 통합하는 데 도움을 주는 오브제들이 존재함을 믿는다. 우리가 보기에 바로 나무야말로 그런 **통합적 오브제**인 셈이다. 나무는 정말이지 예술 작품이다. (……) 나무처럼 살기를! 나무는 그 얼마나 놀랍게 성장하는지! 나무는 그 얼마나 깊은지! 그 얼마나 바른지! 그 얼마나 놀라운 진리인지! 그런 가운데 우리 안에서 뿌리가 스물거리는 것을 느끼고, 과거는 죽지 않았다는 것을 느끼며, 오늘 우리는 우리 어둠에 잠긴 삶, 우리 지하의 삶, 우리 고독의 삶, 그리고 우리 대기적 삶 속에서도 무언가 해야 할 일이 있음을 느낀다. 나무는 동시에 도처에 있다. 오래된 뿌리는──상상력 속에서는

의하여 조작된 우리의 의식은 그러한 조언을 전적으로 부정하며 거부하며, 과학혁명의 주장들은 거의 일반적으로 확정적인 진리 같은 것이 되어가고 있는데, 가령 들뢰즈와 가타리의 책에는 다음과 같은 문장이 있다. "〈해가 뜬다〉고들 말하지만, 그건 사람들의 어법일 뿐이라는 걸 누구나 알고 있으니까"(질 들뢰즈·펠릭스 가타리, 『천 개의 고원』, 김재인 옮김, 새물결, 2001, p. 11). 어법에 불과하다고? 누구나 알고 있다고? 결코 아니다! 그 "어법"은 우리의 '구체적인 경험'에 뿌리박고 있다. 해가 뜨거나 해가 지는 현상은 우리 존재의 가장 깊은 곳까지 침투해 들어와 있는 경이로운 전율적 경험, 원형적이거나 원-현상적인 경험이다. 그러한 경험은 얼마나 정확하고 유용한 추상적 이론이든 간에 그 경험을 배반하는 이론의 경험에 의해 무시될 수 없다. 오직 '조작적 과학혁명'에 의해 구체적인 경험으로부터 분리되어 뿌리 뽑힌 '조작적 의식'만이 '해가 뜬다'는 것을 무시하는 '조작적 경험주의자'가 될 수 있다. 물론 우리는 이러한 반박을 단지 '소박한naive 실재론적인 경험주의자'의 입장에서 하고 있는 것만은 아니다.

젊은 뿌리는 없다―새로운 꽃을 피울 것이다. 상상력은 나무이다. 상상력은 나무가 가진 통합적 덕목을 가지고 있다. 상상력은 뿌리이자 가지이다. 상상력은 대지와 하늘 사이에서 산다. 상상력은 대지 속에 그리고 바람 속에 산다. 상상된 나무는 알지도 못하는 사이 어느덧 우주의 나무가 된다. 한 우주를 한 몸에 압축하고 또 한 우주를 이루는 그런 나무가 된다.[11]

우리는 이 문장들에서 바슐라르의 상상력에 관한 사유와 말의 정수를 읽었다고 느낀다. 여기서 우리는 생동감에 찬 종합적인 상상적 사유의 긍정적 현실성을 예감한다. 우리는 바슐라르가 게자리(즉 '♋')[12]적 인간, 이를테면 '껍질-집-몸' 안의 '내밀성의 공간'을 천성적으로 좋아하거나 외부로부터 포근하게 감싸인 '행복한 물질성의 이미지'에 푹 빠져 있었는지 확신하지 못하며, 그래서 그가 흙, 혹은 우울질에 친화적인 물, 혹은 점액질의 기질을 가졌었는지도 잘 모르겠다. 여하튼, 우리의 무지를 무릅쓰고 말하건대, 바슐라르는, 물질과 정신의 대립적 운동(혹은 소위 '변증법') 속에서, 불에서 시작하여 물, 공기를 거쳐 가장 유물론적인 원소라고도 일단 말할 수 있을 대지(흙)에 관한 상상력에 이르러 우리가 가장 공감할 수 있을 종합적인 상상적 사유를 보여주었다. 바슐라르가 '상상(력)'과 '사유'를 대립시켰다거나 다른 여러 곳에서 상상적 나무의 여러 다른 이미지에 대해 말했다는 것은 지금 우리에게 중요하지 않다. 바슐라르는 여기서 확고한 '생의 의지'와 함께 자유롭

---

11 가스통 바슐라르, 『대지 그리고 휴식의 몽상』, 정영란 옮김, 문학동네, 2002, pp. 329~30.

12 이 '♋'의 '상징적 형태'를 좀더 유연하게 '역동적으로 상상'하면 그것은 **'서로 대립하는 두 방향성 혹은 경향성의 흐름이 공존하는 어떤 창조적 소용돌이의 운동 속에 있는 양극적 형성력의 형태'**를 보여줄 수 있다. 물론 우리는 여기서 성적인 것에 눈뜬 사춘기 소년들이 상상하곤 했던 '69' 같은 것을 상상할 필요는 없을 것 같다.

게 '생각'하며 어떤 경이의 '느낌' 속에서 온 우주의 형성력을 잠재적으로 응축하고 있는 것 같은 우주나무의 씨앗과 같은 형태로 '말'하고 있다. **"상상력은 나무이다"라고!**

상상력은 나무다.[13] 우리가 이 말을 '상상력=나무'라는 동일성 문장으로 읽지는 않겠지만, 여하튼 상상력은 나무와 유사하거나 유비적인 내포적 의미를 갖는다. 우리는 그렇게 이해하면서 '나무'라는 보통명사(혹은 보편자, 보편적 관념)의 문제와 다시 마주치게 된다. 하지만 이제는 우리가 '나무'에 대해 오직 유명론적으로만 사유하면서 말할 수 없다는 것은 어느 정도 분명해진 것 같다. 그리고 바슐라르가 **"우주의 나무"**라는 표현을 사용하고, 또한 **"총체적 나무의 이미지"**나 **"나무의 플라톤적 이데아의 이미지"**와 같은 표현을 사용하는 것에서도 알 수 있듯이,[14] 우리는 '나무'란 여하튼 어떤 '나무 자체' 혹은 '나무의 원형' 혹은 '나무의 원형적 관념' 혹은 '나무의 원형적 이미지'와의 본질적 관계성 속에 있는 존재라고 생각하며 말할 수밖에 없다. 물론 "상상력" 또

---

13 그런데 바슐라르의 이 문장은 '이미지'이기도 하지만 '은유'가 아닌가? 그리고 바슐라르는 다른 곳에서 '이미지'와 '은유'를 대립시키면서 은유를 부당하게 평가절하하지 않았던가? 만일 우리가 여기서 지리멸렬할 정도로 과도한 대립적 구분들 혹은 비-관계적 분류들을 행하는 분석적 지성 일반의 자기모순성에 대해 말한다면, 그것은 단지 우리의 분석적이지 못한 무지를 드러내는 일에 불과할지도 모른다. 여하튼, 호프스태터가 유추적 사고에 대한 책에서도 잠깐 언급했듯이, 바슐라르는 은유를 비판하고 있는 자신의 그 문장 자체에서도 스스로 은유를 사용하는 자기모순 속에 있는 것처럼도 보인다. **하지만 우리가 보기에 '상상력'과 '사유'를 대립시킬 필요가 없듯이 '이미지'와 '은유'를 대립시킬 필요도 없는데, 왜냐하면 '상상적 사유-이미지적 존재-은유적 언어'는 모두 '존재의 유비 혹은 유비적 관계성'을 통해 본질적으로 함께 속한다는 것이 우리의 믿음이기 때문이다!** 이런 맥락에서, 가령, 비록 우주론적 사변의 언어에 대한 것이지만, 화이트헤드의 다음과 같은 말은 공감할 만하다. "낱말과 구(句)는 일상적인 용법과는 관계가 없는 일반성으로까지 확대해서 사용하지 않으면 안 된다. 그리고 아무리 언어의 이러한 요소들이 전문 용어로서 고정된다고 하더라도 그것은 여전히 암암리에 **상상적 비약에 호소하는 은유(隱喩)인 것이다**"(앨프리드 노스 화이트헤드, 『과정과 실재』, 오영환 옮김, 민음사, 2003, p. 53, 강조는 인용자).

14 가스통 바슐라르, 같은 책, p. 343, 강조는 인용자.

한 그렇다. 여기서 '상상적 나무'는 '추상적인 지성의 나무'에 한정될 수 없으며, 혹은 '서로 다른 시간들과 공간들 속에서 다양한 방식으로 감각되거나 관찰되는 이러저러한 종적, 개체적 나무'에도 한정될 수 없고, 오히려 그 모든 자연적-정신적 나무들의 개념들, 이미지들, 존재들을 가능하게 하며 그 속에서 다양한 방식으로 현상하는 힘, 즉 구체적인 자연적-정신적 운동 속에 있는 형성력(생성과 변형의 과정 속에 있는 다양한 나무들의 형태들을 산출하는 능력)과 연관된 초월적 전체성 혹은 보편성(즉 추상적 일반성이 아닌 구체적 보편성)과 함께 나타난다. '상상력은 나무'라고 할 때, 그러한 상상력이란 **초월적, 창조적, 종합적 상상력**이다.

초월적 상상력…… 원형적 나무……

우리는 그것이 무엇인지 알고 있는가? 모르고 있는가? 그것에 대해 완전히 알면 그것이 무엇인지 물을 필요가 없고, 전혀 모르면 물을 수조차 없다. 그렇기에 우리는 그것에 대해 알기도 하고 모르기도 하고, 알면서 모르며 모르면서 안다. 그런데 그러한 애매모호한 인식 상태는 근대적인 수리-물리적 자연과학의 지식을 정당화하려 했던 칸트의 인식론에서도 발견된다. 칸트는 '나무의 이미지와 은유' 속에서 인간 인식의 '두 줄기'인 감성과 지성에 대해 말했으며, 또한 그렇게 분기한 두 줄기의 '공통적인 뿌리'인 상상력Einbildungskraft, 다시 말해 '우리에게 드물게만 의식되거나 잘 알려지지 않은 인간 인식력의 보편적인 뿌리'로서의 초월적 상상력에 대해 말했었는데, 하이데거는 그러한 칸트의 잠정적인 말을 다음과 같이 단호하게 해석했다.

> 초월적 상상력은 감성과 지성이라는 두 줄기들의 뿌리다. 그러한 것으로서의 초월적 상상력은 존재론적 종합의 근원적 통일을 가능케 한다. 그러나 이 뿌리는 근원적 시간에 뿌리박고 있다.[15]

"초월적 상상력"과 "존재론적 종합"과 "근원적 시간"을 근본적으로 연관시키는 하이데거의 이러한 해석은 평생 '존재와 시간'을 집요하게 사유한 자다운 해석이다. 아무튼 여기서 하이데거의 칸트 해석이 논란의 여지가 많건 적건 간에 그에 대해 다르게 해석할 생각이 없으며 "근원적 시간"이 정확히 무엇인지 따져 물을 시간도 없다. 단지 강조하고 싶은 점은 초월적 상상력과 근원적 시간을 "미지의 것"으로 해석하는 하이데거의 말이다.

> 인간의 이 근원적인, 즉 초월적 상상력에 "뿌리박고 있는" 본질 틀은 "미지의 것"이다. 칸트가 "우리에게 알려지지 않은 뿌리"에 관해 언급했을 때, 그는 이 미지의 것을 간파해야 했다. 왜냐하면 **미지의 것은 우리가 그것에 관해 전혀 모르는 그런 것이 아니라, 오히려 인식된 것 중에서 우리를 번민케 하는 것으로서 우리에게 육박해 오는 그러한 것**이기 때문이다.[16] (강조는 인용자)

초월적 상상력이나 근원적 시간은 미지의 것이지만 우리가 전혀 모르고 결코 알 수 없는 그런 미지의 것, 가령 '칸트의 물자체, 혹은 현상과 분리된 실재' 같은 것이 아니다. '존재'하지만 '인식'되거나 '사유'될 수는 없다고 이야기되는 그런 존재, 따라서 그 말을 다르게 알아듣는 사람들에게 어차피 알 수 없는 것은 존재하든 안 하든 상관없다고 얼핏 생각되기에 '무'나 '비−존재'나 마찬가지라고 이야기되는 그런 존재, 미리부터 '사유와 언어의 가능성'으로부터 배제되어버리는 그런 존재가 아니다. 그러므로 근원적 시간과 미지의 존재와 연관된 '초월적, 종

---

15   마르틴 하이데거, 『칸트와 형이상학의 문제』, 이선일 옮김, 한길사, 2001, p. 282.

16   마르틴 하이데거, 같은 책, p. 236.

합적 상상력'은 일차적으로 그 존재와 사유의 가능성이 결코 부정될 수 없는 **'미래의 가능성'**으로 나타난다. 그리고 하이데거가 『존재와 시간』에서 말했듯이, **"가능성**은 현실성보다 더 높은 차원에 있다."[17]

초월적 상상력(그리고 원형적 나무)은 그것이 과거와 현재라는 시간(심지어 영원)과 분리된 것처럼 나타날 수 있건 없건 간에 본질적으로 '미래의 시간성'을 보여주며, 또한 그것이 '비−존재'나 '무'로 나타날 수 있건 없건 간에 본질적으로 '가능성의 존재'를 보여준다. '미래의 가능성 자체로서의 초월적 상상력이나 원형적 나무의 이미지'는 마치 현실적 유용성이 없어 아무런 쓸모가 없다고 생각되는 돌, 혹은 우리의 날숨에 의해 끊임없이 버려지는 이산화탄소(하지만 살아 있는 초록의 식물적 생명력에 의해 '동화'되고 '변형'되는 이산화탄소), 혹은 그냥 자주 새까만 검정으로 나타나며 유기체의 기초가 되는 흔한 탄소, 이를테면 '산업혁명(증기기관)을 가능케 한 원동력'을 제공한 고마운 광물임에도 '환경오염'을 일으킨다고 비난받는 화석연료인 석탄, 그러니까 나무 혹은 식물의 죽음을 통한 광물적 변형 같은 것으로 나타날 수도 있지만, 연금술사들의 표현을 빌리자면, '철학자의 금(혹은 우리의 금)'이나 '철학자의 나무(혹은 우리의 나무)'가 될 수도 있는 '철학자의 돌(혹은 우리의 돌)' 같은 것으로 나타나기도 한다.

5. 상상적 사유를 향하여──유명론적 의식의 변형을 위하여

지금까지의 논의를 통해 상상적 사유에 나타날 수 있는 원형적 나무의 이미지에 주목하고자 노력했다. 그런데 그 과정에서 혹 '유명론, 혹

17　마르틴 하이데거, 『존재와 시간』, 이기상 옮김, 까치글방, 1998, p. 62.

은 차라리 근현대적인 과학적 인식의 지배적 경향성 속에 있는 개별적 자아의식'을 부정하고 있는 것 같은 인상을 주었을지도 모르겠다. 하지만 그것은 우리의 진정한 의도가 아니다. 특히 우리는 '개별자(그리고 자유)'를 전혀 부정하고 싶지 않다. 만일 부정적 비판이 불가피하다면, 우리의 비판이 향하는 곳은 '보편자의 부정'이다. 물론 개별성과 보편성 사이에서 양자택일만이 가능하다는 입장이 있을 수 있고, '개별(혹은 특수)과 보편의 관념'이 시대착오적으로 낡았거나 허구적인 개념들이라고 생각하는 입장이 있을 수 있다. 하지만 우리는 그 두 입장 모두에 동의하지 않는다. 그러한 입장들은 우리가 모두 개별성과 보편성을 동시에 보여주는 원형적 이미지들과 관계할 수 있으며 우리 자신 또한 개별적이면서 보편적인 상상적 사유의 가능성을 가질 수 있다는 것을 부정하는 것과 같다.[18]

'보편성 혹은 보편적 존재의 관념'은 결코 소멸할 수 없으며, 부정될 수 없다. 그렇기에 가령 '국민'이나 '민중'이나 '대중' 혹은 특히 '개체군 population' 등의 낱말을 아무리 유명론적(혹은 진화론적, 유물론적, 정치이론적) 방식으로 사유하면서 '특수한 자연적–사회적–환경적 체계에 대한 전략적 적응과 변화의 운동 속에 있는 다양한 개체적 차이들의 가변적 모임' 같은 의미로 사용한다 해도 거기에는 '순전히 차이 나거나 순전히 다양하기만 한 개체들의 집합이라는 개념을 넘어서는 보편적 유형의 관념'이 어떤 긴장 속에서 기이한 방식으로 변형되어 숨겨져 있다.

또한 그렇기에 가령 '세계문학'(괴테)이나 '보편문학'이라는 의미(즉

---

18 비록 충분히 만족스럽지는 않지만, 그럼에도 개별/보편의 이분법이나 그에 기초하여 이항 대립하는 항들 중의 하나를 제거하는 일에 이의를 제기하는 것처럼 보이는 사례를 제시하겠다. 가령 화이트헤드는 이렇게 말했다. "이른바 〈보편적인 것〉이란 모두, 그것은 그것 자체일 뿐 그밖의 다른 모든 것과 구별된다는 의미에서 개별적인 것이며, 이른바 〈개별적인 것〉이란 모두, 다른 현실적 존재의 구성에 개입한다는 의미에서 보편적인 것이다"(앨프리드 노스 화이트헤드, 『과정과 실재』, p. 136).

어떤 '특정 시공에 한정될 수 없는 중요한 가치'가 부여되는 '대표적 유형'이나 '고전적 전형'이라는 의미에서 '역사적인 구체적 보편성'을 갖는 '원형적이면서도 개별적인 특수성을 갖는 문학')의 함축을 아무리 부정하며 '문학'이라는 낱말을 사용한다고 하더라도, 그래서 이를테면 '문학'은 없고 '문학들'만 있다고 말한다 하더라도, 우리는 결코 '문학의 보편적 관념과 아무 상관 없는 문학들'에 대해서는 말할 수 없을 것이다(가령 우리가 전적으로 동의할 수 없음에도 불구하고 테리 이글턴은 최근 '문학'의 '의미'에 대해 탐구하며 중세의 유명론-실재론 논쟁, 즉 개별자-보편자의 문제가 여전히 쉽게 해결될 수 없는 과거-현재적 문제, 또한 미래의 문제라는 것을 상기시켜주었다).

우리가 '문학 그 자체'가 무엇인지 분명하게 '규정(즉 한정)'할 수 없어도 어쩔 수 없다(그러한 '규정이나 한정 불가능성'이 '보편적-개별적 원형의 관념 그 자체의 특성'처럼도 나타난다). 여기서 우리는 '그것 자체' 혹은 'X 그 자체'라는 표현이 함축하는 '보편적-개별적 의미'의 더 나은 이해를 위해 구체적인 예를 들어보겠다. 즉 우리는 다음에 인용되는 이인성의 소설에 나오는 "나무 그 자체"라는 표현을 결코 유명론적인 방식으로만 이해할 수는 없을 것이다.

아름다움은 왜 그렇게 비현실적일까? 그는 그곳에 가서 그 숲속에 한 그루 나무로 서고 싶었다. 그 숲을 이루던 나무들은 무엇이었던가? 이탈리아포플러였던가, 아니면 개량종 사시나무? 왠지 그것들은 흰 줄기를 늘씬하게 뽑아 올린 나무들이었던 것 같았다. 그러나 그것이 무엇이든 상관없었다. 그것은 단지 나무였다. 아름다움 그 자체 속에 들어선 나무 그 자체.[19]

19 이인성, 『낯선 시간 속으로』, 문학과지성사, 1997, p. 35.

인간은 태어나면서부터(혹은 태어나기 이전부터?) 플라톤주의자라 했던가! 우리는 지금 어떤 '나무'와 마주치고 있는가? 이인성의 "나무 그 자체"는 보편적 나무인가, 개별적이거나 특수한 나무인가, 자연의 나무인가, 정신의 나무인가, 감각된 나무인가, 기억된 나무 혹은 망각된 나무인가, 상상된 나무인가, 직관적으로 지각된 나무인가, 가설적 추론의 나무인가, 허구적이거나 비현실적인 나무인가, 주관주의적-구성주의적으로 객관화된 나무인가, 창작된 나무 혹은 창조적 나무인가? 우리의 해석은 이렇다. 그것은 '상상적 사유를 통해 창조적, 종합적, 초월적으로 경험되면서 상징적 언어로 표현된 나무'다. 또한 그것은 자의적이거나 허구적인 것에 그치는 나무가 아니며 보편/개별, 자연/정신, 객관/주관 등의 이분법 속에서 파악될 수 없는 나무, 즉 '보편적-개별적이면서 객관적-주관적이며 또한 자연적-정신적인 원형적 나무의 창조적 이미지'다. 또한 그 나무는 "내가 대고 있는 이 나무 속으로 손이 밀려 들어가, 내 살과 나무의 살이 하나가 되고, 그래서 이 나무의 수액을 몸속으로 받아들이는 것같이"[20]와 같은 표현에서도 알 수 있듯이 상호 배제적인 물리적 실체(두 물체는 동시에 한 장소를 점유할 수 없다거나 실체 혹은 실체적 주체는 존재하기 위해 다른 존재를 필요로 하지도 않고 다른 존재와의 내적 관계성을 가질 필요도 없음)의 신체성이 아니라 '상호 침투적인 유동적 생명력이 스며들어 있는 미묘한 신체성, 즉 역동적으로 살아 있는 상상적 사유를 통해서만 그 존재에 대한 공감적 직관을 예감할 수 있는 자연적-정신적인 나무-인간의 비-물리적인 몸의 이미지'이기도 하다. 또한 그것은 '정신적 질료의 자연적 힘과 운동을 통해 형성되는 예술적, 미(학)적 형상의 관념적인 이미지'다.

20 이인성, 같은 책, pp. 236~37.

우리가 보기에 이인성의 소설에 표현된 "나무 그 자체"는 '유명론적 의식, 지식의 한계 너머를 향한 사유의 능동적 의지("생각은 곧 동작이며, 근육을 충동하는 피다"[21])' 없이는 상상할 수 없는 원형적 관념의 이미지다. 물론 이러한 해석을 유명론적 의식의 사유는 부정하기 쉽다. 왜냐하면 전적으로 유명론적인 의식 속에서 '나무'는 개별적인 존재들과 거의 아무런 상관 없는 텅 빈 보편자, 혹은 오직 추상적 개념, 아니 차라리 오히려 '이름'이고, 그 정체를 알기 어려운 불안한 동요를 불러일으키며 어둠 속에서 쉭쉭거리는 '바람 소리' 같은 것일 뿐이기 때문이다. 하지만 유명론적 의식이 그렇게 생각하며 말할 때, '이름'이라는 낱말조차 또다시 보편적 존재의 관념을 불러들이고 있지 않은가? '이름들의 이름(혹은 이름 중의 이름)' 혹은 '이름 그 자체'라는(여기서 우리는 유대교 신비주의인 카발라나 위-디오니시우스의 기독교 신비주의에서 '신성한 이름'에 관한 교설이 존재해왔음을 언급할 수 있으며, 또한 '아담, 그러니까 선과 악을 알게 하는 지식의 나무의 열매를 먹고 추락하기 전의 인간, 혹은 잠정적으로 지칭하자면 신화적-원형적 인간anthropos의 실재론적-본질론적-유형론적 이름 부르기'를 언급할 수도 있을 것이다). 그러므로 **'이름'이라는 이름**에서 유명론적 의식은 무의식적으로라도 불안의 기분에 사로잡힌 물음에 동요할 수밖에 없을 것이다. 그렇다면 이인성의 다른 소설에서 '이름'을 둘러싼 다음과 같은 대화들이 발견되는 것은 우연이 아닐 것이다.

> 탈들이 여러 가지 다른 생김새를 하고 있긴 해도, 그 이름들은 다 일반명사야. 〔……〕
> 천백 년 전에도 처용이란 이름이 고유명사였을까, 과연? 〔……〕

---

21 이인성, 같은 책, p. 257.

그것이 고유명사로 들리는 건 아주 오래고 그만큼 낯설어서가 아닐까?[22]

이름이란 게 저리로 건너가선 필요 없다 하더라도 여기선 필요한 거 아닐까? 뭐랄까, 저기로 가는 길을 찾는 이정표 같은 거랄까……[23]

우리는 여기서 이인성의 소설들에 여러 번 등장하는 "탈들" 혹은 가면들, 그러니까 '페르소나'와 "이름"이 "일반명사"와 "고유명사" 사이의 긴장 속에서, 그러니까 보편과 개별 사이의 양극적 긴장 속에서 중요하게 연관되고 있음을 보고 있다. 물론 우리가 여기서 이인성의 소설들이 서로 대립하는 실재론(보편-관념)과 유명론(개별-이름) 중의 어느 입장에 속하는지를 질문할 필요는 없으며, 또한 사실 이인성의 소설은 보편-개별의 이분법 속에서 적절하게 해석될 수 없다는 것이 우리의 생각이다. 우리가 앞에서도 말했듯이, '나무' 혹은 '나무 그 자체'라는 '원형적 이미지'는 보편적이면서 개별적인 양극적 긴장의 장 속에서 살고 있으며, 날숨과 들숨처럼, 혹은 심장과 피처럼 수축systole과 확장diastole 혹은 죽기와 되기의 리듬을 따르는 흐름, 운동 속에 있으며, 베르그송식으로 말하자면, '생의 약동élan vital' 속에서 다양하게 변형되고 고양, 강화될 수 있는 '상상적 이미지'다. 그렇기에 이인성의 『미쳐버리고 싶은, 미쳐지지 않는』(문학과지성사, 1995)은 그러한 '상상적-원형적 나무(동시에 구체적 삶의 나무)의 유동적 이미지'를 중심으로 치밀하게 전개되고 있으며, 가령 거기서는 다음과 같은 특징적인

---

22 이인성, 『강 어귀에 섬 하나』, 문학과지성사, 1999, pp. 132~33.

23 이인성, 같은 책, p. 136.

표현이 발견된다.

> 〔……〕 그런 지경에 이르렀던 너를 황폐하게 일으켜 그로 살아 움직이게 하는 것은 무엇인가 하는 물음, **대답이 있다 하더라도 까마득한 저 꼭대기에 나무 한 그루로 심겨져 있을 물음** 〔……〕[24] (강조는 인용자)

> **가지를 뿌리처럼 하늘에 박고 검게 빛나는 상상의 나무**[25] (강조는 인용자)

인간과 나무 사이의 전통적인 유비에 기초하자면, 그리고 이인성의 소설 속 주인공이 '물구나무서기'를 한다는 사실에 근거하자면, 인간은 '거꾸로 서 있는 나무'라고 말할 수 있다. 즉 머리는 "뿌리"이고, 사지는 "가지"이다(이러한 나무-인간의 이미지를 좀더 구체적이고 역동적으로 떠올리기 위해서, 우리는 인체 해부도나 투시도에서 쉽게 찾아볼 수 있는 혈관 분포도, 즉 어떻게 시뻘겋거나 시퍼런 혈관들이 머리에서 사지의 말단까지 나무의 형태로 형성되며 자라 나오는지 보여주는 그림, 또한 어떻게 수액과는 다른 피, 즉 죽기와 되기를 반복하며 호흡을 통해 지속적으로 재생되고 순환하는 동물적인 피가 그러한 혈관의 경로를 그리며 흐르고 있는지 상상할 수 있도록 도움을 주는 그림을 참조할 수 있을 것이다). 물론 인간의 머리(예컨대 정적이거나 신경증적인 지성 혹은 주지주의in-tellectualism)와 사지(혹은 동적이거나 히스테리적인 의지 혹은 주의주의 voluntarism)는 나무의 뿌리와 가지처럼 평화롭거나 아름답거나 행복

---

24 이인성, 『미쳐버리고 싶은, 미쳐지지 않는』, 문학과지성사, 1995, p. 49.

25 이인성, 같은 책, p. 223.

하게 결합되어 있지 않다. 그 둘(만일 그중 한편을 '남성적'이라 하고 다른 한편을 '여성적'이라 할 수 있다면, 그 여성과 남성)은 한편으로는 적대적으로 분리되어 있으면서도 다른 한편으로는 도착적으로 결합되어 있는 것처럼 보인다. 그렇다면 하나의 몸통 혹은 줄기 안에서 그 둘은 '주인과 노예의 변증법'이나 '가학과 피학의 도착증' 같은 것을 앓고 있는 것인가? 여하튼 여기서 우리는 욕망, 혹은 충동, 혹은 리비도, 혹은 동양의 전통에서는 '쿤달리니' 같은 말로 의미되는 어떤 '(심리적? 우주적? 아스트랄적?) 에너지'와 그것의 변형, 승화, 고양에 대해서 말하지 않을 수 없다. 왜냐하면 "가지를 뿌리처럼 하늘에 박고"라는 표현 속에는 애매모호하지만 가령 '리비도의 변형이나 승화' 같은 관념이 발견되기 때문이다.

우리가 나무에서 가령 어떤 신성한 모성적 이미지를 상상하든 그와 어울리지 않는 남근의 이미지를 상상하든 뱀의 이미지를 상상하든 길고 풍성한 머리카락을 늘어뜨리거나 풀어헤친 머리 혹은 얼굴의 이미지를 상상하든 다리를 벌리고 있는 하체의 이미지나 나체의 이미지를 상상하든 앙상하거나 굵거나 단순하거나 복잡한 뼈대나 가녀리거나 울퉁불퉁한 근육의 이미지를 상상하든 여성의 이미지를 상상하든 남성의 이미지를 상상하든 자웅동체의 이미지를 상상하든, 혹은 범주론과 연관된 포르피리오스의 나무를 떠올리든 진화론적 계통수를 떠올리든 분류용 수형도나 언어학적 계보가 그려진 나무를 떠올리든, 혹은 지식의 나무를 생각하든 생명의 나무를 생각하든, 그 모두를 보든 그중의 어떤 것만을 보든 간에, 만일 우리가 나무에서 어떤 '성적인 것'의 '유비'를 본다면(즉 '인간의 성'이나 '동물의 성'과 동일하지 않은 '나무의 성'을 말할 수 있다면), 그때 우리는 나무가 가진 '성적 에너지'의 방향성이, 인간이나 동물과 달리, '땅'(아래)을 향하지 않고 '하늘'(위)을 향하며, 또한 '이분법적인 성의 도착적 대립'이 아니라 어떤 '아름다운 양성적 종합'을 향한다고 말할 수 있다. 즉 수직적 인간의 다리나 생식기관이 중력(땅)의 방향을 향하는 것과 달리, 수직적 나무의 가지나 꽃은 수액의 형성적 힘을 통하여 비-중력 혹은 반-중력(하늘)의 방향, 공중 부양이나 비행의 방향을 향하며, 바깥을 향해 개방된다(그렇기에 꽃은 공중을 날아다니는 공기적 새나 나비나 꿀벌과 친화적인 이미지를 가지며, 따라서 꽃잎의 우주론적-수비학적 형태론이 아니더라도 이미 하늘에 속하는 해, 달, 별의 이미지와도 겹쳐진다). 이러한 맥락에서, 이인성의 소설이 말하는 저 "가지를 뿌리처럼 하늘에 박고" 있는 "상상의 나무"는 상상적 사유의 구체적인 활동을 통해서 어떤 '이상적(理想的) 종합'(즉 가지, 혹은 생식기관을 포함한 사지와 뿌리, 혹은 머리의 종합, 혹은 자연과 인간이나 본능과 지성이나 자연과 정신의 종합)을 향하고 있는 욕망, 충동, 리비도, 다시 말해서 '결코 개별적이거나 물리적인 신체나 주관적 심리에 한정될 수만은 없는 어떤 세계에 속한 영혼적-신체적 에너지'의 변형된 형태로 나타난다. 그런데 우리는 아직 "검게 빛나는"이라는 표현을 해석하지 않았다. 그것은 아마도 "검게 윤나는 내 성기"[26]라는 표현과 연결될 수도 있을 것이지만, 그러한 연관만으로는 충분하지 않다. 왜냐하면 이인성의 소설에서 '검정색' 혹은 '어둠'은 매우 특별한 '색'(?)으로 표현되고 있기 때문이다. 가령 다음을 보자.

> 그러나, 놀라워라, 비밀한 내면을 스스로 드러내는 자연의 방식이 때로 불가사의하게 존재하니, 〔……〕 혹시 태초엔 검정색밖에 없었던가, 색의 차이는 모두 색색 검정들의 차이였는가, 아마도 생 이전의 기억 속에만 존재하는 원초적 어둠이 그러했을지 모른다. 짙고 옅은 검정들의 온갖 다른 색감만으로 온갖 다른 물질적 질감

26 이인성, 『낯선 시간 속으로』, p. 286.

을 빚어내는 어둠. 그 어둠의 넓이와 높이와 깊이를 구축하고 있는 나무들은, 따라서, 검정의 밀도를 미세하게 나누고 섞어 조형된 고체성 기체의 형상으로 빼곡할 것이다. 그루마다 저 하나로 구별되면서 전체로도 하나로 경계가 없을, 원근의 풍경을 이루면서도 덩어리로 일렁일, 일렁이며 계곡 양옆에 거대한 어둠의 파도를 말고 있을, 검은 나무들의 숲.[27]

대충 말하자면, '태초의 검정색'이나 '원초적 어둠'이란 거기서부터 '나무-인간'의 형성적 작업이 시작될 '원질료' 같은 것이며, 거기서부터 코스모스적 빛이나 색이나 형태나 구조가 창조적으로 출현해야 할 '카오스적 잠재태' 같은 것이며, 그러한 카오스적 원질료 속에는 어떤 형태의 이분법적인 대립이나 불균형도 없다("그루마다 저 하나로 구별되면서 전체로도 하나로 경계가 없을"). 그것은 '역동적 균형 속에서 창조적 생성을 준비하고 있는 양극성들의 자연적 모태'처럼도 나타난다.

그런데 솔직히 고백하건대, 우리의 해석이 적절하건 그렇지 않건 간에, 우리는 이인성의 소설이 말하는 "검은 나무들"이나 "상상의 나무"가 우리가 지금까지 생각하며 말해온 '나무(의 이미지)'와 동일한 나무라고 생각하지 않는다. 우리는 저마다 서로 다른 '나무의 이미지' 속에서 살고 있으며, 그때 '나무'는 '일의적'이지 않으며 '다의적'이다. 물론 그렇게 생각하면서 말할 때, 지속적으로 떠오르는 물음이 있다──그렇지만 그것은 '순전히 다의적'이기만 한가? 이러한 물음에 대한 '전통적인 대답'이 있다. 삼장법사의 말에 지긋지긋하다는 식으로 지겹게 반응하는 손오공, 가시면류관도 아니고 왕관도 아니면서도 그와 유사한 시련의 머리띠를 쓴 채 마음대로 커졌다가 작아지는 봉을 지닌 손오공의

---

27 이인성, 『미쳐버리고 싶은, 미쳐지지 않는』, pp. 78~79.

이미지와 겹쳐지는 이미지가 떠오름에도 어쩔 수 없이 반복적으로 강조하건대, 그것은 '유비적'이라는 대답이다. 물론 그것은 모든 것을 단번에 해결하는 만병통치약 같은 것, 결정적 해답이 아니다. 그것은 일의성과 다의성 혹은 '하나'와 '여럿' 혹은 일원론과 다원론이라는 대립적 긴장 속에서 어떤 '긍정적 희망'을 담고 있는 대답이다. **'일의적이면서 다의적인 유비'**는 '독'도 '약'이 될 수 있다는 의미에서 "독약 같은 희망"[28]일 수 있다('독약이 든 성배'라는 잘 알려진 표현도 있다).

여하튼 우리가 보기에, 이인성의 소설은 유명론적 지성의 경향성 속에 강력하게 사로잡혀 있는 현대적 인간이, 그럼에도 고유한 자기의 개성적 의식을 포기하지 않은 채로 그 의식의 한계를 넘어 상상적으로 사유하며 미학적 자율성을 추구하는 가운데 원형적 나무의 이미지에 관한 상징적-언어적 표현에 이르고자 할 때 얼마나 수많은 위험한 난관들을 어렵게 뚫고 나가야 하고, 또 뚫고 나갈 수 있는지를 대표적으로 잘 보여주고 있는 문학이다.

6. 상상적-실재적 세계를 향한 자유의 길

상상적 사유와 원형적 나무의 이미지에 주목해온 우리의 논의는 이제 어떤 '유비적 나무'에 이르렀고, 따라서 어떤 미완의 완결에 도달한 것 같다. 하지만 그 전에, '유비'에 대한 지속적인 비판자들, '존재의 유비'에 반대하며 '존재의 일의성'을 주장하는 사람들, (아마도 흄으로 대표되는 회의주의적 경험론의 어떤 변형 속에서) '진화론적이고 구성주의적이고 정치철학적인 이론'을 통해 '다양을 만들어내야 한다'고 말하면

---

28 이인성, 같은 책, p. 222.

서 '어떠한 종합이나 통일의 관념도 없는 다양체들의 현실'을 궁극적인 것으로 보고자 하는 사람들, 어떤 기이한 '다원론=일원론이라는 마법적인 공식'을 말하는 '급진적이고 정치적인 유명론자'들, 그들에게 '나무'가 어떻게 나타나고 있는지를 언급하지 않을 수 없다. 가령 들뢰즈와 가타리의 책에서는 다음과 같은 일견 놀라운 문장들이 발견된다.

> 나무라면 진절머리가 난다. 우리는 더 이상 나무들, 뿌리들, 곁뿌리들을 믿지 말아야 한다. 우리는 너무 오래 참았다. 생물학에서 언어학에 이르기까지 모든 나무 형태의 문화는 그것들 위에 기초하고 있다. 땅밑줄기와 공기뿌리와 헛뿌리와 리좀 말고는 그 어떤 것도 아름답지도 사랑스럽지도 정치적이지도 않다.[29]

> 나무에는 항상 계보적인 무언가가 있다. 그것은 민중의 방법이 아니다.[30]

> 모든 나무의 논리는 본뜨기의 논리이자 복제(=재생산)의 논리이다. 〔……〕 나무는 사본들을 분절하고 위계화한다. 사본들은 나무의 잎사귀들과 같다.[31]

우리는 이러한 '나무'에 대한 비판을 어떻게 받아들여야 하는가? 이들에게 '나무'는 탈-구조, 탈-중심, 탈-위계, 탈-재현, 탈-계보, 탈-유비 등 '탈-'의 기획이 필요한 거의 모든 이유를 자신 안에 집약하

---

29 질 들뢰즈·펠릭스 가타리, 같은 책, p. 35

30 질 들뢰즈·펠릭스 가타리, 같은 책, p. 20.

31 질 들뢰즈·펠릭스 가타리, 같은 책, pp. 29~30.

고 있는 무엇으로 나타나고 있다. 즉 그 모든 '**탈–……주의**'는 '**탈–나무주의**'처럼 보인다. 무엇보다, '나무'는 "민중"의 적이다. 다르게 말해서, 여기서 '나무'는 혁명적으로 처단되어야 할 '왕' 같은 것이다. 말하자면, '나무'는 무정부주의적 생성(즉 뿌리–근거 같은 중심적 존재, 기능, 기관에 기초하여 형성된 구조적 체계 내에 머물지 않는 생성)을 통해 변형되고 진화하는 개체군적 다양성, 차이 나는 평등이라는 이해하기 쉽지 않은 구성주의적 현실을 추구하는 '급진적인 유명론적 민주주의의 적'이다(들뢰즈는 어디선가 '왕관을 쓴 무정부주의자'라는 이상한 표현, 즉 마치 연금술 도상들에 나타나는 왕관을 쓴 용 혹은 뱀, 그러니까 '나'와 '너'가 누구인지는 아무래도 상관없다는 듯이 위협적으로 기이하게 웃고 있는 것처럼도 보이는 우로보로스, 자기 꼬리 혹은 서로의 꼬리를 입에 물고 반복적으로 순환하며 순수하게 차이 나는 내재성의 평면을 지속적으로 구성하고 있는 존재를 연상시키는 것 같은 표현을 사용하지 않았는가?).

뿌리, 잎, 꽃 같은 중심적 기관organ들의 기능에 여전히 의존하고 있는 유기체organism적 구조를 가지며 자신의 영토에 굳건하게 뿌리박고 직립한 채 이동하지 않고 한곳에 고정된 것처럼 보이는 '수직적–위계적 구조로서의 나무–몸'은 마치 플라톤의 철학자–왕의 통치를 통해 형성되는 정체(政體), 가령 비현실적이고 단지 가능적으로만 이상적인 왕에 의존하는 퇴행적 정치 체계를 구현하면서 죽음처럼 조용하고 무기력하고 슬픈 '관념–존재적 신체성'을 보여주며, 그것은 으르렁거리며 우글거리는 개체군, 혹은 패거리, 떼거리의 연대성과 순수한 내재성의 생을 긍정하는 진화론적–유명론적 민주주의의 '현실–생성적 신체성'이 아니다. 그런데 이처럼 이들이 '나무'를 '왕(인정될 수 없고, 인정되어서도 안 되는 왕)'처럼 생각하고 있다는 우리의 해석은 실제로 나무를 왕이라고 말하는 사람들이 있었다는 사실에 의해서 강화될 필요가 있다. 가령 바슐라르는 다음과 같이 말했다.

금은 금속의 왕이고 사자는 동물계의 왕이다. 그리고 그 중간계의 여왕은 바로 포도나무이다. 식물계에 대한 참으로 **위계적인 관점**을 확보하려는 자는 이처럼 연금술적 생명의 위대한 진리를 알고 있어야 할 것이다. 하지만 이 같은 왕족다운 포도나무에 대한 식물학을 제대로 펼쳐 보이고 연금술사들이 왜 풀은 무시하는가를 이해시키기 위해서는 책을 따로 한 권 써야 할 것이다.[32] (강조는 인용자)

그런데 풀과 나무를 포함한 식물에 대한 이러한 "위계적인 관점"이야말로 극단적이고 급진적으로 유명론적인 민주주의자들의 마음에 전혀 들지 않는 관점이다. 그러므로 그러한 위계적인 관점을 가능하게 하는 '나무'(그것이 "포도나무"이든 아니든 아무튼 '나무')를 '대표적'으로 '앞에 내세우는' 일이야말로 '표상(재현)'되어서도 안 되고 '상상적'으로 '사유'되어서도 안 된다. 따라서 인간, 동물, 식물 모두를 궁극적으로 '나무'와는 다른 '리좀적 생성' 혹은 '되기(혹은 동물-되기)'의 관점에서 이론화할 때, 그들은 결정적으로 '되기-실재'와 '상상력'을 분리한다.

그러나 생성한다는 것은 계열을 따라 진보하는 것도 아니고 퇴행하는 것도 아니다. 그리고 특히 되기는 상상 속에서 일어나는 것이 아니다. 예컨대 융이나 바슐라르에서처럼 이 상상력이 최고도의 우주적인 또는 역학적인 수준에 도달하더라도 마찬가지다. 동물-되기는 꿈이 아니며 환상도 아니다. 되기는 완전히 실재적이다.[33]

32 가스통 바슐라르, 『대지 그리고 휴식의 몽상』, pp. 360~61.

33 질 들뢰즈·펠릭스 가타리, 같은 책, p. 452.

이 문장들 속에서 '상상(력)'과 '실재'가 분리되고 있는 것이라면, 우리는 그 '분리'에 동의할 수 없다. 물론 '꿈'이나 '환상'이나 '상상'이라는 말로 의미하는 바가 '실재'나 '현실'이라는 말로 의미하는 바와 '전적으로 동일하다'고 우길 생각은 없지만, 그렇다고 그 '의미들'이 '서로 완전히 다르다'고 우길 생각은 더욱 없다. 우리에게 '실재'나 '현실'이라는 말의 '의미'는 '일의성'과 '다의성' 사이의 양극적 긴장 속에서 '유비적'으로 나타나는데, 들뢰즈는 그 '유비'를 싫어한다.

일단 들뢰즈의 사유를 논외로 하고, 가령 우리는 '실재론realism-관념론idealism'의 잘 알려진 이분법적 대립을 극복해야 한다고 말하면서, 흔히 그렇게 하듯이 '실재는 관념이 아니다'라고 말하거나 혹은 '실재와 관념은 동일하다'라고 말할 생각이 없다. 또는 '실재적인 것과 가능적인 것'이나 '현실적인 것과 이상적인 것'이나 '현실태와 잠재태'와 같은 구별에 이의를 제기하며, 후자에 속하는 것들이 전자에 속하는 것들과 완전히 동일하다고 말할 생각도 없다. 혹은 가령 '실재란 의식 독립적인 사태'라고 생각하며 말하는 것에 반대하여 '실재란 의식과 동일하다'고 우길 생각도 없다(그런데 가령 '무의식이란 의식 독립적인 사태'라고 주장한다면, 그때 '무의식'은 '의식 독립적인 사태로서의 실재'가 되는 것인가?).

하지만 여기서 강조하고 싶은 점은 '실재와 의식(혹은 무의식과 의식)'을 그렇게 서로에 대해 독립적으로 규정하는 사유 속에는 전통적인 '실재와 현상의 이분법'이 작동하고 있다는 것이다. 즉 현상이란 '의식에 나타난 것, 혹은 주어진 것'이고, 실재란 그러한 '의식의 현상'과 (완전히?) 다르거나 상관없다는 것이다. 그렇게 해서, 결정적으로, '우리는 언제나 실재 자체와 상관없거나 실재 자체와 다른 의식의 현상(좀더 물리-생리학적으로 말하자면, 인간 신체의 감각-신경-뇌 체계에 의해 구성적-자의적으로 변형된 현상)만을 생각하고 말할 수 있기에, 우리의 의식은 실재 자체를 알 수 없다'는 주장이 나오며, 또한 거기서 더 나아가 가령 '실재는 그것 자체와 상관없이 의식적-무의식적으로 그때그때마다 다르게 구성적으로 만들어질 수밖에 없는 것이다'라는 주장이 나온다. 거기서 멈추지 않고 더 나아가 가령 실재와 현상이나 무의식과 의식의 이분법 같은 것을 극복하려는 성급한 욕망에서, '그렇게 구성적으로 만들어지고 있는 것 안에서 의식과 무의식이나 실재와 현상의 이분법 같은 것은 무의미한 것이며, 오히려 다양성과 차이만을 인정하는 구성적인 실재의 생성 그 자체가 일원론적인 존재의 현실이다' 같은 주장이 나온다. 즉 '실재를 알 수 없다'에서 '실재는 자기구성적인 다양체들의 생성이고, 우리는 실재를 그런 식으로만 사유할 수 있다'로 나아간다.

우리는 실재와 관계하는 의식적 사유의 활동을 과소평가하거나 과대평가하는 위험에 직면하고 있다! 과소평가의 경우에는 의식이 실재와 분리되려는 경향성을 가질 것이며, 과대평가의 경우에는 의식은 위험한 방식으로 실재와 '무의식적'으로 '동화'될 것이다(혹은 위험한 방식으로 무의식과 '실재적'으로 '동화'될 것이다). 융에 의하면, 그러한 경우 '인격의 팽창과 분열'이 일어나며, 그때 한 개인의 인격은 '집단 무의식적 원형들, 혹은 역동적인 원형적 이미지들이 갖는 초-인간적인 힘, 원시적인 자연의 힘이면서도 아주 구체적인 관념적 힘'의 제물(말하자면, 갈가리 찢겨지고 벗겨지고 조각난 디오니소스, 혹은 디오니소스적 축제의 집단적 광기와 경계 없는 의식 상태에서 분출하는 복합적인 난폭한 힘들에 침범당하고 감염되어 비극적 파국을 겪게 되는 축제 참가자들)이 될 수 있다. 그리고 융이 제시하는 수많은 경험적 사례들을 통해 알 수 있듯이, 그러한 원형적 이미지 중에서도 특히 반복적으로 나타나는 불가해한 어떤 것이 '원형적 동물성의 이미지들'[34]이며, 그러한 이미지들은 의식의 팽창과 분열을 통해 어떤 납득하기 어려운 '초인의 이미지'[35]와 결합할 수 있다. 가령 다음과 같은 생각과 말에서 우리는 그러한 결합을 본다.

우리는 인간을 가로지르면서도 인간을 포함하는, 그리고 동물뿐 아니라 인간도 변용시키는 아주 특수한 "동물-되기"가 존재한다고 믿는다.[36]

떼, 패거리, 떼거리, 개체군 등은 열등한 사회적 형태가 아니다. 그것들은 변용태요 역량이요 역행이며, 인간이 동물과 더불어 행하는 생성 못지않게 강력한 생성 안에서 모든 동물을 포착한다. 〔……〕 인간 패거리이건 동물 패거리이건 하여간 패거리들은 모두 전염, 전염병, 전쟁터, 파국과 더불어 증식한다. 이들은 스스로를 재생산하지 않지만 그러나 매번 다시 시작하면서 영토를 얻어가는

34 물론 이 원형적 동물성이 원형적 나무와 밀접하게 연관되는 여러 사례들이 있다. 그중에서도 가장 잘 알려진 것이 아무도 접근하지 못하도록 '불 칼'과 함께 '생명의 나무'를 지키고 있다고 하는 커룹들(케루빔), 즉 마치 스핑크스처럼 여러 동물들(즉 사자, 소, 독수리)의 형상과 인간의 형상이 결합된 불가해한 존재로 묘사되는 천사의 사례일 것이며, 또한 그와 밀접하게 연관된 '선과 악을 알게 하는 지식의 나무' 혹은 '죽음의 나무'로 이끄는 '뱀'(혹은 '타락한 천사'라고도 하고 '빛을 가져다주는 자'라고도 하는 '루시퍼'와 연관되기도 하고, 혹은 '사탄'이라고도 불리는 다른 존재와 연관되기도 하는 어떤 동물)의 사례일 것이다.

35 그런데 들뢰즈가 인간중심주의, 혹은 어떠한 휴머니즘에도 속하지 않는 '초인의 이미지'를 말한다면, 바슐라르의 경우에는 그것이 어떤 '새로운 휴머니즘'적 방식으로 나타나는 것 같다. 가령 바슐라르는 다음과 같이 말했다. "상상력은 그 어원이 암시하는 바와 같이 현실의 이미지를 형성하는 능력이 아니고, 현실을 넘어서 현실을 노래하는 이미지를 형성하는 능력이다. 그것은 초인간성의 능력이다. **인간은 그가 초인인 그 정도에 따라 인간인 것이다.** '인간의 조건'을 넘어서게 하는 여러 경향의 총체에 의해 인간을 정의해야만 한다"(가스통 바슐라르, 『물과 꿈』, 이가림 옮김, 문예출판사, 1980, p. 28, 강조는 인용자).

36 질 들뢰즈·펠릭스 가타리, 같은 책, p. 451.

성적 결합에서 태어난 그 자체로는 생식 능력이 없는 잡종들과 같다. 반자연적 관여들, 반자연적 결혼들은 모든 왕국을 가로지르는 참된 〈자연〉이다. 전염병이나 전염에 의한 전파는 유전에 의한 계통 관계와는 아무런 관계도 없다. 이 두 주제가 서로 섞이고 서로 상대를 필요로 하기는 하지만 말이다. 흡혈귀는 계통적으로 자식을 낳는 것이 아니라 전염되어 가는 것이다. 전염이나 전염병은 예컨대 인간, 동물, 박테리아, 바이러스, 분자, 미생물 등 완전히 이질적인 항들을 작동시킨다는 점에서 차이가 난다.[37]

여기서 이야기되는 '아주 특수한 동물-되기'가 무엇이든 간에, 우리는 앞에서 그것이 '전혀 상상적 되기가 아니라 완전히 실재적 되기'라고 말하는 것을 들었다. 하지만 우리는 상상적 되기와 실재적 되기는 그렇게 분리될 수 없으며, 그 두 되기는 '유비적'으로 연결된다고 생각하며 말할 것이다. 상상적 되기와 실재적 되기를 연결시켜주는 '유비적 되기(와 죽기)'가 있다. 물론 '존재의 유비'에 기초한 이러한 생각과 말은 들뢰즈의 유비에 대한 비판을 무시하는 것처럼 보일 수도 있기에, 우리는 들뢰즈를 포함한 우리 모두가 어떤 궁극적인 사태로 동의하기를 바라는 '경험'에 호소하여 다른 방식으로 말할 수도 있다. 즉 서로를 배제하는 것처럼 보이는 그 두 되기는 모두 '경험적 되기' 혹은 '되기의 경험'이다. 하지만 가령 우리가 '존재는 경험이다' 혹은 '존재는 어떤 힘 혹은 역량의 경험이다'라고 말할 때, 우리는 '존재'와 '힘'의 관념을 함축하는 '경험'이라는 말의 '일의성'에 도달할 수 있는가? 그래서 우리가 그 일의성에 기초하여 실재적 경험만 '경험'이고 상상적 존재의 경험 혹은 상상력의 경험은 '경험'이 아니라고 말할 수 있는가? 오히려 '살아

---

37   질 들뢰즈·펠릭스 가타리, 같은 책, pp. 458~59.

있는 경험'은 언제나 '유비적 의미'를 함축하고 있지 않은가? 그렇기에 또한 '생의 경험'은 언제나 개별적, 개체적인 것이면서도 보편적, 유형적인 것일 수 있으며, 상상적인 것이면서도 실재적일 수 있지 않은가? 그러한 살아 있는 존재의 유비적 경험에 기초하지 않는다면 우리의 모든 사유와 말은 그 어떤 실재적 관계성도 가질 수 없을 것이며, 그 어떤 실재적 대화도 불가능할 것이다. 물론 우리는 상상적 사유와 상징적 언어와 유비적 존재-의미의 경험이 경험의 전부라는 말을 하고 있는 것이 아니다. 우리가 말하고 싶은 점은 그러한 경험을 분리나 단절을 통해 곧바로 건너뛰어 가령 '일의적 존재나 실재적 생성에 대한 구성주의적 경험' 같은 것을 확언하며 기쁘게 긍정할 수 없다는 것이다.

우리가 보기에 들뢰즈는 '유비적 경험의 나무(혹은 유비적 나무의 경험)'를 인정할 수 없었다. 그렇기에, "되기는 리좀이지 결코 분류용 수형도나 계통수가 아니다"[38]라는 말에서도 볼 수 있듯이, '구조주의적 체계'나 '유전(자)적, 재현적, 계보적 진화생물학'에 한정될 수 없는 자연, 생명, 실재적 생성, 일의적 존재를 사유하고 긍정하고자 했던 들뢰즈에게 '나무'는 오로지 '무기력한 죽음을 향하는 부정적 지식의 나무'로만 나타났던 것 같다. '나무'가 '생명의 나무'일 수는 없었던 것이다. 그렇다면 들뢰즈의 사유와 말은, 지식의 나무와 생명의 나무의 현실적 분리를 인정하는 동시에 생명의 나무와의 가능적 결합이나 그것의 존재는 인정하지 않으면서 유명론적-진화론적 민주주의를 급진적이고 극단적으로 긍정할 경우 나올 수 있는 반자연적으로 자연적인 이론인 셈이다.

하지만 '나무가 배제된 리좀적 식물들의 지혜'를 따르는 그러한 이론과 연관된 어떤 초인적인 동물-되기를 통해 그가 마주친 '인간들, 동물

---

38 질 들뢰즈·펠릭스 가타리, 같은 책, p. 454.

들의 패거리'는 어떤 긍정을 요구했는가? **흡혈귀, 바이러스, 전염(병), 전쟁터, 파국, 반자연적으로 자연적인 결혼 등에 대한 완전하고도 실재적인 긍정을 요구했다!** 여기서 우리는 생명과 욕망, 식물성과 동물성과 인간성, 개체성과 집단성, 숨겨진 무의식적 자연과 숨겨진 무의식적 정신 사이의 위험하고 불안하고 성급한 연대나 결합을 보며, 그와 동시에 이해하기 어려운 기괴한 동물적 존재들에 대한 물음을 떠올린다. 가령 생명의 나무를 지키고 있는 동물-인간-천사나 오이디푸스가 통과해야만 했던 길목을 지키고 있는 스핑크스나 황금사과나무를 지키고 있는 용, 다시 말해서 자의적으로 어떤 경계를 가로지르지 못하도록 하는 존재들, 어떤 '한계'나 '경계'를 넘어가고자 할 때 마주칠 수밖에 없는 기괴하거나 난해하거나 혐오스럽거나 두렵거나 위험한 존재들, 이를테면 '문지방의 수호령'들은 무엇을 의미하는가? 그들은 천사적인가? 악마적인가? 아니면 '선악의 저편'에 있는가? 그들은 '나'와 '우리'와 아무런 상관이 없는가? 그들은 순전히 허구적이거나 비유적인 상상적 존재들일 뿐인가? 하지만 상상적인 것이 때로는 이롭고 때로는 해로운 실재적 영향력을 행사하고, 또한 바로 그러한 상상적-실재적 힘이 우리 각자의 자유의 출발점이라면? 그렇다면, 수직적인 나무-인간적 흐름과 수평적인 동물적 흐름이 서로 교차하며 형성되는 십자가적 형태의 소용돌이치는 중심에서 출현하는 원형적 존재를 향한 상상적 사유의 길은 창조적일 수도 파괴적일 수도 있는 역동적 힘들이 상호작용하고 있는 험난한 길이며, 지금 당장 원하든 원치 않든 우리 모두가 각자의 방식으로 언젠가는 통과해야 할 필연적 자유의 길이며, 상상적-실재적 세계로 이끄는 개별적-보편적 길일 것이다.

[2020]

2부
카오스, 돌의 의지

비판의 비판[1]
─ 문학비평의 한 가능한 과학성의 의미를 향하여

일반적으로 비평이란 사실적 근거와 논리적 일관성에 기초한 합리적 비판이라고 생각된다. 그런데 합리적 비판은, 많은 경우 주관적 불만(족)의 객관적 표출로 나타나지는 않는가? 그렇다면 비평은 '객관적 불평'일 수도 있지 않은가? 혹은 객관성을 내세우는 것이 과학의 가장 중요한 특징이라면, 비평은 '과학적 불평'일 수도 있지 않은가? 그런데, 그렇다면, 비평은 과학적 객관성으로 위장된 주관적 욕망(항상 억압되어 있고, 항상 불만족스러운 상태 속에 있는 욕망)의 활동으로 나타나지는 않는가? 그렇기에, 비평을 추동하는 주된 정동은 질투, 원한, 증오 같은 것이 아닌가? 또한, 그렇기에, 이른바 '비판적 지성'이란, 그러한 부정적 정동의 힘에 의해 자신의 주관적 욕망과 느낌으로부터 분리된 것처럼 보이게 만드는 객관성의 효과를 장악해 지배적 위치를 획득한 권력의지의 가면이 될 수도 있지 않은가? 그러므로 비판적 지성에 기초한 과학이기를 원하는 비평의 진리 주장은 진리에의 의지가 아니라 권력에의 의지를 보여주고 있지는 않은가? 그렇게 과학적 진리의 문제는 자주 정치적 권력(힘)의 문제로 대체되고 있지는 않은가? 또한 그렇기에 많은 과학적, 정치적 논쟁들/투쟁들은 진리가 이기는 것을 보

1 이 글은 2017년 6월 〈문장 웹진〉에 실렸던 졸고다.

여주지 않고, 이기는 것이 진리라는 것을 보여주고 있지는 않은가?

과학이 추구하는 것은 진리다. 비평이 과학이고자 한다면(혹은 비평이, 유희적 지식이건 진지한 지식이건 어쨌건 지식/인식과 관련된 한에서, 과학적이어야 한다면), 비평이 추구하는 것 또한 진리일 수밖에 없다. 가령 자연과학이 추구하는 것이 자연의 진리라면, 문학비평이 추구하는 것은 문학의 진리일 수밖에 없다. 따라서 문학비평은 문학의 진리를 추구하는 문학의 과학(혹은 문학학) 같은 것을 전제하지 않으면 안된다(설령 그러한 이름의 과학이 아직 없고, 여전히 없을 것 같다고 하더라도). 물론 여기서 '과학'이나 '진리'라는 이름의 의미는 어디에서나 일의적으로 사용될 수 없다(가령 니체나 그 이전의 누군가들이 말했던 '즐거운 과학' 같은 것이 있을 수 있다면, 그때 그 '과학'의 의미는 현재 상식적으로 이해되고 있는 '과학'의 의미와 동일하지 않을 것이다). 왜냐하면, 일반적으로 그 존재가 의심될 수도 있는 과학 자체, 진리 자체의 일의적(혹은 본질적) 의미가 감추어져 있거나 다의적 의미 중의 하나가 일의성을 가장하기 때문이다. 가령 과학이란 일반적으로 현재 통용되는 '자연과학'이란 이름이 함축하는 과학성만을 의미하는 경향이 있으며, 또한 진리란 지성을 가진 사람(이른바 지성인)이라면 누구나 따라야 하는 '논리학'이 함축하는 진리성만을 의미하는 경향이 있기 때문이다. 하지만 왜 과학의 의미가 근대적 의식의 지배권을 장악한 자연과학에 한정되어야 하며, 또 왜 진리의 의미가 사실과 일치하는 판단(혹은 이미 알려진 존재자들의 사태에 상응하는 지식을 재현하는 명제)의 진리, 즉 일상적으로 말해서 '맞는 말' 혹은 '옳은 말'에 한정되어야 하는가?

과학 자체, 진리 자체의 일의적 의미, 본질적 의미가 없다면, 현재의 과학과 진리의 의미 또한 유일하게 가능한 의미가 아니며, 다른 가능한 의미가 있을 수 있다. 혹은 만일 그러한 일의적 의미가 있음에도 아직 감추어져 있거나 잘 드러나 있지 않다면, 그 의미가 언젠가 온전하게 드러나게 될 수 있을 때라야 비로소 현재의 과학관과 진리관이 갖는 (파생적, 비-본질적) 의미의 한계 또한 명료하게 드러날 수 있게 될 것이다. 어쨌거나, 그러한 일의적 의미가 있건 없건 간에, 현재 과학의 의미는 다의적일 수밖에 없다. 왜냐하면 과학은 항상 자신과 다른 어떤 것에 관한 과학들로 분열되어 있으며, 과학의 과학(즉 과학 자체의 본성을 밝힐 수 있는 과학, 혹은 지식 자체의 본성을 밝힐 수 있는 지식)이 밝힐 수밖에 없는 과학 자체의 의미는 감추어져 있기 때문이다. 가령 자연과학과 인문과학의 구별이 있다면, 이때 '과학'은 자연과 인간(혹은 문화)의 구별에 따라 분열되고, 그때 그 과학들의 의미는 다의적이 된다(과학의 객체가 달라지고 다양해지면, 과학 자체의 성격과 의미도 달라지고 다양해질 수밖에 없다). 혹은, 만일 자연과학과 정신과학을 구별한다면(가령 딜타이나 가다머의 경우처럼), 그때 서로 다른 두 과학들 사이의 다의성과 이질성을 낳는 것은 자연과 정신의 구별일 것이다. 그런데 문제는 이것이다. 그 두 과학이 '과학'이라는 이름을 사용하면서 어떤 본질적인 관계성 속에 있는 한, 그 둘의 다의성 속에는 어떤 종류의 일의성이 작동하고 있어야 하는 것이 아닌가? 그래야만 그 둘의 관계성이 드러나게 되는 것이 아닌가? 진정한 구별하기는 구별되고 있는 것들의 관계가 형성되는 과정으로 볼 수 있으며, 어떤 유사성을 통한 공속성 없이 그저 다르기만 한 것들로 분리(분류)하는 것이 아니다. 그러므로 현재의 자연과학의 모델에 따라 정신과학의 의미를 한정할 수 없으며, 다른 한편으로 자연과학과 전혀 무관한 정신과학의 의미를 찾을 수도 없다. 그 두 과학은 일의적 의미로 일치될 수도 없고, 다의적 의미로 분리될 수도 없다. 그렇기에 여기서는 일의적인 것과 다의적인 것 사이의 역동적 긴장 관계를 표현할 수 있는 유비적인 것에 호소할 수밖에 없다.

문학비평이 전제할 수 있는 문학의 과학은, 문학이 자연보다는 인간,

문화, 정신에 속한다고 보는 것이 자연스러우므로 자연과학보다는 정신과학 쪽에 가깝겠지만, 그때의 정신과학의 과학성은, 자연과학과 무관하게 분리되지도 않고 자연과학에 일치하지도 않으면서 그것과 유비적 관계성을 갖는 과학성이다. 단적으로 말해서, 문학비평의 한 가능한 과학성은 '유비analogy의 과학성'이라 부를 수 있을 것이다. 그러한 유비적 과학성의 요청은 자연과 인간, 자연과 문화, 자연과 정신 사이에 이미 유비적 관계성이 작동하고 있다는 직관적 경험(혹은 경험적 직관)에 기초한다. 인간 영혼의 중요한 세 활동, 즉 과학적(지성적)/예술적(감성적)/종교적(의지적) 활동은 모두 여하간 그 발생적 국면에서 어떤 종류의 근본적인 경험에 기초할 수밖에 없으며, 유비의 과학 또한 마찬가지일 것이다. 하지만 이때 유비적 관계성에 대한 직관적 경험이란 무엇인가? 그것은, 아무리 막연하며 희미하며 순간적이며 심지어 발생하자마자 망각될지라도, 삶 속에서 마주칠 수 있는 서로 다른 존재들을 꿰뚫고 있는 전체성, 통일성에 대한 느낌, 어떤 충만한 온전성을 예감케 하는 질적으로 특이한 감성적-인지적 느낌의 경험이다. 그러한 경험 속에서는 서로 가장 멀리 떨어져 있는 것처럼 보이는 것들, 결코 결합될 수 없이 단절되어 분리된 것처럼 보이는 것들, 가장 대립적인 것처럼 보이는 것들, 이를테면 하늘(위)과 땅(아래), 빛(낮)과 어둠(밤), 선과 악 등이 어떤 역설적이고 아이러니한 방식일지라도 어떤 연속성 속에서 이해될 수 있어야 할 것이다. 혹은 실재적(현실적)인 것과 상상적인 것 또한 전혀 다르기만 한 것은 아니라고 이해될 수 있어야 할 것이다. 그러므로, 말하자면, 불(열)-물(액체)-공기(기체)-흙(고체)-광물-동물-식물-인간-신-천체(별)-천사-악마-유령-호문쿨루스-요정-귀신-괴물-드래곤-유니콘-불사조-스핑크스-인어-뱀파이어 등등은 본질적인 내적 관계성 속에서 이해될 수 있어야 할 것이다.

물론 '느낌의 경험'이란 자주 개인적 취향, 성격, 기분, 기질 등으로 채색되며, 그렇기에 그 느낌을 불러일으킨 사태의 본성에 대한 객관적인 인지적 기능을 할 수 없다. 설령 그러한 기능을 인정한다 하더라도, 치명적인 인지적 오류를 저지르게 할 수도 있는 주관적(자의적)인 반응에 불과하기에, 그것은 과학의 기초가 될 수 없다고 생각될 수 있다. 하지만 왜 과학이 오류를 배제해야 하고, 주관성을 배제해야 하는가? 아직 완결되지 않은 형성 과정(수많은 시행착오를 거쳤고, 거치고 있고, 아마도 계속 거치게 될지도 모를 형성 과정) 중에 있는 자기-의식적인 개별적 인간의 인식 활동으로 이해될 수 있는 과학에서 오류 없이 도달될 수 있는 진리, 주관성 없이 도달될 수 있는 객관성이 존재할 수 있는가? 오히려 진리 추구에서 오류(혹은 비-진리)는, 어떤 결정적 역할을 하고 있거나 해야만 하는 것이 아닌가? 또한 객관성을 추구하는 과학에서 주관(자기-의식적 개인)은 그저 수동적인 구경꾼에 머무는 것만이 아니라 어떤 능동적이고 결정적인 작인의 역할을 하고 있거나 해야만 하는 것이 아닌가? 유비의 과학에서는 진리와 비-진리, 객관과 주관의 대립적 구별 또한, 자기-의식적 개인의 내면적 자유를 가능하게 하면서 역동적으로 살아 움직이며 변화하는 본질적인 내적 관계성의 운동으로 이해되어야 할 것이다. 문학비평이 전제할 수 있는 그러한 유비의 과학에서 진리는 그저 주어져 있는 것이 아니다. 어둠 혹은 무지 속에서 발생 가능한 갖가지 부정적인 오류, 위험, 유혹적 요소들 속에서 새로움의 빛, 미래를 향한 길을 발견/발명하는 자유로운 개인의 창조적 활동이 없다면, 결코 드러날 수 없는 생성의 진리, 창작의 진리다. 그렇기에, 자유로운 개인의 내면적 주관성은 객관적 진리가 드러날 수 있는 유일한 자리이며, 치명적인 오류와 유혹의 위기를 가져올 수 있는 비-진리는 창조적 진리, 자유의 가능성을 억압하지 않는 관계적 진리가 태어날 수 있는 필수적 조건이다.

그런데 그렇게 긍정적으로 해석될 수 있을 '주관적 오류'의 발생 장소는 느낌의 경험 그 자체에 있지 않다. 느낀 것은 느낀 것이며, 경험한 것은 경험한 것이다. 한 개인의 감성적 주관이 사태 자체와의 마주침을 통해서 겪은 순수한 경험 그 자체에는 오류가 있을 수 없다. 설령 어떤 동일한 사태 혹은 현상(가령 그것이 하나의 예술작품이든 한 그루의 나무든 간에)과의 마주침에서 여러 감성적 주관이 서로 다른 느낌을 경험할 수 있다고 하더라도, 그 경험들 자체는 그 동일한 사태가 보여주는 다양한 질적 특성들에 대한 각자의 고유한 경험일 뿐, 그중 한 경험만 '맞는 경험'이고 다른 경험들은 '틀린 경험'일 수 없다. 현상과의 진정한 마주침이라 할 수 있을 모든 감성적 경험은 그 자체가 전체적 진리일 수는 없지만, 반쪽의 진리 혹은 전체적 진리를 향한 잠재적 가능성이며, 여기서 오류 여부를 따지는 것은 부적절하다.

모든 경험은 그것이 경험인 이상, 전부 '맞는 경험'이며, 그 속에는 그 경험이 관계하고 있는 사태 자체, 현상 자체의 실재적인 질적 본성이 내재한다. 그리고 유비의 과학이 기초하는 느낌의 경험, 혹은 감성적 경험이 그러한 특징을 갖는다면, 여기에는 중요한 귀결이 뒤따른다. 실재는 현상과 분리되어 불가지적인 무엇으로 배후에 끝까지 남아 있는 어떤 'X'가 아니라, 현상과의 본질적 관계성 속에서 감성적 주관에 알려질 수 있어야 한다는 것이다. 느낌의 경험을 통해, 실재는 현상 속에서 자신을 알려올 수 있다. 도대체 왜 실재와 현상을 분리하면서 불가지적인 물자체를 가정하는가? 근대의 자연과학의 방법에서 영향받은 '비판의 방법'을 통해 바로 그 자연과학을 인식론적으로 정당화하고자 했던 칸트의 경우에서 볼 수 있듯이, 알려질 수 없는 현상 배후의 실재(혹은 물자체)를 가정하는 이유는 아마도 감성적 주관의 경험이란 믿을 수 없이 불안정하고 부정확하고 우연적인 경험이기에 결코 실재일 수 없는 현상의 경험일 뿐이라고 단정해버린 비판적 지성의 성급하고 독단적인 판단 때문일 수 있다. 그렇기에 비판적 지성(혹은 자연과학적 지성)은 유동적이고 관계적인 느낌의 경험(항상 구체적인 관계의 맥락 속에서 발생하는 사건의 경험) 속에서 나타나는 현상이 보여주는 미묘하고 구체적인 실재적 성질들을 무시하면서, 귀납적 일반화를 목표로, 그러한 질적 느낌들을 지성의 고립되고 고정된 도식적 형식에 들어맞는, 측정 가능하고 계산 가능한 양적이고 추상적인 감각 자료들로 환원시켜버리는 경향성을 갖는다. 문학비평의 한 가능한 과학인 유비의 과학은 그렇게 구체적인 질적 느낌을 추상적인 양적 감각 자료로 환원하는 것을 경계해야 할 것이며, 따라서 귀납적 일반화를 일차적 목표로 하지도 않을 것이며, 혹은 귀납적 일반화에 기초한 연역적 증명이 일차적으로 중요하지도 않을 것이다. 그렇기에 가령 '모든 사람은 죽는다' 혹은 '모든 지상의 존재는 무게를 지니며 중력의 영향을 받는다' 혹은 '서로 다른 두 존재가 동시에 동일한 공간을 점유할 수 없다' 혹은 '처녀는 결혼하지 않은 여자다' 혹은 '모든 역사는 계급투쟁의 역사다' 등등의 명제적 판단의 진리나 '질량 보존의 법칙' 혹은 '적자생존의 법칙' 혹은 '변증법적 역사 발전의 법칙' 같은 것은, 그것이 수적이고 양적인 메마른 지성적인 감각 자료로 추상된 수많은 개별적 사례들에 기초한 귀납적 일반화를 통해 도출된 것인 한에서, 문학비평에서 일차적으로 중요한 진리가 아니다. 심지어 그 판단의 진리성마저 충분히 적극적으로 의심될 수 있으며, 따라서 거기서부터 문학의 진리를 연역적으로 증명하기 위한 대전제로 기능할 수도 없는데, 만일 그것이 상식이나 합리적 판단에 반하는 일이라면, 문학비평이나 문학은 그러한 것들에 반할 수도 있어야 할 것이다.

다른 한편으로, 비판적 지성이 행하는 실재와 현상의 분리는 실재와 상징의 분리와도 맥을 같이한다. 다르게 말하자면, 비판적 지성은 상징하는 것과 상징되는 것(이것이 실재이든 존재이든 의미이든)을 분리시키는 경향성을 갖는다. 그렇기에, 가령 '언어는 상징이다'라고 말하면,

그때 언어는 상징되는 의미(혹은 의미-존재)와 분리되어 상징하는 것으로만 파악된다(또한 실재와 상징의 분리를 전제하기에, 상징은 상징되는 것과의 본질적인 관계성을 잃어버리고 계속 상징하는 것들 사이에서만 이동하는 것으로 파악된다). 그렇게 근대철학의 인식론에서 사유와 존재가 분리되듯이, 언어와 존재(또한 언어와 사유)가 분리된다. 하지만 구체적인 관계성에 기초한 직관적(감성적-인지적) 경험의 시원적 발생에서 언어, 사유, 존재가 구별될 수는 있지만 분리될 수는 없는 공속성을 보여준다면, 그러한 분리를 가정하는 것은 시원적이고 발생적인 사건의 경험을 망각하면서 그 경험과 분리된 비판적 지성의 오류일 수 있다. 그렇기에 '주관적 오류'의 진원지는 그러한 사건의 경험에서 분리된 비판적 지성일 수 있다. 비판적 지성은 왜 그렇게 무엇이든 분리시키려는 경향성을 가지며 자신 또한 다른 것으로부터 분리되려고 하는가? 도대체 비판적 지성의 정체란 무엇인가? '비판'이란 어떤 성질의 것인가?

비판이란 근대성과 함께 떠오른 개별적 자기-의식의 자유로운 사유 방식으로 이해될 수 있다. 비판은 근대적인 지성이 사유하는 방법이며, 비판적 지성의 분리시키려는 경향성은 바로 자신이 추구하는 비판의 방법 자체에 기인한다. 왜냐하면 비판의 방법이란 바로 분리에 기초한 방법이기 때문이다. 비판적 지성의 작동이 가능해지기 위해서는 세계와 나, 혹은 객관과 주관의 분리가 선행되지 않으면 안 된다. 그리고 이때 그 둘을 결합시키고 있었던 것이 상호관계성에 기초한 감성적 경험이라면, 그러한 분리는 또한 지성이 감성적 경험과 분리되었다는 것을 의미한다. 그런데 여기서 말하는 분리란 비판적 지성이 어떤 대상을 객관적으로 바라보기 위해, 혹은 바라보기 싫은 어떤 것을 무시하기 위해 의식적으로 행하는 거리 두기 같은 것을 의미하지 않는다. 비판적 지성의 그러한 의식적 거리 두기는 과학 이전의 자연적 차원에서 무의식적인 분리의 사건이 이미 발생했기에 가능한 것이다. 세계와 나,

객관과 주관, 자연과 인간, 감성적 경험과 지성적 사유 사이에는 이미 다시 건널 수 없는 것처럼 보이는 어두운 망각의 심연이 놓여 있고, 그렇기에 비판적 지성이 행하는 실재와 현상, 혹은 실재와 상징의 분리는 비판적 지성 자신이 처해 있는 상태에 대한 자기성찰로부터 뒤따르는 필연적 귀결이며, 자신이 세계 자체나 자연 자체의 존재와 분리되었기에 그에 대해 무지하다는 자기고백이다. 결국 모든 비판은 그러한 자기비판으로 귀결되며, 긍정적으로 이해된 비판의 방법이란 자기의식적 개인의 내면을 향한 자기인식의 길이다. 그렇지만 진정한 자기인식이 세계, 자연, 타자들과의 구체적인 관계성에 대한 인식 없이는 가능할 수 없다면, 그렇기에 비판적 지성의 밖을 향하여 나가야 한다면, 그리고 비판의 방법이 그러한 자기 내면의 반성에 머물 수밖에 없는 한계를 갖는다면, 비판의 방법은 거기서 머물지 않고 극복되어야 하는 방법이다. 물론 그러한 극복의 가능성은 비판적 지성 자체를 단순히 부정하거나 포기하는 일에서 발견될 수는 없을 것이다. 왜냐하면 비판적 지성은 명료한 자기의식에 기초한 자유로운 개별적 사유를 가능하게 해주는 능력이며, 그것을 부정한다는 것은 어떤 우주론적 차원에서 펼쳐지는 비극적인 역사의 지난한 분리(분열)의 과정을 통해 획득된 개인적 자유의 가능성을 잃어버린다는 뜻이기 때문이다. 또한 비판적 지성이 인간의 과학적 활동을 가능하게 해주는 필수적 능력이라면, 그것은 문학비평이 전제할 수 있는 한 가능한 과학인 유비의 과학을 위해서도 포기될 수 없다. 결국 문학비평에서 비판적 지성이 갖는 방법적 한계의 극복은 그것이 처해 있는 의식 상태의 변형/변신을 통해서 이루어질 수밖에 없을 것이다.

의식의 변형은 **의식의 대상이 변형되면 의식 자체도 변형된다**는 사실에 기초한다(의식의 객체와 주체의 상호의존적 관계성). 의식의 객체이건 주체이건, 고정되고 고립되고 정지된 고체적 실체들로 남아 있는 것이 아니다. 그러므로 여기서 요구되는 의식의 사유는 **의식의 대상들을 상호**

침투시키면서 물처럼 흐르게 하는 사유, 서로 분리된 고정된 형태들에 연속성을 부여하며 결합시키면서 변형시키는 사유다. 이때 유비적 통일성 속에서 나타나는 의식의 대상들은 상징적 연관을 창출하는 자유로운 사유의 활동을 통해 구체적인 관계성에 기초한 이행의 운동을 보여줄 수 있어야 할 것이다. 그리고 여기서의 과학적 목표는 추상적, 평균적 일반성이 아니라 구체적 보편성에 도달하는 것이다. 즉 구체적인 개별적 사례들을 지성적 도식에 맞추어 가공할 수 있는 감각 자료로 간주하여 귀납적으로 추상된 일반성, 혹은 개별성과 분리된 보편성이 아니라 개별성 속의 보편성, 보편성 속의 개별성에 도달하려는 노력이다. 그렇기에, 그러한 구체적 보편성의 요구가 또한 어떤 실재적인 원형적 존재를 요구하는 일이라면, 여기서 중요한 탐구의 대상은 원형적 이미지, 원형적 상징, 원형적 현상이다. 여기서의 이미지, 상징, 현상은 실재적 원형과 분리된 것이 아니다. 예를 들면, 원형적 나무와 개별적 나무들은 서로 분리된 것으로 파악될 수 없으며, 문학을 포함한 예술은 개별적인 방식으로 원형적인 나무 자체와 관련된 어떤 특수한 원형적 상징이나 이미지를 보여줄 수 있어야 하며, 비평은 그것을 읽어낼 수 있어야 한다.

그러한 쉽지 않은 활동이 이루어지기 위해서는, 비판적 지성의 의식 속에 놓여 있는 잠재적 변형 능력이 활성화될 수 있어야 한다. 그것은 의식의 지향성의 방향을 바꾸는 일이다. 비판적 지성은 일정한 지향성을 보여주는 감정과 의지를 가지며, 비록 외부와의 구체적인 감성적 경험에서는 분리되었을지라도, 여전히 자신의 외부를 향해 있는 경험과 결합되어 있다(어떤 것과의 분리는 다른 것과의 결합이며, 어떤 것과의 결합은 다른 것과의 분리다). 그러한 경험이란 바로 자신의 논리적 일관성에 근거를 제공하고 자신의 감정을 자극하고 자신의 의지적 행위의 동기를 부여할 사실적 감각 자료에 매달려 있는 경험이다. 의식의 지향성이 감각 자료의 성격을 갖는 의식의 대상을 향해 있는 한에서, 그

228

와 함께 **변할 수 없이 고정된 과거의 사실성**을 향해 있는 한에서, 의식의 변형은 불가능하며, 그것은 **현재를 과거로 후퇴시키는 일**이다. 그러므로 의식의 변형을 중요시하는 문학비평에서 문학작품의 경험은 사실적 감각 자료의 경험으로 특징지어질 수 없다. 오히려 문학비평 혹은 문학에서 중요한 것은 감각경험이 아니라 **기억, 혹은 상기의 경험**이다 (고대 그리스의 신화적 사유에서 문학을 포함한 예술의 어머니는 바로 기억이었다). 기억은 현재를 과거로 후퇴시키는 일이 아니라 **과거를 현재로 전진시키는 일**이다. 감각과 기억은 시간 의식의 방향성이 다르며, 또한 그 둘은 질적으로 다른 능력이다. 그렇기에 기억은 감각의 이차적 재현이나 복사에 그치는 것이 아니며, 비록 비판적 지성이 머물고 있는 의식의 차원에서 자각되지 않는 무의식적인 것일지라도, **자신이 아닌 것과의 공감적 관계를 통해서 스스로를 형성할 수 있는 능력을 갖는 존재의 활동이 없다면 생겨나지 않았을 창조적 활동의 산물**이다. 한 개인의 창조적 활동의 출발점은 감각이 아니라 (무의식적) 기억이다. 다시 말하자면, 비판적 지성에게 익숙한 감각 자료와 결합되어 있는 기억이 아니라, 감각 자료와 분리된 기억이다. 다르게 말하자면, **감각될 수 없는 것, 혹은 감각되지 않은 것, 혹은 망각된 것을 상기하고자 하는 기억**이다. 기억은 **상상**으로 변형되며, 과거가 현재를 넘어 미래로 도약하며, 미래가 현재로 온다. 상상이란 예술적 측면에서 **스스로 만들어내야만 비로소 감각할 수 있는 것**을 창조하는 일이며, 과학적 측면에서 **스스로 만들어내야만 비로소 인식할 수 있는 것**을 창조하는 일이다. 결론적으로 비판적 지성의 변형은 감각경험과 결합된 사실적 의식(즉 일상적 의식, 자연적 의식)에서 자신을 **방법적으로 분리**시켜 기억의 경험과 결합된 상상적 의식으로 방향을 전환하는 일이며, 문학비평의 한 가능한 과학성의 의미 또한 그러한 방향 전환에서 찾아질 수 있을 것 같다.

[2017]

구체적인 관념−언어를 향하여[1]

자연−언어

일상언어는 '자연언어'인가? 이에 반해, 컴퓨터 프로그래밍 언어나 기호논리학적 언어나 수학적 언어 등은 '인공언어'인가? 이러한 구분을 하는 사람들은 자연언어인 일상어의 특징으로 애매성, 모호성, 다의성, 불확실성(불명료성) 등을 열거했으며, 일상어가 가진 그러한 '단점'을 극복하기 위하여 인공언어를 사용하거나, 혹은 일상언어를 최대한 인공언어처럼 사용하고자 했다. 그런데 우리가 보기에 이런 구분은 만족스럽지 못하다. 왜냐하면 그들이 말하는 자연언어인 일상언어가 이미 인공언어이기 때문이다. 도대체 무슨 근거로 현대의 일상언어를 자연언어라 말하는가? 그때 '자연'이란 도대체 어떤 의미로 사용되고 있는가? 우리가 볼 때, 자연은 충분히 구체적인 것을 의미해야 하며, 자연의 언어도 마찬가지다. 그런데 우리가 매일 사용하는 일상어는 이미 추상적인 언어이며, 인공언어가 가능한 이유도 이미 그것이 일상어의 추상성에 의존하고 있기 때문이다(일상언어가 없었다면, 기호논리학적 언어도 프로그래밍 언어도 심지어 극단의 추상적 학문인 수학도 기하학도

1   이 글은 『문학과사회』 2014년 겨울호에 실렸던 졸고다.

가능하지 않았을 것이다).

일상어와 인공언어는 추상의 방향성을 갖는 한에서 서로 별다를 바 없지만, 인공언어가 자신의 존재를 일상어에 의존하고 있다는 측면에서 파생적 성격을 갖는다. 그처럼, 일상어 또한 전혀 자립적이지 않으며 다른 언어에 의존하고 있다. 우리는 그 다른 언어가 자연의 언어라고 생각한다. 우리의 일상적 언어는 자연의 언어에서 파생된 것 같다. 그리고 그러한 한에서, 일상어는 최소한 흔적의 형태로라도 자연-언어의 구체성을 공유하고 있을 것이다. 그렇다면, 일상어는 인공적 측면에서는 추상적 경향성을 갖지만, 자연적 측면에서는 구체적 경향성을 갖는다. 일상어는 그러한 양극적 방향성을 잠재적으로 가지고 있으며, 그렇기에 그것은 추상적인 것이 될 수도 있고, 구체적인 것이 될 수도 있다. 그리고 그러한 가능성은 일상어에 기초한 우리의 의식적인 생각에도 해당될 것이다. 생각은 추상적일 수도 있고 구체적일 수도 있다.

그런데 우리는 지금 추상적이거나 인공적인 언어나 생각을 과도하게 비판하려는 게 아님을 미리 말해두어야겠다. 그것은 현대(혹은 근대)의 인간에게 필수적이며, 구체적이거나 자연적인 것에 대해 상보적인 역할을 할 수 있다. 그리고 그러한 상보적인 역할을 기대하려면 구체적인 자연-언어를 향해 개방될 수 있어야 하고, 자신의 대극에 구성적인 역할을 수행할 수 있어야 한다. 그러나 지금의 사정은 어떠한가? 우리는 자연의 언어라는 것이 존재하는지조차 의심하고 있지 않은가? 일상의 추상적 언어와 생각이 자리 잡고 있는 황무지와 자연-언어의 바다 사이에는 어떤 망각의 심연(소위 맨정신, 혹은 일상적 의식으로는 감히 건널 수 없을 것 같은 심연)이 있고, 거기에는 검은 죽음의 강물이 흐르고 있는 것은 아닌가?

자연의 언어는 우리에게 망각된 언어로 나타난다. 우리는 광물의 언어, 식물의 언어, 동물의 언어 등을 이해한 적이 없었던 것 같고, 그러한 표현 속에 나타난 '언어'라는 말은 순전히 장식적 차원의 비유로만 보인다. 그런 면에서, 문학언어의 중요한 특성 중의 하나가 일상어와 자연언어의 인공적 합성이라고 할 때, 우리는 그러한 특성을 잘 보여주는 문학작품들의 이해를 차단당하고 있는 것이다. 왜 그런가?

아이의 정신으로 일상어의 세계 속에 들어오면서 어른이 된 우리는 망각의 강을 무의식적으로 건넜을 것이다. 이제 다시 그 망각의 강을 역으로 건널 수 있기를 꿈꾼다면, 그것은 과거로의 회귀나 퇴행이나 지나가버린 것의 반복이 전혀 아니다. 왜냐하면 그때는 '무의식적'으로 행했던 것을 이제는 '의식적'으로 행해야 할 것이기 때문이다. 우리의 문제는 의식적인 것과 무의식적인 것 둘 중의 어떤 것을 취하고 어떤 것을 버릴 것이냐의 문제가 아니라 그 둘을 합성, 혹은 통합, 혹은 동화하는 것이다. 만일 일상적 의식을 차갑게 얼어붙은 빛 같은 것으로, 무의식을 뜨거운 어둠이나 검은 암흑물질, 가령 석탄, 그러니까 유황 성분을 포함한 탄소 같은 것으로 가정한다면, 우리의 작업은 언어-사유의 탄소동화작용, 혹은 영혼(혹은 피)의 광합성 같은 것이라고 말할 수 있을지도 모른다. 그런데 우리는 언어와 생각의 과정이 마치 죽음의 과정처럼 보인다는 것을 인정하지만, 그럼에도 그것은 궁극적으로 생명의 과정이어야 한다고 전제하며, 그렇다면 이 작업을 매개하는 것은 모든 생명 활동이 그렇듯이 유동적인 공기, 즉 바람 같은 숨이고, 그 숨 덕분에 재생되어 흐르는 피일 것이다. 여기서 핵심적인 것은 '바람 같은 숨'이다. 그런데 '바람' 혹은 '숨'이라는 단어는 매우 다의적이며, 특이하게도 '관념'이라는 단어와 연결될 수 있는데, 우리는 그 일상어를 자연과 정신 사이의 긴장 관계 속에서 생각해볼 필요가 있다.

바람의 관념, 관념의 바람

이러한 바람[願]은 또한 바람[風]이어서, 나를 자꾸 불어간다.[2]

관념이란 어디서 불어와 어디로 불어가는가? 바람, 숨, 관념이 어떻게 연결될 수 있는가? 바람은 구체적인 자연현상이며, 숨은 우리가 항상 의식하고 있는 것은 아니지만 생사가 달려 있는 구체적이고도 부단한 활동에 속한 것이며, 관념은 아마도 우리 대부분이 생각하듯이 머리 혹은 뇌 속에서 핏기 없는 유령처럼 출몰하는 '추상적'(?)인 것이다. 바람은 관념과 아무런 구체적 관계성도 없어 보인다. 하지만 불어오는 바람과 함께 숨을 쉬며 어떤 관념에 대해 생각할 때, 그 관념을 바람이 불러일으킨 어떤 것으로, 혹은 차라리 바람이 가져다준 어떤 것으로, 혹은 오히려 바람이 숨을 통해 들어와 피 속에서 불지핀 어떤 것으로 생각하면 왜 안 되는가? (이런 방식의 생각을 못하게 하는 우리 시대의 의식의 양태는 도대체 어떤 정당성을 지닌 것인가? 아마도 정당성과 비정당성을 함께 지니고 있을 것이다.) 그런 생각을 해도 되든 안 되든 어쨌거나, 바람과 숨과 관념의 연관성을 보여주는 서술을 우리는 정영문의 소설 속에서 만날 수 있다.

바람이 불 때면 나는 숨을 내쉬어 그 바람에 숨을 더해 바람이 좀더 세게 부는 데 내가 어떤 역할을 하고 있다는 생각을 했다.

그리고 불던 바람이 약해지는 순간이면 나는 숨을 더욱 살며시 불었고, 그 과정을 반복하며 내가 사물을 관념으로 상대하고, 관념을 사물처럼 생각하기 좋아한다는 사실을 떠올렸고, 그 순간 바람

---

2   박상륭, 『죽음의 한 연구―상』 문학과지성사, 1997, p. 267.

은 어떤 관념처럼 여겨진다는 생각을 했다. 〔……〕 (관념에 사물의 형태와 성질을 부여하고, 사물을 관념으로 착색을 하는 것은 소설이 아닌 시의 몫일 것이다. 나는 이 글이 소설에서 멀어져 시에 다가가게 하려 하고 있는지도 모른다.) [3]

　　바람이 어쩌나 거센지 어깨에 작은 날개라도 달면 살살 날 수도 있을 것 같았다. 나는 데 필요한 것은 작은 날개와 날고자 하는 의지인데 의지는 부족하지 않지만 날개가 없어 날 수 없는 것 같았다.
　　〔……〕 바람에 부서질 것 같은 배들을 계속해서 보고 있자, 마치 바람이 그 생각을 내게 가져다준 것처럼 어떤 생각이 들었는데, 그것은 어떤 원숭이에 관한 것이었다. [4]

　　정영문 소설의 이런 서술은 일견 그저 바람과 숨과 관념에 대한 유희적 생각, 그것도 추상적인 생각에 대해 이야기하고 있는 것처럼 읽힐 수 있기에, 여기서 우리가 앞에서 말했던 망각된 자연-언어와의 연관성을 끄집어내는 것은 과장된 해석처럼 보일 수 있다. 하지만 이 연관성은 주관적이거나 자의적이기만 한 상상이 전혀 아니며, 그러한 연관성이 만들어진 것은 그저 우연의 일치가 아니다. 이 연관성에 대한 생각은 오랜 역사적 전통을 가지며, 이 소설의 주인공이 망각 속에 빠져 있는 그 오래된 연관성을, 인류가 보편적으로 가진 무의식적 내면의 공통 감각, 이를테면 촉수처럼 기능하는 생각의 활동에 의해, 모호할지라도 자신의 의식적 지각으로 끌어올렸다는 사실이 지금 우리에게는 중요하다. 이와 관련하여 데리다가 전해주는 바를 참고한다면, 주

3　정영문, 『바셀린 붓다』, 자음과모음, 2010, p. 137.

4　정영문, 『어떤 작위의 세계』, 문학과지성사, 2011, p. 120.

로 숨이나 바람, 정신 등을 뜻하는 히브리어 ruah와 그리스어 pneuma와 라틴어 spiritus와 독일어 Geist는 모두 숨(결), 호흡, 바람, 영감, 정신, 화염, 심지어 하늘(위)에 있는 태양의 불과 열, 증기, 가스, 공기, 흐르는 액체 등의 유비적 의미에 의해 긴밀히 연관될 수 있다.[5] 이러한 유비적 의미를 종합적으로 고려할 때, 바람-관념은 자연적 신체나 영혼에 생기나 온기를 주거나, 새로운 충동이나 자극을 주는 자율적/자발적이고 역동적/능동적인 힘, 즉 구체적 현실태energeia 같은 것으로 이해할 수 있다.[6]

우리가 이러한 배경을 두고 정영문 소설이 말하는 한 생각, 즉 "바람은 어떤 관념처럼 여겨진다는 생각"을 다시 되새김질해본다면, 그러한 '생각'의 추상성이 감추고 있는 구체성을 구체적으로 예감할 수 있을 것이다. 그런 측면에서 본다면, '바람이 가져다준 생각 혹은 관념'에서 일차적인 것은 "날고자 하는 의지"인데, 그것은 위를 향한 상승의 욕망, 그러니까 '아래를 향한 무거움'과 대비되는 '위를 향한 가벼움'에 이끌리고 싶은 충동과 연관될 수 있으며, 그러자면 물이 샘솟듯 끓어올라 수증기가 되고 구름이 되어 마치 바다 위를 떠다니듯 하늘 위를 떠다니려는 경향성, 말하자면 희박화를 통한 변형/변신의 활동성과 연관되어야 하는데, 그때 바람-관념은 변화의 의지/욕망/기대(혹은 소망/

---

5   자크 데리다, 『정신에 대해서—하이데거와 물음』, 박찬국 옮김, 동문선, 2005, pp. 168~76.

6   여기서, 융의 다음과 같은 설명을 인용하는 것도 괜찮을 것 같다. "가이스트는 본래의 바람의 성질에 걸맞게 언제나 활발하고, 날개 돋친, 활기를 주고, 고무적이고, 자극적이고, 불을 지피고, 영감을 불어넣는 존재와 같다. 현대적으로 표현하면, 정신Geist은 역동적인 것이다. 그래서 그것은 물질의 대극, 즉 물질의 정체성, 완만함, 비활성에 전형적으로 대립하는 것으로 설명된다. 그것은 결국 삶과 죽음의 대극이다. 이런 대극에 대한 후대의 구분은 정신과 자연이라는 특이한 대립적 입장에 귀착된다. 정신이 본질적으로 활력을 지닌 것이면서 활력을 주는 것이기 때문에, 우리는 자연을 비활력적이라거나 죽은 것으로 여길 수 없다"(C. G. 융, 「민담에 나타난 정신현상에 관하여」, 『원형과 무의식』, 한국융연구원 C. G. 융 저작 번역위원회 옮김, 솔출판사, 2002, p. 278).

희망)의 성격을 보여준다. 그런데 그렇게 관념 혹은 생각이 의지나 욕망의 특성을 보여준다면, 그것을 '추상적'이라 말할 수 있는가? 오히려 그것은 추상적 방향이 아니라 구체적 방향을 취하지 않는가? 가령 정영문의 『어떤 작위의 세계』에서 이야기하는 '뜬구름' 같은 것이 "자연계의 모든 것 중에서도 그 안에 핵심이 없다는 것을 가장 잘 보여주는 것"(p. 270)이거나 추상적인 것인가? 결코 아니다. 뜬구름 자체는 투명한 대기 속에서 응축되면서 상당히 유동적일지라도 이미 구체적 형태(형상)를 얻은 것이며, 더구나 구름의 관념 혹은 **관념의 구름**은 이제 곧 비, 눈, 우박 등의 다양한 형태의 결정체로 변형되어 하강하여 자신이 구체적인 핵심을 가질 수 있다는 것을 경험시켜줄 것이다. 우리가 보기에, 정영문의 소설이 강박적으로 반복해 이야기하는 '추상적인 것'이란 사실은 '구체적인 것'이다.

정영문의 '나' 또한 관념이나 생각이 사실은 추상적이지 않다는 것을 깊이 예감하고 있다. 왜냐하면 특정한 관념이나 생각이 자신을 붙잡고 놓아주질 않으며, 그 생각들로부터 벗어나는 일이 마음대로 되지도 않는다는 사태가 계속 강조되기 때문이다. 그는 "생각 자체에, 생각의 어떤 속성처럼 있는 지독한 뭔가"(『바셀린 붓다』, p. 35)가 있음을 말한다. 지독하고 끈질기게 달라붙어 어떤 영향력을 행사하는 무언가에 과연 '추상적'이라는 표현을 사용할 수 있는가? 그를 사로잡고 있는 특별한 관념들, 이를테면 '동물적 피'로 대표되는 "진홍색 생각들"과 '식물적 엽록체'로 대표되는 "초록색 관념들"의 모순적 결합은, 우리가 앞에서 말했던 영혼(혹은 피)의 광합성, 이를테면 동물적 장미와 식물적 사자의 합성 같은 것을 예감하게 하면서, 추상적이라고 여겨지는 관념이나 생각이 사실은 구체적으로 살아 있는 관념-이미지들의 삶이라는 것을 말해주고 있지 않은가(『바셀린 붓다』, p. 36)? 그리고 이러한 얼핏 무의미하고 모순적이고 역설적으로 보이는 기이한 관념-이미지들이 그의 생각 속에서 살고 있다는 것 자체가 이미 어떤 '합성의 욕망'을 대변하고 있는 것은 아닌가? 우리가 보기에, 정영문의 소설 자신이 말해주고 있듯이, 서로 섞이지 않는 물과 기름의 합성어인 '바셀린'이라는 단어를 소설의 제목으로 등장시킨 것 자체가 그러한 관념의 욕망, 그러니까 **관념의 바람**이 존재함을 말해주고 있다.

우리는 지금 추상성 속에 감추어져 있는 구체성을 상기하기 위해 노력하고 있으며, 이러한 상기의 노력 속에서 나타나는 관념이나 생각은 구체적인 것이다. 이런 관점에서 정영문의 소설을 읽는다면, 그때 그의 소설들은 현대(근대)인을 사로잡고 있는 추상적인 의식에 대한 비판적 자화상으로도 읽힌다. 인공-언어적 의미론의 입장에서 무의미하게 보이는 것이 자연-언어적 의미론의 입장에서는 유의미하게 읽힐 수 있다. 그리고 '의미'는 추상적인 것이 아니라 구체적인 것이다. 물론 우리는 정영문의 소설이 이야기하는 '작위적인 것' 혹은 인공적인 것 자체를 비난하고 있는 것이 아니다. 단지 그것이 '자연적인 것'과 유리된 방식으로 실행될 수 없다는 것을 말하는 것이다. 합성의 과정은 어쨌든 인공적 과정일 것이나 추상적 과정은 아닐 것이다. **정신의 자연은 구체적인 변형의 과정 속에 있다.**

변형의 과정

수많은 산과 강을 넘어 어느 정도 이상의 시간과 지리적 한계에 다다르게 되면, 내가 바로 지금의 나 자신이며 나 자신의 의식으로 생각하고 있다는 사실 또한 이 우주 전체의 섬광 속에서는 더 이상 배타적이고 유일한 사실이 되지 못하리라, 하고 경희는 다시 한번 속으로 생각했다. 그렇다면 부질없음을 알면서도 결코 사라지지 않는 이 욕망의 정체는 무엇인가. 자기 자신이고자 하는 욕망, 자기 자신이 원하는 것을 원하고자 하는 이 애처로운 욕망. 그건 형태를 바꾸며 되풀이되는 영원한 성질과 같은 거야, 구름의 아래와 위에 동시에 자리한 다른 하늘과 마찬가지로.[7]

우리는 이 인용문에서 "나" "자기" "의식" "생각" "욕망"이 어떤 하나로 꿰뚫어지는 느낌, 혹은 어떤 '질적 전체'로 합성되는 느낌을 받는다. "나 자신의 의식으로 생각하고 있다는 사실"은 결코 사라지지 않는 욕망, 즉 "자기 자신이고자 하는 욕망"으로 드러나고, 그것은 다시 "형태를 바꾸며 되풀이되는 영원한 성질"로 드러난다. 그런데 우리가 자기의식, 생각, 욕망을 '하나인 전체'로 파악할 수 있는 이유는, 반복적 변형 과정 속에서 그 과정을 지속적으로 창조/유지하며, 다른 것이 되면서 자기가 되는, 즉 자기-초월적인 자기가 되는 저 역동적인 "영원한 성질" 때문일 것이다.

그런데 우리는, 앞에서의 논의에 따라 이 "영원한 성질"을 **바람-관념** 이외의 다른 것으로 생각할 수 없다. 만일 그렇게 생각하지 않는다면, 그 이유 중의 하나는 관념이란 것을 역동적인 변형의 과정 속에서 구체적인 충동과 함께 살아 움직이는 자립적인 생명체로 파악하지 않기 때문일 것이다. 왜 그런가? 유물론적이고 기계론적인 과학주의에 오랫동안 사로잡혀온 추상적 의식에 나타나는 관념이나 생각의 대상이란 물질이나 두뇌의 추상적 부산물, 분비물, 배설물에 지나지 않는 것이다. 유물론적인 추상적 의식의 생각은 아마도 이런 것일 것이다. 이 세상의 모든 뇌들이 동시에 소멸한다면, 그와 더불어 그 뇌들이 저장하고 있던 모든 기억, 관념, 생각, 감정, 느낌, 욕망, 언어도 소멸할

---

7 배수아, 『서울의 낮은 언덕들』, 자음과모음, 2011, p. 56.

것이다! 하지만 이때 관념이란 어떤 성격을 가진 것인가? 그것은 유물론적 의식이 관계하는 외부 세계의 대상들, 그러니까 서로 분리되어 따로따로 저마다 한 자리씩 차지하고 있는 고정된 대상들에 대한 추상적 복사물이고 재현물이다. 그러한 복사물이자 재현물인 추상적 관념이 바로 '생각의 대상'이고, 그때의 '생각'이란 단지 유물론적 의식이 관계하고 있는 적자생존의 외부 세계에서 생존하고 적응하기 위한 두뇌의 실용적 테크닉을 가리키는 말일 뿐이다.

현대를 사는 우리의 '감각'과 '생각'은 바로 그러한 유물론적인 추상적 의식에 사로잡혀 있다. 그렇게 사로잡혀 있는 한, 우리는 감각의 활동과 생각의 활동이 실제적으로 무엇을 의미하는지 알 수 없다. 감각이나 생각의 활동을 국지적이고 부분적인 신체 기관에 확고하게 고정된 것으로 생각하는 한, **'전체적인 지각의 활동성'**은 유물론적인 추상적 의식에 의해 은폐되고 경험될 수 없는 것이 된다. 그러한 의식은 화이트헤드가 말한 '잘못 놓인 구체성의 오류' 같은 것을 저지르고 있다. 우리의 추상적 의식에 필요한 것은 아마도 배수아의 소설이 말하는 다음과 같은 열망, 즉 "자신을 어떤 특정 장소로부터 분리시키고 단 하나의 장소에 고정된 단 하나의 좌표라는 물리적 고유성을 분열시키고자 하는 그런 열망"(『서울의 낮은 언덕들』, pp. 23~24)일 것이다. 우리의 추상적 의식이 그러한 열망(즉 바람-관념)에 의해 지금의 결박된 상태로부터 "분리"되거나 정체된 상태로부터 "분열"되면서 어떤 역동적 과정, 즉 구체적인 변형의 과정, 이를테면 어떤 유동적 흐름의 과정, 그러니까 일종의 융해, 증발, 응결 등의 전체 과정 속에서 지속하는 바람-관념을 구체적으로 살기 시작한다면, 그때 우리의 의식은 어쩌면 어떤 '정신의 현기증'을 겪는 가운데 더 이상 생각이나 관념을 추상적인 것으로 여길 수 없게 될지도 모른다. 배수아의 소설이 이야기하듯 "감정이나 정신의 현기증은 흔히 생각하는 것처럼 단지 추상적이기만 한 것"이 아니며 "구체적인 형체와 냄새가 있"기 때문이다(『서울의 낮은 언덕들』, p. 20). 그렇게 자기의식, 생각, 감정, 욕망을 관통하는 바람-관념의 구체적 활동을 통해, 우리는 또한 구체적인 몸의 관념, 혹은 오히려 **관념의 몸**을 지각할 수 있게 될지도 모른다.

우리가 외부 세계에서 지각하는 것은 관념의 몸이다. 지각의 대상은 관념이 자신을 드러내는 형태다. 다시 말해, 형태는 관념의 몸이다. 형태에는 고체적 형태뿐만 아니라 액체적 형태, 기체적 형태, 그리고 '불'과 같은 형태도 있으며 '소리'의 형태도 있고, '빛'의 형태도 있고, '생명'의 형태도 있다. 우리가 지각하는 다양한 '형태'는 관념의 창조적 활동에 의해 '형성'되는 과정 속에 있는 것이다. 가시적인 범위에 한정시키지 않고 폭넓게 이해된 '형태'란 우리의 지각 속에서 관념이 자신을 개방하는 구체적인 **관념-언어**다. 그런 관점에서 가령 우리는 표정, 제스처, 목소리, 동식물의 형태, 돌의 형태, 구름의 형태 등을 '상형문자(혹은 표의문자)와 같은 형태'로 파악할 수 있으며, 그 '형태' 속에서 드러나는 **자연-언어, 즉 구체적인 관념-언어**를 읽을 수 있을지도 모른다. 여기서 '언어'라는 단어는 '형태'라는 단어와 마찬가지로 할 수 있는 한 가장 포괄적 의미로 이해되어야 한다. 왜냐하면 그것이 지금 '하나인 전체' 혹은 '질적 전체'로 파악된 '바람-관념'과 연관되어 있기 때문이다. 그렇기에 우리는 보통 '비언어적'이라고 하는 것까지 '관념-언어적'이라고 말할 수 있다. 가령 『서울의 낮은 언덕들』의 다음과 같은 표현들, 즉 "그의 목소리에는 여전히 불만족의 흔적이 있었다" "그의 얼굴은 소리 없이 주장하고 있었다"(pp. 58~59), "그의 눈길은 그 자신이 입 밖으로 꺼내서 말하고자 하는 것보다 더 많은 것을 누설하고 있다는 것이 항상 문제지요"(p. 65), "모든 형태의 소리로 나타나는 불안의 징후들. 비언어적 사인들"(p. 258), "수많은 뼈와 돌들의 속삭임"(p. 51), "우선 그들의 모습, 외양과 움직임에 주목하고 그들이 말하는, 내용이 아닌, 형태에 귀 기울인다"(p. 252) 같은 표현들에서 우리는 구체적인 관념-언어의 몸인 "형태"를 지각(관찰)하는 행위의 중요성이 암시되고 있는 것을 본다.

요약하자면, 형태는 구체적인 관념-몸이자 구체적인 관념-언어다. 그러므로 배수아의 소설이 "형태를 바꾸며 되풀이되는 영원한 성질"이라고 말했을 때, 그 "영원한 성질"은 전혀 추상적인 것이 아니다. 오히려 그것은 구체적인 형태의 생성과 소멸, 즉 형태의 형성에 요구되는 질적 변화의 과정, 즉 변형metamorphoses의 과정 속에서만 그 의미를 충족시킬 수 있는 구체적인 것이다. 그리고, 앞에서 언급했듯이 우리는 질적 변화 혹은 변형의 과정이 어떤 기적과도 같은 합성의 과정일 것이라고 예감하며 기대하고 있다.

얼음이라는 형태

보이지 않는 유령을 사랑하고 가본 적 없는 세계를 동경하는 몽상가처럼 왕은 그녀를 상상했고 그리움으로 병이 날 지경이었다. 바람이 어디에서 불고 어디로 향하는지 알 수 없지만 느낄 수 있는 것처럼 왕은 여왕의 존재를 바로 곁에서 느낄 수 있었다. 북쪽에서 불어오는 찬바람이 왕궁의 창틀을 흔들기만 해도 왕은 그것을 여왕의 숨결이라고 느꼈다.[8]

여기서 "왕"은 누구고, "여왕"은 누군가? 현대의 자유민주주의 시대에 왕과 여왕이 무슨 구체적인 의미를 지닐 수 있는가? 유명무실한

---

8   정용준, 『바벨』, 문학과지성사, 2014, pp. 9~10.

상징적 왕/여왕이 아니라면, 도대체 어디서 왕과 여왕을 찾을 수 있는가? 현대의 세계는 왕이나 여왕에 의해 통치되고 있지 않다. 하지만 왕이나 여왕을 세계에서 몰아냄으로써 우리는 정녕 왕이나 여왕의 관념도 함께 몰아냈는가? 결코 아니다. 아무도 왕과 여왕이 아니지만, 어떤 의미에서 모두가 왕과 여왕처럼 되고자 하는 그런 어떤 유혹적이고도 위험한 경향성이 있다. 왕이나 여왕의 관념은 태양이나 달처럼 지속하는 구체적 관념이기 때문이다. 그래서 가령 두뇌 혹은 심장은 인체 내의 태양 혹은 달이라 부를 수 있으며, 그 유기체 내에서 왕 혹은 여왕의 역할을 수행하고 있다고 생각할 수 있는 것이다. 그런데 우리가 앞에서 말했듯이, 현대는 두뇌의 유물론적인 추상적 의식과 그 의식과 함께하는 욕망에 지배당하는 시대이므로, 그것이 이 시대의 왕 혹은 여왕 노릇을 하고 있다고도 말할 수 있다. 그렇기에 이렇게 물을 수 있다. 우리는 지금 부당한 속임수로 왕위를 찬탈한 가짜 왕, 가짜 여왕에 의해 지배당하고 있는 것은 아닌가? 혹은 '왕좌'는 어딘가 다른 곳에 있고, 그 자리가 지금 비어 있어 새로운 주인을 기다리고 있는 것은 아닌가? 혹은 왕좌 자체가 아직 준비되지 않은 것은 아닌가?

이런 물음들은 어디에도 이르지 못하는 과대망상적인 추론을 부추기는 경향이 있는 것 같기에, 지금으로서는 그다지 유익하지 않은 물음처럼 보인다. 그럼에도 이를 통해서 강조하고 싶은 것은 정용준 소설의 도입부를 이루는 '얼음나라 여왕'의 이야기를 '한낱 우화나 동화에 불과한 것'으로 취급하면 곤란하다는 것이다. 흥미롭게도, 여기서 여왕은 "바람"과 "숨결"과 함께 등장한다. 다시 말해서, 바람의 관념 혹은 관념의 바람과 연관되고 있다. 재앙과도 같은 바벨의 언어를 발명한 '과학자'로 묘사되는 닥터 노아가 어린 시절 생생한 감동 속에서 읽었던 동화 속에 나오는 이 '마술적'인 얼음의 여왕은 망각의 영역을 건너야만 도달할 수 있는 지하 세계(어둠 속의 빛의 세계)에서 살면서

'말'을 '얼음'으로 결정화시키는 능력을 가지고 있다. 지금까지의 방식으로 해석하자면, '말'은 '바람-관념'이고, 얼음은 '관념-몸'이다. 여기서 이야기되는 것은 '말의 육화' 혹은 '자연-언어의 탄생'과 관련된 것이라고 할 수 있다. 그런데 우리가 배수아의 소설을 읽으면서 변형의 과정 속에 있는 영원한 성질로 이해했던 바람-관념이란, 그 소설이 공들여 묘사하는 이집트의 태양신화를 통해서도 알 수 있듯이, 태양 혹은 '불' 같은 것을 의미하고, 그것은 '남성적'인 것이다. 따라서 우리는 정용준의 소설이 이야기하는 이 '얼음의 여왕'을 바람-관념과 연관시킬 수는 있어도 동일시할 수는 없다. 그러나 그렇다면 불과 얼음이 어떻게 결합할 수 있는가? 어떻게 지속하는 불이 얼음이 될 수 있는가? 혹은 어떻게 얼음 속에 지속하는 불이 있을 수 있는가? 혹은 어떻게 지속하는 불이 얼어붙을 수 있는가? 그것은 지속하는 불이 이미 물과 같은 것이기 때문인가? 아니면, 우리가 불, 물, 바람, 얼음 등을 그 구체적인 관념-언어, 즉 자연-언어적 측면에서 파악하지 못하고 있기 때문인가?

이렇게 말해보자. 얼음은 차갑다. 다산 정약용의 '변화의 책'에 대한 해석[9]을 참고하자면, 땅을 의미하는 곤(坤)의 성질은 따뜻함이고, 하늘을 의미하는 건(乾)의 성질은 차가움이다. 그런데 차가운 바람이 불며 겨울이 시작되고 첫서리가 내리고, 눈이 오고, 얼음의 형태(象)에 이르는 것은 곤을 구성하는 초효(初爻)의 음(陰)이 양(陽)으로 변동되면서 응결되기 때문이다. 즉 얼음 형성의 원인은 양기(陽氣) 탓이다. 그리고 이 책의 옮긴이의 주에 따르면, 양기는 태양에서 나왔다는 이유로 더운 것이 되지는 않는다고 한다. 이러한 설명을 우리의 문제에 적용시킨다면, 우리는 땅속에 살고 있는 얼음의 여왕이 양기, 즉 남성적인 것을 자기 안에 함축하고 있다고 말할 수 있다. 혹은 역으로, 땅속으로

---

9   정약용, 『역주 주역사전 1』, 방인·장정욱 옮김, 소명출판, 2007, pp. 314~15.

들어오기 이전에, 남성적인 것이 이미 여성적인 것을 함축하고 있다고도 말할 수 있을 것이다. 하지만 그것은 곧 불-물 혹은 태양-달 혹은 양성체의 관념이 아닌가?

이 애매모호한 영역에서, 망각된 무의식의 자연-언어를 상기하려는 우리의 의식적 행로는 정용준 소설의 사냥꾼처럼 난관에 봉착하고 있는 것도 같다. 그가 여왕을 만나기 위해서는 의식을 잃어야 했고, 여왕의 얼음을 가지고 다시 의식의 영역으로 돌아올 때는 넘어져야 했으며, 그 과정에서 여왕의 말이 결정화된 얼음은 깨졌다. 그는 그런 단절의 과정을 거친 얼음을 지상의 왕 앞에서 따뜻한 물에 녹였지만, 들리는 것은 여왕의 목소리가 아니라 "괴물의 울음소리 같았고 지하 감옥에서 평생을 갇혀 언어를 잃어버린 수인의 울부짖음 같"은 소리만 들린다(p. 26).

그런데 우리가 보기에 여왕의 말이 괴물의 울음소리 같은 것으로 변질되는 것은 얼음이나 여왕의 탓이 아니라, 밤의 세계에서 낮의 세계로 이동하여 그것을 '지각'하고 있는 사냥꾼의 '의식' 탓이다. 그런 '의식'이란 결국 이 소설 속에서 "물리적 형태를 지닌 말"(p. 52)인 바벨의 언어를 발명한 자로 설명되는 '과학자의 의식'인데, 그런 의식의 특징적 성격은 결국 앞에서 말했던 유물론적인 추상적 의식일 것이다(물론 모든 과학자의 의식이 그렇다는 것은 아니며, 또한 여기서 세세하게 다루지 못하고 있는 정용준의 소설이 묘사하는 과학적 의식의 성격은 다면적이고 이중적이다). 어떤 의미에서 유물론적 과학자가 아닌 모든 현대인도 공유하고 있는 이러한 추상적 의식은 자신이 지각하는 "물리적인 형태"가 사실은 구체적인 관념일 수도 있다는 것을 꿈에도 생각하지 않는 의식이다. 왜냐하면 그에게 관념이란 자신의 두뇌 속에서만 나타나는 추상적인 것이기 때문이다. 이런 의식은 '형태'를 주로 물리적인 고체로만 이해하며, '형태'를 '고체적인 물질'(입자! 원자!)과 동일시한다. 그렇게 함으로써 추상적 의식은 형태도 물질도 왜곡시켜 이해한다.

왜냐하면 형태는 실제로 관념이며 물질은 관념-몸이기 때문이다. 고체의 '형태'로 결정화될 수 있는 것은 물리적 성질 때문이 아니라 관념 혹은 관념-언어의 형성력 때문이다.

만일 우리가 어떠한 형태의 관념도, 관념-언어도 개입하지 않는 인위적으로 설정된 상황 속에 놓인다면, 눈앞의 모든 고체적 대상들은 어떠한 '형태'도, 어떠한 서로에 대한 '연관성'도 없이 와해될 것이다(어떠한 규정성도 발견할 수 없는 무규정성). 이런 면에서 '얼음'을 이해한다면, 얼음이란 강력한 형성력, 즉 형태를 부여하는 활동성의 발현이며, 물은 얼음이라는 단단한 형태에 이르기 위해 준비된 카오스적 질료(아직 분화되지 않은 질서와 균형의 관념을 함축하고 있는, 긍정적으로 이해된 카오스적 질료) 같은 것이다. 그리고 이때 물은 죽어 있는 물리체가 아니라 살아 있는 생명체, 형성적 잠재력을 가진 살아 있는 몸이다. 그렇게 이해된 물이란 수소와 산소 원자들의 결합, 즉 고체적 의식 속에 나타나는 '기계론적'이고 '원자론적'인 물이 아니라, 차라리 '상상적 물' 혹은 '마술적 물'이라고 해야 할 것이다. 그런데 '마술'이라는 단어에서 교묘한 속임수, 혹은 공허한 미신, 혹은 사악한 기술, 혹은 비과학적인 전근대적 퇴행 같은 것만을 이해하는 우리의 추상적 의식은 아마도 여기서 반감을 드러낼지도 모르지만, 그때 추상적 의식은 자신의 그러한 의식적 태도 자체가 이미 어떤 잘못된 '흑마술적 조작'의 결과일 수도 있다는 사실을 꿈에도 생각하지 않는다. 그러한 추상적 의식은 가령 유전자 조작 같은 위험한 행위가 실제로 소위 '흑마술'적인 것과 연관될 수 있다는 사실을 인정하지 않는다. 하지만 과학-기술이 그러한 추상적 의식의 입장에서 '살아 있는 유기체가 가진 마술적 힘'을 물리적으로 조작하려고 하는 한, 그러한 과학-기술은 마술을 '극복'(?)하기는커녕, 오히려 긍정적으로 이해된 마술을 오용하고 있는 것이다. 긍정적으로 이해된 마술이란 살아 있는 유기체 속에서 작용하고 있는 힘 혹은 의지와 연관된 것이며, 그것은 '에로스'와 연관된 것이다. 이런 면에서, 우리는 정용준의 소설에 등장하는 '마리'라는 여성이나 배수아의 소설에 등장하는 '마리아'라는 여성의 이름과 두 소설 모두에 자주 등장하는 '물질' 혹은 '몸'이라는 이름은 어머니mater, 질료materia, 마술magia, 이미지imago, 상상imaginatio 등의 이름과 본질적으로 연관된다고 보며, 그러한 이름들에서 구체적인 관념-언어, 자연-언어의 흔적(ma- 혹은 -mag-)을 본다. 우리는 그렇게 연관시킬 수 있는 구체적인 표현들을 정용준의 소설과 배수아의 소설에서 실제로 발견할 수 있을 것이다. 그러나 그 흔적들을 여기에서 자세하게 추적하기에는 이미 늦은 감이 있으며, 구체적인 관념-언어를 향한 우리의 의식적 노력은 지금으로서는 여기까지다.

[2014]

얻은 것, 잃은 것, 되찾을 것[1]

현대의 과학-기술-도시-문명 속의 인간들은 이제 말이나 마차를 타지 않아도 된다. 소수의 인간들만이 이러저러한 이유(사냥, 승마, 경마 등의 이유)로 아직도 말 등에 올라탄다. 이제 대다수의 인간들은 자동차, 전철, 기차 등에 올라탄다. 말은 이제 더 이상 본격적인 이동수단이나 탈것이 아니다. 한때 인간의 삶과 밀접하게 연결되어 있던 말이라는 동물과 인간의 관계는 이제 거의 끊어진 것처럼 보인다. 인간은 이제 말 없이 살 수 있고, 말에 의존하지 않을 수 있는 것처럼 보인다. 인간은 말로부터 독립한 것처럼 보인다(혹은 말이 인간으로부터 독립한 것처럼 보인다).

하지만 정말로 인간은 말 없이 살 수 있는가? 만일 말이 사라진다면, 단지 승마나 경마를 할 수 없게 되는 것뿐인가? 그저 다른 스포츠, 혹은 다른 오락, 혹은 다른 도박의 형태가 필요해지는 것뿐인가? 혹은 말을 사랑했던 소수의 사람들만이 일시적 슬픔에 빠지게 되는 것뿐인가? 혹은 열두 별자리, 혹은 열두 띠, 그러니까 수대(獸帶, zodiac) 가운데 말띠가 사라져서 열한 띠만 남거나, 명목상의 말띠만 남게 되는 것뿐인가? 그런데 만일 인간이, 로시난테 없는 돈키호테를 생각할 수 없듯

---

1   이 글은 『문학들』 2016년 겨울호에 실렸던 졸고다.

이, 어떤 원형적 상징의 관점에서, 말 없이 생각할 수 없는 존재라면? 혹은, 만일 인간이 마치 켄타우로스, 즉 반인반마처럼 상반신은 인간 같지만, 하반신은 말 같다면? 다르게 말해서, 말이 인간의 외부에 존재하는 어떤 한 객체적 대상에 그치는 것이 아니라, 오히려 인간의 주관적 내면을 구성하는 동물이기도 하다면? 그렇기에, 말이라는 **동물**ani-**mal**이 인간의 **혼**anima이 갖는 어떤 본능적 성격, 감정, 욕망 등을 인간과 공유하고 있기도 하다면?

근대과학적 태도, 그리고 거기에 기초한 근대철학적 태도를 특징적으로 보여준다고 평가되는 데카르트는 동물을 '혼이 없는 자동기계'로 파악했다고 알려져 있다. 그런데 만일 그것이 사실이라면, 인간의 필요와 욕구를 충족시키는 수단의 관점에서 단순화시켜 말한다면, 말과 자동차는 그 기능에서 거의 동일한 것이다. 말은 전근대적 자동차이며, 자동차는 근대적 말이다. 엔진에 시동을 걸고 가속페달을 밟아서 움직이게 하든, 출발 명령을 내리면서 박차를 가하거나 채찍으로 때려서 움직이게 하든, 기름을 먹이든, 여물을 먹이든, 금속으로 만들어졌든, 살과 근육과 피와 뼈로 만들어졌든, 결국 어쨌거나 효율적으로 디자인되고 빠르게 달릴 수 있는 자동차와 말은, 거기에 올라타는 자의 필요를 충족시키는 탈것의 기능을 하는 자동기계들이다. 그런데 말과 자동차가 그렇게 인간의 욕구를 충족시키기 위해 발견되거나 발명된 혼이 없는 자동기계들일 뿐이라면, 그것들이 소유나 지배의 대상이 될 수는 있겠지만 연민이나 공감의 대상이 될 수는 없다. 그러므로 가령 채찍을 맞는 말을 껴안고 눈물을 흘리며 울었던 니체 같은 사람은 결코 말이라는 동물을 혼이 없는 자동기계 같은 것으로 보지는 않았을 것이다.

아무튼 '혼이 없는 자동기계'라는 표현은 문제적이다. '자동(自動)'이라는 말을 스스로 운동함, 즉 자기 외부의 다른 원인에 의해서 움직여지는 것이 아니라 스스로가 자기 자신의 운동의 원인이라고 이해한다면 더욱 그렇다. 왜냐하면 그때 '자동'이라는 말은 다름 아닌 '혼(psyche, anima)'의 본질적 특성을 표현하는 말일 수 있기 때문이다. 적어도 플라톤적 관점에서는 그렇다. 플라톤에 의하면, 혼의 본질은 그것이 '자기운동자'라는 것이다(『파이드로스』). 그러므로 그러한 의미로 '혼 psyche'과 '자동'을 이해한다면, 혼이 없는 자동기계란 있을 수 없다. 자동기계가 있다면, 그것은 엄밀하게 말해서, 혼이 있어야 진정으로 '자동'일 수 있다. 즉 스스로 운동할 수 있다. 혼이 없다면, 자동기계도 있을 수 없다. 혼이 없는 비-자동기계는 있을 수 있지만, 혼이 없는 자동기계는 있을 수 없다. 그렇기에, 모든 기계는 거기에 혼이 있다고 도저히 생각할 수 없다면, 결코 스스로 운동한다고 볼 수 없다. 모든 기계는 그것의 운동의 원인, 혹은 '행위'의 동기를 자기 '내면'에서 발견할 수 없다. 적어도 모든 기계의 움직임을 가능하게 하는 최초의 자극 혹은 충동은 그 기계 바깥에서 주어질 수밖에 없다. 현재의 모든 기계는 움직이는 존재일 수는 있어도 스스로 살아 움직이는 존재일 수는 없다. 그리고 이 후자를 유기체organism로 파악한다면, 유기체와 기계 사이에는 본질적인 차이가 있다고 말할 수 있을 것이다.

유기체는 외부 환경과 끊임없는 상호작용(광합성, 영양 섭취, 호흡, 감각지각 등에 기초한 상호작용)을 하면서 자신을 구성하며, 생성(되기, becoming)과 소멸(죽기, dying)의 주기를 반복하는 살아 있는 몸이다. 그것은 물리적 몸과 다르다. 식물이 광물과 다르듯이, 혹은 생명이 물질과 다르듯이 유기체와 기계는 다르다. 물론 이러한 구별은 그것들의 관계를 단절시켜서 서로를 분리시키는 행위가 아니다. 그들 사이에는 어떤 연속성이 있으며, 어떤 내적인 관계성이 있다. 하지만 관계는 차이가 있을 때만 성립된다. 무차별적 동일성을 넘어서려는 구별 행위는 차이화하면서 관계화하는 것이다. 이러한 관계의 생성은 정태적이지 않고 유동적인 것이며, 그렇기에 어떤 가능적(혹은 잠재적) 방향성을 갖는다. 즉 수평적 방향성과 수직적 방향성. 전자에는 과거(뒤)를 향한 방향성과 미래(앞)를 향한 방향성이 속할 것이며, 후자에는 하강(아래)을 향한 방향성과 상승(위)을 향한 방향성이 속할 것이다. 그런데 이러한 여러 가능성 중에서 어느 방향으로 움직일 것인가를 선택적으로 결정하는 것은 어떤 요소인가? 그러한 요소가 없다면, 모든 것은 오로지 일방향적으로만 움직일 것이다. 따라서 가능적이거나 잠재적인 방향성도, 선택적 결정이란 것도 있을 수 없다. 모든 것은 외부로부터 강압적으로 주어지는 원인에 의해 필연적 법칙에 따라 일방적으로 결정될 것이다. 그런데 그러한 결정론적 방향성을 벗어날 수 있는 가능성은 죽어 있는 몸(물질)이 아니라 살아 있는 몸(생명)에 있다. 그리고 그 가능성을 갖는다는 측면에서, 생명은 물질보다 더 상위의 요소다. 그러므로 식물은 광물보다 우위에 있다. 광물에서 식물-유기체로의 방향이 상승의 방향이다. 이러한 방향은 환경에 대한 독립성을 점진적으로 확보하는 과정이기도 하다. 광물이, 말하자면, 환경에 파묻혀 있는 경향성이 있다면, 식물은 자신의 고유한 생명 과정에 따라 환경에 적용한다. 그러한 독립성은 동물-유기체에서 더욱 뚜렷하게 나타난다. 동물은 식물보다 더욱 독립적으로 자신의 운동의 방향성을 선택적으로 결정한다. 그것은 분명 식물에서는 찾기 어려운 뛰어난 지각능력 덕분일 것이다. 많은 동물이 인간보다 더 뛰어난 감각능력을 가지며, 그것에 기초한 내면적 감정(분노, 즐거움, 고통, 두려움 등의 감정), 느낌, 욕구를 갖는다. 그러므로 동물에게는 식물적 생명과 분명히 다른 내면적 요소가 발견된다. 동물이 내면적이고 감성적인 지각능력에 기초하여 '스스로 살아 움직이는 존재'라면, 또한 이때 그러한 자기운동성을 '혼'이라 이해한다면, 내면적 요소란 '감성적 혼'일 것이다. 그렇다면 동물은 혼 없는 자동기계가 아니라 감성적 혼일 것이다.

그런데 왜 동물에게는 혼이 없다고 생각하게 된 것인가? 이때 혼이란 무엇을 의미하는가? 신체와 대비되는 혼은 연장적 실체에 대비되어 사유하는 실체로 파악되었다. 다시 말해, 혼이란 지성적 사유능력을 갖는 자아ego다. 동물은 그러한 지성적으로 사유하는 자아가 결여되어 있기에 혼이 없다. 지성, 감성, 느낌, 욕망, 의지 등을 포함하는 포괄적인 혼의 능력이 오직 협소한 지성적 사유능력만을 가리키게 된 것이다. 인간적 자아의 존재 또한 (지성적으로) 생각하는 자아를 통해서만 확신할 수 있다. 그렇게 해서, 인간은 식물, 동물로부터 자신을 분리시켰고, 심지어 자신과도 분리시켰다. 왜냐하면, 인간이 오직 지성적으로 생각하는 존재일 뿐이라면, 그리고 지성적인 생각이 두뇌에서만 일어난다면, 그리고 지성적 생각을 통해서만 자신을 확인한다면, 그는 두뇌를 제외한 몸통에서 분리된 존재이고, 단지 말이나 자동차를 타듯이 자신의 어깨 위에 올라탄 것뿐이기 때문이다. 그렇게 해서 지성적으로 사유하는 자아는 환경 혹은 주위 세계로부터 분리되어 자연 속의 어떤 존재보다 독립적이 되었다. 인간은 지성적 혼(지성적 사유능력)을 통해 독립성, 자립성, 개별성, 자유의 가능성을 가지게 된 것이다.

하지만 얻는 것이 있으면 잃는 것이 있고, 상승의 방향은 하강의 방향을 동반하며, 미래의 방향은 과거의 방향을 동반한다. 인간은 지성적 혼의 능력을 얻으면서, 어떤 긍정적인 동물적 혼(감성적 혼)을 잃어가고 있고, 또한 어떤 긍정적인 식물적 생명력(살아 있는 몸)을 잃어가고 있다. 그렇기에 인간은 정신의 방향으로 상승하면서, 동시에 물질에 과도하게 집착하게 되었으며, 개별적 자유를 향한 미래의 방향을 향하면서, 동시에 과거의 억압적인 집단성에 속박되어 있다(그렇기에 어떤 긍정적 물질성이나 공동체성을 잃어버릴 수 있는 위기에 처해 있다). 인간의 지성적 사유능력, 그리고 거기에 기초한 개별적 자유의 가능성은, 역설적으로 세계로부터의 분리에 따른 고립감과 금방이라도 사멸할 것 같은 존재의 불확실성에서 오는 회의와 두려움에 의해, 단단한

껍질 속에 움츠러든 협소하고 편협한 사유 방식에 속박되었기 때문에 생겨난 것처럼 보인다. 그리고 여기에 지성의 원자론적 경향, 유물론적 경향, 실체론적 경향이 있다. 왜냐하면 지성은 모든 것을 서로 분리시켜 다른 것과 상관없이 그 자체로 존재하는 고체적/실체적 사물처럼 고정/고립시키고, 그럼으로써 어떤 내적이고 유동적인 상호관계성을 무시하는 경향성이 있기 때문이다. 그런데 그러한 내적 관계성으로부터의 분리/고립과 연관된 감정이 증오, 원한, 반감 같은 냉혈적 감정이나 느낌이라면, 지성적 사유가 결여하고 있는 것은 애정이나 공감 같은 온혈적 감정일 것이다. 또한 지성적 사유가 구체적인 생명력을 결여한 추상적 도식에 기초한다면, 그것은 살아 있는 사유가 아니라 죽어 있는 사유이기도 하다. 거기에는 식물적 생명력 같은 것이 결여되어 있다.

김중혁의 소설 「스마일」[2]에 등장하는 잭은 그러한 지성적 혼의 부정적인 측면을 정확하게 보여준다. 스스로를 '갇혀 있는 자' 혹은 '관찰자'(그다지 긍정적인 관찰자가 아니기에, 즉 사태 자체에 공감하며 참여하는 관찰자가 아니기에, '구경꾼'이라고 부르는 것이 더 나은 관찰자)라고 생각하는 잭은 다음과 같이 말한다.

> 상대방의 일을 자신의 일처럼 생각하지 않은 건 전혀 부끄러운 일이 아닙니다. 인간은 그렇게 생겨먹질 않았어요. 인간을 감정이입의 동물이라고 얘기하지만, 그것도 완전히 잘못된 이야기예요. (p. 145)

> 인간은 자신이 만진 것만 실체로 인식합니다. 상대방의 감정을 상상할 수 있다고 하지만, 그건 착각이에요. 일종의 환상 같은 거

---

2   김중혁, 「스마일」, 『문학과사회』 2016년 여름호.

죠. 인간은 고통을 최소화하기 위해서 환상을 만들어냅니다. 누군가 죽는 모습을 지켜봐야 할 때, 우리는 그 사람의 고통을 이해할 수 있을 것 같은 기분에 빠집니다. 얼마나 아플까, 얼마나 괴로울까, 얼마나 절박할까, 그런 감정이야말로 환상입니다. 그런 환상을 만들어낸 다음 상대방과 나를 분리하는 겁니다. (p. 146)

이러한 잭의 생각에서 드러나는 인간의 지성적 혼의 중요한 특징은 그것이 감성적 혼으로부터 자신을 "분리"시키려는 경향성에 기초하고 있다는 점이다(공감하는 감성적 혼의 활동으로부터 일어나는 "감정"은 그저 주관적인 "환상"일 뿐이다!). 하지만 그것은 진정 분리되었는가? 분리될 수 있는가? 감성적 혼과 분리된 지성적 혼은 진정 자신의 고유한 능력에 따라 살아 움직이고 있는가? 그것은 진정 감성적 혼에 의존하지 않고, 자립적으로, 자유로운 사유의 운동을 하고 있는가? 그렇지 않다. 왜냐하면 그것은 "자신이 만진 것만 실체로 인식"한다는 말에서 드러나듯이, 거의 전적으로 외적인 감각지각에만 의존하고 있기 때문이다. 또한 그렇다는 것은 단지 피상적인 관계만 맺고 있다 할지라도, 지성적 혼이 내적인 감성적 혼과 분리되지 않았다는 뜻이기도 하다(외적 감각과 내적 감성은 연결되어 있다).

하지만 어째서 지성적 혼은 그것과 분리되었다고 생각하거나 그것과 분리되기를 원하는가? 그 이유는 감성적 혼에 대한 독립성과 자신만의 자유를 확보하고 싶었기 때문일 것이다. 지성적 혼은 감성적 혼에 의존하거나 그것과 섞여 있는 상태를 어떤 구속 상태로 느꼈던 것이다. 그리고 그렇다면 지성적 혼의 분리를 향한 경향성은, 긍정적으로 보자면 **자유를 향한 충동**에 기초한 것이다. 지성적 사유능력은 **개별화와 자유의 가능성**이었던 것이다. 그렇지만 그렇게도 중요하고 긍정적인 가능성을 얻기 위해서는 그에 상당하는 중요한 무엇인가를 또한 잃어야 했을 것이다. 그것은 무엇인가?

지성적으로 사유하는 자아의 중요한 특징은 그에게 세계에 대한 직관적 앎, 혹은 본능적 앎이 은폐되어 있다는 것이다. 감성적 혼으로부터 자신을 분리시킴으로써, 지성적 혼은 어떤 긍정적 동물성을 잃었다(많은 동물들이, 비록 어떤 특정한 측면에서이기는 하지만 인간보다 지혜롭게 행동하는 모습을 볼 수 있다). 지성적 혼은 동물들처럼 세계를 향해 직접적으로 개방되어 있지 않고, 닫혀 있다. 인간은 감성적 혼과 단절된 메마른 지성적 의식에 지각된 외적인 감각 자료들로부터 추상된 정보들을 바탕으로 간접적인 추론을 통해 세계에 대한 지식을 획득한다. 그런데 이때 감각지각들 자체가 감성적 혼과의 연관성을 잃어버리고 지성적 의식으로부터 일방적으로 방향 잡혀 있기에, 인간은 구체적으로 연관된 사태 자체들과의 관계를 상실했으며, 또한 지성적 개념과 판단과 추론 자체가 사태 전체에 대한 통찰을 불가능하게 하는 협소한 시야(각자의 자기의식)에 갇혀 있기에, 인간은 오류와 방황과 회의 속에 빠져든다. 지성적 혼의 자유는 앎이 아니라 무지에 기초한 것이고, 오류와 방황의 가능성에 기초한 것이다. 지성적 혼은 자연 속에서 길을 찾은 것이 아니라 길을 잃었다. 그런데 오류를 저지를 수 있는 가능성이 지성적 혼에 있고, 또한 지성적 혼이 인간을 제외한 자연의 어디에서도 발견될 수 없고, 자연과 구별될 수 있는 것이 정신이라면, 오류란 자연 속에 나타난 정신적 가능성이다. 오류란, 비록 그것이 인간 스스로를 비참하게 만들거나 후회와 자책과 수치심이나 죄의식을 일으킬 수도 있겠지만, 또한 비록 그것이 어떤 은폐와 망각에 기초한 것이기도 하지만 자유로운 선택의 산물이며, 또한 창조적 정신의 산물이기도 하다. 오류는 개별적이고 자유롭고 창조적인 정신적 존재를 향한 진화 과정 속에 나타난 필요악 같은 것처럼 보인다(물론 그렇게 긍정적으로 파악될 수도 있는 오류는 극복되어야 할 오류이지 추구되어야 할 오류는 아닐 것이다). 그렇기에 선택적 결정을 내리면서 스스로를 만들어 나가는 존재로 자신을 인식하면서도 오류나 죄를 저지를 수밖에 없는 지성적 혼의 발전은, 그에 따른 모순적이고 부정적인 감정(가령 우월 감과 열등감, 혹은 자만심과 수치심)으로 인한 감성적 혼의 질병을 동반 할 수밖에 없을 것이다. 그렇게 인간을 통해 병든 동물성 혹은 고통스 러운 감정들, 욕망들이 생겨났을 것이다. 물론 이것은 윤리적 관점에서 인간의 지성적 혼이 오류나 죄로 인해 일어나는 고통스러운 감정들을 통해 개별적 자유에 기초한 양심적 자기의식으로 변화해나가는 과정 으로 볼 수도 있을 것이다.

인간의 일상적 의식은 그렇게 양면적이고 자기모순적인 지성적인 사유에 기초한다. 그것은 낮의 의식이다. 그러므로 지성적인 사유에서 자아-존재의 확실성을 본다는 것은 반만 진실이다. 왜냐하면 지성적 으로 사유하는 자아는 밤과 잠 속에서 사라지기 때문이다. 지성적 사 유에 기초한 자아-존재의 확실성은 낮 동안에만 존재한다. 이런 사정 은 과학적(학문적) 의식에서도 마찬가지다. 과학적 의식은 일상적 의 식에 기초한 것이며, 비록 개인적으로 뛰어난 지성이거나 고도로 학습 되고 훈련된 지성일지라도, 그것이 지성적 혼 안에 머물러 있는 한에 서, 일상적 의식 차원에서 활동하는 지성적 사유와 질적으로 다른 의 식이 아니다. 그러므로 지성적 혼에 기초한 과학 또한 어떤 망각과 은 폐의 사건 때문에 생겨난 것이다. 인간에게만 과학적 활동이 요구되는 이유는 무엇인가? 동물(감성적 혼)은 본능적으로 알 수 있는 일을 인간 (지성적 혼)은 알 수 없게 되었기 때문이다. 스스로 지성적 사유 활동 을 하지 않는다면, 인간은 동물보다 무지한 상태에 있게 된 것이다. 본 능에서 과학적 지식으로의 이행은, 단순히 동종의 혈통적 집단에 속하 기에 얻어지는 자연적 앎, 능력, 성격과의 결별을 통해 생기는 손실과 위험을 감수하면서 감행된, 개별적 자유에 기초한 배움으로의 이행으로 볼 수 있다(과학적 지식 자체는 핏줄을 통해 유전되지 않는 것 같다). 그렇게 과학을 이해하는 한에서, 과학은 흔히 생각되듯이 보편적이거나 객관적인 지식이 아니라, 오히려 개별적이고 주관적인 지식에 더 가까울 수 있다. 그러므로 과학은, 세계 전체의 상호관계성에 기초한 구체적 삶들의 '공동체적 운명'(개별적 자유와 양립할 수 있는 운명, 혹은 개별적 자유로 이끌었던 운명, 그렇기에 결국엔 그 개별적 자유와 결합해야 할 운명)에 대한 망각을 통해 발전된, 추상적이고 우연적이고 파편적인 지식일 수 있다.

이제, 현재적 인간의 일상적 의식을 지배하고 있는 지성적 사유와 과학적 지식에 대한 이러한 관점에서, 김경욱의 「경마학 개론」[3]을 읽어보자. 이 소설은 독자를 당혹스럽게 만든다. 우선, 이 소설의 제목이 왜 '경마학 개론'인지조차 분명하지 않다. 이 소설의 대략적인 줄거리는, 두 이성친구인 '나'와 세라가, 경마장에 가기로 결정된 전철 안에서 우연히 마주친, 목적지로 가는 길을 찾지 못하는 한 이방인 아이(이질적 존재)와의 만남을 통해, 무시하고 싶은 여러 망설임과 갈등을 겪는 가운데 끝내 함께 경마장에 가지 못하고, 가던 길을 달리하여, 아이의 엄마가 사는 집으로 그 아이를 데려다주는 과정에서 주인공들이 겪는 정체불명의 "밑도 끝도 없던 감정"(p. 284)적 갈등 때문에 서로 이별한다는 내용이다. 경마에 대한 이야기는 소설의 발단과 결말 부분에서만 약간 언급될 뿐이다. 소설은 "당연한 소리지만 경마로 재미를 보자면 경주마 선택이 관건"(p. 269)이라는 말로 시작해서, 경마와 별 상관 없어 보이는 감정적 갈등을 이야기한 다음, "혈통 좋은 놈이 이긴다"는 "모두가 알지만 씨발 아무도 말해주지 않는"다는 경주마 선택의 "진리"를 '나'가 깨우치며 끝난다(p. 285).

3   김경욱, 「경마학 개론」, 『문학동네』 2016년 여름호.

여기에서 드는 의혹은, 김경욱 소설의 제목이 말하는 '경마학 개론'이라는 것이, 사실은 어떤 '미지의 운명학' 같은 것을 감추고 있지 않느냐는 것이다. 왜냐하면 이 소설에서는 언제 어디에서나 적용될 수 있는 일반적이고 추상적인 법칙성이 문제가 되고 있는 게 아니라, 그때그때마다 구체적 삶의 행로를 선택하고 결정하며 변화하는 미지의 요인이 문제가 되고 있기 때문이다(그러므로 지성이 추상적인 일반 법칙에 집착하는 한에서, 구체적 삶을 결정하는 미지의 요소는, 그것이 공동체적 운명의 요소이건 개별적 자유의 요소이건, 지성에게는 은폐되어 있다는 것이 암시된다). 그리고 여기에는 말, 동물성, 감정, 피 사이의 긴밀한 연관성이 작용하고 있다. 그런데 많은 동물들 중에서 특별히 말이 등장하는 이유는 말만큼 인간과 밀접하게 결합된 동물성을 전통적으로 잘 보여주는 동물을 찾기 어렵기 때문일 것이다. 말이 자발적으로 인간을 자신의 등에 태워주었건, 인간이 태워주기 싫다는 말에 강제적으로 올라탔건, 혹은 한편으로는 그렇지만 다른 한편으로는 그렇지 않건 간에, 아무튼 인간과 동물이 거의 한 몸처럼 자연스럽게 결합되어 지향된 목적지를 향하여 함께 움직일 수 있는 가능성을 말만큼 잘 보여줄 수 있는 동물은 찾기 힘들어 보인다(그러므로 가령 반인반마인 켄타우로스는 비-실재적, 비-현실적이라는 의미에서의 허구나 상상의 산물이 아니다!). 그렇기에 여기서 말은 인간(자아)과 결합되어 함께 운동(이동)하는 동물성의 실재적 상징이다.

그런데 앞서의 논의에 따르면, 인간은 특히 지성적 혼과 연관되지만 동물은 특히 감성적 혼과 연관되며, 또한 감성적 혼은 피와 연관된다. 그리고 이들이 서로 구별될 수 있는 이질적 요소들이라면, 지성적 혼은 감성적 혼 혹은 피와 다른 것이며, 또한 감성적 혼 혹은 피가 내면적 삶의 동력임에도 지성적 혼이 그것과 자신을 분리시키려는 경향성을 가지는 한에서, 지성적 혼에는 살아 있는 피가 결여되어 있다. 지

성적 혼의 활동은, 그것이 아무리 피와 분리되고자 할지라도 피 없이
는 살 수 없으므로, 피를 삶(생명)의 과정에서 이탈시켜 죽음의 과정으
로 이끄는 활동(이를테면 피를 말리는 활동)이다. 아침에 깨어나 개별적
으로 고립된 지성적 혼으로서 일상적 낮의 의식을 살아간다는 것은 너
무나 피곤한 일이라서 피로 회복을 위해 밤의 (무)의식과 잠이 필수적
이며,[4] 지성적 혼이 갖는 개별적 자유의 방향은 상호관계성에 기초한
건강한 공동체의 삶을 향해 있지 않고 고립과 질병과 죽음을 향해 있
다. 그러므로 자기 존재의 지속에 더 이상 도움이 안 되는 자유에 집착
하는 자유가 공허한 자기 파괴적 자유에 불과하다면, 그때 자유란 명
목상의 맹목적인 자유일 뿐이며, 그 자유의 방향성을 전환하지 않는다
면, 그때 그 '자유'란 또 다른 '속박'이 될 것이다. 그리고 이로부터 명백
해지는 것은, 지성적으로 사유하는 자아의 자유란 실재적이거나 현실
적인 자유가 아니라 가능적이거나 잠재적인 자유라는 것이다. 더 이상
유효하지 않은 억압적인 지배와 예속의 관계가 주는 속박, 혹은 소모
적인 감정적 갈등 관계가 주는 속박에서 벗어남으로써 얻은 개별적 자
유의 가능성은, 바로 그 자유의 가능성에 기초하여 도래할, 새로운 유
효성을 가져다줄 건강한(균형 잡힌, 정의로운) 운명–공동체적 관계성의
실현을 통해서만 실재성(현실성)을 얻게 될 것이다. 그렇게 되지 않는

---

4   이와 관련하여, 겨울잠을 자는 동물처럼 되고자 하는 인간이 등장하는 정용준의 최근 소설은
    특별한 인상을 주는 소설이다(정용준, 「겨울잠」, 『현대문학』 2016년 8월호). 또한 박솔뫼의 최
    근 소설에서도 겨울잠에 대한 이야기를 찾아볼 수 있다(박솔뫼, 「우리의 사람들」, 『문학과사회』
    2016년 여름호). 그런데 겨울잠을 자는 동물처럼 된다는 것은 봄의 깨어남, 재생을 준비하는
    식물처럼 된다는 것을 의미하지 않는가? 그리고 그렇다면, 여기서 문제되는 것은 인간이 동물
    성의 삶으로 되돌아가야 한다는 이야기가 아니다. 혹은 지성적 혼을 버리고 감성적 혼으로 되
    돌아가야 한다는 이야기도 아니다. 오히려 그것은 인간성과 동물성 둘 모두가 식물적 생명력의
    매개를 통해 변화되어야 한다는 이야기가 아닐까? 그렇다면 지성적 혼과 감성적 혼을 매개할
    수 있는, 식물적 생명력에 해당하는 능력이란 무엇인가? 그것은, 전통적으로, 아리스토텔레스
    의 『혼에 관하여』나 칸트의 『순수이성비판』 초판에서도 모호하게나마 볼 수 있듯이, 초월적 상
    상력 혹은 창조적 상상력으로 파악되었다.

다면, 개별적 자유는 주관적 가상에 기초한 착각의 성격을 가지지 않을 수 없으며, 자아의 선택은 자기 외부에서 주어지는 이질적인 요인, 자신이 의식할 수 없으며 강압적으로 느껴지는 운명적인 미지의 요인에 의해 결정된다고 생각될 수밖에 없다. 자유가 운명과 분리된 것이고, 자아가 공동체(세계)와 분리된 것이라고 생각하는 한에서, 그 둘의 관계는 이해될 수 없는 문제가 된다.

이러한 문제는 지성적 혼과 감성적 혼 둘 모두와 연관된 문제다. 김경욱의 소설에서 읽어낼 수 있는 주제 또한 그러한 문제와 연관된 것이다. 지성적 혼과 감성적 혼을 함께 대변하는 두 남녀 주인공의 선택적 행위를 결정하는 요인(행위의 동기)은 그 둘 모두의 외부에서 우연히 마주친 이질적 존재인 이방인 아이였다. 그런데 그 행위가 일종의 도박이었다면, 이때 도박이란 미결정적인 자유에 기초한 것인가, 결정론적 운명에 기초한 것인가? 도박은 둘 중의 어느 하나에만 기초하고 있지 않다. 오히려 도박의 행위는 자신의 행위가 미결정적 자유에 기초한 것인지 결정론적 운명에 기초한 것인지 분명하지 않기 때문에 가능한 것이다. 도박의 행위는 자유와 운명의 이율배반에 기초한다. 도박의 욕망은 자유와 운명의 이율배반을 해결하고 싶은 욕망이다. 소설의 주인공이 느끼는 "'될 대로 되라'는 자포자기의 마음"과 "'갈 데까지 가보자'는 오기 비슷한 감정"(p. 281)은 의심스러운 추상적 자유와 알 수 없는 구체적 운명의 갈등이 만들어내는 드라마의 파국적 결말을 향해 질주하는 맹목적 열정이며, 그것은 삶의 주인이나 자유로운 주체가 가질 법한 느낌과는 거리가 멀다.[5] 그런데 이러한 도박의 승부가 결국

---

5   이러한 열정과 관련하여 최수철의 소설에는 다음과 같은 구절이 발견된다. "인간은 누구나 열정과 광기의 주인이 될 수 없었다. 인간은 누구나 열정과 광기의 노예일 수밖에 없었다. 아무리 열정에 사로잡혀 미쳐 날뛰어도 그것은 노예의 광기일 뿐이었다"(최수철, 「어느 젊은 예술가의 초상」, 『현대문학』 2016년 8월호, p. 139).

은 패배로 끝날 수밖에 없고, 이 패배를 통해 "결코 굴복하고 싶지 않은 뭔가에 굴복하고 말았다는 기분" 혹은 "굴욕감"(p. 283)을 느꼈다면, 그 굴욕감의 정체는 무엇인가? 지성적 자아를 대변하는 이 소설의 주인공은 왜 이질적 존재인 아이의 엄마, "비굴함이 습관처럼 몸에 밴 여인"과 "궁핍의 기운"(p. 284) 앞에서 굴욕적 패배감을 느껴야 했는가? 또한 그는 왜 감성적 혼을 대변하는 여자친구, "아무 잘못도 없는 세라에게서 어떤 결함을 찾고 있는 나 자신을 발견"(p. 284)하게 된 것인가?

현재적 인간의 지성적 자아는 삶의 주인이고자 하며, 자유로운 행위의 주체이고자 한다. 하지만 그것은 끊임없는 회의의 대상이 될 수밖에 없다. 김경욱의 「경마학 개론」에서 묘사되는 '나'는 삶의 주인도 아니고 행위의 주체도 아니다. 행위의 주체는 오히려 자기 외부에서 마주친 이방인 아이이며, 삶의 주인은 마치 아이의 엄마처럼 그 이방인 아이에 공감하며 이끌려 간 여자친구, 경마장에 가기로 했던 지성적 혼의 선택과 합의된 결정을 배반한 감성적 혼이다. 물론 이들 중 누구도 운명의 주인이 아니다. 이러한 상황 속에서 굴욕적 패배감이나 불완전한 결함에 대한 반감 같은 것이 생겨난다. 그것은 지성적 자아 자신이 그것과 분리되고 싶어 하기에 명료하게 의식할 수 없는 다른 요인들, 혹은 자신보다 더 열등하다고 생각되거나 존재한다고 믿기 싫은 비합리적 요인들에 의해 지배당하고 있다는 의식에서 생겨난다. 지성적 자아는 자신이 이해할 수 있는 것의 주인일 수는 있지만 자신이 이해할 수 없는 것의 종이나 노예일 수는 없다고 생각하는 것이다. 그렇기에 여기서 주시해야 할 것은 일단 주인이냐 노예냐 하는 문제가 아니다. 지성적 자아에게 중요한 것은 '명료한 이해'와 '자기-의식적 생각'이다. 그러므로 지성적 자아가 갖는 자유의 가능성은 명료한 이해, 깨어 있는 의식적 앎을 향한 생각의 자유에 기초한 것이고, 그가 만일

260

세계의 전체적 상호관계성을 (적어도 가능적으로는) 명료하게 이해할 수 있는 능동적인 사유 행위를 의식할 수 있다면, 그는 더 이상 자신의 자유를 의심하지 않을 것이다. 왜냐하면 그때 자유로운 행위란, 이를테면 다른 어떤 것에도 영향받지 않고, 다른 어떤 것에도 의존하지 않고, 내 뜻대로, 임의적으로, 모든 사건들의 경로를 지배하면서 선택하고 결정하는 행위를 의미하지 않을 것이기 때문이다. 오히려 그때 자유는 더욱 깊어지는 이해와 더욱 확장되는 의식에 기초한 행위와 연관될 것이다. 자신의 행위가 자유롭지 못하고 속박되어 있거나 강제되고 있다는 생각은 의지적 행위의 동기나 그 행위를 추동하는 감정이나 욕망의 정체가 명료하게 의식되면서 이해되지 않고 깊은 어둠 속에서 무의식적으로 작동하고 있기 때문이다. 그리고 그렇게 자신의 내면적 삶의 많은 것이 어둠 속에 남아 있는 한에서, 인간적 자아는 감성적 혼 혹은 동물성의 긍정적 가능성을 보지 못할 것이며, 그와 더불어 지성적 혼 자신의 진정한 잠재성 또한 발전시키지 못할 것이다.

현재적 인간의 일상적 의식을 지배하는 지성적 자아, 과학적 자아는 그 정체성이 확정된 확실 존재 같은 것이 아니다. 최수철의 「어느 젊은 예술가의 초상」(『현대문학』 2016년 8월호)에 의하면, 인간은 어떤 "불안정한 중간자"(p. 130)이다. 이 소설의 주인공인 한 소설가의 인간에 대한 생각은 이렇다.

> 그가 생각하기에 인간은 신의 통찰력과 짐승의 본능을 함께 가지고 있기 때문에 모두가 예술가였다. 따라서 신과 짐승 사이에는 '예술가'가 있었다. 모든 인간은 예술가로 태어났다. 따라서 인간은 삶을 살면서 자신의 예술성을 고양시키고 발전시켜야 하는 의무가 있다. 그렇게 그는 장차 예술가가 되기로 결심했다. (p. 130)

이 소설가의 생각에 따르면, 인간은 "신의 통찰력과 짐승의 본능" 사이에 있으며 그 사이는 "예술성"을 통해 규정된다. 예술성은 통찰력과 본능을 매개하는 특성을 갖는다. 다르게 표현하면, 예술적 자아는 "새로운 세상을 창조하는 조물주의 지적인 세계와 지금까지 전혀 감지하지 못한 깊은 야성적, 동물적 감각의 세계 사이"(p. 131)를 매개한다. 지금까지의 논의의 맥락에서 말하자면, 결국 예술이란 지성적 혼과 감성적 혼이 개별적 자유에 기초한 창조적이고 능동적인 행위를 통해 긍정적으로 다시, 다르게 결합될 수 있는 가능성과 연관된 활동이다. 물론 여기서 해명되고 있지 않은 것은 신적 지성과 인간적 지성, 인간적 감성과 동물적 감성의 차이다. 그런데 인간의 일상적이고 경험적인 지성과 감성의 입장에서 보면, 신적 지성은 초월적 지성일 것이며 동물적 감성 또한 초월적 감성일 것이다. 그리고 초월적 지성의 특징은 분명 그 '창조성'에 있을 것이다. 그러므로 그러한 창조적 지성, 창조적 정신과 연관된 창조적 사유가 가능하다면, 그러한 사유는, 자기 외부에 이미 만들어져 완성되어 있는 기성의 결과물들을 신체적 감각을 통해서 지각한 다음, 그것을 다시 추상적이고 정태적으로 재현하는 사유가 아닐 것이다. 창조적 사유는 감각을 통해서 기지의 것을 사유하는 것이 아니라, 사유를 통해서 미지의 것을 감각하는 것이다. 그러므로 재현적 사유에서 창조적 사유로의 이행은 개별적 자아가 **자유롭고 능동적인 사유 활동을 통해 자신의 내면에서 어떤 감성적 대상을 스스로 만들어야 한다는 사실**을 기반으로 성립한다. 그리고 그렇게 스스로 만든 감성적 대상이 신체적 감각을 통해 그저 수동적으로 받아들인 감각경험에 기초한 대상이 아니기에, 그것은 초월적 감성의 성격을 가질 것이다. 추상적인 구경꾼-의식에 받아들여진 감각경험에 기초한 재현적 사유로부터 해방되는 과정은 지성적 혼이 점진적으로 창조적 사유, 창조적 정신을 향하면서 초월적 감성과 결합하는 변신의 과정이다. 그런데 일상적인 지성적 혼과 감성적 혼 둘 모두에 공통적인 그러한 살아 있는 유기체적 변신을 위한 잠재적 가능성과 연관된 인간의 능력은 초월적 상상력, 혹은 창조적 상상력이라고 불렸다. 물론 그것은 빈번한 의심을 불러일으키는 능력이기도 하다. 상상력이 과연 초월적이거나 창조적일 수 있는가? 그것은 단지 감각된 것들이나 기억된 것들을 자의적으로 왜곡하거나 다른 방식으로 조립하는 능력에 불과한 게 아닌가? 그러므로 그것은 사실 어떤 새로운 것도 만들지 못하는 게 아닌가? 이러한 물음은 합리적인 의심에서 나오는 것처럼 보인다. 하지만 그러한 의심은 물질과 생명을 혼동하고, 기계와 유기체를 혼동하고, 감각지각과 기억을 혼동하기에 생기는 것 같다. 기억은 감각과 다르다. 기억은 인간의 내면적 삶에 속하는 것이며, 그것 자체가 이미 어떤 의미에서 상상이다. 왜냐하면 기억은 감각기관을 그저 열어놓는다고 해서 생기는 것이 아니라 인간 스스로의 내면적 노력을 통해서 형성되는 것이고, 그렇기에 인간 스스로 만든 감성적 대상이기 때문이다. 기억은 컴퓨터 같은 기계 속에 저장된 추상적 정보 같은 것이 아니다. 기억은 변신의 가능성을 갖는 살아 있는 유기체다. 최수철의 소설에서 묘사되는 기억도 그러한 특성을 보여준다. 소설 속의 예술가는 "늘 자신 속에서 기억이라는 어떤 기이한 유기체가 살아 숨 쉬고 있음을 감지하"(p. 132)며, 또한 그러한 유기체적 기억이 "천천히 변신을 시작"(p. 133)하는 것을 본다. 그런데 그러한 기억의 특성은 상상과 매우 유사하다. 창조적 상상은 감각의 방향, 이미 완결된 과거의 방향을 향해 있는 수동적이고 정태적인 사유에 나타난 재현적 기억이 능동적이고 유동적인 사유의 운동을 통해 미완결의 생성의 방향, 미래의 방향을 향함으로써 시작된다. 그러므로 창조적 상상력은 재현적 기억 속에 이미 잠재되어 있는 능력이다. 그리고 재현적 기억이 그러한 자신의 잠재성을 망각하고 있는 기억이지만, 개별적 자유에 기초한 창조적 상상을 통해 그 망각에서 벗어날 수 있다면, 창조적 상상은 또한 창조적 기억이 될 수도 있다. 그때가 되어서야, 개별적 자유의 가능성을 얻기 위해 감성적 혼 혹은 동물성에서 분리되었던 지성적 혼이 잃어버려야 했던 것은 새롭게 변형된 형태로 되찾아질 수 있을 것이다.

[2016]

돌의 이미지, 소설의 철학[1]

나에 대해 어깨너머로 대강은 알 수 있겠지만
내 전부를 속속들이 이해할 수는 없을 거야.
겉으론 너를 향하는 듯해도
나의 내면은 네게서 온전히 돌아서 있는걸.
—— 비스와바 쉼보르스카, 「돌과의 대화」에서[2]

돌을 읽었다.
도저히 옮길 수 없는 돌을 썼다.
허공에 새겼다, 날아가지 않게
—— 채호기, 「검은 돌」에서[3]

    일단 소설을 '돌'이라 부르자. 이 주장은 지금으로서는 소설이나 소설의 철학에 대해 거의 아무것도 말해주지 않고 있다. 이 주장은 소설

---

1   이 글은 『문학들』 2014년 가을호의 특집('대중 속의 인문학, 문학 속의 철학')에 실렸던 졸고다.

2   비스와바 쉼보르스카, 『끝과 시작』, 최성은 옮김, 문학과지성사, 2007, p. 116.

3   채호기, 『레슬링 질 수밖에 없는』, 문학과지성사, 2014, p. 100.

에 대해 거의 어떠한 규정도 한 게 없다. 특히 '돌'이라는 말로 거의 아무것도 의미되는 것이 없거나, 혹은 오히려 거의 모든 것이 의미된다면, 이 주장은 거의 무규정적인 것이다. 그러므로 소설의 철학에 대해서 생각하고자 하는 이 글을 어떤 무규정적인 것에서 시작한 셈이다. 그럼에도 그 무규정적인 돌의 이미지에 대한 생각의 활동을 통해서 소설의 철학에 대해 묻고자 한다.

소설의 철학…… 소설이 철학과 어떤 관계가 있는가? 어떤 중요한 관계가 과거에는 있었을지라도, 지금의 소설들은 그러한 관계를 거의 안 보여주고 있지 않은가? 지금의 소설들 대부분은 어떤 형이상학적 거대담론도, 삶과 세계에 대한 어떤 체계적인 서사도, 어떤 사변도, 사회 속에서 유의미하게 소통 가능한 어떤 사유도 안 보여주고 있지 않은가? 이른바 '리얼리즘'적인 소설들을 제외하면, 지금의 어떤 소설들은 오히려 거의 외부 세계를 향하지 않고 혼자 맥락도 없이 중얼거리는 자폐적인 느낌을 주는 텍스트들처럼 보이며, 우리가 대화를 청해도 응하지 않는 돌처럼 침묵하며 닫혀 있는 텍스트들처럼 보이지 않는가? 이것은 앞서 무규정적 규정처럼 소설이 본래적으로 돌과 관계하기 때문인가? 그런데 돌이란 무엇인가? 왜 돌이 문제가 되고 있는 것인가?

쉼보르스카의 시를 통해서 나타나는 돌은 그것의 내면이 우리에게 완전히 닫혀 있는 어떤 존재거나, 그런 어떤 존재를 상징하는 무엇이다. 그러니까 돌은 우리에게 접근 불가능성, 침투 불가능성, 이해 불가능성으로 나타나는 무엇이다. 이러한 돌의 불가해성에 관하여 하이데거는 이렇게 말한다. "우리는 우리 자신을 하나의 돌 속으로 옮겨 앉혀볼 수 없는데, 그것도 바로 그 자체로 가능한 그 일을 하기 위한 수단이 우리에게는 결여되어 있기 때문에 그 일이 불가능한 것이 아니라, 오히려 돌 그 자체가 이러한 가능성을 도대체 허용하고 있지 않기 때문에, 즉 돌 속으로 우리가 옮겨 앉아볼 수 있는 어떠한 울어리

266

도 돌 그 자체가 돌 자체의 존재에 속한 것으로서 우리에게 내밀고 있지 않기 때문에 그것이 불가능하다는 것이다."[4] 하이데거에 의하면, 돌에게는 이해의 지평으로서의 '세계'가 전적으로 결여되어 있으며, 그래서 세계 속의 존재자인 사람에게 접근할 수 없다. 그러니까 돌을 온전히 이해할 수 없는 이유는 인간 탓이 아니라 돌 탓이며, 돌이 자기 자신을 인간에게 내보여주지 않기 때문이다(그러나 우리는 그것이 오히려 인간 탓이라고 가정하는데, 왜냐하면 돌이 끝끝내 자기 자신을 내보여주지 않는다는 가정하에서 돌에 관한 물음을 묻는다는 것은 어불성설이기 때문이다). 그런데 데리다에 의하면, 하이데거가 돌이 세계를 결여하고 있다고 말하는 이유는 그가 말하는 '세계'가 정신적 세계이기 때문이다(이때 정신, 즉 그리스어로는 pneuma, 라틴어로는 spiritus, 독일어로는 Geist의 의미는 애매한 채로 남아 있다).[5]

어떤 이유에서든 돌이 이해의 대상이 아닌 것, 불가지적인 어떤 것이라면, 그것은 칸트식으로 말해서 물자체, 실재와 같은 무엇이다. 그런데 가령 쇼펜하우어 같은 철학자에게 세계의 궁극적 실재, 물자체는 '의지'였다. 그리고 '신체'는 어떤 무의식적 의지이고 힘이다. 여기서 '의지'라는 말은 무의식, 신체, 욕망, 힘이라는 말과 거의 동일하다. 반-헤겔철학을 관철시키려 했던 그의 사상은 니체나 프로이트에게 많은 영향을 미쳤으며, 따라서 현대적 사유의 흐름에 거부할 수 없는 영향력을 행사했음이 틀림없다. 그런 그의 철학을 언급하는 이유는 그가 스피노자의 주장과 관련해서 어떤 '돌의 의지'에 대해서 말하고 있기 때문이다.

스피노자는 인간들이 자신들의 자유의지에 따라 행위한다고 착각하

---

4   마르틴 하이데거, 『형이상학의 근본개념들——세계·유한성·고독』, 이기상·강태성 옮김, 까치글방, 2001, p. 337.

5   자크 데리다, 『정신에 대해서——하이데거와 물음』, 박찬국 옮김, 동문선, 2005, pp. 78~93.

고 있다고 말하면서, 누군가에 의해 강제적으로 운동을 시작했으면서
도 스스로의 의지로 날아가고 있다고 잘못 생각하는 돌의 비유를 든
적이 있다. 자유롭게 행위하고 있다고 착각하는 인간은 그러한 돌과
같다는 것이다. 이런 스피노자의 주장과 다르게 쇼펜하우어는 돌의 생
각이 착각이 아니라고 말했다. "어떤 충격을 받아 공중을 날아가는 돌
에게 의식이 있다면, 자기 자신의 의지로 나는 거라 생각할 거라고 스
피노자(『서간』 62)가 말하고 있다. 나는 돌멩이의 견해가 옳을지도 모
른다고 덧붙이고자 한다. 돌에게는 그 충격이 나에게 동기와 같은 것
이고, 돌의 경우 응집력, 중력, 지속성으로서 가정된 상태에서 나타나
는 것이 내적인 본질로 볼 때 내 안의 의지로 인식하는 것과 같은 것이
며, 그리고 돌에게도 인식이 추가된다면 돌도 의지로 인식할지도 모른
다. 〔……〕 인간의 경우에는 성격이라 불리고, 돌의 경우에는 성질이라
불리지만, 그것이 직접적으로 인식되는 경우에는 의지라 불리므로 양
자가 동일하다."[6] 즉 돌은 의지를 갖는다. 그의 철학에 비추어 말하자
면, 돌이란 어떤 무의식적 의지 혹은, 쓰라린 고통 속에서 허덕이는 욕
망을 가진 신체 혹은 몸(soma, corpus)이다.

다른 한편, 들뢰즈 역시 몇몇 소설에 관한 이야기를 하면서 어떤 돌
에 관해 말한다. "조이스가 매우 상이한 기법들을 통해 개진하고 있
는 '카오스=코스모스'라는 궁극적인 등식은 보르헤스나 곰브로비치에
게서 재발견된다. 〔……〕 카오스는 온-주름운동에 놓인 모든 계열들
을 끌어안고 있는 '현자의 돌'과 구별되지 않는다. 이 지보(至寶)는 동
시적으로 성립하는 모든 계열들을 긍정하는 가운데 복잡하게 얽힌 온-
주름으로 만든다."[7] 즉 들뢰즈가 말한 '돌'은 '카오스'와 연관되어 있다.

---

6   아르투어 쇼펜하우어, 『의지와 표상으로서의 세계』, 홍성광 옮김, 을유문화사, 2009, p. 228.
7   질 들뢰즈, 『차이와 반복』, 김상환 옮김, 민음사, 2004, p. 276.

도대체 여기서 긍정적으로 파악되고 있는 '카오스'의 의미가 무엇이길래 그것을 '돌'이라 부를 수 있는가? 여기서 '돌'이란 말이 의미하고 있는 것은 무엇인가? 들뢰즈가 말하는 현자의 돌은 돌이 아닌가? 그가 말하듯이 "비의적인 단어는 그 자체로 어떠한 자기동일성도 지니지 않는"가?[8]

돌에 관한 이러한 다양한 주장들을 우리는 얼마나 긍정적으로 받아들일 수 있는가? 어떻게 돌이 이해 불가능한 것, 물자체 혹은 실재, 무의식적 의지 혹은 욕망, 몸, 카오스 등과 연관될 수 있는가? 그 주장들을 수긍할 수 없다면, 그 이유는 무엇인가? 그들 모두 '돌'이라는 이름으로 부르는 무엇이 사실은 서로 전혀 다른 것인가? '돌'이란 그저 아무렇게나 자기 좋을 대로 갖다 붙인 비유적 이름일 뿐인가? 이러한 현상 앞에서 우리는 오수연의 『돌의 말』(문학동네, 2012)에 나오듯 "비유의 비유의 비유. 그런 식으로 자꾸 비유만 이어지면 도대체 뜻을 어떻게 알아먹겠어!"[9]라고 한탄하며 고통스러워할 수밖에 없는 것인가? 정녕 우리의 돌은 돌이 아닌가? 그런데 왜 돌도 아닌 무엇에 '돌'이라는 이름을 붙였는가?

이 모든 의문을 염두에 두면서도, 일단 돌은 돌이라고 못 박아둘 것인데, 그렇다고 돌이 비-돌일 수 있는 가능성을 배제하지는 않을 것이며, 더 나아가 돌과 비-돌의 모순이 양립 가능한 지점이 있을 수 있다는 가능성도 배제하지 않을 것이다. 이러한 돌의 다의성에 관한 문제를 좀더 파헤쳐보자.

우리는 이성복의 오래전 시집 제목에서 돌에 관한 의미심장한 무언가를 감지한다. 그것은 우리 모두의 무의식적 깊이에서 울려 나오는

8   질 들뢰즈, 같은 책, p. 274.

9   오수연, 『돌의 말』, 문학동네, 2012, p. 240.

심오한 물음처럼 읽힌다.

뒹구는 돌은 언제 잠 깨는가.

돌과 잠…… 이것은 무슨 비유인가? 뒹구는 돌, 즉 수직으로 일어나 확고히 고정되어 있지 않고 특정한 방향성 없이 이리저리 굴러다니며 수평적 운동(혹은 방황)을 보여주는, 잠자고 있는 어떤 돌이 있다. 그런데 돌이 잠자고 있다니? 잠은 살아 있어야 잘 수 있지 않은가? 그러므로 잠자는 돌은 죽어 있는 돌이 아니라 살아 있는 돌이어야 한다. 돌이 살아 있다고? 돌은 광물이다. 우리는 식물, 동물, 인간에게 살아 있다는 말을 하지만 광물에게 살아 있다고 말하지는 않는다. 수은, 납, 석탄, 흑연, 다이아몬드, 금 등과 같은 광물인 돌은 '상식적'으로 살아 있을 수도 없고 잠을 잘 수도 없고 깰 수도 없다(물론 '깨다'에는 다양한 의미가 있다). 그렇다면 저 시어는 어떤 불가능성을 꿈꾸는 말인가? 아니, 저 시어를 전혀 비유가 아닌 표현으로 받아들일 수도 있다. 즉 살아 있는 어떤 돌이 잠을 자고 있고, 그 돌은 언젠가 잠에서 깨어날 것이라고.[10] 그렇다면 중요한 것은 잠과 깸의 현상이다(잠과 깸 사이에는

---

10 지금 우리가 적어도 억지를 부리고 있는 것이 아니라는 것을 주장하기 위해 다음의 문장을 인용해본다. "무기물도 '이른 생명'이다. 살아 있다고 하기에는 아직 이르지만 죽은 것도 아니다. 돌 속에도 이미 이른 의식이 있다고 생각해야 한다"(테야르 드 샤르댕, 『인간현상』, 양명수 옮김, 한길사, 1997, p. 29, 옮긴이 머리말 참조). 그리고 혹 우리에게 죽음인 것이 돌에게는 잠과 다를 바 없는 것일 수도 있으며, 그때 잠과 죽음의 의미는 우리가 일상적으로 이해하는 그것과 많이 다를 수 있다. 또한 '물' 혹은 '바다'와 같은 말은 생명의 근원 혹은 잠재적 생명을 의미하며, 그렇기에 그 말은 죽음과 재생 혹은 나가기와 들어오기가 일어날 수 있는 '질료materia' 혹은 생성과 소멸의 사건이 일어날 수 있는 '카오스' 같은 것을 의미한다. 그리고 우리가 그것을 여성적인 것으로 이해할 수 있다면, 이성복의 돌이 그 속에 생명을 감추고 있다는 것을 암시하는 시가 있다. "한 여자 돌 속에 묻혀 있었네/그 여자 사랑에 나도 돌 속에 들어갔네/어느 여름 비 많이 오고/그 여자 울면서 돌 속에서 떠나갔네/떠나가는 그 여자 해와 달이 끌어주었네/남해 금산 푸른 하늘가에 나 혼자 있네/남해 금산 푸른 바닷물 속에 나 혼자 잠기네"(이성복, 「남해 금산」, 『남해 금산』, 문학과지성사, 1986). 지금 나와 여자, 해와 달, 하늘과 바다가 돌과 어떤 관계에 있는지 생각해보는 것은 유익한 일이다. 하지만 지면이 부족하기에 여기서 멈춘다. 그러나 돌에서 물이 나와야 한다는 것을 보여주는 표현이 소설들 속에서도 발견된다는 것을 간단히 지시하고 넘어가자. 가령 이인성의 소설에서는 "이 돌멩이 같은 소설에서 샘이 솟기를"(『한없

꿈이 있다). 즉 이성복의 돌이 감추고 있는 핵심적인 것은 무의식에서 의식으로의 변화 과정(혹은 그 역순의 과정), 혹은 점진적으로 정신이 드는 과정(혹은 정신이 사라지거나 빠져나가는 과정)이 감추고 있는 비밀스러운 요소들일지도 모른다[아닌 게 아니라 그의 시 속에는 "돌 속에 바람 불고"[11]라는 표현이 발견되며, 우리는 '바람'이 정신(pneuma, spiritus)과 연관되어 있다는 것을 알고 있다].

우리는 이성복의 다른 시들 속에서 우리의 작업과 관련한 돌의 이미지를 많이 발견할 수 있으며, 다른 시인들과 소설가들의 작업 속에서도 그것을 발견할 수 있다. 하지만 우리의 지면은 한정되어 있고, 돌의 이미지를 통해 소설의 철학을 발견하고자 하는 우회로를 무한정 따를 수도 없다. 그러므로 우리는 더 늦기 전에 이제 소설의 철학에 접근해보자.

소설의 철학에 관한 '생각'을 돌의 이미지에서 시작했던 이유는 이렇다. 우리에게 철학은 생각이며, 이미지가 없다면 생각할 수 없으며, 따라서 생각의 활동은 이미지의 경험에서 시작해야 하고, 소설의 철학은 소설에 대한 생각이거나 소설의 생각이기에, 먼저 소설의 이미지가 어떤 '질료적으로 주어진 것'으로서 꼭 필요했고, 그런데 자연물이 아닌 인공물, 그러니까 허구적 예술−작업−작품인 소설이 자연적으로 제

이 낮은 숨결』, 문학과지성사, 1999, p. 243)이라는 표현이 있으며, 꼭 「돌부림」이 아니더라도 그의 다른 소설들 속에서도 '돌'의 문자적 의미에 사실주의적으로 완고하게 집착하지 않는다면 발견할 수 있는 돌과 물에 대한 사유가 있다. 한편, 오수연의 『돌의 말』에서 돌은 꿈에 나타난 '용'과 동일시되는데, 용은 하늘에 있기도 하지만 일차적으로 '물'에 살며, '뱀'과 동일시되기도 한다. 그런데 '용'이란 말이 의미하는 바는 무엇인가? 용은 공자가 가장 사랑한 책인 『주역』에서 주인공처럼 등장하는 무엇이 아닌가? 그 책의 핵심은 '변화란 무엇인가'라는 질문과 관련 있는데, 변화를 뜻하는 한자인 '역(易)'은 원래 해(혹은 가운데가 비어 있는 음으로 된 불)와 달(혹은 가운데가 이어져 있는 양으로 된 물)을 뜻하는 상형문자로 이루어졌다고 한다. 물론 우리는 그러한 변화에 관한 책의 처음에 등장하는 잠긴 용, 나타난 용, 나는 용 등이 무엇을 의미하는지 애매모호한 상태에 있다. 그러나 어쨌든 용은 우레, 그러니까 양극성을 갖는 전자기력처럼 잠재태에서 현실태로 활성화되는 자연적 힘과 연관되어 있는 듯하다.

11 이성복, 「어째서 이런 일이 벌어졌을까」, 『뒹구는 돌은 언제 잠 깨는가』, 문학과지성사, 1980.

공하는 이미지를 찾는 것이 어려웠으므로, 그런 소설의 성격에 걸맞게 '자연' 속에서 '인공적'으로 '돌의 이미지'를 추출한 것이었다.

자연물인 돌은 그것을 발견하는 우리의 외부, 즉 자연-세계 속에 있으며, 돌의 이미지는 우리의 내부(여기는 자연의 안인가 밖인가?)에 있다. 이러한 외부와 내부의 이분법은 우리에게 필수적인데, 왜냐하면 자연-세계 속에 던져진 우리 자신이 이미 그러한 분열을 살고 있다는 것을 우리가 '의식'하기 때문이다. 현재의 우리의 의식은 외부 세계를 향해 열려 있는 신체적 감각과 그 외부에는 닫혀 있으면서 내부를 향해 있는 정신적 생각이 서로 일치하지 않는다는 것을 알고 있다(그 둘은 또한 각기 다른 시간성을 갖고 있기도 하다). 이에 대해 동의하지 않으려면 감각과 생각, 외부와 내부는 동일한 것이라고 말해야 할 것이다. 물론 그 둘이 동일하게 되는 지점이 있을 수 있으며, 그 둘이 실은 어떤 단일한 과정의 두 양태일 수도 있지만, 그럴 경우 그 '감각'과 그 '생각'은 더 이상 우리가 일상적으로 받아들이는 의미에서 성립하는 감각과 생각은 아닐 것이다. 가령 이인성의 『낯선 시간 속으로』(문학과지성사, 1997)에서 인용하는 다음의 문장들에서 "감각"이라는 말은 우리가 보통 그 말로 이해하는 것과는 다른 것이며, 그 "감각"에 나타난 "돌과 나무와 또 모든 사물들" 또한 무언가 다른 것이다.

예감을 넘어, 나는,

모든 것을 수락한다, 그는. 순간(!), 마침내 기다림은 채워진다. 한순간의 극심한 현기증을 넘어, 불현듯 트여오는 한없이 맑은 의식으로, 그는, 예기치 못한, 새로운, 완전히 새로운, 두렵기조차 한, 어떤 감각 속에 휘말려든다. 무심히 손을 뻗친 나무에서 뜻밖의 촉감이 밀려오고, 이상한 밝음과 내음이 가득차오고, 돌과 나무와 또 모든 사물들이 믿을 수 없는… 아! 지금, 그는, 저 스스로 충만한

감탄의 느낌표다!… 그런데, 거의 동시에, 아!, 하는 한탄의 느낌표
가 되며, 그는,

　　감각의 한 모퉁이가 무너짐을 느낀다, 나는. 일어선 바람이 풍경
을 흐린다. 급격한 침몰, 내 저항은 쉽사리 무너진다. 무슨 까닭일
까, 나는 마지막으로 빠져나가며 여울지는 그 느낌의 뒤끝에 안타
까움을 느낀다. 그 찰나적인 풍경, 그것은 어딘가 다른 곳임에 틀림
없다. 나는 무언가 다른 것을 감각한 것이다. 그러나 이제, 그 믿을
수 없는 저 너머를 드러냈던 풍경은 단순한 하나의 물리적인 대상
으로 환원되어 있다.[12]

　자연물 혹은 "단순한 하나의 물리적인 대상"으로서의 돌은 그 외부
를 우리의 신체적 감각-생각에 드러내며 그 내면을 숨긴다. 혹 그 돌
을 깨뜨려 그 속을 감각하는 것으로 그 내면을 드러내고자 한다면 우
리는 성공하지 못한다. 왜냐하면 그렇게 드러난 속은 다시 겉이기 때
문이다. 우리가 감각과 생각, 외부와 내부를 이분법적으로 분리시키는
것은 인위적 행위다. 이 인위적 행위의 목적은 신체적 감각과 정신적
생각을 아무 관계 없는 전혀 이질적인 것으로 만들어 한쪽의 존재만을
긍정하면서 그 둘의 관계를 모순적 관계로 만들고자 함이 아니다. 우
리가 살고 있는 지금의 자연 상태에서 감각과 생각은 무언가 만족스럽
지 못한 불순한 상태로 결합되어 있다. 따라서 우리가 그 불만족스러
운 합성물, 이를테면 아말감 같은 것을 인위적으로 분리시키기 전에는
'순수한 생각 자체'가 무엇인지, 또한 '순수한 감각 자체'가 무엇인지
알 수 없다. 그리고 그렇게 '생각'이란 것이 인위적 개입 이전의 자연
상태에서는 어떤 것에 구속되어 있다는 사실을 의식적으로든 무의식

12　이인성, 『낯선 시간 속으로』, 문학과지성사, 1997, pp. 181~82.

적으로든 알고 있지 않다면, 도대체 어떻게 허구의 예술인 소설에 가장 필요한 능력인 '자유로운 창조적 상상력의 활동'이 가능할 것인가? 외부적이고 국소적인 감각에 사로잡혀 있는 의식에 나타나는 자연 상태 그대로의 외부 세계를 소박하게 받아들이는 재현 능력에만 사로잡혀 있다면 상상력은 활동할 수 없다(물론 우리는 더 깊은 다른 차원에서 일어나는 재현 능력의 경우를 고려하고 있지 않다). 소설은 재현의 예술이 아니다. 가령 정영문의 소설 속 주인공은 "정신이 개입하고, 작위적인 생각이 작동할 수 있으려면 완벽한 구도를 갖춘 것처럼 보이는 풍경이 어떤 허점 같은 것을 노출하고, 생각의 개입을 용인하고, 그 풍경에 이질적인 어떤 요소가 첨가되는 것과 같은 일이 일어나야"[13] 한다고 말한다. 여기서 "이질적인 어떤 요소"란 무엇인가? 그것은 비-자연적, 비-현실적 요소가 아닌가?

상상적 예술인 소설은 일반적으로 이해되는 '자연의 모방'이 아니며 '현실의 모방'도 아니다. 만일 우리가 이런 입장들을 받아들여야 한다면, 그때 '자연'이나 '현실'이나 '모방'이라는 말은 그 말로 대개 이해되고 있는 의미와는 상당히 다른 의미가 되어야 할 것이다. 왜 그런가? 가령 우리는 '자연'이라는 말이 다의적이라는 것을 안다. 즉 자연은 이미 그 생성의 운동을 끝마치고 형성되어 돌처럼 응고되거나 결정화된 결과물들의 총체로 나타날 수도 있고, 여러 다양한 유동적인 형상으로 변화하며 흐르는 물 같은 과정으로 나타날 수도 있고, 창조적 생성의 운동으로 나타날 수도 있다. 그래서 생산하는 자연natura naturans과 생산된 자연natura naturata은 다르다. 만일 모방하고자 함이 전자의 자연을 향한다면, 그때 모방은 가시적인 모든 자연물이 드러내면서 감추고 있는 수축과 확장의 생의 리듬, 살아 있는 구조나 패턴의 운동

---

13 정영문, 『어떤 작위의 세계』, 문학과지성사, 2011, p. 192.

등과 연관될 것이며, 궁극적으로는 그 모든 것을 가능하게 하는 창조적 에너지, 혹은 창조적 행위의 사건, 혹은 현실태(에네르게이아)와 잠재태(뒤나미스)의 애매모호한 관계 속에서 파악된 자연의 역동적 생명력에 관한 실존적 문제로 귀결될 것이다. 이러한 문제와 연관된 예술적 활동이 모방이라면, 그때 그 모방의 활동 속에는 이미 창조성의 씨앗이 꿈틀거리고 있다고 말해야 한다. 우리는 이 난해한 문제들이 박상륭(『죽음의 한 연구』), 이인성(『미쳐버리고 싶은, 미쳐지지 않는』), 조하형(『조립식 보리수나무』) 등의 소설들 속에서 그 개별적 스타일은 매우 다르지만 반복적으로 다르게 형성되고 있는 것을 본다.

생성과 소멸의 관점, 창조적 에너지(힘)의 관점에서 파악된 자연 속의 돌은 자신의 단단한 외피 속에 창조적 생명(과 죽음) 혹은 형성적(혹은 해체적) 에너지의 역사를 감추고 있는 씨앗 같은 것이며, 그 씨앗은 지구의 모든 곳에 흩뿌려져 있다(그 씨앗이 발아하기 위해서는 카오스의 환경이 요구된다). 가령 우리는 '돌의 역사'에 대해 말하는 채호기의 한 시에서 지구 자체가 돌일 수 있음을 본다.

산길에서 혹은 들판에서, 버티고 선 혹은 옆으로 길게 드러누운, 집채만 한 혹은 해일 같은, 큰 돌을 만나면 경건해진다. 그 돌의 역사 때문이다. 거리와 깊이를 짐작할 수 없는 우주의 그 어두운 밤에서 빅뱅이 있었고, 뜨거운 돌은 우주 공간에서 그 시작과 끝을 상상할 수 없는 긴 시간 동안 아주 천천히 차갑게 식어간다. 지구—돌은 아직 그 내부에 식지 않은 불덩어리를 감추고 있다. 돌은 그 내부의 불덩어리의 드러남이다.[14]

---

14 채호기, 「돌」, 『레슬링 질 수밖에 없는』, 문학과지성사, 2014, p. 69.

돌은 뜨거움, 혹은 팽창-상승하는 힘과 차가움, 혹은 수축-하강하는 힘 사이의 여러 긴장 관계들 속에서 생겨났다. 그리고 이때 돌은 일차적으로 불과 연관된다.[15] 채호기의 「돌」이라는 시에서, 우리는 돌의 이미지가 어둠의 공간, 밤의 시간, 지구(혹은 대지 혹은 흙), 불의 이미지와 서로 긴밀히 연결되며 섞일 수 있음을 본다. 그래서 우리는 이러한 여러 개의 이미지를 하나의 이미지로 결합시킬 수 있다고 생각한다. 겉으로 드러난 폭발의 이미지보다는 이미지들의 '겹침'에 주의를 기울인다면, 그래서 화성암보다는 퇴적암 쪽으로 주의를 기울인다면(그렇다고 지금 화성암이나 변성암을 무시하는 것은 아니다), 그 하나의 이미지는 아마도 내면에 '불'을 간직한 '석탄' 혹은 '검은 돌'의 이미지로 합쳐질 수 있을 것이다. '밤'의 '어둠' 속에 휩싸여 있는 '지구-돌'은 그 속(뒤)에 '불', 그러니까 태양을 감추고 있으며(밤에 태양은 캄캄한 지구의 뒤에 있으며, 혹은 지평선 밑으로 하강하는 관점에서 보면 캄캄한 지구의 속에 있다), 석탄의 이미지를 불러일으킨다. 그런데 유황 등을 포함하며 탄소가 주성분인 석탄의 몸은 식물이 광물화된 것이며, 식물은 탄소동화작용, 그러니까 광합성을 통해서 자신의 몸을 형성했다. 이 지점에서 앞에서 제기한 자연의 창조적인 에너지에 관한 물음을 떠올리며, 한 철학자의 말을 인용해본다.

---

15 앞에서 돌이 물과 연관된 반면에, 여기에서는 불과 연관된다. 그렇다면 앞에서 언급된 돌과 연관된 카오스의 바다는 물바다이면서 동시에 불바다일 수 있다. 이와 관련해 흥미로운 사실이 있는데, 한유주의 상상력에서 세계는 물바다처럼 나타났으며, 조하형의 상상력에서 세계는 불바다처럼 나타났다는 것이다(또한 한유주에게 문제가 되었던 것은 '차가운 달'이었으며, 조하형에게 문제가 되었던 것은 '뜨거운 해'였다). 카오스의 바다는 물과 불처럼 대립적인 힘들이 아직 분화되지 않은 상태, 아직 서로 반목하지 않은 상태로 존재하는 어떤 환경을 의미하는 것이 아닐까? 아무튼 우리의 거친 추론적 심상 속에서 물바다와 불바다는 푸른 바다와 붉은 바다로 나타나며, 그것은 아마도 우리 안의 피바다일 수 있다(우리 신체의 대부분은 물이거나 피다).

그러면 에너지는 어디서 나오는가? 그것은 섭취된 양분에서 생긴다. 왜냐하면 양분은 일종의 폭발물로서 이것은 스스로 축적한 에너지를 발산하기 위한 불똥만을 기다릴 뿐이기 때문이다. 이러한 폭발물을 제조하는 것은 무엇인가? 양분은 어떤 동물의 살일 수도 있으며 그 동물은 다른 동물들로부터 양분을 섭취할 것이고, 이런 식으로 계속될 것이다. 그러나 결국에 도달하게 되는 것은 식물이다. 식물만이 진정으로 태양 에너지를 끌어모은다. 동물들은 [식물에게서] 직접적으로 빌려오든, 서로 간에 주고받든, [결국] 식물에서 양분을 빌려올 뿐이다. 식물은 어떻게 이 에너지를 축적하였는가? 특히 엽록소의 기능, 즉 우리는 알 수 없고 실험실의 조작과는 아마도 유사하지 않을, 고유한 화학적 조작에 의한다. 그 조작은 태양 에너지를 사용하여 이산화탄소로부터 탄소를 고정하고, 그렇게 해서 이 에너지를 저장하는 것으로 이루어진다.[16]

"식물만이 진정으로 태양 에너지를 끌어모은다." 어떻게? "우리는 알 수 없고 실험실의 조작과는 아마도 유사하지 않을, 고유한 화학적 조작에 의"해 그런 어떤 비밀스러운 방식으로, 어둠 속에서, 대지-물-태양과의 긴밀한 관계 속에서, 식물은 우리 인간이 들숨으로 산소를 소비하면서 날숨으로 배출시키는 이산화탄소로부터, 인간의 호흡과는 반대되는 방식으로 산소를 생산하고 탄소를 저장한다(이와 관련하여 조하형의 『조립식 보리수나무』를 참조할 수 있다[17]). 그런 면에서 식물은 창조적이며, 그 창조성은 태양 에너지와 관련된 것이다. 그런데 식물의 그러한 창조성이, 함께 자연에 속한 인간의 활동과 어떤 밀접한 관

16 앙리 베르그송, 『창조적 진화』, 아카넷, 2005, pp. 377~78.

17 조하형, 『조립식 보리수나무』, 문학과지성사, 2008, pp. 337~38.

련성도 없을 리 없다. 예술의 창조성도 그러한 식물의 창조성과 은밀한 관계가 있을 것이다(하지만 앞의 각주에서도 잠깐 언급했었지만, '태양 에너지'의 진정한 의미는 무엇인가?). 윤후명이나 이인성의 소설, 혹은 다른 소설가들의 작업 속에서도 분명 그러한 관계를 감지할 수 있다고 우리는 생각한다.

창조적 에너지에 관한 물음은 곧 소설의 철학이 가져야 할 물음이기도 하다. 자연에서든 허구의 예술에서든 그 발생적 측면에서 일차적으로 중요한 것은 창조적 에너지다. 그리고 창조적 에너지에 접근하는 일은, 그 에너지가 자연에 속한 것이든 정신에 속한 것이든, 혹은 자연과 예술에서 동일한 것이든 다른 것이든, 오직 의식적이고 인위적으로 일상적 감각과 분리된 '생각'을 통해서만 가능하다. 왜냐하면 그렇게 분리되기 이전의 일상적 감각-생각에 나타나는 것은 모두 비-활성적이고 침투 불가능한 고체성의 벽을 세워놓은 것으로 나타나며, 그 고정된 벽은 댐처럼 유동적 에너지의 흐름을 막고 있으면서 또한 거울처럼 되비추기만 하고 있기 때문이다. 다르게 말해서, 일상적 의식에 나타나는 감각-생각은 그 깊이에 어떤 역동적 운동성 자체를 감추고 있으며, 외부 세계를 반영하는 신체적 감각-생각에 관계하는 일상적 의식은 그래서 일종의 거울의 벽과 관계하는 셈인데, 그 거울의 표면은 어떤 깊이를 그 뒷면에 감추고 있다. 만일 거울을 거울로 기능하게 하는 그 거울의 뒷면, 가령 차갑게 식어 응고된 수은, 철, 구리, 은 등의 금속막이 어떤 유황불의 열기에 의해 녹아내리며 물처럼 흐르기 시작한다면, 그때 그 거울은 더 이상 이전의 거울처럼 기능하지 않을 것이다. 그때 그 거울(자연적이면서 또한 정신적인 거울)은 반영된 상을 변형시키거나 아무것도 반영하지 않거나 이전과는 전혀 다른 것을 반영하기 시작할 것이다(그리고 '아래'의 열기-증기에 의해 금속의 얼음-물이 녹아 흘러 '위'에서 빗방울이 되어 내려 의식의 어두운 지층을 적시면

278

시체-화석처럼 누워 있던 기이한 이미지들이 되살아나 자신들의 믿지 못할 서사를 보여주거나 들려줄지도 모른다).[18] 그리고 그러한 거울의 내부를 통해서 알려질 수 있는 거울의 다른 외부는 더 이상 차갑게 굳어 있는 돌의 특성, 나에 대해 완벽히 등을 돌리고 결코 세계와 자신의 타자인 나에게 자신을 개방하지 않는 폐쇄성, 그러니까 결국은 외부 세계에 투영된 우리의 자아ego('나'-이미지)로 파악될 수 있는 돌의 특성을 보여주지 않을 것이며, 그때의 돌은, 아마도 융이 말하듯 오랜 개성화의 과정을 거쳐, 양성 인간 혹은 '자기'의 상징으로 나타날지도 모른다. 이러한 맥락 속에서 우리는 이인성의 『낯선 시간 속으로』를 읽은 적이 있고, 그러한 주제를 더욱 심화시킨 「돌부림」을 앞으로 읽을 수 있게 될지도 모른다고 생각한다. 물론 우리는 지금 더욱더 개선을 요구하는 공감적 이해력의 부족함을 느끼고 있으며, 돌의 존재가 보여주는 '전체성'을 희미하게 추측하거나 예감하고 있을 뿐이다.

이제, 돌의 이미지를 통해 접근하는 소설의 철학은 어떤 특성을 가지게 될지 거칠게나마 말해보자. 아마도 그것은 추상적 개념들의 연쇄로 이루어진 사변철학이기보다는 구체적 이미지들의 삶으로 이루어진 생명철학이고자 할 것이며, 형식논리를 넘어 질료적 논리(?)를 따르는 자연철학이고자 할 것이며, 보편성의 철학이기보다는 개별성의 철학임을 주장할 것이다. 그리고 아마도 소설은 허구이기에, 그것은 사실적 현실의 철학, 즉 리얼리즘 철학에 이질감을 느끼게 될 것이다. 또한 아마도 지성과 상상력이 연결될 수 있는 지점이 있다 하더라도 그 둘이 다른 것이라면, 그것은 지성적 분석의 철학과 상상적 경험의 철학 사이에서 방황하게 될 것이며, 거기서 언어는 명제적 정의가 아니

---

18 신체적 의식과 거울의 관계에 대한 흥미로운 서사는 김숨의 다음 소설에서 읽을 수 있다. 김숨, 「북쪽 방(房)」, 『간과 쓸개』, 문학과지성사, 2011, pp. 130~31. 이 소설은 '광물'에 대한 흥미로운 서사이기도 하다.

라 현상학적 기술의 특성 쪽으로 많이 기울게 될 것이다. 그리고 '생각'은 점점 더 어떤 '내적 관찰자'의 성격을 띠게 될 것인데, 이런 맥락에서 정영문이나 김태용의 소설들에서 자주 볼 수 있는 '생각을 생각하기'의 의미를 찾을 수 있을 것이다. 왜냐하면 '생각을 생각한다'는 것은 의식적 주의 집중을 통해서 '생각을 관찰한다'는 것이기 때문이다. 이때 생각은 실용성이나 유용성을 목적으로 일상적 현실의 잡다한 대상을 향해 있는 습관적 태도와는 반대되는 방향성을 가지게 될 것이며, 의식은 점진적으로 일상적인 감각–생각의 대상들이 아닌 생각 그 자체의 활동성을 지각하게 되며, 또한 상징적 이미지들의 자립성이 경험되면서 '역동적 상상력' 혹은 '적극적 성찰' 같은 말로 지칭되는 활동이 시작될 것이며, 이와 함께 우리의 의식은 아무리 미세하더라도 질적 변화를 겪게 될 것이다. 그렇게 변화된 의식을 통해서 우리는, 다르게 다시, 앞에서 부당하게 소설의 철학에서 배제했을지도 모를 '보편성 universality'이나 '실재reality'의 개념에 대해서 새롭게 생각해볼 수 있게 될지도 모른다. 그렇기에 이와 관련해 소설의 철학에서 계속 문제가 되고 있는 '리얼리티'에 관한 입장을 생각해볼 필요가 있다.

철학에서 격한 논쟁을 불러일으킨 '실재론realism'이라는 말은 서로 대립하는 이중적 의미를 갖는다(문학에서의 리얼리즘 논쟁도 결코 이와 무관하지 않다). 그것은 한편으로 관념론idealism에 대립하며, 다른 한편으로 유명론nominalism에 대립한다. 전자의 경우, 실재론은 의식에 대해 독립적으로 존재하는 사태, 이를테면 객관성(객체성) 혹은 외부성을 중요시 여기며, 만일 그 외부 혹은 객관의 근원이 물질이라 생각한다면, 그 실재론은 결국 유물론materialism이 된다. 반면, 유명론에 대립하는 의미에서 본 실재론은 개별자보다 보편자를 중요시 여기는 입장이며, 만일 그 보편자가 정신적인 존재라면 이때의 실재론은 결국 유심론spiritualism이 된다. 그러므로 '실재론' 혹은 '리얼리즘'의 옹호와 배격 속에는 이미 정신과 물질, 주관과 객관, 개별과 보편 사이의 격렬한 대립성에 대한 어떤 애매모호한 선입견들이 들어가 있는 셈이다(이 대립성은 사회와 개인, 과학과 종교, 몸과 마음, 현실과 이상 사이에서 우리 모두가 현재 경험할 수 있는 괴리에서 그 존재를 구체적으로 의식할 수 있다).

이러한 대립의 문제에 대해 어떤 태도를 취할 수 있을 것인가? 앞에서는 돌이 거의 모든 것을 의미할 수 있다고 했으며, 또한 희미하게 돌의 전체성에 대해 말했었다. 따라서 그것은 어떤 의미에서는 물질이고, 다른 의미에서는 정신일 수 있으며, 그런 방식으로 주관이기도 하고 객관이기도 하고, 개별적이면서도 보편적일 수 있다(물론 그때 가령 '물질'이나 '정신'의 의미는 우리가 대개 그 말로 이해하는 의미와는 매우 다른 의미일 것이다). 그렇다면 그러한 돌의 이미지를 통해 접근하는 소설의 철학은 실재론이면서 관념론이고, 또한 실재론이면서 유명론일 것이다. 물론 이러한 주장은 순전한 허구나 불가능성을 이야기하는 '돌팔이'의 주장처럼 보이며, 존재하지도 않는 유령의 몸에 대한 망상처럼 보일 것이다. '돌머리'에서나 나올 수 있는 생각이라는 비난을 받을지도 모르겠다. 하지만 우리는 아득한 역사를 통해 세계로부터 자신을 서서히 분리해온 인간의 의식이 심각한 분열과 고립을 겪고 있으며, 그렇게 분열된 의식의 한쪽만을 긍정하거나 분열 자체를 긍정하는 것만으로는 어떤 창조적 관계성도, 어떤 새로운 관계성도 가능하지 않을 거라고 생각하고 있다. 우리가 상상하는 돌은 어떤 면에서 이미 그러한 창조적 관계성을 실현하였고, 다른 면에서는 언젠가 다시 그러한 새로운 관계성을 실현할 수 있는 가능성을 갖는 돌이다. 따라서 우리의 돌은 과거에 속한 만큼이나 미래에도 속한다. 돌의 미래, 혹은 미래의 돌에 대한 아득하면서도 절박한 예감 속에서 우리는 순전한 허구처럼 보이는 소설에 대한 생각을 마친다, 일단.

[2014]

검은 개인이란 무엇인가[1]
── 카오스를 찾아서

모호한 말들을 꺼내 죽 나열했다 그것들은
도미노처럼 서 있었다 모호한 게 좋을 수도
있겠다 싶었다 〔……〕
──「말(言), 말, 말들」 부분

부끄러운 일을 덮기 위해 또
부끄러운 일을 벌이고
부끄러운 일을 잊기 위해
다시 부끄러운 일을 한다
사업이 그렇고 혁명이 그랬고
문장이 그렇다
지금 이 순간
나도 검은 개인으로 남을 것이다
──「검은 개인」(p. 70) 부분

‘주기율표’를 구성하는 이른바 ‘화학원소’들을 통한 시적 형상화를

1   이 글은 성윤석, 『2170년 12월 23일』(문학과지성사, 2019)에 실렸던 졸렬한 해설이다. 이하
    인용한 시는 모두 여기에 실린 작품들이다.

시도했던 『밤의 화학식』(문예중앙, 2016)이라는 독특한 실험적 시집으로 오랫동안 기억될 깊은 인상을 남겼던 성윤석 시인의 이번 시집 『2170년 12월 23일』 속에서 수수께끼처럼 떠오르는 일차적 물음은 이것이다——도대체 "검은 개인"이란 "모호한 말"은 무엇을 의미하는가? 혹 그것은 "밤의 화학"과 어떤 특별한 연관성을 갖는가?

'검음'과 '밤'은 어둡다. '어둠의 인지'는 '은폐성과 비-가시성의 드러남'이다. 드러난 어둠은 순전한 감춤이나 숨김이 아니다. 어둠이 보여주는 것은 오히려 '비-은폐성'과 '다른 가시성'의 가능성이다. 어둠은 '감추면서 드러냄'의 조건이다(만일 '상징 작용' 일반을 '감추면서 드러냄'으로 이해한다면, 상징에 기초한 활동은 '어둠 속에서 발생하는 은밀한 소통의 활동'이라고 말할 수 있을 것이며, 그러한 구체적 상징 작용의 '의미'를 창조적으로 인지하려는 활동을 '상상'으로 이해한다면, 상상은 '어둠 속에서 빛을 이끌어내려는 지향성 속의 활동'이라고 말할 수 있을 것이다).

하지만 왜 '밝음'이 아니고 '어둠'인가? 왜 '하얀 개인'이나 '낮의 화학'이 아닌가? 아니, 도대체 "검은 개인"과 '하얀 개인', 그리고 "밤의 화학"과 '낮의 화학'은 어떤 관계 속에 있는가? 물론 이런 방식의 질문들은 쉽게 '이분법적 흑백논리'에 지배당하는 '정태적 이원론의 사고방식' 속으로 오도될 수 있다. 이때의 정태적 사고방식이란 언제 어디서나 상호 외재적이거나 상호 배타적인 '고체적 실체들'과 그것들 사이의 '외적 관계'만을 보고자 하는 '불활성적-관성적 경향성'이다(가령 '원자적 구조 모형의 가설'을 통해 자연적 세계의 모든 것을 설명하려는 과학적-철학적 이론은 그러한 고체-실체적 사고의 경향성으로부터 나왔을 것이다). 하지만 그러한 고체적 사고의 습관적 경향성 속에서는 "검은 개인"의 관계적 의미가 제대로 드러날 수 없을 것이다. 성윤석의 시들은 그러한 경향성에 반하여 '숨겨진 역동적인 관계성'에 대해 암시한다. 예를 들어, 다음을 보자.

사실 흑과 백은 번진 것이지 나눌 수 있는 게

아니다 흑은 멈추지 않는 색이다

　　—「흑백 화면」부분

　말하자면, 여기서 흑과 백은 서로 분리되어 고정된 흙(혹은 고체성)
보다는 상호 침투적이고 유동적인 물(혹은 액체성)이나 공기(혹은 기체
성)나 불(혹은 열)의 관점에서 표현되고 있다. 흑과 백이 그러한 관계
적 유동체로 파악될 수 있을 때만, 그것은 멈추지 않고 번지거나 스며
들 수 있다. 또한 "검은 구름에서 흰 눈은 여전했다"(「2170년 12월 23
일」)와 같이 일견 특징 없어 보이는 특징적 표현에서도 볼 수 있듯이,
이 시집의 도처에서 반복적으로 등장하는 흑(어둠)과 백(밝음)의 대비
적 관계, 그리고 그 본질적 관계성 속에서 강조되는 '흑(어둠)의 일차적
중요성'은 오직 '어떤 형성 과정 속에 있는 관계적 유동체'의 관점에서
만 이해될 수 있을 것이다.
　'검음'이나 '어둠'이나 '밤'은 그 안에서 어떤 은밀한 형성적 관계 속
의 생성이 고요하게 발생하고 있는 카오스적 모체다. 그런 면에서 볼
때, 어느 먼 미래의 흐린 겨울 저녁에 대해 말하고 있는, 어둡고 암울
하기까지 한 표제작 속에서 순간적으로 반짝이는 "검은 구름에서 흰
눈은 여전했다"라는 표현은 '카오스로부터의 지속적 생성 과정'에 대
한 매우 적절한 비밀스러운 이미지를 출현시키고 있다. 물론 여기서
어떤 '비밀스러운 이미지'를 보는 것은 과장이나 착각이나 환상처럼 보
일지도 모른다. 도대체 "검은 구름에서 흰 눈은 여전했다"라는 문장에
서 어떤 비밀스러운 이미지가 떠오른다는 말인가? 형태 없던 투명한
공기가 천천히 흐려지며 생겨 나와 가볍게 공중부양한 채로 자유로운
형태의 끊임없는 순환적 생성, 변형, 소멸, 재생을 보여주고 있는 '구름

덩어리들'과 그 속에서 엄밀하고도 명료한 구조적 질서를 보여주는 육각의 결정형태들로 산출되는 '눈들'로부터 그 어떤 '카오스적 생의 비밀스러운 이미지'가 떠오른다는 말인가? 여기에 무슨 '비밀'이 있는가? 이때 '카오스적 생'이란 무엇을 의미하는가? 그리고 만일 '이미지'가 '가상'이나 '허상'과 연관된다면, 그때 '카오스적 생의 이미지'란 오직 '비-현실적인 비-존재'이기만 한 어떤 것인가?

'이미지적 현상'(혹은 '현상적 이미지')이 존재한다. 그렇게 존재하는 이미지의 현상은 현실적이면서 상징적이면서 상상적이다. 그것은 지각, 기억, 상상을 통해 나타나 존재적 비-존재(혹은 비-존재적 존재)로 살아간다(생성, 변형, 소멸, 재생의 순환적 형성 과정 속에 있는 '이미지의 은밀한 생'이 있다). 지각-이미지와 기억-이미지와 상상-이미지는 한 개인의 감각, 사고, 느낌, 기분, 감정, 욕망, 의지의 활동 속에서 서로 구별되면서도 분리되지 않고 겹쳐지며 '본질적인 내적 연관성'을 가질 수 있다. 그렇게 서로 다른 이미지들은 분리되어 고정된 실체적 사물들이 아니기에 '다른 것이 아닌 오직 그것(?)'일 수만은 없다. 그러므로 가령, '흰 눈의 이미지'는 눈이면서 눈이 아니다(비-눈이다)! 예컨대, 눈은 소금(비-눈)이고, 소금은 눈(비-소금)이다. 그 둘이 '하양'이라는 속성을 공유하는 것을 통해 연상 작용을 일으키며 연합되기 때문만은 아니다. 그 둘 모두는 전통적인 '카오스적 전체'의 상징인 '검은 바다'(혹은 '검은 하늘')로부터 '결정화'를 통해 개별적 형태를 얻으며 '침전'되고 '하강'하는 '개별화 과정'을 대표한다. 물론 이때 눈과 소금이 보여주는 하얗거나 투명하고 명료한 결정화, 개별화는 (가령 탄소 결정체 중 하나이며 그 자체로 완벽한 완결성을 자랑하는 다이아몬드처럼) '고체적 광물화'를 극단적으로 고집하지 않으며, 언제든 카오스적 전체로 다시 '용해'될 준비가 되어 있다. 그리고 그렇게 명료한 결정구조를 보여주는 자연적 형성 과정에서 인간 자신의 사유와 인식이 형성되는 과정을 보는 것은 결코 인간중심적인 의인화나 자의적 주관성의 투사가 아니다. '자연적 눈과 소금'의 형성 과정은 일시적으로 명료한 형태로 고정될 수 있으면서도 다시 유연하게 흐를 수 있는 '인간적 사고'의 운동과 형태가 발생하는 내적 인식 과정에 유비적일 수 있으며, 그때 '개별적 인간의 사고와 인식'은 '본질적인 관계성 속에서 상호 침투하는 세계의 전체성'과 분리될 수 없는 형성적 활동으로 나타날 수 있을 것이다.

여기서 '눈'과 '비-눈'이라는 이분법적 분류와 함께 가는 동일률('눈은 눈이다')과 모순률('눈은 비-눈이 아니다')이라는 '배타적이고 부분적(파편적, 실체적, 비-관계적)인 법칙(혹은 원리)'은 느슨해진다. 이때 중요해지는 것은, 파편적이고 원자적인 부분들을 한곳에 끌어다 모아놓은 것으로 표상되는 '집합적인 양적 전체의 구성적 부분들'이 아니라 '본질적인 관계성을 내포하는 질적 전체성을 대표하는 부분들'이다. 전체가 부분보다 중요하다거나, 부분이 전체보다 중요하다거나, 전체가 없으면 부분도 없고 부분이 없으면 전체도 없으므로 전체와 부분이 똑같이 중요하다고 말하는 것으로는 충분하지 않다. 특히, 그러한 서로 달라 보이는 관점들이 사실은 모두 동일하게 '전체는 부분보다 크다'라는 관점, 혹은 '물리적으로 측정될 수 있는 수나 양의 관점'에서 전체와 부분을 서로 분리시키거나 외적으로만 관련지으며 '내적인 질적 전체성, 혹은 카오스적 전체성'을 은폐시키고 있다면 더욱 불충분하다. 전체가 부분보다 수나 양의 면에서 많거나 크거나 강한 힘을 가지기 때문에 더 중요하다고 생각한다면, 그때 전체는 질적인 측면이 전혀 고려되지 않은 채 부분과 분리되어 부분을 억압하는 양적 지배를 행하는 전체다. 혹은, 어떤 독립적인 원자적 요소들처럼 이해된 개개의 부분들이 먼저 존재하고 그것들이 특정한 방식으로 모여서 비로소 어떤 전체를 구성한다고 생각한다면, 그때 각 부분은 사실 그 자체로 이미 어떤 전체로 이해되는 역설 속에 있는 무엇이며, 그럼에도 '부분들의 합을 통해서는 결코 도달할 수 없는 질적 전체성'이 고려되지 않은 채 전체와 분리되어 있는 부분이다. 혹은, 전체와 부분의 '상대주의적 상보성'만을 보면서 전체와 부분이 똑같이 중요하다고 생각한다면, 그때 전체와 부분은 어떤 균등성과 균질성 속에 있게 되고, 따라서 전체와 부분의 질적 구별이 무의미해지면서 질적 전체성과 분리되지 않으면서도 그것과 구별되며, 그것을 대표할 수 있는 부분(의 이미지와 상징) 또한 은폐되고 만다.

이러한 '전체와 부분whole and part'(혹은 하나와 여럿one and many, 통일성과 다양성unity and diversity)에 대한 적절한 이해의 어려움은 결국 '개인과 사회'나 '나와 세계'의 본질적 관계성을 이해하는 일의 어려움과 연결되며, 무엇보다 여기서는 이 글의 시작 부분에서 성윤석의 시집에 대해 제기했던 수수께끼 같은 물음인 '도대체 "검은 개인"이란 무엇을 의미하는가'에 대답하는 일(혹은 작품의 전체와 부분을 해석하는 일)의 어려움과 연관된다. "검은 개인"이란 어떤 방식으로 '전체와 부분'의 관념과 적절하게 연관될 수 있는가? 이 의문을 풀어줄 어떤 단서를 성윤석의 시들은 보여주고 있는가? 가령, 다음의 시에서 읽어낼 수 있는 '전체와 부분'의 의미는 무엇인가?

> 5백 창문의 지배자
> 수천 잎의 언어
> 끼요, 하고 나는 매의 절벽
> 부분이었던 오후 4시가 기울어
> 어둠이 한 소녀의 재능처럼
> 쾅 터지는 그곳
> 당신이 기다려만 준다면

나의 저녁은 전체가 된다

나의 저녁은 왜 전체가 되는가

─「나의 저녁은 왜 전체가 되는가」 전문

이 시가 말하는 "전체"와 "부분"은 앞의 의문을 해소시켜주기는커녕 오히려 더욱 증폭시키기만 하고 있는 게 아닌가? 이 시가 말하는 "전체"(와 부분)는 이미 어떤 혼돈, 혼란, 무질서, 무의미, 인식 불가능성 속에 있는 게 아닌가? 하지만 검음, 어둠, 밤, 카오스, 전체의 연관에 대해 이미 앞에서 말한 것처럼, "어둠" "저녁" "전체"와의 연관성 속에서 형성되는 이 시의 이미지는 결국 다음을 암시하고 있는 것이 아닌가? 즉 "당신"과 "나" 사이에, 마치 "한 소녀의 재능" 혹은 '재능, 능력, 살아 있는 형성적 힘 일반'이 그렇듯이, 그것이 정확히 어떤 방식으로, 어떤 형태로, 언제, 어디까지 현실적으로 실현되거나 실현되지 않을 것인지 결코 미리 판단할 수 없게끔 그것의 '현실태와 잠재태'가 본질적인 관계성 속에서 서로 속속들이 뒤엉켜 상호 침투하고 있는 '현실적 잠재력(혹은 미래의 가능성)'으로 존재하는 '카오스적 전체성.'

물론 이러한 해석은 이 시의 전체가 아닌 부분에 근거한 해석처럼 보인다. 하지만 '양적'으로는 '부분적'이지만 '질적'으로는 '전체적'일 수 있으며, 그때 '(질적) 부분은 (양적) 전체보다 크다(본질적 중요성을 갖는다)'라고 말할 수 있다. 그럼에도 여기서 여전히 '질과 양quality and quantity'의 이분법적 분리가 문제될 수도 있을 것이다. '질'만 중요하고 '양'은 아무래도 상관없다는 말인가? '양'에도 어떤 '질'이 있지 않은가? 가령, '약'이나 '독'의 '양(농도나 배합 비율)'은 그 '약성'이나 '독성'을 실현시키는 데 결정적 중요성을 갖지 않는가? 혹은, 가령 서사시와 하이쿠, 혹은 장편소설과 단편소설의 질적 특성을 구별할 때도 그 '분량적 형식의 측면'은 중요한 역할을 하고 있지 않은가? 물론 그렇다.

하지만 여기서 강조되어야 하는 지점은 이때의 '양의 중요성'이란 어떤 질적 특성, 의미, 구조, 형태(형식, 형상), 의도, 목적 등과의 본질적 연관성 속에서만 획득될 수 있다는 것이다(그리고 어떤 비례나 비율의 관계 속에 있는 양은 질적 관계를 떠나서 존재할 수 없다). 특정한 양에 따라 특정한 질이 결정되는 것이 아니라, 특정한 질에 따라 특정한 양이 결정된다. 그러므로 양적 전체와 질적 전체가 이분법적으로 분리되는 이유는 일차적으로 양적 전체가 질적 전체와의 본질적 연관성을 잃어버린 채 부당한 우위를 차지하는 경우가 많기 때문이다. 그리고 바로 그렇기에 '질적 전체성'은 '양적 전체, 혹은 최대나 극대의 양을 통해 완전히 실현된 펼쳐짐'이 아닌 '질적 전체성을 감추고 있는 최소한의 양, 혹은 마치 한 점이나 씨앗과 같은 극소의 양(거의 양이 아닌 질 같은 양)에 집중되어 접혀 있음'일 수 있다(마찬가지로, '질적 무한'이나 자유로운 실현을 기다리는 '잠재적 무한'이 '양적 무한'이나 '유한' 속에 접혀 있을 수 있다).

그러므로 다시 작품의 해석으로 돌아가자면, 이 시집의 특정 부분들(한 해석자의 입각점에서 질적으로 중요하게 부각되는 부분들)에 집중하는 것은 결코 전체를 무시하는 일이 아니다. **"수천 잎의 언어"**가 말해주는 것도 그것이다. 왜 그런가? "잎"이란 무엇인가? "잎"은 무엇을 의미하는가? "잎의 언어"는 무엇을 말해주고 있는가? 잎이란 뿌리, 줄기, 꽃(혹은 꽃대, 꽃받침, 꽃잎, 암술과 수술), 열매, 씨앗처럼 식물, 혹은 나무의 한 '부분'이다. 하지만 그것은 정말 '오직 부분일 뿐'인가? "수천 잎의 언어"는 '우리는 식물의 부분들일 뿐이야'라고 침묵 속에서 말하고 있는가? 결코 그렇지 않다! 어떤 의미에서, '식물 혹은 나무의 전체는 잎'이다(식물의 전체는 잎의 변형 과정 속에 존재한다). 잎이 뿌리도 되고 줄기도 되고 꽃도 되고 열매도 되고 씨앗도 되고 떡잎도 된다(꽃은 식물의 형성적 잠재력이 최고도로 강화되고 고양된 잎의 승화된 변형태의 실현이다). 식물-유기체의 형성 과정에 결정적 중요성을 갖는 활동인 '광합성(혹은 탄소동화작용)이 일어나는 주된 장소'는 '초록의 잎'이다. '대지(어둠), 물, 공기, 하늘(빛) 사이'에서 발생하는 식물-유기체의 형성 과정(즉 '미완결적 생성과 변형의 과정'의 관점에서 이해된 식물-유기체)에서 전체와 부분은 분리될 수 없이 상호 침투되어 있으며, 거기서 '서로 다르며 대립적이기까지 한 양극적인 형성적 힘들을 능동적으로 받아들이며 성장하고 변형되는 순수한 식물-잎의 생명력'은 일방적인 선형적 인과성이 아닌 '순환적이고 동시적이고 양방향적인 인과성'을 갖는 상호 결정적 영향력 속에 있다. 그렇기에 가령 '될성부른 나무는 떡잎부터 알아본다'라는 속담은 한 나무의 전체(한 개체와 그것의 환경 사이의 상호관계 속에서 주어지는 미래의 가능성 속에 있는 전체)가 그 떡잎 속에 이미 결정론적 현실성 속에서 온전하게 실현되어 있다는 것을 의미할 수 없다. 식물의 전체는 잎이라거나 혹은 (괴테가 보았듯이) 식물의 전체는 잎의 변형 활동 속에 존재한다고 말할 때, 그때 '잎의 전체성'이란 '그 자체로 완결되거나 자기충족적으로 닫혀 있는 온전히 실현된 하나의 개별적 전체성'을 의미할 수 없다. 다시 말해서, 어떤 질적 전체성을 보여주는 개별적 잎들은 라이프니츠가 말했던 '실체적 모나드(단자)'들이 아니다.

모나드들의 잘 알려진 대표적 특성은 그것들에 '창이 없다'는 것이다. 여기서 발견되는 '개별성'이나 '전체성'의 특징은 '그 자체로 닫혀 있는 완결성'이다. 그런데 사실 '미완결의 상태로 자신과 다른 바깥을 향해 열려 있는 개별성이나 전체성'은 이해하기 어려운 모순적인 어떤 것이다. 왜냐하면 그것은 비개별성이나 비전체성과의 내적 관계성을 이미 자신 안에 함축하고 있으며, 따라서 확정되고 고정된 경계들을 가질 수 없기 때문이다. 그럼에도, 성윤석의 시가 말하는 "검은 개인"이나 "나"의 개별성이나 전체성은 '창문 없는 모나드'의 그것이라기보다는 '창문 있는 모나드'의 모순적인 그것이다. 앞에서 인용된 '전체와 부분의 시'의 첫 행은 "5백 창문의 지배자"로 시작되며, 또한 "나는 창문 숭배자였다"(「쑥」)로 시작되는 시나 "나는 세계를 통과하고 있다 창문은 창문을 통과하고 있다"(「원대한 포부」)라고 말하는 시를 비롯해 이 시집에서는 "창문"이라는 낱말이 반복적으로 등장한다. 그러므로 이 시집에서 문제가 되고 있는 개별성이나 전체성은 설령 닫혀 있다 하더라도 순전한 닫혀 있음이 아닌 어떤 것, 혹은 미래를 향해 본질적으로 열려 있는 미완의 가능성 속에서 닫혀 있는 모순적인 어떤 것이다. 앞에서 반복적으로 말했듯이, 그것은 '카오스적 전체성'이다. 하지만 이때 '카오스'란 무엇을 의미하는가?

보통 '카오스'란 '혼돈'이나 '무질서 혹은 비-질서'나 '비합리적인 것' 등을 의미할 수 있으며, 어떤 '부정적인 것'이나 심지어 '나쁜 것'을 의미할 수 있다. 따라서 카오스는 (어떤 좋지 않은 의미에서) '측정되거나 계산될 수 없고 확실하게 알 수 없는 모호한 비-존재' 같은 것을 의미할 수 있다. 그렇다면, 가령 「척(尺)」에서 "나는 자를 가질 수 없다"라거나 "다만 나는 아무것도 잴 수 없는/자를 보낸다//나는 불안을 말하면서 사랑을 시작하는 것처럼"이라고 말할 때, 혹은 「달밤에 체조」에서 "우리는 당신이 셀 수 없을 때까지/표정을 생산하지/우리는 개인이다"라고 말할 때, 그때 의미되고 있는 바는 '순전히 부정적인 카오스'와의 연관인가? 혹은 「경리외전(經理外傳)」에서 "경리는…… 산하고 산하면서, 산하지 않는다 눈물을 가진 것들/웃는 눈을 가진 것들은 산하지 않는다 알 수 없다/계는 마음을 가진다"라고 할 때는 어떤가?

설령 카오스가 측정되거나 계산될 수 없는 것을 의미한다고 할지라도, 그때조차도 카오스는 어떤 긍정적이고 생산적인 의미를 함축할 수 있지 않은가? 물론 만일 여기서 인간의 감각, 생각, 느낌, 기분, 감정, 의지 등의 활동과 연관된 자연과 세계의 전체를 '측정되고 계산될 수 있는 것'(한마디로 말해서 '유물론적인 자연과학적 지성'의 관찰 능력이나 계산 능력이나 추론 능력 안에서만 객관적으로 증명될 수 있는 것)에 한 정하면서 그것을 벗어나는 것은 '알 수 없는 것'(지식이 될 수 없는 것) 이라거나 '존재하지 않는 것이나 마찬가지'라거나 '말할 수도 없고 말 할 필요도 없는 것'이라고 한다면, 그때 카오스는 '무시되어도 좋을, 회 피되어야 할, 인식 불가능하며 무가치하고 무질서한 비존재'라는 선입 견적 판단 속에 자리 잡게 될 것이다(여기서 예측 불가능성이나 불확정 성이나 우연적 사건의 중요성을 통해 '카오스'를 설명하려는 현대의 자연 과학 이론들은 고려되고 있지 않다). 하지만 과연 그것이 카오스에 대한 적절한 이해인가? 가령, 하이데거의 설명을 참조하자면, 카오스란 "시 원적으로는 입을 벌리고 있는 것을 의미하며, 측정할 수 없고 지지하 는 것도 근거도 없이 갈라져서 열려 있는 것"[2]이다. 하지만 그것은 그 저 '모든 것을 집어삼켜 무로 사라지게 하는 혼돈스러운 어둠의 심연' 같은 것으로만 이해되지 않는다. 하이데거는 '니체의 카오스'에 대해 이렇게 말한다.

> 니체는 카오스라는 말로 혼란스럽게 뒤엉켜 있는 것을 가리키는 것이 아니며, 또한 모든 질서를 무시하는 것에서 비롯되는 무질서 를 가리키는 것도 아니다. 오히려 그것은 그 질서가 은폐되어 있는 채로 몰아대고 흐르며 움직이는 것이다.[3]

> 예술은 카오스, 즉 은닉되어 있으면서 스스로 넘쳐흐르는 무궁

2 마르틴 하이데거, 『니체 I』, 박찬국 옮김, 길, 2010, pp. 534~35.
3 마르틴 하이데거, 같은 책, p. 538.

무진한 생의 충일의 획득을 감행한다.[4]

그런데 카오스에 대한 이러한 긍정적인 이해에 이어지는 결정적으로 중요한 말은 이렇다. "인식되어야 할 것과 인식할 수 있는 것은 카오스다."[5] 카오스란 인식 불가능한 무질서나 혼돈이 아니며, 오히려 '가장 본래적인 인식 가능성을 감추고 있는 은폐된 생, 자신을 감추면서 드러내고 있는 생의 살아 움직이는 질서를 잠재적 차이들의 구조적 전체로서 내포하고 있는 미묘한 무정형의 창조적 유동체'라고 말할 수 있다. 차별화되면서 가시적으로 고정될 수 있는 구조적 형태가 그로부터 개별적으로 분리되어 나올 수 있지만, 그 자신은 본질적 관계성 속에서 상호 침투하는 양극적 힘들의 역동적 균형 속에서 비가시적이고 분리되지 않은 전체로서 존재하는 창조적 생의 모체이다. 그렇기에 카오스 혹은 카오스적 상태는, 가령 전체와 부분, 마음과 물질, 정신과 자연 등을 이분법적으로 분리하는 태도를 통해서는 접근될 수 없다. 카오스의 일차적 특징은 분리될 수 없는 본질적 관계성을 갖는 전체성이다. 그런데 만일 그렇게 이해된 카오스를 어떤 '근원적 물질성' 혹은 '제일질료'(프리마 마테리아)라고 한다면, 그때 그것은 결코 '유물론적 과학'이 '가설적으로 구성한 합리적 이론'을 통해 생각되는 '물질'(정신이나 생명에 앞서 존재하는 순전히 유물론적인 물질, 가령 스스로 운동하며, 그것들이 이른바 변증법적 법칙을 따르든 기계론적 법칙을 따르든, 혹은 우연적이든 필연적이든, 아무튼 상호작용하면서 생명도 낳고 정신도 낳는, '사실상 말도 안 되는 미신적인 마술적 능력을 갖는 미시적 입자들이나 원자들'의 집합체)일 수 없다. 왜냐하면 그러한 '유물론적 물질'이란

4   마르틴 하이데거, 같은 책, p. 540.

5   마르틴 하이데거, 같은 책, p. 541.

이미 물질과 정신의 이분법 속에서 생각된 것이며, 따라서 카오스적 전체성을 결여하고 있기 때문이다. 그리고 거기서는 서로 다른 양극적 힘들, 존재들의 본질적 관계성을 무시하는 이분법 속에서 정신이나 생명을 어떤 궁극적 물질로 환원시키고 나서야 만족에 이를 수 있는 추상적인 사고의 경향성이 작동하고 있으며, '구체적 물질성과 추상적 정신성'이라는 이분법 또한 작동하고 있다.

하지만 추상적 정신성을 통해서는 구체적 물질성이 아닌 추상적 물질성에 이를 수밖에 없으며, 물질과 정신의 이분법적 이원론이 극복된 구체적 물질성에 이르는 길은 '구체적 정신성'을 통할 수밖에 없을 것이다. 그렇다면 카오스, 혹은 제일질료란 구체적 정신성과 함께 결합되어 나타날 수 있는 구체적 물질성일 것이며, 그것은 '자연의 정신, 혹은 정신의 자연'이란 비의적인 이중적 연관 속에 감추어져 있는 '살아 있는 전체성'이다. 그리고 그러한 모호한 이중적 연관의 맥락에서 보자면, 자연적 현상들인 원소들, 광물들, 식물들, 동물들의 생태, 혹은 기상학적이거나 천문학적인 현상을 인간적 형태나 활동과 연관시키는 시문학의 애매모호한 이미지들과 비유들(이른바 의인법, 활유법 등)은 시대착오적인 인간중심주의나 물활론이나 유사과학과 연관된 허구적인 자의적 수사에 그치는 것이 아니라, 오히려 '살아 있는 전체성으로서의 카오스'를 구체적으로 드러내고자 하는 미학적 방식일 수 있다.

"우리"("우리는 개인이다!")가 보기에, 성윤석의 시집 전체에 숨어 있는 "검은 개인"은 '긍정적으로 이해될 수 있는 카오스'(자신을 감추면서 드러내는 은폐된 생의 질서, 즉 개별적 인간의 구체적이고 창조적인 정신적 활동을 통해 '비-은폐'될 수 있는 가능성 속에 살아 있는 전체성)와의 연관성을 잃어버린 '현재의 개인'(즉 유명론적이면서 유물론적인 과학적 지성의 사고방식과 함께 시작된 근대의 개별적 인간)과 그 연관성을 다시 다르게, 새롭게 형성해낼 수 있는 '미래의 개인'을 함께 의미한다. "검은 개인"은 카오스와 분리되어 고정된 경계들을 갖는 불변의 개인성이 아닌 '카오스의 흐름과 연관된 생성과 변형의 과정 속에 있는 모호하게 어두운 개인성'을 갖는다. 그러므로 "검은 개인"은 이를테면 "만인"이나 "검은 무리"와 구별될 수 있으면서도 날카롭게 분리될 수 없다(물론 그럼에도 강조점은 "개인"에 있다).

> 〔……〕 나는 개인이라서 만인을 경멸하자는 게
> 아니다 나는 만인이라서 만인을 지긋이 바라보고
> 그곳에 있으면 좋겠다는 개인을 생각한다
> —「검은 개인」(p. 69) 부분

> 나 검은 개인
> 검은 무리가 아니라 검은 개인
> —「검은 개인」(p. 72) 부분

여기서 "만인"이나 "무리"와 대비되는 "검은 개인"은 '전체와 부분'의 역설적 관계성을 표현하고 있다. "검은 개인"이 만인이나 무리나 집단이나 사회로부터 분리될 수 없는 이유는 그 모호한 한 개인이 전체에 종속되며 전체를 구성하는 여럿의 부분 중 하나에 불과하기 때문이 아니다. 가령 사회(어떤 구성적 집단으로 파악된 사회)는 전체이며 개인은 그 전체의 부분이라고만 할 수 없다. 그렇기에 사회에서는 전체성을 찾지 못할 수도 있으며, 오히려 먼저 일차적으로 어떤 개인에게서 전체성이 발견될 수 있다. 전체성의 출현, 즉 카오스의 구현이나 실현은 '부분 없는 전체, 부분 아닌 전체'(비-개인적 사회성)의 나타남이나 '전체 없는 부분, 전체 아닌 부분'(비-사회적 개인성)의 나타남이라기보다는 '부분 속의 전체, 전체적 부분'(개인적 사회성, 사회적 개인성)의 나타남이다. 따라서 "검은 무리가 아니라 검은 개인"이라는 표현에서 "무리"와 "개인"은 분리되고 있는 것이 아니라 구별되고 차별화되고 있는데, 왜냐하면 그 둘은 여전히 "검은" 카오스(검음, 어둠은 카오스의 상징이다)를 공유하면서 구별되고 있기 때문이다. 또한 그럼에도 "검은 개인"이 강조되는 이유는 무차별적이고 집단적인 카오스적 전체성이 아니라 '개별적으로 차별화된 카오스적 전체성의 출현'이 중요하기 때문이다.

물론 카오스적 전체와 부분의 관계 속에는 쉽게 극복될 수 없는 모순적 역설이 있으며, 따라서 어떤 '전체성의 개별화 과정' 속에 있는 "검은 개인"은 자신 안에서 '모순적으로 대립하는 이중적 특성들'을 의식할 수밖에 없고, 그 대립자적 특성들 사이에서 발생하는 내면적 투쟁의 고통 속에 있을 수밖에 없다. 그렇기에 성윤석의 시들이 표현하는 "검은 개인", 비천하기도 하고 고귀하기도 하며 절망적이면서도 희망적인 기다림 속에 있는 "검은 개인"의 근본 느낌은 '부끄러움'(자신 안에서 서로 대립하는 은폐성과 비은폐성, 감춤과 드러냄 사이의 갈등과 긴장 속에서 발생하는 느낌!)과 '슬픔'(자신의 미완결성, 불완전성을 자각함과 함께 발생하는, 자기충족적이지 못한 결핍의 느낌!)이다.

그런데 "인간의 재능이기도 한 눈물"(「숲속에서」)을 바깥으로 드러내 흐르게 할 수도 있는 부끄러움이나 슬픔의 시간성은 과거나 현재에만 국한되고 고정되고 닫힌 한 개인의 '주관적 시간성'에 그치는 것이 아니다. 부끄러움이나 슬픔이 '객관적으로 개방된 흐름인 미래의 시간성'과의 연관성 속에 있지 않다면, 단 한 방울의 눈물도 흘러나올 수 없을 것이다. 오직 주관적으로 닫혀 있는 과거나 현재의 시간성만을 갖는 한 개인의 부끄러움과 슬픔은 결코 '온기와 소금기를 내포하며 투명하게 빛나는 유동체적 결정체인 눈물방울의 흐름'으로 '객관화'될 수 없을 것이다('슬픔'은 주관적 정신이나 마음에 속한 반면 '눈물'이나 '이슬'

은 객관적 자연에 속한다고만 말할 수 없으며, 그래서 차라리 눈물은 정신적 마음의 이슬이며 이슬은 자연적 눈물이라고 해도 좋을 것이기에, 예컨대 '참눈물'은 '참이슬'이다). '진정한 눈물방울'은 서로 상호 침투하며 흐르는 과거, 현재, 미래의 시간성 속에서 결합된 주관성과 객관성을 통해 드러나는 카오스적 전체성의 표현이다. 그러한 카오스적 전체성과의 연관 속에 있는 "검은 개인"의 개별성은 그저 불변적으로 보존되는 개별성도 아니며, 그저 다른 것으로 대체되는 변화 속에서 소멸하는 개별성도 아니다(어떤 것도 그저 보존될 수 없으며, 어떤 것도 그저 소멸할 수 없다는 것이 우리의 믿음이다). "검은 개인"이 동시적으로 내포하고 있는 현재의 개별성과 미래의 개별성은 '보존과 소멸을 상보적으로 함께 행할 수 있는 전체적 변형의 잠재력을 갖는 한 인간의 개별성'(보존하기 위해서는 필연적으로 어떤 소멸이 동반되어야 하며, 소멸하기 위해서는 필연적으로 어떤 보존이 동반되어야 하는 전체적 변형의 과정 속에 있는 한 인간의 개별성)이다.

하지만 여전히 충분히 이해될 수 없는 그 "검은 개인"의 카오스적 전체성 혹은 카오스적 개별성의 은폐된 코스모스적 생의 의미는 무엇인가? 무엇보다, 지금까지 "검은 개인"과 '카오스'를 연관시키며 행한 해석은 어떤 '과학적 근거'도 없는 자의적인 해석이 아니었는가? 이러한 의혹에 조금이라도 답변해야 할 필요성을 느낀다. 물론 '과학적 근거'라는 말이 유일하고도 확실한 '근거(혹은 이유)의 본질'을 의미하고 있는지 확신하지 못한다. 과학적 근거는 유일한 근거인가? '비-과학적 근거'는 '비-근거'인가? 과학적 근거의 근거, 혹은 '근거의 근거'는 무엇인가? 시문학을 포함한 '비-과학적 예술의 근거'는 무엇인가? 시문학이 근거 없는 것이거나, 혹은 시문학이 근거를 가져야 하며 또한 모든 근거는 과학적 근거라야 한다면, 시문학의 근거 또한 과학적 근거라야 하는가? 하지만 어떤 근거든 결국 '그 자체로는 근거가 없는 무근거성’ 혹은 차라리 ‘자기-근거성’에 근거하고 있지는 않은가? 가령 과학의 ‘역사’는 과학적 근거만을 갖는가? 만일 과학 또한 무시간적이거나 무역사적일 수 없다면, 과학의 근거 또한 ‘역사적-시간적 근거’에 근거해야 하는 것이 아닌가? 하지만 ‘역사의 근거’는 어디서 찾아야 하는가? 결국 과학의 근거이든 시문학의 근거이든 역사의 근거이든, 모든 근거들은 ‘더 이상 그것의 근거를 물을 수 없는 무근거한 자기-근거인 역사적 경험’에 기초한 것이 아닌가? 사실 그러한 ‘무근거한 자기-근거인 경험, 전체적(보편적)-개별적이며 객관적-주관적인 경험’을 떠나서는 그 어떤 근거도 찾을 수 없을 것이다. 흔히 이야기되는 ‘과학의 객관적 근거’ 또한 사실 결코 전적인 객관성이나 불변적 동일성만을 가질 수는 없는 경험들, ‘역사적 변형의 과정 속에 있는 서로 다른 고유한 경험들의 공유 가능성’에 기초한다(과학의 근거는 대개 수와 양으로 환원 가능한 제한된 감각적 관찰의 경험들과 합리적 추론의 경험들의 공유 가능성에 기초한다). 그런데 이러한 ‘무근거한 자기-근거인 역사적 경험’은 다시 ‘그 자체로 근거가 없는 카오스’와 본질적으로 연관되고 있지 않은가? 그렇다면 ‘경험’이란 본질적으로 ‘카오스적 전체성과 개별성의 역사적 경험’(“검은 개인”의 경험)이며, 그런 의미에서 ‘카오스의 역사, 카오스의 경험’에 대해 말할 수 있을 것이다. 이와 관련해, 다음의 시행에 주목하면서 성윤석의 이 시집에 대한 매우 모자란 해석을 마칠까 한다.

> 불에 탔지만 타지 않은 돌 속을 상상하고
> 있었답니다
> ―「검은 개인」(p. 74) 부분

어떤 ‘연소 과정’과 연관되어 나타난 이 ‘상상의 돌’이 어떻게 검은 개인의 경험, 카오스의 역사적 경험으로 이해될 수 있는가? 이 상상의 돌은 그저 허구적인 비-존재인가? 그러므로 돌이 아닌 '비-돌'인가? 우리의 돌은 돌이 아닌가? 돌이 아니라면, 왜 돌도 아닌 것을 돌이라고 말하는가? 이때 돌은 '그저 비유에 불과한 것'인가? 하지만 '그저 비유에 불과한 것'이란 없으며('그저 비유에 불과한 것'은 비유이길 포기한 '비-비유'다), 앞에서 말했듯이, '상상적 돌'은 '상징적 돌'이기도 하고 '현실적 돌'이기도 하며, 따라서 그것은 상상과 상징과 현실 속에서 살아 움직이는 자연적-정신적 인간과 분리되어 생명 없이 죽어 있는 순전히 물질적인 자연의 돌이 아니라 '구체적 정신성과 구체적 물질성을 동시에 가진 채 구체적으로 살아 움직이는 자연과 인간의 돌'일 수 있다. 그 돌은 생명체와의 본질적인 내적 관계성 속에 있으며 생명체의 구조적 형태에 가장 근본적인 중요성을 갖는 '무정형의 광물 혹은 원소'로 특정될 수 있다. 그것은 다름 아닌 '유기체'와의 본질적 관계성을 갖는 '탄소'다. 그리고 여기서 그 돌(혹은 탄소)이 '검은' 개인(혹은 '검은' 카오스)과 연관되며, 또한 어떤 '연소 과정' 속에 있는 '가연성의 돌'(탄소)이기에, 그것은 '불타고 있거나 소멸되고 있는 검은 석탄'(탄소)으로 예시될 수 있으며, 더 나아가, 결정적으로, 그것은 그 연소 과정 중에 생성, 변형되며 보존되는 탄소인 '이산화탄소'로 예시될 수 있다(이때 '돌'은 '고체'이기도 하고 '기체'이기도 하며, 또한 이때 그 '돌'이 식물의 광합성이나 인간의 호흡 활동 속에서 고려된다면, 그것은 '쓸모 있게 살아 있는 돌'이기도 하고 '쓸모없게 버려지는 돌'이기도 하다). 그런데 여기서 '이산화탄소'가 결정적인 중요성을 갖는 이유는 그것이 '카오스의 역사적 경험'을 구체적으로 예시할 수 있는 대표적인 사례가 될 수 있기 때문이다. 이산화탄소의 역사적 발견은 17세기의 화학자인 얀 밥티스트 판 헬몬트에 의해서 이루어졌는데, 그때 헬몬트는 순전히 실용적 분류와 명명에 집착하면서 주로 양적인 관계의 관점에서 객관적 정확성을 추구하는 이름인 '이산화탄소(CO_2)'라는 메마른 과학 용어를 물론 사용하지 않았고, 그가 이산화탄소에 대한 자신의 고유한 경험(전체적-개별적이면서 객관적-주관적인 경험) 속에서 만들어낸 이름은 이제는 우리에게 너무나 익숙해져 그 의미가 오히려 망각된 'gas'(기체, 가스)이며, 그것은 '카오스chaos'라는 이름의 변형이었다.[6] 그렇다면 헬몬트가 나무, 석탄, 탄소 등의 연소 과정에서 발생하는 그 보일 듯 말 듯 한 '기이한 연기' 혹은 이산화탄소, 혹은 차라리 '가시적 형태성을 내보이는 고체나 액체나 증기와 비가시적이고 형태 없는 공기의 역동적 중간 상태처럼 보이는 가스'에서 카오스의 질적 특성이나, 그것의 상징적 이미지를 보거나 상상했던 이유는 무엇인가? 브루스 T. 모런에 의하면, 헬몬트의 (카오스적) "가스"는 "자연의 어떤 것도 완전히 죽어 있지 않으며 자연을 이루는 각각의 부분은 존재를 활성화하는 영적인 생명을 지니고 있다는 가정과 연관되어 있다"[7]는데, 그렇다면 그는 그 '카오스적 가스'에서 '구체적으로 살아 있고, 모순적이고 역설적인 이중성을 내포하는 전체성'을 상상했을 가능성이 크다. 여하튼, 그 이유가 정확히 무엇이든, 분명한 것은 현재의 우리 대부분에게 그러한 카오스적 가스, 혹은 이산화탄소, 혹은 석탄, 혹은 검은 탄소, 혹은 "돌"이나 "검은 개인"의 변형 과정 속에 있는 살아 있는 전체성의 경험이 은폐되어 있다는 점이다. 그렇기에 또한 이산화탄소, 혹은 '기체적 돌' 혹은 '카오스적 가스'가 한 인간의 신체적-정신적 활동 속에서 어떤 고유한 질적 의미를 가질 수 있는지 '의식'적으로 '사유'되지 못하고 있다. 말하자면, 이산화탄소는 한 인간의 내부와 외부(가령 광물, 식물, 동물, 대기)에서 모두 동일한 CO_2라는 물질일 뿐이며, 거기에는 어떤 모호한 카오

---

6 존 허드슨, 『화학의 역사』, 고문주 옮김, 북스힐, 2005, p. 79 참조.

7 브루스 T. 모런, 『지식의 증류――연금술, 화학, 그리고 과학혁명』, 최애리 옮김, 지호, 2006, p. 137.

스적 특성도 없으며, 혹은 어떤 은폐된 생의 비밀도 없다는 것이다. 하지만 "인간의 동작은 다른 것들과는 다르"(「인간의 동작」)며, 그렇기에 가령 인간의 신체적-정신적 생명 활동 속에는 감각적인 관찰이나 추상적이고 합리적인 추론만으로는 그 의미가 온전히 드러날 수 없는 미묘하고 미세한 변형의 과정, 그래서 차라리 상상적으로 경험될 수밖에 없는 카오스적 가스의 변형이 일어나고 있는지도 모른다. 그리고 그것은 성윤석의 "검은 개인"의 경우도 마찬가지일 것이다. 현재의 '개인' 혹은 '개별적 인간'은 아직 그 비밀이 온전히 드러나지 않은 미완결의 변형 과정 속에 있는 "검은 개인" 혹은 '카오스적 가스'다.

[2019]

3부
가깝고도 먼 ✡

보이는 것, 보이지 않는 것, 보이게 해주는 것[1]
── 윤해서 소설의 행간을 향하여

보이는 것들이 보는 것을 가로막는다.

보여지는 것들이 보아야 하는 것들을 뒤덮는다.

보란 듯이.

보인다. 보여진다. 보인다. 본다.

보인다. 보이지 않는다. 보인다.

보지 못한다.[2]

윤해서의 소설들은 가독성을 상당히 결여하고 있는 것처럼 보인다. 읽힐 수 있음과 읽을 수 있음, 둘 중의 어느 쪽이 문제인가? 그런데 가독성을 결여하고 있다는 말은 가시성을 결여하고 있다는 말과는 다르며, 오히려 가지성을 결여하고 있다는 말처럼 보인다. 볼 수 있음(보여질 수 있음)과 알 수 있음(알아질 수 있음)은 다르다. 볼 수 있어도 알 수 없는 경우가 있다. 역으로, 알 수 있어도 볼 수 없는 경우도 있다. 물론 볼 수도 알 수도 있는 경우도 있을 수 있고, 볼 수도 알 수도 없는 경우도 있을 수 있다. 한편 본다는 것(보여진다는 것)과 안다는 것(알아

1   이 글은 『문학과사회』 2015년 여름호의 '동향'에 실렸던 졸고다.

2   윤해서, 「홀」, 『제4회 문지문학상 수상작품집』, 문학과지성사, 2014, p. 235.

진다는 것)이 이렇게 분열되어 있으면서 합치되지 않는다는 것 자체가 이미 그 두 사태 모두 중요한 무언가를 결여하고 있다는 징표일 수도 있다. 왜 이렇게 '봄'과 '앎'이 서로 따로 노는가? 봄은 이미 일종의 앎이어야 하고, 앎 또한 이미 일종의 봄이어야 하는 것이 아닌가? 그렇지 못한 이상, 보아도 보는 것이 아니며 알아도 아는 것이 아니지 않은가? 이런 관점에서 말하자면, 진정한 봄이란 앎이며 진정한 앎이란 봄이다. 예를 들어보자.

윤해서의 소설에서는 거의 항상 하늘(위)에서 무엇인가 내린다. 즉 하강의 운동을 보여주는 이미지들이 이곳저곳에서 빈번하게 나타난다. 비가 내리고, 눈이 내리고, 정체 모를 '혼'이 내리고, 심지어 글자도 내린다. 또한 이 소설가의 등단작 「최초의 자살」에서는 절벽 위에서 사람들이 뛰어내린다. 이처럼 다양하게 내리는 것들 중에서, 윤해서의 소설에서 거의 빠짐없이 언급되며, 하강의 이미지를 대표하는 '눈'에 주목해보자. 위의 검푸른 어둠 속에서 고요히 내려와 아래의 땅을 뒤덮는 새하얀 눈의 이미지는 분명 우리가 자연 속에서 겸허한 경이로움과 함께 마주칠 수 있는 결정적인 원형적 심상이라 할 만하며, 더구나 언어 탐구적 태도를 보여주는 윤해서의 소설 속에서 눈은 '글자'와 함께 나타나기도 한다.

눈이 내리고, 눈이 내린다. 글자들이 내리고 글자들이 내린다.[3]

눈도 내리고 글자도 내린다. 아니, 하강의 과정 속에서 어떤 무엇이 눈이 되고 글자가 된다. 그것은 일련의 형성 과정 속에서 형태를 얻은 것이며, 다른 무엇으로부터 형성된 결정체다. 결정체의 형태를 우리는

3   윤해서, 「아」, 『제2회 웹진문지문학상 수상작품집』, 문학과지성사, 2012, p. 319.

본다. 그렇게 눈을 보며 글자를 본다. 특별한 방해가 없는 한, 둘 다 볼 수 있다. 그런데 우리는 눈을 봄으로써 눈을 알게 되며, 글자를 봄으로써 글자를 알게 되는가? 글자의 경우, 우리가 그것을 안다는 것은 보통 그것을 '이전'에 배웠기에 읽을 수 있고, 그 의미를 이해할 수 있다는 뜻이지만, 눈의 경우는 어떤가? 우리가 눈을 안다는 것은 어떻게 안다는 것인가? 우리는 눈을 읽을 수 있고, 눈의 의미를 이해할 수 있는가? 다시 말해, 만일 읽힐 수 있고 이해될 수 있는 존재가 오직 언어일 뿐이라면, 우리는 '눈의 언어'를 읽고 이해할 수 있는가? 그런데 이때 '언어'란 어떻게 파악되고 있는가? 다시 예를 들어보자.

윤해서의 「아」에서 '글자'는 무엇보다 먼저 '모양'의 측면에서 이야기된다. "나는 여러 모양의 글자들을 떠올린다"(p. 301). 그리고 "이름을 떠올릴 때"는 "녹을 새 없이 쌓이고, 쌓이던 먼 나라의 흰 눈이 함께 떠오른다"(p. 289). 즉 여기서 이름이나 눈은 '일시적으로 고정된 형태'다. 그러므로 "이것은 형태에 대한 이야기다"(p. 314)라고 말할 수 있다. 형태는 어떤 종류의 선적 운동을 통해서 그려진 그림이다. 따라서 윤해서의 소설에서 그림을 볼 수 있다는 사실은 자연적인 것이다. 이런 맥락에서 의미심장한 상징적 의미를 주는 장면이 「최초의 자살」에서 발견된다. 이 소설 속에는 눈을 상기시키는 '하얀 사막' 혹은 '소금 사막'에서 죽어가는 한 여자를 묘사하는 매우 인상적인 구절들이 있다 (우리는 '눈'과 '소금'이 단순히 '물에서 나온 하얗거나 투명한 결정체들'이라는 것을 넘어서서 더욱 깊은 의미적 연관을 맺고 있다고 예감한다).

무엇을 그리겠다는 목적도 없이, 무엇을 그리고 있는지조차 모르는 상태에서 그림을 그리고 있는 사람. 그림이 무엇인지도 모르는 여자가 자신의 무의식 속에서 계속해서 선을 끄집어내고 있었다. 몸이 온통 엉켜 있는 붉은 실로 이어져 있다는 듯이, 누에고치가 실을 뽑아내는 것처럼 계속해서 피를 짜내며 조금씩 움직이고 있는 사람. 여자는 단 한 번도 자신이 왜 태어났는지, 어디로 가고 있는지에 대해 질문해본 적이 없는 사람이었다. 여자에게 나는 누구인지, 너와 나는 얼마나 다른지에 대한 생각은 먼바다에 떠 있는 배처럼 분명한 형체를 드러내지 않고 있었다. 하지만 여자는 계속해서, 피가 멎고 상처가 아물면 또다시, 자신의 손목을 그었다. 피가 조금씩 새어 나와 같은 굵기의 선을 만들 수 있도록. 이따금 가랑이 사이에서 많은 양의 피가 흘러나왔다. 그녀는 그렇게 죽어가고 있었다.[4]

자신이 흘린 피를 통해서 무의식적으로, 혹은 온몸으로 그림을 그리며, 혹은 형태를 낳으며 고통스럽게 죽어가는 어떤 미지의 여성의 이미지가 '언어'에 관한 이해와 어떤 연관이 있는가? 우리는 이렇게 읽는다. 언어는 무엇보다 '형태를 낳는 무의식적 몸짓(제스처)'과 관련된 것이라고. 또한 그러한 "신체의 언어"(「아」, p. 352)는 무의식적 의지(힘) 혹은 충동을 갖는다고. 언어는 핏기 없는 지성적 의식으로만 파악되기 이전에, 무의식적 의지의 측면과 그보다는 덜 무의식적인 역동적인 정서적 느낌의 측면을 그 깊이에 포함한다. 윤해서의 소설들은 언어의 그러한 심층적 측면들을 진지하게 탐색하고 있다(우리는 그러한 깊이를 향한 진지한 탐색의 태도를 높이 평가한다). 이런 맥락에서 볼 때, 눈의 언어, 혹은 눈의 형태란 무엇보다 먼저 어떤 무의식적 의지나 느낌의 표현이어야 한다. 이를테면 눈 결정체는 '육각형의 별'의 형태를 보여준다(수백 년 전에 천문학자 케플러는 눈의 육각-별 형태 및

---

4 윤해서, 「최초의 자살」, 『문학과사회』 2010년 여름호, p. 573.

형태 일반의 생성에 관한 고찰을 시도했었다).[5] 다르게 말해서, 눈의 형태는 가령 상승의 방향을 나타내는 △과 하강의 방향을 나타내는 ▽이 교차, 결합하여 만들어지는 '솔로몬의 봉인', 혹은 '다윗의 별'이라 불리는 ✡를 상기시킨다. 그런데 이런 방식으로 눈의 형태를 봄으로써 우리는 눈의 무의식적 의지를 알 수 있는가? 즉, 눈의 언어를 이해할 수 있는가?

다시 맥락을 정리해보자. 우리는 본다는 것과 안다는 것의 분열이라는 사태가 주는 문제의식에서 출발해, 윤해서 소설의 이미지들 전체가 주는 모호한 암시를 실마리로 삼아 눈, 언어, 형태, 미지의 여성을 연결시켰다. 이 과정에서 인용된 「최초의 자살」속 여성에 관한 묘사는 형태의 생성 과정과 연관된 것이었다. 그것은 신체의 언어-행위였고, 거기서 우리의 문제였던 것은 무의식적 의지였다. 그런데 우리가 곧바로 그 여성의 무의식적 의지에 대해 말하지 못했던 이유는, 그것이 죽음충동이나 자살충동으로 설명되기 쉽기 때문이다. 하지만 이 여성의 무의식 속에 죽음충동이나 자살충동이 있다고 말하는 것은 죽음이나 자살이 긍정적으로 무엇을 의미하는지 분명하지 않은 한에서 충동, 혹은 무의식적 의지에 대해 말해주는 바가 별로 없다. 여기서 죽음이나 자살은 최대한 긍정적으로 파악될 수 있어야 한다. 왜냐하면 여기서 죽음은 단순히 존재나 생성의 부정으로서의 무나 소멸을 향하는 것이 아니기 때문이다. 그것은 창조적 과정의 한 계기를 구성하는 긍정적인 무엇이다. 그러므로 윤해서의 소설에서 '죽기'를 통해 형태를 산출하고 있는 이 여성의 행위는 결코 현대의 일상적 의미로 파악되는 '자살'로 이해될 수 없다.

자살이 어떻게 가능한가? 자살의 행위가 어떻게 성립될 수 있는가?

5   Johannes Kepler, *The Six Cornered Snowflake*, Oxford University Press, 1966.

현대의 의식적 존재들의 입장에서 보자면, 그 말의 진정한 의미에서의 '자살'이라는 '행위'는, 오로지 '자유로운 활동성으로서의 자기'를 온전히 '의식'할 수 있으며 그러한 자기-의식 속에서 자각된 자기 고유의 충동에 따라 어떠한 강제성도 없이 자발적으로 행위할 수 있는 존재들에게만 가능하다. 그렇지 않은 존재들의 소위 '자살'은 단지 겉으로 그렇게 보일 뿐인 것이며, 사실은 '자기' 이외의 다른 존재들(원인들)에 의해 강제된 측면을 언제나 갖는다. 만일 자살이 엄밀한 의미에서 가능한 행위라면, 그때 자살의 전제 조건이란 '자유'일 것이다. 자유로운 자만이 자살할 수 있다. 그런데 의식적 존재에게 자유란 자기 행위의 무의식적 동기들, 혹은 충동들에 대한 의식적인 앎 속에서 그것들에 따라 행위하는 것이다. 왜냐하면 의식적 존재가 자기 행위의 무의식적 동기를 의식하지 못한다면, 그는 자신이 알지 못하는 다른 어떤 무엇에 의해 강제된다고 느낄 것이며, 전혀 자유롭다고 느낄 수 없을 것이기 때문이다. 이런 관점에서 파악된 자유의 전제 조건은 그렇다면 '의식'이다. 의식적 생각을 통한 의식적 앎이 가능한 순간에만 자유가 가능해지며, 또 그러한 자유가 가능해지는 순간에만 자살이 가능하다.

이러한 결론에 비추어보면, 윤해서의 소설이 묘사하는 여성의 행위는 전혀 의식적인 행위가 아니며, 그렇기에 자유로운 행위도 아니다. 그러므로 자살의 행위도 아니다. 왜냐하면 앞의 인용문 속에서 그 여성은 자신의 행위를 "모르는 상태"로 수행하고 있으며, 또한 "무의식 속"에서 수행하고 있을뿐더러, "나는 누구인지, 너와 나는 얼마나 다른지에 대한 생각"이 없이 수행하고 있기 때문이다. 그렇다면 이 소설에 나타나는 "자살"이라는 표현을 어떻게 이해할 것인가? 우리는 여기서의 자살이 현대의 자살도 근대의 자살도 아니라는 사실에 유의해야 한다. 그 자살은 "최초"의 자살이다. '최초'라는 말을 우리는 '의식의 탄생'이 준비되고 시작되던 '먼 옛날의 그 언젠가'로 이해한다. 의식의 여명기인 "그

옛날"의 특징 중의 하나를 윤해서의 소설은 이렇게 표현한다.

> 아무도 눈에 보이지 않는 것들에 대해 생각하지 않았다. 그러니
> 까 어떤 생각에 대해서도 생각하지 않았다.[6]

왜 아무도 '보이지 않는 것'에 대해 생각하지 않았는가? 우리는 이 사태를 이렇게 이해한다. 즉 의식의 일출 이전에는 본다는 행위와 생각한다는 행위가 아직 분열되지 않았던 때이기에, 본다는 것은 곧 생각한다는 것과 동일했으며, 그렇기에 보이지 않는 것들에 대해 생각하지 않았던 이유는, 혹은 오히려 생각할 필요가 없었던 이유는, 보이는 것들과 보이지 않는 것들이 동일했기 때문일 것이다. '봄을 통한 앎'이 '생각을 통한 앎'과 구분되지 않은 상태(즉 무의식적 상태)에서는 '보이는 것'과 '보이지 않는 것'도 구별되지 않는다. 감각(직접적 지각)과 생각(간접적 인식)이 분열되고 나서야, 전자에게는 보이는 것이 후자에게는 보이지 않는 것이 각각 주어질 것이다. 그럼으로써, 가령 '무의식적 눈'(검은 바닷속의 물고기의 눈! 언제나 뜨고 있는 눈!)이라 할 만한 지각능력을 통해서 이전에는 볼 수 있었던 것들이 이제 보이지 않게 되었을 것이다. 이것은 무엇을 의미하는가? '의식적 생각'의 등장과 함께 '전체적인 지각능력'의 퇴락 혹은 약화가 발생했다는 것을 의미한다(그러한 약화 과정을 통해 우리가 잃은 것도 있지만 얻은 것도 있을 것이다)! 물론 그러한 지각능력의 약화가 그것이 무화되었다는 것을 의미하지 않을 것이다. 현대의 의식적 생각 속에서, 비활성적으로 잠재화되어 있던 이전의 지각능력이 어떤 계기를 통해 망각에서 깨어나 다시 작동할 수도 있다(그러한 격세유전적 현상은 병적인 현상일 수도 아닐 수도 있

---

6   윤해서, 「최초의 자살」, 『문학과사회』 2010년 여름호, p. 552.

다). 그러한 경우, 이제 보이지 않게 된 것이 다시 보이게 된다.

> 그러니까. 평소에는 밖이 보여요. 제 눈이 다른 사람들과 같을 때는요. 앞이 보이죠. 그런데. 그러다 갑자기 다른 것들이 보이는 거예요. 여기가 아닌 곳. 다른 곳이 보이는 거 같기도 하고. 그러면 진짜 눈앞은 캄캄해져요. 〔……〕 아무것도 안 보이는 게 아니라 전혀 다른 곳, 전혀 다른 것들이 보이는 거예요.[7]

보이는 것과 보이지 않는 것(혹은 전혀 다르게 보이는 것)을 '분별'할 수 있는 의식적 생각의 등장과 함께, 우리가 무엇을 잃었고 무엇을 얻었는지에 대해서 물어야 한다. 이와 관련하여, 우리는 윤해서의 소설이 묘사하는 피 흘리며 죽어가는 여성이 '최초의 자살'이라는 행위를 통해 '의식의 탄생'에 기여하고 있다고 이해한다. 이러한 이해에 따르면, '무의식'의 한 특성을 대변하는 그 여성의 '자살'은 '희생'의 특성을 갖는다. 그 여성, 혹은 무의식은 자식, 혹은 의식의 자립적 삶을 가능하게 해주기 위해 자신을 희생했다. 무의식이 의식의 어머니라면, 자식인 의식의 탄생 과정에서 어머니의 결정적인 희생과 고통이 있었다고 우리는 이해한다. 어머니는 자식을 위해 자신의 존재를 퇴각시켰다. 의식의 활동(놀이)-공간을 마련해주었다. 이러한 긍정적인 의미에서의 자살이란 강제적이 아닌 자발적으로 타자의 의지에 자신의 공간을 내어주는 행위일 것이다(여기에는 다른 의미의 '자유'가 또한 존재할 것이다). 이런 맥락에서, 윤해서의 소설들이 자주 이야기하는 '사라짐'이나 '체념력' 등의 표현은 매우 긍정적으로 이해될 수 있다. 물론 그러한 표현들은 자아중심적이지 않은 행위와 관련될 때만 긍정적으로 파악될 수 있

---

7   윤해서, 「홀」, 『제4회 문지문학상 수상작품집』, 문학과지성사, 2014, p. 191.

을 것이다. 여기서 도대체 '자아ego'가 무엇인지를 파악할 필요성이 제기된다. 우리는 근대적(혹은 현대적) 개인의 자아를 의식-활동의 중심점, 그러니까 ⊙로 파악한다. 현대의 시대에, 개인의 자아는 의식의 영역(낮의 영역)에서 주로 활동한다(즉 개인의 자아는 ⊙처럼 낮에 떠 있으며, ☽처럼 밤에 뜨지 않는다). 그렇다면 우리는 '최초의 자살'과 관련된 그 여성이 전혀 '개인'일 수 없으며, 또한 '개별적 자아'를 결여하고 있었다고 말할 수 있다. 왜냐하면 그 여성의 활동은 '의식'의 영역에서 일어나고 있지 않기 때문이다. 또한 그 여성에게 "너와 나는 얼마나 다른지에 대한 생각"은 아직 명료하게 떠오르지 않았었다. 따라서 이 무의식적 여성은 직접적으로 주위 세계와 분리 없이 결합되어 있었다고 할 수 있다. 의식적 생각의 등장과 더불어 주위 세계와 끊임없이 상호작용하던 '생명 과정'에서 떨어져 나오게 되며, 그때부터 우리는 개별적으로 분리될 수 있는 가능성을 갖는다(그러한 분리의 과정, 즉 개별적 의식의 탄생은 역설적으로 일종의 '죽음의 과정'일 것이다). 그렇게 환경에서 자신을 분리시키고 나서야 '개인적 자아의식'이 명료하게 나타날 수 있다. 그 이전의 '자아'는 아직 나와 너로 분열되지 않은 집단적(공동체적) 성격을 갖는 자아일 것이며, 그러한 자아에게 나타나는 모든 지각의 대상들은 명료한 형태를 띠지 않았을 것이다. 모든 '보이는 것'은 흐릿하고 뿌연 안개처럼 모호하게 뒤섞여서 어떤 '전체성'(분열 혹은 분별 이전의 전체성)을 띠고 나타났을 것이다. 왜냐하면 그때는 아직 이 형태와 저 형태를 명료하게 구분하는 의식적 생각이 나타나기 전이기 때문이다. '명료한 형태'를 지각하는 일은 자신이 흘린 '피'(불같은 물, 혹은 물 같은 불)를 통해 형태를 낳으며 죽어가는 여성이 암시하는 무의식의 희생을 통해 개별적 의식이 태어난 다음에야 가능하다. 개별적 의식, 자아-의식은 무의식의 자기희생을 통해 탄생한 선물('양날의 검' 혹은 '독이 든 성배' 같은 선물, 이를테면 '독'일 수도 '약'일 수도 있는 선

물)이며, 그때 무의식은 하위-의식 혹은 잠재-의식sub-consciousness
일 뿐만 아니라 상위-의식 혹은 초-의식super-consciousness일 수도
있다. 그러한 무의식은 언젠가 위에서 아래로 '눈'처럼 내렸을 것이다
(우리는 '눈의 언어'를 이런 맥락에서 파악할 수 있다). 무의식은 위에서
아래로 ▽처럼 하강했을 것이다. 개별적 자아-의식을 향한 욕망이 △
처럼 아래에서 위로 상승할 수 있도록(그래서 언젠가, 어떤 변형의 과정
을 통해서, 눈의 육각-별 형태 혹은 ✿이 상징하는 미래의 별을 향할 수
있도록).

　여기서, 윤해서 소설의 행간을 읽기 위해 중요한 측면을 다시 강조
해보자. 모호하게 전체를 지각하는 무의식적 능력의 분열과 함께, 우리
는 명료하게 부분들을 구별할 수 있는 의식적 능력을 얻게 되었을 것이
다. 그럼으로써 '보이는 것'은 '이전과 다르게 보이는 것' 혹은 '파편
적으로 보이는 것'이 되었다. 즉 '전체성'의 성격을 잃어버리게 된 것이
다. '보이는 것'은 이제 '보이지 않는 것'을 감추면서 나타나게 되었다!
이전까지 '보이던 것'이 이제는 '보이지 않는 것'이 되어 사라졌다! 무
언가 '보이는 것'이 나타나는 그때마다 무언가 '보이지 않는 것'이 되어
사라진다. 빛 속에서 무언가 나타나는 순간, 어둠 속으로 무언가 사라
진다. 더 정확히 말해보자. 빛은 '보이는 것'들이 나타날 수 있는 조건
이다. 다시 말해서, 빛은 '보이게 해주는 것'이다. 그런데 그렇게 '보이
게 해주는 것'으로서의 빛을 우리는 또한 '보이는 것'들 중의 하나라고
말할 수 있는가? 우리는 빛을 볼 수 있는가? 만일 우리가 빛을 '보이게
해주는 것'으로 엄밀하게 규정한다면, 그때 우리는 빛을 '보이는 것'이
라고 이해할 수 없을 것 같다. 우리에게 '보이는 것'은 빛이 아니다. 왜
냐하면 이 글의 처음에 인용한 윤해서 소설의 표현에서 알 수 있듯이,
어떤 의미에서 '보이는 것'은 다른 의미에서 '보이지 않게 하는 것'이며,
빛은 '보이게 해주는 것'이지 '보이지 않게 하는 것'이 아니기 때문이다.

그래서 만일 우리가 다른 한편으로 '보이지 않게 하는 것'을 어둠이라 규정한다면, 그때 '보이는 것'은 그것이 '보이지 않게 하는 것'인 한에서 또한 어둠이다. 따라서 우리가 '보이는 것'으로 이해하는 빛이란 사실 어둠이다. '보이게 해주는 것'으로서의 빛은 또한 '보이지 않는 것'이다. 요약하자면, '보이게 해주는 것'으로서의 빛은 '보이지 않게 하는 것'으로서의 어둠 속으로 사라져 '보이지 않는 것'이 되었다. 우리는 윤해서의 소설 「커서 블링크」[8]가 표현하고자 하는 것이 이러한 사태와 연관된 것이라고 이해한다. "깜빡, 깜빡, 사라졌다 나타나는 순간, 순간, 들"에서 무슨 일이 일어나고 있는 것인가? 이와 관련하여, 우리는 윤해서의 소설이 정체 모를 '혼'과 '사라짐'의 현상을 이야기하면서 '불꽃'과 '빛'과 '별' 혹은 '태양'을 언급하는 것에 주목한다. 이 소설은 "정오의 태양이 광장을 뜨겁게 비출 때" 내리기 시작하는 정체가 모호한 "혼"을 이야기하는데, 그 "혼"은 눈처럼 위에서 아래로 내리지만, 눈과 달리 쌓여 흔적을 남기지 않고 사라진다. "그것은 반짝거렸고 가볍게 흩날렸고, 흩어지다 사라졌다." 그리고 이 "반짝이는 혼, 고요한 혼. 빛나는 혼"은 "불꽃. 빛 아래 빛으로 부서지는 빛"과 연관될 수 있는데, 왜냐하면 '혼' 또한 "빛 속에서 빛나는 빛. 빛 아래 빛으로 부서지는 빛"이기 때문이다. 이러한 표현들에서 우리는 분명 위에서 아래로 내리며 사라지는 '혼'의 '사라짐의 현상'과 '빛의 현상'이 밀접하게 연관되고 있음을 본다. 이러한 빛과 사라짐의 연관성은 윤해서의 다른 소설에서도 발견된다.

> 그는 사라지기 시작하면서 묘하게 빛나기 시작했다. (……) 그의 얼굴에서, 그의 몸에서, 시시각각 조금씩 색채와 농도가 달라지는

---

8 윤해서, 「커서 블링크」, 한겨레출판 문학웹진 〈한판〉 2014년 10월호.

은은한 빛이 뿜어져 나오고 있었다.[9]

도대체 빛이란 무엇인가? 우리는 자연과학적 방법에 의해 탐구되는 '보이는 것'으로서의 빛에 관해 묻고 있지 않다(사실, 그렇게 '보이는 빛'에 관한 자연과학적 탐구도 '보이지 않는 빛'과의 내적인 연관성을 갖는다).[10] 우리의 빛은 '보이게 해주는 것'이자 '보이지 않는 것'이다. 그것은 어둠 같은 빛, 혹은 어둠 속의 빛이다. 윤해서의 소설이 이야기하듯, 우리의 빛은 "미지의 어둠" 혹은 "지하의 어둠 속에서 발하고 있는 빛" 같은 것이다.[11] '보이지 않는 빛'은 '보이는 빛'을 보이게 해주면서 사라진다. 그런데 그러한 빛은 어디로 사라지며 또한 어디서, 어떻게 다시 나타날 수 있는가? 여기서 앞에서의 감각과 생각의 분열에 대한 우리의 추론을 상기한다면, 그리고 앞에서 인용된 윤해서의 소설에서 '보이지 않는 것'이 '생각'과 연결된다는 것을 상기한다면, 우리의 대답은 주어져 있는 것 같다. 빛은 생각의 어둠 속으로 사라지며, 그 빛이 다시 나타날 수 있다면, 그것은 오직 생각의 어둠 속에서만 다시 나타날 수 있을 것이다. '보이지 않는 것'이 다시 '보이는 것'이 될 수 있는 가능성은 오직 생각의 어둠 속에서만 발견될 수 있다. 그런데 '보이는 것'은 '보이게 해주는 것'에 의해 그렇게 나타나는 것이므로, 생각 속에서 '보이는 것'이 나타나기 위해서는 생각 자체가 '보이게 해주는 것'의 특성을 갖는 무엇으로 변형되어야 한다. 단순히 외부의 '보이는 대상'에만 머물러 있는 수동적인 것이 아니라, '보이게 해주는 활동성'을 갖는 능동적인 것이 되어야 한다. 그럼으로써, 생각은 본능적(충동적)이

---

9   윤해서, 「오늘」, 『버수스』 6호, 2013.

10 Arthur Zajonc, *Catching the Light: The Entwined History of Light And Mind*, Oxford University Press, 1993.

11 윤해서, 「테 포케레케레」, 『문학과사회』 2011년 봄호.

면서 또한 의식적으로 빛의 행위를 따르는 행위가 될 것이다. 그제야 우리는 '빛의 언어'를 이해할 수 있을 것이다. 혹은, 그제야 '언어의 빛'을 이해할 수 있게 될 것이다. 언어 또한 '보이게 해주는 것'이며, 또한 그렇게 보이게 해주면서 사라지는 것이다. 우리의 추론에 의하면, 언어 또한 빛처럼 '보이게 해주는 것'이면서 '보이지 않는 것'이다. 따라서 언어 혹은 언어의 빛은 '행'에 있지 않고 '행간'에 있다. 그렇기에 우리는 윤해서 소설 텍스트의 '보이는 행'을 통해서 '보이지 않는 행간'을 향하고자 한 것이다. 왜냐하면 '행간'이야말로 '행'을 '보이게 해주는 것'이기 때문이다. 언어는 행을 보이게 해주면서 행간 속으로 사라진다. 이러한 포착하기 어려운 사라짐의 현상을 지속적으로 형상화하려는 다양한 시도를 우리는 윤해서의 소설 속에서 분명하게 볼 수 있다. 윤해서의 소설은 행을 쓴다는 것은 동시에 행간을 쓴다는 것임을 효과적으로 보여주는 텍스트이며, 거기서 우리는 그 소설들의 유의미성을 발견한다. 일상적으로 잘 사유되고 있지 않은 것을 사유할 수 있게 해주는 소설이 좋은 소설의 기준일 수 있다면, 윤해서의 소설은 좋은 소설이다. 윤해서의 소설들은 사라져버렸기에 보이지 않게 된 것이 실은 사유를 가능하게 해주는 것일 수도 있다는 점을 상기시켜준다. 빛, 언어, 희생…… 그리고 이와 관련된 어떤 죄, 혹은 죄의식……

내가 내 죄를 사할 수 없다.[12]

[2015]

12 윤해서, 「or」, 같은 책, p. 288.

동어반복의 역설[1]
── 한유주 소설에서 전체성 찾기

동일한 강물에 두 번 들어갈 수 없다. 이런 말이 전해져 내려온다. 심지어, 그보다 더 나아가, 동일한 강물에 두 번은커녕 한 번조차도 들어갈 수 없다, 라는 말을 우리는 전해 듣기도 했다. 이 말들은 참인가? 참이라 가정하고, 그 말들을 지금의 관심사에 적용해보자. 즉 동일한 단어를 두 번 쓸 수 없다, 혹은 동일한 단어를 한 번도 쓸 수 없다, 라고 해보자. 이 두 종류의 주장들은 전부 참인가? 만일 그렇다면, 첫 주장에 따르면 동어반복은 불가능하며, 그다음 주장에 따르면 발언 자체가 불가능하다. 그런데 실제로는 동어반복이 가능하며, 또한 우리는 함구만 하는 것이 아니라 발언을 하고 있다. 그렇다면 우리는 불가능한 일을 가능하게 하고 있는 것인가? 아니면, 전혀 불가능한 일을 가능하게 만들었다고 착각하고 있는 것인가? 아니면, 어떤 불가능성을 주장하는 저 유명한 문장들이 거짓인가? 아니면, 그 문장들은 참이지만, 우리의 적용이 잘못된 것인가?

분명, 강물에 들어가는 일과 언어를 사용하는 일은 서로 다른 일이다. 그렇게 서로 다른 것들을 동일한 것처럼 간주하는 것은 오류일 수 있다. 서로 어떤 공통성도 없거나 서로 어떤 관계성도 없는 것들을 연

1   이 글은 『숨─문학의 이름으로』 2015년 창간호에 실렸던 졸고다.

관시켜, 그중 하나에만 해당되는 사항을 다른 하나에도 적용시키는 것은 분명 오류다. 하지만 강물에 들어가는 일과 언어를 사용하는 일이 실제로 전혀 다른 일, 아무 연관성도 없는 일인가? 이와 관련해, 저 유명한 문장과 밀접하게 연관된 더 유명한 문장을 제시할 필요가 있다. 모든 것은 흐른다. 이 주장이 참이라면, 강물뿐만 아니라 언어도 흐른다. 강물은 흐르는 것의 대표적 예로 선택되었을 뿐이다. 모든 것은 정지하는 법이 없고, 운동 중에 있다. 언어를 포함한 모든 것은 생성과 소멸의 과정에 놓여 있다. 즉, 모든 것은 시간 속에 있으며, 각자의 시간성을 갖는다. 언어를 사용하는 일은 강물에 들어가는 일과 마찬가지로 시간이 걸리는 일이다.

> 모든 일에는 시간이 걸린다. 담배는 끝에서부터 안쪽으로 타들어간다. 글은 왼쪽에서 오른쪽으로 써진다. 모든 것은 앞으로 나아간다.[2]

> 모든 일에는 시간이 걸린다.[3]

> 모든 이야기는 동일한 방식으로 반복되지만, 그것을 반복하는 시간은 동일하지 않았다.[4]

바다 같은 시간이 이미 흘렀고, 강물 같은 시간이 아직 흐르고 있다. 그런데 만일 시간 혹은 생성이 동일성을 지우면서 차이를 낳는 운동이

---

2 한유주, 「허구 0」, 『얼음의 책』, 문학과지성사, 2009, pp. 15~16.

3 한유주, 「흑백사진사」, 같은 책, p. 136.

4 한유주, 「불가능한 동화」, 『나의 왼손은 왕, 오른손은 왕의 필경사』, 문학과지성사, 2011, p. 251.

며, 언어가 언제나 그 운동에 속해 있는 것이라면, 동어반복은 불가능하다. 왜냐하면 두 번 사용된 한 단어의 동일성이 시간의 흐름 속에서 지워지기 때문이다. 그러므로 가령 '나는 나다'라는 문장은 성립될 수 없는데, 앞(먼저)의 '나'와 뒤(나중)의 '나'가 동일자가 아니기 때문이다. 그런데 그렇다면 우리는 한유주의 여러 소설 속에서 발견되는 "동어반복"에 대한 다음의 표현들을 어떻게 이해해야 하는가?

> 사물들은 곧 고갈되었지만 단어들은 그렇지 않았다. 아무리 사용해도 그대로였다. 아니다. 문자는 그대로 남았지만 의미의 몸피는 줄어들거나 부풀어 올랐다. 나는 어째서 나인가. 어떤 사람들은 어째서 어떤 사람들인가. 나는 어째서, 동어반복만이 언어의 유일한 윤리라고 생각하는가. 혹은 동어반복적인 답변만을 요구하는 물음만이.[5]

> 차가운 아이는 차갑다. 차가운 아이가 차가운 피를 흘린다. 차가운 피는 차갑다. 언제나 동어반복적 진술만이 윤리적이다. 의미를 배반하지 않는 표현. 자꾸만 되돌아오는 의미. 다른 의미를 지니지 않는 표현.[6]

어째서 "동어반복적 진술만이 윤리적"인가? 이 물음에 '왜냐하면 동어반복적 진술만이 윤리적이기 때문에'라고 답변하는 것 또한 윤리적이라면, 어째서 그런가? 우리는 앞에서 동어반복이 불가능한 이유가 '시간성' 때문이라고 가정했었다. 그런데 시간성에도 불구하고 동어반

---

5   한유주, 「농담」, 같은 책, p. 26.

6   한유주, 『불가능한 동화』, 문학과지성사, 2013, p. 160.

복을 관철시키고자 하고, 또한 그러한 경향성을 '윤리적'이라고 한다면, 여기서의 '윤리'란 '시간의 흐름'을 거스르려는 노력(행위)과 연관된 것이다.[7] 그리고 만일 윤리가 '선 혹은 좋음'을 추구하는 것이며, 그러한 방향성을 갖는 '윤리'를 '시간'에 대립시킨다면, 이때 시간은 '악 혹은 죄'의 특성을 보여준다. 더 나아가 시간에 대립하는 것이 '영원'이라면, 동어반복의 윤리는 '영원'을 향하는 윤리일 것이다. 그러므로 한유주의 글쓰기는 서로를 부정하면서도 함께 부대끼고 있는 이중적, 모순-대립적 존재의 성격을 보여주는데, 왜냐하면 한유주의 소설은 시간성과 영원성 사이에서 흔들리며 주저하고 있으며, 시간의 흐름을 지속적으로 의식하고 있으면서도 동시에 어떤 "영원의 상" 혹은 '영원의 이미지'에 반복적으로 붙잡혀 있기 때문이다.

〔……〕 네가 무슨 말을 하는지 도통 모르겠어, 하며 고백하는 아이들, 나는 나이를 먹지 않을 거야, 시간을 고정시킬 거야, 네 발목을 부러뜨릴 거야, 그들이 숨겨진 잇몸을 혀로 핥을 때, 불가능한 기획, 드러난 전말, 나는 그들을 보지 않았다.[8]

서로 먹고, 먹고, 먹히고, 먹히는 동안 시간은 제 발을 자르고 도망 중이다.[9]

---

7 우리는 '시간을 거스르려는 노력'을 어떤 '초월성'을 향한 '생명의 도약' 같은 것으로 이해할 수 있는데, 한유주의 등단작 「달로」에서 장대높이뛰기를 하는 정체불명의 '그'는 그러한 '도약'과 연관되어 있다. "그는 유일하게 시간을 거스르는 속도를 갖고 있었다. 시간은 과거를 향해 움직였고, 열광하는 관중도 없었으며, 가장 순수한 움직임의 전조만이 살아 있었다. 그가 뛰기 시작하면, 뜀박질 소리가 가슴 한 쪽에서 울리기 시작하고, 모든 환영이 걷히며, 몽상과 사유가 사라졌다. 세계의 기억에는 순간만이 보관되어 있다"(한유주, 「달로」, 『달로』, 문학과지성사, 2006, p. 17).

8 한유주, 「되살아나다」, 『얼음의 책』, p. 225.

9 한유주, 「육식 식물」, 같은 책, p. 155.

발 없는 것들은 모래 위에서 영원히 미끄러진다. 아니, 영원이라는 것이 있다면, 영원이 영원히 존재한다면.[10]

내일부터는 노트에 글을 쓰기 시작할 것이다. "영원의 상 아래에서." 이 제목은 비트겐슈타인이 스피노자에게서 빌려 온 문장을 내가 다시 훔친 것이다.[11]

우리는 "영원의 상"을 '동어반복의 윤리'라는 맥락에서 이해할 필요가 있다. 동어반복의 윤리를 말하는 앞의 인용문에서 알 수 있듯이, 여기서 문제가 되고 있는 것은 '문자'와 '의미'다("문자는 그대로 남았지만 의미의 몸피는 줄어들거나 부풀어 올랐다"). 말하자면, 문자는 불변하는데, 의미는 변화한다. 혹은 문자는 고정적인데, 의미는 유동적이다. 그런데 만일 우리가 불변성이나 고정성을 "영원의 상"이 갖는 특성으로 파악한다면, 의미보다는 문자가 "영원의 상"과 더 닮아 보인다. 반면에, 유동적으로 변화하는 의미는 '시간의 상'과 더 닮아 보인다. 다르게 말해서, 문자는 자기-동일성을 보존하는 반면, 의미는 끊임없이 차이를 만들며 '다른 것'이 된다. 그러므로 "영원의 상 아래에서" 행해지는 글쓰기는, 가능한 한, 아니, 설령 불가능할지라도, '자기-동일적인 존재-의미'를 '보존'하며 '고정'되는 명료하고 정확한 표현에 이르려 할 것이다("의미를 배반하지 않는 표현. 자꾸만 되돌아오는 의미. 다른 의미를 지니지 않는 표현"). 동어반복은 그렇게 명료한 자기-동일적인 표현의 대표적 예다. 그러한 표현에는 어떤 한 개념의 본질적 속성만을 표

10   한유주, 「서늘한 여름 사냥」, 같은 책, p. 283.

11   한유주, 『불가능한 동화』, pp. 256~57.

현하는 명제(즉 정의)나 그 자체로 자명한 명제(즉 공리) 같은 것이 속할 것이다. 이런 맥락에서 볼 때, "언어의 윤리"에서 중요한 것은 어떤 표현이 다의적이 아니라 일의적으로 고정되는 것이다. 의미, 혹은 존재, 혹은 존재-의미를 일의적으로 '고정'시키는 일의 가능성 여부는 한유주 소설의 중요 관심사다.

> 사물들과 사람들은 언제나 이동 중이었고 그러므로 당신,이라는 말의 의미가 고정되지 않고 흔들리는 것이 나의 잘못은 아니었다.[12]

> 나는 나를 버리지 않기로 했다. 언덕을 산으로 여기기로 했다. 혹은 산을 언덕으로, 바다를 강으로, 강을 실개천으로, 강물을 우물로, 이름만 다를 뿐 같은 것들을 같은 이름으로 부르기로 했다.[13]

> 너의 이름은 천국에서도 지옥에서도 너를 고정적으로 지시해야 할 것이다. 크립키. 고정지시어를 참고할 것.[14]

> 벽돌 이야기가 벽돌이 되어 굳어진다. 벽돌 너는 백만 년 후에도 벽돌 너로 남아 있을 것이다.[15]

한 이름과 그 이름의 지시체나 의미체의 관계가 어떤 영원한 필연성에 의해 고정되어 결합된 관계일 수 있는가? 한 단어의 문자적 정의(혹

---

12 한유주, 「육식 식물」, 『얼음의 책』, p. 171.

13 한유주, 「머리에 총을」, 『나의 왼손은 왕, 오른손은 왕의 필경사』, p. 53.

14 한유주, 『불가능한 동화』, p. 254.

15 한유주, 같은 책, p. 295.

은 사전적 정의)는 그 단어의 본질적 의미인가? 한 단어와 그것의 의미는 일대일로 대응하는가? 관습이나 규약에 의해 자의적으로 결합된 문자와 의미와의 관계 이전에, 자연적으로, 존재의 본성에 따라 행해진 '이름 붙이기'가 있었다면, 오직 그때만 이름과 그 이름의 지시체가 본질적 필연성에 의해 결합될 수 있었을 것이다(그리고 그러한 언어는 아마도 본질적 존재가 거주하는 '비물질적 신체성' 혹은 관념적 신체, 그러니까 어떤 종류의 이미지와 연관될 것이다). 하지만 그렇게 필연적으로 고정된 관계는, 한유주의 소설에서 자주 볼 수 있는 동음이의어들과 이음동의어들의 현상이 보여주듯이, 더 이상 성립하지 않는 것처럼 보인다. 사실, 우리가 어디에서도 일의성에 도달하지 못하는 한, 동음이의어들은 따로 있는 것이 아니라, 모든 단어가 동음이의어의 성격을 가질 수 있다.

말하자면, 모든 것은 자신의 그림자 혹은 분신을 갖게 되었으며, 그렇게 이중적 혹은 다중적 존재로 분열되었고, 모든 단어들도 그와 마찬가지로 이중적 혹은 다중적 의미를 내포할 수 있게 되었다. 자주 망각되는 그러한 당혹스러운 사태는 한유주의 등단작에 아주 잘 표현되어 있다. 거기서 우리는 빛과 그림자, 명과 암, 앞면과 뒷면의 이중성과 연관된 비밀스러운 비극적 역사가 거대한 파노라마처럼 펼쳐지는 광경을 볼 수 있었다. 마치 죽음 직전까지 갔다가 살아 돌아온 사람들이 1초도 되지 않는 짧은 순간에 자기 생애의 전체 역사가 생생한 기억-이미지로 재생되었다고 증언하듯이, 우리는 「달로」라는 짧은 소설에서 그에 비견될 만한 기억-이미지들(해와 달과 지구의 감추어진 역사에 관한 무의식적 기억-이미지들)이 상상적으로 재조직되어 형상화되는 것을 볼 수 있었다. 거기서 소설의 언어는 마치 만트라처럼 반복을 통해 자신만의 리듬을 창출해내며 물 흐르듯 흘러가면서 자연스럽게 심오한 이미지들을 떠오르게 했다. 그런데 여기서 중요한 점은, 그 소설의 언어가 전혀 일의성에 방향 잡힌 언어가 아니었다는 점이다.

우리가 보기에, 그 소설에서 가장 중요하게 반복되는 단어들은 '달' 과 '물'과 '몸'인데, 내적인 관계성에 의하여 서로 연관된 그 단어들은 마치 적대적인 이중적 의미들의 육화처럼 보이기까지 한다. 가령, '달' 이라는 이름은 거기서 도대체 일의적인 어떤 것을 의미하지 않는다. 심지어 우리가 자명한 존재로 여기는 밤하늘의 천체 중 하나를 지시하 지도 않는 것처럼 보인다. 거기서의 '달'은 더 이상 우리 눈앞에 현전하 지 않는 어떤 존재와 연관되며, 또한 긍정적인 측면과 부정적인 측면 을 함께 보여준다. 거기서 드러나는 언어의 특성은 주체와 객체의 분 리에 기초하여 어떤 대상을 정태적인 결과물로서 '재현'하는 데 있는 것이 아니라, 오히려 '현재적 재현'이 덮어 감추고 있는 존재의미를 드 러내며 개방시키는 역동적인 과정에 있다. 그러한 과정은 주객 분리의 흐름을 역전시키며, 그 흐름에 역행하는 과정이다. 여기서 '존재'는 '지 금 눈앞에 있음'이라는 의미로 이해되기를 멈춘다(그러한 존재이해의 역사를 하이데거는 '존재망각'의 역사라 말했었다). 오히려 존재는 '이미 눈앞에 없음' 혹은 '부재하는 과거'의 의미로 이해된다. 하지만 소멸된 과거는 물리적 뇌에 저장되어 있는 존재도 아니며, 그 물리적 뇌가 소 멸하는 순간 '무'로 돌아가지도 않는다(우리는 지금 베르그송의 철학을 떠올리고 있다). 그러므로 과거의 관점에서 이해된 존재는 '영원의 상' 과 결부된다. 부재하는 과거를 보존하고 있는 기억, 혹은 '기억의 몸'이 있다. 그런데 그 기억의 몸은 "지구의 몸"이 아니라 "달의 몸"이나 "해 의 몸"에 속한 것처럼 보인다.[16] 왜냐하면 여기서 "비정한 긴긴 시간을 거꾸로 헤엄쳐서"[17] 망각을 넘어 '기억의 경험'에 이르려는 자의 지향

16 한유주, 「달로」, 『달로』, pp. 27~30.

17 한유주, 같은 글, p. 28.

점은 '해 혹은 빛'이거나(이면서) '달 혹은 물'이기 때문이다. 그런데 왜 빛이나 물을 향하는 일에 '기억의 경험'이 필요한가? 우리는 일상적으로 빛 속에도 있을 수 있고 물속에도 있을 수 있지 않은가? 또한 일상적으로 '기억의 경험'을 하고 있지 않은가?

우리의 추측은 이렇다. '기억의 경험'은 존재론적 사건으로서 '예외적 경험'이다. 그러한 경험은 앞에서 언급했던 임사 체험의 증언에서 예감할 수 있듯이 '죽음의 경험'과 연관된다. 따라서 이러한 연관 속에서 이해된 죽음이란, 일상적 삶 속에서 결합되어 있던 '망각의 몸'과 '기억의 몸'의 분리다('몸'이란 단어는 전혀 일의적인 것을 의미하지 않으며, 그때그때마다 동음이의적으로, 혹은 오히려 유비적으로 사용될 수 있다). 말하자면, 그 결합의 끈이 느슨해지는 순간에 망각의 몸속에 붙잡혀 접힌 채 있던 기억의 몸이 풀어져 그림책처럼 펼쳐진다. 한유주의 소설 속 주인공이 '기억의 경험' 이후에 '그림'에서 빠져나온다는 것을 상기해본다면, 우리는 기억의 몸이 그림-이미지와 연관된 것이며, 어떤 깊이를 감추고 있는 이차원적 평면일 것이라고 추측할 수 있을 것이다. 그리고 만일 기억의 몸을 공간적이라고 한다면, 그때의 공간은 균질적으로, 혹은 균등하게 그저 펼쳐져 있는 공허한 공간이 아니라, 기억의 내용에 따라 구조적으로 차별화된 공간일 것이며, 만일 그것을 시간적이라 한다면, 그때의 시간은 양적인 부분으로 분할할 수 있는 시계의 시간 같은 것이 아니라, 분할 불가능한 전체성을 보여주는 질적인 시간일 것이다. 말하자면, 기억의 경험과 연관된 시간과 공간은 일상적인 물리적 시간과 공간이 아니다. 소설의 표현으로 말하자면 그것은 '지구의 몸'이 아니다. 그러므로 가령 이 소설이 표현하고 있는 '달의 몸'과 연관된 '물' 또한 '지구의 몸'에 속한 것이 아니다. '지구의 몸'이란 땅 혹은 흙, 그러니까 고체적인 것에 한정되며, '달의 몸'이란 물, 그러니까 액체적인 것에 한정된다. 달리 말해 지구와 연관된 고체적인 의식의 몸, 그리고 달과 연관된 액체적인 의식의 몸은 서로 다른 것이다. 고체적인 의식은 모든 것을 응고시키고, 액체적인 의식은 모든 것을 융해시킨다. 전자는 고정적이고, 후자는 유동적이다. 우리의 고체적인 의식은 그러므로 '물'을 알지 못하며, 단지 액체를 고체적인 것(분자, 원자 등)으로 환원시켜 파악할 수 있을 뿐이다. 액체적 의식과 고체적 의식이 각각 말하는 '물'은 동음이의어다. 따라서 '물'은 다의적이며, 일의적이지 않다. 하지만 이게 전부인가? 한쪽에선 일의성만을 주장하고 다른 쪽에선 다의성만을 주장하면, 거기서 끝인가? 혹은 한쪽에서는 변화하지 않고 정지되어 있고 고정되어 있는 자기-동일성만을 주장하고, 다른 한쪽에서는 역으로 결코 정지하거나 고정되는 법이 없는 변화와 운동과 차이만을 주장하면 끝인가?

우리는 한유주의 소설에 관한 이 글을 시작하면서 정지의 불가능성(혹은 동일성의 불가능성)을 주장하는 헤라클레이토스적 문장을 끌어들였다. 그에 따르면, 모든 것은 정지해 있는 것처럼 보여도 사실은 정지해 있지 않은 것이다. 물론 이러한 주장에 정면으로 대립하는 오래된 다른 주장이 있다. 아킬레스와 거북이의 경주나 날아가는 화살에 관한 제논의 역설에서 볼 수 있듯이, 운동의 불가능성(혹은 차이의 불가능성)을 주장하는 파르메니데스적 문장이 전해진다. 그에 따르면, 모든 것은 운동하고 있는 것처럼 보여도 사실은 운동하고 있지 않은 것이다. 그런데 만일 우리가 두 주장을 전부 참으로 받아들인다면, 우리는 이중의 불가능성에 직면하는 셈이다. 말하자면, 움직일 수도 없고 가만히 있을 수도 없는 상태. 대충 말해서, 엉거주춤한, 이러지도 저러지도 않는, 이도 저도 아닌 상태. 그러한 상태는 모순적이고, 역설적이고, 희비극적으로 절망적이다! 우리는 그러한 상태를 말도 안 되는, 존재할 수도 없는 상태라고 생각할 수 있다. 하지만 우리는 가끔 혹은 자주 그러한 상태를 경험할 수 있다. 즉, 대립적인 것들이 동시적으로 공존하는 잠재적 상태. 미결정, 미완의 상태(이러한 상태는 부정적으로 파악될 수도, 긍정적으로 파악될 수도 있다). 한유주의 소설들이 강박적으로 그 주위를 맴돌고 있는 상태는 대립적인 것들의 잠재적 공존 상태, 미결정 상태다. 무엇도 아닌 상태, 할 수도 하지 않을 수도 없는 상태.

그의 모습은 새도 물고기도 무엇도 아니었다. 〔……〕 그는 정지하고, 다시 정지한다. 여기에는 과거도 미래도 없다.[18]

끝은 없을 것이다. 끝나지 않을 것이다. 끝이 없다는 것, 끝이 오지 않는다는 것, 끝낼 수 없는 것에 대해 생각하지 않는다. 지독하도록, 지루하도록, 더 이상 생각하는 것이 불가능하도록, 그러나 그것은 가능하지 않다.[19]

나는 아무것도 쓸 수가 없다. 내가 글쓰기를 시작하는 순간, 이글은 이중의 글쓰기가 되기 때문이다. 내가 나를 쓰고, 나의 단어가 나의 단어를 지우고, 나의 문장이 나의 문장과 사라지기 때문이다. 나는 아무것도 쓰지 않는다. 이 글을 쓰는 사람은 내가 아니다. 착각에서 벗어나야 한다. 내가 쓰고 있지 않음에도, 이 글은 계속해서 쓰인다. 순간 나는 아무것도 쓰지 않는다.[20]

모든 것이 가능한 동시에, 바로 그런 까닭으로, 모든 것이 불가

---

18 한유주, 「달로」, 같은 책, p. 18. 우리는 이 소설이 표현하는 '그'의 도약이 운동의 역설과 정지의 역설 둘 다와 연관되어 있음을 본다.

19 한유주, 「장면의 단면」, 『얼음의 책』, p. 248.

20 한유주, 「도둑맞을 편지」, 『나의 왼손은 왕, 오른손은 왕의 필경사』, pp. 153~54.

능했다. [21]

　대립적인 것들이 동시적으로 공존하는 잠재적 상태는 가능성과 불가능성을 한 몸에 갖는 미결정의, 미완의 상태다. 이 상태는, 긍정적으로 말해서, 일상적 시간 의식에는 주어지지 않는 어떤 '전체성'을 경험하는 순간이다. 여기는 배중률에 기초하여 둘 중의 어느 한쪽을 배제하는 논리가 지배하지 않는 곳이며, 모든 것은 연접으로만 연결된다. 앞의 인용문에서 볼 수 있듯이, 여기서 중요한 것은 이접적인 '가능하거나 불가능한'(either~ or~)이 아니라, 연접적인 '가능하면서 불가능한'(both~ and~)이다. 다르게 말해서, 이접의 현실태는 연접의 현실태(잠재태의 현실태)를 망각하고 있다. 그렇기에, 한유주의 『불가능한 동화』는 '이야기의 가능성'이 오직 '이접'에만 있다는 점을 비판적으로 언급한다.

　　　이야기의 가능성은 오로지 이접으로만 연결된다. 그렇거나 그렇지 않거나. 그러므로 가능성을 판별하는 것은 중요하지 않다. 이야기는 언제나 불가능한 방식으로만 지속된다. 죽이거나 죽이지 않거나.[22]

　"이접으로만 연결"되는 이야기가 덮어 가리는 것, 그것은 '잠재적 전체성'이며, 모든 사태가 갖는 양면성, 혹은 양극성이다. 한유주의 등단작부터 최근작에 이르기까지 지속적으로 주의를 요하는 주제 중 하나가 바로 그것이라고, 우리는 생각한다. 그러므로 한유주 소설의 중요한

21　한유주, 「불가능한 동화」, 같은 책, p. 252.

22　한유주, 『불가능한 동화』, p. 235.

물음은 이것이다. "너는 동전의 양면을 동시에 본 적이 있니."[23] 우리는 양면을 동시에 보는 일이 부분들을 보는 동시에 전체를 보는 일이라고 이해한다(그러니까 '나무를 보지 말고 숲을 보는 것'이 아니라 '나무를 보면서 동시에 숲을 보는 것'이라고 이해한다). 우리가 여기서 지금까지 한유주의 소설을 읽어온 방식, 다시 말해서 양자택일에서 양자 부정을 거쳐 양자 긍정에 이르는 길은 어떤 '미완의 전체성'을 향한 길일 것이다. 물론 이때 전체성이란 부분들의 총합으로 파악된 양적인 전체성이 아니며, 개별성을 억압하는 집단적 전체성도 아니요, 완결되어 폐쇄된 구조적 체계의 전체성도 아닐 것이다. 한유주의 『불가능한 동화』에서도 자주 문제적으로 나타나는 '전체와 부분의 관계'는 분명 양극성이 보여주는 대립성과 상보성 둘 다의 관점에서, 또한 질적 관점에서, 또한 개방성의 관점에서 이해되어야 할 필요가 있다. 그렇게 이해된 전체성과의 연관 속에서만, 우리는 한유주의 소설에서 지금까지 (불충분하게) 읽어온 (가능하면서 불가능한) 동어반복의 역설과 그와 관련된 시간과 영원, 운동과 정지 등의 문제를 더 깊이 이해할 수 있다고 생각한다. 그리고 우리에게 결국 이 모든 문제는 '의미의 이해'와 연관될 수 있으며, 어떤 의미를 이해하는 일은 전체에서 부분으로, 그리고 다시 부분에서 전체로 부단히 왕복운동하는 '순환적'인 일이다. 그런데 이러한 순환은 선형적 논리에 의하면 모순적이거나 오류다. 가령 한 단어의 의미를 이해하기 위해서는 그 단어가 속한 문장 전체의 의미를 먼저 이해해야 하며, 한 문장 전체의 의미를 이해하기 위해서는 먼저 그 문장을 구성하는 부분인 단어들의 의미를 이해해야 한다. 그러한 단어(부분)와 문장(전체)의 관계는 문장과 문단, 텍스트와 콘텍스트의 관계에도 적용될 것이다. 부분들의 의미는 그 부분에 현존하는 전체성에

23 한유주, 같은 책, p. 203.

의해 결정되며, 전체의 의미는 그 전체성을 반영하고 있는 부분들에 의해 결정된다. 의미는 항상 관계적 전체성과 함께 나타난다. 따라서 의미는 어떤 주관 앞에 놓여 있는 상호 배제적이고 외연적인 지시대상들이 아니며, 상호 내재적으로 서로를 함축하고 있는 관계적 성질들의 전체성이다. 그런데 그러한 의미의 전체성 혹은 전체성의 의미는 완결된 것으로 고정되어 눈앞에 제시되거나 재현될 수 없기에 거의 언제나 잠재적인 것 혹은 무의식적인 것 혹은 부재하는 것으로만 파악될 수밖에 없고, 여기에 한유주 소설의 절망이 있다.

> 너의, 모든 인물들의, 모든 사물들의 총체는 결코 묘사될 수 없었고, 이는 결코 하나의 단어로 고정될 수 없었다. 나는 이를 가끔, 아니 종종, 아니 자주 견딜 수가 없었다.[24]

그렇게 '견딜 수 없는 이유'는, 한유주의 소설이 특징적으로 보여주는 두 반대되는 방향성을 함께 고려하는 데서 찾아야 한다. 그중 한 방향성은 시간에서 영원으로, 운동에서 정지로, 흐름에서 고정으로 향하는 것이다. 이 방향성은 반대되는 다른 방향성에 의해 보완되며, 그렇게 해서 어떤 창조적 순환이 형성된다. 즉 영원에서 시간으로, 정지에서 운동으로, 고정에서 흐름으로 향하는 방향성. '영원의 상 아래에서' 이루어지는 상승이 '시간의 상 아래에서' 이루어지는 하강과 함께 고려될 때, 서로를 배제하는 대립자들은 어떤 '전체성의 상 아래에서' 결합될 수 있을 것이다. 우리는 한유주의 소설에서 실제로 그러한 전체성의 상징을 발견한다. "육각형의 하늘"과 "세상에서 가장 아름다운 눈

24　한유주, 같은 책, p. 208.

의 결정"[25]을 향한 소설 속 '나'의 충동에서 우리는 그러한 전체성의 상징을 본다. 위에서 아래로 하강하는 눈의 결정은 상승의 방향을 나타내는 △과 하강의 방향을 나타내는 ▽이 결합한 ✿의 형태를 형성하며, 우리는 그 형태에서 전체성의 상징을 본다. 그리고 그 상징은 한유주 소설의 무의식적 충동과 연관된다고, 우리는 생각한다.

　　잘린 발목과 대속, 너는 알고 있었다, 정확하게. 이야기가 아직 쓰여지지 않았을 때, 나는 또 다른 인물이, 네가 행한, 저지른 일의 죗값을 대신 치르는 결말을 생각하고 있었다. 어쩌면 내가 행한, 저지른, 쓴 일의 죗값도 그렇게 사해지기를 바랐는지도 모른다.[26]

[2015]

25　한유주, 같은 책, p. 204.

26　한유주, 같은 책, p. 296.

세계-경험의 양상들[1]

우리가 살고 있는 이 세계는 존재할 수 있는 모든 가능한 세계들 중에서 최상의 세계이며, 지혜로운 섭리의 배려에서 나오는 질서 속에서 움직이고 있다는 세계 인식을 확고하게 고수하는 사람은 많지 않을 것이다. 만일 그런 사람이 있다면, 누군가들은 그 사람의 의견에 황당해하거나, 분개하거나, 냉소를 보내거나, 말할 가치도 없다는 듯 무시하거나, 현실적 사실에 입각한 실증적 반박이 담긴 날카로운 비난들을 쏟아부을 것이다. 그래서 예를 들어 볼테르 같은 사람은 라이프니츠의 그러한 '순진한 생각'(?)에 코믹한 풍자와 조롱으로 답했을 것이다. 실로 라이프니츠와 같은 천재적인 사람이 정확히 어떤 근거(혹은 경험)에서 그러한 주장을 했는지 모르지만, 그런 낙천주의는 세계 속의 우리의 실존이 겪고 있는 사실들과 거의 어울리지 않는 것처럼 보인다. 그것은 소위 현실 인식에 아직 도달하지 못한 자의 '추상적 희망'(?)처럼 보인다.

이승우의 소설집 『일식에 대하여』(문학과지성사, 2012)가 보여주는 세계는 그러한 낙관주의자가 생각하는 세계와 분명 거리가 멀어 보인다. 이 세계는 최상의 세계이기는커녕 최하의 세계, 혹은 최악의 세계

---

1   이 글은 이승우, 『일식에 대하여』(문학과지성사, 2012)에 실렸던 졸렬한 해설이다. 이하 인용문은 모두 이 책에서 가져왔으며 강조는 모두 인용자의 것이다.

에 더 가까워 보인다. 이 세계는 기쁨보다는 슬픔이, 즐거움보다는 고
통이, 희망보다는 절망이, 만족보다는 결핍이, 질서보다 혼돈이 더 지
배적인 세계처럼 보인다. 그리고 이때 후자들의 상태를 대표하는 것은
고통이다. 이 세계 속의 삶은 고통이다. 그 고통의 이유가 이기적 집착
때문이든, 죄에 의한 타락 때문이든, 맹목적 의지의 충동 때문이든, 악
때문이든, 아무튼 우리의 삶은 고통이고, 이 세계는 일단 적어도 현재
로서는 그렇게 될 수밖에 없게끔 되어 있다. 이것이 사실이라면, 우리
의 삶이 힘들고 고통스러운 궁극적 이유는 단지 우리가 이 세계의 소
위 현실적 생활에 이기적으로 집착하면서 죄를 지으며 맹목적 충동과
함께 실존하고 있기 때문이다. 우리의 고통은 우리의 탓이다. 그렇다면
이 고통에서 벗어나기 위해 우리는 집착을 버리며 참회하고 눈먼 충동
을 잠재우면 되는가? 그것이 어느 정도까지 가능한가?

먼저 우리는 낙천주의와 다른 염세주의가 어떤 것인지를 물어야 한
다. 예를 들어, 다음과 같이 말하는 신학생에게서 우리는 염세주의자의
냄새를 맡을 수 있는가?

> 채플이나 도서관에서 아래를 내려다보면, **썩어 없어질 이 세상**에
> 서 아옹다옹하는 이런저런 사람들의 삶이 갑자기 저열해져서 낯이
> 뜨거워지곤 했다. (「고산 지대」, p. 82)

이 세상은 결국 썩어 없어질 것이다. 언제가 될지는 모르지만, 사라
질 것이다. 세계는 영원하지 않다. 그것은 종말을 맞을 것, 아니 맞아야
만 할 것이다. 이런 식으로 생각하는 신학생은 염세주의자인가? 그렇
다면, 그는 어떻게 세상의 종말을 확신하고 있는가? 그에게 세계는 어
떤 의미인가? 염세주의자라고 해서 허무주의자인 것은 아니며, 염세주
의도 허무주의도 여러 종류가 있다. 여러 신학생들을 포함하는 이승우

334

소설의 주인공들은 분명 종교적 염세주의자들처럼 보이지만, 허무주의자들은 아니다.

염세주의는 이 세계가 고통, 혹은 악, 혹은 미망이라고 진단한다. 세계와 나는 병들어 있거나 타락했거나 기만적 환상이다. 그런 진단에서 세계와 자신의 치유를 위한 여러 처방이 나온다. 물론 치유가 불필요하다거나 불가능하다는 입장도 있을 수 있는데, 우리는 그러한 입장을 고려할 필요가 없을 것이다(왜냐하면 아무래도 좋다거나 어떻게 해도 소용없다는 입장은 더 이상 생각의 행위를 할 필요가 없게 만들기 때문이다). 처방은 세계를 향한 나의 실천적 삶의 태도와 연관될 것이다. 그런데 진단에서의 염세주의가 처방에서도 염세주의인 것은 아니다. 가장 염세주의적인 처방은 세계와 나를 버리라거나 거기에서 벗어나야 한다는 처방(가능한지조차 알 수 없는 완전한 자기포기나 무에 이르는 죽음의 가능성이나 이 세계에서의 삶과는 전혀 아무런 공통성도 없는 완전히 다른 별개의 삶으로의 초월이라는 극단적 처방)일 것이다. 그런데 이 처방의 문제는 '이 세계' 이외의 다른 세계, 혹은 '비−실존'의 영역이 있다는 가정이다. 도대체 '저 세계'는 어떤 세계인가? 절대적 허무의 세계인가? 혹은 절대자의 세계인가? 이념들의 세계인가?

이 세계와 아무 상관 없으며, 아무런 상호작용도 하지 않지 않으며, 원리상 결코 알 수 없는 세계의 바깥 혹은 "우리의 삶과는 도대체 관계없는 타자(他者)"(「연금술사의 춤」, p. 263)에 관한 질문은 「고산 지대」에 등장하는 논쟁적이고 급진적인 한 신학생에게는 무의미한 질문이다(따라서 이를테면 어떤 불가지적인 실재 혹은 물자체, 혹은 절대적 타자는 무의미할 것이다). 찬익이라는 이 신학생은 경건한 신비주의적 신앙생활에 몰입해 살아가는 몽크 김이라는 신학생에게 다음과 같은 비판을 한다.

뭐야, 그 친구. 루터 이전으로 역사를 되돌리겠다는 똥배짱인가? 프로테스탄트의 첨병들이 키워져 나가는 훈련소에 들어와서 웬 엉뚱한 수도승 흉내를…… 꼴사납게스리. (「고산 지대」, p. 87)

그 잘난 경건과 신비주의. **세상**은 불의와 부정과 어둠이 도도한 강물처럼 흘러 악취를 풍겨대는데, 그 훌륭한 수도원 담에 갇혀 눈 감고 **하늘**을 우러르겠다는 발상의 철면피를 어떻게 이해해야 할지. **감은 눈에 뭐가 보이지?** 하늘에 둥둥 떠다니는 구름이나 몇 잎 잡힐까? **눈을 떠야지.** (「고산 지대」, p. 88)

이 신학생은 **뜬 눈에 보이지 않는 "하늘"**과 **감은 눈에 보이지 않는 "세상"**을 대비시키고 있다. 하늘에 대비되는 것으로서 "세상"은 땅, 즉 지구다. 그리고 하늘이 위라면 땅은 아래다. 하늘과 땅, 위와 아래의 대비는 결국 신과 세계의 대비를 말한다. 이것은 찬익과 몽크 김 양쪽의 대립되는 태도에 대한 묘사에서 잘 드러난다.

한쪽은 신앙의 정치화에, 다른 한쪽은 정치적 무관심에 빠져 있었다. 한쪽은 다른 쪽을 향해 **'하나님 없는 세상'**에서 살고 있다고 비난했으며, 다른 한쪽은 상대방을 향해 **'세상 없는 하나님'**만을 숭배한다고 내몰았다. (「고산 지대」, p. 91)

소설이 묘사하는 신과 세계에 관한 이런 논쟁은 사실 신학생이 아닌 자, 혹은 의기양양한 확신에 차 있는 무신론자, 혹은 자신까지 포함한 모든 것의 존재를 회의하는 자에게는 공허한 말싸움처럼 보일 수도 있을 것이다. 왜냐하면 저 논쟁은 신과 세계의 존재 둘 다를, 혹은 어느 한쪽을 믿지 않는 자에게는 무의미할 것이기 때문이다. 특히 '신'과 '세계'라는 이름이 정확히 무엇을 의미하는지 양쪽 모두에게 분명하지 않은 것 같다. 어째서 위의 하늘은 세계가 아니고 아래의 땅(지구)만 세계인가? 어째서 눈에 보이는 것만 세계인가?

분명 찬익이라는 급진적인 신학생은 세계를 규정하고 판단하는 최고의 기준으로 가장 직접적이고 확실하다고 일상적으로 우리가 믿고 있는 **감각-지각** 혹은 **감각-경험**을 내세우고 있다. 즉 세상은 감각된 것이다. 세계의 실재는, 세계의 존재는 눈으로 보고, 귀로 듣고, 코로 냄새 맡고, 혀로 맛보고, 손으로 만질 수 있는 것의 총체다. 그렇게 할 수 없는 어떤 다른 존재가 있다면, 그 존재는 세계에 속한 것이 아니다. 이것이 찬익의 생각이다. 찬익의 이 '생각'은 감각된 것에 충실하고자 한다. **그러므로 그렇게 감각에만 충실한 한에서, 의식은 감각과 다를 바 없다.** 이러한 사고의 유형은 감각을 통한 관찰에 의해 획득된 자료와, 그것에 근거한 개연적이고 무모순적(혹은 논리적, 합리적)인 가설과, 그것에 근거한 실증적 실험을 통해 다시 한번 감각의 확증과 가설적 이론의 검증에 도달하는 것을 중요시하는 근대 자연과학이 발전시킨 의식의 유형과 매우 유사한 것이다. 이러한 유형의 의식이 갖는 삶의 태도는 아마도 실용적이고 합리적(?)인 경험론자의 태도일 것이다.

그러나 **경험**이란 무엇을 의미하는가? 「못」에서 산으로 기도를 하러 가는 아내에게 남편이 하는 말 속에는 경험이 갖는 다소 다른 의미가 드러난다.

나는 가끔 따졌다. 하필이면 왜 꼭 산이냐, 산에 올라가야만 기도에 효험이 생긴다는 발상은, 당신이 믿는 하나님의 **시청각 기능**을 의심하는 처사가 아니냐, 생각해보라, 산에 계신 하나님이 여기엔 없겠느냐, 그분은 **무소부재**하시고 **시공을 초월하여 편재**하시지 않느냐, 〔……〕 알다시피 하나님은 가장 가까운 곳에, 곧 당신과 나의 **대화 속에, 호흡 속에, 그리고 심령 속에 내재**하는 분이 아니냐, 하는 식의 나의 항변은 그녀가 신봉하는 **철통같은 경험론**에 의해 번번이 휴지처럼 구겨지고 말았다. **'겪어보지 않은 사람은 알지 못한다**'는 것이 그녀의 한결같은 응수였고, 하긴 그녀의 응수―겪어보지 않은 사람은 모른다―야말로 **신비주의의 기본 명제**에 마땅한 말이긴 했다. (「못」, p. 135)

이 남편의 말에 의하면, "신비주의"는 "경험"에 기초한다. 그런데 우리가 앞에서 이야기한 바에 따르면, 근대적 자연과학자 또한 경험에 기초하며, 어떤 급진적 정치신학의 신봉자 또한 경험에 기초한다. 모두가 경험에 기초하고 있지만, 그럼에도 서로에 대해 대립적이라면, 경험이라는 말은 서로 완전히 이질적인 의미들을 함축하고 있는 것이다. 그렇다면 이들이 말하는 경험은 일의적univocal이지 않고 다의적equivocal일 것이다. 모두가 '경험'이라는 같은 소리를 내고 있지만, 모두가 다른 의미(의향)에서 그것을 말하고 있다. 모든 논쟁이나 대화는 서로 동의할 수 있는 공통의 토대를 필요로 한다. 그런데 자기 주장의 정당성을 모두 경험에서 찾으면서도, 정작 그 경험이란 것이 서로에게 완전히 다른 것을 의미한다면, 소통은 불가능하며 불필요하다. 「못」에 등장하는 남편과 아내, 「고산 지대」에 등장하는 찬익과 몽크 김 사이의 인용된 대화는 그렇게 평행선을 달리는 종류의 소통(?)이다. 즉 아무도 설득할 수 없고 설득당할 수도 없는 상태, 즉 결코 서로의 안으로 상호 침투할 수 없도록 확고한 장애물을 자기 앞에 세워둔 상태에서 각자의 주관적 경험에 호소하는 것이다. 이때의 경험이 갖는 성격은 **일회적 주관성, 혹은 다른 사람은 물론 자신에게도 동일하게 재현될 수 없는 파토스(겪음)**다.

그런데 경험이 주관적이라는 말은 매우 이상하게 들린다. 왜냐하면

찬익의 의식과 유사한 근대과학의 의식이 감각-경험 혹은 감각-지각에 호소하는 것은 결국 감각을 통해 경험될 수 있는 것의 직접적 객관성에 호소하는 것이기 때문이다. 이때의 경험, 즉 감각을 통한 지각의 경험은 객관적인 경험이라는 것이다(물론 객관성을 내세우는 어떤 이론적 주장 중에는 감각에 기초하고 있는 척하면서 사실은 전혀 감각될 수 없고 오직 상상적으로 추정될 수밖에 없는 어떤 것에 기초하고 있는 논변들이 발견되는데, 그런 경우 객관성은 결국 합리성이 될 것이며, 그래서 논리적 타당성을 강조할 것인데, 그러나 결코 무시될 수 없는 이 논리적 형식이 아무리 정확하고 타당하다 하더라도, 그것이 기초하고 있는 경험적 내용이 충분하고 적절하지 않다면 소용없는 일이다). 그들의 전제는 우리가 경험, 지각이라고 부르는 복잡하고 미묘한 어떤 것이 결국 남김없이 감각으로 환원된다는 것이며(혹은 설령 환원되지 않는다 하더라도, 그렇게 감각 속으로 들어올 수 없는 것은 이 세계에서 아무 소용도 없다는 것이며), 그런 한에서 감각-지각은 객관적이라는 것이다. 그런데 모든 경험이 감각-경험으로 환원될 수 있는가? 모든 지각이 감각-지각으로 환원될 수 있는가? 그렇다면, 그렇게 환원되지 않는 모든 것은 환상, 신기루, 추상, 허위인가?

그럴 수도, 그렇지 않을 수도 있다. 그러나 분명 앞의 인용문에서 말하는 "무소부재"하며, "시공을 초월하여 편재"하며, "당신과 나의 대화 속에, 호흡 속에, 그리고 심령 속에 내재"하는 존재는 감각-지각, 혹은 감각-경험으로 접근 가능한 존재는 아니다. 하지만 그렇다고 해서, 즉 감각적 의식 앞에 현전하지 않는다고 해서, 경험될 수 없거나 지각될 수 없다고 단정할 수는 없다. 지각된 것이 감각된 것으로 남김없이 환원되지 않을 뿐만 아니라, 경험과 지각의 능력이 언제, 어디서나, 모두에게 동일하지도 않으며, 또한 한 사람의 지각능력이 언제나 불변하는 것도 아니어서 발전하지 말라는 법은 없기 때문이다. 그것은 마치 눈이 보이지 않는 사람이 시각능력을 조금이라도 되찾아 이전에는 볼 수 없었던 것을 볼 수도 있고, 시각능력을 가졌어도 적절한 빛이 있는 곳에서야 볼 수 있으며, 동일한 빛과 시각능력이 주어졌어도 어떤 사람이 이전에는 볼 수 없었던 것을 이후에야 볼 수 있는 경우가 있고, 혹은 어떤 사람이 볼 수 없는 것을 다른 사람은 볼 수 있는 경우(종교적 계시뿐만 아니라 과학이나 예술에서도 발생하는 직관적 발견이나 인지적 지각의 경우)가 있는 것과 같다(우리가 창작, 탄생, 창조성, 즉 새로움의 출현을 인정해야 한다면, 그것은 이전에 감각-경험될 수 없었던 것이고, 따라서 지각-경험이 감각으로 모두 환원되지 않는다는 것을 인정해야 할 것이다!). 따라서 앞의 인용문에서 말하는 신비주의자의 경험은 결국 **감각적 의식에 한정되지 않는 지각-경험**을 의미할 것이다. 그렇다면 문제는 이것이다. 그러한 지각-경험은 오직 주관적인 것일 뿐인가? 만일 그 경험이 주관적일 뿐이라면, 그것이 착각이나 허위가 아님을 어떻게 알 수 있는가? 분명한 것은 지각된 것이 외부로부터 받아들여진 것이라면, 정확히 그 측면에서 객체적인 성격을 가진다는 것이며, 우리는 그것에 대해서 착각이나 허위의 산물이라고 말할 수 없다는 것이다. 그래서 어떤 느낌들이나 의지들은 감각적이지 않으며, 또한 주관적(자의적)이기만 한 것이 아닐 수 있다.

이승우의 소설이 함축하고 있는 이런 질문들의 고찰을 계속하기 위하여, 이제 이 소설집의 표제작인 「일식에 대하여」 속으로 들어가보아야 하는데, 그 전에 「연금술사의 춤」에서 발견되는 문장들을 이해하려는 시도가 필요하다.

> 보이는 것이 전부가 아니오. 아니, 보이는 세계는 참된 세계가
> **아니오. 참된 세계는 현상의 이면에 숨어 있는 것, 곧 상징의 세계**이
> 고 은유의 세계이고 초월의 세계요. (「연금술사의 춤」, p. 249)

우리는 여기서 세계에 대한 다른 태도를 발견한다. 이제 세계는 "보이는 세계"가 아니다. "참된 세계"는 감각된 세계가 아니다. 세계는 "현상의 이면에 숨어 있는 것"이다. 그런데 이런 표현은 마치 세계가 "현상"과 무관한 것이라고 말하는 것처럼 들린다. 그러나 우리는 오해라고 할지라도 그렇게 이해하지 않을 것이다. 왜냐하면 앞에서도 잠깐 언급했듯이, 이승우의 소설이 분명하게 함축하고 있는 위(하늘)와 아래(땅)의 유비에 기초한 "상징"의 관점에서 현상이 파악될 수 있기 위해서는 감각된 것에 한정되지 않는 지각의 내용이 현상 자체 속에 먼저 있어야 하기 때문이다. 현상의 이면에 숨어 있는 것을 인지하는 것은 우선 현상 자체의 지각을 통해서 가능하다. 이것은 우리가 이승우의 소설들이 숨기고 있는 의미를 인지하기 위해서 우선 이 텍스트 자체를 지각해야 하는 것과 같으며, 성서에 대한 지각-경험이 없는 신학생이 성서 해석을 할 수 없는 것과 같다. 이런 관점에서 「일식에 대하여」의 이면에 숨어 있는 것에 접근할 수 있다.

일식은 자연현상이며, 이 자연의 현상 자체가 어떤 것이 자연적으로 감추어지는 현상이다. 그러므로 "참된 세계가 현상의 이면에 숨어 있는 것"이며 현상이 "상징"으로 파악되어야 한다면, 일식은 그렇게 현상이 무언가를 숨기고 있을 수 있다는 사태를 내보여주는 대표적 현상, 매우 특별한 의미를 함축하는 현상이다. 그런데 이 현상의 이면에 숨어 있는 것은 해다. 말하자면 '숨어 있는 해'는 참된 세계의 전형, 범례적 존재를 대표하고 있다. 그러므로 '드러나 있는 해'는 숨겨지면서 드러나는 해다. 드러난 해가 상징이라면, 숨어 있는 해는 그 상징의 의미다. 그런데 상징은 의미와 동떨어져 있는 것이 아니라 의미와의 관계 속에서 바로 그 의미를 표현한다. 그리고 해의 상징과 의미가 분열되어 나타나는 것은 해의 탓이 아니라 그렇게 분열시키는 우리 탓일 것이다. 즉 해가 스스로를 감추기 때문에 일식이 관찰되는 것이 아니라, 달과 지구가 해를 향하는 특정한 방식 때문에 일식이 관찰되듯, 우리의 감각-의식이 작동하는 특정한 방식 때문에 현상이 상징으로 파악되지 못할 것이며, 상징으로 파악된다고 하더라도 의미와의 관계 속에서 파악되지 못할 것이다. 요컨대, 우리의 감각-경험이 붙잡는 감각-자료들 속에서 '관계'나 '의미'는 빠져나가버린다. 이것은 마치 우리가 손으로 햇빛을 붙잡을 수 없는 것과 같다. 바로 이러한 맥락에서 「연금술사의 춤」에서 묘사되는 다음과 같은 장면이 이해될 수 있다.

> 방 **안에 햇빛의 침투를 받아들일 만한 틈**이 있었던가. **달걀만 한 크기의 햇빛 한 덩어리**가 피뢰침을 만지작거리는 그의 손등에 앉아 **장난질**을 치고 있는 게 보였다. 아니, 장난질을 치고 있는 건 공본영 씨 쪽이었다. 그는 **닭**을 구석으로 몰아놓고 덮치듯 **신중하게** 왼손을 들어 햇빛을 눌렀다. 그러면 닭은 폴짝 뛰어 그의 왼손에 올라앉는다. 이번엔 오른손이 왼손을 내리친다. 다시 손을 바꾼다. 손보다 닭이 빠르다. 그는 번번이 **실패**한다. 그러지 않을 수 없었다. **흡사 기체처럼 풀어져 자유롭게 왕래하는 닭**을 그가 당해낼 재간이 있을 리 없었다. 한데도 그는 그걸 전혀 모른다는 듯 그 짓을 반복했다. 가슴이 서늘해졌다. 그의 반복되는 손놀림에서 문득 그를 찍어 누르고 있는 **단단한 절망**을 엿본 것 같았다. (「연금술사의 춤」, p. 269)

공본영 씨는 햇빛을 붙잡고자 하는 시도를 반복하지만 실패하고 있다. 이 실패는 햇빛 탓인가, 공본영 씨 탓인가? 분명 공본영 씨, 즉 지각의 능력을 갖는 한 인간 탓이다. 그는 분명 햇빛을 인지적으로 지각할 수 있는 능력이 있다. 그런데 그것을 붙잡는 능력은 어디서 찾을

342

수 있는가? 손으로 붙잡는 것은 실패했다. 손의 파악-지각능력은 자신이 지각하고자 하는 존재인 햇빛에 적합하지 않은 지각능력이다. 감각의 측면에서 보면, 눈만이 그것을 붙잡을 수 있는 것 같지만, 공본영 씨는 보이는 세계가 참된 세계가 아니라고 했고, 또한 과연 눈이 '햇빛 자체'(즉 햇빛을 햇빛이게 하는 바로 그것)를 붙잡을 수 있는 능력을 가졌는지도 확실하지 않다. 그렇다면, 햇빛을 붙잡는 것은 어떻게 가능하며, 그렇게 붙잡는다는 것의 의미는 무엇이고 붙잡고자 하는 이유는 무엇인가? 이 질문은 대단히 의미심장한 질문으로 나타나지만, 만족스러운 대답이 보이지 않고 있으며, 이것은 마치 관찰자와의 관계에 따라 입자로도 나타나고 파동으로도 나타난다고 하는 빛에 관한 양자역학적 설명처럼 아리송해 보인다. 그리고 왜 이 소설은 햇빛을 "달걀"과 "닭"에 비유하고 있는가? 이 날지 않는 새, 말하자면 이 무거운 새가 매일 떠오르는 해를 예감하며 어둠 속에서 잠을 깨우는 힘찬 소리를 방출하는 것을 보면 해와의 어떤 유사성이 감지되기 때문에? 아니면, 닭이 먼저냐 달걀이 먼저냐, 하는 창조의 문제와 태양이 어떤 관련성을 가지기 때문에? 아무튼, 햇빛을 붙잡는다는 것은 손으로 거칠게 움켜쥐는 것이 아니며, 눈으로만 보는 것도 아니다. 그것은 소설의 표현에 의하면 "안"으로 "받아들"이는 활동을 의미하는 것처럼 보이며, 또한 그렇게 받아들여진 것과 동화되거나 융합하는 것을 의미하는 것처럼 보인다. 따라서 이 능동적 수용 활동에서 '주체'는 '객체'와 결합하여 변형될 것인데, 아마도 바로 이것을 실현시키는 작업을 반복적으로 실패하고 있기에, 공본영 씨는 "단단한 절망"을 품고 있을 것이다. 그래서 공본영 씨의 놀이, 혹은 작업은 "장난질"로 끝날 수밖에 없었을 것이다. 그런데 "자유롭게 왕래하는" 햇빛을 붙잡을 수 있다는 것을 보여주는 것은 아마도 식물일 것이다. 식물은 광합성, 혹은 탄소동화작용을 통해서, 말하자면, 햇빛을 붙잡는다. 그렇다면 동물은? 광물은? 결정적으로, 인간은? 햇빛을 붙잡은 식물을 먹거나, 그 식물을 먹은 동물을 먹기만 하면 되는가? 이러한 질문 속에 내재된, 해결의 '노력'을 요구하는 '문제들'이 이승우 소설집의 끝에 있는 「연금술사의 춤」과 시작에 있는 「일식에 대하여」의 중요한 주제를 형성하고 있다.

「일식에 대하여」에서 핵심적인 것은 알레고리적으로 표현된 '가려진 태양'과 연관되는 아버지(그리고 어머니)와 아들(그리고 아들의 연인) 사이의 관계다. 이와 연관된 맥락에서, 「유산일지」에서도 아버지와 아들, 그리고 어머니 사이의 관계에 대한 묘사가 중요하게 부각되어 있다. 우리는 여기서 너무나 자주 감각-경험적으로만 단순화시켜 이해되는 소위 '가족 삼각형'이라는 관계의 도식을 재인식하려고만 해서는 안 된다. 앞에서도 말했듯이, 위(하늘)와 아래(땅)의 유비적 관계 혹은 관계적 유비에 기초한 세계-경험에서 '**아버지**'는 아버지들과 연관을 가지면서도 분명하게 구분되어야 한다. 그것이 '닮았다'라는 '문제적 규정'을 충족시키는 단서다.

> **아버지들은 닮았다.** 〔……〕 자신의 삶의 일부여서 함부로 제거하거나 도려내거나 할 수 없다. 나와 상관없다고 할 수 없다. 〔……〕 **아버지**로부터 벗어날 수는 없다. 때때로 아주 잠깐, 혼신의 힘을 다해 그를 **가릴 수 있을 뿐**이다. (「일식에 대하여」, p. 78)

이 인용문을 통해서 유추할 수 있는 것은 "일식"이란 "**아버지**"가 가려지는 사건, 감추어지는 사건, 망각되는 사건의 알레고리라는 것이다. 소설에 의하면, 아버지는 분명 이 세계 속에 존재한다. 그런데 그 존재의 사실이 부정되며, 그래서 그 존재가 감추어진다. 그렇게 해서, 아버지의 존재가 망각되며, 더 나아가 그 망각의 사실마저도 망각되기에, 감추어진 존재는 이제 사라진 존재, 없는 존재, 부재하는 존재가 된다. 「유산일지」에 등장하는 주인공 아들에게 아버지는 그렇게 이 세계에 부재하는 아버지다. 그러나 주인공의 어머니는 아버지의 부재를 믿지 않으며, 어머니의 삶의 의미는 부재하는 아버지를 기다리는 데 있다.

> 어머니의 일생은, 과장 없이 온통 아버지를 기다리는 데 바쳐졌다. 〔……〕 어머니에게 있어 그 기다림은 그저 **이 박토 같은 세상**에서 당신이 삶을 영위해나가기 위해 필사적으로 의지해야 했던 눈물겨운 구실이 아니었을까. **그 기다림을 포기하는 것은, 그리하여 아버지의 부재를 사실로 인정하는 것은 결국 자신의 삶을 포기하는 것이 되고, 그것은 곧 자신의 부재와 연결된다고**, 그렇기 때문에 아버지에 대한 무모한 기다림을 필사적으로 그러쥐고 있어야 한다고 다짐했던 것이 아니었겠는가, 하는 생각이 거부할 수 없는 설득력을 동반하고 엄습할 때가 있다. (「유산일지」, pp. 176~77)

이승우의 소설들이 지속적으로 표현하고 있는 관계적 존재들인 아버지, 어머니, 아이와 연관된 알레고리들 속에서 우리는 신, 자연, 인간의 의미를 찾아가는 탐구의 노력을 발견한다. 그 의미 찾기에서 부각되는 것은 세계(자연과 인간)를 이해하는 여러 상충하는 입장들이며, 그 이해가 기초하고 있는 세계-경험의 여러 양상들이다. 그런데 이 세계-경험의 전체는 우리의 감각-의식의 내용으로 남김없이 환원되지 않는다. 그리고 지각의 경험과 생각의 경험이 모두 정확한 확실성을 지닌 지식(인식)이 되지도 않는다. 즉 순수한 경험은 모호하게 숨겨져 있으며, 지식이 궁극적으로 기초하고 있는 것은 감각-의식으로 설명되지 않는 어떤 근거에 대한 믿음, 가령 어떤 질서, 통일성, 합목적성, 법칙성, 사건들의 패턴, 구조, 혹은 영원히 보존되는 에너지 등에 관한 작위적이거나 당위적인 여러 믿음(전제)이다. 그런 면에서, 앞에서 언급했던 라이프니츠의 낙천주의는 자의적 믿음에 기초한 추상적 희망이 아니었을 것이다. 그것은 지식이 믿음에 기초해 있다는 사실의 긍정이었을 것이다.

「연금술사의 춤」에서도 묘사되는 종교와 과학의 대립이 보여주는 것처럼, 믿음과 지식을 화해시키는 일은 아직도 해결의 노력을 요구하고 있는 오래된 과제였다. 그 과제를 수행하기 위해 중세의 신학자들(이를테면, 토마스 아퀴나스 등)은 경건하고 진지하게 평생을 노력했다. 이승우 소설에 등장하는 신학생들을 포함하는 여러 주인공들 또한 양태는 다르지만 그러한 문제(과제)에 붙잡혀 있다. 이승우의 소설들은 은총(기적)과 기도(노력), 계시와 지식의 결합이 이 세계에서 실현되는 것이 가능한지를 묻게 만든다. 여기서 중요한 것은 물리적이거나 신체적인 노력에 의한 감각—세계의 변화만이 행위의 노력에 속한 것이 아니며, 오히려 그것에 동시적이거나 선행하는 것이 있어야 하고, 그것이 정신적 사유의 의지적 노력이자 세계의 깊이를 이해하고자 하는 실천적 해석—활동이라고 할 때, 그것은 더욱 본질적인 의미에서 '행위'라는 것이다. 그러므로 「고산 지대」에서 묘사되듯 해석과 실천, 혹은 해석과 비판을 대립시켜 전자를 비난하는 급진적 태도는 이미 시작에서 이상의 실현을 막는 장애물을 설치하는 행동과 다를 바 없을 것이다.

새로운 생명의 부활을 꿈꾸었던 중세의 연금술사들은 '온화함'과 '인내'를 강조했었다. 그들처럼 "비현실이 현실이 될 날을 꿈"꾸고 "무력이 능력이 될 날을 기다"리는 이승우 소설 속의 인물들이 상호 대립되는 세계—경험의 양상들 앞에서 해야 했던 말은 다음과 같았을 것이다. "부활에 대한 믿음이 있는 자는 죽음을 두려워하지 않을 수 있습니다. 딱딱한 것과 싸우기 위해 딱딱해지지 말자는 말입니다"(「못」, p. 155).

[2012]

죽을 수밖에 없는 인간의 운명에 대한 몽상[1]

아주 오래된 물음들, 혹은 요구들이 있다. 나는 누구인가? 너 자신을 알라. 인간이란 무엇인가? 그런데 이런 물음들, 문제들은 문제 자체에 과도한 중요성이 부과되었거나 문제 자체가 잘못 제기된 것이 아니냐는 의혹을 자주 받아왔다. 특히 '인간'이라는 주제는 의혹을 넘어 공격의 대상이 되기도 한다. 인간중심주의라고 말이다. 혹은, '인간'이라는 것은 동일성에 갇힌 사유가 분류나 명명을 위해 집착하고 있는 재현의 범주에 지나지 않는다는 주장도 있었다. 이를테면, 수십 년 전에 푸코는 『말과 사물』에서 니체가 말한 신의 죽음이 인간의 사라짐(인간의 죽음)과 같은 뜻을 지닌다고 하면서, 그럼에도 여전히 인간에 집착하고 있는 사유에 대해 소위 철학적 웃음으로 대답할 수밖에 없다고 했었다.[2] 그러나 이때 '사라짐'이나 '죽음'이라는 낱말은 '신'이나 '인간'이라는 낱말처럼 온전히 이해될 수 없는 모호한 어둠을 내포하고 있는 것이 아닌가? 그리고 '웃음'이 가능한 이유는 여전히 인간적 영역 안에서 움직일 수밖에 없기 때문이 아닌가?

'인간'에 대한 부정적인 입장들을 상기하는 일은 정찬의 『정결한 집』

---

1 이 글은 정찬, 『정결한 집』(문학과지성사, 2013)에 실렸던 졸렬한 해설이다. 이하 인용문은 모두 이 책에서 가져온 것이다.

2 미셸 푸코, 『말과 사물』, 이규현 옮김, 민음사, 2012, pp. 468~69.

(문학과지성사, 2013)을 구성하는 소설들을 이해하기 위한 준비로서 꼭 필요한 것이다. 왜냐하면 정찬의 소설들에서 '인간'에 대한 문제는 사라진 문제거나 사소한 문제가 아니라 끊임없이 의미심장한 중요성을 보여주고 있는 문제며, 그래서 '인간'에 대한 모든 비판적 이해들에 의해 부정적으로 만들어진 선입견들이 정찬의 소설에 대한 이해를 가로막을 수도 있기 때문이다. 정찬의 소설들을 이해하기 위해서는 그러한 부정적 선입견들과의 거리를 유지할 필요가 있다. 카프카의 소설을 연상시키는 소설인 「학술원에 드리는 보고」에 나오는 침팬지의 글 일부분을 읽어보자.

> 제가 죽음의 심연에 얼굴을 처박지 않았던 것은 저에 대한 의문이 그만큼 컸기 때문입니다. 제가 누구인지 알기 위해서는 인간을 알아야 했고, 인간을 알기 위해서는 인간의 언어를 습득해야 했습니다. 〔……〕 빨간 피터의 말을 빌려 이 자리에서 고백하자면, 저는 제가 도달하려고 한 곳에 아직 도달하지 못했습니다. '내가 누구인가?'에 대한 답을 구하지 못했기 때문입니다. 답을 구하려면 인간을 먼저 알아야 하는데, 알면 알수록 오히려 더 알 수 없는 존재가 되어버리는 것이 인간임을 언젠가부터 깨닫기 시작했습니다. 입안으로 끊임없이 음식을 밀어 넣으면서도 허기를 끊임없이 느끼는 인간의 모습을 어떻게 이해해야 할지 정말 모르겠습니다. (「학술원에 드리는 보고」, pp. 254~55)

이 글에서 묘사되는 인간은 "알면 알수록 오히려 더 알 수 없는 존재"며, 혹은 만족을 모르는 속성 때문에 '이해하기 어려운 존재'다. 여기서 인간은 앎, 인식(지식)의 관점에서 이야기되고 있으며, 그 앎 속으로 들어오지 못하고 있는 것은 만족에 도달하지 못하는 인간 욕망의

348

정체다. 그래서 인간에 대한 물음은 곧 욕망에 대한 물음인 것처럼 보인다. 말하자면 욕망의 불만족, 혹은 욕망의 절망(혹은 희망), 혹은 욕망의 고통(혹은 쾌락)에 대한 물음처럼 보인다. 그러나 인간에 대한 문제를 욕망의 문제로 바꿔놓는 일은 전체를 부분으로 대체하는 것이다. 인간은 욕망만으로 이루어진 존재가 아니기 때문이다. 인간을 욕망에 한정시켜 이야기하는 것은 인간이 보여주는 전체상을 놓치게 만들 수 있다. 오히려 정찬의 소설들 속에서 강조되는 인간의 모습은 고대부터 알려진 유명한 명제와 함께 나타난다. 그에 따르면, 인간은 '죽을 수밖에 없는 운명의 존재'다.

> 길가메쉬가 딜문에 간 것은 죽을 수밖에 없는 인간의 운명을 극복하기 위해서였다. 하지만 딜문에서 그가 깨달은 것은 죽을 수밖에 없는 자신의 존재성이었다. (「음유시인의 갈대 펜」, p. 197)

> 나, 오디세우스는 죽을 수밖에 없는 운명을 짊어진 인간이었다. (「세이렌의 노래」, p. 158)

호메로스의 서사시와 고대 그리스의 비극에서부터 하이데거의 『존재와 시간』에 이르기까지 인간은 거의 언제나 사멸할 운명 앞에 서 있는 존재자로 규정되어왔다. 죽음이란 엄밀한 앎을 추구하는 모든 사람들이 바라마지않는 필연성과 확실성을 지니고 실현되고야 마는 운명이다. 그렇기에 여기서 강조점은 죽음에서 운명으로 이동한다. 운명이 죽음을 규정한다. 어떤 예외도 허용하지 않는 강제적 필연성을 죽음에 부여하며, 불가항력적이고 비극적인 고통의 색채를 죽음에 부여하는 것은 다름 아닌 운명이다. 이때 운명은 무자비하게 관철되는 법칙이나 확고하게 유지되는 질서의 관념을 표현하고 있는 것처럼 보이기에 엄밀한 논리를 따르는 학이나 이론에 어울리는 주제처럼 보인다. 그러나 「세이렌의 노래」에서도 볼 수 있듯이 운명이란 '시인의 노래'라는 예술적 행위의 주제이기도 하며, 이 소설의 표현에 의하면, 운명이란 '인간의 가장 오래된 고통'이다.

노래는 어둠에 싸인 인간의 운명을 대지와 하늘에 드러내는 행위다. 그러므로 노래를 하려면 인간의 운명을 들여다보아야 한다. 인간은 스스로 운명을 들여다볼 수 없다. 신만이 인간의 운명을 들여다본다. 노래를 하기 위해서는 신의 시선을 가져야 하는 까닭이 여기에 있다. 신의 시선을 가진 인간을 일컬어 시인이라고 했다. (「세이렌의 노래」, p. 157)

그것은 자신이 죽는다는 사실 앞에서 가슴을 찢으며 부르는 노래였다. 〔……〕 세계가 지옥이라면, 그것은 운명이 만드는 지옥이었다. 운명은 인간의 가장 오래된 고통이었다. 운명 앞에서 떨며 견뎌야 하는 존재가 인간임을 오래전부터 알고 있었다. 그럼에도 운명 앞에서 언제나 막막했다. (같은 글, p. 168)

신의 시선을 가진 인간? 운명을 들여다본다? 왜 인간의 운명과 관련해서 '시선' 혹은 '들여다본다'라는 사태가 중요해지는가? 여기에서 인간의 운명을 매개로 이론적 앎과 예술적 행위가 공통적으로 참여하고 있는 어떤 활동의 영역이 드러나는 것은 아닌가? 왜냐하면 이론적 앎과 예술적 행위에서 중요한 활동이 기억이건 상상이건 추론이건, 그 발생적 측면에서 양쪽 모두에서 무시될 수 없는 것은 순수한 봄, 혹은 직관이기 때문이다. 이론theory의 어원인 테오리아theoria가 의미하는 것이 바로 그러한 내관(內觀)적 관상(觀想) 혹은 직관(直觀)이다. 즉 테

350

오리아란 관(觀)을 의미하며, 관이란 진정한 의미에서의 '봄' 혹은 탁월하게 볼 수 있는 능력과 연관되어 있다. 이러한 '볼 수 있는 능력'과 운명과의 연관은 「음유시인의 갈대 펜」에서 필연과 우연의 구분과 함께 이야기된다.

> 운명이 무엇이지요? 대부분의 인간들은 운명이 다가와 덮치기 전에는 운명의 형태를 알지 못합니다. 그리스인들은 운명을 신들조차 어떻게 할 수 없는 우주의 질서라고 믿고 있습니다. 이 부분에서는 신과 인간의 차이가 없습니다. 신과 인간의 차이는 운명을 볼 수 있는 능력에서 나타납니다. 신의 눈에는 인간의 운명이 환히 보입니다. 운명이 어떤 형태로 흘러가는지 눈에 환히 보이기에 그것은 필연입니다. 신에게 인간의 운명은 필연이지요. 하지만 운명을 볼 수 없는 인간의 입장에서는 운명은 우연입니다. (「음유시인의 갈대 펜」, p. 221)

소설 속 음유시인의 이와 같은 말에는 운명이 갖는 확고한 우위가 표현되어 있다. "볼 수 있는 능력"을 가진 자에게 필연이나 우연은 운명을 지칭하는 다른 표현일 뿐이다. 그리고 "운명의 종착지는 죽음"(같은 글, p. 225)이다. 언제, 어디, 어떤 방식의 죽음이건 죽음에 이른다는 사실 자체는 확정적이다. 삶은 유한하며 끝, 한계를 갖는다. 그런데 이 사실을 모든 인간이 긍정적으로 받아들이고 있는가?

모든 인간은 죽는다는 것만큼 자명한 명제는 없는 것 같다. 논리의 기초에서 귀납에 대해 말할 때 자주 등장하는 예를 생각해보자. 소크라테스는 죽었다, 플라톤은 죽었다, 아리스토텔레스는 죽었다…… 그런데 이들은 모두 사람이다, 고로 모든 사람은 죽는다. 이렇게 해서 얻어진 명제를 이제 연역을 위한 참인 전제로 사용한다. 모든 사람은 죽는다, 그런데 소크라테스는 사람이다, 고로 소크라테스는 죽는다. 이런 자명한 명제를 부정하는 인간은 불로장생 혹은 장생불사의 영약을 만들어 신선과 같은 존재가 될 수 있다는 발상을 견지하는 인간이 아닌가? 그런 황당무계한 미신(?)만큼 비과학적이고 비논리적인 것은 없는 것 같다. 그러나 다른 한편으로 과학의 발전을 통해 모든 불치병이 사라지고 수명이 한없이 연장될 수 있다는 생각을 하는 사람들은 은근히 안 그런 척하면서 불사를 향한 욕망을 간직하고 있는 것이 아닌가? 그들은 죽을 수밖에 없는 인간의 운명을 부정하고 있는 것이 아닌가?

그러고 보면 사실 귀납을 통해 얻어진 '모든 인간은 죽는다'라는 명제도 절대적 필연성을 갖는 확실한 것이 아니다. 과거의 모든 인간이 죽었다고 해서 미래의 모든 인간도 죽으라는 법은 없기 때문이다! 모든 인간은 죽는다는 명제의 확실성은 그야말로 모든 인간이 죽고 나서야 얻어질 수 있는 확실성이다! 그러므로 비약해서 말한다면 어떤 인간은 안 죽을 수도 있다! 그렇지만 이러한 비약은 정찬의 소설들에서 반복적으로 묘사되는, 죽을 수밖에 없는 인간의 운명이 함축하는 의미를 외면하는 것이다. 즉 설령 죽음을 극복할 수 있다고 하더라도, 그것이 곧 운명을 극복할 수 있다거나 운명을 벗어날 수 있다는 것을 의미하지는 않는다는 것이다. 왜냐하면 불사하는 신들조차 운명을 어떻게 할 수 없다고 이야기되고 있기 때문이다. 죽음도 죽지 않음(혹은 죽지 못함)도, 필연도 우연도 전부 운명의 영향력 안에 있다. 그러나 이러한 운명의 우위가 근대의 철학이나 과학이 보여주었던 기계론적 결정론을 의미하는 것은 아니며, 전근대적인 숙명론을 의미하는 것도 아니다.

정찬의 소설들이 이야기하는, 죽을 수밖에 없는 인간의 운명이라는 표현 속에는 종교적이고 도덕적인 함축들이 발견된다. 여기서 이야기되는 운명이란 단순한 긍정이나 부정의 대상이 아니며, 그것은 개인의 차원에서만 생각될 수 없는 섭리에 속하는 것이다. 그의 소설들은 이해할 수 없는 미지의 섭리와 괴로운 도덕적 선택(자유의지) 사이에서 방황하는 인물들의 내면적 갈등을 세심하게 다루고 있다. 「정결한 집」이나 「흔들의자」에서 볼 수 있듯이, 일상적 현실에서 발생하는 자살과 살인 같은 충격적 사건들을 소설화하면서 부각되는 것은 모든 인간에게 죽음이 주고 있는 가능성과 불가능성의 문제다. 인간에게 죽음은 어떤 경우에는 죽을 수 있음, 심지어 죽일 수 있음까지도 의미할 수 있으며, 또한 죽을 수 없음, 혹은 죽일 수 없음도 의미할 수 있다. 자기와 타자의 존재 가능성과 불가능성, 긍정과 부정의 양쪽 모두를 고려하는 가운데 죽음을 예감하고 준비하며 기다릴 수 있다는 측면에서 보자면, 온전한 의미에서의 죽음이란 인간에게만 주어질 수 있는 것이며, 죽을 수밖에 없는 운명은 인간에게만 경험되는 사건일 수 있다. 운명처럼, 인간에게는 죽음 또한 단순한 긍정의 대상이나 부정의 대상이 아닌 것으로 나타난다. 여기에는 온전히 그 의미를 파악하기 힘든 죽음과 죄(악)의 불가해성이 놓여 있다. 이를테면 「정결한 집」의 어머니와 아들 사이에서 일어난 비극적 사건을 어떻게 이해해야 하는가? 그 사건이 발생하기까지의 모든 가시적이고 비가시적인 영향력들의 복잡하고도 미묘한 관계를 모조리 파악하는 것은 불가능해 보이지만, 이 소설은 그 사건이 일어나기 전의 아들의 내면을 다음과 같이 묘사하고 있다.

소년은 비로소 자신이 독자적으로 존재하는 것이 아니라는 사실을 깨달았다. 어머니의 일부로서 존재했다. 어머니의 몸속에 파묻혀 있는 느낌까지 들었다. 소년은 시체놀이를 하면서 생각의 회로를 약간 바꾸었다. 시체가 된다는 것은 '나'를 죽이는 행위다. '나'는 어머니의 일부다. 그러므로 어머니를 죽이지 않으면 '나'를 죽일 수 없다. 그러자 야릇한 쾌감이 일었다. 어머니를 죽인다는 즐거움이었다. 하지만 어머니를 죽이는 일은 쉽지 않았다. 어머니는 소년

을 집어삼킨 거대한 괴물인가 하면, 어린 아들을 품에 안은 성모이기도 했다. (「정결한 집」, p. 19)

　소년의 내면에서 소년 자신과 어머니는 죽음의 가능성(죽을 수 있음과 죽일 수 있음)과 불가능성(죽을 수 없음과 죽일 수 없음) 사이에서 분열된 모습(독자적 존재와 관계적 존재, 괴물과 성모)으로 나타나고 있다. 이 분열의 양상을 이야기하면서 강조되는 것은 소년과 어머니가 관계적 존재로서 공유하고 있는 죽음의 운명이다. 이때의 운명은 모든 인간은 죽는다와 같은 일반적이고 추상적인 운명을 의미하지 않는다. 혹은 죽음은 그때 거기서 그렇게 일어날 수밖에 없었다는 결정론을 함축하는 운명을 뜻하는 것도 아니다. 운명 속에는 분명 자유의 계기가 포함되어 있어야 하며, 자유란 독자적 존재와 관계적 존재의 양립 가능성이 드러내는 이율배반을 극복하는 활동에 붙여진 이름일 것이다. 이 사건의 비극적 특징은 어머니와 아들 어느 쪽도 그 이율배반을 받아들일 수 없었기에 누구도 독자적 존재가 아니었으며, 그렇기에 진정한 관계적 존재도 될 수 없었고, 그렇기에 누구도 자유롭지 못했으며, 그렇기에 개별성이 지워진 죽음의 운명 속에서만 불가능한 자유를 찾을 수밖에 없었다는 사태에 놓여 있는 것이 아닌가?

　비극적 운명의 문제는 「정결한 집」에 등장하는 어머니와 아들에만 국한된 문제일 수 없다. 인간의 비극적 운명은 개인과 가족을 넘어 민족, 국가의 문제로 확대된다. 누구도 쉽게 벗어날 수 없는 이 문제의 심각성을 끔찍하게 보여주고 있는 것이 바로 전쟁이다. 「오래된 몽상」에서 이 전쟁의 문제에 접근하는 방식은 매우 인상적인데, 여기서 드러나는 것은 전쟁이 갖는 종교적 특성이며 또한 개인, 가족, 민족, 국가를 분리시켜 생각하는 일의 어려움이다. 그리고 「오래된 몽상」에서 형상화되고 있는 전쟁의 문제가 죽을 수밖에 없는 인간의 운명과 밀접한 관계를 갖는다는 것은 의문의 여지가 없다. 이 소설은 제2차 세계대전의 중심에 있었던 일본인들에 대해서 이렇게 묘사하고 있다.

"〔……〕 아우슈비츠의 야만이 아리안 민족의 순결을 위한 것이었다면, 난징 학살의 야만은 한 인간을 위한 것이었습니다. 그가 바로 천황입니다. 희귀한 갑각류와 미키 마우스를 좋아했고, 영국식 조반을 즐겼던 한 인간을 일본인들은 신으로 섬겼습니다. 난징 학살의 곤혹스러움은 여기에 있습니다.

〔……〕

중국의 한 도시에 지나지 않는 난징에서 불과 6주일 동안 이루어진 살육의 속도와 규모는 세계 전쟁사에서 유례를 찾을 수 없습니다. 유럽의 어떤 나라도 2차 세계대전 동안의 총사상자 수가 난징을 능가하지 못합니다. 이것은 대단히 희귀한 현상입니다. 이런 희귀함은 인간을 신으로 섬기는 일본 국민의 희귀함과 깊은 연관이 있습니다.

〔……〕

난징 학살의 근원은 천황입니다. 천황은 인간을 초월하는 존재입니다. 인간을 초월하는 존재에게 인간 세계에서 벌어진 일로 책임을 물을 수 없습니다. 천황에게 책임을 물을 수 없다면 천황의 신민에게도 책임을 묻지 못합니다. 이런 어처구니없는 모순을 일본인들은 태연히 받아들입니다. 〔……〕"

일본은 침략국이었다. 중국과 동남아시아 나라들을 침략했고, 미국의 진주만을 습격했다. 그럼에도 일본인들이 그 전쟁을 희생자의 관점으로 보려고 했던 것은 히로시마가 있었기 때문이다. 그들은 인류사에서 유일무이한 원폭 희생자였다. 대부분의 일본인들에게 히로시마는 민족의 고난이 집약된 신성한 도시다. (「오래된 몽상」,

pp. 128~31)

　이러한 묘사들을 통해서 이 소설이 강조하고 있는 지점은 전쟁이나 혁명 중에 대규모로 일어나는 무책임한 폭력성과 집단적 우상숭배idolatry 사이의 밀접한 연관성이며, 다른 한편으로 그러한 집단적 광기가 불러일으킨 참혹한 사건이 끝나고 다시 정신을 차려 보니, 가해자는 사라지고 희생자만 남거나 가해자와 희생자가 서로 자리를 바꾸거나 중첩되는 당혹스러운 상황들이다. 오랜 세월 동안 인간들이 행해왔던 우상숭배는 인간이 갖는 종교적 욕구들을 반영한다. 모든 우상숭배는 종교적이며, 우상숭배로 인해 일어난 모든 전쟁 또한 종교적이다. 물론 이 주장의 역은 참이 아니다. 즉 모든 종교적인 것은 우상숭배며, 모든 종교적인 것은 전쟁이라는 말은 참이 아니다. 그래서 전쟁의 모든 탓을 종교에 돌리면서 비난하는 일이나 모든 종교를 우상숭배의 형태로 규정하여 비난하는 일은 사태를 심각하게 왜곡하는 것이다. 유신론자에게든 무신론자에게든 언제나 우상숭배의 유혹이 있다. 인간은 심지어 자기 자신을 숭배할 수도 있다. 과대망상증megalomania! 인간들의 모든 오만은 어느 정도 무의식적인 과대망상증의 실현에 기인하는 것처럼 보인다. 이 과대망상증은 개인을 넘어 가족, 민족, 국가의 차원에서 집단적으로 나타날 수도 있다. 집단적 과대망상증은 다른 것들을 비하하면서 자신이 속한 집단에 과도한 초월적 중요성을 부여한다. 과대망상증과 우상숭배에서 나타나는 이 '잘못 부여된 과도한 중요성'은 인간들 자신이나 자연적이거나 물질적인 존재자들에 대하여 도덕이나 윤리와는 무관한 초월적 가치를 부여하거나, 각 개인들의 개별성을 고려하지 않은 채 무차별적으로 획일적 가치를 부여하는 일에서 발견되는 것이다. 앞의 인용문에는 "천황은 인간을 초월하는 존재"라는 구절이 있다. 진실로 인간을 넘어서는 존재는 누구인가? 어떤 존재자

356

가 그것의 존재를 초월한다고 생각되는 다른 존재와 동일한 것으로 간주될 때, 거기에는 과대망상증과 우상숭배의 위험이 있다. 정찬은 이 소설에서 인간의 역사 속에서 현재까지도 신이 신과 같은 것으로 오인된 다른 것으로 대체되어 무차별적으로 강요되어왔다는 사실을 이야기한다.

그런 신적인 존재가 언젠가부터 내 눈에 보이기 시작했소. 그전과는 전혀 다른 새로운 신이오. 새로운 신이 두려운 것은 국가와 민족을 초월한다는 점이오. 모든 국가 모든 민족 위에 군림하면서 헤아릴 수 없는 인간들을 벌레로 만들어버리오. 지금 세계는 새로운 아비규환으로 뒤덮이고 있소. 그 신의 정체가 무엇이겠소. 자본이오. 놀랍지 않소? 신의 실체가 물질이라는 사실이. 지금 인류는 새로운 신이 뿜어내는 휘황한 광채에 싸여 있소. 새로운 신의 시대가 절망스러운 것은 어떤 신의 시대보다 폭력의 형태가 깊고 광범위하다는 사실에 있소.

베이징 올림픽 개막식은 중화주의와 함께 중국이 새로운 신의 국가가 되었음을 공식적으로 선포한 장엄한 퍼포먼스였소. 내 눈에는 그렇게 보였소. 나는 스스로에게 물었소. 신념을 위해 아버지를 죽인 문화혁명의 폭력과, 물질을 위해 아버지를 죽이는 새로운 이데올로기의 폭력 가운데 어느 쪽이 더 참혹한가를. 이 물음 앞에서 나는 장자의 나비가 그리웠소. 사무치게 그리웠소. 그리움은 몽상을 부르오. 나는 몽상하기 시작했소. (「오래된 몽상」, p. 152)

소설은 여기서의 몽상가를 난징에서 참혹한 사건이 일어났을 때 일본군에게 강간당한 여성에게서 태어난 아이로 그리고 있다. 가해자인 일본군 아버지의 피가 섞인 자신을 낳고 키우는 고통을 견뎌야 했던

죽을 수밖에 없는 인간의 운명에 대한 몽상　　　357

희생자 어머니를 생각하면서, 어른이 된 이 몽상가 아이는 자신을 희생자인 동시에 가해자라고 생각(몽상)한다. 이 몽상가 아이는 가해자와 희생자의 적대적이고 분열적인 대립 관계 속에서 양쪽 모두를 통합적으로 고려할 수 있는, 미약할지라도 귀중한 가능성을 대변하고 있는 셈이다. 이 아이는 몽상 속에서 가해자와 희생자의 관계가 장자와 나비의 관계로 변화될 수 있는 가능성을 찾는다. 이 소설이 감탄할 만한 진지한 열정으로 이야기하고 있는 이 아이의 몽상은 흔히 말하는 뜬구름 잡는 헛된 생각 같은 것이 아니다. 여기서의 몽상은 역사적이고 사실적이고 일상적인 현실이 주는 고통을 회피하면서 자기만족적인 주관의 세계에 머무는 활동이 아니다. 오히려 여기서의 몽상은 그렇게 고통을 주며 드러난 사실적 현실에만 매여 있다면 해결될 수 없는 문제들이 감추고 있는 어둠의 깊이 속으로 침투해 들어가고자 하는 자에게만 발생하는 활동이다.

일상의 의식에 알려진 모든 역사가 낮의 역사라면, 몽상하는 의식은 그렇게 드러난 낮의 역사에 가려 보이지 않는 밤의 역사를 찾는다. 몽상하는 의식은 드러난 낮의 역사가 발생한 사건의 전부가 아님을 아는 의식이며, 그 낮의 역사에 가려 보이지 않으면서도 그것에 상보적으로 작용할 수 있는 밤의 역사와 관계하는 것이다. 꿈은 어떻게 왜곡되어 참혹한 현실로 나타날 수밖에 없었던 것인가? 우리는 어떤 꿈을 어떻게 꿀 수 있는가? 우리에게 열려 있는 미래는 지나가버린 과거와 어떤 가능한 방식으로 결합할 수 있을 것인가? 이 소설이 말하는 몽상은 앞에서 언급했던 이론적 앎과 예술적 행위 양쪽 모두가 관계하고 있는 '볼 수 있는 능력'과 연관된 것이며, 그러한 능력은 운명을 아는 일과 연관되어 있었기에 결국 몽상은 다시 운명과 관계된다. 소설 속의 몽상가는 고통스러운 운명 속에서 자살로 생을 마치는데, 소설의 화자인 '나'는 그런 몽상가에 대해서 이렇게 말한다.

나는 내가 어떤 세계에 살고 있는지 제대로 안 적이 없었다. 세계의 표면을 덮고 있는 일상의 두꺼운 허위를 꿰뚫기에는 시선이 너무 허약했다. 하지만 그는 자신이 어떤 세계에 살고 있는지 몰랐던 적이 없었을 것이라는 느낌이 들었다. 고통이 그로 하여금 일상의 두꺼운 허위를 파헤치도록 했을 것이다. 그럼에도 그는 자신의 운명 앞에서는 무력했다. 그가 자신의 운명 앞에서 무력했듯이 나는 그의 고통 앞에서 무력했다. (「오래된 몽상」, p. 153)

　　정찬의 『정결한 집』을 구성하는 소설들은 거의 항상 '죽을 수밖에 없는 인간의 운명'이라는 주제를 끈질기게 붙잡고 있다. 다르게 말해서, 『정결한 집』에서 볼 수 있는 소설적 글쓰기 자체가 '죽음의 운명'을 대변한다. 「음유시인의 갈대 펜」에 따르면 "이야기"는 "문자가 그리는 운명의 형태"(p. 222)이며, "글 쓰는 행위는 새로운 에너지를 만들지 못"하고 "쓰는 자의 에너지를 끊임없이 갉아먹기만 할 뿐"(p. 224)이다. 그러므로 소설은 죽음의 운명에 대한 기록이라고도 할 수 있다. 그런데 이때 '죽음'이나 '운명'이나 '기록'은 고정된 단 하나의 의미만을 갖는 낱말이 아니며, 새로운 의미를 내포하게 될 수도 있다.

　　소설의 가능성 중의 하나는 낮의 역사를 기록하는 것이기보다는 밤의 역사를 기록하는 일이다. 그래서 소설은 낮의 역사를 허구적으로 재구성하는 것이 아니라 낮의 역사에 상보적으로 작용할 수 있는 밤의 역사를 탐구하고자 하는 노력으로 나타날 수 있다. 이를테면 소설의 기록은 불모의 사실에만 집착하는 것이 아니라 밤의 역사에도 관심을 기울이는 몽상의 표현일 수 있다. 그때 소설은 사실이 아니라는 의미에서의 허구에 그치는 것이 아니라, 우리가 일상적으로 이해하는 사실보다 더욱 심층적인 사실이 될 것이다. 정찬의 소설들이 세심하게 형상화하고 있는 주제, 즉 그 사태의 의미심장함이 거의 항상 오해되는 경향이 있는 '죽을 수밖에 없는 인간의 운명'이라는 주제를 통해 이 소설집이 상기시켜주고 있는 것은 바로 그러한 심층적 어둠을 향해 가는 과정에서 사실은 꿈으로, 꿈은 사실로 점차 변화될 수 있다는 것이며, 그 변화의 과정 어딘가에서 자유와 운명은 꿈과 사실처럼 서로 만날 수 있다는 것이리라. 그리고 자유와 운명 사이에서 일어나는 그러한 긍정적 만남의 순간에 '죽을 수밖에 없는 인간의 운명'이라는 주제는 더 이상 비극적이고 숙명론적이고 허무주의적인 위장 속에서만 그 의미를 드러내지 않게 될 것이다.

[2013]

상상력의 현실[1]
── 조현 소설에서 현실성 찾기

우리는 여기서 조현의 소설들[2]을 유의미하게 읽어내는 과제를 수행하고자 한다.

먼저 소설 일반에 관한 상식적 추론에서 시작해보자.

소설은 소설이고, 소설이 아닌 것은 소설이 아닌 것이다. 그러므로 소설은 소설이 아닌 것, 즉 비–소설이 아니다. 오로지 소설만이 소설이다. 비–소설들, 이를테면 역사, 철학, 과학 등은 소설이 아니다. 역으로 소설은 역사도 철학도 과학도 아니다. 그래서 조현의 소설이 이야기하는 '햄버거의 역사'는 역사가 아니며, '우아한 철학'은 철학이 아니며, '평행 우주'의 가설에 관한 이야기는 과학이 아니다. 그런데 이러한 일련의 추론은 우리의 일상적 의식을 곧잘 지배하곤 하는 직선적인 논리의 허점을 드러내고 있지는 않은가? 왜냐하면 그러한 추론은 소설 일반이나 조현의 소설에 대해 아무런 긍정적인 것도 말해주고 있지 않으며, 어떤 새로운 것도 추가하고 있지 않기 때문이다. 그것은 결국 동어반복처럼 보인다.

---

1   이 글은 『21세기 문학』 2013년 가을호에 실렸던 졸고다.

2   이 글에서는 조현, 『누구에게나 아무것도 아닌 햄버거의 역사』, 민음사, 2011; 「그 순간 너와 나는」, 『제36회 이상문학상작품집』, 문학사상, 2012; 「은하수를 건너──클라투행성통신 1」, 『제2회 웹진문지문학상 수상작품집』, 문학과지성사, 2012를 다룬다.

아무튼 과학이 소설이 아니듯 소설은 과학이 아니며, 조현의 어떤 소설과 연관될 수도 있을 SF적인 소설 역시 과학이 아니다. 소설이 무엇을 대상으로 어떤 방식의 이야기를 하건 결코 과학이 될 수 없다고들 말할 것이다. 소설이 과학이 된다면, 그 순간 소설은 더 이상 소설이 아닐 것이며, 소설이 소설로 남아 있다면, 그것은 아직 과학이 아니다. 그런데 이런 논리는 여전히 앞의 논리를 반복하고 있을 뿐이다. 즉 소설은 소설이고, 과학은 과학이라는 논리. 공허한 일반화를 하자면, A=A라는 동일률의 논리.

물론 어떤 것이 어떤 것이려면 다른 것이 아닌 바로 그 자신이어야 한다. 하지만 어떤 것이 바로 그 자신이기 위해서는 다른 어떤 것에 대해서 부정적인 관계성 혹은 외적인 관계성($A \neq \sim A$)만을 가질 수밖에 없는 것인가? 소설과 과학 사이에는 긍정적이고 내적인 관계성이 발견될 수 없는가? 인간의 모든 다양한 활동, 혹은 자연의 모든 다양한 활동들 속에는 내적인 관계성이 작용하고 있어야 하는 것이 아닌가?

이런 질문이 필요한 이유는 그것이 지금 우리의 과제와 무관하지 않기 때문이다. 그 과제를 수행하기 위해서는 도대체 소설이 과학(지식)과 무슨 상관이냐는 식의 태도는 지양되어야 한다. 물론 소설은 그 시작에서부터 과학의 방향과 반대되는 방향으로 나가고 있는 것처럼 보인다. 사실들의 세계에 관한 엄밀한 탐구인 과학과 허구적 세계의 창조에 집중하고 있는 소설은 서로 얼마나 멀리 떨어져 있는 것처럼 보이는가! 과학은 객관적 진리를 발견하려 하고, 소설은 마치 객관적 진리처럼 보이는 그럼직하고 개연적인 거짓을 발명하려고 하지 않는가? 그러나 과학이 관찰될 수 있는 현상에서 물러나 머릿속에서 그럼직하거나 그럼직하지 않은 가설을 세우고 이러저러한 설명적 모델들을 상상할 때, 그때 과학은 소설과 유사한 무엇이 되고 있지 않은가? 그런데 있지도 않은 것들을 상상하거나 발명하는 소설의 활동은 왜 언제나 진리의 인식과 별 상관이 없는 활동처럼 보이는 것인가?

소설은 허구적인 것이고, 허구적인 모든 것은 상상적인 것처럼 보인다. 그러나 누군가 상상적인 것과 허구적인 것을 동일시하고 더 나아가 허구를 거짓과 동일시한다면, 그때 우리는 상상적인 모든 것이 곧 허구적인 것은 아니며, 창조적인 모든 것이 허구적인 것은 아니라고 말해야 할 것이다. 요컨대, 소설은 허구fiction며 과학은 비-허구nonfiction라고 말할 때, 그때 허구와 비-허구라는 외적인 대립이 창조적 상상력 안에서 서로 종합될 수 있는 가능성을 찾고 싶은 것이며, 또한 창조적 상상력은 진리의 인식과 무관하지 않다고 말하고 싶은 것이다. 물론 이때 진리란 어떤 발언과 그 발언이 향하고 있는 사태가 일치한다는 의미에서의 진리, 즉 재현적 표상에 한정된 진리가 아니며, 소위 '자연과학'에만 한정되는 진리도 아닐 것이다(물론 '자연'이라는 낱말과 '과학'이라는 낱말은 매우 다의적이며, 다양하게 해석될 수 있다). 진리와 상상력에 대한 그러한 생각들은 조현의 여러 소설 속에 암시되어 있다. 다음의 인용문들을 종합적으로 고려해보면, 조현의 소설들이 표현하고 있는 진리와 상상력의 관계가 어떤 것인지 추측해볼 수 있다.

자신이 속한 시대가 보편적으로 인정한 과학적 패러다임만을 절대 진리라고 생각하는 것만큼 존재를 이해하는 데 방해가 되는 건 없어.[3]

모든 강사들은 어김없이 상상력을 강조했다. 그것은 타성에 젖지 않고 사물의 본질을 꿰뚫는 것이라야 했다. 〔……〕 무엇보다도

3   조현, 「생의 얼룩을 건너는 법, 혹은 시학」, 『누구에게나 아무것도 아닌 햄버거의 역사』, 민음사, 2011, p. 112.

사물의 이면을 볼 수 있는 상상력이 필요해.[4]

마치 이 증기선이 여러 항구를 들러 결국 목적지에 이르듯, 심령은 꿈과 상상력이라는 매개체를 통해 진화하는 법이니 말이다. [……] 이 젊은 도제 역시 언젠가는 깨닫게 되리라. 지구인의 꿈과 상상력 속에 숨겨진 생명의 본질을.[5]

상상하는 것은 존재하는 것임. 상상한다는 것은 존재의 가능성을 일깨우는 것이고, 상상이 치밀하고 구체적일수록 존재의 가능성도 높아짐.[6]

이 문장들에서 유추할 수 있는 것은 "진리"의 문제가 "존재"의 "이해"와 관련되어 있다는 것이며, 상상력이 중요하게 이야기되는 이유도 존재의 이해와 관련된 진리와의 관계성 때문이라는 것이다. 조현의 소설만이 아니라 모든 소설(혹은 소설론)은 진리에 관심을 기울이지 않은 적이 없었다. 진리에 대한 무관심은 단지 위장되어 있는 관심일 뿐이며, 거짓 혹은 비-진리의 대명사처럼 오인되고 있는 소설이 진리의 문제를 자체적으로 내장하고 있다는 것은 의심의 여지가 없다. 예술작품의 진리 문제에 대해 말했던 사람들처럼, 소설과 소설론 모두 진리의 문제를 결코 피해갈 수 없다고 본다. 소설에 대한 미학적 접근이나 윤리적(정치적) 접근 또한 진리의 문제를 결코 모른 척할 수 없다. 그리고 이때 진리는 논리학적 진리에 제한되지 않으며, 현재의 자연과학

4   조현, 「옛날 옛적 내가 초능력을 배울 때」, 같은 책, p. 67; p. 87.

5   조현, 「라 팜파, 초록빛 유형지」, 같은 책, p. 120.

6   조현, 「은하수를 건너──클라투행성통신 1」, 『제2회 웹진문지문학상 수상작품집』, 문학과지성사, 2012, p. 403.

적 사실성에 국한된 진리도 아니다. 조현의 소설 속에서 해석해낼 수 있는 진리의 의미는 그것을 파악할 수 있는 능력인 상상력과 긴밀하게 연관되어 있다. 조현의 소설 속에서 상상력은 "사물의 본질" 혹은 "사물의 이면"을 볼 수 있는 가능성을 가지며, 상상력 속에는 "생명의 본질"이 숨겨져 있으며, 상상의 활동은 "존재의 가능성"을 일깨우는 활동으로 표현되어 있다. 이렇게 이해된 상상력이 파악하는 진리란 발언의 진리가 아니며, 객관적 세계에 맞서 따로 떨어져 있는 소위 '주관적 인식주체'가 이렇게 또는 저렇게 필연적이거나 개연적으로 보이게끔 구성하는 진리도 아니며, 인식주관(?)과 무관하게 항상 정태적으로 거기 그대로 그렇게 있는 진리도 아니다.

진리는 구체적인 사실과 일치하는 추상적 정보라는 의미에서의 진리가 아니라 존재의 진리이며, 그때 진리란 망각되어 있던, 감추어져 있던 존재가 드러나는 사건으로 경험되는 진리다. 그리고 그러한 의미에서 진리와 연관된 상상력이란, 단지 주관적이거나 자의적인 연상능력이나 구성능력이 아니라 정신적 지각의 능력, 인식능력이며, 상상력이 파악(지각)하는 진리의 사건은 마치 신체적 감각능력들 각각이 그것에 상응하는 감각대상에 접촉하는 그 순간에 감각능력과 감각대상이 살아 있는 활동성 안에서 융합하듯이 주관과 객관이라는 고정된 외적 구분이 허물어지며 살아 움직이는 관계적 의미 안에 참여하는 사건으로 이해할 수 있는 무엇일 것이다. 상상력이 관여하는 세계는 모든 존재가 내적 관계성 속에서 역동적으로 상호작용하는 생성의 세계일 것이며, 주관과 객관의 구분이 무의미한 공감의 세계일 것이다. 조현은 바로 이러한 상상력의 특성을 「생의 얼룩을 건너는 법, 혹은 시학」에서 묘사되는 주인공의 경험을 통해서 보여주고 있다. 이 부분은 논의를 진척시키기 위한 매우 중요한 메시지를 주고 있으므로 다소 길지만 인용해본다.

그러고 나서 난 의식을 확장해 주변으로 흘려 보냈지. 마치 잔잔한 연못에 조약돌을 던져 동심원을 끊임없이 흘려 보내듯이. 처음 맞닥뜨린 건 낮은 향나무였어. 그리고 그 아이를 지나 그 옆의 나무로 스며들었지.

순간 나는 키 작은 구상나무가 되었어. 난 나무의 존재감을 느낄 수 있었어. 나무가 되어 몸 안의 관상 조직과 삼투압으로 뿜어져 올라오는 수분, 약간 간지러운 껍질을 느꼈어. 아마도 나이테가 넓어지고 있어서 그럴 테지. 그리고 봄볕을 받아 부지런히 광합성하는 엽록소들까지. 난 한 그루의 나무가 되어 식물의 눈으로 세상을 바라볼 수 있었어.

한동안 그렇게 다른 존재의 감촉에 취해 희열에 떨다가 잠시 머문 정거장을 떠나듯이 점차 의식을 확장해 갔어. 그리고 정원 안에 있는 나무들이 되어 그 존재들이 느끼는 대로 우주를 바라볼 수 있었지. 하여 나는 신비롭기 그지없는 우주의 비밀을 깨달았어. 모든 생명은 길거나 짧거나 굵거나 가늘거나 질기거나 연약하거나에 관계없이 촘촘한 그물망으로 얽혀 있다는 걸.

그리고 난 네가 생각났어. 우리가 랭보의 시와 그가 편지에 쓴 '견자(見者)'라는 단어의 의미에 대해 대화를 나누던 그때의 네 미소가 말이야. 〔……〕

내 의식이 대기 중으로 더 넓게 퍼지자 너와 함께 겪어 온 수많은 윤회가 생각났어. 그리고 앞으로 우리가 겪어야 할 많은 생도. 〔……〕

그리고 마치 영화 장면처럼 이런 이미지들이 떠올랐어. 목성의 위성 에우로파의 깊은 바닷속을 헤엄치는 물고기나 명왕성 얼음 바위의 결정 생물, 혹은 그보다 더 멀리 켄타우루스자리의 걷는 식물이나 마젤란 성운의 무정형 가스 부유체까지…….

그 체험이 중단된 건 막 나무와 풀잎에서 벗어나 정원 한구석에 서 있던 정원석이 되려는 순간이었어. 아, 정원석은 나무와는 존재감이 또 달랐어. 나의 의식이 나무들에 전이될 때는 자글자글한 생의 약동이 느껴졌는데, 정원석은, 어떻게 비유할까, 마치 늦은 봄 산사의 뜰이 무거운 정적에 취하듯이 그렇게 존재의 무게감이 느껴졌던 거야.

〔……〕 나는 그때 우주의 모든 것이 연결되어 있다는 '존재의 연결감'을 경험했어.[7]

이 긴 인용문이 어떤 독자에게는 무의미하거나 허황되거나 아무런 중요한 메시지도 담고 있지 않은 문장들로 읽힐 수도 있다는 것을 예상하고 있다. 이를테면 식물의 눈으로 세상을 바라보는 것은 은유나 상징의 차원이 아닌 '사실적 현실'(?)의 차원에서는 거의 가능하지 않은 일 같다. 더구나 살아 있지도 않은 것처럼 보이는 돌과의 의식적 공감은 거의 불가능한 것처럼 보인다. 설령 가능하다 하더라도 그게 무슨 소용이 있으며, 더구나 윤회라니! 또한 의식이 뇌와 동일한 것은 아니라 하더라도 어떻게 의식이 자신의 신체와 분리되어 바깥으로 나갈 수 있으며, 백번 양보해서 설령 나갈 수 있다고 하더라도 어떻게 그 의식을 계속 의식할 수 있는가? 그리고 식물이든 동물이든 인간이든 초-인간이든 간에 어떠한 외계 생명체의 존재 여부도 눈으로 확인된 바 없을뿐더러, 아마도 그런 것은 없다고 생각하면서 지금 지구에서 일어나는 눈앞의 사건들에 집중하는 것이 더욱 현실적이고 합리적인 태도이지 않은가? 위의 인용문을 대하는 이런 태도들이 예상 가능하다. 그

7   조현, 「생의 얼룩을 건너는 법, 혹은 시학」, 『누구에게나 아무것도 아닌 햄버거의 역사』, 민음사, 2011, pp. 106~08.

러나 우리의 독서는 그러한 태도를 지양하고자 한다. 이 때문에 우리는 이중의 의심을 받을지도 모른다. 즉 소설을 소설로서 받아들이고 있지 않다는 의심과 과학을 과학으로서 받아들이고 있지도 않다는 의심. 다시 말해, 허구를 사실이나 현실로 착각하거나 소설 작품을 그 자체로 읽지 않고 다른 어떤 종류의 사실이나 현실로 환원시켜 이해하려 하고 있을 뿐만 아니라 믿음(비과학적인 것)을 지식(과학적인 것)과 혼동하기까지 한다는 비판적 의심에 직면할지도 모른다. 하지만 우리가 조현의 소설이 공들여 묘사하고 있는 저 주인공의 체험에서 상상력의 현실을 이해하려 하고, 그 상상력의 현실에서 일상적 의식이 놓치고 있을지도 모를 중요한 의미를 찾고자 하는 것이 비과학적이고 비소설적인 일인가?

중요한 것은 존재를 이해하는 것이다. 소설 바깥에서 오는 비판에 대한 변명을 소설 내부에서 찾아도 된다면, 앞에서 인용한 조현 소설의 문장들로 다시 돌아갈 수 있을 것이다. 즉 현재의 과학적 패러다임만을 절대 진리라고 생각하는 것은 존재를 이해하는 데 방해가 된다는 것과, 상상하는 것은 존재하는 것이라는 명제를 기억할 수 있을 것이다. 더구나 과학 혹은 학문 일반이 추구하는 지식 혹은 인식은 믿음과 깊은 관계를 맺고 있다. 물론 이 관계 속에는 오래전부터 날카로운 대립이 있어왔다. 믿어야 알 수 있다는 입장과 알아야 믿을 수 있다는 입장. 가령 태양의 존재를 믿지 않는 자가 태양이 무엇인지 알 수 있는가? 역으로 태양이 무엇인지 전혀 알지 못하는 자가 그것의 존재를 믿을 수 있는가? 혹은 알면 믿을 필요가 없거나 믿으면 알 필요가 없는가? 믿음 없는 지식이 가능한가? 반대로, 지식 없는 믿음이 가능한가? 우리는 이 두 입장 중에 어느 한쪽을 택해야 하는가? 그런데 믿음과 지식의 대립 문제는 어느 한쪽을 선택해서 다른 한쪽의 오류나 허약함을 논증하는 것으로 해결될 문제가 아닌 것처럼 보인다. 도대체 왜 믿음과 지식은 그토록 자주 다른 한쪽의 진리를 부정하고 자신만의 옳음과 우위를 주장하곤 하는 것일까? 지식에서 중요한 것은 무엇이고 믿음에서 중요한 것은 무엇인가? 조현의 한 소설 속 주인공은 믿음에 대한 자신의 의견을 다음과 같이 전한다.

> 어쩌면 믿음이란 새로 산 운동화 한 켤레 같은 것이다. 세트로만 의미 있고, 한 짝만 있어서는 절대로 팔리지 않는다. 믿기 힘든 애기를 하는 사람과 그것을 들어주는 사람이 짝을 이루어야 한다.[8]

조현의 소설을 읽으면서 믿음(혹은 지식)의 문제를 거론하는 것은 이상하게 보일지도 모른다. 소설이 가질 수 있는 수사학적 설득력과 연관된 문제들, 이를테면 신뢰할 수 없는 서술자의 문제나 서사의 개연성 등의 문제 같은 것이 아니라면, 소설에서 믿음의 문제는 별로 중요하지 않은 것처럼 보이며, 그런 문제조차도 믿음의 문제가 아닌 지식과 관련된 기술적 문제처럼 보인다. 그러나 조현의 소설 속에서 표현된 믿음의 문제는 소설과 관계하는 독자의 문제이기도 하다. 그래서 이렇게 말할 수도 있다. 조현의 소설은 "믿기 힘든 애기를 하는 사람"에 해당하며, 조현 소설의 독자는 그 믿기 힘든 애기를 "들어주는 사람"에 해당하고, 이 두 짝이 있을 때만 믿음이 성립한다고. 위의 인용문에서 해석해낼 수 있는 믿음이란 긍정적으로 말하면 관계적인 것이고, 부정적으로 말하면 독립적이지 못한 의존적인 것이다. 그래서 믿음이란 불확실한 것이자 객관적이지 못한 것이며, 믿음의 객체에 어떤 이유에서든 굴복하는 타자 의존적인 허약한 주관에서 생겨나는 것처럼 보이는 데 반해, 지식이란 확실한 것이자 객관적인 것이고, 지식의

---

8   조현, 「그 순간 너와 나는」, 『제36회 이상문학상 작품집』, 문학사상, 2012, p. 342.

대상을 지배할 수 있는 자립적인 강한 주관에서 생겨나는 것처럼 보인다. 아마도 그래서 아는 것이 힘이라거나 지식은 권력이라는 말이 나왔을 것이다. 그런데 믿음의 가치를 자기 삶의 전체 활동 영역에서 배제한 사람, 그리고 지식을 향한 의지, 지식을 향한 욕망에 사로잡힌 사람이 아직 지식의 범주에 들어오지 않는 주제, 혹은 결코 지식의 범주에 들어올 수 없다고 생각되는 주제에 관한 "믿기 힘든 애기"를 진지하게 "들어주는 사람"이 될 수 있을 것인가?

조현의 여러 소설에 등장하는 인물들, 이를테면 자신이 우주적 윤회의 과정을 거쳐 수많은 생을 살아왔다고 말하는 자, 혹은 자신이 우주의 다른 별에서 지구로 왔다는 사실(?)을 이십대 중반이 되어서야 자각했다고 주장하는 자에 관한 이야기들을 우리는 유의미하게 읽을 수 있을 것인가? 어떤 미지의 지성체와 심령의 존재에 관해 이야기하는 다음의 예는 어떤가?

어쩌면 모든 생명의 운명이란 이렇게 서로가 서로에게 얽히는 것이리라. 그리고 또 어쩌면 이 우주의 변방 행성에서 체류하는 내 삶의 다른 겹에는 내가 인지하지 못하는 어떤 지성체의 영혼이 덧대어 있을 수도 있으리라. 마치 우주의 모든 시간과 공간에서 제각각 출발한 빛들이 지금 우리 둘의 동공으로 동시에 쏟아져 들어오고 있듯이. 그리고 내가 느끼고 고뇌하는 모든 희로애락을 그 역시 공명하는 소리굽쇠처럼 함께 느끼는지도 모르리라.

하여 나는 고향 행성 아카데미에 오랫동안 전해 오던 기이한 전설을 생각하였다. 우리들 소울마스터의 삶 역시 다른 존재의 심령이 전이된 것인지도 모른다는. 그리하여 우리가 소울마스터의 삶을 끝내는 미래의 어느 날 우리 역시 심령에 덧대어진 더 큰 존재의 정체를 깨닫게 되리라는……. 그렇다 하더라도 그것은 먼 미래의 일이다. 여하튼 나는 나의 길을 갈 것이다. 그리고 호모사피엔스 종족의 운명을 오래도록 지켜볼 것이다.[9]

이 문장들은 대단히 중요한 유의미성을 불러일으키고 있다고 생각한다. 하지만 이러한 생각이나 느낌은 지식에 속하는 것인가? 우리는 자신의 인식능력에 기초하여 조현의 소설에서 중요한 의미를 발견하고 있는 것인가? 아니면, 허황된 믿음이나 어떤 객관적 토대도 없는 주관적인 취향에서 자의적으로 판단하고 있는 것인가? 이런 물음들을 던지는 이유는 어떤 판단을 하고 있는 누구라도 지식의 문제, 인식의 문제에서 벗어날 수 없다고 생각하기 때문이다. 그런데 현재의 시대에 모든 지식(인식)의 기준은 과학의 성과들이 제공해주고 있다. 어떤 판단이 유의미하려면 그것은 형식적으로 논리적이어야 하고 내용적으로는 과학이 제공하는 기준들을 만족시켜야 한다. 하지만 과학이 지식에 도달하는 방법적 과정에서 상상력에 어떤 긍정적이고도 적극적인 역할을 마련해주고 있는가? 상상력은 과학이 관찰과 사유에 의해 지식에 도달하기 위해 의지할 수밖에 없는 신체적 감각과 이성적(합리적) 의식처럼 고유한 인식의 능력이며, 따라서 진리를 파악할 수 있는 가능성을 갖는다는 것을 적극적으로 인정할 수 있는가? 만일 인정할 수 없다면, 그 이유는 무엇인가? 상상력이 이성적 의식에 속하지 않으며, 그래서 믿을 수 없는 모호하고도 애매한 능력이라는 의혹 때문이 아닌가? 상상력의 대상은 은유적 차원 혹은 유비적 차원에서 움직이는 상징적 이미지들이고, 그러한 상징적 이미지는 전혀 실재성을 인정할 수 없는 비-존재라는 의혹 때문이 아닌가? 하지만 여기서 비-존재라는 말을 사용할 때, 우리는 '존재'라는 말의 의미에 관한 편견을 드러내고

---

9   조현, 「라 팜파, 초록빛 유형지」, 『누구에게나 아무것도 아닌 햄버거의 역사』, 민음사, 2011, p. 142.

있는 것이 아닌가? 존재는 눈앞에 있는 존재라는. 그리고 이러한 협소한 존재이해가 지식과 인식의 이상인 진리의 의미에 대한 이해를 가로막고 있는 것은 아닌가? 즉 존재란 인식하는 자와 상관없이 눈앞에 이미 존재하는 것만을 의미하며, 지식은 그렇게 이미 존재하는 것을 머릿속에서 그대로 개념적으로 반복하여 표상하는 것이고, 진리는 그렇게 재현적으로 표상한 것과 눈앞에 이미 있는 존재가 일치함을 의미한다는 생각에 갇혀 있는 것이 아닌가? 이 경우, 도대체 인식하는 자는 자유로운 능동성 속에서 어떤 창조적인 역할을 하고 있는가? 지식은 각각의 인식자의 자유로운 노력을 통해 성취되는 것이 아니라 이미 있는 그대로를 그저 재현만 하면 되는 것인가? 이 경우 우리는 수동적으로 눈앞에 있는 존재를 반복하고 있을 뿐이며, 그때의 의식은 공감적 참여의 의지가 결여된 구경꾼의 의식일 뿐이다. 그리고 이 구경꾼 의식에 상상력은 구경을 방해하는 훼방꾼일 뿐이다. 말하자면, 상상력은 이성적 의식의 적대자이며, 의식의 기능을 제한하는 것처럼 보일 수 있다.

그러나 조현의 소설들을 통해서 이해할 수 있는 상상력이란, 이미 앞에서 인용한 문장들을 통해서도 볼 수 있듯이, 의식을 제한하는 것이 아니라 확장하는 것이다. 이때 중요한 것은 의식의 자기비판을 통해 의식의 역할을 축소하고, 의식이 무엇을 할 수 없는지를 열거하는 일이 아니다. 의식이 허위와 오류의 주범이고, 의식이 비-의식적인 것을 억압해왔다는 사실에서 그치는 것만으로는 의식의 자기이해를 위한 충분한 반성이 될 수 없다. 창조적 상상력에서 중요한 것은 의식이 긍정적으로 무엇을 할 수 있느냐다. 여기서 의식은 고정된 실체가 아니라 변화의 가능성을 갖는 생성의 과정 속에 있다. 이런 맥락에서 조현의 소설들을 이해한다면, 우리는 때로 황당하게 생각되는 조현의 소설들에서 발견할 수 있는 가장 중요한 주제가 바로 '의식의 진화'에 있다는 것을 예감할 수 있을 것이다. 의식은 언제 어디에서나 동일한 의식이 아니었으며, 미래의 의식 또한 현재의 의식과 동일한 의식이 아닐 수 있다. 의식 속에는 질적 변형의 사건이 발생할 수 있는 잠재력이 발견될 수 있다. 그 잠재력이 바로 상상력이며, 따라서 상상력은 의식의 진화에서 핵심적인 역할을 담당한다. 그렇기에 상상력은 진화하는 의식의 현실성을 가질 수 있으며, 그 상상력을 통해 조현의 소설에서 현실성을 찾을 수 있다. 소설적 의식도, 과학적 의식도 바로 이 의식의 진화 과정 속에서 함께 살아가고 있으며, 상상력의 현실을 공유하고 있다. 이러한 전제가 조현의 소설을 유의미하게 읽을 수 있는 조건이라고 우리는 믿는다. 물론 우리는 자주 상상력이 보여주는 현실성이 우리가 친숙하게 알고 있는 현실성에 비해 덜 구체적이고 덜 실재적(혹은 비-실재적)이라고 생각한다. 그러나 이때 우리는 구체성이나 실재성의 의미가 어떻게 발견될 수 있는지 간과하고 있을 수 있으며, 곧잘 그것의 의미를 우리가 무비판적으로 받아들이고 있는 일상적 세계의 대상들로 환원시켜서 이해하려는 경향이 있음에 주의를 기울일 필요가 있다. 상상력의 현실성은 그저 직접적으로 주어지는 것이 아니며, 주의 깊은 의식적 관찰과 능동적 공감의 노력을 요구하는 듯하다. 우리가 조현의 소설에서 유의미한 현실성(실재성)을 찾는 데 실패했다면, 그것은 여전히 우리가 상상력의 존재 방식을 충분히 의식적으로 경험하지 못했기 때문일 것이다. 그리고 우리는 여전히 조현 소설의 특징적 문장인 상상하는 것은 존재하는 것이라는 표현의 의미를 충분히 이해하지 못하고 있는 것이리라.

[2013]

아이와 노인, 상상과 표상 사이[1]

임수현의 소설은 '찰'지다. 이 소설가의 소설들 속에는 끈덕지게 작용하고 있는 어떤 응집력이 있다. 그것은 잡다하게 흩어져 있으면서 서로 분리되어 있는 것들을 특정한 하나로 모으려는 어떤 의지다. 이러한 의지는 풍부한 상징들로 구체화되며 집중력 있는 비유적 표현으로 나타난다. 예를 들면 "물고기의 입술이 낸 구멍을 현무암처럼 단 여자가 메말라가던 갈밭"(「늪의 교육」, p. 180) 같은 표현이나 "시간과 시간의 틈이 벌어지고 꽃이 부풀듯 훌쩍 자라 거인의 시간을 밟는 기분"(「지상 최후의 로봇」, p. 42) 같은 표현이 그러하며, 특히 「앤의 미래」에 나오는 표현처럼, 그러한 의지 혹은 응집력은 "모찌처럼 쫀득쫀득한 햇살"(p. 10)의 이미지를 불러일으킨다. 그래서 임수현의 소설을 읽는 일은 저 비유들에 표현된 상징적 "밭"으로부터 상징적 "햇살"을 받으며 상징적 "틈"을 통해 자라 나오는 상징적 "꽃"의 성장이 함축하는 의미를 찾아가는 일이 될 수 있다. 그것은 외부 세계와 내부 세계의 관계성을 묻는 일이며, 거기서 특별히 주의를 끄는 것은 외부와 내부의 경계인 신체인데, 임수현의 소설은 구체적인 신체의 이미지들로 가득하다.

[1] 이 글은 임수현, 『이빨을 뽑으면 결혼하겠다고 말하세요』(문학과지성사, 2011)에 실렸던 졸렬한 해설이다. 이하 인용문은 모두 이 책에서 가져왔다.

그런데 일상적 의식은 가령 모찌와 햇살이 함께 빚어낸 이미지에 관한 적절한 관념이나 개념이나 표상을 형성하는 일이 어렵다고 생각할 수 있으며, 햇살이 어째서 쫀득쫀득하냐고 반문할 수도 있다. 이렇게 대답해보자. 여기서의 햇살은 시각적 이미지가 아니라 미각적, 혹은 촉각적 이미지이며, 또한 그 이미지는 일상적 의식 앞에 현전하는 햇살에 대한 메마른 표상이 아니라, 그 표상을 가능하게 해주었고 그 이전에 발생했던 정서적 '느낌'의 차원에 있는 이미지라는 것이다. 그러한 햇살의 이미지가 주는 느낌은 가령 「이빨을 뽑으면 결혼하겠다고 말하세요」의 서술자가 말하는 "제가 정말 싫어하는 물컹한 느낌"(p. 215)과 대비되는 느낌이며, 그 느낌은 "쫄깃쫄깃 오동통한"(p. 210) 느낌이나 조개껍데기 속에 끈덕지게 붙어 있는 "관자"(「늪의 교육」, p. 168; 「아이들은 가라」, p. 232)가 주는 느낌과 어울린다.

그런데 "모찌처럼 쫀득쫀득한 햇살"의 이미지는 표상 '이전'의 이미지일 뿐만 아니라, 외부 세계에 대한 지각 '이후'의 이미지이기도 하다. 소설 속에서 표현되는 이미지의 현실은 일상적 현실이 아니며, 실증과학의 현실도 아니며, 소박한 실재론naive realism이 가정하는 현실도 아니며, 또한 주관적 관념론이 가정하는 현실도 아니다. 그러므로 쫀득쫀득한 햇살의 이미지는 소위 객관적 물질세계와 소위 주관적 의식의 '사이'에서 형성되는 무엇이며, 양쪽에 대한 긴장 관계(팽팽할 수도 느슨할 수도 있는 긴장 관계) 속에서 변형되는 무엇이다. 지각과 표상의 관계를 생생한 의미로 살아 있게 하는 것은 그 둘 사이를 끌어안을 수 있는 내밀한 응집력을 가진 의지적 느낌들로 충만한 이미지의 구체적인 활동이다.

그런데 지각에서 표상으로의 이행 과정 속에 있는 이미지의 생을 구체적인 느낌 속에서 파악하여 어떤 형상으로 고정시키는 일은 일상적이고 실용적인 의식의 활동과 대비되는 다른 종류의 집중을 요구한다.

「앤의 미래」의 주인공 아이가 바람의 이미지를 표상으로 데려오고자 노력하지만 끝내 실패하는 장면에는 이미지의 운동성 자체에 대한 이미지가 표현되어 있다.

> 바람이다. 나는 가만히 눈을 감는다. 그리고 "바람"이라고 읊조린다. "바람은…… 바람은……" 하지만 비릿한 냄새가 밴 옷가지나 눈이 부신 햇빛과 달리, 먼지의 매캐한 흙내나 묻혀 오고, 솔숲에 웅성거리기만 하는 바람은, 모습이 없는 바람은, 아무것도 떠오르지 않는다. 나는 한숨을 쉬고 마른 잔디를 한 움큼 쥐어 후, 바람에 날려 보낸다. (「앤의 미래」, p. 12)

이 소설 속의 아이는 "모습이 없는 바람"(미래를 향하고 있는 미지의 의지와 유의미한 느낌의 충만함으로 이해될 수 있는 바람)을 "말"이나 "글"로 고정시키지 못해서 괴로워하고 있다.

> 바람은 머릿속에서 근사한 말로 머물지 않고 자꾸 솔숲 저쪽으로 빠져나간다. 공책이 없어서 그런 걸까. 나는 **깃발**처럼 펄럭이는 나뭇가지를 우두커니 쳐다보기만 한다. 풍선을 불 듯 바람을 멋진 글 속에 가두지 못하는 내 자신이 멍텅구리 같다. (「앤의 미래」, p. 12)

이제 소설은 아이의 생각을 통해서, 이미지를 어떤 분명하게 고정된 형상으로 이끄는 형성(혹은 변형)의 과정은 어떤 양태로 발생하며, 그 과정을 가능하게 하는 능력은 무엇인지를 이야기한다. 다음 인용문에 나타나는 바로는, 이미지의 형성 혹은 변형은 상상과 기억의 능력에 기초한 것이며, 기억은 상상의 토대다.

나는 앤처럼 무럭무럭 상상을 펼치지 못하는 내가 못마땅했다. 앤은 한 번도 가보지 않은 바닷가도 그림처럼 떠올린다. 숲 속 요정의 머리카락이 주홍빛인지, 하늘빛인지도 안다. 하지만 나는 반쯤 주저앉은 우리 집 담벼락이 보기 싫으면, 같은 반 부반장이 살던 양옥집 담벼락의 덩굴장미를 떠올려야 했고, 아빠의 후줄근한 점퍼가 미우면, 교장 선생님의 까만 양복을 벗겨 와야만 했다. 나는 내가 기억하는 것만 짬뽕해서 상상할 수 있었다. (「앤의 미래」, p. 23)

이 아이는 자신의 상상에 만족하고 있지 않다. 만족하지 않는 정확한 이유는 "내가 기억하는 것만 짬뽕해서 상상"하기 때문이다. 여기서 기억은 개인적 과거의 경험이다. 그런데 과거라는 시간 속의 경험을 통해서 보존되는 기억은 긍정적인 측면과 부정적인 측면을 동시에 갖는다. 즉 과거의 기억은 미래의 사건, 아직 오지 않은 사건의 도래를 통해 변화될 수 있는 잠재성의 측면, 예감 어린 희망적 측면을 가지며, 반면에 그것은 이미 지나가버린 사건, 더 이상 어떻게 해볼 수 없는 냉혹한 사실성의 측면, 체념 어린 절망적 측면도 갖는다(물론 여기서의 희망적 측면은 역설적으로 두려움과 불안의 사태와 연관될 수 있으며, 반대로 절망적 측면은 역설적으로 안도와 만족의 측면과 연관될 수도 있다). 이 아이의 만족스럽지 못한 상상은 후자의 측면에 과도하게 부정적으로 붙잡혀 있다. 즉 이미 일어난 것, 그래서 더 이상 어떤 변화의 가능성도 없이 경직된 틀 속에 갇혀버려서 굳어진 것들을 가지고 표상의 차원에서 어떤 콤플렉스(응어리)에 따라 분리하고 결합하며 조립하고 있기 때문이다. 이 아이는 역동적인 이미지를 붙잡고 있는 것이 아니라 경직된 표상에 붙잡혀 있는 것이다. 그것은 쫀득쫀득하지 않고 이빨 혹은 해골이나 돌처럼 딱딱하다. 이때의 기억은 "단물이 다 빠져버린 **껌** 같은 시간들"(「앤의 미래」, p. 23)의 기억이며, 이때의 상상 활동은 운동하는 이미지와의 연속성을 잃어버린 표상 활동에 가까운 것이다. 이 아이가 진심으로 바라는 상상은 앞의 인용문의 처음에서 드러나듯이 "무럭무럭" 펼쳐지는 상상, 하늘의 빛과 땅속의 어둠을 향해 식물이 자라고 아이가 자라듯이 스스로를 형성하고 변형하며 성장하는 유기체적 상상이다.

상상 활동이 성장하는 아이의 유연한 몸의 활동과 같다면, 표상 활동은 쇠퇴하는 노인의 굳어져가는 몸의 활동과 같다. 그러나 아이와 노인이 외부적으로는 소원해 보이지만 내부적으로는 깊고도 내밀한 관계 속에 있을 수 있듯이(즉 서로의 중심을 향한 강한 지향 속에 있을 수 있듯이), 상상 활동과 표상 활동은 내밀한 관계 속에 있을 수 있다. 그 연관을 망각한다면, 표상 활동은 공허하고 추상적인 활동이 되고, 상상 활동은 맹목적인 활동이 된다. 노인과 아이가 서로에 대해 긍정적이거나 부정적인 측면을 가질 수 있듯이, 표상 활동과 상상 활동도 서로에 대한 생산적인 측면과 소모적인 측면을 가질 수 있다. 임수현의 소설 속에서 아이(혹은 젊은이)와 어른(혹은 노인)이 그 관계적 측면에서 반복적으로 형상화되는 이유는 그들의 관계가 지각, 기억, 상상, 표상들이 서로 맺고 있는 내밀한 관계, 그리고 그러한 정신 현상들이 신체적인 현상과 맺고 있는 관계를 상징적으로 포함하고 있기 때문이다. 먼저 「지상 최후의 로봇」에 등장하는 야호라는 아이를 통해서 그 관계들을 살펴볼 필요가 있다. 이 아이는 어떤 아이인가?

야호는 둥글고 깊은 구멍을 좋아했다. 엄마 집의 우물과 땅 밑에 숨은 광이 그랬다. 거기에 심길 모종처럼 아가리를 들여다보고 있으면, 영혼이 흘린 두레박줄처럼 깊이깊이 낙하하고 몸은 제자리에 남아 시간과 시간의 틈이 벌어졌다. 깜깜하게 엎지른 시간에서 하염없이 처져, 가마니처럼 가만히 버려진 기분이, 야호는 좋았다. 시간의 무덤을 혼자 보고 쓱쓱 지워버린 기분이랄까, 야호는 빛을 등지고 우묵하게 드러난 어둠의 더께에 그만 눈이 먼 듯 멍청한 눈을 하고 마당을 가로질렀다. 고개가 우물 깊이로 자꾸 숙여졌다. 야호는 구부정하고 과묵한 노인이 된 기분이었다. (「지상 최후의 로봇」, p. 40)

　　인용문 속에서 드러나는 아이의 욕망은 아래, "깊이"를 향해 있다. 즉 "영혼"은 하강의 욕망을 지닌다. 그런데 "구멍" "우물" "땅 밑" "시간의 무덤"이라는 말들은 여기서 구체적으로 무엇을 의미하는가? 이 소설이 진행되면서 우물은 변소와 연결되며, 또한 특별한 열매를 맺는 나무가 자라는 무덤과 연결되고, 구멍은 항문, 성기와 연결되고, 그리하여 마침내 '아래'는 방귀, 똥, 오줌, 정액과 연결된다. 말하자면, 하강의 욕망이 향하고 있는 "시간의 무덤"이란 신체, 특히 하부의 신체와 관계가 깊다. 또한 위의 "심길 모종"이란 말이 암시하며, 또한 소설 속에서 **뿌리(아래)** 부분에 **만화책**을 감추며 미묘한 맛을 지닌 **열매(위)**를 매달고 있는 유동이라는 이름을 가진 나무가 암시하듯이, 여기서 신체는 역전된 식물의 이미지로 나타난다. 즉 식물의 열매(위)는 소화 활동의 결과물인 인간의 **배설물(아래)**과 연결되며, 식물의 뿌리(아래)는 **그림과 글씨**로 이루어진 만화책이 상징하듯이 지각과 상상 활동을 통한 결과물인 인간의 **표상(위)**과 연결된다. 이러한 식물과 인간과의 대비 속에서 중요한 것은, 지하 세계를 향한 식물의 뿌리의 운동과 지상 세계를 향한 잎과 꽃과 열매의 운동이 서로 대립되는 지향성 속에서도 전체의 성장을 가능하게 하듯이, 아래를 향하는 이 아이의 소화활동, 배설 활동과 위를 향하는 표상 활동도 전체의 성장을 가능하게 하는 활동이라는 것이다. 그리고 다음의 인용문에서 나타나듯이, 역설적으로 신체적 현상으로만 보이는 소화 활동과 정신적 활동(상상이나 표상) 사이에는 미묘한 '이중적 연관'이 있으며, 그 두 활동은 서로를 반영하거나 닮아 있다.

> 통나무로 새집을 짓고 살림을 죄 안채로 옮겼는데도 아들은 툭
> 하면 아래채에 틀어박혔다. 천장까지 쌓인 책 때문이었다. 아들은
> 책을 포식하는 탓인지 점점 입이 짧아졌다. 아들이 유달리 꺼리거
> 나 깨작거리는 음식을 보면 지금 읽고 있는 책의 내용을 짐작할 수
> 있을 정도였다. (「꼬리총」, pp. 75~76)

이 인용문과 앞선 해석들로부터 다소 느슨하게 말하자면, 아이 혹은
젊은이에게는 표상 활동마저도 소화 활동으로 나타나며, 어른 혹은 늙
은이에게는 소화 활동마저도 표상 활동으로 나타난다. 이를테면, 아이
는 위에 있는 것을 아래로 끌어내리고자 하며, 노인은 아래에 있는 것
을 위로 끌어올리고자 한다. 말하자면, 머리(뇌)는 복부(내장)에 반영되
고 복부는 머리에 반영된다. 그런데 앞서 '이중적 연관'이라고 말했듯이,
영혼과 신체 혹은 아이와 노인 혹은 복부와 머리의 대립되는 경향성 속
에는 서로를 갈구하는 경향성도 내포되어 있다. 그래서 야호라는 아이
는 자신에게서 "구부정하고 과묵한 노인"의 이미지를 발견하는 것이다.
　아이 안에는 어떤 의미에서 노인이 있다(역으로 노인 안에는 아이가
있을 것이다). 일상적인 현실 속에서 여러 개성을 띠고 다양하게 살아
가는 수많은 노인의 삶의 양태가 어떠하든, "구부정하고 과묵한 노인"
이야말로 노인의 **노인성**을 보여준다. 노인이란 **죽음**과 가까이 있는 존
재이며, **시간(세월)**과 **경험(연륜)**의 **결정체**다(그래서 임수현의 소설 속
에 등장하는 노인인 "영감"은 시간, 신체, 무덤, 무언가를 숨기고 있는 어
둠의 이미지들과 함께 이야기 된다). 따라서 노인은 오랫동안 많은 것을
견뎌왔는데, 특히 직립해서 **머리**를 위쪽으로 들어 올린 상태를 지탱하
기 위해 중력을 견뎌왔다. 그렇게 견뎌온 이유는 외부에 맞서서 자신

의 내부에 어떤 것이 죽지 않고 살아남아 성장할 수 있도록 스스로를 지켜내야 했기 때문이다. 노인은 바깥에 맞서 **안**을 향해 무언가를 어둠 속에서 **묵묵히** 지켜왔던 자이고, 지탱해왔던 자이며, 어떤 내부의 정수를 **숨기고 있는 자**다. 따라서 노인과 죽음을 연결시키는 중요한 상징은 무덤이거나 그 안의 **골격**, 특히 **해골**일 것이다. 그러므로 「지상 최후의 로봇」의 마지막 장면이 보여주듯이, 야호라는 아이에게 **로봇**의 이미지(단단한 몸의 이미지, 즉 뼈를 살로 투영한 이미지)는 자신과 노인의 관계에 관한 양가감정으로부터 나온 것이며, 그 로봇에 투영된 이미지는 **물질과 생명, 어둠과 빛, 흑과 백, 죽음과 생, 소멸과 불멸과 같은 대립적인 것들의 결합체적인 이미지**다.

> **난 만화의 세상이 구멍처럼 흑백으로만 이뤄져 있어서 정말 좋아.** 야호는 점점 사위는 불꽃을 보면서 오늘밤에 이불에 지도를 그리지 않으려면 잠들지 않아야 한다고 다짐했다. 누군가는 그렇게 어둠을 지키고 있어야 했다. 홑씨처럼 가벼운 재티 하나가 야호의 눈썹에 내려앉았다. 그 깃털 하나가 시간을 떠받치는 기둥을 무너뜨리기라도 한 것처럼, 허공이 야호의 발꿈치를 지상을 향해 떠밀었다. 야호는 재로 만든 새들이 날아오는 방향을 따라 로봇처럼 솟아올랐다. 로봇은 고장 나고 망가져도 죽지 않는다. 구겨진 그림 속의 소년은 여전히 지상의 무덤을 지키고 있었다, 불사조처럼. 세상은 한순간 입을 다물고, 숨처럼 짧은 순간이 영원처럼 깊이깊이 이어졌다. 야호는 영감보다 오랫동안 살 것이다, 영원히 죽지 않고 살아남을 것이다. (「지상 최후의 로봇」, p. 68~69)

아이와 노인의 이중적 사이에서 발견되는 "로봇"이나 "불사조"(완전 연소된 "재"에서 태어난다고 하는 신화 속의 "새")가 불멸을 향한 욕망을 상기시켜준다고 하더라도, 그것들은 불멸만큼이나 죽음(소멸) 또한 상기시킨다. 죽음의 이미지가 없다면, 불멸의 이미지도 있을 수 없다. 그처럼 생의 현상은 죽음의 현상과 깊은 연관이 있다. 그렇기에, 임수현의 소설에서 노인의 이미지는 존재자들의 일상적 삶 안에 감추어진 죽음의 이미지로 이행하며, 그러한 이행이 「개의 자살」에서는 "V"라는 애매모호한 그림자 혹은 분신을 향해 나아간다. 이 소설의 주인공인 진우라는 고독한 젊은이의 친구 혹은 그림자 혹은 분신인 V는 어떤 의미에서 노인, 즉 늙은이다. 왜냐하면 V는 노인이 주는 느낌, 즉 오래된 과거를 비밀리에 보존하고 있다는 느낌과 애매모호하면서도 단호하고 확고한 죽음과 친숙하다는 느낌을 주기 때문이다. "V는 '추억주의자'라고 일컬어도 될 만큼 대부분의 이야기가 과거형"(「개의 자살」, p. 115)이며, 그는 진우에게 일종의 죽음을 연상시키는 "물음표처럼 폈다 느낌표처럼 다물리는 접낫"(「개의 자살」, p. 111)을 선물한다. 이 소설에서 표현되는 진우와 V의 관계를 통해 유추하자면, 젊은이(아이)와 늙은이(노인)의 관계는 숨바꼭질 놀이에서 찾는 자와 숨는 자의 관계와 같다(물론 숨는 자는 다시 찾는 자가 될 수 있으며, 그 역도 그러하다. 또한 그들의 관계 속에는 한편으로는 서로 반발하면서 다른 한편으로는 서로에게 이끌리는 이중적 욕망의 운동이 있다).

　　V와 만나면 늘 숨바꼭질을 벌이는 것 같았다. 〔……〕 씨앗을 고르고, 야린 나뭇잎을 비비대며 잠시 한눈을 팔았을 뿐인데…… V는 어딘가 숨어버렸다. 진우가 결국 술래를 포기하고 터덜터덜 걷다 보면……V는 판화가 오윤이 만들었다는 우리은행 외벽의 검붉은 테라코타 앞에 쪼그리고 앉아 양손 엄지와 검지로 사진틀을 세우고 있거나, 길모퉁이 쇼윈도 앞에 서서 수의를 입고 망건을 눌러쓴 마네킹을 물끄러미 쳐다보고 있었다. 진우와 V는 아무 말도 하

지 않고 다시 몸과 그림자처럼 골목길을 걸어갔다. (「개의 자살」, pp. 132~32)

이 인용문에는 「지상 최후의 로봇」에서 읽을 수 있었던 노인-상징들과의 연관이 발견된다. 테라코타, 사진틀, 마네킹은 앞에서 이미지(아이)와의 관계 속에서 이해되었던 표상(노인)인 흑백의 만화와 로봇과 연결된다. 그리고 결국 로봇이나 마네킹이라는 표상은 다시 "죽지 않는 것"인 "손톱만 한 장난감 물고기"(「개의 자살」, p. 145)와 연결되며, 이 물고기는 다시 어둠, 깊이, 감옥의 이미지와 함께 나타난다.

진우는 낫을 달싹거리며, 책상 위에 놓인 어항을 들여다봤다. 손톱만 한 물고기는 어두울수록 반짝인다. 빛이 닿을 수 없는 심해 속에서도 물고기는 저 홀로 반짝일 것이다. (「개의 자살」, p. 150)

어항은 어둠을 가둔 감옥처럼 투명한 테두리만이 도드라졌다. 진우는 책상 위에 고인 물 위에 장난감 물고기를 제물처럼 늘어놓았다. (감옥을 벗어나자마자 자살을 선택한 수인들) 진우는 그제야 낫을 들고 천천히 뒤돌아섰다. (같은 글, p. 151)

임수현의 여러 소설들 속에서 반복되며 변주되는 여럿의 이미지들은 미묘한 저항과 반발 속에서도 서로가 서로에게 이끌리고 있으며, 말하자면 서로가 서로를 부둥켜안으려고 한다. 그의 소설에서 읽어낼 수 있는 아이와 노인, 삶과 죽음, 이미지와 표상, 혹은 건강과 병의 관계는 어떤 탄력적인 힘들의 지향성 속에서 표현되는 관계이며, 관계를 구성하는 항들 각각의 특성이 서로의 안으로 침투되거나 역전되거나 전이될 수도 있는 관계다. 그러한 관계는 흐물흐물하지도 않고 딱딱하지도 않은 "쫀득쫀득"한 관계가 되고자 한다. 임수현의 소설들 속에서 읽어낼 수 있는 이상적인 관계성의 이미지는 아이들의 고독한 상상속에서 자주 발견된다. 그것은 풍요롭고 다양한 여럿을 투명하고 작게 고정된 세계 안에서 탄력성 있게 한곳에 집중시켜 형성된 생동하는 관계들의 결합체 같은 것이며, 그러한 세계는 **"오동통"**(「개의 자살」, p. 140)한 "물방울"(p. 145)의 세계와 같다.

쓸모없는 노고와 소모적인 고통은 앞의 관계들의 어느 한쪽만을 보려고 하면서, 그 한쪽을 구체적인 관계성으로부터 추상해 고립시킨 뒤에, 다른 한쪽을 비정상적이거나 무가치하거나 좋지 않은 것이라고 무시한 다음, 그렇게 추상된 처음의 것에 가능하지도 않은 독립성과 구체성을 부과하는 일에서 생겨날 수 있다. 물론 그러한 추상적이고 독단적인 행위에 대한 비판이 중요한 가치들을 무분별하게 무화하거나 전복시키는 일을 정당화하기 위한 것은 아니며, 무질서나 무의미를 찬미하는 것도 아니다. 여기서 중요한 것은 일반적으로 부정적인 것으로 다가오는 어떤 것들, 가령 그 존재의미가 잘 이해되지 않는 더러움, 부끄러움, 고통, 질병, 죽음과 같은 것들 속에서도 긍정적인 어떤 것을 찾아내려는 태도의 중요성이다. 임수현의 소설이 더러운 것이라고 자주 여겨지는 오줌, 똥이나, 부끄러운 것이라고 자주 여겨지는 성기, 항문이나, 두려운 것이라고 자주 여겨지는 병, 죽음에 대해서 이야기를 하는 이유는 그러한 태도 때문이다. 그리고 그러한 태도는 파괴를 지향하기보다는 무언가를 만들어나가고자 하는 상상을 지향한다.

> 어쩔 땐 매일 긁어내는 각질이나 염증, 종기 같은 것들이 없으면 나날이 외려 허전할 것 같았다. **세균 없는 병실보다 오줌자국 즐비한 뒷골목이 덜 무료한 게 사실이지. 게으른 것도 알아.** 진우는 각질을 모아 지우개를 만드는 상상에 키득거리기도 했다. (「개의 자

살」, p. 155)

물론 이러한 상상 활동은 메마른 표상 활동과 그다지 달라 보이지 않으며, 어른이 되지 못한 아이의 유치한 놀이처럼 보인다. 그러나 그러한 놀이는 그 안에 한번 들어가면 다시 빠져나오기 어려울 만큼 확고한 대립적 경계들로 고정되어 있는 표상들의 체계인 "고체"의 "늪"(「늪의 교육」, p. 167)에 빠지지 않으려 저항하는 아이의 자연적인 본능에서 시작된 것이다. 그렇게 부정적으로 나타나는 어른(혹은 노인)의 세계는 「늪의 교육」에서 암시되듯이 바다(거기서부터 상상이 시작될 수 있는 가능성과 잠재력의 바다)를 가두고 있거나 가리고 있는 땅의 세계이며, 빠져나오기 어려운 딱딱하고 차갑고 건조한 고체성의 늪과 같은 세계다. "맑"이라는 아이(젊은이)에게 나타나는 그 세계는 **검부러기**처럼 날리는 상상도 그 고체의 늪에 가로막혀 딱딱하게(맑은 찰나 **빙하기의 순간 하늘을 헤매다 허공에 얼어붙은 새 떼**를 상상한다) 굳어버"(p. 167)리는 세계다. 그렇게 부정적으로 나타나는 어른(노인)의 세계는 천막으로 가려진 것 같은 불투명한 세계며, 어떤 종류의 적응(교육)을 요구하는 세계며, 그 적응의 시간을 통과하지 못한 아이에게 "애들은 가라"고 명령하는 세계다.

> 오늘 밤 내가 맞닥뜨린 사람들은 모두 사내의 주술에 걸린 것처럼 똑같이 그 말만을 되뇐다. 그것이 저 천막 속에 들어갈 수 있는 암호인 것처럼. 어른들만 알 수 있는 진짜 세계에는 아이들이라고는 전혀 필요하지 않은 것처럼. 아이들은 집에 돌아가 가짜로 만들어진 장난감이나 갖고 놀라는 듯이. 아이는 가짜의 시간이야, 그렇게 말하는 것처럼. (「아이들은 가라」, p. 250)

임수현의 여러 소설들이 형상화하고 있는 아이 혹은 젊은이와 어른 혹은 늙은이의 관계는, 서로를 전적으로 신뢰하지 못해 내심 많이 불편하고, 그래서 서로 등을 돌리고 있는 관계처럼 보일 수도 있다. 그들과 연관되어 있는 상상 활동(재현이 아닌 이미지를 형성하는 활동)과 표상 활동(소박한 리얼리즘적 재현 활동)의 관계도 그렇게 보일 수 있다. 그러나 앞에서 말했듯이 그의 소설이 말하는 그들의 관계 속에는 서로 반발하지만 그럼에도 서로 이끌릴 수밖에 없는 이중적 연관이 놓여 있다. 왜냐하면 모든 현상은 형상적 양상과 질료적 양상을 함께 가지며(이 고전적인 질료-형상 이론은 여성-남성의 구분이 여전히 유효할 수밖에 없는 것처럼 현대적인 사유의 변화 속에서도 여전히 견지될 수밖에 없는 것이다), 또한 그 두 양상이 서로 대립되는 극성을 띠면서도 서로를 요구하는 관계에 있기 때문이다. 그러므로 질료적, 형상적으로 각각 분리되어 나타나는 이미지와 표상은 그 이면에서 은밀하게 형상-질료 복합체적인 요소를 통해 서로 결합하려고 하기 때문이다. 따라서 유동적인 이미지와 고정적인 표상은 자신들의 이면에 은밀하게 미묘한 질료나 형상을 숨기고 있다. 아이와 노인의 관계는 결국 그 이면에서 남성성과 여성성의 관계와 연결된다. 왜냐하면 질료적인 것은 여성적인 것이고, 형상적인 것은 남성적인 것이며, 문제적인 것은 그 둘의 분리와 결합이기 때문이다.

「이빨을 뽑으면 결혼하겠다고 말하세요」에서 말하는 "결혼"은 그러한 분리와 결합을 모호하게 암시하고 있다. 이 소설에는 「개의 자살」에서 나타났던 V와는 다르게 보이지만 그럼에도 그와 밀접한 연관을 갖는 V가 다시 나타난다. 이 소설에 나타난 V와 서술자-주인공-나의 관계는 은밀하고도 내밀하게 문제적인 상호작용을 주고받는 관계다.

저는 늘 V와 혼자서 만났어요. V는 누군가와 섞여, 저를 만나는 걸 달가워하지 않았어요. V는 철저하게 저와 내밀해지기를 바랐던 거예요. 그런 면에서 V는 다른 남자애들 하고는 달랐죠. 〔……〕 V는 저를 철저하게 감추었고, 저 혼자 몰래몰래 꺼내보는 것을 좋아했어요. 저는 V의 그림자처럼, 아니 비밀의 화원처럼, 아니 어쩌면 V의 성기처럼 존재했어요. 누구나 짐작하지만 굳이 확인할 필요가 없는 존재였던 거죠. 정말 정확한 표현인 것 같아요. 아무에게도 드러내놓고 확인시키지 않지만 V의 연애의 정체성은 바로 저였을 거예요. (「이빨을 뽑으면 결혼하겠다고 말하세요」, pp. 209~10)

  그런데 "변덕스런 날씨 같은 V"(p. 216)는 내가 해준 "말을 자기 상상인 양 털어놓는 버릇이 있"(p. 211)으며, 나는 "V가 마냥 좋았던 건 아니"(p. 212)다. 둘의 관계는 애매모호한 문제적 관계다. 이 관계 속에서 V는 애매한 남성으로 나타나며, 나는 모호한 여성으로 나타난다. 이 소설 속에서 남성적인 V는 자신의 표상 활동 이면에 변덕스러움으로 상징되는 여성적인 질료의 유동성을 숨기고 있으며, 여성적인 나는 자신의 상상 활동 이면에 "V의 성기"로 상징되는 남성적인 형상의 고정성을 숨기고 있다. 그래서 임수현의 소설들에 관한 지금까지의 해석을 요약하자면, 노인(표상) 안에는 어떤 여성(질료)이 숨어 있고, 아이(상상) 안에는 어떤 남성(형상)이 숨어 있으며, 여성(질료) 안에는 어떤 남성성(고정성)이 숨어 있으며, 남성(형상) 안에는 어떤 여성성(유동성)이 숨어 있다고 말할 수 있다. 그러므로 "완전히 서로의 존재에만 이끌려 아무 조건도 없이 지속되는 V와 나의 관계"(p. 219)의 그 이면에는 임수현의 소설들 속에 등장하는 거의 모든 존재들, 즉 아직 결합(결혼)에 이르지 못한 존재들이 벌이는 진지한 숨바꼭질 놀이가 진행 중인 것이다.

[2011]

나의 자유는 어디에?[1]

김해숙의 소설들은 다른 모든 소설들처럼 '허구'다. 그런데 허구의 '허구성'이란 보통 사실의 '사실성'과 대비(혹은 대립, 혹은 반대)되는 '비–사실성'으로 분류되는 경향이 있다. 픽션fiction과 논픽션non-fiction이라는 분류의 기준은 사실상 '허구냐 아니냐'에 있다기보다는 '사실fact이냐 아니냐'에 있다. '사실성'은 이해와 해석에 지대한 영향력을 행사하며, 많은 경우 '합리성'과 함께 판단의 기준을 충족시키는 역할을 한다.

그렇다면 '사실'이란 어떤 특성을 갖는가? 왜 우리는 '사실'로부터 자유로울 수 없으며, '사실'에 집착할 수밖에 없게 되는 것인가? (소위 '팩트폭격'이라는 유행어에서도 볼 수 있듯이) '사실'은 왜 그렇게도 막강한 '전투력'을 가질 수 있다고 믿어지는가(물론 그렇지 않은 경우도 있다!)? '사실'에 왜 그렇게도 육중한 '중요성'이 부과되는가? '사실'의 중요한 '가치' 혹은 '의미'는 어디에서 성립하는가? '사실 그대로 말하라!' 혹은 '사실을 왜곡하지 말라!'라는 당위적 명령(혹은 요청)은 왜 그렇게도 강력한 '지배적 영향력'을 발휘하는가?

하지만, 그럼에도 불구하고, '사실'은 또한 왜 그렇게도 많은 논란의 대상이 되는가? 즉 '동일한(하나이고 같은) 사실'에 대해서 왜 그렇게도

---

1   이 글은 김해숙, 『유리병이 그려진 4번 골목』(문학들, 2019)에 실렸던 졸렬한 해설이다. 이하 인용문은 모두 이 책에서 가져왔으며 강조는 모두 인용자의 것이다.

서로 대립하는 수많은 '해석'이 생겨나는가? 혹은 '동일한 사태'에 대해서 왜 그렇게도 서로 다른 '사실성'을 주장하게 되는 일들이 일어나는가? 즉 왜 동일한 사건을 두고 갈등하고 있는 대립자들이 서로에게 '그건 사실이 아니야!'(이때 '사실'은 '진실'과 거의 동의어로까지 보인다)라는 동일한 말을 할 수밖에 없게 되는 경우가 생기는 것인가? 둘 중 하나는 분명 사실이 아닌 비-사실 속으로 도피하고 있기에 그런 것인가? 아니면, 애당초 '동일한 사실'이란 '허구' 혹은 '비-사실'이기 때문인가?

이러한 물음들을 통해서 일상적 현실에 나타나는 '사실의 현상'이 갖는 특징에 대해서 말해보자. 우리는 긍정적인 의미에서 파악된 '인간의 건전한 상식'(즉 그 어떤 인식비판적 태도에 의해서도 부정될 수 없는 기본적인 참된 경험적 인식)이 있다고 믿을 수 있으며, 그러한 '상식'(혹은 공통 감각common sense)을 통해 이해된 '사실의 사실성'이란 '결코 변경될 수 없으며, 따라서 이미 확정되고 완결되어 지나가버린 과거에 일어난 사건들이 보여주는 확고부동한 강철 같은 필연성' 같은 것을 의미한다고 믿을 수 있다. 그것은 가령 엎질러진 물은 주워 담을 수 없다, 혹은 아니 땐 굴뚝에 연기 나랴, 혹은 콩 심은 데 콩 나고 팥 심은 데 팥 난다 등의 속담에서도 볼 수 있는 인간 상식에 의해서 이해된 경험적 사실성의 특징이다.

즉 변화 불가능성(부동적 고체성, 혹은 역전 불가능성), 그 자체로 완결된 과거의 시간성(폐쇄성), 필연적 인과성(결정론적 메커니즘) 등이 사실의 사실성을 기술할 수 있는 특징들로 나타난다.

그런데 그러한 사실성의 특징들은 '변화 가능성을 내포하는 미래를 향해 개방될 수 있는 자유로운 활동성'의 관점에서 보자면 '부정적이고 억압적인 영향력을 행사하는 비-자유의 결정체' 같은 것으로 나타난다. 그리고 만일 '시간은 흐르는 강물이다' 같은 보편적 은유처럼 '시간'이라는 것을 '흐르는 물'(유동체)로 상상한다면, 사실성과 연관된 시간이란 오히려 그러한 상상에 반하는 '정체된 물' 혹은 '얼어붙은 물'(고체)로 나타난다. 말하자면, 자유로운 활동성의 관점에서 보자면, 사실이란 결코 긍정될 수 없는 부정적인 무엇으로 나타나며, 마찬가지로, 사실의 관점에서 보자면, 자유로운 활동성이란 결코 긍정될 수 없는 부정적인 무엇으로 나타난다.

여기서 마치 사실과 자유는 양립할 수 없는 대립자들처럼 나타나는데, 즉 '사실'은 '비-자유'처럼 보이며, '자유'는 '비-사실'처럼 보이는 것이다. 비-사실……? 하지만 과연 사실에 대립하는 '비-사실로서의 자유'가 거짓이 아닌 '참'으로 존재할 수 있는가? 그럴 수 없다면, 비-사실로서의 자유란 결국 '거짓'이나 '기만'에 불과한 무엇이 아닌가?

물론 여기서 '비(非, 아님)-'라는 말을 사실에 대립되지 않는 의미로 이해할 수 있는 가능성에 대해서 생각할 수 있다. 즉 자유를 비-사실로 이해할 때, 그때 '비-'란 단적으로 사실을 부정하고 있는 어떤 특성, 즉 '절대적 아님'을 의미하는 게 아니라 시간성 속에서 이해된 '상대적 아님' 즉 '아직-아님'을 의미할 수 있다. 즉 '비-사실로서의 자유'란 단적으로 사실이 아니거나 참이 아닌 무엇이 아니라 '아직 사실이 아닌 것'(혹은 '아직 참이 아닌 것')으로 이해될 수 있다. 다시 말해서, 자유로운 활동성의 관점에서 이해된 사실성(혹은 비-사실성)이란 외부로부터 억압적인 영향력을 행사하는 완결되고 확정된 사실성이 아니라 '나 자신의 내부로부터 시작되는 형성 과정적인 현실 속에 있는 유동적이고 미완결되고 미확정된 (비-)사실성'이다. 그러므로, 그러한 관점에서 본다면, '자유인 사실이나 참'과 '자유가 아닌 사실이나 참' 사이의 차이는 다음에 있다. 즉 전자에서는 '나의 자유로운 활동'이 개입 혹은 참여한다는 것이며, 후자에서는 그렇지 않다는 것이다. 즉 '자유의 사실'에서 중요한 것은 사실이나 참을 부정하면서 그것에 대립하는 비-사실이나 거짓(비-참)이 아니라 '내가 만들고 있는 사실' 혹은 '내가 만들고 있는 참' 혹은 '사실이나 참이 성립하는 과정에 나의 창조적 활동이 개입한다는 사실'이다. 그리고 그렇게 이해된 자유의 의미는 사실 '허구'라는 표현의 본래적 의미와 잘 어울린다. 왜냐하면 본래 '허구'라는 말은 '거짓'이나 '비–사실'을 의미했던 것이 아니라 '창작, 제작' 등을 의미하는 어원을 가진 말이었기 때문이다. 즉 '나의 창조적 형성 과정' 혹은 '나의 외부로부터 주어지는 필연적인 것들의 내부적 변형 과정'에 중요성을 두는 관점에서 보자면, 자유의 활동과 허구의 활동은 '창조적 변화를 향한 현실적 가능성'으로 이해될 수 있으며, 서로 공통성을 갖는다.

허구, 그리고 자유, 창조적 변화, 현실적 가능성……?

김해숙의 소설들이 다른 모든 소설들처럼 허구라는 일견 공허하게 들리는 말로 이 글을 시작하면서 그와 관련된 일련의 논의를 행한 이유는, 일반적으로 이해되는 '허구'라는 표현의 의미를 할 수 있는 한 긍정적인 방식으로 확장하고 강화함으로써, 김해숙의 소설들이 보여주고 있는 '현실'의 의미를 정당하게 해석할 수 있는 실마리를 얻고 싶었기 때문이다. 김해숙의 소설들은 우리가 그로부터 자유로울 수 없는 어떤 문제적 현실을 허구의 방식으로 보여주고 있다. 그런데 그렇게 나타난 이 소설의 문제적 현실 앞에서 우리는 다음과 같은 물음을 던지고 있는 자신을 발견한다. 현실reality은 사실fact인가?

즉, 앞에서의 '사실성'에 대한 논의에 비추어 다시 묻자면, 현실이란 변화 불가능하고, 그 자체로 완결되어 닫혀 있고, 필연적 인과성에 의해 모든 것이 결정되어 있는가? 혹은, 좀더 구체적인 인간적 관점에서 묻자면, 현실이란 '나'의 자유로운 활동이 개입할 여지가 전혀 없는 숙명이거나 운명인가? 가령 김해숙의 한 소설이 말하듯이 "현실"에 대한 다음과 같은 진술은 '진실'인가?

현실이었어. 바꿀 수도, 바뀔 수도 없는, 어쩔 수도 없는 일. (「어쩔 수 없다」, p. 64)

이 진술은 진정 "현실"에 대한 진술인가? 혹, 그것은 '사실'에 대한 진술이 아닌가? 여기서는 '현실성'과 '사실성'의 혼동이 일어나고 있는 것이 아닌가? 이러한 물음들은, 우리가 보기에, 김해숙의 이번 소설집을 구성하고 있는 거의 모든 소설들에 나타난 현실의 의미를 향해 던질 수 있고, 던져야만 하는 중요한 물음이다.

현실이 사실이고, 사실이 현실인가? 현실이 사실로 남김없이 환원될 수 있는가? 만일 그럴 수 없다면, 사실로 환원될 수 없는 현실은 사실을 넘어서는 긍정적인 중요성을 갖는가? 아니면, 부정적이거나 사소한, 그러니까 무시해도 좋을 아무런 중요성도 갖지 않는가? 그것이 아니면, 현실의 중요성은 필연적 사실성에서는 찾을 수 없는 우연성이나 우발적 사건성에 있는가? 그런데 도대체 우연성이란 무엇인가? 필연성에 대립되는 우연성을 일차적인 것으로 내세운다면, 그때 그 우연은 필연과 도대체 어떤 관계 속에 있는 것인가? 다시 한번 '건전한 상식'(?)에 호소하자면, 우리는 '필연적 우연성'(!)이라는 표현까지는 어쨌든 조금 애매하더라도 이해할 수 있을 것 같지만, '우연적 필연성'(?)이라는 말은 결코 이해할 수 없을 것 같지 않은가?

즉 우리는 필연성에 일차적인 중요성을 부여하며, 그러한 필연성의 우위에서 우연성을 이해할 수는 있지만, 우연성이 일차적인 것이라면 결코 필연성을 이해할 수 없게 되고 마는 것이 아닌가? 그것이 '건전한 상식'의 경험적 인식이 아닌가? 즉 우연성은 '은폐된 필연성'이거나 '아직 이해할 수 없거나 의식적으로 인지되지 못한 필연성'이 아닌가?

그런데 그렇다면, '외적 필연성'에 대립되는 것으로 나타나는 '인간의 내적 자유'가 가능하다면, 그것 또한 어떤 '내적 필연성'의 관점에서 이해되어야 하는 것이 아닌가? 그러니까 자유의 문제의 경우, 필연과 우연의 대립이 있는 것이 아니라, 오히려 '외적 필연과 내적 필연의 대립'이 있는 것이 아닌가? 즉, '비-나'(세계)의 현실 혹은 사실로부터 강요되는 필연과 '나(자아)'의 (비-)현실 혹은 (비-)사실로부터 자발적으로 생겨나는 필연(자유)의 대립. 그리고 그렇다면, 또한 '우연'이란 그러한 대립되는 두 필연 사이의 간극으로부터 발생하는 미처 의식되지 못한 사건이 가질 수 있는 특성에 붙여진 이름, 즉 '외적 필연으로도 내적 필연(자유)으로도 아직 나의 의식적 삶의 활동 속으로 진입하지 못하고 있는 잠재적이거나 가능적인 필연성의 다른 이름'이 아닌가?

'나'는 외적 필연에 내맡겨져 있는 한에서, 혹은 외적이거나 내적인 우연에 내맡겨져 있는 한에서, 아직 내적 필연성에 도달하지 못한 것이며, 따라서 '자유의 현실'에 도달하지 못한 것이다. 우리가 보기에, 바로 그러한 '자발적인 내적 필연성이 결여된 현실'에, 우리를 짓누르고 있는 모든 끊임없는 불만족과 희망 없는 고통과 두려움과 분노와 절망의 핵심적 이유가 있다. 우리가 김해숙의 소설들 속에서 끊임없이 볼 수 있는 것은 그러한 부정적인 현실성이다. 이 소설집에 실린 김해숙의 모든 소설들이 보여주고 있는 현실은 '자유 없는 현실' 즉 '나의 창조적이고 능동적인 활동을 통해 도달되는 내적 필연성을 찾을 수 없는 현실'이다. 그러므로 그러한 **'자유 없는 문제적 현실에 내포된 억누를 수 없는 욕망을 표현하는, 강력하게 명료하고도 순수하게 단순하지만 또한 그 의미를 온전히 이해하기 대단히 어려운 문장'**은 다음과 같다.

나 자유롭게 살고 싶어. (「혹」, p. 147)

과연 '나의 자유로운 삶'은 무엇을 의미하며, 어떻게 가능한가? 도대체 가능하기는 한가? 이 소설집의 거의 모든 인물들은 타의에 의해 강요된 현실이든, 자의에 의해 선택된 현실이든, 아니면 그 둘 다든, 아무튼 자유 없는 현실의 삶 속에 갇혀 있다. 그리고 그렇게 형상화된 소설 속 인물들의 삶은 바로 자유를 찾을 수 없는 우리 자신의 삶의 모습이기도 하다(그러한 현실의 삶을 어떻게 극복할 것이며, 그렇게 극복한다는 것의 의미는 무엇인가?). 이와 관련하여, 소설들 속의 특징적인 문장들을 읽어보자.

유리병 안에 **갇힌** 게 송사리나 미꾸라지가 아니라 자신 같았다. (「유리병이 그려진 4번 골목」, p. 16)

빈은 더 이상 남자에게 **결박당한** 채 살 수 없었다. (「유리병이 그려진 4번 골목」, pp. 17~18)

형은 나무문에 못질을 해서 스스로 문을 **잠갔다**. (「사소한 일거리」, p. 37)

출입구는 하나밖에 없어 열렸던 문이 **닫히면** 주홍과 나는 우리 안에 **갇힌** 짐승이 된다. (「해를 삼키다」, p. 115)

연우는 선택이 아닌 선택을 **강요당했다**. (「훅」, p. 145)

주영이 남편을 **벗어날** 수 있는 유일한 길은 남편이 모르는 주영 속으로 들어가는 것이다. (「고의」, p. 102)

내가 자유로운 삶을 산다는 것은 여기서 어떤 의미를 갖는가? 여기서 '나의 자유'는 우선적으로 어떤 구속 상태로부터 '벗어남' 즉 해방,

탈출 등을 의미한다. 그리고 또한 다른 그 어떤 것으로부터도 강압적 영향력을 받지 않은 '나의 선택'이 '나의 자유'를 의미할 수도 있을 것이다. 하지만 우리는 그러한 자유의 의미에 분명 정당한 이의를 제기할 수 있다.

일단, 이른바 '선택의 자유'에 관해 말하자면, 우리는 그것이 '착각'에 불과하다는 수많은 주장들을 만날 수 있다. 가령, 자신은 자유롭게 선택하고 있다고 생각하지만(믿지만) 사실은 '자신도 의식하지 못하는 타자의 욕망에 의한 선택을 무의식적으로 행한다(강요당한다)'는 식의 주장들이 있으며, 또한 '자유로운 선택이라는 생각은 단지 그 선택을 실제로 강요한 무의식적 동기에 대한 무지, 혹은 어쩔 수 없이 그렇게 선택할 수밖에 없게 만든 필연적이고 맹목적인 힘에 대한 무지에 기초한 착각에 불과하다'는 식의 주장들도 있다. 나는 내가 의도한 것(선택한 것)을 행하지 못하며, 또한 내가 의도하지 않은 것(선택하지 않은 것)을 행한다는 것이다. 김해숙의 소설들 속에서도 그러한 주장을 예증하는 문장들을 읽을 수 있다.

> 나는 입술을 꽉 깨물고 웃는 표정을 지으려 했으나 금세 굳어졌다. 그건 **내 의지로 할 수 있는 게 아니라** 아주 먼 무의식의 세계에서 내게 손짓을 한 거다. (「해를 삼키다」, p. 129)

> 수혁은 **의도하지 않았던** 말이 제 입에서 나온 것에 놀랐다. (「훅」, p. 162)

아무튼 여러 선택지 중에서 하나를 선택할 수 있다는 사실에서 '나의 자유'를 찾는 일은 그다지 설득력이 없어 보이는 것이 분명하다. 조금 가볍게 말하자면, 자장면과 짬뽕 중에 하나를 선택하는 일에서 나의 진정한 자유를 찾을 수는 없는 것 같다. 그렇다고, 그 둘 모두를 합한 짬짜면을 선택하거나, 그 어떤 것도 '선택하지 않을 자유'를 주장하면서 그냥 굶기를 선택하거나, '완전히 자의적으로 선택할 자유'를 주장하면서 중국집 메뉴판에서는 발견할 수 없는 음식(혹은 그 어디에서도 찾을 수 없는 조작적으로 기획된 음식)을 선택하거나, '우연이나 운명에 의한 선택에 자신을 내맡길 수 있는 자유'를 주장하면서 주사위나 동전 던지기를 통한 선택을 행한다고 해서, 불가능했던 나의 자유가 가능해지거나, 있던 나의 자유가 조금이라도 더 늘어나거나 줄어드는 것도 아닌 것 같다.

물론 우리는 이러한 예가 적절하지 않을 수도 있음을 인정한다. 즉 선택의 자유에서 나의 자유를 찾는 중요한 이유 중의 하나는, 가령, 아마도, 자장면과 짬뽕 사이의 선택과는 비교할 수도 없는 중요한 선택의 순간, 즉 '고통스러운 갈등과 깊은 심사숙고를 요구하는 진지한 결단의 순간', 가령 삶과 죽음을 가르는 선택과 같은 위기의 순간에 '나의 자유'가 핵심적인 역할을 수행(해야)한다고 믿어지기 때문일 것이다. 하지만 그러한 심각하고 중대한 순간에 '나의 자유'가 중요하다고 생각되는 이유는 '선택의 문제' 때문이 아니라 '벗어남의 문제' 때문일 수 있다. 즉 여기서의 자유는 '선택할 수 있는 가능성'이 아니라 '벗어날 수 있는 가능성' 즉 해방이나 탈출의 가능성과 더 강력하게 연관된 것처럼 보인다. 이때 우리에게 '구속 상태로부터의 벗어남'으로 이해된 자유는 '선택의 자유'보다 더 근원적인 자유로 나타난다. 그렇기에, 이를테면 다음의 문장에서 읽을 수 있는 "다른 선택"의 가능성은 보다 근원적인 자유의 가능성이 아니다.

> 어쩌면 수혁이 다른 선택을 할 수도 있었다. 사랑이란 것은, 사람이라는 것은 예상을 깨고 얼마든지 다른 선택을 할 수 있다.
> (「혹」, p. 164)

그런데 "다른 선택"의 가능성이 일차적인 자유의 가능성이 아니라는 점은 이 소설 자체가 말해주고 있다. 즉 수혁이 원하는 자유는 '선택의 자유'가 아니라, 차라리, 오히려, '선택의 여지가 없는 자유'처럼 보이는 것이다. 다시 말해서, 다른 것이 아닌 오직 그것만을 바랄 수밖에 없기에, 다른 선택의 가능성이 끼어들 여지가 없는 자유의 가능성인 벗어남, 해방, 탈출의 가능성이다. 그러한 자유의 가능성을 대표하는 이미지가 바로 '바람'의 이미지다. 수혁은 **'바람'처럼 되기를 원하는 '바람'**을 가졌다.

> 바람처럼 떠나고, 떠나고, 또 떠나고 싶었다. (「훅」, p. 148)

> 수혁은 **바람이 되고 싶다**고 했다. (「훅」, p. 149)

여기서 우리는 '바람'을 이른바 동음이의성, 혹은 차라리 '유비적 의미'에 따라 '나의 욕망 혹은 지향의 관념-이미지적 대상 자체이면서 동시에 나의 욕망 혹은 지향 자체'라고도 해석해볼 수 있다. 그런 관점에서 '바람'과 연관된 자유란 아마도 '자신의 궁극적인 내적 지향성을 명료하게 의식하면서 그것만을 따르며, 그 외의 다른 모든 외부적 선택의 가능성으로부터 해방되는 것'을 의미할 수도 있을 것이다. 여기서 자유는 '나의 의식적 행위(생각과 분리될 수 없는 행위)가 향하는 관념-이미지적 대상과 그 (생각-)행위를 일으킨 추동력, 혹은 동기가 본질적 관계성 속에서 서로 결합할 수 있다'는 데서 성립한다. 물론 우리는 이렇게 해석된 자유의 의미가 과연 해방이나 탈출과 일차적으로 연관되고 있는 것인지 여전히 물을 수 있다. 그것은 여전히 모든 구속으로부터의 해방이나 탈출에 실패하고 있는 자유가 아닌가? 따라서 결과적으로 비-자유가 아닌가? 그런데 이러한 반문들에 대해 우리는 앞에서 선택의 자유에 대해 던졌던 물음과 동일한 물음을 제기할 수 있다. 즉 선택의 자유가 근원적 자유가 아니었던 것처럼 어떤 구속 상태로부터의 해방이나 탈출 또한 근원적 자유가 아닐 수 있다.

우리는 흔히 자연 상태 그대로의 환경 속에서 본능적으로 살아가는 존재를 자유롭다고 생각하는 경향이 있다. 그렇기에 인간에 의해 인위적인(인공적인) 환경 속에 놓인 생물들, 가령 어항 속의 물고기나 동물원의 다양한 동물들이 자유 없는 구속 상태에 있다고 보며, 그들을 자신들이 원래 속했던 자연(산, 강, 바다, 숲 등의 자연) 속으로 되돌려 놓으면 그들이 자유를 되찾았다고 생각한다. 또한 다른 한편으로, 인간의 경우, 문명이 인간을 병들게 만드는 구속 상태로 이끌었으며, 따라서 자연 상태에서 본능적으로 삶을 영위하는 인간들이 훨씬 더 자유롭다는 생각을 할 때도 있다. 하지만 과연 우리가 진정 자연 상태에서 '자유'를 찾는 일이 가능할까? 물론 우리가 지금 자연적 존재자들을 구속하는 일이 당연하다거나 좋은 일이라고 말하는 것은 전혀 아니다. 단지 우리가 말하고 싶은 점은, 전혀 아무런 구속도 받지 않는 것, 혹은 모든 구속으로부터 탈출하거나 해방되는 것이 곧 '나의 자유'를 의미하는 것은 아니라는 점이다. 가령 '현실'이나 '삶'이나 '자연'이 '나'를 구속한다면 그때 그 구속으로부터의 탈출이나 해방으로서의 자유는 무엇을 의미하는가? 심지어 '나'를 구속하는 것이 '나 자신'이라면, 그때는 또 어떻게 해야 하는가?

자연적 삶을 포함한 모든 현실적 삶은 어떤 한계, 한정, 경계를 다른 존재로부터 부여받거나 '스스로 부여함'으로써 성립하며, 그런 면에서 볼 때 현실적 삶을 살아가는 모든 존재자는 '유한자'이며, '유한자'인 이상 어떤 '자발적이거나 비자발적인 구속 상태'에 있으며, 모든 구속 상태로부터의 해방이나 탈출이 의미하는 것은 결국 '무한자'가 되어야 한다는 것을 의미한다. 그런데 무한자가 된다는 것은, 어떤 한계나 제한도 갖지 않으며 자기 이외의 그 어떤 타자(바깥)도 없이 온전히 자신 안에 모든 것을 포괄하는 절대적 동일성과 전체성 자체가 된다는 것을 의미한다. 하지만 그러한 무한성 속에서 '나의 자유로운 삶'을 찾을 수 있을 것인가? 그것이 가능하건 불가능하건 간에, 실재적으로 존재하건 존재하지 않건 간에, 여기서는 이미 한 인격으로서의 자신이 중요하게 생각했던 '나'와 '자유'의 관념은 비-인격적 무한성 속으로 사라져버리고 있는 것이 아닌가? 여기서 개별적인 자기의식으로서의 '나'에게 소중했던 '자유로운 삶'은 그 중요한 가치를 완전히 잃어버리게 되는 것은 아닌가? 분명, 김해숙의 인물들(또한 우리들 자신)이 찾는 '나의 자유'는 모든 구속으로부터 해방된 그러한 절대적 무한성에서 찾아지는 자유가 아닐 것이다.

물론 지금 '나의 자유로운 삶의 문제'를 매우 과장하고 있는 것처럼 보일 수도 있을 것이다. 그렇기에, 그 문제는 '모든' 현실적 삶이 아니라 '특정한' 현실적 삶과 연관되는 것이며, 따라서 자유는 여전히 '그 특정한 현실적 삶의 구속으로부터의 해방이나 탈출'을 의미한다고 주장할 수도 있을 것이다. 그러므로 가령 **"집중을 하고 이곳에서 견디거나 탈출을 할 수 있는 방법을 생각"**(『해를 삼키다』, p. 119)하는 일이 '자유의 문제'에 직면하여 할 수 있는 유일한 '생각'이라고 주장할 수도 있을 것이다. 하지만 이때 중요한 점은 "이곳"이 가리키는 '현실'이나 '삶'이 어떤 특징적 성격을 보여주고 있느냐는 것이다. 이와 관련하여, 김해숙의 소설들이 보여주고 있는 특징적인 현실적 삶의 모습이 어떤 것인지 잘 나타나는 대목을 읽어보자.

삶에 대한 예의로 살아가는 건 남편이나 주영이나 마찬가지이다. 그럼에도 주영은 **어쩔 수 없이 사는 생**이라면, 열심히 살아서 그 혼적을 **현실적인 것**들로 채우고 싶었다. 가령 월세 대신 보증금 천만 원 정도를 더 넣어 월세를 줄이는 방식이 주영이 선택한 방법이다. (「고의」, pp. 90~91)

우리가 **이곳에서 살아남을 수 있는 길**은 죽도록 페인트칠을 하거나 시멘트벽을 뚫고 둥지를 틀 듯 자리 잡는 수밖에 없다. (「해를 삼키다」, p. 116)

현실적 삶의 특징은 우리 모두가 너무나 잘 아는 '**생존**'이다. 경제적으로, 혹은 생물학적으로 먹고살기, 혹은 지속적으로 살아남기. **생존투쟁 혹은 자연선택**natural selection **혹은 적자생존**survival of the fittest **혹은 자연도태**…… 여기서 우리의 물음은 이렇다. 그렇게 규정된 현실적 삶에서 '자연적 우연'이나 '자연적 필연'이 아닌 '개별적 인간으로서의 나의 자유'를 찾는다는 것은 무엇을 의미하는가? 일단 우리는 다음과 같은 점을 강조하고 싶다. 즉 '나의 자유'라는 '관념'은 그렇게 규정된 현실적 삶 이외의 다른 어떤 '가능적 삶'도 알지 못하는 존재자에게는 성립할 수 없는 '생각'이라는 것이다. 그러므로 적어도 '나의 자유'라는 '관념'을 '생각'할 수 있는 '개별적 인간'이 단 한 명이라도 있다는 사실은, 그 '개별적 인간'이 자연선택 혹은 적자생존이라는 진화론적 생물학의 원리적 규정만으로는 설명할 수 없는 '다른 형태의 삶의 가능성'을 가졌다는 것을 의미한다. 그런데 이때 다른 삶의 가능성이 그렇게 생물학적이거나 경제적으로 규정된 현실적 삶으로부터의 탈출이나 해방으로만 이해된다면, 과연 그때 '나의 자유'란 무엇을 의미하며, 그것이 어떤 방식으로 가능할 것인가?

죽음, 자살, 자발적 소멸……?

왜냐하면 가령 '먹고살기'라는 구속으로부터의 해방은 '먹지 않고 살기'가 가능하지 않다면 '먹지 않고 죽기' 이외의 다른 것이 아닌 것 같기 때문이다. 하지만 '나의 자유로운 삶'은 삶으로부터 해방되거나 탈출하는 것이 아니며, '삶을 부정하는 죽음'을 행하는 것도 아니다. 그렇기에 '나의 자유'는 '삶을 긍정하는 죽음'(!?)이 아니라면, 아니 그러한 긍정적 죽음마저도, 오직 삶 속에서 실현되어야 할 것이다.

이러한 해석에 따라 김해숙의 소설들을 긍정적으로 이해할 수 있는 가능성, 즉 마치 삶을 부정하는 죽음(즉 생존을 통해 규정되는 비-자유적 성격을 갖는 현실적 삶으로부터의 탈출이나 해방으로서의 죽음, 혹은 타살 같은 자살, 혹은 자살 같은 타살)처럼 보일 수도 있는 '나의 자유'를 긍정적으로 이해할 수 있는 가능성에 대해 생각할 수 있다고 본다. 그러한 가능성은 특히 「유리병이 그려진 4번 골목」으로부터 이끌어낼 수 있는데, 거기서 우리는 고통스러운 기억에 구속당하는 주인공이 매우 미세하고 복잡한 변화의 과정을 통해서 그 구속 상태로부터 아주 조금씩 힘겹게 자유로워지는 과정을 볼 수 있다. 그 소설이 보여주는 바에 의하면, 고통스러운 기억으로부터 자유로워지는 일은 그 기억으로부터 해방되는 일이 아니다. 어쨌든 일차적으로는 아니다. 더 정확히 말하자면, 자유는 그 기억으로부터 해방되는 데 있는 것이 아니라, 오히려 그 기억 자체, 즉 '고정된 과거의 부정적 사실성을 나의 미래지향적인 현실적 자유의 운동 속에서 긍정적으로 변형'시키는 데 있다(덧붙이자면, 그러한 '기억의 변형'은 '나의 능동적인 내적 활동으로서의 상상'을 통해서 실현된다). 다시 말해서, '타살 같은 자살에 이른 타자에 대한 나의 지각과 기억에서 시작된 속박과 해방의 갈등'이 아주 조금이라도 자유의 방향으로 긍정적으로 해소될 수 있다면, 그때 자유는 속박으로부터의 해방이나 탈출 이후에야 비로소 얻을 수 있는 것이 아니라, 속박 속에서마저도 이미 발견될 수 있는 것이다! 즉 해방되었기 때문에 불가능했던 자유가 비로소 가능해지는 게 아니라, 이미 자유의 가능성을 가졌기 때문에 해방될 수 있다.

삶의 자유가 삶의 부정으로서의 죽음에서 찾아질 수 없듯이, 기억과 연관된 자유는 기억으로부터의 해방으로 이해되는 기억의 부정으로서의 망각에서 찾아질 수 있는 것이 아니다. 물론 긍정적인 망각이 분명 있다. 하지만 긍정적인 망각이란 단순히 기억의 부정이나 기억의 소멸이 아니라, 기억의 변형(혹은 창조적 재생)과 연관된다. 긍정적인 망각이 전제하는 것은 기억의 변형 혹은 창조적 재생이다. 그렇기에 외부 세계에 대한 나의 지각경험을 통해 성립하는 기억이란, 지각된 외부적 대상의 부정이자 망각이 아니라 지각의 긍정적 변형이라고 생각될 수 있으며, 마찬가지로 나의 기억을 통해 행해지는 나의 상상이란 기억의 부정이자 망각이 아니라 기억의 긍정적 변형으로 생각될 수 있다. 그리고 이때 나의 능동적 상상 활동이 과거와 현재, 죽은 자와 산 자, 사실과 현실, 객체와 주체 사이의 공감적 이해를 통해서 생산적으로 미래를 향해 개방될 수 있는 가능성을 갖기에, 능동적 상상 활동은 본질적으로 '나의 자유'에 기초한 '윤리적 관계'의 가능성이며 '창조적 사랑'의 가능성에 속한다고 보아야 할 것이다.

우리는 김해숙의 소설 속 인물들이 욕망하는 '나의 자유'가 내포하는 핵심적 의미를, 윤리적 관계성을 통한 창조적 사랑을 끊임없이 추구하는 능동적 지향성으로 이해한다. 물론 김해숙의 소설들이 잘 보여주고 있듯이 그 잠재적 지향성은 온전한 현실적 성숙에 이르는 길 위에서 수많은 실패와 좌절을 경험할 수밖에 없을 것이다. 그럼에도 '나의 자유'의 본질적 핵심은 다른 어떤 것일 수 없는 바로 그것일 수밖에 없다고 생각하며, 김해숙의 소설들, 특히 「유리병이 그려진 4번 골목」이라는 허구적 현실 속에 나타난 중요한 의미가 바로 그것이라고 우리는 해석한다.

[2019]

4부
바깥의 예감

언어 자체를 향하여[1]

    화두를 돌리자. 끊임없이 되묻자. 밑도 끝도 없이…… 이 뭐꼬? 그러니까, 이것은 무엇인가? 이 물음은 어디로 가는가? 이 물음의 도착 지점은 어디인가? 아니, 이 물음은 어디서 왔는가? 이 물음의 출발 지점은 어디인가? 이 물음은 언제, 어디서 생겨났는가? 그런데 왜 이런 방식의 물음들이 문제가 되고 있는가? 달마는 왜 동쪽으로 갔는가?(서쪽으로 갔는가?) 바람은 어디서 불어와서 어디로 불어가는가? 쿠오바디스? 도대체 무엇이 문제인가? 가고, 오고, 출발하고, 도착하는 일이 문제인가? 여기서 물음들은 왜 "가장 단순하면서도 가장 충만한 왕래발착 동사들"(「식탁에서」)을 붙잡고 늘어지고 있는 것인가? 왜 이 소설은 많은 부분이 「이사」, 산책, 여행, 「외출」, 혹은 떠남과 돌아옴, 혹은 망각과 기억, 탄생과 죽음 같은 왕래발착의 방식에 대한 「질문과 대답」으로 이루어져 있는가? 이 소설은 어디로 가고 있는가?

    이것은 무엇인가? 갈고리 모양의 낚싯바늘 같은 이 물음(표)에 붙잡혀 있는 한, 그 물음의 미끼를 덥석 물어버린 물고기처럼 이 물음에 끌려다닐 수밖에 없을 것이다. 아무튼, 그렇다면, 그러니까, 우리가 물음을 붙잡았을 뿐만 아니라 물음이 우리를 붙잡기도 한 것이다. 이것은

---

1   이 글은 김효나, 『2인용 독백』(문학실험실, 2017)에 실렸던 졸렬한 해설이다.

무엇인가,라는 물음이. 무엇에 대한 물음이. 그래서 좋든 싫든 계속 이 물음을 물고 늘어질 수밖에 없다. 가령, 이것은 무엇인가,라고 묻는다면, 이것은 소설이다,라고 대답해보자. 그러면, 소설은 무엇인가,라고 묻게 되고, 그래서 또, 소설은 허구다,라고 대답하면, 그럼 허구란 뭐냐고 물고 늘어질 테고, 허구란 비-현실 혹은 비-사실이라고 하면, 그럼 현실은 뭐냐고 또 묻고 또 묻고…… 계속 물고 늘어진다. 그렇게, 우리는, 물음을 묻다가 결국 물음에 물리며, 물음을 깨끗하게 털어내버리기보다는 물음을 계속 묻히고 다니며, 물음을 묻다 못해 물음에 묻힌다. 파묻힌다. 그렇기에, 이제, '무엇 자체'를 묻고 싶어진다.

무엇은 무엇인가? 무엇이 존재하는가? '무엇'은 '무'일 수도 있지 않은가? 무가 무엇에 앞서며, 무엇은 무를 내포하고 있지는 않은가? 무, 무, 무…… 하다가 어느 순간 엇!…… 하는 사이에 무와 무엇의 분열이 일어난 것은 아닌가? 거기서, 무와 존재, 비-존재와 존재, 부재와 현존의 분리가 발생한 것은 아닌가? '무엇'은 '무'를 은폐하고 있지 않은가? 그렇다. 그렇기에, 무엇에 대한 물음은 항상 '있는 무엇'에 대한 물음이지 '없는 무엇'에 대한 물음이 아니다. 또한 그렇기에, 이것은 무엇인가, 라는 물음이 감추고 있는 명제는 이것이다. 있는 것은 있고, 있지 않은 것은 있지 않다. 존재는 존재하고, 무 혹은 비-존재는 존재하지 않는다. 존재는 존재고, 무는 무다. 동어반복처럼 보이는 이 문장, 동일성을 보장해주는 것처럼 보이는 이 명제를 언제 어디에서나 모든 발언에 적용하는 것이 진리(참)를 말하는 것이다.

존재사(있다)와 계사(이다)가 함께 생각될 수 있기에, 오래전부터 진리란 다음과 같은 것으로 받아들여졌다. 있는 것(혹은 ~인 것)을 있다(혹은 ~이다)고 말하고, 있지 않은 것(혹은 ~이지 않은 것)을 있지 않다(혹은 ~이지 않다)고 말하는 것(아리스토텔레스). 그러므로 무가 있다, 있지 않은 것이 있다, 비-존재가 존재한다, 부재가 현존한다, 라고 말하는 것은 거짓, 비-진리다. 또한 있지 않은 것이 있지 않으면서 있다고 말하거나 무는 무이면서 비-무라고 말하는 것은 모순을 말하는 것이다. 그런데 그렇게, 이것은 무엇인가,라는 물음이 감추고 있는 그러한 '진리의 논리학'(?)에 따른다면, 그러한 논리를 따르지 않는 소설은 진리와 무관한 모순덩어리이며, 무의미한 언어유희일 뿐이다. 그러므로 그러한 소설은 아무것도 아닌 것이다. 뭣도 아닌 것. '무엇이 아닌 것'으로 존재하는 '비-무엇'이다.

그렇기에 이 소설 앞에서 이런 물음을 묻는 것은 무의미하다. 이것은 소설인가? 왜냐하면 그 물음은 이것이 무엇이냐는 물음에 대해 '이것은 소설'이라는 대답과, 소설이 무엇이냐는 물음에 대해 소설은 '어떤 무엇'이라는 형태의 대답이 전제된 상태에서 묻는 물음이기 때문이다. 하지만 소설에서 일차적으로 중요한 것이 '무엇'이 아니라면? 무세계적이고, 무시간적으로 고립, 고정된 명제적 존재들이 아니라면? 그리고 시간적 세계 속에서 일어나는 질문과 대답 속에서 중요한 것은 '부동의 무엇'으로 확정된 진리가 아니라 '동적인 어떻게'와 관련된 불확정적인 변화의 진리라면? 그렇다면, 중요한 물음은 소설이 무엇이냐는 물음이 아니라 소설은 어떻게 존재하고 또 존재할 수 있느냐는 존재 양태에 대한 물음이며, 그것은 어디서 와서 어디로 가느냐는 운동 양태에 대한 물음이다. 소설은 '무엇'에 대한 이름이 아니라 '어떻게'에 대한 이름이다. 가령, '소설적으로' 작업한다는 것은 어떻게 작업한다는 것인가? '허구적 서사의 방법'은 어떤 방식으로 작동하는가? 그것의 의미는 무엇인가? '무엇'의 의미는 바로 그 '어떻게' 속에서만 찾을 수 있을 것 같다. 그러므로 이 뭐꼬?라는 화두, 혹은 이것은 무엇인가?라는 물음은 다시 유효할 수 있다. 오직 '어떻게'와의 관계성을 잃지 않는 한에서만.

김효나의 『2인용 독백』은 그 제목부터 우리를 당혹스럽게 만든다.

모든 말함은 근본적으로 대화라는 관점에서 보면, 독백이란 불가능하다(마찬가지로, 모든 말함은 근본적으로 독백이라는 관점에 서면 대화가 불가능하기도 하다). 하지만 어찌됐건 독백은 1인용이며, 대화는 2인용이 아닌가? 2인용 독백이 어떻게 가능한가? 1인용 대화가 불가능하듯, 2인용 독백도 불가능하지 않은가? 물론 물리적 현실에서는 불가능하다. 하지만 정신적 현실에서는 가능하다. 여기에 방법적 허구가 갖는 특징이 있다. 그것은 우리가 습관적으로 파묻혀 있는 현실성(가령 현상학자들이 말하는 '자연적 태도' 속에서 무비판적으로 받아들여지는 현실성)과의 방법적 분리를 가능하게 한다. 그런데 여기서 중요한 것은 허구와 현실을 형식논리적으로 대립시키지 않는 일이다. 즉 허구는 결코 현실성을 가질 수 없다는 의미에서의 비-현실을 의미하지 않는다. 구체적인 사태 속에서 현실성과 구별되는 개념은 가능성이며, 가능성은 결코 현실적일 수 없다는 의미에서 비-현실성을 의미하지 않는다. 왜냐하면 가능성은, 창조적으로 개방될 수 있는 시간성의 관점에서, 완결되어 닫힌 현실성보다 더 높은 현실성을 가질 수 있기 때문이다. 허구는 그러한 가능적(잠재적) 현실성으로 이끄는 창조적 방법의 이름일 수 있다. 여기서 독백과 대화라는 확정적 대립항처럼 보이는 두 현상은 변형의 잠재력을 갖는 양극적 긴장이 흐르는 활동성의 장으로 들어선다. 여기서 2인용 독백의 불가능성과 1인용 독백의 가능성, 1인용 대화의 불가능성과 2인용 대화의 가능성은 서로의 내부로 침투하며, 스며들며, 섞이면서, 마치 대화처럼 보이기도 하고, 마치 독백처럼 보이기도 하는, 대화적 독백 혹은 독백적 대화라는 기묘한 언어 현상을 만들어낸다. 그러한 언어 현상 앞에서 우리는 묻게 된다. 누가, 어떻게, 어떤 방식으로 말하고 있는가?

　김효나의 소설에서 문제는 말의 '무엇'이 아니라 말의 '어떻게'다. 말하는 방법이 문제다. 말과 방법. 소설에서 중요한 것은 항상 방법이다.

말의 방법, 허구적 발화의 방법. 말은 어떻게 말에 이르는가? 어떻게 말이 말하게 할 수 있는가? 어떻게 언어가 언어화할 수 있는가? 어떻게 말이 구체적인 서사가 되고, 어떻게 허구가 구체적인 가능성이 될 수 있는가? 김효나의 소설에서 관찰될 수 있는 현상은 이것이다. 말이 말한다. 언어가 언어화한다. 말이 방법이다. 허구 속에서 말이 스스로를 드러내는 서사로 되어가는 활동이 소설적 작업이다. 가령 「아버지 가방에들어갔다」가 보여주는 서사는 그 제목의 문장과 문장을 구성하는 낱말들이 허구 속에서 살아 움직이면서 그 속에 접혀 있던 이야기가 스스로 펼친 것이다. 이 소설은 흔하게 접하는 저 단순한 문장 속에 얼마나 미묘한 감성적 형성력이 숨어 있었는지를 드러낸다. 김효나의 소설은 언어가 형성의 잠재력을 갖는 살아 있는 생명체라는 것을 보여준다. 김효나 소설의 중심에는 말 자체, 언어 자체의 잠재력에 대한 관심이 놓여 있다. 그런 면에서 일반화시켜 말하자면, 소설적 작업이 구체적으로 보여주는 것은 모든 방법의 핵심에는 말이 놓여 있다는 것이며, 소설이 추구하는 허구의 방법은 개연적 가상이나 합리적 가설을 위한 가공, 조작, 처리 방식 같은 것을 의미하지 않으며, 오히려 말 자체가 방법 자체가 될 수 있는 환경을 조성하기 위한 배려의 방식을 뜻할 수 있다. 소설적 허구의 방법은 일차적으로 말 자체, 살아 있는 언어 자체가 갖는 본격적인 방법적 성격의 드러남을 준비하는 예비적 방법이다. 소설적 허구가 창조적 가능성으로 이끄는 방법 중의 하나라면, 말 혹은 살아 있는 언어 자체는 그러한 방법 중의 방법, 혹은 창조적 방법 그 자체다. 그런데 어째서 말이 그러한 방법 중의 방법인가? 도대체 여기서 말이란 어떻게 이해되고 있으며, 방법이란 어떻게 이해되고 있는가?

'언어는 존재의 집'이라고 하이데거는 말했으며, '이해될 수 있는 존재는 언어'라고 가다머는 말했다. 모든 존재는 언어와 함께 있다. 모든 존재 속에는 언어가 스며들어 있다. 언어는 존재의 의미다. 물론 이때 언어란 외적인 감각대상들에 대한 경험에 기초한 실증적 자연과학을 닮고자 하는 언어학이 주객 분리의 도식에 입각해서 사물적 대상처럼 처리하는 언어를 의미하지 않을 것이다. 오히려, 이때 언어란 고대 그리스부터 '로고스'라는 낱말로 이해되는 어떤 것이다. 그런데 하이데거가 반복적으로 말하듯이, 로고스의 일차적인 의미는 '합리적 이성'이 아니라 '말'이다. 이때 로고스인 말은 '창조적이고 능동적인 생명 원리'로 이해될 수 있었다. 그렇기에, 모든 것은 흐른다는 변화의 진리를 말했고, 또한 로고스의 철학자이기도 했던 헤라클레이토스가 만물의 근원은 불이라고 말한 것을 고려하면, 말은 '불'이다(그런데 대립하고 투쟁하는 모든 만물의 근원이 불이라면, 그 불은 또한 자신의 대립자인 물이라고 할 수도 있을 것인데, 말하자면 불-물은 둘이면서 하나일 수 있을 것이고, 그렇게 또한 불, 공기, 물, 흙은 다양성 속에 있는 통일성을 형성할 것이다). 로고스인 말은 살아 있는 불이며, 살아 있게 해주는 불이다. 생명을 주는 온기다. 그러므로 그것은 말하자면 생명의 원천인 태양이고 빛이다. 그렇게 말은 이 지상의 물리적인 물질을 바라보는 관점에서 접근될 수 없는, 비가시적으로 살아 있는 불, 온기, 태양, 빛 등을 의미할 수 있기에, 어쩌면 **말의 몸**은 고대인들이 **하늘의 원소(제5원소)로 여겼던 에테르**라고 부르는 것이 더 나을지도 모른다. 언어는 물리적 신체를 통한 외부적 감각에만 한정되어 그것만을 주목한다면 감지될 수 없는 몸, 물리적 몸과 구별될 수 있는 '**정신적 몸**'이다.[2] **상상적으로 활성화될 수 있는 잠재적 가능성인 순수기억(즉 감각지각과 구별될 수 있**

---

2   이와 관련하여, 다음의 인용문을 주목할 수 있을 것 같다. "**언어**는 의식에 **비물질적 신체**를 제공하여 거기서 자신을 구현하고, 그렇게 해서 의식으로 하여금 물질적 신체에만 의존하지 않을 수 있게 해주는데, 물질적 흐름은 처음에 의식을 끌고 가서는 곧 삼켜버릴 수도 있었다"(앙리 베르그송, 『창조적 진화』, 황수영 옮김, 아카넷, 2005, pp. 393~94, 강조는 인용자).

는 기억 그 자체)의 몸이다. 그러한 미묘체의 핵심에는 창조적 충동, 창조적 정신으로 이해되는 로고스인 말이 있다. 그렇다면 창조적 길(혹은 창작의 길)은 그렇게 이해된 로고스인 말의 길 위에 이미 있는 것이다. 그렇기에 로고스는 '길'이기도 하다[헤라클레이토스의 고향인 에페소스에서 "태초에 로고스가 있었다"로 시작되는 글을 쓴 저자의 그 문장을 그리스어에서 중국어로 옮겼던 예수회 신부들은 'logos'를 '도(道)'라고 번역했었다]. 또한 로고스가 길이기에, 로고스는 방법이기도 하다. 왜냐하면 그리스어의 어원에 따르면, 방법(메토도스, methodos)이란 길(호도스, hodos)에서 나오기 때문이다. 물론 방법의 추구는 근대성에 특징적인 것이며, 근대성이란 개별적 자아-의식에 기초한다고 볼 수 있기에, 로고스의 방법을 근대적으로 추구한다는 것은 보편적인 로고스의 길을 개별적인 자아-의식을 통해서 간다는 것이다. 그런데 여기서 우리는 보편성과 개별성이 대립하듯이, 로고스와 자아-의식이 대립하는 것을 본다. 왜냐하면 개별적 자아-의식이 어떻게 가능한가? 그것은 오직 보편적 세계-과정에서 분리되어 어떤 은폐성 속에 숨어 존재할 수 있을 때만 가능하다. 모두가 모두에게 어떤 은폐성도 없이 서로의 모든 것이 개방되어 직접적으로 상호 침투되어 있다면, 거기서 어떤 개별성이 가능할 수 있는가? 개별적 자아-의식을 지배하는 것은, 그러므로 은폐성이다(그렇게 탈-은폐 혹은 비-은폐에 반하는 은폐성 속에 사적인 부끄러움과 두려움이 생겨날 수 있는 가능성이 놓여 있기도 할 것이다). 그에 반해 로고스인 말의 특징은 비-은폐성이다. 로고스는 길이고, 길 자체의 특성이란 개방되어 있는 것이다. 막힘없이 뚫려 있는 것이고, 밝게 드러나 있는 것이며, 그렇기에 비-은폐적인 것이다. 그렇기에 또한 비-은폐성인 로고스, 즉 말 혹은 길은 진리이기도 하다. 왜냐하면, 하이데거가 '진리'에 해당하는 그리스어 '알레테이아aletheia'를 '비은폐성Unverborgenheit'이라고 번역한 것에서 볼 수 있듯이, 비-

은폐성은 로고스, 그러니까 살아 있는 말, 혹은 열려 있는 길, 혹은 진리의 다른 이름이기도 하기 때문이다. 그리고 비-은폐성이 빛과 같은 진리라면, 은폐성은 어둠과 같은 비-진리일 것이다. 그런데 여기서 중요한 것은 빛과 어둠, 진리와 비-진리, 비-은폐성과 은폐성 사이의 본질적인 관계성을 시야에서 놓치지 않는 일(그 둘을 단순히 이항 분류하여 서로 무관한 실체들로 분리시켜 정태적으로 고정시키지 않는 일)이다. 그렇기에 우리는 역동적 관계성의 관점에서 어둠 속의 빛, 비-진리 속의 진리, 은폐성 속의 비-은폐성에 대해서 말할 수 있어야 한다. 왜냐하면 앞에서 말했듯이, 여기에서의 비-은폐성, 혹은 태양 혹은 빛 혹은 불 혹은 불-물 혹은 에테르, 혹은 그러니까 순수기억 혹은 상상과 관련된 길 혹은 방법, 다시 말해 로고스, 그러니까 창조적 충동, 창조적 정신, 살아 있는 말의 진리란 재현적 표상의 진리가 아니라 창조적 생성의 진리이며, 실체적 진리가 아니라 관계적 진리이기 때문이다. 그래서 이때 진리는, 개별적 자기-의식이 자신의 고유한 참여적 활동성 없이 자기 외부로부터 있는 그대로 받아들여만 하기에, 그것에 무기력하게 속박될 수밖에 없는 비생산적인 억압적 진리가 아니라, 오히려 창조적 자유를 줄 수 있는 생산적 진리여야 할 것이다. 여기서 진리는 내밀한 관계성 속에서 자유를 가능케 하는 진리다. 그러므로 은폐성, 어둠, 비-진리는 그 속에서 창조적 자유(창작의 자유)를 가능케 하며 탈-은폐하는 진리(즉 살아 있는 말 혹은 빛)의 활동이 일어날 수 있는 장소이자 조건이다. 은폐성 속에 있는 개별적 자아-의식의 비-진리적 성격은 고통과 인내를 요구하는 자신의 고유한 활동을 통해 비-은폐적 진리를 향해 개방될 수도 있는 개별적 자유의 필수적 조건이다.

김효나의 소설이 자신만의 고유한 개별성을 추구하는 여러 실험적 방식을 통해 효과적으로 보여주고 있듯이, 모든 인간 안에 있는 창작자의 개별적 자아-의식은 끊임없이 갈등과 대립이 일어나는 투쟁의 무대이며, 고립적 독백과 관계적 대화 사이에서 동요한다. 또한 삶과 죽음 혹은 존재와 무 사이의 불안 속에 있으며, 그러한 현상의 중심에는 일상적 의식에는 잘 드러나지 않는 무의식적 깊이에서 일어나는 로고스적 진리, 말하자면 마치 광기처럼, 혹은 바람처럼 일어나는 창조적 언어-행위의 충동과 함께하는 변화의 과정이 있다. 김효나의 소설에서 의미심장하게 읽히는 길, 바람, 자유, 사물의 목소리, 주운 기억 등에서 암시되는 순수기억 속의 언어 자체는 은폐성 속에 있는 비-은폐성이다. 김효나의 소설 창작은 그렇게 은폐성 속에 있는 비-은폐성인 언어 자체를 탈-은폐하고자 하는 작업이며, 그러한 작업은 동시에 은폐성인 자아-의식이 탈-은폐되는 작업이기도 하다. 결국 그 작업의 중심에는 자아 혹은 '나'의 변화의 여정이 있다. 김효나 소설의 독백적 대화, 혹은 대화적 독백의 참여자들인 나, 너(당신), 그가 서로 분리된 실체적 존재들이 아니듯이, '나'는 '너'일 수도, 그리고 어쩌면 '그'일 수도 있을 것이다. 그러한 융합적 변화의 가능성은 자아가 자신 안에 가진 "어디에도 소속되지 않는 부분"(「외출」), 그러니까 **현재의 자신의 자아-의식적 사유를 형성한 뒤에도 잔존하는 형성체적 자유의 잠재력을 자아와 다른 타자로서의 무의식적 언어(혹은 언어-이미지)를 향한 상상적 대화에 사용할 수 있다는 사실**에서 성립한다. 그렇기에 창조적 상상은 자유로운 활동성으로서의 의식적 사유 그 자체와 무의식적 언어(-이미지) 사이의 유의미한 관계적 합성 작용이라고 볼 수 있을 것이다. 언어 자체는 무의식적이다. 언어 자체와 관련되는 순수기억(의 몸) 자체도 무의식적이다. 아이는 언어를 무의식적으로 습득하며, 그 뒤에야 의식적 기억이 가능해진다. 또 그런 뒤에야 자아-의식적 사유가 가능해지듯이, 순수한 언어 그 자체와 그와 관련된 순수한 기억 그 자체는 무의식 속에 망각되어 있다. 그런데 김효나의 소설에서 볼 수 있듯이, 그것의 상기는 오직 상상 속에서 주어질 수 있을 뿐이다. 기억과 상상은 다르지만, 그 둘은 본질적인 관계성 속에 있으며, 그렇기에 둘이면서도 하나인 기억과 상상 없이는 가능하지 않은 어떤 순간적인 깨달음, 직관적 앎이란 재현적 지식(재인식)에 그치지 않는 창조적인 새로운 지식일 수 있으며, 예술적 언어는 그러한 창조적 지식을 줄 수 있다. 그런 면에서, 다음의 인용문은 김효나의 이 소설집에서 가장 인상적인 부분 중의 하나다.

> **순수하게 기억만, 주운 기억 그 자체만** 덩그러니 모습이 드러난 순간 나는 해 질 녘의 한기를 느끼고 무심코 고개를 들었는데 저 멀리 거리를 가늠할 수 없는 지점 완만하게 경사진 푸른 빛깔의 지붕들 사이로 그보다 높이 솟은 다섯 그루의 세쿼이아 나무가 눈에 들어왔고 먼 곳의 세쿼이아를 바라볼 때면 늘 그렇듯 나는 내가 아주 먼 이국의 땅에 있음을 **잠시 상상해보고 있는 와중에 문득** 이 모든 풍경을 부드럽게 감싸고 있는 광활한 **하늘의 빛**이 진정 이 땅에서 늘 보아오던 단조로운 그것이 아님을, 언젠가 단 한 번, **단 한 번의 찬란한 마음으로 목격했던 수백 빛깔의 스펙트럼을 가진 찬란한 파스텔 색상의 하늘임을 깨닫고** 급히 고개를 떨구는 찰나, **목소리**가 들려왔어. (「주운 기억」, 강조는 인용자)

상상적 기억, 혹은 기억적 상상의 깨달음 속에서 들려온 "목소리"의 주인공, 다시 말해, 이 소설에서 묘사되는 바에 의하면, "눈물 나게 따듯한 음성" 혹은 "눈물 나게 따듯한 시선" 혹은 "눈물 나게 찬란한 하늘" 혹은 "기억의 저자"와 관련된 정체가 애매모호한 "그"는 누구인가? 그는 에테르적 하늘의 몸과 연관된 잠재적 형성체, 로고스적 진리의 이미지, 언어 자체의 살아 있는 이미지를 의미하는 게 아닌가? 김효나의 소설이 언어 자체를 향한 지향성을 가진다고 보는 독자, 이 글을

쓰고 있는 한 독자는 '그'를 그렇게 이해하고자 한다. 물론 이때 '언어'
란 존재와 분리된 언어가 아니라 존재의 생성에 참여하는 창조적 언어
일 것이다.

[2017]

녹색의 균형 잡기[1]
― 권오룡의『사적인 것의 거룩함』[2]

권오룡의 새 비평집『사적인 것의 거룩함』에 대한 이 글을 시작하면서 일차적으로 떠오르는 의문을 적어보자. 이 글은 '공적'인 것인가? 아마도 그렇다면, 여기에 '나'라는 말을 써도 될까? 그렇게 하는 일이 부적절하다 하더라도, 이 비평집의 제목 및 전체적인 주제의식에 기대어, 일단 '나'라는 말을 시험 삼아 사용해보겠다. 그렇게 함으로써, 권오룡의 비평집이 말하는 '사적인 것의 거룩함'이라는 주제를 '사적'으로 이해하려는 시도를 할 것이다. 잠시 양해를 구한다.

나는 사랑한다, 모차르트의 음악을. 그 음악 속에는 권오룡의 비평집에 실린 첫 글의 제목이기도 한 '우울과 황홀'이나 슬픔과 기쁨 같은 대립적인 것이 절묘한 균형 속에서 생동감 있게 융화되어 있다고, 나는 느낀다. 기질temperament에 관한 고대적 관점에서 보자면, 그의 음악은 무겁고 건조하고 차가운 원소인 흙을 대변하는 우울질melancholy과 가볍고 습하고 뜨거운 원소인 공기를 대변하는 다혈질sanguine이 효과적으로 집중된 긴장 속에서 균형을 이루는 과정을 표현하고 있다고, 나는 생각한다. 물론 이 역동적 균형의 창조에는 또 다른 대립자들,

---

1   이 글은『문학과사회』2013년 겨울호에 실렸던 졸렬한 서평이다.

2   권오룡,『사적인 것의 거룩함』(문학과지성사, 2013). 이하 이 책에서의 인용은 페이지만 밝혀 적는다.

즉 가볍고 건조하고 뜨거운 원소인 불을 대변하는 담즙질choleric과 무겁고 습하고 차가운 원소인 물을 대변하는 점액질phlegmatic 또한 은밀하게 중요한 역할을 담당하고 있을 것이다. 그런데 이 역동적 균형을 창조하는 데 가장 중요한 지점은, 그것이 고유한 내적 자유의 영역에서 경험되는 자립적 활동을 통해서 가능해진다는 것 같다. 이 자유로운 활동성 속에서, 이를테면 우울(흙)/명랑(공기), 격정(불)/냉정(물) 같은 것들은 카타르시스의 과정을 겪게 된다. 그 내적 과정의 어딘가에서 만나게 되는 것, 말하자면 진정으로 사적인 만남을 통해 생겨나는 '예외적 느낌'이라고 부를 수 있는 것, 그것이 '거룩함'일 것이라고, 나는 생각한다.

이제, 공적으로 말하자. 우리가 보기에, 권오룡의 비평에서 두드러지게 드러나는 특성은 바로 '균형감각'이다. 그것은 실제로 시각이나 청각 같은 '감각'처럼 보인다. 옛날부터 전해져 내려온, '천칭'과 관련된 점성학적 신체 이해가 아니라 하더라도, 혹은 귓속 달팽이관 옆 전정기관 속의 돌(이석)과 연관된 의학 정보를 참조하지 않더라도, 여기서 드러나는 균형감각은 정말 신체적 감각처럼 나타나는데, 그만큼 그것은 타고난 지각능력처럼 보인다. 그는 비평의 대상이 되는 작품들, 작가들, 비평가들의 작업을 미시적으로 주의 깊게 분석하면서도 항상 거시적인 전체의 관점에서 그들 각각의 적절한 위치와 의미를 효과적으로 파악하며, 또한 개별 작품들이 보여주는 통시적 흐름과 공시적 구조 사이에서 어느 한쪽으로 기울지 않는 평형을 유지하고자 하는데, 그러한 의식적 지향성 혹은 무의식적 의지가 그의 비평 작업 속에서 성공적으로 구현될 수 있었던 이유들 중 하나는 바로 그의 뛰어난 균형감각 때문일 것이다.

그런데 아무리 뛰어난 균형감각을 타고났다 하더라도, 언제 어디에서건 매 순간 균형을 유지하는 것이 쉬운 일이 아님은 자명하다. 비평가의 작업이 외줄 타기의 작업과 구별되는 지점은 작업의 무게가 덜 의식적인 (본능적) 신체의 활동에서 더 의식적인 (지성적) 생각의 활동으로 옮겨온다는 것이다. 이 지성적 생각의 영역에서 일종의 정신적 외줄타기는 어디까지 가능한가? 즉 역동적 균형을 어디까지 만들어낼 수 있는가? 앞에서 시험 삼아 '사적'으로 말했던 음악의 경우처럼, 비평적 글쓰기에서도 그러한 생동감 넘치는 균형을 만들어내는 것이 가능한가? 우리가 보기에 그것은 불가능하지는 않더라도 더욱 어려운 일임에 틀림없다. 왜냐하면 앞에서 암시했듯이, 여기서 이해된 동적인 균형이란 대립적인 것들이 어떤 변화를 거쳐 창조적으로 종합되는 과정 속에서 발견되는 것이고, 이를 위해서는 대립적인 것들이 내적인 관계성 속에서 서로의 안으로 침투되어야 하는데, 그러한 상호 침투는 지성적 생각의 영역에서보다 감성적 느낌의 영역에서 더 잘 일어나며, 음악은 '느낌'의 영역에 더 가까운 반면에 비평적 글쓰기는 '생각'의 영역에 더 가깝기 때문이다.

지성적 생각은, 이 비평가가 이인성의 소설을 분석하면서 쓴 용어로 표현하자면 고정되어 서로 잘 섞이지 않는 "고체성"(p. 93)의 논리에 곧잘 지배되는 반면, 감성적 느낌은 유동적으로 잘 섞이는 액체성이나 기체성의 논리에 곧잘 지배되지 않는가? 그래서 우리는 서로 대립적인 것들이 양립 가능하게 되거나 뒤섞이며 생겨나는 모순적이거나 역설적인 양가감정이나 애매모호한 느낌을 때때로 어느 정도 참을성 있게 보아줄 수 있지만, 모순적이거나 역설적인 생각, 즉 합리적이지 않은 생각은 용납하기가 아주 어려운 것이 아닐까? 지성적 생각은 확실하지 않은 것 혹은 합리적이지 않은 것을 받아들이는 데 큰 어려움을 갖거나 아예 받아들이지 않으며, 그러한 지성적 생각의 입장은 자신의 고체적 논리의 관점에서 최선을 다하는 정당한 입장이다. 그렇다면 지성적 생각 혹은 확실성과 합리성을 중요하게 여기는 의식은 도대체 언

418

제 자신과 다른 것으로 다가오는 감성적인 느낌과 진정한 내적인 관계성 속에 있을 수 있다는 말인가?

이 비평가의 균형감각이 본격적인 시련을 겪기 시작하는 지점이 바로 여기다. 비평집 전체를 통해서 지속적으로 중요하게 이야기되는 주체성, 정체성, 자아의식, 사적인 것, 주관적 가치, 개인의식 등의 개념어들이 의미하는 것을 일단 (지면이 한정되어 있기에) 필요한 절차를 거치지 않고 '나'라는 말로 집약시켜 이해하면서 이 비평가가 균형을 찾기 위해 투쟁하고 있는 문제를 기술하자면, 그것은 한편으로 나와 합리적 의미의 세계와의 관계이고, 다른 한편으로 나와 감성적 느낌, 혹은 (다시 한번 필요한 절차를 거치지 않고 대충 말하자면) 욕망의 세계와의 관계다. 이를테면, 그는 김주영 소설의 해석을 통해 합리적 의미의 세계와 감성의 세계라는 두 세계를 구분하면서 이렇게 쓰고 있다. "이 감성의 세계란 의미의 세계가 내포하는 분열을 체험하기 이전의 세계일 수도 있고, 혹은 의미의 세계가 필연적으로 끌어들이는 모순과 대립을 종합한 세계일 수도 있다". 그리고 이 감성의 세계는 "조화로운 근원적 세계"이며, 또한 "감성의 세계로의 귀환"은 "합리성의 한계를 극복할 수 있는 실천적 방안"(p. 83)이다. 물론 여기서 귀환은 분열 이전이 아닌 분열 이후의 감성의 세계로의 귀환일 수밖에 없으며, 따라서 분열, 모순, 대립을 가져온 근대적 합리성(근대적 이성 혹은 지성)의 한계를 극복하여 그것을 "종합"과 "조화"로 이끄는 일은 단순히 합리성을 포기하는 데서 찾아질 수 없다(그것은 가능하지도 않은 것 같다). 그렇기에 그의 균형감각은 그로 하여금 다음과 같이 묻게 한다. "이제 정녕 인간의 주체성의 조건은 바타유가 말하는 광기와 같은 비인간적, 비합리적, 비정상적인 범주에 속하는 어떤 것일 수밖에 없는가? 이런 물음에 대한 답을 찾을 수 있는 지점은 어디인가?"(p. 135). 이 물음을 우리의 문제의식에 비추어 바꿔 말해보면 다음과 같다. 나는 어떤 방식으로 생명력 없이 죽어 있는 합리성에 갇힌 지성적 의식의 테두리 (한계) 안에서만 자기 자신을 확인/확신할 수 있는 상태를 벗어날 수 있는가? 그는 이 물음에 가능한 답을 이청준 소설의 해석을 통해서 보여주고 있다. 권오룡은 "욕망을 통해 주체는 살아 있을 수 있고 주체성을 주장할 수 있다는 것"(p. 226)을 말하며 "문학과 예술은 오직 욕망의 통로를 통해 인간적 진실에 접근한다"(p. 227)라고 말한다. 그런데 이때 욕망이란 무엇인가? 그것은 합리성 혹은 지성적 의식과 어떤 관계 속에 있는가? 그것은 비합리적인 것인가? 만일 그렇다면, 이 비평가는 지금 적어도 "주체성"의 관점에서는 합리성을 그저 포기하고 있는 것인가?

지금 이 글의 맥락에서 중요한 핵심은 이것이다. 합리적인 것에 대립되거나 반대되는 것이 일차적으로 비합리적인 것은 아니다. 합리적인 것에 대립되는 것은 일차적으로 경험적인 것이다. 역사적으로도, 합리주의rationalism에 대립한 것은 비합리주의가 아니라 경험론empiricism이었다. 그리고 모든 경험론자가 비합리주의자는 아닌 것이다. 여기서 주목해야 할 것은 경험론이 비합리주의냐 아니냐는 지점이 아니며, 혹은 둘 중에 어느 입장이 압도적으로 옳은 것이냐는 지점도 아니다. 중요한 것은 이들 두 입장이 보여주는 대립이 바로 '인식론적 대립'이라는 점이다. 그리고 데카르트의 코기토(나는 생각한다)에서 잘 드러나는 근대의 인식론적 대립은 바로 '나와 세계'의 분리와 단절에서 시작된 것이었다. 세계에서 분리되어 고립되었다는 것을 날카롭게 의식하는 자만이 이런 물음을 물을 수 있다. 내가 어떻게 나와 분리/단절되어 있는 세계의 진리를 파악할 수 있는가? 내가 나의 주관과 분리된 객관을 인식하는 것이 어떻게 가능한가? 그리고 세계로부터 단절되어 이런 물음을 던질 수 있는 자는 오직 '생각하는 나'일 뿐이며, 만일 그런 생각하는 나로부터 '존재하는 나'를 이끌어낸다면, 그것은 '나의 존재'

를 세계와 무관한, 세계 없는, 세계 밖의 인식주체(이것은 비-존재가 아닌가?)의 입장에서 규정하는 것이다. 그래서 가령 하이데거는 그러한 입장을 극복하고자 『존재와 시간』에서 인식론을 거치지 않고 곧바로 존재론적 탐구에서 출발하여 인간 현존재를 '세계-내-존재'(세계-안에-있음)로 규정하려고 했던 것이다. 그러한 시도가 얼마나 성공적이었든, 우리에게 여전히 남아 있는 물음은 이것이다. 과연 모든 인식론적 문제는 말끔히 정리되었는가? 우리는 모든 학문적 실천(이것은 인식, 지식과 관련되어 있으며, 예술이나 문학의 실천도 결코 지식과 무관하지 않다)에서 만장일치로 동의할 만한 인식론적 합의점을 가지고 있는가? 혹은 인식론적 문제는 더 이상 아무 문제도 아닌가?(물론 요즘은 인식론적 문제가 '뇌'의 문제로 환원되고 있는 것 같지만, 그럼에도 뇌를 탐구하는 활동은 이미 어떤 특정한 인식론적 전제 위에서 이루어진다.)

권오룡의 비평집은 앞의 물음들에 대한 하나의 답변을 가지고 있다. "현실은 실천적 투쟁의 장이기에 앞서 인식론적 대결의 장이지 않으면 안 된다"(p. 387)라는 것이다(그의 비평집에는 '인식론'이라는 낱말이 매우 자주 중요성을 띠고 등장한다). 우리는 이 주장을 인식론적인 것이 다른 모든 것에 대해 실체적 우위를 갖는다는 뜻으로 받아들이지 않는다. 인식론적인 대결은 어떤 주장의 설득력을 확보하기 위한 방법론적 절차를 구성하는 최초의 출발점을 찾고자 하는 노력 때문에 요구되기도 하지만, 무엇보다 인식론 자체는 오직 '생각 그 자체'의 활동에 대한 신뢰 속에서 나오는 것이다. 생각 자체가 무의미하다거나, 누군가의 생각은 그저 그 사람의 생각일 뿐이라거나(즉 생각은 관계적 세계의 실재적 과정을 구성하는 한 요소가 아니라거나), 나는 나의 생각을 믿을 수 없다고 생각하는 자에게 인식론적 주장은 불가능하다. 물론 생각에 대한 신뢰가 이른바 인식주체, 혹은 '생각하는 나'에 대한 신뢰를 전제하는 것은 아니다. 앞에서 권오룡의 비평이 바로 이 인식주체(합리적 자아, 이성적이거나 지성적인 자아)의 문제 앞에서 고심하면서 욕망의 주체로 이동하는 장면을 보았으며, 그럼에도 인식론의 중요성을 강조하는 것을 본다. 이것이 어떻게 가능한가? 우리는 이 문제를 이렇게 이해한다. '생각하는 나'를 부정하는 것이 곧 '생각의 활동성'을 부정하는 것은 아니며, 또한 '나-존재'를 부정하는 것은 아니다. 생각하는 의식의 입장에서, 사유와 존재는 하나가 아니다. 나는 생각도 할 수 있고 존재도 할 수 있지만(즉 나는 생각과도 관계하고 존재와도 관계하지만), 나의 생각에서 곧바로 나의 존재를 이끌어낼 수는 없다. 나는 생각만 하지 않는다. 가령 나는 잠잘 때 생각하지 않는데, 만일 생각에서만 나의 존재를 이끌어내야 한다면, 그때 잠든 나는 존재하지 않는다는 말인가? 나는 잔다, 고로 존재하지 않는다? 또한 감성이나 의지가 생각의 영역과 겹칠 수는 있지만 그럼에도 다른 영역에 속한다면, 그 다른 영역으로부터 나의 존재를 이끌어낼 수는 없는가?

전통적인 인간 이해에 따르면 인간(의 영혼)은 지성(의식적 생각), 감성(느낌), 의지라는 말로 대략 지칭할 수 있는 세 요소로 이루어진다. 앞에서 시험 삼아 '나'라는 말을 포함해 말했던 세 문장은 바로 저 세 요소에 대응된다. 나는 생각한다(지성), 나는 느낀다(감성— 이것은 지성보다 덜 의식적인 것이다), 나는 사랑한다(의지— 이것은 가장 무의식적인 것이며, 흔히 이야기되는 의식적 선택, 즉 자의적 선택의 능력이 아니라, 본래적 욕망으로 인식될 수 있다면, 그것은 아마도 이 '의지'의 영역에서가 아닐까?). 그런데 만일 이 셋 중의 한 요소로부터 나의 존재를 이끌어내는 것이 허용된다면, 다른 요소들로부터 그렇게 하는 것은 왜 안 되는가? 그렇게 하는 것이 가능하며, 이 비평가는 실제로 김주영과 이청준의 소설에 대한 해석을 통해서 그렇게 했다. 그는 합리적 지성의 영역에 갇혀 있지 않은 자유로운 나-존재의 가능성, 혹은 그가 "사적 영역의 해방"(p. 184)이라고 부르는 것의 가능성을 감성 혹은 욕망의 영역에서 찾고자 했으며, 그러한 그의 지향성은 이신조의 소설에 대한 독특한 분석을 통해 '행위'에 대비되는 탈규범적인 '짓'과 '맘'의 존재론을 전개시키는 가운데 최고조에 이른다. 그런데 이와 관련하여 그가 "할 짓 못 할 짓 가릴 것 없이 제 맘 내키는 대로 하고 싶은 짓 다 하며 산다는, 현실적으로 불가능에 가까운 절대적 자유의 이상과 욕망"(p. 187)에 대해 긍정적으로 말할 때, 이 비평가는 인식론적 대결의 중요성에 대해 잠시 망각하고 있는 것은 아닌가? 혹은 인식론적 대결이 야기하는 신경의 긴장은 인식론적 이완을 필요로 하는 것인가? 아니, 오히려 이렇게 묻자. 인식론적 대결의 장은 언제나 합리적 지성의 영역에만 머물러 있어야 하는가? 그리고 만일 욕망이 탈규범적인 것이고, 그것이 합리성의 영역을 벗어나는 것이라면, 그때 욕망이란 비합리적인 무엇인가? 이 물음에 대해 우리는 앞에서 대답한 바 있다. 다시 한번 강조하자. 합리적인 것과 대립하는 것은 비합리적인 것이 아니라 경험적인 것이라고. 또한 합리적인 것이 제약적인 것이라면, 경험적인 것이란 '무제약적인 것'이다. 그래서 우리는 여기서 이 비평가가 과도하게 합리성으로 기울어진 지성적 태도에 균형을 되찾아주기 위해 경험적인 것을 절실히 요구하고 있다고 본다. 그렇기에 우리는 사적 영역인 감성 혹은 욕망의 영역을 합리적인 것과 경험적인 것, 즉 무제약적인 것이 서로 만날 수 있는 사적 관계의 영역으로 볼 수 있다. 그러므로 '사적인 것의 거룩함'은 바로 저 무제약적인 것과의 마주침으로 생겨나는 매우 특별하고 예외적인 느낌일 것이다.

우리는 여기서 그가 직접적으로 말하지 않은 사적인 욕망과 무제약적인 것의 관계를 자아의식의 관점에서 계속해서 물어볼 수 있겠지만, 이미 초과된 지면이 이를 허락하지 않는다. 마지막으로 말해두고 싶은 것은, 이 비평가가 김우창, 김주연의 작업에 대한 심도 깊고도 정연한 평가를 내릴 때 특히 잘 드러나는 그의 균형감각이 어떤 극단적이고 과도한 욕망을 긍정할 때조차도 효과적으로 견지된다는 사실이다. 그가 탈규범적인 짓과 맘에 대해 말할 때, 그것은 균형을 잃는 과정이 아니라 되찾는 과정이었다. 그가 찾는 균형은 죽어 있는 회색이 아니라 살아 있는 녹색이었기 때문이다. 그리고 이 녹색의 균형을 만들어가는 과정은 지난한 과정이었음이 틀림없다.

[2013]

유령에 대한 선입견[1]
── 이인성의 「한낮의 유령」[2]

유령이 존재하는가? 존재한다. 이것은 사실이다. 무엇보다 '유령'이라는 이름이 존재한다. 따라서 유령의 존재 여부에 관해 왈가왈부할 필요가 없다. '돌'의 존재 여부를 따질 필요가 없듯이 유령도 그렇다. 그런데 만약 누군가가 그럼 이름을 갖는 모든 것이 존재하는 것이 사실이냐고 꼬치꼬치 캐묻는다면, 우리(?)는 그렇다고 대답할 수밖에 없다. 그래서 가령 누군가, 그럼 '용(龍)' 같은 것도 존재하는지 묻는다면, 우리는 그렇다고 대답한다. 왜냐하면 다음과 같은 극단적인 물음에 대해서도 '아니'라고 대답할 수 없기 때문이다. 존재는 존재하는가? 무(無)는 존재하는가? 무엇보다도 무가 존재한다고 말할 수 있다면, 다른 모든 것도 존재한다고 말할 수 있다. 모든 존재에 관한 극단적 부정인 무조차도 존재한다고 말할 수 있는데, 도대체 다른 어떤 것에 대해 '그것은 존재할 수 없다'고 말할 수 있단 말인가? 무가 있다! 그러므로 우리는 무를 포함한 모든 것이 있다고 말한다. 그러므로 우리는 무를 포함한 모든 것은 무라고 말할 수 없다. 그러므로 무는 없다고 말하지 말자. 그러면 무는 없는 것이 되고, 없는 것은 없는 것이니까, 따라서 그

1   이 글은 2012년 〈웹진 문지〉에 실렸던 졸렬한 리뷰다.

2   이인성, 「한낮의 유령」, 『문학과사회』 2012년 겨울호. 이하 인용문의 강조는 모두 인용자의 것이다.

말 그대로 도대체 없는 것은 없으므로(없는 게 없으므로), 결국 무를 포함한 모든 것은 있는 것이 되어 최초의 전제와 모순되기 때문이다. 그렇기에 여기서의 추리(?)에 의해 얻은 결론은 바로 이것이다—고로 유령이 있다.

이 결론은 이인성이 발표한 소설 「한낮의 유령」을 이해하고자 하는 어떤 일군의 독자들이 의식적/무의식적으로 가질 수 있는 선입견이다. 분명 이런 선입견이 존재한다는 것은 사실이며, 그런 선입견을 갖는 사람이 아무리 소수일지라도 존재한다는 것 또한 사실이다. 그런데 여전히 거부할 수 없는 근대적 실증과학의 영향력하에 있는 많은 사람들에게 그러한 선입견은 순전한 미신이거나 '허구(!)'로 생각될 것이다. 유령이 있다고 말한다는 것은 소위 '전근대적'이거나 '비과학적'이라는 것이며, 그러한 무지몽매는 아직도 극복되지 못한 샤머니즘 같은 것이고 현대의 과학적 의식으로 이끈 역사적 흐름에 역행하는 비정상적인 상태라는 것이다. 그러나 유령이 없다는 주장 또한 모든 선입견에서 벗어난 객관적 사실성이 확보된 실증적 진술이 아니다. 그러한 진술로 이끈 과학적 의식 또한 역사적, 시대적 한계 속에서 태어나 자라 나온 것이며, 전혀 보편타당성을 주장할 수 없는 특정한 방법론에 입각해서 그러한 결론에 도달한 것이다. 그러므로 유령이 있다는 것이 선입견이라면, 유령이 없다는 것도 선입견이다. 그런데 선입견이라는 것이 그 자체로 무조건 나쁘거나 불필요한 것이 아니고, 이를테면 좋은 선입견도 있다고 해보자(철학적 해석학에서 말하듯이). 즉 이해를 방해하는 것이 아니라, 이해에 도움을 주거나 이해를 위해 꼭 필요한 선입견이 있다고 해보자. 그렇다면 서로 대비되는 유령에 관한 선입견들 중에 어느 쪽이 좋은 선입견인가? 즉 제목 속에 이미 버젓이 '유령'이라는 이름이 들어가 있는 이인성의 이 소설을 이해하는 데 도움을 주는 선입견이란 어떤 선입견인가?

이인성의 소설은 난해하다. 이미 많은 독자와 작가와 평론가 들이 그렇게 말했다. 그런데 그 난해성은 어디에서 오는가? 오직 소설 텍스트 자체로부터만 오는가? 어떤 텍스트의 의미가 모호하고 잘 이해되지 않는 경우, 그 난해성은 텍스트뿐만 아니라 독자에게도 그 탓이 있지 않은가? 소설은 일차적으로 설명이 아니다. 그렇기에 알아들을 수 있게, 이해하기 쉽게 말하라고 요구할 수 없다. 난해성은 어느 정도 독자가 해결해야 할 문제다. 그렇다면 이인성의 이 소설을 접한 독자가 모호한 난해성을 감지하면서 이해의 어려움을 자각하는 경우, 그때 거기서 도대체 무슨 일이 벌어지고 있는 것인가? 유령에 관한 선입견들이 서로 자신의 우위 혹은 옳음을 주장하며 싸우고 있지 않은가? 그러나 인정투쟁에 집착하고 있는 한, 난해성의 문제는 여전히 극복되지 않고 있으며, 이해는 현재-자기-의식의 한계 안에 갇혀 있을 뿐이다.

난해성과 선입견의 복잡한 관계 속에서 발생하는 이해의 사건에서 중요성을 띠고 나타나는 것은 의식(혹은 자기의식)이며, 그러한 의식이란 또한 '역사적 시간 속에서 변화 가능한 의식'이다. 이를테면 '샤머니즘의 극복'이라는 요청은 역사적 시간 속의 어느 시기에 수면 위로 떠오른 어떤 유형의 의식에서 연유하는 요청이다. 이인성의 소설들은 그것을 잘 알고 있다. 그의 소설이 유령, 귀신, 무당 등에 대해서 이야기할 때조차도 강조점은 항상 '의식'과 '시간'의 '문제'에 집중되어 있다. 그의 소설이 미묘한 반영의 현상과 관련된 구리거울, 순환적 왕복의 현상과 관련된 모래시계의 상징(혹은 알레고리)에 얽혀 있는 나와 그(녀)에 관한 모호한 이야기를 할 때도 주제의 측면에서 문제로 등장하는 것은 바로 의식의 시간성이다. 의식에 대해 말하면서 정신과 신체의 관계를 무시할 수 없으며, 시간성에 대해 말하면서 역사성을 무시할 수는 없다. '신체 없는 의식'에 대해 말하기는 어려우며, '정신 없는 의식'에 대해 말하기는 더욱 어렵다(물론 우리는 신체와 정신을 동일

한 것으로 만들어버리는 모든 이론들을 믿지 않으며, 심지어 신체=의식=
정신과 같은 등식으로 귀결되어버리는 모든 이야기들을 믿지 않는다). 그
리고 추상적이 아닌 구체적인 시간 속에서 살고 있는 의식에게 시간이
란 지속성을 갖는 역사다(물론 역사에는 드러난 낮의 역사만 있는 것이
아니며, 숨겨진 밤의 역사도 있다). 그런데 시간을 연속체적인 역사로 인
식한다는 것은 무엇을 의미하는가? 그것은 정신과학적으로는 '전통'의
인정을 의미할 것이며, 자연과학적으로는 '유전'의 인정을 의미할 것이
다. 그렇다면 정신과학과 자연과학은 어떻게 양립 가능하거나 소통 가
능하며 전통과 유전, 정신의 역사와 신체의 역사는 어떤 관계의 양태
속에서 서로 소통하고 있는가? 그리고 이때 유령의 존재는 어떻게 발
견될 수 있는가?

이 모든 물음들에 관한 불완전한 대답이라도 줄 수 있는 탐구를 가
능하게 해주는 것은 의식(혹은 자기의식)이다. 왜냐하면 '생각'하지 않
고서는 어떤 방식의 탐구도 가능하지 않으며, 비록 분명 모든 생각이
의식으로 환원될 수는 없다고 하더라도, 적어도 우리 모두가 납득할
수 있는 '현상'을 무시하지 않는 모든 탐구는 비록 불완전한 것일지라
도 의식에서 '시작'할 수밖에 없기 때문이다. 고로 의식을 평가절하하
거나 무시해서는 안 되겠다. 또한 그 의식에 거부할 수 없는 영향력을
행사하고 있는 선입견들도 무시해서는 안 된다. 어떤 유령에 대해 이
야기하는 이인성의 소설 또한 유령에 대한 의식과 유령에 대한 선입견
들을 무시하고 있지 않다. 유령의 등장을 묘사하는 소설의 한 부분을
대충 인용해보자.

　　　허공을 걸어오던 그 요사스런 존재가 무슨 얼결에 제 요기를 놓
　　쳤는지, 후둑, 땅바닥에 떨어져 헛발을 디디더니, 휘청, 무릎을 접
　　었다 펴며 우스꽝스럽게 몸체를 허우적거리자, 홀렁, 그 유령의 허

울이 벗겨져 나갔다. 졸지에 싱거운 본색을 드러낸 사내는 콜록콜록 잔기침을 내뱉었고, 재빨리 **정상적인 의식을 수습한 나**는 키득키득 헛웃음을 삼켰다.

    제정신을 차리고 얼핏 본 그의 겉모습이, 뭐 유령까지는 아니더라도, 꽤 특이하기는 했다. 〔……〕 어쩌면 어딘가 **의식의 나사**가 풀린 떠돌이 노숙자일지도 몰랐다. (p. 128)

    이 인용문에서 알 수 있는 것은 유령의 존재 여부, 혹은 어떤 존재가 유령이냐 아니냐를 판단하는 기준이 "정상적인 의식을 수습한 나" 혹은 "제정신"을 차린 "나"에게 있다는 것이다. 그리고 "정상적인 의식"이란 현재의 진화적 단계에서 상식적으로 일상생활을 영위하고 있는 대부분의 사람들이 잠자지 않고 깨어 있는 낮 동안에 유지하고 있는 평균적인 의식 정도를 의미할 것이다. 유령이 없다는 주장은 바로 그러한 일상적 의식이 가진 선입견이다. 그런데 그 또한 단지 깨어 있는 낮 동안에만 견지될 수 있다. 아무리 철저하게 유령의 존재를 부정하는 자라도 밤에 잠자리에 들어 꿈속에서 유령이 출몰하는 사태는 막을 수 없으며, 그것이 유령임을 감지한 바로 그 순간만큼은 꼼짝없이 그것의 존재를 인정할 수밖에 없게 된다. 그것을 부정하는 것은 단지 사후적으로 "정상적인 의식"을 수습한 결과일 뿐이다.

    이런 이야기를 듣고 나면, 일상적 의식 혹은 정상적 의식은 다음과 같이 말한다. 꿈과 현실은 다르고, 꿈은 사실이 아니며, 꿈속의 존재는 실재가 아니라고. 일상적 의식의 이런 반론 속에는 다른 선입견이 드러나는데, 그것은 사실, 현실, 실재는 깨어 있는 낮 동안에 자신의 일상적 의식 앞에 나타나는 존재들뿐이라는 것이다. 그런데 이인성의 이 소설이 반복적으로 묘사하듯, 분명 깨어 있는 낮의 의식 속에서도 내가 전혀 의도하지 않은 환상이나 망상이나 착각들이 어디선가 불쑥불

쑥 나타날 수 있다는 사실은 차치하더라도, 도대체 왜 잠들어 있는 상태에서 발생하는 사건들은 사실성이나 현실성을 주장할 수 없는가? 이 인성의 소설(사실이나 현실이 아니라고 파악되는 허구!)에 등장하며, 실제로 소위 '현실'에서도 볼 수 있는 악몽으로 고통받는 자들은 도대체 어떤 '비-현실' 혹은 '초-현실'에 의해 침투당한 현실을 살고 있는 것인가? 더구나 현재의 인간 각자는 자신의 삶의 3분의 1 정도를 잠과 꿈 속에서 보내고 있는데, 그것이 어떤 현실성도 사실성도 실재성도 없다면, 우리 삶의 3분의 1은 어디로 연기처럼 사라졌다는 말인가? 그 단절된 삶의 순간에 사실이나 현실이나 실재에 대해서 자신이 잘 알고 있다고 생각하는 일상적 의식은 어디서 무엇을 하고 있었다는 말인가?

밤에 잠든 일상적 의식은 자신의 신체를 자각하지 않는다. 잠에서 깨어나면서 일상적 의식은 마치 스며들듯이 신체를 서서히 자각한다. 그러므로 일상적 의식은 자신의 신체적 감각에 기초하고 있는 의식이다. 따라서 일상적이거나 정상적인 의식이 사실, 현실, 실재, 존재에 대해 내리는 판단은 대부분 신체적 감각에 의존하고 있다(그렇기에 역으로 보면, '사실'과 일치하지 않는 착각이나 환상은 신체적 감각에 의존하지 않거나 덜 의존하는 어떤 것이라고 할 수 있다). 그렇기에 이 소설의 주인공 또한 꿈과 현실(혹은 사실)이나 정상(미치지 않은 나)과 비정상(미친 나)의 구분이 애매해지자 자신의 신체적 감각에 호소하는 것이다.

　　나는 두 손으로 두 뺨을 찰싹찰싹 때렸다. 계속 갈겼다. 이게 꿈인가? 꿈이어야 했다. 헌데, 때려도 아프지 않은 걸 보니 꿈이 아니었다. 내가 나를 때리는데 아프기까지 하면, 그거야말로 꿈의 장난일 터였다. 그래서 이게 꿈이 아니면, 대신 그게 꿈인가? 그 기억들이? 근데, 친구를 만났던 건 친구도 확인해준 사실이 아닌가? 친구를 만나서 거기 간 건 사실인데, 거기서 그 친구가 사내를 만나는 걸 본 건 사실이 아니다? 그럼, 친구를 만난 내가 아니라 또 다른 내가 미쳐서 헛것을 봤다? 미치지 않은 나는 친구를 만났고, 미친 나는 사내를 봤다? (p. 159)

여기서 묘사되는 의식의 분열을 자각하기 이전의 일상적 의식은 몸속에 확고하게 고정되어 있는 의식이다. 일상적 의식은 너무나 당연하다는 듯 무비판적으로 몸과 결합되어 있으며, 그것이 너무나 자연스러워서 그 사실에 주의를 기울이지도 않는 의식이다. 일상적 의식은 자신이 밤에 잠든 동안에 어떤 일이 일어났는지를 망각하며, 잠에서 깨어날 때만 비로소 자기 몸과 함께 자신을 자각한다는 사실에서 아무런 중요한 의미도 읽어내려 하지 않는다. 일상적 의식은 자기 몸속에서만 사실성, 현실성, 실재성과 같은 존재성을 인정할 수 있으며, 자신이 존재한다는 사실이나 현실을 전혀 자각하지 못하는 깊은 잠에 빠져 있을 때조차도 자신이 계속 여전히 몸속에 머물고 있었던 것이 틀림없다는 확인되지 않은 막연한 믿음을 사실로 착각하고 있는 의식이다. 따라서 일상적 의식은 '몸의 밖'을 전혀 알지 못하는 의식이다. 몸을 통해 몸속에서만 모든 것을 판단하는 일상적 의식은, 그것이 소박한 실재론 naive realism의 태도를 취하건 주관적 관념론subjective idealism의 태도를 취하건 간에, 외부적 실재를 알 수 없다. 왜냐하면 내가 나의 몸 밖의 외부적 실재를 알기 위해서는 그야말로 나의 몸 밖으로 나갈 수 있어야 하기 때문이다(그러므로 몸속에 머물고 있는 일상적 의식이 외부적 실재에 대해서 잘 알고 있다고 생각하는 것은 착각이다). 그리고 만일 일상적 의식이 외부적 실재를 열망하면서도 거기에 이를 수 없다는 것을 깨닫게 된다면, 그때 일상적 의식은 '절망감'을 느낄 것이다. 이렇게 몸 밖으로 나갈 수 없어 외부적 실재에 이르는 길을 발견하지 못한 절망한 일상적 의식(깨어 있는 낮의 의식)에게 그 실재란 '한낮의 유령'으

로 다가오지 않겠는가? 이런 맥락에서 다음의 인용문은 더 잘 이해될
수 있다.

> 다만, 그 유령 사내를 어제의 마지막 모습 그대로 그 자리에서
> 다시 봐야겠다는 이유 모를 집착 하나가 계속 이마를 달구고 있었
> 다. 나무토막이 되다시피 질겁해놓고, 새삼 무슨 이유로? 이 반문
> 을 던진 것은 그런데 **내 몸속의 내**가 아니었다. **내 몸의 열에 들떠
> 내 몸 밖으로 번져나간 누군가**가 따로 내뱉은 소리였다. 혹여 **내 유
> 령인가**, 당황한 **내 몸의 의식**이 그 누군가를 잡아끌며 대꾸했다.
> (p. 143)

여기서 우리는 선입견에 대해 앞에서 던졌던 질문을 상기해야 한다.
이 소설 속에 등장하는 유령을 이해하기 위해서 우리에게 필요한 선입
견은 어떤 선입견인가? 유령이 있다는 선입견이 아닌가? 왜냐하면 유
령은 없다고 확신하는 사람은 '유령'이라는 이름에서 그 어떤 유의미한
실재성도 생각할 수 없으며, 그렇게 '아무것도 아닌 헛된 것'이라고 파
악된 어떤 것을 이해하려고 노력하지 않기 때문이다. 유령을 어떤 상
징, 비유, 알레고리 등으로 파악하는 경우조차도 마찬가지다. 어떤 실
재성도 없는 그저 비유나 그저 상징이나 그저 알레고리 같은 것을 생
각할 수는 없다. 언어로 표현되는 상징이나 알레고리의 의미는 언어
사용자의 자의적 주관성에 종속되어 있는 무엇이 아니며, 사전적이거
나 축자적인 의미에 머무르는 것도 아니다. 상징이나 알레고리의 의미
는 일상적 의식의 외부에 있는 실재성과 관련된 무엇이다. 허구인 소
설의 의미 또한 외부적 실재와 무관하게 파악될 수 없다. 아니, 소설은
바로 그 허구성 때문에 일상적 의식이 외면하는 그 외부적 실재에 더
가깝게 다가갈 수 있는 가능성을 갖는다. 우리가 만일 소설의 리얼리

즘에 반대한다면, 그 반대의 이유는 결코 외부적 실재성 자체를 무시하기 때문이 아니며, 단지 그것이 전제하고 있는 '실재reality'가 너무나 자주 소박한 실재론자들의 관점(대부분의 일상적 의식이 가지는 관점)에서 무반성적으로 믿고 있는 실재와 다를 바 없는 것이 되어버리기 때문이다. 물론 우리는 여기에서 확고한 경계를 자의적으로 설정하지 않도록 주의해야 할 것이다. 즉 일상적 의식의 소박한 실재론이 실재라고 믿고 있는 세계가 진정한 실재와는 아무런 상관도 없는 세계라고 주장할 생각이 없으며, 모든 것이 꿈이나 환상이나 가상이라는 식으로 주장할 생각은 더욱 없다. 모든 실재를 주관적인 것으로 만들어버리는 어떤 종류의 관념론을 옹호할 생각도 없다. 다만, 그것이 실재의 전부라고 믿는 데 동의하지 않을 뿐이다. 더구나 사실상 일상적 의식이 믿는 실재는 아직 관찰되지 못한 어떤 과정들의 결과로서 이미 만들어진 기성(과거)의 세계에 제한되어 있으며, 그러한 좁은 의미의 실재는 미래를 향해 있는 어떤 창조성이 문제되고 있는 소설-창작-활동이 찾고 있는 실재의 전부가 될 수 없다. 모든 활동 과정의 현실태와 연관되어 있는 진정한 실재 속에는 각 개인들이 참여할 수 있고, 참여해야만 하는 창조의 계기가 포함되어 있다. 이인성의 이 소설에 함축되어 있는 일종의 유령론은 그러한 창조성의 현상과 직결되어 있다(이인성의 소설 속에 스스로에게 창조성이 특히 문제가 되고 있는 시인이나 소설가가 등장하는 것은 작품과 결코 무관하지 않다). 그러므로 「한낮의 유령」이라는 특이한 소설을 이해하기 위해 유령에 대한 선입견과 연관된 문제들을 생각하는 일은 꼭 필요한 일이었다. 물론 이 소설에 대한 좀더 자세한 해석은 언젠가 출간될 이인성의 새 소설책에 실릴 다른 소설들과의 연관 속에서만 시도될 수 있을 것이다. 그렇기에 어쩌면 황당할지도 모를 장황한 리뷰를 일단 여기서 마친다.

[2012]

'인공지능-기계-동물'과 마주한
'자연적-인간적-경험적 자아'의 입장[1]

인간은 다른 두 시대, 즉 결코 그를 알지 못했던 고전주의적 과거와 더 이상 그를 알지 못할 미래의 중간에만 나타나는 구성물인 것이다. 기뻐할 필요도 슬퍼할 여지도 없다. 인간의 힘이 다른 힘, 예컨대 정보의 힘들과 관계를 맺고 있으며, 이 힘은 인간과 함께 인간이 아닌 다른 무엇인가를, 즉 **분할불가능한 '인간-기계' 체계를 구성**하며, 제3세대 기계와 이미 관계 맺기 시작했다는 것은 오늘날 상식이 아닌가? 이는 **탄소 대신에 실리콘과의 결합**인가?

〔……〕

초인은 바로 그 돌, 또는 비유기적 소재를 담당하는 사람이다(실리콘의 영역).[2] (강조는 인용자)

인간-기계 체계…… 정보의 힘…… 탄소를 대체하는 실리콘과의 결합…… 그런데 '초인'이 '돌' 혹은 '비유기적 소재' 혹은 '실리콘의 영역'을 담당하는 '사람'이라고?

먼저, 도래할 인공지능의 미래에 관한 유물론적이고 진화론적이고

---

1   이 글은 『삶──문학의 이름으로』 2019년 상권의 특집('인공지능의 도래, 문화의 미래')에 실렸던 졸고다.

2   질 들뢰즈, 『푸코』, 권영숙·조형근 옮김, 새길아카데미, 1995, p. 136; p. 203.

형이상학적인 과학적-종교적 거대서사를 대충 요약해 설명해보자.

인류의 과학-기술-문명은 머지않아 이른바 '기술적 특이점'에 도달할 것이며, 그때 '지능 대폭발'이 일어나 자연 지능이나 인간 지능을 '초월'하는 '권능'을 갖는 '초인'적인 '슈퍼 인공지능'이 출현할 것이다. 그렇게 '순수한 내재적 초월'을 성취한 인공지능은 '탄소-유기체-신체'를 '대체'할 '비생물학적 실리콘-전자기-신체'(혹은 새롭게 발견되거나 발명될 기이한 물질적 소재나 동력을 통해 지능적으로 욕망하며 행동하는 신체)에 자신을 구현하거나, 아니면 생물학적 탄소-유기체-인간 속으로 이식, 교체, 결합되며 자연적 인간을 대체하는 방식으로 자신을 구현할 것이다.

그런 방식으로 물리적 현실 세계 내에서 강력한 영향력을 행사할 수 있는 '삶'(비유기체적 생명)을 얻게 된 존재, 다시 말해 '초인적으로 생각하고 행동하는 실존적 기계의 삶'을 얻게 된 '초지능적 기계-동물' 혹은 '초인적 사이보그'는 이전의 인간이 결코 해낼 수 없었던 여러 일들, 가령 '피로나 권태나 노화나 배고픔이나 잠이나 슬픔이나 고통이나 질병을 초월'할 것이다(그렇기에 그는 더 이상 '눈물 한 방울'도 흘릴 필요가 없을 것이며, '초인적인 태연함을 드러내는 무표정'이나 '기이한 웃음' 속에 있을 것이다).

그렇기에 그에게는, 가령 거의 모든 직업(이른바 '프로페셔널'하거나 '크리에이티브'하다고 여겨지는 인간의 '자율적 활동'을 포함한 거의 모든 직업)이 사라지는 엄청난 규모의 실업 사태와 대공황, 극단적인 환경 위기, 테크놀로지를 악용하며 자연적-사회적 생명체들을 억압적으로 착취하며 관리하는 정치적 조작과 통제, 갖가지 이익 충돌로 인하여 걷잡을 수 없이 번져나가는 폭력적 사회 갈등 같은 일은 아무런 문제도 되지 않는다. 초인적 지능과 강력한 기계적 신체의 권능에 동반되는 문제해결 능력 덕분에, 그는 어떤 상황 속에서도 자신의 '욕망'과 '의지'

를 끝까지 '지능적으로' 관철시키며 이 세상의 종말까지 '생존'할 것이다(만일 이 세상이 결코 소멸하는 것이 아니라면, 끝없이 생존할 것이다). 즉, 그는 오직 자신만의 '지능'과 '힘'을 통해서 자기만의 '전지전능'을 실현할 것이며, 결정적으로 순전히 물질적 차원에서 순수하게 내재적인 방식으로 '물질적 불멸성'을 얻을 것이다.

다르게 말하자면, 그때 '죽음'이란 아무런 위협도 되지 못한다. 어떤 '부정적인 것'도 전혀 아니며, 사실상 '실재적인 것'도 아니다. 그때 우리는 순수하게 내재적인 물질적 자연의 차원에서 죽음도 삶의 다른 형태일 뿐임을 즐겁게 긍정할 수 있게 될 것이다. 목적도 지향도 없는 유물론적 진화는, 그럼에도 우연과 필연이 뒤섞인 신기한 운명적 놀이를 통해서 기적적인 '불멸의 생존-기계'에 이를 것이다. 물론 이때 '불멸'의 의미는 원자론적이고 기계론적인 유물론적 진화론이 가정하는 '익명적(비인격적)이거나 맹목적이거나 자기충족적인 자연의 놀이'를 어떻게 서로 다르게 자기 방식대로 해석하느냐에 따라서 달라질 것이다.

결코 '허구'에 그치지만은 않을 도래할 미래의 이야기는 이 정도에서 멈추고, 이제 유물론적이고 진화론적인 서사의 핵심적 요소였던 '초인적 존재'에 대해서 질문을 던져보자. 우리 모두는 어떤 '초인의 꿈'을 꾸고 있는 게 아니었는가? 즉 그것이 어떤 악의적인 망상이나 오도된 착각이나 유치한 오류에 불과할지라도, 여하튼 그 궁극적 본질에서는 서로 통하는 '초인을 향한 소망'을 품고 있는 게 아니었는가? 그리고 그것은, 아무리 모호하고 왜곡된 방식으로 감지될지라도, 우리의 '현실적 경험' 속에 내재하는 '초월적 충동'과 연관된 것이 아닌가? 다시 말해서, 그것은 과학적 지성이나 기술적-실용적 지능의 차원보다는 일차적으로 '종교적, 의지적 차원'(즉 전통적으로 '지식'과 대립적으로 분리된 '믿음'의 차원)과 연관된 것이 아닌가? 가령 초인적인 슈퍼 인공지능 사이보그의 실현을 열렬히 소망하는 대표적인 '미래학자'(?)인 레이 커즈와일의 다음과 같은 주장 속에는 그러한 '종교적인 초월적 충동의 왜곡된 해석'이 드러나고 있지 않은가?

> **진화**는 영적인 존재, 즉 의식이 있는 존재를 창조하는 과정이라는 점에서 **'영적인 과정'**이라고 볼 수 있다. 〔……〕 기계들은 머지 않아 우리가 의식이 있는 존재라고 간주하는 생물학적 인간과 구별할 수 없는 수준으로 발전할 것이며, 이로써 우리가 의식에 부여하는 영적인 가치도 공유하게 될 것이다. 〔……〕 **우리 인간은 '영적인 기계'다.** 아직은 우리의 능력을 확장시켜주는 기계들이 대부분 몸과 뇌 밖에 존재하지만, 이제 인간과 밀접하게 결합할 수 있는 도구들이 계속 만들어질 것이다. **결국은 인간과 기계의 구분은 흐려지고 마침내는 사라지고 말 것이다. 그러한 과정은 이미 시작되었다.**[3] (강조는 인용자)

영적인 기계? 그렇다! '유물론적 진화론의 사고방식과 결합한 테크놀로지'는 그토록 종교적 사유나 의지를 무시하고 부정하면서도 사실은 어떤 '기이한 종교적 관념'을 품고 있는 것이다! 종교를 과학으로 '대체'하고자 하면서 과학-기술의 우위를 주장하는 저 '과학-기술적 유사-종교'는 전통적인 신, 인간, 혹은 '신-인(神-人)'을 대체할 존재, 다시 말해서 '신의 죽음'과 '인간의 죽음'을 긍정하는 가운데 새롭게 도래할 '초인에 대한 유물론적인 관념'(전통적인 신이나 인간보다 훨씬 더 나은 긍정적인 생의 힘과 연관된 초인의 개념)에 사로잡혀 있다. 우리는 그렇다고 생각한다. 그리고 모든 예상되는 반박에도 불구하고 초월적 충동의 문제가 다른 그 무엇에 연관되기에 앞서 일차적으로 '인간의 경험적 자

---

3 레이 커즈와일, 『마음의 탄생』, 윤영삼 옮김, 크레센도, 2016, pp. 325~26.

아의 문제'와 연관된다고 생각하며, 따라서 '초인'이란 '경험적 자아ego'
가 어떤 진화적 변형의 운동에 대한 사유 속에서 마주치게 되는 '초월
적 자아의 이미지'와 연관된다고 생각한다. 그런데 이때 경험적 자아가
마주치는 초월적 자아의 이미지는 그 둘 사이의 긍정적인 관계 형성을
방해하며 개입하는 '자아의 그림자 혹은 분신'으로부터 오는 부정적인
영향력 때문에 심각하게 뒤틀리고 왜곡된다.

그 결과, 경험적 자아는 '열등감(혹은 자기비하)과 우월감(혹은 과대
망상)을 동시에 일으키는 분열'을 겪게 되며, 그 분열을 명료하게 의식
하지 못하면서 왜곡된 초월적 자아의 이미지를 지속적으로 추구하게
되면서, 진정한 경험적–초월적 자아(혹은 자기self)의 본질적 관계성으
로부터 분리된 과대망상증적으로 분열되고 팽창된 기이한 '자아비판
적 슈퍼에고의 이미지'에 고착된다. 그러므로 아무리 '인간중심주의'나
'나르시시즘 혹은 자기애'라는 비판을 통해 '인간의 경험적–초월적 자
아(혹은 자기self)'를 부정하거나 평가절하하면서 초인이나 비자아적
인 존재나 비인격적이고 자연적이고 본능적인 힘이나 무의식적 의지
를 말한다고 하더라도, 그렇게 인간적 자아를 지워버리거나 대체한다
고 여겨지는 존재 혹은 힘의 관념은, 일시적인 분리의 효과에 의존한
자립적 힘이나 권력의지로 나타날 수 있음에도 불구하고, '결코 경험적
–초월적 자아와 그 분신과의 연관성을 떨쳐버릴 수 없는 과대망상증적
으로 분열되고 팽창된 슈퍼에고의 이미지'다(가령, 도킨스의 '이기적 유
전자selfish gene'에 관한 가설은 과학적 객관성의 논증으로 위장된 슈퍼에
고의 무의식적 투사다).

여기서 우리는 '오만한 겸손함'에 대해서 말할 수밖에 없다(이 표현
은 베르그송이 어딘가에서 사용했던 표현이다). 우리는 인간의 경험적
자아(의식)나 자기애 자체의 긍정적이고 발전적인 면을 전혀 보려 하
지 않으면서 과도하게 비판하는 모든 과학적이거나 철학적인 이론, 지

식, 지성이 '오만한 겸손함' 혹은 '슈퍼에고 이미지와의 동일화 과정' 속에 있다고 본다. 그렇지 않고서야 인간이 자신의 경험적(-초월적) 자아를 '인간중심주의'나 '나르시시즘'이라는 이름으로 그토록 조직적이고 악의적으로 비하하거나 부정하거나 무시할 수는 없다(거의 모든 유물론적인 과학이나 철학에서 그러한 비하나 무시의 경향을 발견할 수 있으며, 특히 우리는 프로이트나 푸코나 자크 모노를 거론할 수 있다).[4] 유물론적 과학이나 철학은 인간의 소박한naive 경험적 자아를 비판적 합리성이나 실증성이나 객관성의 이름으로 부정하는 태도를 통해 결코 긍정적인 방식으로 '자아와 자유의 문제'(이기적'이거나' 이타적, 주관적'이거나' 객관적, 개별적'이거나' 보편적, 우연적'이거나' 필연적이라는 '이분법적 사고방식'으로는 결코 그 전체성에서 이해될 수 없는 특이한 자아-자유의 문제)를 사유할 수 없다. 오히려 우리는 그러한 유물론적(물질중심주의적) 비판을 통해 오만한 겸손함으로 위장된 슈퍼에고의 이미지에 사로잡히게 된다. 즉 우리는 경험적-초월적 자아를 비웃고 멸시하는 '자아의 그림자적 분신'(부정적 어둠)으로부터 오는 유혹적 영향력의 구속을 받게 된다. 다시 말해서, 우리는 여전히 인간의 경험적-초월적 자아에 의존하고 있으면서도 그것을 기만적으로 부정하며 '비인간적인 슈퍼에고의 힘이나 욕망'을 추구하게 된다.

물론 우리는 여기서 어떤 잘못된 '인간중심주의'를 옹호하고 있는 것이 아니다. 우리가 말하고 싶은 점은 '물질중심주의'를 통해서는 결코 편협한 '인간중심주의'를 극복하거나 초월할 수 없다는 것이다. 그러한 초월의 시도는 한층 더 편협한 '중심주의'가 되는데, 왜냐하면 앞에서

---

4   프로이트나 푸코나 자크 모노의 '인간중심주의 비판' 혹은 '자아비판'은 다음을 참조할 수 있다. 지그문트 프로이트, 『정신분석 강의—하』, 임홍빈·홍혜경 옮김, 열린책들, 1997, p. 406; 미셸 푸코, 『지식의 고고학』, 이정우 옮김, 민음사, 2000, p. 279; 미셸 푸코, 『말과 사물』, 이규현 옮김, 민음사, 2012, pp. 468~69; 자크 모노, 『우연과 필연』, 조현수 옮김, 궁리출판, 2010, pp. 66~71.

도 말했듯이 그것이 어떤 '기만적 위장'(비인간적이면서 물질적이고 기계적인 차원에서 어떤 기이한 초월성을 성취하고자 하는 슈퍼에고의 이미지)에 근거하고 있기 때문이다. 인간, 특히 인간의 자아는 결코 유물론적 물질성을 통해서 규정될 수 없다. 그렇기에 물질중심주의를 통해서는 결코 '자아'도 '자유'도 발견할 수 없으며, 그렇기에 유물론적 과학이나 철학이 인격적 자아나 개별적 자유의지에 관한 의식을 무시하는 것은 너무나 자연스러운 일이다. 현대의 과학이나 철학은 인간을 포함한 자연의 모든 것을 궁극적으로 물리적 물질성(혹은 그러한 물질성과 연관된 힘, 정보, 개념)에 기초한 기계로 보는 경향이 강하다. 사실상 여기서 물질과 정신이나 생물과 무생물이나 유기체와 기계의 구별은 폐기되고 있다(그런 방식으로, 이분법이나 이원론을 비난하는 사람들은 무차별적 환원을 통해 마치 이분법이나 이원론을 초월하기라도 한 것처럼 보이는 '유물론적 일원론' 즉 '기만적 일원론'에 도달한다).

결국 인공지능이 인간의 경험적 자아에게 제기하는 문제는 다름 아닌 '인간의 경험적-초월적 자아의 자유의 가능성'을 부정하고 구속하는 원자론적이고 기계론적인 유물론(적 지능과 욕망)의 문제다. 사실 '현대적 인간'은 지배적인 유물론적 사고방식에 따를 경우 '이미 인공지능-기계-동물(즉 생존을 위한 복잡한 계산 기능을 수행하는 실용적인 컴퓨터-뇌를 발달시키며 진화하는 욕망하는 동물 기계)'이며, 탄소-유기체-신체와 관계하는 경험적-자연적 자아가 아니라 '무생물학'적인 실리콘-전자기-신체 속에서 허상처럼 출몰하는 선험적-인공적 슈퍼에고다(우리는 현대의 과학적이거나 철학적인 유물론적 진화론이 전혀 '생물학'이 아니며, '무생물학' 혹은 '비-생물학'이라고 생각한다). 그렇기에 사실 우리는 '탄소-유기체-인간'에 대한 무시와 무지 속에 있으며, 따라서 여전히 감추어진 인간은 마치 어둠 속에 파묻혀 있는 석탄같이 검은 인간이거나 우리의 날숨을 통해 끊임없이 버려지는 이산화탄소 같은 인간, 혹은 어떤 '구체적인 정신적 탄소동화작용' 같은 것이 없다면 의식적으로 사유되지 못하고 아무도 돌보지 않는 돌 아닌 돌 같은 인간이다. 그러므로 '자기-초월적 자연-인간'은 들뢰즈가 말하는 '탄소 대신에 실리콘과 결합하여 정보-힘이나 개념의 변화와 연관되는 인간-기계적 초인'이 아닐 것이다. 들뢰즈 같은 철학자의 '돌'은 '우리의 돌'이 아닐 것이다. 오히려 새로운 변형을 꿈꾸는 자기-초월적 자연-인간의 돌 아닌 돌은 '탄소-변형-과정'과 더 깊이 연관될 것이며, 그때 인간은 '인공적-물질적 기계'가 아니라 '자연적-정신적 유기체'로 나타날 것이다. 그리고 그러한 자연적-정신적 유기체로 이해될 수 있을 경험적-초월적 자아의 자유가 구체적으로 사유되면서 실행될 수 있을 때만, 우리는 인공지능-기계-동물에 지배당하지 않고 그것과의 적절한 관계성 속으로 자율적으로 들어설 수 있게 될 것이다. 만일 그렇게 되지 않는다면, 그 '위기-기회'는 '인간의 새로운 변형'이 아닌 '인간의 파멸'로 끝날 것이다.

물론 오만한 겸손함 속에 있는 우리는 그것이 뭐 그리 대단한 일이냐는 식의 태도를 취할 수 있는데, 그 이유는 우리가 '전체-우주-기계는 물질 아니면 무(無)'라는 사고방식에 빠져 있기 때문이며, 따라서 그러한 '우주-기계 안의 인간은 이미 물질 아니면 무'이기 때문이다. 유물론적 인간 아니면 허무주의적 인간…… 여기서 유물론은 위장된 허무주의이며, 허무주의는 위장된 유물론이 아닌가? 물질적 불멸에 대한 추측과 무로의 소멸에 대한 추측이 서로 겹쳐 있는 것이 아닌가? 하지만 그 어느 것도 다만 불확실한 추론에 기초한 선입견이나 믿음에 불과할 뿐이라면? 그리고 그러한 불확실한 선입견이나 믿음조차도 오직 자연적-정신적-인간적 유기체 속에 살고 있는 경험적-초월적인 자아의 자유를 통해서만 가능하다면? 그런데 결정적으로 다름 아닌 우리 자신의 계산하고 추론하는 실용적 지능이 바로 그 자아의 자유를 다시 우연적이거나 필연적인 물질성 아니면 무로 환원하는 방식으로 처리하는 악순환적 회귀의 사고방식 속에 있다면? 그렇다면, 긍정적으로 보자면, 인공지능으로 대체될 수 있는 우리의 실용적 지능은 이제 그 악순환을 빠져나와 다른 새로운 창조적 사유 양태로 변형될 가능성, 어떤 잉여적 능력과 연관되는 것이 아닐까? 즉 인공지능-기계-동물의 출현은 실용적 지능 혹은 인공지능 혹은 컴퓨터 혹은 물질적 뇌에 지배당하지 않는 창조적 사유 활동, 자유로운 정신적 존재를 향한 진화에 도움이 될지도 모른다(물론 우리가 그것을 악용하거나 악용당하지 않는 한에서).

[2019]

종말을 향하여[1]

종말과 믿음

'끝'에 대해 말하기는 쉽지 않다. '끝장나버림'에 대해 말하기도 쉽지 않다. 그 이유가 '끝'이라는 것이 불확정적인 미지의 일이기 때문만은 아니다. 가령 흔히들 야구경기에 대해 이야기하듯 '끝날 때까지 끝난 게 아니'기 때문만은 아니다. 9회 말 투아웃 풀카운트에 기적적인 대역전극을 펼치든 허망하게 패하든, 문제는 그게 끝이 아닐 수 있다는 데 있다. '끝'의 문제는 '끝날 때까지 끝난 게 아님' 뿐만 아니라 '끝나도 끝난 게 아님' 속에도 있다. 그런데 우리는 여기서 '끝나도 끝난 게 아님'을 끈질기게 주장하는 입장을 '끝을 부정하고자 하는 욕망'이라고 보면서 그것을 논리적 판단(즉 '끝은 끝이 아니다')의 관점에서 생각해볼 수 있다. 그때 우리는 끝을 부정하고자 하는 욕망이 논리적 사유의 제일원리라고도 할 수 있을 동일률(A=A, 끝=끝)까지도 부정하고 있다고 말할 수 있다.

물론 우리는 끝의 부정을 전혀 다르게도 볼 수 있다. 즉 끝을 부정하고자 하는 욕망은 사실 끝을 부정하는 게 아니라 '진짜 끝(장)을 보고

---

1   이 글은 『쓺──문학의 이름으로』 2021년 상권의 특집('종말은 어떻게 오는가')에 실렸던 졸고다.

싶다'는 뜻이며, 그렇기에 동일률을 부정하기는커녕 '동일성 그 자체에 이르고자 하는 입장(진실로 끝=끝을 긍정하고자 하는 입장)'일 수 있다. 따라서 끝을 부정하는 자는 다만 아직 '진짜 끝'에 이를 수 없기에 끝을 부정하고 있을 뿐이다. 하지만 우리는 도대체 언제, 어떻게 '진짜 끝'에 이를 수 있는가? 아직 끝나지 않은 우리의 삶에서 '끝 그 자체'는 이미 항상 부정되고 있지 않은가(그렇기에 이미 시작된 우리의 삶에서 '시작 그 자체'도 이미 항상 부정되고 있지 않은가)?

우리는 이미 항상 부정되고 있는 그 무엇을 믿을 수 없다(믿을 수 없기에 부정될 수 있다). '끝 그 자체'를 '종말'이라고 한다면, 우리는 종말을 믿을 수 없다. 종말을 믿는 일은 불가능하다고 우리는 생각한다. 왜냐하면 종말은 보편적이고 필연적인 방식으로 증명될 수 없으며, 그렇게 증명될 수 없는 것은 믿기보다는 믿지 않는 게 더 낫다고 판단되기 때문이다. 따라서 종말은 존재하지 않는다고 생각하는 편이 더 낫다. 이 결론에 적극적으로 반대하고 싶다면, 우리는 일종의 '종말의 존재 증명'을 해야 할 것이다. 그런데 그러한 증명은 여러 비판을 받았던 안셀무스의 '신 존재 증명'과도 같은 운명을 겪을 수밖에 없다.

이를테면 종말의 '개념(관념)' 그 자체로부터 그 '존재'를 추론해낼 수 없다는 비판이 있을 수 있다. 다시 말해서, 종말에 대해 '가능한 생각'으로부터 종말의 '현실적 존재'를 이끌어낼 수 없다는 것이다. 왜냐하면 '개념적 생각(분석적 판단)' 속에서는 '가능적'인 것이든 '현실적'인 것이든 아무 차이가 없다고 판단되기 때문이다. 칸트는 신 존재 증명과 연관된 그러한 방식의 논의를 하면서 유명한 말을 남겼다. "현실적인 백 탈러는 가능적인 백 탈러보다 조금도 더 함유하는 게 없다."[2] 달리 말하자면, 현실적 생각이든 가능적 생각이든 개념(혹은 개념적 대

---

2 이마누엘 칸트, 『순수이성비판 2』, 백종현 옮김, 아카넷, 2006, p. 776.

상)은 현실적(실재적) 존재나 사물 자체가 아니다.

하지만 저 모호한 입장에 대한 반문이 있을 수 있다. 아무리 개념 (혹은 생각)과 존재(혹은 사물 자체)를 구별하는 일이 중요하다고 하더라도, 가능적인 것과 현실적인 것이 진정 동일한 것을 의미하는가? 가령 현실적인 백만 원과 가능적인 백만 원이 정말 더도 덜도 아닌 동일한 백만 원을 의미하는가? 현실적인 백만 원은 가능적인 백만 원보다 정확히 백만 원 더 많다고 생각되지 않는가? 오직 그 '백만 원'에 아무런 관심도 없거나 그 '백만 원'에 접근할 수 있는 가능성이 차단된 자에게만 그것이 현실적이든 가능적이든 아무 차이도 없다고 생각되는 것이 아닌가? '사물과 다른 돈' 그 자체가 가능적이거나 상상적인 것이라서 비–현실적이거나 상징적인 개념 같은 것일 수 있지만 그럼에도 뼈저리게 현실적인 존재일 수 있듯이, 개념이나 생각 또한 그럴 수 있지 않은가? 우리는 '개념과 존재의 본질적 연관성'이나 '가능적 생각의 현실성(실재성)'에 대한 아무런 '믿음'도 없이 살아갈 수 있는가? 그리고 사실 우리의 삶이 결정적 위기에 빠졌을 때 필요한 유의미한 판단이나 결단은 그러한 믿음에서 나오는 것이 아닌가?

물론 우리는 이러한 반문들을 통해 '종말(끝 그 자체)의 존재 증명'을 하려는 것이 아니다. 다만 종말의 개념(혹은 이념, 관념)에 대한 긍정적 이해를 위해 필요불가결한 믿음의 요소를 강조하고자 할 뿐이며, 그 믿음이 인식될 수 있기를 원할 뿐이다. 이렇게 말할 수도 있다. 종말이 인식될 수 있으려면 종말을 믿을 수 있어야 한다. 그러므로 우리는 '종말을 아는가?'라고 묻기 전에 '종말을 믿는가?'라고 먼저 물어야 한다 (우리는 믿기 전에 아는 것이 아니라 알기 전에 믿으며, 알면서 덜 혹은 더 믿게 될 수도 있는데, 말하자면, 완전한 무지도 완전한 불신도 없다). 이러한 방식의 물음과 연관하여 소위 '변증법적 유물론자'인 지젝의 다음과 같은 말을 비판적으로 참고할 필요가 있다.

오늘날 누군가가 지식인에게 종교와 관련하여 노골적인 질문을 던진다고 해보자. "그러니까, 빙빙 돌리지 말고 까놓고 말해 봐. 당신은 신적인 존재를 믿어 안 믿어?" 이런 질문을 받은 사람은 일단 질문이 너무 개인적이고 주제넘은 것이라는 듯 당황한 나머지 선뜻 대답하지 못할 것이다. 이어서 그는 자기가 이렇게 대답을 미루는 이유를 좀더 '이론적인' 용어로 설명할 것이다. [……] 이렇듯 오늘날 우리가 얻는 것은 일종의 '유보된' 신앙이다. 유보된 신앙이란 완전하게(공공연하게) 인정되면 시들어버리는 신앙, 은밀하고 외설적인 비밀이 돼야 하는 신앙이다. 이러한 태도에 맞서서 우리는 "그러니까 믿어 안 믿어?"라는 '저속한' 질문의 중요성을 보다 확실하게 주장해야 한다. 이러한 질문이 그 어느 때보다 중요한 때이다. 여기서 나의 주장은, 내가 뼛속까지 유물론자라거나, 기독교의 전복적 핵심은 유물론적 방법을 통해서도 접근할 수 있다거나 하는 것이 아니다. 나의 주장은 훨씬 더 강도 높은 것이다. 기독교의 전복적 핵심은 오로지 유물론적 접근을 통해서만 이해할 수 있으며, 역으로 진정한 변증법적 유물론자가 되기 위해서는 기독교적 경험을 거쳐야 한다는 것이 나의 주장이다.[3]

여기서 지젝이 "신적인 존재"에 대해 던진 질문은 '종말'에 대해서도 마찬가지로 던질 수 있다. 그리고 우리는 지젝이 '불신'이 아니라 "'유보된' 신앙"을 지적한다는 점에 주목할 수 있다. 지젝은 어쨌든 어떤 '믿음'에 대해서 말하고 있는 것이다. 하지만 우리는 지젝이 믿음을 "비밀"과 연관시키는 부분에는 동의할 수 없다. 믿음은 비밀이 될 수 없

3 슬라보이 지젝, 『죽은 신을 위하여』, 김정아 옮김, 길, 2007, pp. 10~11.

다. 왜냐하면, 비밀의 가치는 그것이 아직 드러나지 않았다는 점에 있으며, 감추어진 그것이 말하자면 폭로되거나 발가벗겨지면 그때 비밀은 더 이상 비밀이 아니어서 비밀로서의 그 가치를 상실하게 되는데, 믿음이 비밀 같은 것이라면, 믿음이 드러나는 순간, 그때 믿음은 더 이상 믿음이 아닐 것이기 때문이다. 그렇기에 '믿음은 비밀이다'라고 판단한다는 것은 사실상 믿음을 부정하는 것이다. 따라서 그렇게 이해된 '유보된 신앙'이란 사실상 회의주의적 불신이다. 그리고 더욱 중요한 점은 비밀이란 사적이거나 주관적이거나 한정된 특권적 영역에서만 통용된다는 것이다. 보편적, 공적, 객관적인 어떤 것을 가리켜 아무도 그것을 '비밀'이라고 말하지 않는다. 물론 '공공연한 비밀'이라는 것이 있지만, 그것 또한 사실상 비밀이 아니다. 공공연한 비밀의 진짜 비밀은 비밀이 아니라는 데 있다.

부정적으로 '닫힌 비밀'이 아닌 긍정적으로 '열린 비밀', 즉 긍정적으로 드러났음에도 여전히 비밀스럽게 나타나는 '현상'이 있다면, 거기에는 '비의'나 '신비'와의 연관성이 있는 것이다. '나와 세계의 관계성 속에서 시간적-역사적으로 나타나는 현상의 (상징적) 의미'는 '오직 감추거나 오직 드러나기만 하는 비밀'이 아니라 '감추면서 드러내고 드러내면서 감추는 비의'의 깊이를 갖는다. 그러므로 '현상과 분리된 실재'를 주장해서도 안 되지만 '현상이 곧 실재'라고 주장해서도 안 된다. 또한 그렇기에 '현상(텍스트나 언어의 현상을 포함한 현상)'이 어떤 '계시'일 수 있다면, 우리는 그 계시에서 '모든 것(전체)이 남김없이, 숨김없이 드러났다'고 말할 수 없다. 왜냐하면 현상이 곧 실재라고 말할 수 없듯이 계시가 곧 실재라고도 말할 수 없기 때문이다(물론 계시는 실재와 상관없다고도 말할 수 없다). 따라서 우리는 지젝이 "기독교가 계시하는 것은, **계시되지 않은 것은 아무것도 없다──텍스트 뒤에 남아 있는 비밀은 하나도 없다──는 사실**이다."[4]라고 주장하는 것에 동의할 수 없다

(다시 말하건대, "비밀"은 없지만 '비의'나 '신비'가 있다). 이런 지젝의 주장은 칸트의 인식될 수 없는 물자체를 비판하는 헤겔의 입장에서 나온 것인데, 우리는 그 점에 관해 칸트와 헤겔 둘 모두에 동의하지 않는다. 말하자면, 우리는 '인식될 수 없는 물자체와 연관된 겸손한 무지'도 '절대(絶對)-지(知)와 연관된 오만한 지식'도 받아들일 수 없다(그런데 '겸손한 지식'은 어떻게 가능해지는가?). 그리고 설령 지젝이 헤겔의 '절대-지'를 '순수한 모순, 혹은 내재적 모순'의 인식으로 대체한다고 하더라도, 그것이 '사변적-변증법적 지식'에 내재적인 오만함까지 대체할 수 있는 것은 아니다.

'믿음의 인식'은 완전히 은폐될 수 있거나 완전히 폭로될 수 있는 비밀이 아니다. 그러므로 거의 모든 것을 폭로될 수 있고 폭로되어야 할 비밀로 보는 지젝의 '믿음에 대한 인식'은 그 시작부터 '왜곡'되어 있다(지젝은 심지어 '왜곡 그 자체'를 정당화하는 '편파적, 당파적 진리' 혹은 소위 '시차적 관점, 간극의 진리'[5]를 주장하기까지 한다). "그러니까 믿어 안 믿어?"라는 질문이 "저속한" 이유는 그것이 어떤 '자백'을 '강요'하는 태도에서 나오기 때문이다(그렇기에 우리에게는 '저속한 면'이 있다!). 말하자면, 지젝은 '질문'을 하고 있는 것이 아니다. 지젝은 이미 듣고 싶은 대답이 정해져 있고, 그 대답이 나올 때까지 '심문'이나 '고문'

---

4   지젝, 같은 책, pp. 206~07.

5   "진리의 자리는, 시점의 왜곡 너머에서 '사물이 정말로 자체로 존재'하는 방식이 아니라, 하나의 관점을 다른 관점과 구분하는 바로 그 간극이요, 하나의 관점에서 다른 관점으로 넘어가는 이행이요, 두 관점이 **양립할 수 없게** 하는 간극(여기서는 사회적 적대)이다. [……] 진리는 있다. 모든 것이 상대적인 것은 아니다. 그러나 이러한 진리는 일방적 시점과 편파적 시각으로 왜곡된 진리가 아니라 시점적 왜곡 그 자체의 진리이다. 따라서 니체가 진리는 시점이라고 주장할 때, 이러한 주장은 지식에 당파적/편파적 특징—그 유명한/악명 높은 당파성—이 있다는 레닌의 태도와 연결시켜 해석해야 한다. 즉 계급 사회에서 '진짜' 객관적 지식은 '이해관계가 있는' 혁명적 입장에서만 가능하다. [……] 객관에 대한 믿음과 상대주의적 시각을 둘 다 온전히 긍정해야 한다. 즉 무수한 견해 중에 진짜 지식이 있으며, 이러한 지식은 '이해관계가 있는' 편파적 입장에서만 접근할 수 있다." (지젝, 같은 책, pp. 128~29.)

을 하고 싶은 것이다. 그리고 그러한 심문이나 고문의 도구(방법)가 바로 '변증법'이다. 그러니까 여기서 '변증법'이란 플라톤이 '좋음의 이데아'와 연관시켰던 본래의 변증법적 형식과 내용과 지향은 무시된 상태에서 그 방법적 측면만을 자의적으로 따로 떼어내어 '왜곡'시킨 도구적 방법이다. 이때 변증법은 '폭력적인 권력-의지적 방식으로만 작동하는 요술지팡이'처럼 기능한다. 지젝의 변증법이 '건드리는 것(혹은 차라리 때리는 것)'은 모두 다 자신이 원하는 "전복적" 모습으로 바뀌어야만 하는 것이다. 지젝의 그 '요술지팡이-변증법'에 건드려지면(맞으면) 플라톤도 헤겔도 '유물론자'가 될 수 있으며, 예수와 체 게바라가 동일시될 수 있으며, 유신론자의 배후에 감추어진 무신론자의 정체가 폭로되고, 결정적으로 '믿음'의 고백은 '불신'의 자백으로 뒤바뀐다. 지젝이 말하는 "기독교의 전복적 핵심" 혹은 "기독교적 경험"이란 그러한 폭력적인 요술지팡이-변증법에 의하여 '거꾸로 뒤집어진' 모습으로 변질된 것이다. 그리고 이때 변증법은 가학적 요술지팡이에서 피학적 '요술거울'로 변한다. 다시 말해서, 지젝의 변증법은 이제 자신이 듣고 싶은 대로, 보고 싶은 대로 만들어온 변화의 운동과정을 반영(반성)해주는 자의적-구성적 진리의 거울이 된다. 그 요술지팡이-요술거울(가학적-피학적 뒤집기의 유물론)에 나타난 "기독교의 전복적 핵심"은 이렇다.

> [……] 십자가 위에서 그리스도는 일시적으로 자신의 믿음을 유보해야 한다. 따라서 보다 깊은 차원에서 그리스도는 오히려 우리(믿는 사람들)가 보기에는 **믿지 '않는다'고 가정된 주체**이다. [……] 그리스도와의 진정한 합일, 진정한 그리스도 닮기(imitatio Christ)는 그리스도의 회의와 불신에 동참하는 것이다.[6]

6   지젝, 같은 책, pp. 165~66.

그리스도가 죽을 때, 그와 함께 죽은 것은 "아버지여, 어찌하여 저를 버리시나이까?"에서 어렴풋이 드러나는 은밀한 소망이다. 나를 버린 아버지가 존재한다는 소망. '성령'은 대타자의 지원을 박탈당한 공동체다. 기독교를 무신론의 종교로 이해할 때 중요한 점은 [……] 기독교의 보물을 지키기 위해서는 기독교를 희생해야 한다. 기독교가 출현하게 하기 위해 그리스도가 죽어야 했듯이.[7]

지젝의 이러한 주장들은 모두 기본적으로 헤겔이 말했던 '비-동일성의 동일성'과 연관된다. 즉 지젝은 서로 연관된 유사성이나 대립성을 모두 동일성으로 환원하고 있는 것이다. 그것은 마치 '그리스도적이지 않은 것이 그리스도적이다?'(심지어, '적-그리스도anti-christ는 그리스도다?')라고 말하는 것과 같다! 예를 들면, 지젝이 "타락이 자체로 이미 구원, 우리가 타락으로 오인하는 구원"[8]이라거나 "아담과 그리스도는 하나요 동일자"[9]라거나 "아담은 '자체로' 그리스도이며, 그리스도의 구원은 타락의 '부정'이 아니라 사도 바울이 그리스도가 법을 완성했다고 말하는 것과 똑같은 의미에서 타락의 완성"[10]이라고 말할 때의 논리가 그러한 소위 '변증법적 동일화의 논리'인 것이다(이러한 신기루 같은 순환적 추론을 가능하게 하는 소위 '숨은/사라진 매개자'는 사실 '자신의 꼬리를 물고 순환하는 뱀 혹은 용' 혹은 아담과 하와의 눈을 번쩍 뜨이게 하는 데 일조한 '지식의 나무와 연관된 뱀'이 아닌가?). 결국 주관화, 현재화,

---

7 지젝, 같은 책, pp. 276~77.

8 지젝, 같은 책, p. 141.

9 지젝, 같은 책, p. 141.

10 지젝, 같은 책, p. 142.

주체화 등으로 귀결되는 그러한 동일화의 논리는 "실재계는 상징계 자체, 즉 '전부가 아님'의 양태로 존재하는 상징계"[11]라거나 "신에게서 분리되는 인간의 근원적 경험이야말로 인간과 신을 결합하는 특징"[12]이라거나 "죽은 자의 부활은 언젠가 일어날 미래의 '진짜 사건'이 아니라 이미 여기서 일어나고 있는 그 무엇이다. 우리는 주관적 입장을 바꾸기만 하면 된다"[13]라는 식의 단언들에서도 관철되고 있다. 그렇기에, 결정적으로, 지젝은 레비나스에 반대하면서 "궁극적 타자가 신 자신인 한에서, **타자의 타자성을 동일성으로 환원시킨 것은 기독교의 획기적 업적이다**, 라고 나는 감히 주장한다"[14]라고까지 말할 수 있었다.

우리는 여기서 지젝이 '타자성에 대한 겸손한 무지의 오류'는 피했지만 '동일성에 대한 오만한 지식의 오류'는 피하지 못했다고 말하고 싶다. 타자성은 우리가 전혀 모르는 어떤 것이 아니며 동일성도 우리가 완전히 알고 있는 어떤 것이 아니다. 이 동일성과 타자성의 문제를 전통적 방식으로 이해하자면, 동일성은 타자성의 타자인 한에서 타자성을 분유하며, 타자성 또한 그 자신과 동일한 한에서 동일성을 분유하며, 그 둘은 '셋인 상호 침투적 본질(동일성-타자성의 사랑)' 속에서 서로의 존재에 함께 참여하고 있다고 말할 수 있겠는데, 물론 그런 설명 방식의 구체적 이해는 유물론의 한계 안에서는 가능하지 않다. 그렇기에 유물론의 한계 안에 있는 우리는 '삼위일체'의 교리를 그저 단순히 무시해도 괜찮은 '허구적 발명' 정도로 취급하는 오만한 태도를 취할 수 있는 것이다(이런 오만한 태도는 지젝뿐만 아니라 너무나 많은 현대의

---

11 지젝, 같은 책, p. 115.

12 지젝, 같은 책, p. 148.

13 지젝, 같은 책, p. 141.

14 지젝, 같은 책, p. 223.

지식인들이 갖는 태도다). 하지만 그것이 지젝이·자의적으로 해석하고 있는 "기독교적 경험"의 핵심이라면, 그의 주장들은 '추상적 경험(혹은 비-경험적 추상)'에서 나온 것이다. 따라서 우리는 "진정한 변증법적 유물론자가 되기 위해서는 기독교적 경험을 거쳐야 한다"는 지젝의 주장을 받아들일 수 없다. 왜냐하면 "기독교적 경험" 속에 유물론적 의식을 통해서는 결코 이해될 수 없는 '삼위일체'가 있다면 결국 그 어떠한 유물론도 극복되어야 할 이른바 '이데올로기' 같은 것으로 밝혀질 것이기 때문이다(그때 종교와 관념론의 비판자인 유물론은 유사-종교이자 유사-관념론으로 드러날 것이다).

그러므로 우리는 자연스러운 한 귀결로서, 지젝이 기독교에 하는 요구("기독교의 보물을 지키기 위해서는 기독교를 희생해야 한다.")를 유물론에 할 수 있다. 즉 '유물론의 보물을 지키기 위해서는 유물론을 희생해야 한다.'

일단 여기서 '유물론materialism의 보물'이란 무엇인가? 그것은 여하튼 물질matter 혹은 물질성materiality과 연관되어야 할 것이다. 하지만 유물론은 그것이 진정 무엇인지 알 수 있고 그것을 구체적으로 경험할 수 있는가? 유물론적 의식은 생각과 감각에 나타날 수 있는 모든 것은 언제나 어디에서도 '물질' 아니면 '무(혹은 비-존재)'일 것이다, 라는 '추측'에 기초한 증명될 수 없는 '도그마'에 지배당하고 있지 않은가? 유물론적인 모든 이론과 실천의 의지를 추동할 현실적(−이상적/잠재적) 원리이어야 할 그 '물질(혹은 몸)'이란 정작 그것이 궁극적으로 어떤 방식으로 존재하는지 추측만 무성한 '철학자의 돌(말하자면, 그것을 인식할 수 있는 자에게는 어디에나 편재하지만 그것을 인식할 수 없는 자에게는 어디에도 없는 돌)' 같은 것처럼 나타나지 않는가? 그런데 철학자의 돌이란 '금이 아닌 것'(불완전한 물질 혹은 몸)을 '불멸의 금'으로 변화시킬 수 있는 기적적인 것이라고 믿고 상상되었던 어떤 것, 이를테면 물질의 실체변화를 일으킬 수 있는 일종의 '초-물질'이 아니었는가?

그렇다면, 유물론의 보물을 "지키기 위해서"라기보다는 유물론의 보물을 '비로소 새롭게 경험하기 위해서' 유물론은 자신을 희생할 수 있어야 할 것이다. '시간적-역사적 물질성'의 근본적 변화에 대한 새로운 구체적인 경험을 가로막고 있는 것은 다른 무엇보다도 과거와 현재의 유물론적 (무-)의식이기 때문이다. 다시 말해서, 유물론은 그 자신의 초월, 새로운 미래의 삶을 위해서 스스로 죽을 수 있어야 한다. 우리는 '미래(본질적 시간)' 그 자체를 믿으며 유물론의 '죽음' 혹은 '종말'을 준비할 수 있어야 할 것이다. 여기서 미래, 죽음, 종말은 우리에게 어떤 불가능성이자 가능성으로 생각된다. 그러므로 우리는 하이데거처럼 '죽음'을 '불가능성의 가능성'이라고도, 레비나스처럼 '가능성의 불가능성'이라고도 말하지 않을 것이며, 그저 '불가능성이자 가능성'이라고 말할 것이다.

종말과 죽음

죽음은 끝 그 자체로서의 종말인가? 아무튼 죽음이나 종말은 결국 우리를 어디로 이끄는가? 그것은 '무'인가? 만일 그렇다면, 유물론의 죽음이나 종말은 결국 '무'나 '비-존재'에 이를 수밖에 없을 것이다. 그런데 우리는 여기서 '존재와 무(비-존재)'에 관한 소모적 논쟁에 끼어들고 싶지 않으며, 단지 이것을 말하고 싶다. '순전한 무와 다른 어떤 것'을 의미하지 않는다면, 우리는 '무'라는 말로 그 어떤 긍정적인 것도 이해할 수 없다는 것이다. 그리고 우리는 '사실은 무가 아닌 것'을 '무'라는 말로 표현하고 싶지도 않다. 물론 이 말은 이른바 '무'가 무의미하다거나 존재하지 않는다는 뜻이 아니다. 우리는 단지 '무'나 '비-존재'

의 개념이나 낱말이 '유물론적인 부정성'의 방식으로 사용되는 것을 경계할 뿐이다. 왜냐하면 그때 그것은 유물론의 죽음이나 종말을 불가능하게 하는 조작적 개념 혹은 낱말로 기능하고 있을 뿐이기 때문이다. 말하자면, '무'는 '유물론의 죽음의 불가능성이자 투쟁적 생존의 가능성으로 남아있는 최후의 도피처' 같은 것으로 나타날 수 있다. 그렇기에 지젝은 기독교에 관한 다른 책에서 **"오직 무만이 존재한다"**[15]는 입장을 '진정한 유물론'의 입장으로 말할 수 있었던 것이다. 더 나아가, 지젝은 이렇게 말한다.

> [……] 진정 급진적인 유물론은 정의상 비환원적임을 의미한다. 그것은 "모든 것이 물질이다"라고 주장하기는커녕, "비물질적" 현상에 특정한 실정적 비존재positive nonbeing의 지위를 부여한다.[16](p. 160)

이것이 유물론의 생존 전략이다. 유물론은 자신의 죽음에 대한 생각이 없는 것이다. 아니, 유물론은 '자신의 죽음을 인식할 수 없는 입장'이라고 말할 수 있다(이것은 고대의 유물론, 에피쿠로스의 입장이기도 했다).[17] 유물론은 결국 '불멸의 무'를 믿는 입장인가? '물질 아니면 무'라

---

15 지젝/밀뱅크, 『예수는 괴물이다』, 배성민 외 옮김, 마티, 2013, p. 157. 강조는 인용자.

16 지젝/밀뱅크, 같은 책, p. 160.

17 우리가 뒤에서 언급할 최수철의 『페스트』에서 읽을 수 있었던 문제적 글인 「한기형 박사의 임상 보고서」에서도 저 '죽음에 대한 무지 혹은 무시'와 관련된 이야기가 나온다. "고대의 현자들이 이미 이런 말을 했다. '죽음은 우리를 건드리지 않는다. 왜냐하면 우리가 살아있는 동안 죽음은 존재하지 않고, 죽음이 찾아오면 우리는 더 이상 존재하지 않기 때문이다'"(최수철, 『페스트 2』, 문학과지성사, 2005, p. 158). 즉, 이 유물론적 입장에 의하면, 우리는 그 어떤 방식으로도 죽음을 알 수 없다. 죽지 않아도 모르며, 죽어도 모른다. 죽음은 어떤 가능성도 아니며, 단적인 불가능성이다. 결국 죽음은 없는 것이나 마찬가지다. 그런데 여기서 '결코 알 수 없는 죽음'은 칸트의 '결코 알 수 없는 물자체'와는 다른 것이다. 왜냐하면 후자는 '인식될 수 없는 있

는 입장과 '무(비-존재)인 (비-)물질'이라는 입장 사이에 어떤 근본적 차이가 있는가? '일원론'이고자 하는 유물론은 '물질 아니면 무'라는 생각 속에 스며든 옅은 이원론의 냄새, 물질 초월적인 외재적 무의 흔적까지 제거하고 싶었고, 그렇기에 '내재적 무(비-존재)' 속으로 물질적인 것과 비물질적인 것까지 모두 포섭하고 싶었던 것이 아닌가? 유물론은 이미 고대에 '비-존재와 존재의 역설적 관계성'을 심오하게 포착했던 플라톤의 '외재적(-내재적) 관념론'마저도 '내재적 유물론' 속으로 끌어들이고 싶었던 것이 아닌가? 이런 맥락에서, **"진정한 유물론의 반대는 일련의 관념론이 아니라, [……] 통속적인 관념론적 "유물론"이다"**[18]라는 지젝의 말은 내재적 유물론이나 내재적 관념론이 사실은 '외재적 관념론의 분신 혹은 그림자'라는 사실을 드러내고 있지 않은가?

우리는 현대의 유물론이 '무(비-존재), 물질, 비-물질'을 가지고 어떤 '우연과 사건'의 (추상적) 놀이를 하는지, 그리고 어떤 '대의'를 주장하는지 여기서 더 이상 추적할 수 없다. 여하튼 우리에게 중요한 점은 유물론이란 결국 '죽음이나 종말을 인식할 수도 믿을 수도 없는 입장'이라는 것이다(그것은 '무의 죽음이나 종말' 혹은 '물질의 죽음이나 종말'을 믿을 수 없는 것과 같다). 그렇다면 여기서 우리가 오로지 유물론적인 인식과 믿음만을 가질 수 있다고 해보자. 그때 우리는 죽음이나 종말에 대한 그 어떤 불안한 예감도 가질 수 없으며, 가질 필요도 없을 것이다. 그리고 그때 우리는 죽을 수 없기에, 새삼스럽게 '재생'이나 '미

음'이라고 생각되지만 전자는 '인식될 수 없는 없음'이라고 생각될 수 있기 때문이다. 말하자면, 칸트가 '겸손한 무지의 오류' 속에 있다면, 고대의 유물론자는 '오만한 무지(무시)의 오류' 속에 있다. 고대의 유물론은 바로 그 '오만한 무지(무시)'에 대한 믿음에서 '아직 결정적인 시간을 경험하기 이전의 평정심'의 가치를 주장할 수 있었을 것이다. 여하튼 레비나스도 저 유물론의 입장에 이의를 제기했었던 것 같은데, 유감스럽게도 지금 여기의 필자는 그 논의의 내용이 잘 기억나지 않으며 그것을 찾아볼 여건도 되지 않는다.

18 지젝/밀뱅크, 같은 책, p. 157. 강조는 인용자.

래의 부활'을 희망할 수도, 희망할 필요도 없을 것이다. 즉, 우리가 '유물론의 바깥'을 모른 채 오직 유물론적 현실과 환상 속에만 있는 한, 우리는 죽음이나 종말을 모른다. 따라서, 죽어도 죽은 게 아니다(끝나도 끝난 게 아니다)! 죽어도 죽을 수 없다(끝나도 끝날 수 없다)! 그리고 이 '죽을 수 없음(죽음의 불가능성)'의 아이러니는 그것이 '죽을 수 있음(죽어도 상관없음)'을 의미할 수도 있다는 것이다. 어차피 죽을 수 없기에, 죽어도 괜찮다! 물론 여기서 '죽을 수 있음'은 '죽음의 가능성'이 아니라 '죽을 수 없는, 절대로 죽지 않는 삶(?)의 가능성'이다. 그러므로 '세상 사람들'이 일상에서 흔히 허무적으로 말하는 '인생 뭐 있어, 어차피 죽으면 다 끝이야.' 혹은 '한 번 죽지, 두 번 죽나?' 라는 식의 확언은 사실 거의 아무런 근거도 없는 주장이다(그러한 주장과 달라 보이지만, 이 세상 사람들이 말하는 '개똥밭에서 굴러도 저승보다는 이승이 더 낫다' 혹은 '죽은 사자보다 살아있는 개가 더 낫다'는 주장 역시 '죽을 수 없음'과 연관된다). 왜냐하면 '죽으면 끝'인지 아닌지를 떠나서 '그들'은 죽을 수 없기 때문이다. 이에 관해, 우리는 하이데거의 말을 참고할 수 있다.

> "그들"은 결코 죽지 않는다. 왜냐하면 죽음이 각기 그때마다 나의 죽음인 한 그리고 본래적으로 오직 앞질러 달려가보는 결단성에서만 실존적으로 이해되는 한에서, '그들'은 사망할 수 없기 때문이다.[19]

우리는 이제 '그들의 죽지 않음(죽을 수 없음)'에 대비되는 "나의 죽음"에 주목해야 한다. 오직 '나'와 '죽음'이 본질적으로 연관될 수 있을 때만 '죽음의 가능성'이 인식될 수 있다. 그러므로 여기서 우리는 '나'

---

19 마르틴 하이데거, 『존재와 시간』, 이기상 옮김, 까치, 1998, p. 552.

를 부정하거나 무시하는 모든 일상적, 과학적, 철학적, 종교적 관점들이나 태도들을 믿지 않는다고 말한다. '주체'도 '주관'도 '현존재'도 '무(無)'도 '공(空)'도 '나'를 대체할 수 없다. 그리고 '인간'의 '자아-의식 ego-consciousness(혹은 자기-의식self-consciousness)'이 환영이나 착각이나 기만일 뿐임을 주장하는 그 어떤 '무아론(無我論)'이나 '무의식의 이론'이나 '사회이론'도 우리는 믿지 않는다(물론 그렇다고 해서 '유아론'이나 '에고이즘'을 믿자는 것도 아니며 '개인적-집단적 무의식'을 부정하자는 것도 아니며 '공동체'를 부정하자는 것도 아니다). 말하자면, 우리의 믿음은 이렇다. '죽음의 인식'은 오직 '자기-인식self-knowledge'을 통해서만 가능하며, 그 역도 그렇다는 것이다. 그리고 그러한 자기-인식으로서의 죽음의 인식은 '피'나 '집단의식'에 근거한 가족, 민족, 국가(국민), 당(黨)의 한계 안에서는 가능하지 않다는 것이다(물론 이 말은 '가족, 민족, 국가의 관념 자체'를 부정하자는 말이 아니다). 그러므로 '나의 죽음의 인식'과 연관될 수 있는 '공동체'는 피나 집단의식에 근거한 공동체가 아니다. 그런데 이와 관련하여 우리가 '인류(인간들의 공동체)'를 긍정해야 한다면, 그때 '나'와 '인류'의 결속을 가능하게 할 '자기-인식이자 죽음의 인식'은 어떤 특이한 관계성을 보여준다. 왜냐하면 '나'와 '인류'가 피를 통해서 결속될 수도 없고 집단의식을 통해서 결속될 수도 없고 오직 '나의 죽음의 인식'을 통해서만 결속될 수 있다면, 그때 '나'와 '인류'의 관계는 일반적으로 이해되는 '부분과 전체'의 관계가 아니기 때문이다. 여기서 '전체는 부분보다 크다(혹은 중요하다)'는 명제는 변형될 수 있다. 먼저, 부분과 전체는 같을 수 있다. 따라서 부분은 '비-전체'가 아닐 수 있다. 더 나아가, 부분은 전체보다 클 수도 있다. 따라서 부분은 '초-전체'일 수 있다. 이때 '초-전체로서의 부분'은 '전체는 부분들의 합 그 이상이다'라고 할 때의 '전체'와 같은 의미를 갖는다. 이 말은 곧 '인류만큼 크거나 인류보다 더 큰(중요한) 초-전체적 나의 죽음과 인식의 가능성'이 있다는 뜻이다. 이때 '나'는 '인간이자 인간 그 이상의 가능성'으로 나타나며, 바로 그것이 '죽음의 인식'에서 가장 핵심적인 본질이라고 생각된다.

이와 관련하여, 인류의 생존을 위협하는 바이러스에 의한 전염병처럼 보이는 자살(우울증, 공황장애)의 유행과 죽음의 문제를 파고들었던 최수철의 소설『페스트』에서 가장 인상 깊은 부분 중의 하나인 '한기형 박사의 임상 보고서'에 나오는 다음의 주장들은 진지하게 고려될 필요가 있다.

> 영적이라는 말에서 굳이 종교를 떠올릴 필요는 없다. 과거의 종교가 역할을 하는 시대는 지나갔다. 신은 존재하지 않는다. 애초에 존재하지 않았기 때문에, 죽은 것도 아니다. 인간이 죽음을 인식하는 순간 신이 생겨났다. 고양이가 죽음을 인식하면, 고양이의 신도 생겨날 것이다. 지금까지 인간이 신을 믿어온 방식은, 의사소통이 되지 않는 햄스터나 이구아나 따위를 키우는 행위와 크게 다를 바 없다.[20]

물론 이러한 주장은 최수철 소설의 전체를 대변하고 있지 않으며, 그것을 작가 자신의 주장이라고 볼 수도 없다. 그렇기에 우리는 이 소설이 가령 무신론적, 무종교적 영성에 기초한 인간적-동물적 영성의 가능성을 주장하고 있다고 생각할 필요가 없다. 단지 여기서 주목할 지점은 다소 모호하게 들리지만 의미심장하게 느껴지는 다음과 같은 말이다. "인간이 죽음을 인식하는 순간 신이 생겨났다." 이 말은 흔히들 이야기하듯이 인간이 죽음에 대한 두려움 때문에 존재하지도 않는

---

20 최수철, 『페스트 2』, p. 155.

신을 만들어냈다거나, 혹은 그렇게 날조된 죽음이나 신에 대한 두려움을 착취와 지배의 도구로 이용해왔다는 뜻인가?

사태는 그렇게 단순하지 않다. 무엇보다도 "신은 존재하지 않는다"는 말은 증명될 수 없다. 그러한 사정은 이 글의 앞에서 말했던 '신 존재 증명'의 경우와 같다. 즉 '신은 존재한다'가 증명될 수 없듯이 그 말의 반대도 증명될 수 없다. 그러므로 '신은 존재하지 않는다'는 말은 '증명될 수 없는 것은 존재하지 않는다'는 말이나 마찬가지이며, '신은 존재한다'는 말은 '증명될 수 없는 것은 존재한다'는 말이나 마찬가지다. 그렇다면 여기서 문제는 '증명될 수 없는 것'이다. 그런데 저 '증명될 수 없는 것'을 믿음이나 불신(회의)의 문제로만 보지 않고 인식의 문제로도 본다고 해보자. 즉 '증명될 수 없는 것'은 '인식될 수 없는 것'인가?

예를 들자면, 지금은 죽어 이 세상에 없는 어떤 사람의 '초상화(즉 닮기도 안 닮기도 한 이미지, 즉 완전히 동일하지도 완전히 다르지도 않은 이미지)'가 한 점 남겨졌다고 하자. 그리고 우리가 그 사람이 이 세상에 존재했다는 것을 알 수 있는 유일한 방법은 그 초상화를 통한 길 외에 없다고 하자. 이 경우 우리는 초상화를 통해서 그 사람의 존재를 증명할 수는 없다. 하지만 그렇다고 우리가 그 사람의 존재를 전혀 인식할 수 없다고 말할 수 있는가? 심지어 그 초상화가 불에 타버려 없어지고 그에 대한 기억(즉 베르그송에 의하면 뇌 바깥에 보존되는 기억)만 남았다고 하더라도, 그래서 초상화의 주인의 존재를 더더욱 증명할 수 없게 되었다 하더라도, 우리는 그 존재를 인식할 수 있다고 말할 수 있지 않은가? 사실 '감각적 현실(그리고 추상적 합리성)' 외에 아무것도 믿지 않고 또한 그것이 유일한 현실적–물질적 존재라고 생각하는 유물론만이 물증이 첨부된 존재 증명을 끝없이 요구하고 있지 않은가? 그래서 '인식될 수 있는 것'을 '인식될 수 없는 것'으로, 다시 그것을 '믿을 수 없는 것'으로, 또 다시 그것을 '존재하지 않는 것'으로 만들고 있지 않은가?

물론 우리는 이를 통해 최수철 소설 속의 한기형 박사가 유물론적이고 무신론적인 사유를 하고 있다고 말하는 게 아니다. 특히 "인간이 죽음을 인식하는 순간 신이 생겨났다"라는 말은 유물론적으로 이해될 수만은 없다는 것이 우리의 입장이다. 먼저, 앞에서 말했듯이, 유물론이 "죽음을 인식"할 수 없다면, "인간이 죽음을 인식하는 순간"을 말하는 자의 입장은 유물론일 수 없다. 다음으로, 죽음의 인식과 더불어 생겨난 "신"을 말하는 자의 입장은 무신론일 수 없다. 그렇다면 이때 "신"이란 어떻게 "인식"될 수 있는가?

우리는 여기서 증명될 수 없지만 인식될 수 있는 것의 예로 앞에서 말했던 '더 이상 이 세상에 없는 존재의 이미지'를 떠올릴 수 있다. 여기서 "신"은 '죽음의 인식 속에 남겨진 존재의 이미지'다. 그것은 '기억(상기)될 수 있는 과거의 이미지'다. 그리고 우리는 앞에서 죽음의 인식에서 가장 핵심적인 본질이 '인간이자 인간 그 이상의 가능성'으로 나타나는 '나'라고 말했다. 따라서 우리는 여기서 "신"을 '나-존재의 가능성' 혹은 '나-이미지'라고 이해할 수 있으며, 또 그 가능성이 본질적으로 미래에 속한 것인 한, 그것은 '상상되고 예감될 수 있는 미래의 이미지'다. 우리는 이런 방식으로 인간의 새로운 미래의 가능성으로 '생겨난 신'을 이해할 수 있다. 그렇게 '생겨난 신'은 '죽음의 인식 속에 남겨진 나-존재의 과거적-미래적 이미지의 생성'이다. 그리고 우리는 '나-이미지의 현존' 속에서 존재와 생성이, 죽음과 삶(생명)이, 과거(먼저)와 미래(나중)가 분리될 수 없이 연관되어 있다고 말할 수 있다. 그러므로 '이 세상 속의 나-이미지'에게 '이 세상에 존재하지 않는 나-존재'는 '시작과 끝(다르게 말해서, 알파와 오메가)'으로 나타날 수 있다. 이것이 한기형 박사의 글이 말하는 '생겨난 신(이 세상 속의 나-이미지)'과 '존재하지 않는 신(이 세상에 존재하지 않는 나-존재)'을 이해하는 우리의 방식이다. 다시 말해서, '나-이미지'와 '나-존재'는 동일시되어서는 안 되며, 구별되는 관계성 속에 있어야 한다(그러한 무의식적-의식적 동일시 속에 오만한 무지나 오만한 지식의 위험한 오류가 숨어 있다). 그리고 거기에 '자기-인식으로서의 삶과 죽음의 가능성'이 있다. 왜냐하면 자기-인식은 서로 인식하고 인식되는 나-이미지와 나-존재가 구별되는 관계성 속에 있을 때만 가능하기 때문이다. 둘 중의 하나가 완전히 제거되거나, 둘 사이가 완전히 분리되거나, 둘 중의 하나가 다른 하나 속으로 완전히 흡수된다면, '자기-인식적이지 않은 삶과 죽음'만 가능할 뿐이다. 따라서 그때 죽음도 '나의 죽음'이 아니며 삶도 '나의 삶'이 아닐 것이다. 그러므로 우리는 여기서 한기형 박사의 글의 핵심인 '자살'이란 것이 도대체 어떻게 (불)가능한가 물을 수 있다. 즉 '인간의 자기-인식에 기초한 자유로운 결단에서 나오는 실천적-능동적 행위로서의 나의 죽음'이 '자살'이라면, 그리고 자살이 "신"과 연관된다면, 그것은 어떤 궁극적 의미에서 (불)가능해지는가? 한기형 박사는 다음과 같이 말한다.

> 도스토예프스키가 만들어낸 인물 키릴로프는 자신이 신이 되기 위해 자살한다고 했다. 키릴로프에게 사람들이 자살하지 않는 이유는 단 두 가지, 죽는 순간의 고통과 내세에 대한 두려움이다. 신은 인간의 자살을 막는다. 인간은 자살하지 않기 위해 신을 만들었다. 그러나 신은 존재하지 않는다. 따라서 자신의 생명을 마음대로 함으로써 인간은 스스로 신이 된다. 나는 자살을 함으로써 신이 된다. 나는 신이다. 그것이 키릴로프의 신념이다.[21]

하지만 이제는 반대로 생각해야 한다. 우리는 자살을 하지 않기 위

---

21 최수철, 같은 책, p. 156.

해 스스로 신이 되어야 한다. 자기 자신의 신도가 되라. 자살을 예찬한 키릴로프도 도피로서의 자살, 유약한 자들의 자살은 경멸했다. 하지만 키릴로프가 어떤 말로 자신의 자살을 옹호해도, 거기에는 죽음은 직시하되 삶은 제대로 보지 못하는 자의 어리석음이 들어 있다. 어리석음을 버리지 못하는 것은 비겁한 짓이다. 온갖 기괴한 자살법도 용기를 보여주지는 못한다.

여기서 "나는 자살을 함으로써 신이 된다. 나는 신이다"(키릴로프)와 "우리는 자살을 하지 않기 위해 스스로 신이 되어야 한다. 자기 자신의 신도가 되라"(한기형 박사) 사이의 차이는 이렇다. 여기서 키릴로프는 '나–이미지'와 '나–존재'의 동일시에 사로잡혀 있는 반면, 한기형 박사는 그 둘의 구별을 행하고 있다. 왜냐하면 "나는 신이다"와 "자기 자신의 신도가 되라"는 말 사이에는 분명 "신"과 "신도"의 구별에 대한 이해가 이루어지고 있기 때문이다. 따라서 우리는 한기형 박사의 말을 흔히 일상에서 듣게 되는 '나는 아무도 안 믿고 나만 믿어' 혹은 '나는 나만 알 수 있어'라는 식의 뜻으로 이해하면 안 된다. 그런데 우리는 여기서 키릴로프와 한기형 박사의 차이가 '나 혹은 신을 향한 욕망'의 실현을 전자는 '자살의 긍정'에서 찾고 있고 후자는 '자살의 부정'에서 찾는 데 있다고 생각할 지도 모른다. 그래서 전자는 삶을 부정하며 죽음을 긍정하는 '나'를, 후자는 삶을 긍정하며 죽음을 부정하고 있는 '나'를 내세우고 있는 것처럼 보일지도 모른다. 하지만 그것은 사실이 아니다. 한기형 박사의 입장은 삶과 죽음 둘 다를 긍정하자는 입장에 가까우며, 어떤 자살의 가능성을 부정하는 것도 아니다. 왜냐하면 그는 자신의 글의 말미에서 어떤 "최후의 자살"을 긍정하며 "예수"와 "부처"를 말하고 있기 때문이다.

그렇게 오래 살아남아라. 그리하여, 원한다면, 인간의 진정한 용기를 보여줄 수 있는 최후의 자살을 꿈꾸며 살아가라. 예수처럼, 부처처럼, 그리하여 죽음에서 벗어나라.[22]

최후의 자살? 한기형 박사는 "예수"의 죽음이나 "부처"의 죽음을 "최후의 자살"과 연관시키고 있다. 그리고 "최후의 자살"을 "죽음에서 벗어"날 수 있게 해주는 어떤 것으로 이해하고 있다. 그렇다면 어떤 특별한 "진정한 용기를 보여줄 수 있는 최후의 자살"을 통한 죽음만이 죽음에서 벗어날 수 있게 해주는 것이다. 그 외의 모든 죽음은 그럴 수 없다. 이러한 사정은 '이 세상에 대한 집착 혹은 욕망 때문에 가능해지는 윤회(반복적인 순환적 회귀)'를 전제로 할 경우 보다 잘 이해될 수 있다. 그러한 윤회를 전제로 하면, 인간은, '이 세상(?)'을 향한 욕망이 있는 한, 한 번만 사는 것도 아니고 한 번만 죽는 것도 아니다. 따라서 '죽으면 끝'이 아니다. 그런데 윤회 속에서는 사는 것도 죽는 것도 고통이다. 이 경우, '최후의 자살(?)'이 어떤 방식으로 가능하건 간에, 또 그 최후의 자살의 이른바 '주체(?)'가 누구이든 간에, 그것은 윤회의 고통에서 벗어나는 것을 뜻한다. 즉 더 이상 태어나지 않는 것이다. 태어날 필요가 없기에 죽을 필요도 없다. 그리고 그렇게 윤회의 악순환을 벗어난 '존재 혹은 무'를 '니르바나'라고 부른다. 우리가 알기로, 그것이 "부처"의 최종적 지향이다. 그렇다면 이 경우 '니르바나'가 우리가 찾는 '끝 그 자체로서의 종말'일 것이다. 하지만 여기서 우리는 '니르바나가 나-존재 혹은 신인가?'라고 묻지 않을 수 없다. 왜냐하면 한기형 박사의 애당초 지향점은 말하자면 '인간이자 인간 그 이상인 신적인 나'였기 때문이다. 그리고 그 지향성(인식된 믿음, 의식적 의

22 최수철, 같은 책, p. 158.

지)을 도중에 포기하거나 변경하지 않고 끝까지 추구해야 한다면 결국 도달되어야 할 목표(끝 그 자체로서의 종말)는 '나-존재로서의 신'이어야 할 것이다. 그렇다면 어떻게 '나-이미지'에서 '나-존재'로의 자기-인식적 이행이 가능해지는가? 여하튼 그러한 특수한 방향성을 갖는 이행 속에 삶의 과정과 죽음의 과정의 비의적 의미가 발견될 수 있는 가능성이 있다. 그리고 여기서 우리는 한기형 박사가 "인간"(나-이미지)에서 "신"(나-존재)으로의 이행의 불가능성이자 가능성으로 이야기하는 "용"과 마주치게 된다.

> 인간이 자꾸 약해지고, 인간이 신이 되지 못하는 까닭은 우리 속에 용이 한 마리 들어 있기 때문이다. 그 용이 우리를 죽음으로 몰아넣거나 존재하지도 않는 신을 찾게 만든다. 철저히 쾌락 원칙에 따르고 있는 그 용은 우리 자신의 생존도 쾌락의 대상으로 삼고 있다. 또한 그 용은 우리의 생존 욕구 그 자체를 무력화한다. 그리하여 뭔가를 하고 싶다는 욕망이 사라지게 하는 정도가 아니라, 아무것도 하고 싶지 않다는 욕망이 생겨나게 한다. 살고 싶다는 욕구가 사라지게 하는 정도가 아니라, 살지 않고 싶다는 욕구가 생겨나게 하는 것이다.
>
> 그러나 우리가 그 용을 제압하는 것은 거의 불가능할 뿐만 아니라, 사실 제압하고자 노력할 필요도 없다. 그 용은 원시적이고 반사회적이고 악마적이지만, 또한 우리의 정신에 균형을 잡아주는 깊은 지혜를 가지고 있다. [……] 용을 우리 것으로 만들 때 우리는 놀라울 정도로 강해질 것이다. 그리고 그때 우리는 비로소 신이 될 것이다.[23]

23 최수철, 같은 책, p. 157.

한기형 박사는 지금 이러한 말을 통해서 프로이트식의 무의식 이론을 비유적으로 이야기하고 있는 것인가? 그렇기에 우리는 지금 "쾌락 원칙"이나 에로스와 타나토스에 관한 충동 이론을 읽고 있는 것인가? 혹은, 지금 한기형 박사는 융이 말하는 집단 무의식적 원형이나 상징과 연관된 리비도에 대해서 이야기하고 싶은 것인가? 따라서 우리는 지금 흔히 '비-현실적'이라고 이해되는 '신화'를 읽고 있는 것인가? 사정이 어떠하든, 그것이 전부는 아니다. 그런데 우리는 이제 여기서 이 글을 끝마쳐야 하므로, 다만 저 "용"에 대한 우리의 예감을 말해두고 싶다.

한기형 박사가 말하는 저 "악마적"인 "용"은 비유가 아닐 것이다. 적어도, '비유에 불과한 것'은 아닐 것이다(인간적 나-이미지와 분리될 수 없는 괴물적인 용-이미지가 있다). 그리고 그 "용"은 '주관적인 심리'에 한정될 수도 없을 것이다. 결정적으로, 그 "용"은 인간이 '미지(미래)의 종말'에 가깝게 다가갈수록 점점 더 분명하게 자신의 파괴적 영향력을 객관적으로 행사할 것이다. 그리고 인간적 지식을 뛰어넘는 어떤 "지혜"와 힘을 가진 "용"은 인간을 끝없는 허무의 심연 속으로 끌어들이고자 교묘하게 유혹하거나 강하게 위협할 것이다. 그리고 자신의 파멸에 맞서 스스로의 힘과 지식만으로는 한계가 있다는 것을 깨달은 인간적 나-이미지는 절실하게 진정한 나-존재를 원하게 될 것이다. 그때 인간은 진정한 나-존재를 통해서, 즉 강제될 수 없는 자유와 거짓일 수 없는 진리를 향한 사랑을 통해서 자신의 용-이미지를 긍정적으로 변형시켜 자신의 나-이미지와 통합시킬 수 있게 될 것이다. 그러므로 "용을 우리 것으로 만들 때 우리는 놀라울 정도로 강해질 것이다. 그리고 그때 우리는 비로소 신이 될 것이다"라는 한기형 박사의 말은 전적으로 맞는 말은 아니지만, 그렇다고 전적으로 틀린 말도 아닐 것이다.

이것이 종말을 향하고 있는 우리의 예감이다.

[2021]

후기

    나는 이 비평집에 모아놓은 졸고들을 쓰면서 작가도 독자도 비평가도 이론가도 일상적 생활인도 과학자도 예술가도 심지어 신학자도 긍정할 수 있는 어떤 '공동체적 생각의 근거(개별적일 수도 보편적일 수도 있는 생각의 근거)'를 표현하는 '한 문장'을 발견하기를 원했던 것 같다.

    역설적으로 들리겠지만, 그 문장은 '전혀 억압적이지 않은 구속력'이 있어야 했다. 즉, 그 문장은 '자유를 가능하게 해주는 진리'를 예감할 수 있게 하는 말이어야 했다.

    나는 그러한 말의 발견에 성공했는지 실패했는지 잘 모르겠지만, 여하튼 그렇다고 생각되는 말을 이 책의 제목으로 삼았다.

    경험 바깥에는 아무것도 없다……

    이 문장이 누구의 문장인지 기억나지 않지만, 그래도 괜찮다고 생각한다.

    그 문장을 그저 '우리 각자의 문장'이라고 해두자.

    지금 나는 'X 바깥에는 아무것도 없다'는 형태의 문장에서 'X' 자리에 들어갈 수 있는 가장 적절한 낱말은 '경험'이라고 생각하는 중이다.

    경험은 다른 어떤 것으로도 대체 불가능한 것이다……

    언어, 텍스트, 구조, 제도, 환경, 이론…… 특히 물질, 물질세계 등은 경험을 대체할 수 없다. 그 이름이나 개념들이 '경험에 앞섬' 혹은 '경험의 가능조건으로서의 비-경험'을 뜻하는 어떤 '선험a priori'과 연관된다면 특히 그러하다.

    경험 앞에 오는 것도 경험이고 경험 뒤에 오는 것도 경험이다. '선험'이든 '후험'이든 심지어 '초험'이든 '경험'이다. 경험의 바깥에서 경험을 제약하는 경험의 가능조건 같은 것은 없다. 경험이 다른 모든 것의 가능조건이며 근거가 된다. 그러므로 '경험의 근거'를 물을 필요는 없다.

있다면, '경험의 근거'가 아니라 '근거의 경험'이 있을 뿐이다. 있다면, '경험의 바깥'이 아니라 '바깥의 경험'이 있을 뿐이다. 그러므로 '경험 바깥에는 아무것도 없다'는 말은 '바깥'을 부정하는 말이 결코 아니다. 어떤 자의적 경계나 한계를 설정하거나 규정하는 말도 아니다. 여기서 '모든 규정은 부정'이라는 생각은 통하지 않는다. '비(非)-경험'이나 '반(反)-경험'이나 '무(無)-경험'이 가능하다면, 그것들도 경험이다.

경험을 '초월'하는 것은 없다······

있다면, '경험 초월적인 것'이 아니라 '초월(론)적 경험'이 있을 뿐이다. 그러므로 '초월적 세계(혹은 외재성, 바깥)'를 부정하는 자는 단지 '초월적 세계의 경험'을 부정하고 있을 뿐이며, 더구나 '내재적인 주관성의 경험' 안에서 부정하고 있을 뿐이며, 그것도 모든 주관성이 아닌 '특정 주관성의 경험' 안에서 부정하고 있을 뿐이다.

'자기-충족적 실체'도 '구성주의적 주체'도 '인식할 수 없는 물자체'도 소위 '절대'도 '일의적 존재'도 '생존-기계'도 '무'도 '유령'도 경험을 규정할 수 없다. 특히 '구체적 물질성'과 '추상적 비-물질성'이라는 식의 접근으로는 경험을 규정할 수 없다.

경험은 '구체적인 비-물질성'이다······

경험은 물리적 물질성을 갖는 모든 존재자들을 구속하는 조건들에 한정될 수 없다.

경험 자체는 '모든 물질과학적 법칙이나 원리를 초월하는 것'이다······

그것이 물리학이든 생물학이든 천문학이든 사회과학이든 정치이론이든 형이상학이든, 모든 형태의 유물론은 경험을 그 전체성 속에서 생각할 수 없다. 입자도 중력도 관성(불활성)도 유전(자)도 적자생존도 지동설도 변증법도 부정도 차이도 공산주의도 민주주의도 독재도 혁명도 무정부주의도 경험의 전체를 설명할 수 없다. 유물론이, 의식적이든 무의식적이든, 우리의 문장에서 대체 불가능한 '경험'이라는 말을 다른 말로 '대체'하고 있는 한, 나는 불만족스럽다. 따라서 나는 대다수의 현대인들의 생각을 지배하고 있는 것처럼 보이는 다음 형태의 문장을 긍정할 수 없다.

~~물질세계 바깥에는 아무것도 없다~~……

유물론은 '경험의 한 특정 영역에만 한시적으로 적용 가능한 생각'을 무차별적으로 항상 적용하려 든다. 그것은 '경험 내재적인 다원성과 상보적 통일성'을 보지 못하게 만든다. 그러므로 '다원론pluralism과 일원론monism(혹은 다양성diversity과 통일성unity)'을 모두 긍정하는 유물론이란 불가능하다. 그럼에도 만일 그러한 긍정이 가능하다고 여긴다면, 그때 그 유물론은 사실 유물론이 아니거나 스스로를 오해하고 있는 유물론이다.

'일원론적 유물론'은 사실상 '철두철미하게 이분법적인 이원론의 산물'이다. 그것은 '경험을 부정하는 경험의 자식'이거나 '어떤 경험만을 긍정하거나 부정하는 경험의 자식'이다. 그것은 **어머니-경험을 망각하거나 왜곡하는 경험의 자식'이다.** 유물론의 비판에 무너질 수밖에 없는 관념론, 혹은 차라리 '유물론에 붙어 다니는 관념론' 또한 아마도 그럴 것이다.

'어머니-경험과 아이-경험'에서 분리된 경험의 자식들……

어머니-아이-경험은 가장 구체적이고도 본질적인 비-물질성의 경험이다(소위 '경험과학'처럼 보이는 생물학이나 정신분석학적 담론은 그러한 비-물질성의 경험을 은폐하는 방식으로 기능하고 있다).

그 누구라도 어머니-아이-경험 없이는 (새롭게 다시) 태어날 수 없다……

자연적-창조적 생성의 세계에서 가장 중요한 최초의 근거의 경험은 어머니-아이-경험이다. 어머니-아이-경험이야말로 원형적 경험이다. 그리고 그 경험은 물질성의 경험과 동일시될 수 없다. 무엇보다 전자의 경험이 없다면 후자의 경험은 불가능하다(그것이 가능하다고 생각하는 자는 경험에 앞선 선험적인 물질성을 부당하게 가정하고 있다). 어머니-아이-경험은 일차적으로 물질성의 경험으로 환원될 수 없는 구체적인 비-물질성의 경험이다.

그러므로 우리는 초월적 어머니와 초월적 아이의 경험을 예감할 수 있다……

생명체의 탄생이든 예술작품의 창작이든, 그 어떤 초월적 사건이든, 우리 모두가 '살아 있는 창조적 경험'과 연관되어 있는 한, 우리 모두는 어떤 '어머니-아이-경험'과 연관되어 있다. 그리고 '어머니-경험'이 '여성적 경험'이라면, 우리는 모두 '여성적 어머니-경험' 안에 있다.

여성적 어머니-아이-경험의 원형적 특성은 **'스스로를 비워내는 자발적 수용성**spontaneous receptivity**에 의한 새로운 미래의 창조'**다.

그런데 우리는 그러한 원형적 특성의 이해를 위해 특정 주관성에 종속되어 있는 개별적 어머니-아이-경험에만 의존할 수 없다. 왜냐하면 그 '특정 주관성'이 저 근본적 경험의 이해를 방해할 수도 있기 때문이다(현대인의 의식을 지배하는 유명론은 그 특정 주관성에 쉽게 빠져들게 할 수 있다).

그래서 나는 이 책의 여러 곳에서 어떤 '나무'에 대한 '현재적 지각, 과거적 기억, 미래적 상상'을 시도할 수밖에 없었다. **'나무'는 특정 주관성에 한정될 수 없는 '여성적 어머니-아이-경험의 자발적 수용성'을 대표적으로 보여주고 있다고 생각했다.** 그리고 이때 '나무'는 물리체적 광물, 생명체적 식물, 감각체적 동물, 지성체적 인간-자아의 삶과 죽음의 전체적 과정 속에서 대표적으로 지각되고, 기억되고, 상상될 수 있어야 했다. 물론 나의 시도는 매우 불충분하고 초보적인 것이었다.

이와 관련하여, 나는 내가 겪은 초보적인 상상적 독서 경험을 조금 언급하는 것으로 이 서문을 마치고자 한다.

나는 얼마 전에 『8급 한자 쉽게 끝내기』라는 상상의 책을 읽었고, 거기서 '木(나무 목)' 자를 배웠다. '木'은 '十(열 십)과 人(사람 인) 혹은 '十과 大(큰 대)'로 이루어져 있었다.

그런데 人과 大는 변형된 형태였지만 둘 다 '인간'을 '상징'하는 것이었고, 그중에서도 大가 '인간의 형태와 의미'를 이상적으로 더 잘 보여주고 있었다. 왜냐하면 大는 '별(☆)'을 감추면서 드러내고 있었기 때문이다. 즉 大의 형태와 의미에서 드러나는 오각의 별 모양의 인간은 '大人' 혹은 차라리 '위대한 별(슈퍼스타)과 같은 인간'이었다. 인간 중의 인간, 보편적이면서 개별적인 인간 자체……

그리고 十은 '一(한 일)과 ㅣ(뚫을 곤)'으로 이루어져 있었다. 十은 '**좌우의 수평적 흐름(역사적 시간)의 한복판을 상하의 수직적 흐름(원형적, 유형적 구조)이 꿰뚫으며 상호침투적으로 형성되는 십자가 형태**'로 나타났다. 十은 '**완전성, 전체성**' 등을 의미할 수 있었다.

요약하자면, '나무[木 = 十 + 人•大(☆)]'란 '**우주 전체를 온전히 집약하고 있는 십자가와 결합된 인간 자체**'로 나타났다. 덧붙여, 木의 전체적 형태는 '다윗의 별, 혹은 솔로몬의 봉인'이라 불리는 또 다른 육각의 별의 형태를 감추면서 드러내고 있었다[木 = ✡ = ▽(물) + △(불)].

그런데 그렇게 이해된 木은 어떤 '시작'을 의미하는 '本(근본 본)'에도 나타났고 어떤 '끝'을 의미하는 '末(끝 말)'에도 나타났다. '나무'는 本末, 시작과 끝, 다르게 말하자면, '**알파와 오메가**'였다.

木은 '未[아직(아닐) 미]'와 '來(올 래)'에도 나타났다. 나무는 '**미래(未來)**'였다.

특히 '來(올 래)' 자는 본래적으로 도래할 미래에는 점점 더 많은 사람들이 木과 결합하리라는 예감을 전해주고 있었다.

來 = 木•✡ (= 十 + 人•大•☆) + 人 + 人 + ……

이만 줄인다.